Buch

Hauptmann Hein, der »Held im Turm«, wird mit seiner Flakbatterie im Spätsommer 1940 südlich von Paris eingesetzt. Sein und seiner Leute Quartier ist ein altes, einst von Herzögen bewohntes Schloß; die Kirche mit den Gräbern der Aristokraten steht in unmittelbarer Nähe. Auf diesem Boden gerät der labile Hauptmann in den immer stärker, immer unwiderstehlicher saugenden Bann heroischer Tode und geschichtlicher Taten, der ihm und anderen, die er mit sich reißt, schließlich zum Verhängnis wird. Um Hein herum erotische und groteske Szenen: die idiotischen »Affenspiele« eines Wachtmeisters, der »Sittenkongreß« der Unteroffiziere und der von ihnen organisierte Puff. Ein erschrekkend naiver deutscher Ortskommandant und der listige Gefreite Berger, der sich mit allen Mitteln zu behaupten sucht, beleben die hochdramatische Handlung, in der sich Krimi, Kriegsbuch und Dokumentarbericht packend verbinden. Und dann ist da noch der Hauptwachtmeister Krüger, ein perfekter Praktiker des Krieges – robust, geschickt und skrupellos, bezieht er auch den Hauptmann in sein Spiel ein...

Autor

Hans Hellmut Kirst wurde am 5. Dezember 1914 in Osterode in Ostpreußen geboren. Seine Vorfahren waren Bauern, Beamte und Handwerker. Im zweiten Weltkrieg nahm er an den Feldzügen in Polen, Frankreich und Rußland teil. Später versuchte er sich in vielen Berufen, war landwirtschaftlicher Angestellter, Straßenarbeiter, Gärtner, Dramaturg und Kritiker. Sein erstes Buch veröffentlichte er 1950, jetzt sind es 33 mit einer Weltauflage von 12 Millionen Exemplaren in 28 Sprachen.

Eine Übersicht über die als Goldmann-Taschenbücher erschienenen Werke Hans Hellmut Kirsts finden Sie am Schluß dieses Bandes.

Hans Hellmut

KIRST

Held im Turm

Roman

Wilhelm Goldmann Verlag

Ungekürzte Ausgabe

1. Auflage April 1984 · 1.–20. Tsd.
2. Auflage August 1984 · 21.–32. Tsd.

Made in Germany

Umschlagentwurf: Atelier Adolf & Angelika Bachmann, München
Umschlagfotos: Boisverd-Kempter / Bavaria-Verlag, Gauting
Druck: Elsnerdruck GmbH, Berlin
Verlagsnummer: 6615
Herstellung: Sebastian Strohmaier/He
ISBN 3-442-06615-8

Die Katastrophe begann, als im Spätsommer des Jahres 1940 – unmittelbar nach dem spektakulär erfolgreichen Feldzug der Großdeutschen in Frankreich – eine »schwere Flakbatterie« Stellung am Rande der etwa achtzig Kilometer südwestlich von Paris gelegenen Stadt D. bezog. Dort starben alsbald einige Menschen – unter »völlig normalen Umständen«, wie es hieß.

Das geschah zu einer Zeit, in der sich der Krieg als weithin anerkannte »nationale Notwendigkeit« zu etablieren begann, in welcher selbst ein Mord als »völlig normal« bezeichnet wurde – wenn er auch im Sprachgebrauch jener Zeit andere, gefälligere Namen zugeteilt bekam. Jedoch: was damals geschah, das wird mancherseits auch heute noch zumindest für »menschlich verständlich« gehalten, wenn nicht gar für »rechtlich und moralisch einwandfrei«.

Dennoch existierten damals, erfreulich frühzeitig, auch einige Menschen, die derartige »kriegsbedingte Verhältnisse« wie eine heftige Herausforderung empfanden. Wobei sie allerdings schnell erkennen mußten, daß sie dann – den Gesetzen dieses Krieges folgend – gar keine andere Wahl hatten, als den Versuch zu wagen, die Mörder zu ermorden. Wenigstens einen davon.

Und das geschah. Der »Fall D.« ergab sich daraus. Ihn zu rekonstruieren versucht dieses Buch.

1

Ein Tod am Vormittag – scheinbar nichts als ein Zufall mehr

»Den hat es erwischt!« stellte der Hauptwachtmeister Krüger sachverständig fest. »Der hat sich glatt das Genick gebrochen.«

Er betrachtete mit Kennerblick die Leiche des Soldaten, die gekrümmt vor seinen blankgeputzten Stiefeln lag. Er hatte schon etliche Tote vor sich liegen sehen – während der erfolgreichen Feldzüge in Polen und Frankreich, und auch zwischendurch. So was gehörte für ihn zum Alltag.

»Ausgerechnet dieser Schulz!« stellte nun Hauptwachtmeister Krüger fest, ohne sonderlichen Vorwurf, eher mit gemütvoller Verständnisfähigkeit – seine Demonstrationen menschlicher Anwandlungen waren Eingeweihten bekannt. »Daß dieses Trampeltier aber auch nichts wie Schwierigkeiten machen muß – bis zuletzt!«

Dieser Hinweis auf Schwierigkeiten schien ihn unverzüglich zu weiterer Tätigkeit anzuregen. Er richtete seinen kastenartigen, kantigen Körper auf; sein vollfleischiges Gesicht blickte um sich – mit geübt fordernder Freundlichkeit. Er sah drei seiner Soldaten wie in lauernder Ergebenheit dastehen, betont befehlsempfangsbereit; mithin also genau so, wie es sich in seiner Einheit und in seiner Gegenwart gehörte. »Menschenskinder«, sagte er. »Ihr glotzt vielleicht dämlich aus der Wäsche! Ist euch immer noch nicht klar, daß eine Kuh nicht nur Milch gibt – sondern auch Fladen macht?«

Einer der Soldaten lachte bereitwillig auf, denn dies war eine der zahlreichen scherzhaften Bemerkungen seines Hauptwachtmeisters. Dieser Krüger, auch ›Spieß‹ genannt, war schon ein verdammt munteres Haus, in allen Lebenslagen! Auch die beiden anderen Soldaten blickten bemüht erheiterungswillig, brachten es aber nur zu einem gequält wirkenden Grinsen – was jedoch genügte. Der Hauptwachtmeister erkannte, daß er sich nicht weiter mit ihnen zu beschäftigen brauchte.

Er betrachtete sodann, mit kurzem, prüfendem Blick, einen vierten Soldaten, der sich im Hintergrund aufhielt – das war ein Gefreiter, der ihm nicht bekannt vorkam. Der Hauptwachtmeister registrierte: milchgesichtiges Wesen mit lässiger Haltung; aufgerissene Augen, zusammengekniffener Mund. Typ Schlappschwanz mit Innenleben; kein Problem für einen Krüger.

»Leute«, sagte der Hauptwachtmeister hierauf ermunternd, »wenn so ein Rindvieh den Arsch zukneift, dann will ich dabei keine unnötig aufgerissenen Kalbsaugen sehen! Denn schließlich befinden wir uns hier im Krieg — das sollte sich langsam herumgesprochen haben. Oder etwa nicht? Irgend jemand anwesend, den so ein toter Trottel aus der Fassung bringen kann?«

»Er ist aus dem obersten Turmfenster gestürzt«, erklärte einer seiner Soldaten, nicht ohne Eifer. »Er segelte durch die Luft wie eine Fledermaus — das hab' ich gesehen. Dann knallte er auf . . .«

»Mitten auf die Steinplatten — was?« Hauptwachtmeister Krüger war offensichtlich durch nichts zu überraschen. »Aber selbst auf Kies hätte der sich garantiert das Kreuz geknickt — bei der Höhe!«

Krüger sah nunmehr, fast wie versonnen, zum Turm des alten Schlosses hinauf, über die zerfallenden Mauern, an länglichen, schießschartenähnlichen Ausschnitten vorbei — sah graubleiches Gestein, von dunklen Rissen zersetzt, von Regen zerspült, vom Frost durchfressen. Darüber: dicht nebeneinander liegende Fenster unmittelbar unter einem breitflachen Dach — und ein Fenster davon war weit geöffnet.

Der Hauptwachtmeister lächelte. Denn er vermeinte, im Schatten des Turminneren ein Gesicht gesehen zu haben — nämlich das seines Batteriechefs, des Hauptmanns Hein. Ein angestrengt blickendes Gesicht, schmal, scharfkonturig und bleich — das sich dann zurückzog und wie eine schwach beleuchtete Laterne zu verlöschen schien. Krüger nickte.

Dann erklärte er, wie abschließend: »Dieser Schulz« — dabei Daumenbewegung in Richtung der Leiche —, »dieser arme, dumme Hund, der hier auf den Pinsel geknallt ist, war zum Putzen der oberen Turmfenster eingeteilt. Von mir! Dabei verlor er vermutlich das Gleichgewicht. Womit es sich also um einen Unfall gehandelt hat, kapiert?«

Sie schienen es zu kapieren — die drei seiner Soldaten, die ihn erwartungsvoll umstanden. Mitten im alten, verwahrlosten Park, unterhalb des Turmes, der zum Schloß gehörte, einem Kasten, der zu zerbröckeln drohte. Hier verbrachten sie die Tage nach dem großen, glorreichen Sieg über Frankreich. Schöne, verfressene, vollgesoffene Tage — und die wollten sie möglichst ungestört verbringen. Nur Idioten gingen dabei drauf. »Ich habe euch arschsausende Transusen gefragt, ob ihr kapiert habt?«

»Jawohl, Herr Hauptwachtmeister«, beeilten sich die drei Soldaten zu versichern. »Kapiert! Völlig!«

Krüger nickte und blickte sodann auf den vierten, den ihm unbekannt vorkommenden Gefreiten. Auch der schien durchaus anpassungswillig, was denn auch der Hauptwachtmeister für selbstverständlich hielt. Denn nichts anderes war in seinem Bereich vorstellbar — nicht auf die Dauer.

»Es war also ein Unfall!« Krüger stand breitbeinig da und stemmte sich die Hände in die Hüften. »Das werdet ihr bezeugen — alle vier durch die Bank! Und nun reißt euch mal am Riemen — ihr verfressenen Fettwänste! Nur keine Müdigkeit vorschützen, keine Denkfaulheit in meinem Bereich. Bei mir immer reinen Tisch! Also schleppt diesen gefallenen Kameraden ab — in den Geräteschuppen.«

»Aber was dann, wenn es kein Unfall gewesen ist?« Das fragte nunmehr der vierte Soldat, jener Gefreite, und das tat er betont höflich, wobei er vortrat, als müsse er sich stellen — das jedoch nur nach sichtlichem Zögern. »Es könnte ja auch noch einige andere Möglichkeiten geben — meine ich.«

»Ich höre da wohl nicht richtig?« fragte Hauptwachtmeister Krüger, wobei er wie ungläubig auf diesen Gefreiten blickte. »Mit wem reden Sie komischer Wunderknabe hier — etwa mit mir?«

»Ich habe mir lediglich erlaubt. . .«

»Was denn, was denn, Sie krummer Traumtänzer! Wie kommen Sie mir vor? Sie erlauben sich hier was — mir gegenüber? Da sind Sie aber auf dem falschen Dampfer, Mann!«

»Ich dachte. . .«

»Ach nein, denken tun Sie auch noch! Menschenskind — wenn bei uns einer denkt, dann bin ich das! Sollte sich das noch nicht bis zu Ihnen herumgesprochen haben?«

Hauptwachtmeister Krüger, der ›Spieß‹, war ein anerkannter Meister derartiger Idiotenspiele. Und er vermochte laufend neue zu erfinden. Seine Leute wußten das — somit auch jene drei, die ihn umstanden. Aber da sie diesmal erfreulicherweise von Krügers diesbezüglichem Erfindungsreichtum nicht direkt betroffen waren, grinsten sie vor sich hin. Und der fremde Gefreite schien gerade noch rechtzeitig zu erkennen, an wen er hier geraten war. Er beeilte sich — wie ergeben — zu schweigen.

Diese Reaktion hielt Hauptwachtmeister Krüger prompt für Respekt. Das registrierend, gab er sich großmütig. »Nun machen Sie schon Ihr vorlautes Maul wieder auf, Sie schäbiger Straßenköter! Bellende Köter produzieren oft nichts weiter als störenden Lärm! Wollen Sie mir so was zumuten?«

»Ich habe mich vermutlich hier nicht ganz richtig ausgedrückt, Herr Hauptwachtmeister«, beeilte sich der Gefreite zu erklären. Er nahm Haltung an, was aber nicht sonderlich überzeugend wirkte. »Ich habe mir gar nichts erlaubt. Ich leiste mir auch nur selten den Luxus, zu denken — und in diesem Fall schon gar nicht. Meine Bemerkung von vorhin war wohl nichts wie eine übereilte Entgleisung.«

Krüger lächelte breit, sozusagen von einem Ohr zum anderen. Dabei blinzelte er, neugierig überrascht, den Gefreiten an. »Sie sind wohl eine Art Spaßvogel — was? Sie versuchen offenbar, mich mit Gewalt zu erheitern — wie? Oder sollten Sie gar die Absicht haben, mich von hinten herum zu verschaukeln?«

»So was mir zu leisten«, sagte der Gefreite, und das klang nahezu aufrichtig, »wäre hier wohl ziemlich leichtfertig.« Und nach kurzer, sehr kurzer Pause fügte er fast straff hinzu: »Herr Hauptwachtmeister!«

»Na also!« registrierte Krüger nicht ohne Anerkennung. »Dämlich jedenfalls scheinen Sie nicht zu sein, oder? Wofür halten Sie sich?«

»Für einen, der immer wieder zulernt, Herr Hauptwachtmeister.«

»Sie scheinen sogar verdächtig schnell zuzulernen!« Krügers Blick ruhte prüfend auf diesem Gefreiten mit dem Milchgesicht. »Aber mir soll das nur recht sein.« Und dann forderte er: »Was war das, was Sie vorhin so bereitwillig ausschleimen wollten — ich möchte das gerne wissen?«

»An sich nichts Besonderes, Herr Hauptwachtmeister — wirklich nicht!«

»Das zu entscheiden überlassen Sie gefälligst mir«, erklärte Krüger mit fordernder Schärfe. »Also los, Mann — rotzen Sie sich endlich aus! Wo, glauben Sie denn, liegt hier Ihr Hund möglicherweise begraben?«

»Ich kam lediglich hinzu«, erklärte der Gefreite mit der ihm geboten erscheinenden Vorsicht, wobei er zum Turm hochblickte. »Der Tote lag bereits auf den Steinplatten.«

»Na fein«, registrierte der Hauptwachtmeister, nicht unerfreut. »Und was weiter?«

»Ich habe dann lediglich gehört, was gesagt wurde. Etwa dies: er ist durch die Luft gesegelt — wie eine Fledermaus.«

»Na — und? Warum sollte er denn nicht segeln, Sie Maulwurf! Was ist daran — außer eben für Maulwürfe — irgendwie bemerkenswert?«

»Vermutlich gar nichts«, sagte der Gefreite eilig. Um aber dann hinzuzufügen: »Ich habe lediglich zu mir gesagt: wenn der gesegelt ist, dann kann er doch wohl kaum direkt abwärts gefallen sein — wie etwa, wenn er beim Putzen seines Fensters den Halt verloren hätte.«

»Sieh mal einer an!« sagte Krüger staunend. »Sie denken ja schon wieder! Aber schön und gut — dann ist er also nicht gesegelt, sondern gesprungen! Doch was folgt daraus — Ihrer unverbindlichen Ansicht nach?«

»Das könnte dann möglicherweise ein Selbstmord gewesen sein. Möglich aber auch, daß er gestoßen wurde — hinausgestoßen worden ist, sagte ich mir.«

Krüger wirkte jetzt geradezu besorgt — und zwar um den Gefreiten. »Kaum zu glauben! Das sagten Sie also zu sich — aber Sie sagten es zu sich, bevor Sie noch meine Meinung dazu gehört hatten? Wie? Oder haben Sie die etwa überhört?«

»Es war ein Unfall — sagten Sie, Herr Hauptwachtmeister.«

»Sollten Sie das etwa bezweifeln?«

»Es wird dann wohl ein Unfall gewesen sein«, meinte der Gefreite, anscheinend äußerst bereitwillig. »Sie werden das sicherlich am besten wissen.«

Krüger starrte diesen fremden Gefreiten an, als habe er in völliger Dunkelheit ein Warnschild zu entziffern. Und noch während er das versuchte, erklärte er mit plötzlich hervorbrechender Entschiedenheit: »Versuchen Sie ja nicht, in meinem Bereich auf dumme Gedanken zu kommen, Sie verdammt neugieriges Milchkalb! Denn eins müssen Sie wissen: bei uns — also bei mir! — werden immer nur Nägel mit Köpfen gemacht! Irgendwelche krumme Touren haben in meinem Bereich keine Zukunft. Sind Sie etwa anderer Ansicht?«

»Kann ich mir doch wohl kaum leisten!« erklärte der Gefreite.

Krüger, der Hauptwachtmeister, lauerte auf eine Ergänzung dieser Erkenntnisse. Etwa auf ein: noch nicht — oder: jetzt nicht! Er wartete vergeblich. Was ihn befriedigte — sein fleischiges Gesicht blickte geradezu verständnisvoll milde. Doch er war kein Mann leichtfertiger Versäumnisse — »Vorsicht ist die Mutter der Porzellankiste!« war eine seiner bevorzugten Redensarten.

Und deshalb befahl er: »Diese Leiche bleibt zunächst hier liegen!« Er wies, mit ausgestrecktem Zeigefinger, auf einen seiner Soldaten. »Sie sorgen dafür, daß an diesem sogenannten Tatort nichts verändert wird!« Hierauf wies er auf den zweiten Soldaten: »Sie besorgen eine Decke oder eine Zeltplane — und hüllen damit, aber äußerst sorgfältig, unseren toten Kameraden ein!« Sodann befahl er dem dritten Soldaten, wie im gleichen Atemzug: »Unteroffizier Softer sofort zu mir!«

»Jawohl, Herr Hauptwachtmeister!« bestätigten seine drei Leute; nacheinander, doch mit gleicher, entschlossener Lautstärke.

»Und Schnauzen zu!« forderte Krüger. »Kein penetrantes Waschweibergequatsche! Wer es etwa wagen sollte, irgendwelche herumstinkenden Latrinengerüchte in die Welt zu setzen, dem trete ich persönlich in den Arsch! Ist das klar?«

Das war klar. Die drei Soldaten setzten sich unverzüglich in Bewegung, mimten, durchaus gekonnt, absolute Dienstbereitschaft. Krügers Schule! Wo er war, da war auch Betrieb. Eine Betriebsamkeit des unbedingten Gehorsams. Und die genoß er.

Das diesmal jedoch nur kurz. Denn er hielt es für dringend geboten, sich alsbald wieder dem fremden Gefreiten zu widmen — und das tat er, nachdem er tief eingeatmet hatte, mit bedrohlicher Ruhe.

»Nun sagen Sie mal — wer sind Sie denn eigentlich? Wie kommen Sie hierher? Was haben Sie hier zu suchen? Wie heißen Sie?«

»Gefreiter Bergen«, meldete der, wobei er bemüht zu sein schien, die Hacken zusammenzuschlagen, was ihm aber nicht sonderlich überzeugend gelang. »Versetzt vom Abteilungsstab zur 3. Batterie. Ich soll hier in der Planstelle des Nachrichtenunteroffiziers eingesetzt werden.«

»Das also sind Sie!« Hauptwachtmeister Krüger schnaufte wie erleichtert auf, begann dann nachsichtig zu grinsen. »Mann Gottes — warum haben Sie denn das nicht gleich gesagt? Das vereinfacht doch alles!«

»Jawohl, Herr Hauptwachtmeister«, rief der Gefreite Bergen ahnungsvoll aus. »Verstehe!«

»Das will ich aber auch stark hoffen, Sie aufdringliches Trampeltier! In Ihrem Interesse will ich das hoffen! Zumal ich, was Sie wissen sollten, ein erklärter Tierfreund bin. Auch bei Hunden — von mir aus kann jeder Pinscher hinpinkeln, wo ihn gerade das Bedürfnis anfällt; doch wenn er mich persönlich dabei anzupinkeln versuchen sollte, kann ich verdammt ungemütlich werden. Ich habe zwar ein dickes Fell, Bergen — aber ich lasse mich niemals von irgend jemandem ansauen. Da bin ich ausgesprochen feinfühlig. Kapiert?«

»Jawohl — das habe ich verstanden.«

»Dann melden Sie sich auf der Schreibstube«, befahl der Hauptwachtmeister streng. Um hierauf, wie leicht erheitert, hinzuzufügen: »Wissen Sie übrigens, Bergen, warum Ihr Vorgänger einen Nachfolger gebraucht hat? Weil der sich auf Sachen einzulassen beliebte, von denen er nichts verstand — der war mit einer Handgranate ins Bett gegangen. Wir mußten ihn danach teilweise vom Laken abkratzen. Der war nur noch Brei! Ich kann nur hoffen, Sie sind da wesentlich vorsichtiger.«

»Was ist hier eigentlich los, Kumpels?« wollte der Gefreite Bergen von den zwei übriggebliebenen Soldaten wissen, die sich mit der Leiche beschäftigten — sie deckten die Zeltplane fast sorgfältig darüber. »Welche Walze wird denn hier abgespielt?«

»Das geht dich einen Dreck an«, sagte der eine schroff ablehnend, sich noch tiefer über den Toten beugend. »Außerdem habe ich hier selten eine so dämliche Frage gehört. Du kommst wohl vom Mond?«

Doch der andere, ein Soldat namens Wassermann, ein kleiner, drahtiger Kerl mit fuchsflinken Augen, näherte sich Bergen sichtlich interessiert — wenn auch nicht ohne Mißtrauen. »Du scheinst offenbar nicht zu wissen, Kamerad, in was du hier hineingetreten bist?«

»Ich lasse mich gerne aufklären«, versicherte der Gefreite Bergen entgegenkommend. »Also?«

»Kannst du deine vorlaute Schnauze nicht halten?« riet der jetzt allein an der Leiche kniende Soldat seinem Kameraden Wassermann. »Immer diese Hinterfotzigkeiten! Aber nicht in meiner Gegenwart!«

»Dann hau doch ab!« meinte Wassermann unbeeindruckt, während er Bergen neugierig musterte.

»Also«, forderte der freundlich, »dann kläre mich mal auf, Kamerad — oder Kumpel, wie du willst. Wo bin ich denn hier gelandet?«

»Beim denkbar besten, feinsten und erfolgreichsten aller großdeutschen Kriegervereine!« Der Soldat Wassermann lächelte fast herzlich. »Denn bei uns läuft der Krieg selbst noch in friedlichen Zeiten auf vollen Touren.«

»Gehört das«, wobei Bergen auf die abgedeckte Leiche wies, »mit dazu?«

»Und ob!«

»Das«, rief der Soldat, der bei dem Toten kniete, warnend aus, »will ich nicht gehört haben.«

»Dann hast du das eben nicht gehört«, meinte Wassermann, wobei er prüfend um sich blickte, als wollte er sich davon überzeugen, ob niemand sonst in der Gegend war. Was ihn jedoch nicht davon abhielt, wenn auch ein wenig gedämpfter, zu erklären: »Hier, mußt du wissen, befinden wir uns — wenn auch mitten im besetzten Feindgebiet — so gut wie in unmittelbarer Frontnähe. Was natürlich enorm verpflichtet — gewisse Leute.«

»Und wer, bitte, ist das?«

»Ich bin bereits unterwegs«, verkündete der Soldat, der den Toten betreute, besorgt, richtete sich auf und entschwand. Er eilte zum Seiteneingang des Schlosses.

»Was ist mit dem?« fragte der Gefreite Bergen. »Hat der Angst?«

Wassermann lachte laut auf. »Der ist nur diensteifrig! Er will mit nichts zu tun haben, was nicht in diese ganze hier allein maßgebliche Richtung paßt. Wir sind eine schwere Flakbatterie im Einsatz — die Geschütze befinden sich knapp vierhundert Meter von hier, samt scharfer Munition. Könnten doch Feindflugzeuge kommen — worauf wir jederzeit vorbereitet sind und vorbereitet werden. Dort also ist unsere Front.«

»Und was ist hier — in diesem Schloß?«

»Hier, Kamerad Bergen, ist bereits Etappe — aber eine, die allerbestens durchorganisiert ist. Und zwar von Hauptwachtmeister Krüger, im engsten Einvernehmen mit Hauptmann Hein — und der, mußt du wissen, hat diesen Krieg geradezu gepachtet.«

»Was dir aber, Wassermann, wenn ich dich richtig verstehe, nicht gerade ausgesprochen gefällt — oder?«

»Es hat mir aber zu gefallen! Wie jedem von uns — also auch dir! Dort drüben — die Feuerstellung! Hier, im Park, wozu auch dieses Schloß gehört und eine sogenannte Grabkirche — die Protzenstellung, verantwortlich für Verpflegung, Versorgung, Fahrzeuge. Doch beide, bei aller erdenklichen Verschiedenartigkeit, sind eine Einheit — so gut wie völlig unerschütterlich, durch nichts und niemand. Also auch nicht durch dich! Oder möchtest du gerne irgend etwas in dieser Hinsicht ausprobieren?«

»Vielleicht. Etwa bei brauchbarer Unterstützung — durch so was wie dich.«

»Hat dieser schöngeistige Schulz tatsächlich seinen strapazierten Arsch zugekniffen — und zwar endgültig?« Unteroffizier Softer, verantwortlich für Verpflegung, gern auch »grinsender Gartenzwerg«, abgekürzt »GG« genannt, eilte geschäftig herbei. »Oder sollte der etwa noch Gelegenheit gehabt haben, irgend etwas Anrüchiges zu flüstern?«

»Nicht daß ich wüßte«, versicherte Hauptwachtmeister Krüger vertraulich. »Der kann kaum noch piep gesagt haben — wie ein schnell fabrizierter, riesiger Kuhfladen lag der da!«

»Na bestens!« stellte Softer ungeniert fest. »Mithin ein Hinterlader weniger!«

Der Hauptwachtmeister traf seinen Unteroffizier Softer, seinen derzeitigen Vertrauten Nummer eins, unmittelbar vor dem Haupteingang des verwitterten, dreistöckigen Schlosses. Das »Schloß D., zur Stadt D. gehörend«, war in jedem Fremdenführer verzeichnet, obgleich an ihm so gut wie nichts mehr sehenswert erschien.

Schloß D. war einst im Besitz der Herzöge von Orleans — eines unter etlichen Dutzend anderen. Gelegen in einem Park, in dem jetzt die Fahrzeuge der 3. Batterie standen: Personenwagen, Henschel-Laster, Zugmaschinen mit Raupenketten. Die Wege, dazu Grünflächen und Blumenbeete, waren zeitbedingt zerwühlt.

Dieses sogenannte Schloß plus Umgebung war von Hauptwachtmeister Krüger ziemlich planvoll in Besitz genommen worden, und zwar für die von ihm befehligte Protzenstellung plus Batteriestab. Im Erdgeschoß: Küche, Kantine — diese zeitlich begrenzt für Mannschaften, sonst jedoch den Unteroffizieren, zeitlich unbegrenzt, zur Verfügung stehend, hierbei diverse Lagerräume, dann die Schreibstube. Im mittleren Geschoß: die Unterkünfte der niederen Dienstgrade sowie jene der Mannschaften — streng voneinander getrennt, in kammerartigen Räumen von unterschiedlicher Größe.

Im Obergeschoß: die vom Batteriechef, auf Anregung von Krüger, mit Beschlag belegten Räume — mit großem Bankettsaal, Schlafraum und Turmzimmer. Von letzterem aus zu erblicken: die weite Welt — in allen vier Himmelsrichtungen. Dabei auch jene am Rande des Parkes stehende Kirche — gleichfalls bis zur Baufälligkeit verwittert, in der sich Särge befanden, sich dort geradezu stapelten. Was das jedoch zu bedeuten hatte, schien zunächst niemand zur Kenntnis zu nehmen.

»Hatte dieser abgestürzte Schulz wenigstens noch sein Hemd an?« wollte nun Softer wissen.

»Auch in dieser Hinsicht ist alles in bester Ordnung! Dieser Lackaffe war, in seiner letzten Stunde, sogar völlig bekleidet — nicht einmal sein Hosenschlitz war offen.«

»Dann haben wir ja wohl wieder einmal gerade noch Schwein gehabt — was? Denn ein toter Schulz ist der denkbar beste Schulz — der kann sich nun keine hinterhältigen Schweinereien mehr aus seinen feinen Fingern saugen! Trinken wir einen darauf?«

Der Hauptwachtmeister nickte zustimmend. Er folgte seinem verläßlichen Vertrauten, dem ›grinsenden Gartenzwerg‹, in dessen ›Lagerräumen‹, die große Teile im Erdgeschoß des Schlosses einnahmen. Im ersten davon befand sich die normale Truppenverpflegung plus eiserne Rationen; im zweiten in Regalen, bis zur Decke, die Flaschen, auch Beutegut genannt; im dritten lagerten Kisten und Kartons, »vorwiegend angefüllt mit Seifen, Parfüms und Seidenwäsche — zwecks individueller Betreuung«. Sie hatten gesiegt — in welchem horrenden Ausmaß, wurde auch hier deutlich.

Krüger und Softer bezogen den Lagerraum zwei. Dort ließen sie sich, in bequemen Ledersesseln, nieder. Und hier hatte der Unteroffizier stets etliche bereits geöffnete Flaschen in greifbarer Nähe stehen. Und er wußte: in frühen Vormittagsstunden wurde vom Hauptwachtmeister ein scharfer, klarer, eisweißer Peppermint bevorzugt — der ersetzte jedes Zähneputzen.

Hauptwachtmeister Krüger trank das ihm gereichte, randvoll gefüllte Wasserglas in einem Zug leer; er schüttelte sich wonnig, atmete genußvoll ein und aus. Nach einer fast schon kunstvollen Pause sagte er dann: »Ganz so einfach scheint das diesmal leider nicht zu sein.«

»Schwierigkeiten? In deinem Bereich?«

»Sieht beinahe so aus.«

»Ach was, du wirst es schon schaffen!« versicherte Unteroffizier Softer ermunternd und füllte die vor ihnen stehenden Gläser erneut. »Auf alles, was sich hinunterspülen läßt!«

Was war das doch für ein herrliches Klima in diesem Frankreich! Hier konnte man saufen, von morgens bis abends und die ganze Nacht noch dazu, ohne sonderliche Wirkung zu verspüren. So was durfte man sich nicht versauen lassen — schon gar nicht durch einen Schulz. »Da bist du doch mit ganz anderen Dingen fertig geworden! So was wie dieser Knabe mit dem gebrochenen Genick, der ist für dich doch kaum mehr als kleine Fische — und die stinken nicht stark und niemals lange.«

Das klang wie eine sachliche Feststellung. Diese beiden brauchten sich nicht zu schmeicheln — sie verstanden sich: denn sie saßen im gleichen Boot, und das bereits seit dem Polenfeldzug. Das verknautschte, faltenreiche Zwergengesicht des Verpflegungsunteroffiziers mit den Hamsterbacken grinste ermunternd. »Denn ich kann mir nicht vorstellen, daß du irgendwann einmal kalte Füße bekommen könntest. Also auch jetzt nicht!«

»Meine Temperaturen, Softer, bleiben stets völlig normal — was auch immer geschieht. Das ist erwiesen. Nur beginne ich mich langsam zu fragen, wie so was auf die Dauer gutgehen kann.«

»Nun — zumindest sollte das hier noch möglichst lange gutgehen; so lange zumindest, wie sich das für uns lohnt. Für uns, also für unsere Batterie, mithin für deine Batterie — was immer du willst! Mensch, wir sind doch gerade erst am Anfang! Die schönen, dicken, großen Sachen kommen garantiert erst noch!«

Krüger betrachtete nachdenklich die klebrige und dennoch klare Flüssigkeit in seinem Glas. »Schöne, dicke, große Sachen — bei diesem Hauptmann?«

»Nur bei dem!« versicherte der grinsende Gartenzwerg. »Denn der tanzt konsequent nur auf seinen Hochzeiten — also stört er uns nicht bei den unseren, wenn wir ihn nicht stören! Oder willst du den etwa hochgehen lassen?«

»Das könnte ich jetzt – wenn ich wollte.«

»Aber warum solltest du das wollen?« fragte Softer. »Denn wer kann schon wissen, was nach einem Hauptmann Hein kommen könnte? Etwa irgendein neuer Karrierehengst, auf den wir uns dann erst einstellen müssen! Oder gar irgendeine Offiziersflasche, mit der wir nichts wie eine Menge Ärger und Arbeit haben! Da halten wir uns doch lieber, meine ich, an eine Type, deren Kragenweite wir ziemlich genau kennen.«

»Geschafft haben wir bisher in unserem Bereich jeden«, meinte der Hauptwachtmeister versonnen. »Denn Batteriechef kann hier werden, wer auch immer — wir haben uns noch jeden zurechtgebogen.«

Softer hob ermunternd sein Glas. »Unsern Hauptmann Hein kennen wir — bis zur Arschkerbe, kann man wohl getrost sagen. Und so was hat doch eindeutig seine Vorteile. Ich meine: den müssen wir uns warmhalten!«

»Der ist warm genug«, bemerkte Krüger. »Und eben das könnte diesmal einigen Staub aufwirbeln — oder eben: feuchten Dreck! Denn ich werde nun wohl nicht umhinkönnen, den Tod dieses Schulz weitermelden zu müssen — wodurch eine amtliche Untersuchung unvermeidlich erscheint.«

»Na — und wenn schon!« rief Unteroffizier Softer. »Selbst das kann durchaus seine Vorteile haben. Soll doch eine Menge Dreck dabei aufgewirbelt werden — die Hauptsache: du wirst das, für den

Hauptmann, schließlich dennoch bereinigen. Um so größer dann dessen Verpflichtung dir gegenüber!«

»Kann durchaus sein«, gab Hauptwachtmeister Krüger zögernd zu. Sein Vollmondgesicht glänzte mild, während er trank. Er war von Hauptmann Hein für das Eiserne Kreuz vorgesehen worden; zumindest für das Kriegsverdienstkreuz mit Schwertern — und so was durfte nicht leichtfertig gefährdet werden. »Man muß mit äußerster Vorsicht vorgehen!«

»Schließlich haben wir es hier mit einem Batteriechef zu tun, der ein erklärter Held ist!« Unteroffizier Softer schien sich gemütlich darüber zu freuen. »Und das wird der bestimmt möglichst lange und überzeugend bleiben wollen! Aber eben das kann er jetzt — nach Lage der Dinge — nur mit deiner Hilfe! Mensch, das lohnt doch! Meine Mitarbeit dabei ist dir sicher.«

»Was verstehst du darunter, Softer? Möglichst präzise!«

»Na — eben alles, was nur irgendwie in meinen Kräften steht! Etwa Stärkung von Zeugen durch großzügige Belieferung mit Spirituosen. Ferner Anlieferungen von Aussagen in jeder gewünschten Form — durch wirksamen Appell an schwankende Kameraden. Und ähnliches in dieser und sogar in noch höherer Preislage. Wenn es denn unbedingt sein muß, Kamerad Krüger, dann stürze ich mich, für dich, in jede Sorte Unkosten.«

»Und was erwartest du als Gegenleistung dafür, du Schlitzohr?«

»Nichts!« behauptete Softer. »Nicht das geringste! Abgesehen von einer Kleinigkeit, die aber bereits zwischen uns erschöpfend besprochen worden ist — ein Freizeitinstitut für unsere Soldaten.«

»Du willst also unbedingt deinen Puff haben?«

»Wie immer man so was nennen will, Kamerad Krüger — es geschieht nicht zuletzt aus sanitären Gründen. Ich gedenke, günstige Gelegenheit plus garantierte Gesundheit zu liefern — so was fördert die Einsatzbereitschaft ungemein.«

»Das, mein Lieber, versuche mal einem Hauptmann Hein klarzumachen!«

»Sollte das jetzt wirklich noch ein Problem sein — nach allem, was inzwischen geschehen ist?« Softers Grinsen nahm geradezu strahlende Ausmaße an. »Ich meine, der wird jetzt erkennen, wie seine Puppen am besten tanzen — wenn man ihm das nur richtig klarmacht. Und das eben kannst du! Mann, kein anderer kann das besser! Und die Gelegenheit dazu ist selten günstig!«

»Sollte irgend etwas nicht in Ordnung sein?« fragte Hauptmann Hein, der Chef der 3. Batterie, fast streng. »Sie sehen ganz so aus, Hauptwachtmeister, als wären Sie über irgend etwas besorgt? Weshalb?«

»Es handelt sich hier um den Kanonier Schulz, Herr Hauptmann.«

»Was ist mit dem?«

»Den hatte ich heute morgen — wie üblich — zur Betreuung von Herrn Hauptmann abkommandiert.«

»Er ist erschienen«, bestätigte Hauptmann Hein, das jedoch wie nebensächlich. Und nahezu abwesend, schmalgesichtig, in weite Fernen blickend, fügte er hinzu: »Müssen Sie mich denn unbedingt wegen so einer Bagatelle stören?«

Hauptwachtmeister Krüger war, direkt von den Lagerräumen des Unteroffiziers Softer kommend, die breite, brüchige Treppe zum obersten Stockwerk des zerfallenden Schlosses hochgestiegen — bis zu den Räumen, die dem Chef der 3. Batterie persönlich zur Verfügung standen: der ausgedehnt längliche ›Bankettsaal‹, das quadratische ›Schlafzimmer‹, das kreisrunde Turmgemach. Letzteres, durch einen schmalen Gang erreichbar, ausgestattet mit vier von der Decke fast bis zum Fußboden reichenden Rundbogenfenstern.

»Herr Hauptmann wissen also noch nicht, was geschehen ist?« fragte Krüger vorsichtig.

»Was soll denn schon geschehen sein?« Heins schmales, kantiges Gesicht mit den strichschmalen Lippen und suggestiven Blauaugen unter dem metallisch glänzenden Blondhaar hob sich, als nehme er Witterung. Er griff, fast automatisch, nach dem vor ihm stehenden Glas.

Hauptmann Hein pflegte, nach dem glorreichen Sieg über Frankreich, an dem er gewichtigen Anteil hatte, ausschließlich Champagner zu trinken. Dabei bevorzugte er Veuve Cliquot Ponsardin, diesen mit Jahresangabe. Er schüttete ihn wie Mineralwasser in sich hinein — von morgens bis abends, Nächte hindurch. »Was ist denn geschehen, Krüger?«

»Herr Hauptmann wissen also von nichts?« stellte der Hauptwachtmeister fest, nicht ohne Respekt vor so viel Selbstbeherrschung.

»Was sollte ich denn wissen, mein Lieber — Ihrer Ansicht nach?« Hauptmann Hein lächelte jetzt sogar, doch nur andeutungsweise. Er bot das in den letzten Tagen gewohnte Bild: er saß wie unbeweglich an der oberen Schmalseite des langen Bankettisches — der Hauptwachtmeister war in Türnähe stehen geblieben.

»Falls Sie etwa auf diesen Schulz anspielen sollten, Krüger — den möchte ich nicht als sonderlich erfreuliche Erscheinung bezeichnen. Mit dem war nicht allzuviel anzufangen. Sie können ihn, von mir aus, schnellstens wieder für den normalen Dienst vereinnahmen. Sie werden ihn im Turmzimmer vorfinden — dort reinigt er den Fußboden und die Fenster.«

»Er ist aber nicht mehr dort«, erklärte Hauptwachtmeister Krüger. »Er ist inzwischen unterhalb des Turmes aufgefunden worden — auf den Steinplatten. Tot. Ohne noch ein Wort gesagt zu haben – soweit ich feststellen konnte.«

»Na scheußlich!« sagte Hauptmann Hein; als sei er völlig unbeeindruckt: ganz Mann des Krieges – Leichen waren dabei unvermeidlich, wenn auch natürlich bedauerlich. »Wie kommt dieser pflaumenweiche Kerl dazu, uns so was anzutun?«

»Haben Herr Hauptmann eine brauchbare Erklärung dafür?«

»Erwarten Sie die etwa von mir?« wollte Hein sanft lauernd wissen, wobei er, in kleinen Schlucken, von seinem Champagner trank. »Wofür halten Sie mich denn? Für den Leiter eines Kindergartens? Oder für den Chef einer Batterie – deren Hauptwachtmeister Sie sind?«

»Herr Hauptmann«, sagte nun Krüger ungeniert deutlich, »diese Angelegenheit könnte, unter Umständen, zu peinlichen Folgen führen.«

»Könnte – muß aber nicht! Falls ich Sie richtig verstanden habe, Krüger – was ich sehr hoffe.«

»Todesfälle jeder Art«, erklärte der Hauptwachtmeister, »müssen automatisch höheren Ortes weitergemeldet werden – sie haben sodann, gleichfalls automatisch, von dort aus eine amtliche Untersuchung zur Folge. Und das auch dann, wenn es sich lediglich um einen Unfall handeln sollte.«

»Handelt es sich denn um einen Unfall – Ihrer Ansicht nach?«

»Durchaus«, stimmte Krüger bereitwillig zu. »Vorausgesetzt, daß auch Herr Hauptmann das nicht nur für nicht ausgeschlossen halten – sondern vielmehr als die einzige in Frage kommende Möglichkeit.«

»Ich sehe – wir sind uns wieder einmal einig«, bestätigte Hein tonlos. »Sie haben offenbar genau erfaßt, wie hier allein richtig geschaltet werden muß. Wobei ich erneut erkenne, Krüger, daß ich mich auf Sie verlassen kann – was ich auch erwartet habe.«

»Ich tue immer, was ich kann«, versicherte der Hauptwachtmeister ungeniert. Um dann fast feierlich hinzuzufügen: »Und für unsere Batterie tue ich einfach alles!«

»Auf Sie, Hauptwachtmeister, kann man Häuser bauen!« bestätigte Hein. »Ich weiß das sehr wohl zu schätzen. Und das, meine ich, sollte nun endlich auch offiziell anerkannt werden.«

»Danke, Herr Hauptmann!«

»Doch wie wohl am besten? Falls Sie irgendwelche diesbezüglichen Wünsche haben sollten – melden Sie sie getrost an!«

»Das Gefühl verläßlicher Zusammenarbeit genügt!« versicherte der Hauptwachtmeister. Solche Formulierungen waren ihm neuerdings sehr geläufig – denn er las, fast regelmäßig, den ›Völkischen Beobachter‹, was bei ihm nicht ganz ohne Folgen bleiben konnte.

»Dennoch würde ich eine gewisse äußere Anerkennung nicht ablehnen — allein der Sache wegen.«

»Verstehe«, registrierte Hauptmann Hein, nicht ganz ohne lässiges Amüsement. »Sie beanspruchen jenes Eiserne Kreuz, das unserer Batterie zugestanden wurde — ist es das?«

»Ich persönlich, Herr Hauptmann, stehe dabei gerne zurück — ich gönne diese Auszeichnung jedem anderen, der sie sich möglicherweise verdient hat. Dennoch halte ich eine derartige Verleihung an mich, aus Gründen einer gerechten Verteilung, für gewiß nicht unverdient: denn schließlich habe ich, und zwar in zwei Fällen, mitgeholfen, Schwerverwundete mitten im feindlichen Artilleriebeschuß zu bergen.«

»Sie sollen Ihr EK bekommen! Sie haben es verdient!«

»Danke«, sagte Krüger noch einmal. »Und was diesen Unfall anbelangt. . .«

»Für den werden sich überzeugende Beweise schaffen lassen — das traue ich Ihnen ohne weiteres zu! Sie machen das schon, Hauptwachtmeister — Sie sind bisher noch mit allen Komplikationen fertig geworden. Und ich bin sicher, daß Sie mich auch diesmal nicht enttäuschen werden.«

In den Mittagsstunden dieses Tages tauchten zwei Feldgendarmen auf — beide im Feldwebelrang. Mit metallisch blitzendem Schild vor der breiten Brust. Sie gaben sich teddybärenhaft gemütlich.

Sie hießen Konz und Kator — denn sie stellten sich, um Höflichkeit bemüht, jedem Unteroffizier vor, der ihnen über den Weg lief. Mit sicherem Instinkt drängten sie sich ins Schloßinnere vor — direkt in Softers Lagerräume hinein.

»Beachtlich!« sagte der eine — Konz oder Kator —, die aufgestapelten Vorräte musternd.

»Vielversprechend!« erklärte der andere — Kator oder Konz.

»Betreuungsmaterial!« beeilte sich Softer abschirmend zu erklären — und unverzüglich schickte er einen seiner Gehilfen nach Krüger aus. »Alles für die Truppe!«

»Zur Truppe«, meinte einer der Feldgendarmen versonnen, »gehören wir schließlich auch.«

»Darüber läßt sich reden«, versicherte Softer instinktiv entgegenkommend. »Doch dafür zuständig ist unser Hauptwachtmeister.«

Der alarmierte Krüger erschien unverzüglich — mit einem Blick übersah er die Situation: er schaltete unverzüglich auf kameradschaftliche Kumpanei. Er ließ Getränke — frei nach Wahl — anbieten; Softer offerierte Frankreichs beste Produkte. Außerdem konnte er sogar Original Münchner Franziskaner-Spaten-Bräu anbieten — und das wurde freudig akzeptiert.

»Prächtig organisierter Laden!« meinte Konz oder Kator anerkennend. »Nichts scheint zu fehlen.«

Und der andere versicherte, in einen Sessel sinkend: »Hier könnte man sich richtiggehend wohl fühlen – doch leider sind wir nicht nur deshalb gekommen.«

»Weshalb auch immer!« versicherte Krüger, bemüht herzlich. »Die Hauptsache zunächst, Kameraden – ihr fühlt euch hier wohl!«

»Das tun wir!« bestätigte Kator oder Konz. »Sauwohl geradezu fühlen wir uns.«

Sie tranken Spatenbier und dazu Enzian, sie ließen sich Rührei mit Schinken servieren, dann Weißbrot mit Camembert. Während sie das genossen, schienen sie zunehmend menschlicher zu werden. Harmonie kam wie unvermeidlich auf. »Dennoch sind wir, leider, dienstlich hier!« versicherte, kräftig aufstoßend, der eine der Feldgendarmen, während der andere genußvoll gähnte.

»Was soll's denn sein?« fragte Krüger durchaus verständnisvoll. »Es wird sich sicherlich arrangieren lassen – wenn man es nur richtig anpackt. Also – worum geht es?«

»Uns, Kamerad, liegt eine Art Anzeige vor«, flüsterte vertraulich der eine der Feldgendarmen dem Hauptwachtmeister zu. »Gegen einen Angehörigen deiner Batterie – einen gewissen Ronge oder Range, Wachtmeister.«

»Und was soll der angestellt haben?«

»Der hat unten in der Stadt eine Schlägerei angezettelt. Er hat das Hotel de France ausgeräumt – und dabei mindestens drei Menschen mehr oder minder schwer verletzt: einen Soldaten einer Infanterieeinheit, dann einen französischen Zivilisten und schließlich sogar einen Angehörigen der deutschen Ortskommandantur. Die liegen jetzt, sozusagen vereint, im Krankenhaus.«

»Eine ganz beachtliche Leistung«, meinte Krüger versonnen. »Die kann sich sehen lassen – was?«

»In der Tat«, stimmte der eine der Feldgendarmen bereitwillig zu. »Ein Schönheitsfehler ist nur, daß dabei eben auch ein Angehöriger der deutschen Ortskommandantur zu Bruch gehen mußte.«

»Also ist es der deutsche Ortskommandant gewesen, der sich diese Anzeige geleistet hat?«

»Kann sein«, bestätigte Konz oder Kator widerwillig. »Es ist uns nicht erlaubt, im Anfangsstadium eines Falles einem Angezeigten den Namen des Anzeigenden bekanntzugeben.«

»Dieser Ortskommandant«, meinte nun Krüger zuversichtlich, »ist eine kräftig geschwollene Null, kaum mehr als ein Gebilde aus heißer Luft – das in den Augen von erfahrenen Frontsoldaten. Mithin nichts wie ein Zivilist!«

»Auch das kann sein«, wurde dem Hauptwachtmeister von den Feldgendarmen kameradschaftlich bestätigt. »Aber selbst das ändert, leider, nichts daran, daß wir dieser Anzeige nachgehen müssen — und zwar so lange, Kamerad, bis man uns klargemacht hat, daß wir auf dem falschen Dampfer sitzen. Das jedoch muß äußerst überzeugend geschehen — weißt du, wie am besten?«

Das wußte Krüger — was wußte er nicht? Er bedeutete Softer, eine Nachspeise zu servieren: Ananasscheiben in Kirschwasser. Auch die wurden sichtlich genossen. Und während das geschah, schien der Hauptwachtmeister intensiv nachzudenken. Er wußte genau, wem die Anzeige galt: dem Wachtmeister Runge von der Feuerstellung — und der war nicht nur Heins bester Mann, sondern noch dazu ein in jeder Hinsicht vorbildlicher Kamerad. Den konnte man nicht einfach in die Pfanne hauen lassen!

»Ronge oder Range?« fragte der Hauptwachtmeister gedehnt. Womit er den Namen Runge vermieden hatte. »Einen Wachtmeister dieses Namens haben wir hier nicht.«

»Wirklich nicht?« fragte Konz oder Kator ehrlich erfreut.

»Keinen Ronge, keinen Range!«

»Wenn dem so ist, dann erledigt sich diese Anzeige wie von selbst! Ich nehme das also amtlich zur Kenntnis. Und nun können wir uns hier, völlig ungestört, einen, oder auch zwei, sogar ein bis zwei Dutzend, hinter die Binde gießen! Verehrter Kamerad Krüger — wie mich das freut! Aber ich habe schon immer gesagt: vertrauensvolle Kameradschft ist einfach alles! Alles andere ist Scheiße! Und davon haben wir wahrlich mehr als genug. Oder etwa nicht?«

»Hier stinkt es!« erklärte der Soldat Wassermann lautstark, fordernd um sich blickend. »Riecht das denn keiner?«

Er hatte sich, in der Kantine, an einen der drei Mannschaftstische gesetzt. Vor ihm stand ein randvoll gefüllter Teller Erbsensuppe -- mit Rauchfleisch gekocht. Das Fleisch selbst befand sich, in einer Schale, auf dem vierten Tisch im Raum — auf dem für die Unteroffiziere, der mit weißem Papier überzogen war.

Dort saß — zunächst allein — der Wachtmeister Arm, auch »Armleuchter« genannt, der Schirrmeister dieser 3. Batterie, Herr über sämtliche Kraftfahrzeuge. Er säbelte sich, bedächtig, ein großes Stück Rauchfleisch ab. Das schien er versonnen zu betrachten — doch er lauschte dabei auf das, was in diesem hohen, kahlen, glattgetünchten Raum gesprochen wurde.

Er sah: etwa ein Dutzend Männer, die eifrig ihre Suppe löffelten, dabei schwiegen, doch ihrerseits zu lauschen schienen. Auf das, was da dieser Wassermann von sich gab. Worauf dann ein anderer, Arm noch unbekannter Soldat antwortete, ein Gefreiter, der Bergen hieß.

»Stinkt es hier?« fragte der Gefreite Bergen, sich neben Wassermann setzend. »Aber wonach denn?«

»Nach einer konzentrierten, aufgestauten, ganzen Menge Mist!« versicherte der Soldat Wassermann, provozierend in die Runde blikkend. »Es stinkt geradezu gen Himmel — falls sich darunter hier noch irgend jemand was vorstellen kann.«

Der Gefreite Bergen betrachtete die anwesenden Soldaten nicht ohne Hoffnung — denn wenn die auch Gleichgültigkeit mimten, so hielten sie doch, spürbar, die Ohren offen. Einige blinzelten sogar, eindeutig ermunternd, zu Wassermann hinüber.

»Leichen, zum Beispiel«, sagte Bergen bedächtig, »pflegen immer zu stinken — mehr oder weniger, anfangs nur leise, später dann kräftiger.«

»Aber eben nicht für jeden«, meinte Wassermann, fast unverändert lautstark. »Denn nicht wenigen scheint hier der Geruchssinn völlig abhanden gekommen zu sein. Für sie riecht Erbsensuppe offenbar genauso wie ein Kadaver: sie haben es verlernt, zu unterscheiden!«

»Das langt!« rief nunmehr Wachtmeister Arm tönend durch den Raum — wobei er, nach wie vor, nicht ungemütlich wirkte. Sein hageres, windgegerbtes Kraftsportlergesicht schien in hundert fröhlichen Falten zu ergrinsen. »Ich gedenke hier zu speisen, Wassermann, Sie Affenarsch — aber nicht mich anekeln zu lassen!«

»Das hier servierte Essen«, erklärte Wassermann tapfer, »habe ich nicht gemeint, wenn ich Gestank sagte.«

»Was Sie hier meinen, ist mir scheißegal!« Der Wachtmeister Arm blickte betrübt. »Ich jedenfalls denke nicht daran, mich von einer Maulhure um meinen gesunden Appetit bringen zu lassen — nicht von Ihnen und auch von niemand sonst. Kapiert?«

»Kamerad Wassermann sollte nun wohl mal näher erklären, was er eigentlich damit meint«, regte der Gefreite Bergen überaus höflich an. »Ich bin geradezu gespannt darauf, wie er das macht.«

»Verschwinden Sie hier«, forderte Arm fast sanft. »Und mit Ihnen, Bergen, haben hier auch alle anderen zu verschwinden — bis auf Wassermann. Das Mittagessen für Mannschaften findet heute im Freien statt! Bedankt euch dafür bei dieser vorlauten Wildsau, diesem Bergen. Also — nichts wie raus, Kameraden!«

Die anwesenden Soldaten kamen diesem Befehl nach — sie ergriffen ihre Teller und gingen hinaus. Sie schienen froh, hier noch einmal entkommen zu können. Bergen jedoch zögerte — er wurde aber hastig mit fortgezerrt. Nach einer knappen Minute war dieser Kantinenraum so gut wie leer — lediglich Arm saß dort, getrennt durch zwei Tische, Wassermann gegenüber.

»Wohl vom Hahn bestrampelt?« fragte der Wachtmeister, selbst jetzt noch nicht ungemütlich wirkend. »Da scheint Ihnen jemand wohl ins Hirn geschissen zu haben, Wassermann — denn Sie sind doch sonst nicht so geil darauf, unnötige Schwierigkeiten zu bekommen? Wer hat Ihnen denn diesen Auftritt verschafft?«

»Irgendwann einmal«, bekannte der Soldat Wassermann nun dumpf entschlossen, »muß hier wohl jedem das große Kotzen kommen!«

»Hier?« fragte Arm, sich aufrichtend — wobei seine Gemütlichkeit nun äußerst langsam zu schwinden schien. »Sie meinen damit doch wohl nicht unsere 3. Batterie — oder?«

»Was auch immer, Herr Wachtmeister — ich meine den Krieg!«

Nun grinste der Schirrmeister wieder — dieser Sauhund vor ihm wagte es also nicht, ihm den Respekt zu verweigern. Der »schöne Alfons«, wie Arm — seinen eigenen Angaben nach — von Damen aus höheren, wenn nicht gar aus höchsten Kreisen bezeichnet worden sein soll, schaltete unverzüglich wieder auf Gemütlichkeit zurück.

Sagte: »Und was das große Kotzen anbelangt, Wassermann — so droht mir das seit geraumer Zeit schon zu kommen. Und zwar im Hinblick auf Sie!«

»Und wie«, fragte der, ungebremst, »komme ich zu dieser Ehre?«

»Ach du arme Filzlaus!« rief der Wachtmeister Arm aus, seinen Kopf schüttelnd und fast betrübt blickend, und wenn er einen seiner Soldaten zu duzen begann, dann war er, wie jedermann wußte, in denkbar gefährlicher Stimmung. »Du glaubst wohl, Wassermann, du kannst hier ungestört deine breite Fresse aufreißen, nur weil du einer meiner besten Kraftfahrer bist? Du meinst — was kann dir hier schon passieren, da du doch unsere Zugmaschinen reparieren kannst — wie kein zweiter! Und das genügt schon? Meinst du das?«

»Herr Wachtmeister — ich habe bisher lediglich versucht. . .«

»Hier herumzustänkern! Und das nicht zum erstenmal — wie ich gehört habe. Doch diesmal sogar in meiner Gegenwart! Kannst du dir denn das leisten?«

»Manchmal, Herr Wachtmeister, hat man eben das Gefühl. . .«

»Gefühle, du Arschgeiger, leistet man sich bei Weibern — aber doch nicht hier! Und schon gar nicht in meiner Gegenwart. So was gehört sich einfach nicht — und im höchsten Fall macht man so was, bei mir wie bei Krüger, nur einmal. Denn schließlich könnte man sagen: dieser Wassermann gehört zu den Kraftfahrern. Und für die hat Arm die Verantwortung, also machen wir den auch verantwortlich — und wie stehe ich dann da?«

»Aber gewisse Vorkommnisse. . .«

»Sind Hühnerscheiße! So was kommt vor, aber daran riecht keiner herum! Schon keiner von meinen Leuten. Auch nicht einer von denen, die sich leichtfertig für unentbehrlich halten — denn das ist niemand.«

»Dann, Herr Wachtmeister, bitte ich, mein Gesuch auf Versetzung zu einer andern Einheit zu befürworten, wobei es sich um mein drittes, diesbezügliches Gesuch handelt.«

»Das könnte dir so passen, du sanfttückische Sittensau!« Arm lachte laut auf, während seine Augen kalt blickten. »Du willst mich wohl mit Gewalt aufs Kreuz legen? Ach, du armselige Sackwanze – was bildest du dir ein! Na schön, deine Spezialkenntnisse werden hier gebraucht – und die werde ich mir auch erhalten, auf altbewährte Weise! Falls du unbedingt darauf bestehen solltest!«

»Auf was genau – bitte?«

»Nun – etwa: Streichung aller Sonderzulagen; dazu Extrabeschäftigungen in jeder erdenklichen Menge; ferner Wachdienst außer der Reihe; diverse Urlaubsbeschränkungen – und schließlich ein Dauerabonnement für die Teilnahme an meinen beliebten Affenspielen. Solltest du darauf scharf sein?«

»Nein«, erklärte der Soldat Wassermann, »darauf gewiß nicht!« Womit er ›Arms Affenspiele‹ meinte, was eine allwöchentliche, wie die Pest gemiedene Sonderveranstaltung war, von der fast jeder, der sie einmal mitmachen mußte, von Herzen zu wünschen pflegte, es hätte sie niemals gegeben. »Gut, gut – dann halte ich also meine Schnauze!«

»Aber zum Fressen, Wassermann, kannst du sie gebrauchen«, meinte nun Arm einladend. »Zum Saufen auch! Auch bei den Weibern – bei denen kann man mit einem beweglichen Maul außerordentliche Wirkungen erzielen; da kenne ich mich aus!« Der Wachtmeister scherzte animierend. »Also – komm her, Kamerad. An meinen Tisch. Mach dich hier breit!«

Der Soldat Wassermann kam dieser Aufforderung nach. Er nahm seinen Teller und setzte sich links von Arm. Der säbelte unverzüglich ein faustgroßes Stück Rauchfleisch ab und ließ das in die Erbsensuppe seines Kraftfahrers fallen. Nickte dem zu. Versicherte dabei: »Wir sind gar nicht so! Wir sind im Grunde verdammt kameradschaftlich – man muß sich uns nur anpassen! Und das ist schon alles!«

»Existieren verbindliche Aussagen?« wollte der eingetroffene Kriegsrichter, mit Namen Born, eifrig wissen. »Irgendwelche Zeugen?«

»Was denn für Zeugen?« fragte der Hauptwachtmeister gekonnt bieder.

»Nun – etwa Leute, die den Sturz dieses Schulz direkt gesehen haben.«

»Gibt es nicht!« erklärte Krüger betont sachlich. »Allein dies ist geschehen: irgend jemand vernahm einen Aufprall – und alsbald danach sahen sie ihn liegen. Auf den Steinplatten. Und das, Herr

Kriegsrichter, war alles. Genau das steht auch, in allen Einzelheiten, in der von uns eingereichten Meldung. Mithin: ein Unfall! Ganz klar. Wird das etwa bezweifelt?«

»Sollte denn irgendeine Veranlassung dafür bestehen?« fragte der Kriegsrichter Born, wobei er jedoch freundlich mit den Augen zwinkerte. Er war ein kleiner, schmaler, fast zierlicher Mann von munterem Wesen; doch nunmehr, da uniformiert, um die Wahrung militärischer Belange betont bemüht. »Doch nun mal Spaß beiseite — ich bin hier, um den uns gemeldeten Unfall zu untersuchen und diesen dann amtlich zu bestätigen.«

»Üblich«, gab Krüger zu bedenken, »ist das gerade nicht, Herr Kriegsrichter.«

»Sie meinen vermutlich wohl: irgendein Telefonanruf hätte völlig genügt? Oder auch nur: das Abzeichnen eines uns eingereichten Vorganges? Sodann nichts wie: Aktenschrank! Meinen Sie das?«

»So ungefähr«, bestätigte, lässig überlegen, der auch als Aktenhengst vielfach erprobte Hauptwachtmeister Krüger. »Zudem pflegt so ein Unfall in den Zuständigkeitsbereich der Abteilung zu fallen — jedoch nicht in den des Regiments.«

»Bitte keine voreiligen, also möglicherweise falschen Vermutungen!« Das empfahl der Kriegsrichter Born freundlich. »Denn wir sind schließlich auch nur Beamte und als solche staatserhaltend eingestellt. Ein Umstand, der Sie, wie ich hoffe, zuversichtlich stimmen wird.«

Dieser Mensch, der Born hieß, war dem Regimentsstab zugeteilt. Er gehörte, in Krügers Augen, zu der Sorte: sanft lauernder Brillenschlangentyp, frühzeitig zweckentfremdet in Uniform gesteckt, also wohl, aus seiner Sicht, rechtzeitig — wobei er Wert darauf legte, möglichst anerkannt zu werden, aber darüber hinaus noch bestrebt war, als beliebt zu gelten. Es war daher nicht ungefährlich, ihn herauszufordern — der Hauptwachtmeister erkannte das schnell.

»Unser Herr Hauptmann wird sich gewiß über Ihren Besuch freuen, Herr Kriegsrichter.«

»Tatsächlich?« fragte Born verbindlich. Denn auch er wußte diesen erklärten ›Helden des Regiments‹ zu schätzen — es war daher eine ausgemachte Ehre für ihn, von Hauptmann Hein direkt, und sozusagen vertraulich, empfangen zu werden.

»Inzwischen werde ich alle sich anbietenden Zeugen bereitstellen.«

»Tun Sie das, Hauptwachtmeister«, sagte der Kriegsrichter. »Und sehen Sie das bitte so: alles das geschieht aus reiner Routine — lediglich der Form halber. Schließlich steht uns jetzt, zwischen zwei Feldzügen, eine Menge Zeit zur Verfügung — da können wir uns auch einiges an besonderer Gründlichkeit leisten.«

»Verstehe«, bestätigte Krüger, nicht unerfreut.

Der Hauptwachtmeister kannte fast alle Spielarten der Schreibtischkrieger: die Abteilung, und dort vermutlich in erster Linie der Adjutant, wollte sich absichern; aber dabei zugleich auch einen möglichen Schwarzen Peter weiterschieben – möglichst bis hin zum Regiment. Und dort saß nun, so gut wie unbeschäftigt, dieser Kriegsrichter Born herum. Also wurde dem prompt diese Angelegenheit untergejubelt – und ziemlich sicher mit dem Hinweis: Bereinigen Sie das!

Das aber sollte diesem Manne hier gerne ermöglicht werden. Also wurde der Kriegsrichter Born sogleich Hauptmann Hein zugeführt und von dem mit ausgesuchter Höflichkeit im sogenannten großen Bankettsaal in Empfang genommen. Ein Champagnerglas stand dort schon für ihn bereit. Der Held und der Gerechtigkeitswahrer tranken sich feierlich zu.

In der Zwischenzeit arrangierte der Hauptwachtmeister den erwünschten Zeugenzirkus. Er ließ die drei Soldaten aufmarschieren, die er an der Leiche des Schulz vorgefunden hatte – seine Soldaten! Darunter auch Wassermann. Diese Leute musterte Krüger eingehend und mit schnell steigender Befriedigung.

»Hört mir nun mal genau zu, ihr glotzenden Rindviecher!« forderte er munter. »Hier ist inzwischen irgendein höheres Tier aufgekreuzt – eins vom Regiment. Und dieser Herr hat den Wunsch ausgesprochen, sich mit euch zu unterhalten. Da staunt ihr – was? Aber macht euch nur nicht gleich in die Hosen – dafür sorge alsbald ich, bereitwilligst, wenn ihr hier nicht richtig spurt! Ist das klar?«

»Jawohl, Herr Hauptwachtmeister!« ertönte ein dreistimmiges Echo. Auch Wassermann gehörte dazu.

»Ihr habt dabei, versteht sich, nichts wie die Wahrheit – die volle Wahrheit, die ganze Wahrheit auszuschleimen. Ohne Rücksicht auf Verluste! Falls irgend so ein unbelehrbarer Trottel abgekratzt ist, dann muß man dem nicht unbedingt auch noch dicke Kränze flechten. Wer richtig sehen gelernt hat, der kann schließlich einen Arsch von einem Heldenantlitz unterscheiden. Auf solche Feinheiten, Leute, kommt es jetzt an.«

Sodann wurde von Krüger noch eine Art ›Sachverständiger‹ bereitgestellt – und zwar der stets verläßliche Sanitätsobergefreite Neumann: ein Mensch mit rosig wirkendem Ballonkopf, auf spindeldürren Beinen, die selbst noch in klobigen Stiefeln denkbar dürftig wirkten. Doch wie immer lächelte dieser Neumann vollmondgleich, wobei er sogar versucht schien, seine Hände zu falten.

»Ich weiß, was ich weiß – und was ich zu wissen habe!« versicherte der Obergefreite Neumann. »Denn für alles, was abkratzt, bin ich Fachmann – und als solcher ausgebildet worden. Ich kenne mich in jeder Sorte Leichen aus – und weiß auch ganz genau, wie die produziert werden!«

»Da Sie ja nicht selbst dazu gehören wollen«, meinte Krüger, mäßig belustigt, »bin ich sicher, daß Sie als Totengräber prima funktionieren werden.«

Nun konnte getrost eine Art Lokaltermin stattfinden – unmittelbar unterhalb des Turms. Zeitpunkt: gegen 16 Uhr. Wetter: sonnig, wolkenlos. Temperatur: annähernd zwanzig Grad Celsius. Anwesend: der Hauptwachtmeister, dazu drei Zeugen, sodann ein Sachverständiger. Der Kriegsrichter Born fand sich unmittelbar danach ein – und zwar leicht schwankend, denn der Champagner des Hauptmanns war nicht ohne Wirkung auf ihn geblieben.

»Hier«, erklärte Krüger, wobei er auf dicke Kreidestriche wies, die der Sanitätsobergefreite angebracht hatte, »wurde die Leiche aufgefunden.«

»Sie liegt jetzt auf Eis«, führte Neumann sachverständig aus, »in unserem provisorischen Krankenrevier, und dort in einem isolierten Nebenraum – im Keller des Schlosses. Der Mann, dieser Schulz, muß jedenfalls sofort tot gewesen sein.«

»Einwandfrei?« fragte der Kriegsrichter Born.

»Total!« versicherte der Sanitätsobergefreite. »Schulz hat sich das Genick gebrochen und die Wirbelsäule dazu – die sogar zweimal! Er konnte nicht einmal mehr aufschreien. Das ist doch ganz klar, Herr Kriegsrichter! Schlachtschweine beispielsweise werden durch einen Axtschlag gegen den Kopf betäubt, wobei sie jedes Gefühl verlieren und bequem abgestochen werden können. Hier jedoch muß man sich vorstellen, daß durch den Aufprall des Mannes auf die Steinplatten, unterhalb des Schloßturmes, drei Schläge zugleich erfolgt sind: einer gegen das Hirn, zwei andere auf das Kreuz. So was überlebt keine Sau!«

»Schon gut, schon gut!« rief Kriegsrichter Born, nicht unbeeindruckt, aus.

»Bitte jetzt die sogenannten Tatzeugen!«

Hauptwachtmeister Krüger nickte seinem Soldaten Nummer eins zu. Das war Wassermann, der ein wenig gebückt dastand und keinen der Anwesenden anzusehen schien. »Also los, Mann – wir hören!«

Wassermann trat zögernd vor und sagte: »Ich habe lediglich vernommen, wie er aufklatschte – ich war im Park beschäftigt, an einer Zugmaschine, deren Motor stotterte ...«

»Schweifen Sie nicht ab, Mann«, forderte Krüger wachsam. »Er klatschte also auf – wie?«

»Ja. Jawohl! Er klatschte auf – um nun eine treffende Bemerkung von Herr Hauptwachtmeister zu übernehmen: wie ein Kuhfladen. Wie ein Kuhfladen, der auf Zement herunterfällt. In diesem Fall natürlich aus großer Höhe.«

»Kuhfladen«, stellte Krüger ablehnend fest, »habe ich in diesem Zusammenhang nicht direkt gesagt – eher Rindvieh, aber das auch nicht im Hinblick auf die Leiche, sondern auf die herumstehenden Kerle, die gar nicht zu begreifen schienen, was hier geschehen war. Aber so entstehen Mißverständnisse — nicht wahr, Wassermann?«

»Jawohl«, bestätigte der, fast eifrig. »Jedenfalls sah ich ihn liegen und sagte mir: das ist doch nicht normal! Aber was ist denn schon normal?«

»Bei diesem Schulz — will der Zeuge sagen«, ergänzte der Hauptwachtmeister aufmerksam. »Denn der hatte eine Meise, nicht wahr, Wassermann?«

»So kann man das auch sagen.«

»Unbrauchbare Aussage«, stellte Kriegsrichter Born fest. »Höchstens als Ergänzungsmaterial zu verwenden. Damit kommen wir nicht wirksam genug weiter.«

Krüger beeilte sich, nunmehr den zweiten seiner soldatischen Zeugen vorzuschieben — einen schmalen Menschen, der wie ausgehungert wirkte. Er gehörte jedoch zum Verpflegungstrupp des Unteroffiziers Softer und war dort für die Zubereitung der kalten Portionen zuständig — diverse Zentner Wurst und Käse waren allein im Verlauf der letzten Wochen durch seine willigen Hände gegangen, ohne bei ihm anzuschlagen. Es wurde vielfach vermutet, daß er einen Bandwurm haben müsse.

Er erklärte: »Diesem Schulz war einfach nicht zu helfen! Der konnte sich nicht einordnen. War wohl zu schlapp dazu. Aber sonst kein schlechter Kerl — nur so ein Muttersöhnchen. Ich befand mich gerade auf dem Weg zur Feldküche, als mir zugerufen wurde: da liegt einer! Ich eilte herbei und sah Schulz. Der lag da wie ein Haufen Knochen in einem schlappen Sack. Und ich sagte mir: irgendwann einmal mußte es ja dazu kommen! So wie der veranlagt war.«

»Wie war der denn veranlagt?« wollte Kriegsrichter Born wissen.

»Nun — wie gesagt: nicht soldatisch. Nicht nur ein ausgemachter Schlappschwanz, auch einer, der sich Extrawürste braten lassen wollte — noch dazu auf unsere Kosten. Im Grunde nichts wie ein glatthäutiger, lackarschiger Schönling — um mal ganz offen zu sein!«

Hauptwachtmeister Krüger nickte ihm anerkennend zu und bedeutete dann dem dritten seiner Soldaten, in Aktion zu treten. Der, ein fleischiger, mittelgroßer Fettwanst, konnte derartige Erkenntnisse nur bestätigen. »Ich will das mal so sagen: der war kein volksgemeinschaftlich veranlagtes Wesen — von uns aus gesehen. Beim Saufen etwa kotzte der frühzeitig wie ein Reiher; und wenn echte Männerscherze fällig waren, machte er ein Gesicht wie eine Kuh, wenn's donnert — am liebsten verkroch der sich in irgendeine Ecke. Na, und wie wir jetzt gesehen haben: schwindelfrei war der auch nicht.«

»Verstehe«, erklärte Kriegsrichter Born nicht unbeeindruckt. »Es hat somit den Anschein, daß dieser Schulz ein recht labiles Element gewesen ist.«

»Ein armseliger Armleuchter!« bestätigte Krüger unverzüglich. »Aber solche unberechenbare Querschläger gibt es ja überall — damit muß man sich abfinden. Was heißt: einfach Strich unter diese Angelegenheit!«

»Sie werden mit dieser Annahme — bei Ihrer Praxis — vermutlich recht haben«, sagte der Kriegsrichter und befingerte, ein wenig nervös, seine Brille. »Sie werden aber hoffentlich auch verstehen, daß ich mir — von meiner Praxis aus — ein möglichst umfassendes und objektives Bild machen muß. Haben Sie nicht vielleicht noch einen weiteren Zeugen anzubieten?«

»Nicht daß ich wüßte!«

»Auch nicht einen gewissen Gefreiten Bergen?«

Der Hauptwachtmeister, der vorgab, lässig in Meldungen zu blättern, richtete sich überrascht auf. Nicht ohne mißtrauische Verwunderung betrachtete er den Kriegsrichter. Sodann fragte er gedehnt: »Wie kommen Sie ausgerechnet auf den?«

»Das kann ich Ihnen leider nicht sagen — ich weiß es nicht genau.« Er produzierte ein freundlich-verbindliches Lächeln. »Ich weiß nur so viel: der Name dieses Bergen ist mir genannt worden — bei irgendeinem Telefongespräch, glaube ich.«

»Bei einem Telefongespräch mit wem — bitte?«

»Ich erinnere mich nicht mehr — irgend jemand nannte mir diesen Namen.«

»Der Abteilungsadjutant?« fragte Krüger hellhörig. Und mehr wie im Selbstgespräch fügte er hinzu: »Das würde dem ähnlich sehen.«

»Kann sein — kann aber auch nicht sein«, sagte Born, der Kriegsrichter, mit einiger Eile bemüht, über diesen Punkt hinwegzukommen. Was gingen ihn mögliche interne Rivalitäten an? Ihn hatte allein die zeitgemäße Gerechtigkeit zu interessieren: Dienst an Volk und Gemeinschaft — im Rahmen dieses Regiments. »Darf ich also um die Vorführung dieses Bergen bitten?«

»Der kann nichts wissen«, behauptete Krüger suggestiv. »Der ist erst heute morgen hier eingetrudelt.«

»Ich möchte ihn dennoch sprechen«, ersuchte Kriegsrichter Born, unentwegt um Höflichkeit bemüht.

»Zeitverschwendung«, behauptete Krüger. »Doch wenn Sie unbedingt darauf bestehen. . .«

»Ich bestehe nicht darauf — ich bitte darum!«

Der Hauptwachtmeister nickte — diesmal Neumann zu. Und der verläßliche Sanitätsobergefreite eilte davon, auf das Schloß zu. Dorthin verschwand er — wieselartig.

Der Kriegsrichter betrachtete indessen das Gebäude vor sich: es wollte ihm, bei allen Anzeichen des Verfalls, nachgerade unzerstörbar vorkommen. Desgleichen diese Kirche im Hintergrund, von gewaltigen Bäumen umstanden, dennoch uneingeschränkt hoheitsvoll wirkend. Hier — glaubte der Kriegsrichter zu erkennen — wucherte Geschichte.

Nach knapp zehn Minuten erschien der Gefreite Bergen. Er meldete sich beim Kriegsrichter — wobei er jedoch den Hauptwachtmeister anblickte. Und der blickte fordernd zurück.

»Es handelt sich«, begann der Kriegsrichter, nahezu werbend, »um den Tod des Soldaten Schulz. Was wissen Sie davon?«

»Er weiß nichts«, stellte Krüger lapidar fest.

»Bitte — lassen Sie ihn antworten!« forderte Born, nunmehr leicht unwillig.

»Ich weiß nichts«, sagte der Gefreite Bergen, wobei er weiter den Hauptwachtmeister anblickte.

»Na also!« rief Krüger aus. »Was ich gesagt habe! Als Bergen hier aufkreuzte, war das Ei bereits gelegt — es hatte gebumst, und Schulz war auf den Pinsel geknallt. War es nicht so?«

»So war es«, bestätigte der Gefreite Bergen.

Und er bestätigte das, nach intensiver Befragung, in allen gewünschten Einzelheiten: Leiche lag auf den Steinplatten, ein Turmfenster war offen, Tod scheint sofort eingetreten zu sein. Sonst nichts? Nichts sonst!

Hauptwachtmeister Krüger nickte mehrmals anerkennend. Der Kriegsrichter gab, wie ermüdet, auf — es war, als schließe er nun die Akten. Er erklärte:

»Somit existieren keine Anzeichen irgendeiner Gewaltanwendung. Für einen eventuellen Selbstmord sind keinerlei zwingende Verdachtsmomente gegeben. Vielmehr weist alles auf einen bedauernswerten Unfall hin — was ich hiermit amtlich festgestellt habe.«

»Das ist diesmal gar nicht so einfach gewesen«, versicherte der Hauptwachtmeister seinem Hauptmann. »Aber es ist geschafft!«

»Ich habe nichts anderes von Ihnen erwartet, Krüger.«

Hauptmann Hein stand, wie sprungbereit, mitten im Raum — im Bankettsaal. Er war in voller Uniform, hatte Koppel und Pistole umgeschnallt und ein Paar seiner mausgrauen Wildlederhandschuhe angezogen — er besaß sechs davon. Sein scharfkonturiges Heldengesicht blickte wie völlig unbeirrbar zuversichtlich. Seine leuchtenden Blauaugen sahen auf die Schirmmütze, die griffbereit vor ihm auf dem Tisch lag. Vermutlich wollte er die Feuerstellung besuchen.

»Die Schwierigkeiten, die es dabei gegeben hat«, berichtete Krüger vorsichtig, »scheinen aus Richtung Abteilungsstab gekommen zu sein.«

»Woher auch immer!« sagte Hein verächtlich. »Was können diese Leute uns anhaben? Neidhammel und Quertreiber gibt es überall. Alte Artilleristenweisheit dabei, Krüger: erkannte Ziele unverzüglich unter Feuer nehmen! Bei Hindernissen ist das Schußfeld freizulegen! Achten Sie stets darauf!«

»Vermutlich hat der Abteilungsadjutant versucht, uns mit einem gewissen Gefreiten Bergen – als Nachfolger für unseren verstorbenen Nachrichtenunteroffizier – eine Art Laus in den Pelz zu setzen. Aber ich habe diesen Burschen rechtzeitig durchschaut und unverzüglich umgepolt – der scheint jetzt zu spuren!«

»Na fein, Krüger! Und so soll es ja auch sein!« Hauptmann Hein schien leicht ungeduldig – vermutlich hatte er sich für die Feuerstellung etliche neue Kriegsspiele ausgedacht und lechzte nun danach, sie zu verwirklichen. »Ich verlasse mich voll auf Sie – denn zumindest von Müllabfuhr verstehen Sie eine ganze Menge.«

»Ich bekomme immer mehr Übung darin«, bemerkte der Hauptwachtmeister vertraulich. »So habe ich auch vorhin zwei Feldgendarmen abwimmeln können, die versucht haben, unseren Wachtmeister Runge zu vereinnahmen.«

»Runge? Ausgerechnet meinen Runge?« Hauptmann Hein blickte höchst unwillig. »Wem haben wir denn diese Ansauung zu verdanken?«

»Vermutlich dem derzeitigen Stadtkommandanten, Herr Hauptmann.«

»Wie kann der das wagen? Was maßen diese feisten, zweckentfremdeten Zivilisten sich an?«

»Ich habe diese Zustimmung, wie gesagt, abwimmeln können – unser Kamerad Runge ist außer Gefahr.«

»Na fein, Krüger! So was weiß ich zu schätzen! Immer ran an den Feind! Angriff ist die beste Verteidigung – sagte Moltke, und sage ich. Sie haben sich mehr verdient als nur Ihr EK. – Haben Sie noch irgendeinen besonderen Wunsch?«

»Keinen Wunsch!« behauptete der Hauptwachtmeister mit der ihm bei Hein immer geboten erscheinenden Vorsicht. »Doch vielleicht eine Anregung – eine bereinigende Verwaltungsmaßnahme, unseren internen Bereich betreffend.«

Des Hauptmanns Lippen verzogen sich zu einem Lächeln, während er durch die breiten Fenster der Ostwand auf die Stadt D. hinüberblickte – vermutlich genau dorthin, wo sich die Ortskommandantur befand. Ein Anblick, der ihn jedoch nicht sonderlich zu interessieren schien. Genauso lässig sah er über die Ahnenbilder an der Westwand hinweg – da es sich zumeist um fleischige, müde, gepuderte Gesichter handelte – auf seinen Hauptwachtmeister hin.

»Also – was oder wer soll's denn diesmal sein?« fragte alsdann der Hauptmann. »Wen visieren Sie an?«

»Den Verwalter von diesem verfallenden Kasten, das sich Schloß nennt – dieser Kerl, der auch die Kirche und den Park betreut. Der stört hier.«

»Dann schmeißen Sie ihn raus!«

»Aus allen seinen Räumen?«

»Warum denn nicht? Wenn Sie unbedingt Wert darauf legen, bekommen Sie meine Zustimmung. Also, von mir aus soll dieser Schloßverwalter von hier verschwinden – mitsamt seinem knochigen, schlampigen Weibsbild. Zumal dieses Subjekt mich noch niemals richtig gegrüßt hat. Vermutlich grinst er sogar hinter uns Deutschen her. Servieren Sie ihn ab!«

»Und dürfen wir dann über die frei werdende Wohnung verfügen?«

»Nach Belieben!« entschied Hauptmann Hein, ebenso großzügig wie ungeduldig. Eilig griff er nach seiner Mütze und fragte dabei: »Und was gedenken Sie mit den frei gewordenen Räumen anzufangen?«

»Individuelle Truppenbetreuung!« verkündete der Hauptwachtmeister, nun fast schwungvoll. »Die endliche Verwirklichung eines schon seit einiger Zeit vorgeplanten Unternehmens: die direkte, entspannende Betreuung unserer Soldaten.«

»Sie sind ein Schwein, Krüger«, stellte Hein nahezu erheitert fest. »Sie wollen hier einen Puff etablieren – habe ich recht?«

Der Hauptwachtmeister übernahm geschickt seines Hauptmanns Heiterkeit. »Nicht für mich!« lachte er auf. »Doch andere scheinen so was dringend notwendig zu haben.«

»Und Sie – stimmen da zu?«

»Nicht im Prinzip – das gewiß nicht, Herr Hauptmann. Aber auf Grund längerer Überlegungen. Ich sage mir nämlich: gewisse Bedürfnisse existieren nun einmal bei den meisten Männern! Dagegen kann man wohl kaum viel machen – aber so was unter Kontrolle zu bekommen könnte sich durchaus lohnen.«

»Das«, bestätigte Hein, weiterhin amüsiert, »hört sich ganz plausibel an. Doch was stellen Sie sich darunter – in unserer Praxis – vor? Bitte – in äußerster Kürze, doch möglichst genau!«

»Nun – ein sozusagen sanitäres Unternehmen! Und dieses vorbildlich organisiert. Denn Geschlechtsverkehr ist schließlich unvermeidlich! Aber den halten wir, auf diese Weise, unter Kontrolle – was praktisch bedeutet: nur so vermögen wir am sichersten mögliche Ausfälle durch Geschlechtskrankheiten zu vermeiden.«

»Schweine!« rief Hauptmann Hein aus; er wirkte jetzt heftig belustigt. »Nichts wie Schweine – wohin man auch blickt! Und Ihre Leute scheinen sich womöglich noch verdammt männlich dabei vorzukommen! Nun gut, Herrschaften, das ist eure Welt – meine sieht da wesentlich anders aus.«

»Wird respektiert, Herr Hauptmann – vorbehaltlos! Wie ja wohl mehrfach erwiesen.«

»Also gut, Krüger – genehmigt!« entschied der Hauptmann, wobei er mit sicheren Handgriffen seine Uniform ordnete – sie saß faltenlos. »Doch davon abgesehen, benötige ich Ersatz – für diesen Schulz.«

»Wird gestellt! Unverzüglich! Der denkbar beste Mann für diesen Posten. Haben Herr Hauptmann einen diesbezüglichen Wunsch?«

»Wir wär's denn mit diesem Schubert, Johannes mit Vornamen – der scheint mir geeignet zu sein.«

Hauptwachtmeister Krüger brauchte sich das, was hier angeregt wurde, nicht erst zu erklären – er wußte es! So wie er wußte, daß eine Hand die andere wäscht und daß jeder mögliche Vorteil immer auf Gegenseitigkeit beruht: damit hatte er sich nicht nur abgefunden – er rechnete von vorneherein damit.

Dennoch wollte er nun, gründlich wie er veranlagt war, wissen: »Meinen Herr Hauptmann diesen Schubert von der Nachrichtenstaffel?«

»Genau den, Krüger! Was dagegen? Irgendwelche Bedenken?«

Bedenken, wußte der Hauptwachtmeister, konnte er sich jetzt nicht leisten. Das interne Geschäft war perfekt! Zunächst einmal. Er hatte geliefert, aber zugleich auch gefordert – seine Forderung war akzeptiert worden, wodurch eine Gegenleistung fällig geworden war. Ein Teufelskreis, aus dem niemand so leicht herauskam – doch mitten in ihm drin zu sein, schien sich zu lohnen. Wer da zuletzt lachte...

»Also Schubert!« bestätigte Hauptwachtmeister Krüger geschäftig. »Dieser Johannes Schubert wird sich bei Herrn Hauptmann melden. Wobei ich hoffe, daß diesmal alles halbwegs normal verlaufen wird. Denn so eine Untersuchung wie heute werden wir uns kaum noch einmal leisten können, fürchte ich.«

»Sie sind mein bester Mann, Krüger«, sagte Hauptmann Hein und setzte sich die Mütze auf. »Geraten Sie nie in Versuchung, mich zu enttäuschen – das könnte Ihnen ziemlich schlecht bekommen! Aber wie ich Sie kenne, werden Sie mich nicht enttäuschen. Und darauf baue ich.«

Zwischenbericht I

Der erst in unseren Tagen bekanntgewordene »Fall D.« – der hier zu rekonstruieren versucht wird – hat lebhafte, wenn auch zumeist nur interne Diskussionen ausgelöst.

Einige der ebenso bezeichnenden wie aufschlußreichen Stellungnahmen, Gutachten, Mutmaßungen, Aussagen und dokumentarischen Unterlagen wurden hier, in den wesentlichsten Einzelheiten, vorgelegt. Sie alle sind fast genau dreißig Jahre nach den damaligen Ereignissen entstanden.

Hier zunächst das Ergebnis einer ersten Befragung des ehemaligen Kriegsrichters Born, nunmehr Landgerichtsrat a.D. in Niedersachsen.

»Mein Gewissen — falls Sie das meinen — ist sauber, absolut rein. Ich habe stets, also auch damals, nur meine Pflicht getan. Was das ist, vermögen sich heute wohl nur sehr wenige vorzustellen.

Einer meiner maßgeblichen Lehrer, der Professor Heidenstamm, den ich immer sehr verehrt habe — er wurde als Widerstandskämpfer hingerichtet —, er pflegte zu uns zu sagen: ›Die jeweils bestehenden Gesetze mögen ein Maßstab sein — doch ein unantastbares Heiligtum sind sie nicht!‹ Daran habe ich mich zu halten versucht, was damals wahrlich nicht leicht gewesen ist.

Denn damals — 1940 — gehörte ich als Kriegsrichter zu einem Flakregiment in Frankreich. Dessen Batterien waren südwestlich von Paris eingesetzt worden, jene vier der I. Abteilung in der Umgebung der Stadt D. Es war ein sehr schöner Spätsommer — daran erinnere ich mich noch ganz genau. Nun, jedenfalls hatte ich damals schon diverse schwerwiegende Bedenken.

›Das kann doch nicht gutgehen!‹ vertraute ich einem vertrauenswürdigen Freund an. Und der meinte, gleichermaßen vertrauensvoll: ›Das geht auch nicht gut! Doch jetzt sind diese berauschten Sieger von den Göttern mit Blindheit geschlagen!‹ So weitschauend waren wir damals bereits. Untereinander!

Wir wußten, was gespielt wurde — glaubten das zu wissen. Uns vermochten die grandiosen Siege über Polen und Frankreich nicht zu berauschen, vermochten uns nicht davon abzuhalten, unbeirrt unsere Pflicht zu tun.

Zumal die meisten der damaligen bei uns anfallenden Delikte lediglich sozusagen gemeinüblich waren: etwa spontane Affekthandlungen in Volltrunkenheit, Selbstverstümmelungen, Fahnenflucht. Und dann eben: der eine oder andere Unfall!

›Gehen Sie ebenso unbeirrbar objektiv wie auch denkbar gründlich vor!‹ riet mir der damalige Regimentskommandeur — ein Oberst Rheinemann-Bergen. Ein überaus verdienstvoller und auch ehrenwerter Mann, wie ich mit Nachdruck betonen möchte. Er geriet dann, anläßlich des 20. Juli 1944, sogar in den Verdacht, Hochverrat betrieben zu haben, was er aber widerlegen konnte. Wir harmonierten miteinander.

Dennoch muß ich eingestehen, daß es in jener 3. Batterie des Rheinemann-Bergen-Regiments damals, leider, einige heikle Punkte gegeben hat. Zwei genau — wenn ich mich recht erinnere. Oder sogar drei? Einer — der letzte, Hauptmann Hein direkt betreffend — sah wie eine Katastrophe aus.

Aber das alles ist gründlich untersucht worden — geradezu peinlich genau, möchte ich sagen. Spätere wilde Spekulationen müssen entschieden abgelehnt werden. Es kann mit Sicherheit summarisch erklärt werden:

Alles ist damals vollkommen normal gewesen.«

Ansichten
des Monsier Jean-Pierre Dupont,
damals Schloßverwalter und Betreuer der
Grabkirche in der Stadt D.
Nunmehr dortselbst als Pensionär und Veteran.

»Ich habe nichts gegen die Deutschen. Nicht im Prinzip. Ich bin ein getreuer Anhänger des Generals de Gaulle, zumindest bin ich das gewesen. – Ich war daher auch ganz entschieden – und das denkbar frühzeitig – auf eine deutsch-französische Freundschaft eingestellt.

Das hinderte mich aber nicht daran, gewisse Unterschiede – ebenso frühzeitig – zu erkennen und meine Folgerungen daraus zu ziehen. Was aber nicht gleich heißen soll, daß ich den Deutschen viel nachtrage. Dennoch drängten sich mir jene gewissen Unterschiede zwingend auf – und auch meiner lieben Frau, die mit darunter zu leiden hatte.

Dabei habe ich eine Menge menschliches und auch soldatisches Verständnis entwickelt. Durchaus. Denn schließlich bin ich selbst ein alter, erfahrener Frontkämpfer; als Jüngling war ich schon im Weltkrieg eins gewesen. Und als Frontsoldat kannte ich mich aus!

So akzeptierte ich: die Feuerstellung auf dem Sportgelände, die mußte wohl sein. Daß dabei diese Deutschen mit ihren Fahrzeugen den in der Nähe gelegenen Schloßpark bezogen – auch das war verständlich, wegen der guten Tarnung gegen Fliegersicht! Und wenn auch durch die Lastwagen und Zugmaschinen dieser Deutschen einige gärtnerische Anlagen im Park von D. beschädigt worden sind, so muß man wohl selbst dafür noch Verständnis aufbringen. Was ich denn, als Soldat, auch tat.

Auch die Übernahme des Schlosses durch die damaligen Siegertruppen bot sich an – wenn auch nicht unbedingt zwangsläufig. Denn als Angehörige einer kampfbewährten Einheit hätten sie genausogut im Freien kampieren können, zumal bei den damaligen Temperaturen – tagsüber bis zu fünfundzwanzig Grad, in den Nächten immer noch fünfzehn.

Doch gut oder eben nicht gut – sie machten sich also im Schloß breit! Wobei ich übrigens, bereitwillig, hilfreiche Ratschläge gegeben habe, nur um eventuelle Beschädigungen zu vermeiden – allein deshalb. In unserem Schloß jedenfalls, das diese Deutschen meist ›Kasten‹ nannten, wäre mehr als genug Platz für uns alle gewesen.

Es hat sich dabei übrigens, und das kann ich auf Ehre versichern, um gute, ungemein tüchtige Soldaten gehandelt. Sie verstanden ihr Handwerk! Disziplin wurde bei ihnen ganz groß geschrieben. Was wohl in erster Linie diesem Hauptwachtmeister – Krüger, glaube ich, hieß er – zu verdanken gewesen ist. Denn der hielt seinen Haufen in Ordnung! Blieb dabei ein Mensch – so manche gute Flasche Rotwein habe ich dem zu verdanken.

Meine liebe Frau allerdings wurde von Angst geplagt – besonders in den Nächten. Zum Beispiel, wenn grölende Gesänge erklangen; oder wenn vom Schloßturm, wo sich der Hauptmann aufhielt, laute Musik aufrauschte. Und das oft bis zum frühen Morgen. Nun ja – schön ist das nicht gewesen. Doch ich sagte beruhigend zu meiner Frau: ›Das ist nun mal so – bei den Soldaten!‹

Bis dann jener dunkle Tag kam, an dem Hauptwachtmeister Krüger mir sagte – und das mit sichtlichem Bedauern: ›Sie müssen leider Ihre Wohnung räumen – und zwar sofort!‹

›Warum denn?‹ fragte ich. Und der sagte: ›Befehl des Herrn Hauptmann – da kann man nichts machen.‹

Meine liebe Frau weinte. Krüger – großzügig wie der war – bot uns einen Lastwagen an, zum Abtransport unserer persönlichen Sachen. Und als dabei dieser Hauptmann Hein zufällig vorüberkam, bat ich ihn um eine Unterredung. Doch der erklärte abweisend, also wohl aufgehetzt: ›Ich lasse mich nicht einfach von irgend jemand anquatschen!‹

Und als wir dann das Notwendigste verstaut hatten und Anstalten machten, unser Schloß befehlsgemäß zu verlassen, da stand Hauptmann Hein oben in einem der Turmfenster und lachte laut! Warum eigentlich? Noch heute glaube ich manchmal, sein Lachen zu hören – doch ich vermeinte zu erkennen: glücklich kann er dabei nicht gewesen sein!

Unten in der Stadt meldete ich mich dann beim deutschen Ortskommandanten. Das war ein Herr namens Schmidt, auch ein Hauptmann, Karl mit Vornamen. Er wurde manchmal auch ›Monsieur Charles‹ genannt, was er sehr gern hörte. Dem schilderte ich meine Situation. Und der meinte, ehrlich anteilnehmend: ›So was darf es doch gar nicht geben!‹

Dieser Karl, oder eben Charles, auf alle Fälle aber Schmidt, ist gewiß ein denkbar guter Deutscher gewesen. Womit sich jedoch wohl, im Bereich dieses Hauptmann Hein, nicht sonderlich viel anfangen ließ. Das sollte sich denn auch alsbald herausstellen – bis hin zur Zerstörung unersetzbarer Werte: unser schönes Schloß als Scheiterhaufen einer großdeutschen Leiche!«

Auszüge
aus einem Gespräch mit Frau Magdalena Hein, der Mutter des ehemaligen Hauptmann Hein.

DIE MUTTER: »Ich empfinde is als anmaßend, wenn auch wohl als zeitgemäß, daß mir zugemutet wird, Fragen über meinen lieben Sohn zu beantworten, die möglicherweise nur gestellt werden, um ihn – um das Andenken an ihn – zu diffamieren.«
BEFRAGER: »Niemand, Frau Hein, maßt sich an, hier jetzt schon die volle Wahrheit überblicken zu können. Hier soll lediglich der Versuch unternommen werden, einige Details zu klären – zu erklären.«
DIE MUTTER: »Einen derartigen Versuch muß ich nach meinen Erfahrungen für überflüssig halten; er scheint mir keinesfalls notwendig zu sein. Wenn ich mich dennoch darauf einlasse, so doch nur, um verschiedene Beahuptungen zu widerlegen, die neuerdings in gewissen Presseorganen leichtfertig hochgespielt worden sind.«
BEFRAGER: »Versuchen wir also, uns allein auf die Tatsachen zu beschränken. Hierbei auf die Person Karl Ludwig Hein. Ist er ein guter Sohn gewesen?«
DIE MUTTER: »Der denkbar beste aller Söhne!«
BEFRAGER: »Sie haben ihn sehr geliebt?«
DIE MUTTER: »Das versteht sich doch wohl von selbst. Dennoch geschah das keinesfalls etwa blindlings. Wohl besaß unser Sohn unsere uneingeschränkte Liebe, doch zugleich wurde ihm eine sehr bewußte Erziehung zuteil. Man kann sagen: eine schöne, geborgene, aber zugleich auch eine ganz unverweichlichte Jugend war ihm vorbestimmt. Und das nicht nur, weil sein Vater darauf bestand – so was gehörte ganz einfach zu unserer Familientradition. Falls Sie sich darunter irgend etwas vorzustellen vermögen.«
BEFRAGER: »Eine ganze Menge sogar, möchte ich meinen. Und wenn ich Sie richtig verstehe, Frau Hein, dann haben Sie Ihrem Sohn bereits frühzeitig ein ziemlich umfassendes Verständnis für sogenannte höhere Werte beigebracht?«
DIE MUTTER: »Sie verstehen mich richtig, aber dennoch wohl nicht richtig genug. Denn wohl niemand kann, was Sie und Ihre Gesinnungsfreunde zu vermuten scheinen, erklärte Helden schaffen. Man kann lediglich versuchen, gewisse Voraussetzungen dafür zu geben.«
BEFRAGER: »Was Ihnen in diesem Fall durchaus gelungen zu sein scheint.«
DIE MUTTER: »Wir, also wir Eltern, aber auch alle Geschwister, es gab deren sieben, sind immer sehr stolz auf diesen einzigartigen Sohn und Bruder gewesen – und das sind wir auch jetzt noch! Bereits im Polenfeldzug wurde mein lieber Sohn mit dem EK II ausgezeichnet – nach der Vernichtung von drei feindlichen Panzern. Im Frankreichfeldzug dann, und zwar bereits in dessen ersten Wo-

chen, kam das EK I hinzu – nach Abschuß von zwei weiteren Panzern und drei Flugzeugen, wenn es nicht überhaupt fünf waren.«

BEFRAGER: »Inzwischen ist das ja bestritten worden! Es wurde behauptet, daß die damaligen angeblichen Erfolge gezielt manipuliert gewesen sein sollen.«

DIE MUTTER: »Da muß ich doch sehr bitten! Die entscheidenden Erfolgsziffern sind mehrfach bestätigt worden – durch den zuständigen Regimentskommandeur ebenso wie auch durch den dafür maßgeblichen General. Zweifeln Sie etwa die Kompetenz dieser äußerst erfahrenen Truppenführer an? Die nunmehr im Rahmen der Bundeswehr...«

BEFRAGER: »Ich mißtraue lediglich jeder Sorte Heldentum – Pardon!«

DIE MUTTER: »Das ist Ihre Angelegenheit! Ich jedenfalls vermag keinerlei Verständnis für eine solche Einstellung aufzubringen – Sie erwarten das auch hoffentlich nicht. Ich weiß nur so viel: mein Sohn ist stets ein liebender, aufmerksamer, äußerst zärtlicher Sohn gewesen! Für seinen Charakter und seine Haltung zeugen zahlreiche Briefe, sogar Ehrenerklärungen und spontane Sympathiebekundungen von Freunden und Kameraden. Irgendwelche spekulativen Verdächtigungen jedenfalls muß ich weit von mir weisen! Vielmehr steht doch fest, daß mein lieber Sohn, genau besehen, etwas wie ein Symbol des tapferen deutschen Soldaten schlechthin ist! Wollen Sie etwa diese schöne und doch auch hoffnungsträchtige Konstellation mutwillig zerstören? Und das gerade jetzt, da in Erwägung gezogen wird, eine neue Kaserne unserer Bundeswehr mit seinem Namen auszuzeichnen?«

2

Das preußische Roulette — erste Phase

»Jetzt, Kameraden, kann es hier erst richtig losgehen!« Das verkündete Unteroffizier Softer, mit breitestem Gartenzwerggrinsen. »Denn wozu, frage ich mich, hat denn der Mensch einen Schwanz? Doch bestimmt nicht, um den traurig hängen zu lassen! Soviel steht also wohl fest! Und damit, Kameraden, sind wir uns einig.«

Softer, der Verpflegungsunteroffizier, hatte — im Einvernehmen mit Hauptwachtmeister Krüger, was sich von selbst verstand — die ihm wichtig erscheinenden Kameraden des Unteroffizierskorps der Protzenstellung eingeladen. Es waren deren fünf — dazu dann noch ein sechster.

»Auf ein Fläschchen — oder auch drei!«

Das geschah in Softers Lagerräumen. Hier bot er deutsches Bier und deutschen Schnaps an; Franziskaner-Spaten aus München, und ›Klaren‹ aus dem Norden, was lebhaft begrüßt wurde. Denn etliche dieser Kameraden konnten den ›labbrigen französischen Rotwein‹ nicht mehr sehen. Ihnen stand der Sinn nach herzhaften Sachen.

»Heute, Kameraden«, verkündete der Hauptwachtmeister, »können wir hier endlich kräftig auf die Pauke hauen, ein richtiges Faß aufmachen und sogar die Hosen herunterlassen, wenn wir wollen. Und das endlich völlig ungestört! Denn jetzt hört hier kein Feind mehr mit!«

»Denn dieser Schloßverwalter«, ergänzte Softer, »der uns immer belauert hat, mußte endlich Leine ziehen und seine Bude räumen.«

»Na prima!« rief prompt zuschnappend Wachtmeister Arm, der Schirrmeister. Sein braundunkles Gesicht blieb dabei, wie immer, völlig ausdruckslos. »Denn nunmehr kann ich endlich in dieser geräumten Schloßverwalterwohnung mein Ersatzteillager einrichten!«

»Du wirst gefälligst deine ölverschmierten Pfoten davon lassen«, erklärte ihm Softer durchaus gemütlich. »Denn was in jener Bude einzurichten ist, das besorge ich. Und wenn du in Zukunft dort noch was bestellen willst, dann vielleicht im Hemde, mit nacktem Hintern.«

Der Wachtmeister Arm, der ›Armleuchter‹, staunte. »Mann — Softer, du Sittensau! Heißt das etwa: du hast tatsächlich die Absicht, dort einen Puff einzurichten?«

»Einen — was?« fragte, sich ungläubig aufrichtend, Unteroffizier Forstmann — glatt, schlank, blond und eifrig. Er verwaltete die Schreibstube, und darüber hinaus glaubte er sich außerdem noch zuständig für zeitgemäße Gesinnung und Gesittung. Denn mit ihm hatte die Hitlerjugend, die HJ, einen vielversprechenden Streiter für deutsche Werte und deutsche Würde an die Wehrmacht abgeben müssen. »Ich habe da wohl nicht richtig gehört?«

»Und ob du richtig gehört hast, Volksgenosse Forstmann!« Softer zwinkerte in die Runde — die Stimmung war erdenklich gut. »Von mir aus kann das, was dort jetzt eingerichtet wird, getrost Puff genannt werden — auf den Namen kommt es dabei nicht an. Nicht bei mir! Man kann so was aber auch Freizeitheim nennen.«

»Daß du dich nicht schämst!« rief nun Forstmann. Er blickte fordernd um sich — doch seine fünf Kameraden im Raume widmeten sich unabgelenkt den ihnen großzügig zur Verfügung gestellten Getränken; sie stanken bereits leicht oder schwitzten heftig vor sich hin; versonnen starrten sie auf ihre Gläser oder auf die prallgefüllten Flaschenregale. »Ich frage dich, Softer, ob du dich nicht schämst, uns so was zuzumuten!«

»Warum sollte ich!« sagte der, seine Beine spreizend, um bequemer sitzen zu können. »Und warum solltest du, Forstmann, was dagegen haben — ausgerechnet du? Wo du doch erst neulich — vorgestern abend, um ganz genau zu sein — drunten in der Stadt, im Hotel de France...«

»Das gehört nicht hierher!« verteidigte sich der Unteroffizier Forstmann empört. »Das war ganz was anderes! Ich habe dabei gewissermaßen Kontakt mit der französischen Zivilbevölkerung gesucht — ich bin also sozusagen völkerverbindend tätig gewesen, soweit das unter diesen Umständen möglich ist.«

»Quatsch doch nicht herum, Mensch!« meinte Softer, ganz ›grinsender Gartenzwerg‹ — während er den Anwesenden eine weitere Serie Bierflaschen zuwarf. Sie wurden sicher aufgefangen, die Kameraden hatten Übung darin. »Du bist doch bloß nicht gelandet bei der, Forstmann — aber bei mir kannst du in Zukunft pudern und bürsten, wann immer du lustig bist, und in jeder gewünschten Machart — und das nicht nur jederzeit, sondern auch wesentlich bequemer, noch dazu billiger und auch sanitär sicherer!«

»Zu jeder Zeit?« wollte jetzt der Wachtmeister Arm, sichtlich interessiert, wissen. »Also auch schnell mal zwischendurch? Etwa gleich nach dem Mittagessen? Da nämlich bin ich immer besonders scharf!«

»Das«, versicherte Softer, »wird sich einrichten lassen! — Für begünstigte Stammkunden durchaus! Und ihr alle, Kameraden, gehört für mich dazu. Denn für euch werde ich nicht nur entsprechend bevorzugte Bedienung garantieren, sondern sogar Sonderpreise einräumen können.«

»Bin dabei!« versicherte karg, aber bestimmt Kaminski, der Kraftfahrer des Hauptmann Hein, ein sehniger Mensch mit gutmütigem Holzhackergesicht — auch er ein Unteroffizier. »Sofern alles einwandfrei!«

Daß dem so sei, bestätigte Softer sogleich. Und der Hauptwachtmeister versicherte zusätzlich: der Chef persönlich habe seinen Segen dazu gegeben! Worauf Wachtmeister Moll, der Rechnungsführer, ein Mensch mit einer geduldigen Schafsvisage, behutsam zu bedenken gab: »Das hört sich ja äußerst vielversprechend an — aber können wir uns so was praktisch leisten? In allen erdenklichen Einzelheiten?«

»Was leisten wir uns denn hier nicht?« Das fragte nun der sechste in dieser Runde — der Unteroffizier namens Hiller, genannt Tino, und zwar ein Reserveunteroffizier. Ein Mann mit einem munteren Mausgesicht, eindeutig als zweckentfremdeter Zivilist erkennbar — jedoch, da Ingenieur, in diesem Bereich besonders gut zu gebrauchen. Denn diesem Tino Hiller gelang es immer wieder, jedes Kraftfahrzeug zu reparieren, das ihm in die Hände geriet. Und damit war er nicht nur für Arm, den Schirrmeister, so gut wie unentbehrlich — er war ein äußerst wichtiger Bestandteil dieser Batterie. Und manchmal, wenn auch nur selten, schien es, als wisse er das.

»Du bist mir ja sehr lieb und wert, Tino, du traniger Tintenfisch«, sagte Arm gemütlich warnend. »Aber versuche ja nicht, dich hier quer zu legen!«

»Wo denn wohl — etwa in diesem geplanten Puff?«

»Eine derartige Einrichtung kann niemand von uns zugemutet werden!« mischte sich Forstmann erneut ein, um blitzende Blauäugigkeit bemüht. Denn je mehr er trank, desto intensiver schien er sich seiner urgermanischen Ideale bewußt zu werden. »So was entbehrt doch ganz einfach jeder großdeutschen Würde!«

»Mach dir nur nicht gleich in die Hosen, Menschenskind!« Der grinsende Gartenzwerg produzierte ein ansteckendes Gelächter, wobei er sein Glas mit schäumendem Münchner Bier prostend schwenkte. »Was heißt denn hier Würde? Entweder ich bürste irgendein Weibsbild — oder ich bin würdevoll! Beides ist, zur gleichen Zeit, kaum zu haben.«

»Wir sollten hier nicht auf Prinzipien herumreiten«, empfahl Hauptwachtmeister Krüger, nahezu schwungvoll. »Wir sollten uns lieber an die nackten Tatsachen halten! Wer also mit einem Schwanz versehen ist, der will den gelegentlich auch mal wegstecken! Das ist bei allen Lebewesen so — bei Vögeln, bei Hunden, auch bei Elefanten. Und was kann für einen Menschen menschlicher sein? Fest steht jedenfalls: so ein Puff — oder wie immer man eine derartige Einrichtung nennen will — kann niemand schaden. Zumal, wie wohl schon gesagt, unser Hauptmann einer solchen Institution keinesfalls ablehnend gegenübersteht.«

»Weil er weiß«, behauptete Softer unverzüglich, »daß so was nicht nur menschlich ist — sondern sogar ausgesprochen männlich! So was gehört ganz einfach mit zur Truppenbetreuung. Und da wir eine anerkannt vorbildliche Batterie sind — warum nicht auch in dieser Hinsicht?«

»Das nicht zuletzt auch aus sanitären Gründen«, meinte der Hauptwachtmeister Krüger. »Auf Grund meiner Erfahrungen sehe ich das so: ein Mann, zumal einer, der kämpfen muß, hat ein Anrecht auf ein funktionierendes Geschlechtsleben — wozu eine gut abgeschirmte Freundin oder Ehefrau ebenso gehört wie möglichst sicher kontrollierte Freudenmädchen. Schließlich können wir uns keine Ausfälle etwa durch Geschlechtskrankheiten leisten — also beugen wir vor.«

»Bei unserem Abteilungsstab«, erklärte Softer, »sind Freudenmädchen als sogenannte Hilfskräfte eingestellt worden — diese jedoch fast ausschließlich für die Bedienung von Offizieren. Wir sind da wesentlich sozialer!«

»Und die dadurch entstehenden Kosten?« wollte Wachtmeister Moll, der Rechnungsführer, wissen. »Daß so was gut ist, will ich nicht bestreiten — aber es muß sich auch lohnen!«

»Die Kosten dafür sind erschwinglich!« versicherte Softer. »Und für jeden von euch gibt es natürlich Rabatt. Die einzige Schwierigkeit war bisher eine für mein Unternehmen angemessene Unterkunft — doch das ist jetzt geklärt. Denn durch den Abzug des Schloßverwalters werden vier Räume frei — drei davon sind für die einsatzbereiten Damen vorgesehen, der vierte ist als Überwachungs- und Wartezimmer eingeplant. Da wir ja auf Nummer Sicher gehen wollen.«

»Und diese drei vorgesehenen Damen«, mischte sich nun wieder Moll, der Rechnungsführer, sachverständig ein, »werden die genügen — für die ganze Batterie?«

»Vorläufig schon!« Der beharrlich grinsende Softer hatte die ihm hierfür maßgeblich erscheinende Rechnung im Kopf. »Ich gehe dabei, Kameraden, von folgenden Zahlen aus: Gesamtstärke der Batterie: einhundertfünfzig Mann. Vermutete Interessenten: einhundertzwanzig. Tagesleistung der Damen: fünf Einsätze pro Person — was wohl spielend zu machen und auch ausgesprochen human ist. Fünf mal drei aber sind fünfzehn. Fünfzehn tägliche Dienstleistungen mal sechs — wobei bereits ein wöchentlicher Feiertag mit eingerechnet ist — macht neunzig. Mithin kann also alle zehn Tage jeder einmal im Bereich unserer Batterie zum Zuge kommen. Das sollte doch — zunächst zumindest — genügen! Oder etwa nicht?«

»Und für uns, Kameraden«, erkundigte sich der Wachtmeister Arm, »sind dabei nicht nur Vergünstigungen, sondern auch Sondereinsätze eingeplant?«

»Jede Menge und in jeder Form, Art oder Abart. Garantiert!«

Forstmann, der großdeutsche Schreibstubenmensch, gefiel sich in beharrlicher Ablehnung, zumal er von Tino Hiller, der vorsichtig flüsterte, darin bestärkt wurde. »Ich kann mir nicht helfen, Kameraden — aber im Sinne unseres Führers scheint mir das nicht zu sein.«

»Was denn, was denn, Volksgenosse!« Softer schnappte geradezu nach Luft. »Ja, was glaubst denn du! Bist du etwa der Ansicht, dein Führer rammelt nicht?«

»Das«, bellte ihm Forstmann erregt entgegen, »ist eine Infamie — eine Infamie sondergleichen!«

»Das wäre es tatsächlich, Volksgenosse, wenn ich deinem — also unserem! — Führer so was nicht zutrauen würde. Willst du etwa behaupten, er ist kein Mann? Er muß einer sein! Also rammelt er auch! Das ist doch absolut logisch! Oder etwa nicht?«

»Willst du sogar ihn«, fauchte Forstmann, »auf die Stufe primitiver Lustverbraucher stellen? Ihn, die erklärte Idealgestalt unserer Nation?«

»Na — und?« meinte Softer völlig unbeeindruckt. »Mann Gottes, Volksgenosse Forstmann, hat er etwa deshalb keinen Unterleib? Den hat auch ein Oberbefehlshaber!«

»Ihn jedoch«, sagte Forstmann beharrlich, »als Protektor für einen Puff genannt zu hören, muß ich ganz entschieden ablehnen. So was ist ja fast schon staatsgefährdend!«

»Das ist Ansichtssache!« erklärte Hauptwachtmeister Krüger. »Für uns sind dabei allein die Entscheidungen unseres Hauptmanns maßgeblich. Hauptmann Hein aber hat der Einrichtung eines batterieeigenen Freizeitheimes zugestimmt. Und nun frage ich: ist etwa irgend jemand anderer Meinung?«

Niemand meldete sich.

»Nun singen sie wieder«, sagte der Soldat Wassermann wie vor sich hin — er schien auf die Weinflasche zu blicken, die vor ihm auf der Mauerbrüstung stand. Sie schimmerte im frühen Mondlicht. »Sie singen nicht schön, aber laut.«

»Deutsche Volkslieder«, stellte der Gefreite Bergen fest, der sich neben Wassermann auf der am Parkrand stehenden Steinbank niederließ. »Sie singen: Auf der Lüneburger Heide — so weit ich das erkennen kann. Mithin Löns — also erklärtermaßen bestes deutsches Kulturgut.«

»Ihr Repertoire ist begrenzt«, erklärte Wassermann, dem Unteroffizierchorgesang lauschend, der von der Kantine her in die beginnende Nacht quoll. »Diese Lüneburger Heide ist Krügers Standardnummer — sie erklingt so drei bis fünf Mal pro Kameradschaftsabend. Erst später — etwa nach vier Stunden — sind dann die besseren Sachen fällig: Wirtinnenverse, Landpartiegesang, Heubodenlieder und Sittenkongreß!«

»Du kennst dich aus«, meinte Bergen, nach der Flasche greifend, die auf der Mauerbrüstung stand. Er trank probeweise davon, stieß dann freudig-zustimmende Laute aus, trank abermals — nunmehr anhaltend. Meinte sodann, aufschnaufend: »Auch darin scheinst du dich auszukennen, Kumpel — was ist das für ein Wein?«

»Ein Chablis«, sagte der Soldat Wassermann, wobei er versuchte, Bergen im Mondlicht zu betrachten — doch die Schatten auf dessen Gesicht verwischten alle Konturen. »Ein französischer Weißwein — den hier niemand saufen will. Ich habe mir zwei Kisten davon bequem reservieren können — und sie in der Kirche gelagert, zwischen zwei Gräbern. Ich beteilige dich gerne daran.«

»Und warum?«

»Weil dir dieser Wein schmeckt — wie mir. Das ist an sich schon Grund genug. Außerdem unterhalte ich mich mit dir gerne, Bergen — du bist zwar auch nur ein Schweinetreiber wie alle anderen, aber du gehörst zu einer ganz besonderen Gattung; da bin ich fast sicher.«

»Und was bist du?«

»Das weiß ich nicht — noch nicht!« Der Soldat Wassermann schien dabei zu lächeln. »Was mich aber nicht weiter beunruhigt — nicht in dieser Umgebung! Denn was, Mensch, ist man hier schon? Ein Hase, der sich ergebenst jagen läßt? Ein Hund, der dankbar jault, wenn man ihm einen Tritt verpaßt? Eine Kuh, die sich allezeit melken läßt und dann auch noch ihr Fleisch liefert? Mann — da haben wir eine enorme Auswahl!«

Sie rückten dabei einander näher, wie um gedämpfter und zugleich deutlicher miteinander sprechen zu können. Doch sie ließen sich Zeit — sie starrten in die beginnende Nacht: auf das Schloß, das sich vor dem leuchtenden Mondhimmel auftürmte. Die Fenster darin: durch Tücher verdeckt — doch schmale Lichtstreifen drängten sich durch Ritzen — unten, wo die Kasinoräume waren, ebenso wie im obersten Stock, den Hauptmann Hein bewohnte.

»Was ist hier los?« fragte Bergen drängend.

Wassermann lachte, gedämpft, auf. »Warum fragst du ausgerechnet mich danach? Ich schiebe hier meine ruhige Kugel.«

»Aber das, Wassermann, doch nicht pausenlos! Denn gelegentlich, soviel habe ich schon herausgefunden, bist du sozusagen auf der Palme. Dann läßt du Redensarten vom Stapel wie: Hier stinkt es!«

»Stimmt auffallend genau«, bestätigte Wassermann heiter. »So was aber ist nichts wie Taktik. Daß es mir dabei tatsächlich stinkt, ist praktisch weiter nicht wichtig — der Haupteffekt: sie versuchen, mich zu beruhigen; sie machen mir Zugeständnisse; sie gewähren mir Vorteile!«

»Was aber, auf die Dauer gesehen, nicht ganz ungefährlich ist.«

»Nicht, wenn man das vorsichtig anfängt. So bin ich hier so gut wie unentbehrlich, als Zugmaschinenspezialist. Und du, als Nachrichtenfachmann, könntest durchaus eine ähnliche Tour reiten. Wenn wir uns aber beide zusammentun, bin ich fast sicher, daß wir eine Menge Spaß dabei haben werden. Wollen wir das mal versuchen?«

Der Gefreite Bergen schwieg. Er blinzelte in die Nacht – seine hellwachen Augen wanderten vom klobigen Schloß über den Park zur Kirche hin, die wie vielfach abgeschirmt im Verborgenen stand. Dort stellte er sich Särge vor – reihenweise, nebeneinander, übereinander. Und dazwischen Kisten mit Chablis. Weiter vorerst nichts.

»Komm mit, Kamerad«, forderte freundlich Wassermann. »Begeben wir uns hinunter in die Stadt – ich kenne einen bequemen Weg über die Mauer. Dort unten können wir uns im Hotel de France amüsieren – in jeder erdenklichen Hinsicht. Dort werden wir excellent speisen und dabei, als schönen Nebeneffekt, den Schreiber des Ortskommandanten anspitzen. Der läßt sich furchtbar gerne was einflüstern. Unverbindlich für uns – aber wirkungsvoll in unserem Sinn; wenn wir das richtig anfangen.«

»Jetzt«, stellte Bergen fest, »singen sie nicht mehr.«

»Also bequasseln sie sich! Sie reden aufeinander ein – und das Ergebnis davon wird genau das sein, was Krüger will.«

»Aber vom Turm her, Wassermann, erklingt Musik. Hörst du sie?«

Der nickte. »Diese Töne kenne ich! Der Hauptmann spielt Schallplatten ab. Rauschend. Wie wenn hundert Wasserfälle strömen. Oder ein ganzes Regiment gemeinsam pinkelt.«

»Musik von Richard Wagner.«

»Von wem auch immer – doch wenn er die abschnurren läßt, brütet er dabei irgend etwas aus, dann droht sich einiges anzubahnen. Zumindest für die Feuerstellung! Denen sei Gott gnädig – doch es gibt wenig, was ich ihnen nicht gönne.«

»Fliegeralarm«, verkündete Hauptmann Hein. Und er sagte das wie gleichmütig vor sich hin. Nichts offenbar, was ihn irgendwie zu erregen vermochte. Er konnte, wenn er wollte – und zumeist wollte er das – kalt wie ein Fisch sein, wie Marmor, wie Granit.

Wobei er kurz auf seine Stoppuhr blickte. Danach betrachtete er – leicht steifbeinig, fast auf Zehenspitzen dastehend – seine Umgebung: die Feuerstellung seiner 3. Batterie. Und diese Batterie pflegte, wie erwartet, zu ›spuren‹. In jeder erdenklichen Hinsicht. Vorbehaltlos. Wie es sich gehörte.

Und prompt schrie der dem Hauptmann am nächsten stehende Soldat – ohne auch nur den Bruchteil einer Sekunde zu zögern: »Fliegeralarm!« Und abermals: »Fliegeralarm!«

Denn auf derartige Einlagen Hauptmann Heins war hier in der Feuerstellung jeder Mann zu jeder Zeit gefaßt – seine Leute hatten ausreichend Gelegenheit bekommen, sich darauf einzustellen. Sie reagierten schon fast automatisch: zunächst setzte ein allgemeines Alarmgebrüll ein, dieses wurde dann von zwei oder drei handbetriebenen Sirenen übertönt. Männer wimmelten alsbald wie Ameisen durch die Gegend.

Und diese Gegend war die Stadt D. – genauer: der südwestliche Stadtrand. Nächst dem Schloß, von diesem getrennt durch eine Straße – die Rue Napoléon –, ein Sportstadion, in dem vier schwere Geschütze, zwei leichte Geschütze und ein Kommandogerät etabliert waren. Einrosten durften die nicht! Hein sorgte beharrlich dafür – von seinem lieben Wachtmeister Runge unbedenklich unterstützt.

Und dem verkündete Hauptmann Hein, vertraulich, doch weithin hörbar: »Ich wünsche alle Puppen tanzen zu sehen – auch wenn sie dabei umfallen. Wer aber umfällt, wird aufgeschrieben – den merken wir uns, zwecks Nachhilfeunterricht. Ich will meine Batterie voll leistungsfähig sehen! Was man sich darunter, im einzelnen, vorzustellen hat, bestimme ich.«

Die ›Vorstellung‹ lief mit vorbildlich schneller Präzision ab: die Soldaten der Feuerstellung stürzten aus den Zelten. Sie preschten aus dem nahe gelegenen Kantinenschuppen hervor, unterbrachen ihre Tätigkeit in den zwei Feldlatrinen. Sie erschienen, so wie sie gerade bekleidet waren – in Unterwäsche, mit nacktem Oberkörper, in voller Uniform. Doch dabei stülpten sich alle den befehlsgemäß stets griffbereiten Stahlhelm auf.

»Beeilt euch gefälligst, ihr lendenlahmen Enten!« brüllte ermunternd Wachtmeister Runge – der wie immer einer der ersten war, wenn es sich um Einsätze jeglicher Art handelte. Die schien er zu wittern wie ein Wolf die Schafe. »Oder muß ich euch erst noch in eure müden Ärsche treten, Ihr schäbigen Sumpfhühner!«

Das mußte er nicht. Denn der Laden klappte, wie er es nannte: die Kerle spurten! Blinzelnd sah Wachtmeister Runge zu Hauptmann Hein hinüber – und der nickte, wenn auch nur andeutungsweise. Sie verstanden sich; sie hatten sich schon immer verstanden – denn die außerordentlichen kämpferischen Leistungen dieser 3. Batterie, auf denen deren stattliche Abschußziffern basierten, waren in allererster Linie ihnen beiden zu verdanken. Da waren sie sicher.

Die Soldaten der Hein-Batterie hatten sich auf ihre vier schweren und auf die zwei leichten Geschütze gestürzt – sowie auf das Kommandogerät. Die Geschützrohre schwenkten befehlsgemäß, laut Alarmkalender, in Richtung Westen – von wo aus mögliche Feindflugzeuge zu erwarten waren. Die hierbei als Ausgangspunkt zu erreichende Grundeinstellung: Seite 270 Grad – Richtung 9 – Höhe 45 Grad. Dabei: Scharfe Munition griffbereit. Die ersten Geschosse in die Zünderstellmaschinen gesteckt!

»Kommandogerät einsatzbereit!« meldete, weit vor allen anderen, wie zu erwarten gewesen war, Wachtmeister Runge.

Erst mehrere Sekunden später erfolgte die Meldung: »Geschützstaffel einsatzbereit!« Diese wurde, militärisch bemüht, aber voreilig, von Leutnant d. R. Helmreich hervorgestoßen: schrillstimmig und mit sich fast überschlagender Diensteifrigkeit. Dieser Leutnant Helmreich starrte anerkennungsgierig auf seinen Hauptmann, der ihn jedoch keines Blickes würdigte.

»Dritte Batterie feuerbereit!« meldete schließlich Oberleutnant Minder, laut, doch mit verdächtig wohlklingender Stimme, ohne daß es ihm gelang, überzeugende Exaktheit zu demonstrieren. Das gelang ihm kaum jemals — nicht in den Augen oder Ohren dieses Chefs.

Hauptmann Hein blickte intensiv auf seine Stoppuhr, sodann ins Leere, und das mit betrübter Großäugigkeit. Hierauf verkündete er, erneut wie völlig unbeteiligt, doch mit rasiermessersanfter Stimme: »Mehr als einhundert Sekunden.«

Diese Feststellung war weithin vernehmbar, da alles um ihn erwartungsvoll schwieg. Und jeder der Soldaten wußte, was das zu bedeuten hatte.

Denn: die äußerste, von Hein gerade noch als annehmbar angesehene Zeitgrenze für eine derartige Alarmübung waren hundert Sekunden. Knappe Werte darunter galten als befriedigend. Sechzig Sekunden wurden als ›gut‹ bezeichnet. Noch weniger war ›ideal‹ — wozu es aber nie kam.

Und was jetzt, nach diesem erklärt kläglichen Resultat, so gut wie unvermeidlich geworden war, das wußte jeder der Anwesenden — aus Erfahrung. Nämlich die lapidare Feststellung des Hauptmanns: »Das müssen wir üben!«

Und damit war die Feuerstellung, erfahrungsgemäß, auf Stunden hinaus beschäftigt. Hein stand dabei, regungslos und unansprechbar, in der Batteriemitte, dicht beim Kommandogerät — ganz abgesehen davon, daß immer dort, wo er sich gerade befand, der erklärte Mittelpunkt seiner Batterie zu sein hatte.

Wachtmeister Runge durfte ihm zur Seite stehen. Während sich die Offiziere, Minder und Helmreich, drei Schritte hinter ihrem Hauptmann aufzubauen hatten. Genau drei Schritte, also dreimal achtzig Zentimeter — nicht mehr, nicht weniger; mehr wäre gleichbedeutend mit Distanzierung gewesen, weniger wäre als Aufdringlichkeit ausgelegt worden. Die Soldaten lauerten wie aufgeschreckte Hasen im grünen Klee.

Hein nickte Runge zu, was hieß: das Übliche also! Und der Wachtmeister trat sofort in Aktion. »Volle Deckung!« rief er aus.

Die Soldaten verschwanden ›blitzartig‹ in den nächstgelegenen Zelten, in Erdfalten und Deckungslöchern. Die beiden Offiziere verharrten regungslos — sie erwarteten Sonderbefehle, die jedoch kaum jemals kamen. Der Hauptmann wechselte das Standbein, verblieb aber in leicht gegrätschter Stellung, wie stets auf dem Sprung.

»Fliegeralarm!« brüllte nunmehr Runge.

Und nun krochen die Soldaten wieselartig aus ihren Löchern, stürzten sich auf Geschütze und Geräte, besetzten sie, überprüften die Kommandowerte, legten Munition bereit. Die beiden Offiziere, Minder ebenso wie Helmreich, vermieden es, sich anzusehen. Sie blickten starr geradeaus – zu ihrem Hauptmann hin. Der schien zu einem Standbild erstarrt zu sein.

Die weiteren Vorgänge dieser Alarmübung waren gleichfalls allgemein bekannt: ein schneller und immer schnellerer Wechsel zwischen »Volle Deckung«, »Fliegeralarm« und »Fliegeralarm beendet«. Und das pausenlos so weiter und wie unendlich so fort. Den ganzen Nachmittag lang manchmal – bis tief in die Nacht hinein mitunter. Kommandiert von Runge, überwacht von Hein. Starre Staffage: die völlig unbeachteten, nahezu reglos dastehenden zwei Batterieoffiziere.

»Ich werde dafür sorgen, daß euch krummen Kerlen das Wasser im Arsche kocht«, versprach Wachtmeister Runge den bereits stark verschwitzten, dumpf blickenden, teilweise schon taumelnden Soldaten, »wenn ihr euch nicht endlich am Riemen reißt! Bei uns werden keine Schlappschwänze geduldet!«

Sie hatten sich sozusagen gesucht und gefunden – dieser Hauptmann und sein Wachtmeister; und fast jeder in der Batterie wußte das, bekam es fast täglich zu spüren. Als Hein zum Hauptmann ernannt wurde, mußte Runge Wachtmeister werden. Als Hein das EK I bekam, erhielt Runge prompt das EK II – und er würde vermutlich das EK I bekommen, wenn Hein das für ihn vorgesehene Ritterkreuz erhielt. Und das konnte getrost so weitergehen: denn es gab ja noch höhere Dienstgrade, noch größere Auszeichnungen.

»Verkriecht euch, ihr rotzenden Rindviecher!« rief Wachtmeister Runge. »Grabt euch ein! Alte Deckungslöcher fallen aus – also neue! und tiefere! Bis über die Ohren! Und wer dann noch seinen dicken Arsch herausstreckt, dem schieße ich ein zweites Loch rein!«

Doch dann wurde er auf störende Weise unterbrochen. Denn: ein Pkw rollte an, ein als Kriegsfahrzeug angepinselter Opel Olympia – mit graugrünen Tarnfarben. Dieses Vehikel kam fast mitten in der Feuerstellung zum Stehen. Ein Hauptmann des Heeres hüpfte daraus hervor, ein sichtlich gutgenährtes Wesen, freundlich und gummiballartig. Bewegte sich auf Hein zu.

»Gestatten Sie, bitte – Schmidt! Habe ich die Ehre, mit Herrn Hauptmann Hein zu sprechen?«

»Die haben Sie«, sagte der lässig, doch abweisend. »Ich entsinne mich nicht, Sie hergebeten zu haben?«

»Ich versuchte bereits mehrmals, Sie telefonisch zu erreichen — leider vergeblich. Was ich sehr bedaure!«

Hauptmann Hein verbeugte sich, jedoch nur andeutend. »Vermutlich scheinen Sie zu übersehen, daß sich hier meine Batterie im Einsatz befindet. Denn wo wir sind, Herr Hauptmann Schmidt, ist immer Krieg!«

»Was natürlich respektiert wird!« Das versicherte der deutsche Kommandant der Stadt D. bemüht entgegenkommend. Er schwitzte kräftig und fühlte sich strapaziert. Der reichliche mittägliche Burgunder, diesmal zu Wachteln in Wacholder genossen, machte sich bemerkbar — und dieser Batteriechef irritierte ihn, denn offizierskameradschaftlich wirkte der nicht. »Wenn ich mir dennoch erlaube, Herr Hauptmann, Sie zu stören, so des Schloßverwalters wegen.«

»Was geht der Sie an!«

»Der ist aus seiner Wohnung verwiesen worden. Ich maße mir nicht an, Ihre Beweggründe dafür zu durchschauen — doch so viel weiß ich: das hat böses Blut gemacht!«

»Bei wem denn?« fragte Hauptmann Hein aufreizend gelassen. »Was haben mich die internen Sonderwünsche von irgendwelchen französischen Zivilpersonen zu interessieren? Hier, Herr Hauptmann Schmidt, ist ein Krieg geführt worden — dabei hat es Sieger und Besiegte gegeben. Unvermeidliche Konsequenzen daraus zu ziehen ist doch wohl selbstverständlich. Es kommt hier allein darauf an, das Erreichte zu bewahren — es also nicht und niemals leichtfertig aufweichen zu lassen. Sollte sich das noch nicht bis zu Ihnen herumgesprochen haben?«

»Ich gebe lediglich zu bedenken!« versicherte Hauptmann Schmidt, der deutsche Stadtkommandant, um Würde bemüht; was hier jedoch vergeblich war, wie er alsbald erkannte. »Ich versuche auszugleichen!«

Hauptmann Hein betrachtete seinen Besucher abschätzend, und dabei mit steigender Verachtung. Denn was er vor sich sah, das war — in seinen Augen — ein dickbauchiger, feistarschiger Zivilist — leider in großdeutscher Uniform. Mithin hier völlig am falschen Platz.

»Wo wir sind«, erklärte Hauptmann Hein abschließend, »da ist Ausnahmezustand — nehmen Sie das, bitte, zur Kenntnis!«

»Aber ich bitte Sie, Herr Hauptmann, auch zu berücksichtigen, daß uns angeraten worden ist, die Belange der französischen Zivilbevölkerung weitgehendst...«

»Wem ist so was angeraten worden, Herr Hauptmann Schmidt? Ihnen vielleicht — aber nicht mir! Wir befinden uns hier im Einsatz. Feindflugzeuge können jederzeit auftauchen! Darauf müssen wir uns einstellen. Wollen Sie das sabotieren?«

»Natürlich nicht!«

»Dann, Herr Hauptmann Schmidt, muß ich Sie dringlichst darum ersuchen, hier nicht weiter zu stören. Was praktisch heißt: bitte, belästigen Sie mich nicht länger! Und versuchen Sie das, wenn ich bitten darf, möglichst nie wieder.«

»Na, Sie herumstreunendes Stachelschwein — wie fühlen Sie sich denn?« sagte lauernd-jovial Hauptwachtmeister Krüger. »Wie kommen Sie sich hier vor? Wie ein Esel auf dünnem Eis oder wie ein Fuchs, dem die Trauben zu hoch hängen? Womit ich fragen will: haben Sie sich bei uns inzwischen schon eingelebt?«

»Ich bemühe mich«, entgegnete der Gefreite Bergen. »Ich versuche, wie man so sagt, am Ball zu bleiben.«

»Aber das fällt Ihnen nicht gerade leicht — was?«

Bergen wehrte wie bescheiden ab, wobei er immer wieder in zivilistische Bewegungen verfiel. Aber das begann er neuerdings, was er als Fortschritt empfand, zu merken. »Jedenfalls lerne ich immer mehr zu.«

»Hoffentlich auch das Richtige, Sie verdächtig fröhliche Wildsau. Und ich hoffe das, Bergen, weil Sie ja schließlich kein Idiot sind. Wohl mehr ein flotter Junge, was — mit gutem Riecher! So was kann ich durchaus gebrauchen — denn bei dieser Ansammlung von Transusen ist mir jedes Schlitzohr willkommen. Ich schätze aufgeschlossene Mitarbeiter. Ich komme vom Lande, falls Sie das noch nicht wissen. Selbst der größte Mist, habe ich erkannt, kann als Dünger durchaus seine Bedeutung haben.«

Der Hauptwachtmeister hatte den Gefreiten zu sich befohlen — auf die Schreibstube im Erdgeschoß des Schloßgebäudes. Den Unteroffizier Forstmann hatte Krüger vorsorglich abkommandiert — und zwar zum Flaschenzählen in Softers Vorratsräumen. Denn ein sogenannter Kameradschaftsabend, der zweite in dieser Woche, war vorzubereiten.

»Was erwarten Herr Hauptwachtmeister von mir?«

»Sie kommen direkt vom Abteilungsstab, Bergen?«

Der Gefreite bejahte diese Frage, worauf er sich rühren, also die militärische Grundstellung aufgeben durfte. Was jedoch nichts als ein weiteres Alarmsignal war. Denn sonst, und das hatte sich herumgesprochen, mußten Mannschaftsdienstgrade in der Umgebung dieses Hauptwachtmeisters stets dastehen »wie die Ölgötzen«. Auch »wie die Eichen«. Eine sich scheinbar anbahnende Leutseligkeit jedoch war bei Krüger zumeist mit besonderen Forderungen verbunden.

»Und was, Bergen, haben Sie dort beim Abteilungsstab gemacht?«

»Vermutlich nichts wie Schwierigkeiten.«

Krüger, der auf der Kante eines Tisches hockte, horchte auf. Sein Gesicht verzog sich leicht in die Breite, womit Heiterkeit angedeutet wurde. »Sie scheinen offenbar Wert darauf zu legen, mir beizubringen, daß Sie ein schwieriger Mann sind – warum?«

»Ich bin natürlich alles andere als schwierig, Herr Hauptwachtmeister. Dennoch muß ich leider annehmen, daß ich zu dieser 3. Batterie sozusagen indirekt strafversetzt worden bin – und zwar durch den Abteilungsadjutanten.«

»Mann!« rief nun der Hauptwachtmeister aus, wobei er von der Tischkante rutschte. Er faßte sich an den Hosenschlitz, ging kurz in Kniebeuge und richtete sich dann groß auf. Er wirkte gewichtig, rundherum vollfleischig – wobei er sich wie ein tänzelnder Elefant bewegte. »Mann«, schnaufte er dann auf, »Sie sind entweder ein selten dämliches Schaf oder ein ganz gerissener Hund – kaum was dazwischen! Und nun raten Sie mal, wofür ich Sie halte!«

»Es könnte vielleicht sein, daß ich lediglich eine Reihe von Ferngesprächen mitgehört habe«, meinte der Gefreite Bergen, in bescheidenem Ton. »Das ergab sich ganz einfach so – gewissermaßen zufällig, dienstlich.«

»Damit wollen Sie vermutlich andeuten, daß Sie ziemlich genau wissen, was hier möglicherweise gespielt wird. Etwa dies: zwischen dem Abteilungsadjutanten und der 3. Batterie, speziell dessen Chef, bestehen gewisse – nun sagen wir mal: Differenzen!«

»Wie sie ja etwa auch zwischen mir und dem Abteilungsadjutanten bestanden haben! Das übrigens ganz ohne mein Verschulden. Wir haben da sozusagen lediglich auf verschiedenen Wellenlängen gefunkt – womit es zu keiner befriedigenden Verständigung kommen konnte, ganz zwangsläufig nicht. Also blieb wohl nichts übrig, als mich bei erster bester Gelegenheit abzuschieben – ausgerechnet hierher.«

»Das ›ausgerechnet‹ können Sie sich sparen, Sie Querschläger!« Krügers Gesicht blieb völlig bewegungslos, doch seine Stimme verstärkte sich. »Sie haben also dort beim Abteilungsstab spezielle Theatervorstellungen abgezogen – was? Und das hat Ihnen gefallen – oder etwa nicht? Nun gut – das sei Ihnen gegönnt! Kommen Sie aber nicht etwa auf die Idee, so was auch bei uns zu versuchen! Denn damit sind Sie garantiert auf dem falschen Dampfer! Beim Abteilungsstab wird Operette gespielt – bei uns aber Richard Wagner!«

»Das habe ich gehört – die halbe Nacht lang. Das Grammofon im Turm scheint äußerst leistungsfähig zu sein – und die dazugehörige Schallplattenauswahl relativ groß. So gut wie alles von Wagner – und zwischendurch die Leander und die Lustige Witwe. Eine phantastische Mischung – sehr eindrucksvoll.«

»Sie wollen doch nicht etwa behaupten, daß Sie sonderlich feinfühlig sind?« fragte der Hauptwachtmeister grinsend. »Sie haben doch nicht ernsthaft irgend etwas gegen diesen Richard Wagner?«

»Gegen den hat bei uns niemand was zu haben. Wo ja auch unser Führer...«

»Ist ja geradezu rührend, Sie ausgemachter Scharlatan, wie Sie mir beharrlich einzureden versuchen, daß Sie nichts als ein harmloses Stinktier sind.« Krüger gab sich belustigt. »Sie passen sich an — was? Sie entwickeln Verständnis — wie? Sie machen Männchen, wenn das von Ihnen verlangt wird — aber hinterrücks bepinkeln Sie Teppiche! Und Gobelins! Und Gardinen! Mann, was versuchen Sie mir einzuflüstern?«

»Ich lege keinerlei Wert auf irgendwelche Komplikationen, Herr Hauptwachtmeister«, versicherte der Gefreite Bergen mit Nachdruck. »Denn ich bin schließlich noch lange nicht lebensmüde. Außerdem verstehe ich einiges vom Funk- und Fernsprechwesen—was sich wohl sehr schnell zeigen wird. Darüber hinaus aber habe ich bereits erkannt, daß man in dieser Batterie ganz gut leben kann — wenn man rechtzeitig auf die richtige Wellenlänge geschaltet hat. Scharfer Dienst — danach eine ruhige Kugel. Was will man mehr?«

»Vorausgesetzt dabei jedoch — man spurt« Der Hauptwachtmeister blickte jetzt nahezu wohlwollend auf seinen neuesten Gefreiten. Für Realisten jeder Spielart hatte er Verständnis, auch für Schlitzohren, die nichts anbrennen ließen. »Sie scheinen das hier Wesentliche erkannt zu haben, Bergen. Denn bei mir fährt man immer gut — falls man in meiner Spur bleibt.«

Krüger setzte sich nun hinter seinen Schreibtisch; er streckte die Beine lang und breit von sich, wobei er abermals, automatisch überprüfend, seinen Hosenschlitz befingerte. »Sie haben sich inzwischen bereits, nehme ich an, mit den Leuten Ihrer Nachrichtenstaffel vertraut gemacht. Dabei auch mit diesem Schubert? Was halten Sie von dem?«

»Was, bitte, soll ich von dem halten?«

»Bergen«, erklärte der Hauptwachtmeister alarmierend gedämpft, »ich habe Ihnen eine Frage gestellt — ich bin es nicht gewohnt, darauf eine Gegenfrage zu hören. Ich erwarte eine Antwort! Also — was ist mit diesem Johannes Schubert? Wofür halten Sie den?«

»Für eine Art Mondkalb — denke ich!«

»Verflucht noch mal, Bergen, Sie sollen nicht immer gleich denken!« rief der Hauptwachtmeister warnend aus. »Überlassen Sie so was gefälligst denen, die dafür zuständig sind!« Doch dann tönte seine starke Stimme, völlig übergangslos, nahezu wohlwollend. »Aber in diesem Fall mögen Sie recht haben — dieser Schubert scheint ziemlich genau das zu sein, was sein kinderarschglattes Milchgesicht verspricht: eine schöne, zarte, schlanke Null!«

»Er gibt sich aber erheblich Mühe und ist gar nicht ungeschickt — zumindest nicht als Fernsprecher oder Funker. Auf diesem Gebiet ist mit dem durchaus etwas anzufangen. Sonst jedoch, das gebe ich zu, scheint der so was wie ein völlig unbeschriebenes Blatt zu sein. Man könnte auch sagen: der ist zu jung für diesen Betrieb — viel zu jung!«

»Womöglich sogar eine Art Jungfrau, was?«

»Auch das könnte durchaus sein«, gab der Gefreite Bergen vorsichtig zu. Das Interesse des Hauptwachtmeisters, speziell an diesem Punkt, war ihm nicht entgangen — was das jedoch zu bedeuten haben könnte, vermochte er noch nicht zu ahnen.

»Kurze Hosen, Herr Hauptwachtmeister, würden besser zu ihm passen als die Uniform. Eine Art frühzeitig zweckentfremdeter Pimpf. Zumal der noch vorbehaltlos an die sogenannten großen Werte glaubt — wie Treue, Ehre, Gerechtigkeit, und ähnliches in dieser Preislage.«

»Na prima, prima«, bestätigte Krüger, sichtlich erfreut. »Genau das wird er nun brauchen können — und das machen Sie dem jetzt mal mit Nachdruck klar!«

»Mit welcher Zielsetzung, Herr Hauptwachtmeister?«

»Dieser Schubert soll die persönliche Betreuung von Hauptmann Hein übernehmen — ab sofort. Und Sie werden ihn darauf vorbereiten.«

»Wie denn?«

»Das ist eine reichlich dumme Frage, Bergen — es sei denn, Sie wollen mit mir Weihnachtsgans spielen, also versuchen, mich auszunehmen. Doch so dämlich sind Sie garantiert nicht! Sie werden bereits herausgefunden haben, worauf es hierbei ankommt. Was benötigt wird, ist eine Seele von Kamel, eine sanfte, und die ist dieser Johannes Schubert ja, das haben Sie mir hinreichend deutlich gemacht. Und nun bürsten Sie mal diesem Fohlen das Fell — bis es glänzt wie ein Affenarsch. Bringen Sie also diesem Mondkalb vor allen Dingen bei, was Sauberkeit ist — Sauberkeit in körperlicher Hinsicht. Darauf legt Hauptmann Hein besonderen Wert.«

»Darf ich auf eine Kleinigkeit aufmerksam machen, Herr Hauptwachtmeister? Die Nachrichtenstaffel, für die ich verantwortlich gemacht worden bin, ist nicht gerade sonderlich leistungsfähig. Ich kann dort keinen Mann entbehren.«

»Nicht doch, Sie Stinktier — nicht diese Walze! Oder wollen Sie mir etwa Schwierigkeiten machen?«

»Keinesfalls, Herr Hauptwachtmeister! Ich dachte lediglich an die Einsatzbereitschaft...«

»Was denn — Sie denken immer noch? Oder schon wieder?«

»Ich versuche lediglich...«

»Hier mitzumischen? Mit mir irgendeinen Kuhhandel zu betreiben? Mir hinterhältige Forderungen unter das Hemd zu jubeln? Und das, wo Sie hier doch kaum erst hereingerochen haben?«

»Alles klar!« beeilte sich der Gefreite Bergen zu versichern. »Schubert wird also befehlsgemäß vom Nachrichtendienst befreit und auf seine neue Tätigkeit vorbereitet — speziell in puncto Sauberkeit, von den Ohren bis zu den Zehen, und alles, was dazwischen liegt.«

»Na also!« knurrte Krüger. »Warum nicht gleich so? Und so laufend weiter, Bergen! Leisten Sie sich gefälligst nicht noch einmal derartig hinterhältige Traumtänzereien. Entweder Sie machen hier mit, und zwar hundertprozentig, oder Sie verschwinden ganz einfach in der Versenkung! Mann — bevor Sie hier eine Extrawurst gebraten bekommen, müssen Sie sich erst noch mächtig Ihren krummen Arsch verrenken. Ohne Fleiß schließlich kein Preis.«

»Die Sache macht sich!« versicherte Unteroffizier Softer seinem Kameraden Forstmann. »Meine Organisation kann sich sehen lassen, das mußt selbst du zugeben — da du ein aufrichtiger Mann bist.«

»Nun ja«, stimmte Unteroffizier Forstmann leicht widerwillig zu. »Eins zumindest muß man dir lassen — durch dich wird unsere Batterie gut versorgt.«

»Alles zwecks Erhöhung der Einsatzbereitschaft«, erklärte Softer bescheiden. »Ich richte mich da ganz nach unserem Hauptmann.«

»Aber so viele Flaschen, wie du hier gestapelt hast«, gab Kamerad Forstmann zu bedenken, »schaffen unsere Leute doch gar nicht.«

»Müssen die auch nicht«, sagte Softer. »Sie sollen nicht saufen — sondern kaufen! Und dann die Flaschen an ihre Lieben nach Hause schicken. So stärken wir die Heimatfront!«

»Softer«, sagte der Kamerad von der Schreibstube, sich seiner stets verpflichtenden großdeutschen Überzeugung bewußt, »das gefällt mir nicht! Was du da betreibst, erweckt den Eindruck: du willst hier nichts wie verdienen!«

»Wo denkst du hin! Ich verdiene nicht — ich mache mich verdient! Um das Vaterland, um die Stimmung in der Truppe, um die Zustimmung der Heimat! Saufen und saufen lassen! Voller Wanst und straffe Hoden! So was stärkt den Kampfgeist! Und unser geplantes Freizeitheim zielt haargenau in diese Kerbe! Siehst du das nicht endlich ein?«

»Ich habe da meine Prinzipien, Kamerad.«

»Langsam tust du mir fast schon leid, du prächtiges Kamel!« Softer wußte, warum ihm dieser Forstmann, direkt von Hauptwachtmeister Krüger, mitten in sein Vorratslager hineingeschickt worden war — der mußte dringend aufgeklärt werden, wenn nicht noch was schiefgehen sollte. »Du kannst doch im Grunde gar nichts gegen einen Puff haben, Kamerad! Wo du doch, wie es heißt, darauf geschult bist, historische Zusammenhänge zu erkennen.«

»So was ist, nicht zuletzt, eine Frage der Moral, Softer.«

»Moral ist Glückssache, sagte der Pudel, nachdem er vergeblich versucht hatte, eine Bernhardinerin zu bespringen!« Der Versorgungsspezialist der 3. Batterie scherzte unentwegt gemütlich. »Doch nun mal Spaß beiseite, Forstmann — was kann denn schon ein echter Mann gegen eine richtige Rammelei haben? Selbst du wirst dabei auf deine Kosten kommen — das garantiere ich dir!«

»Auf mich«, wehrte Forstmann ab, »kommt es doch wohl dabei nicht an! Jedoch: ich bin nicht ohne Verständnis! Denn schließlich haben schon die Römer, sogar die alten Griechen. . .«

»Na also! Meine Rede! Keine Hochkultur ohne Puff!«

»Aber hier, bei uns, könnte es dadurch Komplikationen geben.«

»Nicht bei meinem System!« Softer war da seiner Sache absolut sicher. »Bei mir ist einfach alles einkalkuliert — alle erdenklichen Belange unserer Batterie! Denn ich weiß: bei uns kann sich nur ein Drittel der Soldaten in der Feuerstellung jeden dritten Tag eine knapp achtstündige Freizeit leisten. Und was tun sie dann? Sie lassen sich vollaufen und werden, da unbefriedigt, automatisch aggressiv. Heikelste Situationen können sich daraus ergeben. Schlägereien, Vergewaltigungen — vielleicht sogar Fahnenflucht! Und nun frage ich dich: Kann man denn so was auf die Dauer verantworten?«

»Ganz so einfach, lieber Kamerad, scheint mir das leider nicht zu sein.«

Softer pumpte sich voll mit Geduld — wobei er unentwegt starr lächelte. Krüger hatte ihm verbindlich bedeutet: dieser Forstmann war ein Hindernis, das beseitigt werden mußte — und zwar durch überzeugende kameradschaftliche Werbung. Wahrlich nicht leicht, hier schwer verdienen zu wollen!

»Du«, sagte Softer mühsam, »bist ein erklärter großdeutscher Typ! Wir alle wissen das zu schätzen.« Sein Gartenzwerggesicht nahm zu an glänzender Röte. »Wir sind auch bereit, dem jederzeit Rechnung zu tragen — natürlich auch bei Gründung dieses Freizeitheimes.«

»Aber wie denn das?« wollte nun Forstmann, nicht ganz uninteressiert, wissen. »Ich frage mich, wie das wohl zusammenklingen könnte — unser großdeutsches Bewußtsein und jene romanische Sinnenlust?«

»Du kennst die Weiber nicht!« meinte Softer. »Die liefern einfach alles — wenn sich das irgendwie auszahlt. Die rammeln, wenn es darauf ankommt und wenn man ihnen das beibringt, sogar weltanschaulich orientiert — wofür ich dir garantieren kann!«

»Wirklich?« fragte Forstmann, nicht ganz unbeeindruckt, fügte dann aber hinzu: »Dein vielleicht wirklich vielversprechendes Projekt kann doch wohl nur dann verwirklicht werden, wenn dir die frei gewordene Wohnung des Schloßverwalters zur Verfügung gestellt wird.«

»Wozu der Hauptmann seine Zustimmung gegeben hat!«

»Das war gestern!«

»Und was ist heute?«

»Heute«, erklärte Forstmann, wobei sich sein zumeist bleiches Gesicht in rechtschaffen-rechtwinklige Falten legte, »heute also, vor einer knappen Stunde — Krüger weiß noch nichts davon —, ist unserer Dienststelle eine sogenannte Forschergruppe avisiert worden.«

»Was für ein Verein?« Softer zeigte sich leicht irritiert. »Eine Forschergruppe — hast du gesagt? Was ist denn das?«

»Drei Leute, Professoren, Wissenschaftler vermutlich — im Auftrag irgendeiner Reichsleitung. Aber darüber hinaus vom Reichsmarschall persönlich mit irgendeinem Spezialauftrag versehen. Die sind hier unterzubringen. Und wo denn sonst — wenn nicht in der frei gewordenen Wohnung des Schloßverwalters?«

Softer war nun sichtlich beunruhigt. Er schwitzte kräftig. »Wer leistet sich denn so was. Wem kann es einfallen, uns solche Schießbudenfiguren unterzujubeln?«

»Es gibt da vermutlich zwei Möglichkeiten«, erklärte Forstmann vertraulich. »Da wäre einmal die Ortskommandantur. . .«

»Die nicht!« meinte Softer überzeugt. »Auch wenn dieser Hauptmann, dieser Schmidt, eine Stinkwut auf unseren Chef hat — der wird es niemals wagen, gegen uns anzustinken. Ich kenne diesen Typ.«

»Nun«, meinte hierauf Forstmann, »dann wird es der Abteilungsstab gewesen sein — also vermutlich der dortige Adjutant.«

»Dieser Heini schreckt wohl vor nichts zurück — was?« Softer war nun mächtig empört. »Dieser intrigante Kerl gönnt unserem Hauptmann nicht einmal das Schwarze unter dem Nagel! Wie die Bluthunde sind diese beiden, nur wegen ein paar Orden! Und wir sollen das womöglich ausbaden.«

»Das will ich nicht gehört haben, Softer — so was kann keiner beweisen! Fest steht lediglich, daß uns laut Abteilungsbefehl — der morgen schriftlich nachkommt — drei Personen mit Spezialauftrag zugeteilt worden sind. Diese haben sich mit der bei uns anliegenden Grabkirche zu beschäftigen und sollen direkt in unserem Bereich untergebracht werden.«

»Das«, rief Softer, »kann man mir — uns — doch nicht zumuten! Nicht ausgerechnet jetzt, wo hier gerade alles so vielversprechend anläuft! Mann — meinen Puff lasse ich mir nicht nehmen. Und wenn ich Himmel und Hölle in Bewegung setzen muß!«

»Bleiben Sie an der Tür stehen!« befahl Hauptmann Hein dem Soldaten Schubert. »Aber machen Sie die Tür hinter sich zu — überzeugen Sie sich davon, daß sie geschlossen ist.«

Der Soldat Schubert überzeugte sich davon. Stand dann straff und aufrecht da. Sah seinen Hauptmann, umflackert von Kerzenlicht, dasitzen; zwei Leuchter, vermutlich aus Silber, auf Hochglanz poliert, standen rechts und links von ihm, am Kopfende des etwa zwei Meter breiten und acht Meter langen Tisches, der den großen Bankettsaal beherrschte.

Johannes Schubert — als Fernsprecher und Funker ausgebildet — blickte bereitwillig auf seinen Hauptmann. Sein Gesicht war kreidebleich, dunkle, fast schwarze, bläulich schimmernde Haare lagen darüber — lockenartig gewellt, von den feinen Schläfen bis zum leicht gebeugten Nacken hin. Ein Bild bereitwilliger Zuneigung schien sich erkennen zu geben — es war, als ob sich ein sanfter Page seinem Souverän so behutsam wie vertrauensvoll näherte.

»Wissen Sie, warum Sie hier sind?« fragte der Hauptmann Hein. Seine Stimme klang irritierend freundlich. Sein scharfkantiges Gesicht war von zuckenden Lichtreflexen umspielt — laternengleich schien es mitten im verdunkelten Raum zu hängen. An den Wänden verdämmerten verstaubte Ölgemälde und zerschlissene Gobelins aus dem XVIII. Jahrhundert. »Hat man Ihnen gesagt, was hier von Ihnen erwartet wird?«

»Jawohl, Herr Hauptmann!« sagte der Soldat Johannes Schubert mit einiger Lautstärke, wie es ihm geboten erschien.

»Was, genau, hat man Ihnen gesagt?«

»Daß ich abkommandiert worden bin — zur persönlichen Betreuung von Herrn Hauptmann.«

»Und — was verstehen Sie darunter?«

Johannes Schubert schluckte hörbar — seine Handflächen waren schweißnaß; er versuchte nicht, sie abzuwischen. Wie gebannt starrte er auf die flackernden Lichter — in das Gesicht seines Hauptmanns zu sehen, vermied er. Dann hörte er sich, mit Eifer, sagen: »Reinigung der Unterkunft, der Bekleidung, der Ausrüstung...«

»Das«, sagte Hauptmann Hein, nun fast schroff, »genügt nicht! Das ist nicht das Wesentliche!« Um dann, nach bannend lautlosen Sekunden und jetzt wieder irritierend sanft, hinzuzufügen: »Hier handelt es sich, in erster Linie, um etwas anderes, um wesentlich mehr — um Vertrauen!«

»Jawohl, Herr Hauptmann!«

»Und Sie sind sich darüber im klaren, Schubert, was das zu bedeuten hat? Nämlich dies: ich schenke Ihnen mein Vertrauen. Uneingeschränkt. Als Gegengabe erwarte ich das Ihre! Gleichfalls uneingeschränkt. Sind Sie dazu bereit?«

»Jawohl, Herr Hauptmann!«

»Das und nichts anderes habe ich auch von Ihnen erhofft, Schubert.« Hein hob, wie einladend, seine rechte Hand — sie wirkte schmal und dennoch kraftvoll. »Kommen Sie näher.«

Der Soldat Johannes Schubert bewegte sich befehlsgemäß vorwärts — ruckartig, fast als habe er auf einem Kasernenhof zu exerzieren — drei Schritte vor seinem Hauptmann kam er zum Stehen. Sah erst jetzt, daß der voll bekleidet war; er steckte in seiner stets vorbildlich sauberen Extrauniform aus graublauem Tuch, das glänzend glatt wirkte – geschmückt mit dem EK I, dem Band des EK II, dem silbernen Verwundetenabzeichen. Doch Heins Hals war lediglich mit einem Schlips bekleidet – dort war mithin noch ausreichend Platz. Für das Ritterkreuz. Für das er vorgesehen war.

»Kommen Sie noch näher!« befahl der Hauptmann. »Nähern Sie sich mir bis auf eine Entfernung von einem Meter. Aber atmen Sie mich nicht an! Das verbitte ich mir! Und jetzt strecken Sie Ihre Hände vor – mir entgegen.«

Das tat Schubert. Die ausgestreckten Hände näherten sich dem Gesicht seines Hauptmanns. Der beugte sich, sie betrachtend, einige Zentimeter vor. Er überprüfte, mit ausdauernder Gründlichkeit, deren Oberfläche – von den Handgelenken bis hin zu den Fingerspitzen. Sah: Glätte, zartfarbige Fleischlichkeit, feingebildete Knochen – keine Spur von Schmutz.

Dann sagte er: »Wenden!« Was prompt geschah.

Auch die Innenflächen der ihm entgegengestreckten Hände betrachtete Hein mit Ausdauer und steigender Befriedigung. »Die Hände eines Menschen«, sagte er dann, »sind ein Spiegelbild seines Wesens! Daß Hände schmutzig werden, ist unvermeidlich – das muß man wissen, aber nicht dulden. Denn entscheidend ist: sie lassen sich reinigen! Sie können also rein sein – wenn man nur will! Und das, Schubert, scheinen Sie zu wollen.«

»Jawohl!« bestätigte Johannes verwirrt.

»Sauberkeit!« rief der Hauptmann wie ein Bekenntnis – wobei er sich erhob. Gereckt stand er da. Seine Augen und seine Auszeichnungen funkelten im Kerzenlicht. »Darauf kommt es an! Darauf in allererster Linie. Ein Leben lang habe ich entschieden Wert darauf gelegt. Sauberkeit – Körper, Geist, Seele! Harmonische Einheit. Das ist es!«

Hauptmann Hein begann durch den Raum zu wandeln – bewegte sich dabei aber immer im Bereich des Kerzenlichts. Seine Gestalt blieb straff, doch seine Hände umflatterten ihn wie Möwen, wobei seine Augen wie in weite Fernen zu blicken schienen. Und er sagte, wie vor sich hin:

»Da war ein Hund – ein Dackel! Braun, glatthaarig, krummbeinig – ganz einwandfrei Rasse. Den hatte ich mir als Knabe gewünscht. Ich bekam ihn und versorgte ihn – jahrelang. Drei Jahre insgesamt. Ich gab ihm zu fressen, ich führte ihn aus, ich spielte mit ihm und streichelte ihn. Doch dann begann er zu spucken, erst im Freien, dann im Haus, dort auf den Teppich, schließlich sogar in mein Bett. Er bekotzte also unser Heim. Mithin mußte ich mich seiner entledigen. Denkbar schweren Herzens! Ich ertränkte ihn. Habe bittere Tränen um ihn geweint – jedoch zwingend erkannt: so ist nun mal das Leben! Man muß sich entscheiden. Immer wieder entscheiden. Für Sauberkeit!«

Diesen hastig hervorgestoßenen, in die Dunkelheit hineingesprochenen Monolog nahm Johannes ergeben hin. Minutenlang hatte er das Gefühl, für Hein nicht zu existieren. Dieser Hauptmann, empfand Schubert, sprach allein mit sich – was ebenso plötzlich endete, wie es hervorgebrochen war; als wären Scheinwerfer ein- und ausgeschaltet worden.

Hauptmann Hein fuhr sich, mit der linken Hand, über Stirn und Schläfe. Dann blieb er regungslos einige Sekunden lang stehen, um sich schließlich in seinen Sessel fallen zu lassen. Seine Stimme klang wieder höflich.

»Sauberkeit, Schubert! Da wir gerade davon sprechen: wie oft wechseln Sie Ihre Unterwäsche?«

»Je nach Möglichkeit, Herr Hauptmann.«

»Wie oft – genau?«

»Alle drei Tage – wenn sich das irgendwie ermöglichen läßt. Manchmal auch nur alle sieben Tage – was jedoch nicht an mir liegt, Herr Hauptmann. Es fehlt an Waschmitteln und Reserveunterbekleidung.«

»Dafür werde ich sorgen, Schubert. Denn ich lege Wert darauf, daß Sie in Zukunft Ihre Unterwäsche täglich wechseln. Ich wünsche nicht, daß Sie in meiner Gegenwart riechen – ganz gleich nach was!«

»Unterwäsche täglich wechseln – jawohl, Herr Hauptmann.«

»Und der Zustand Ihrer Zähne, Schubert? Die will ich sehen! Beugen Sie sich vor, zu mir hin – aber atmen Sie mich nicht an! Entblößen Sie Ihr Gebiß mit Hilfe der Finger – erst oben, dann unten.«

Das geschah. Wobei festgestellt wurde: Zähne vollständig, gepflegt, keine künstlichen Ergänzungen; Zahnfleisch fest, gesund wirkend; Zunge unbelegt, von frischer Farbe.

»Gut«, stellte der Hauptmann Hein fest. »Auch diesbezüglich habe ich keine Beanstandungen – auch hier ist Sauberkeit erkennbar. Was entscheidend wichtig ist. Denn aus einem fauligen Mund kommen keine edlen Worte, jedenfalls nicht überzeugend! Kennen Sie Hölderlin – womit ich aber nicht dessen Diotima-Abschweifungen meine.«

»Mir sind Teile von Hölderlins Nachdichtungen griechischer Tragödien bekannt.«

»Sehr schön – doch davon später mehr. Auch werde ich Sie, bei nächster Gelegenheit, über Richard Wagner befragen – ich empfehle Ihnen, sich darauf vorzubereiten.« Der Hauptmann sagte das alles mit einer Art lässiger Versonnenheit – es war, als denke er unentwegt nach. »Ich brauche Ihnen wohl jetzt nicht erst noch zu sagen, daß Sie sich jedesmal, bevor Sie bei mir erscheinen, die Zähne zu putzen haben?«

»Jedesmal Zähne putzen – jawohl!« bestätigte Schubert mit zunehmender Verwirrung, doch mit um so betonterem Eifer. Er war nun bereit, alles zu versprechen, was von ihm erwartet wurde — nur, um sich dann so schnell wie nur irgend möglich wieder von hier entfernen zu können.

»Legen Sie jetzt Ihren Kopf vor mir auf den Tisch — genau hierher, wo mein Glas gestanden hat. Zögern Sie? Sie zögern nicht? Gut also! Ich will Ihren Nacken sehen, Schubert, den Ansatz der Haare, die Zonen der Übergänge — vom Kopf zum Hals, vom Hals zu den Schultern. Wobei es mir auch hierbei allein um Sauberkeit geht — sie muß, für einen Menschen meiner engsten Umgebung, denkbar vollkommen sein. Was heißt: sie muß der meinen entsprechen!«

Auch diese Überprüfung schien zur Zufreidenheit des Hauptmann Hein auszufallen — wenn auch mit einigen Einschränkungen. »Ihre Haare, Schubert, wirken nicht ungepflegt, sind aber zu lang. Ab sofort werden Sie einmal wöchentlich zum Friseur gehen. Auf meine Kosten. Aber keine Pomade, kein Parfüm, kein scharfriechendes Haarwasser!«

»Jawohl, Herr Hauptmann!«

»Und nun, Schubert, ziehen Sie einen Ihrer Schuhe aus — sagen wir: den linken. Auch den dazu gehörenden Strumpf, selbstverständlich. Stellen Sie Ihren Fuß auf einen der Stühle, so, daß volles Licht auf ihn fällt. Spreizen Sie nunmehr den kleinen Zeh seitwärts. Wir wollen nichts — nicht das Geringste — übersehen.«

»Da mache ich nicht mit!« rief Wachtmeister Arm, der Schirrmeister. Er schien die Schreibstube stürmen zu wollen, in der sich lediglich Unteroffizier Forstmann befand. »So was kann man mir doch nicht zumuten!«

»Über was regst du dich denn so auf?«

»Na — über dich, Forstmann! Daß sogar du, als bewußt deutscher Mensch, diesen Puffbetrieb mitmachst, das verwundert mich mächtig!«

»Ich mache nicht mit, ich halte mich lediglich zurück«, erklärte Forstmann verbindlich. Er fühlte sich herausgefordert und schaltete unverzüglich auf Absicherung — er gab sich dienstlich. »Soweit ich informiert bin, Herr Wachtmeister, hatten Sie gegen dieses Projekt nichts einzuwenden!«

»Jetzt aber scheiße ich darauf! Weil dadurch meine Einsatzbereitschaft gefährdet wird.« Der ›Armleuchter‹ stand herausfordernd breitbeinig da — als wäre er entschlossen, mitten in den Raum zu pinkeln. »Schließlich bin ich hier für alle Fahrzeuge verantwortlich — und von einem Softer lasse ich mir nicht in mein Getriebe kacken!«

»Wofür ich vollstes Verständnis habe!« versicherte Forstmann. Er konnte sich das leisten, denn sie waren ja allein. »Auch ich bin kein erklärter Freund von dessen organisierter Befriedigung niedrigster

Regungen! Doch dazu scheint es diesmal, im Vertrauen, erst gar nicht zu kommen — denn die für Softers Puff vorgesehenen Räume werden anderweitig gebraucht. Für eine angekündigte Forschergruppe.«

»Das weiß ich bereits, Menschenskind — und Softer weiß das auch!« Arm drohte Gift und Galle zu spucken. »Nur eben, daß dieser Softer, diese ausgekochte Wildsau, bereits eine Ersatzlösung gefunden hat — und zwar auf meine Kosten!«

»Das sieht dem ähnlich!«

»Genau!« sagte Wachtmeister Arm. »Denn der spekuliert jetzt auf den Glaskasten im Park, diesen Pavillon, in dem meine Reparaturwerkstatt untergebracht ist — dort will er die Forschergruppe hineinschieben. Also mich dort ausquartieren! Was sagst du nun?«

»Ich bin natürlich empört.«

»Und das ist schon alles?« schnaufte der Schirrmeister. »Ich jedenfalls bin entschlossen, mich dagegen zu wehren. Bis aufs Messer!«

»Was ich sehr gut verstehen kann!« versicherte Forstmann.

Unteroffizier Softer erschien unmittelbar danach — es war, als wäre es ihm gegeben, Komplikationen in seinem Bereich kilometerweit zu wittern. Grinsend sagte er zu Arm: »Mach dir nur nicht gleich in die Hosen, Mensch! Und zu Forstmann: »Versuche immer, auf deinem Teppich zu bleiben, Volksgenosse!«

»Laß gefälligst deine Wurstfinger von meinen Fahrzeugen!« rief der offenbar zum Streit entschlossene Schirrmeister. »Die nämlich sind kriegsentscheidendes Material! Damit verglichen ist dein Puff eine zweitrangige Angelegenheit!«

»Komm runter von deiner Palme!« riet ihm Softer kameradschaftlich. »Wer will denn was von deinen Fahrzeugen? Ich sage immer: jedem das Seine! Wozu nicht zuletzt gehört: rammeln und rammeln lassen!«

»Aber doch nicht auf meine Kosten, Mensch!«

Nunmehr erschien Hauptwachtmeister Krüger — von dem Lärm, den der Armleuchter veranstaltet hatte, herbeigelockt. Er erschien ohne Uniformrock, mit rötlichem, verschlafenem Nachmittagsgesicht — doch seine Augen wirkten hellwach, und seine Stimme klang entsprechend.

»Wenn hier einer herumbrüllt«, verkündete er, »dann bin ich das — oder eben einer, dem ich ausdrücklich die Erlaubnis dafür erteilt habe.«

»Dieser schäbige Schweinetreiber«, sagte Arm, wobei er auf Softer wies, nun jedoch mit erheblich gemäßigter Lautstärke, »versucht doch tatsächlich, mich hinter meinem Rücken zu bescheißen!«

»Aber nicht doch, Kamerad!« meinte der Verpflegungsverwalter gekonnt bieder. »So mußt du das nicht sehen! Ich wollte dir lediglich Gelegenheit geben, deinen Gemeinschaftsgeist zu beweisen.«

»Hört mal her!« sagte der Hauptwachtmeister. »Ich erwarte ja nicht von euch, daß ihr hier wie die Turteltauben miteinander lebt — aber ich verbitte es mir, daß ihr euch wie Fleischerhunde aufführt! Es geht doch auch anders. Man muß nur wissen, daß keine Kuh kalben kann, ohne vorher besprungen worden zu sein. Womit ich sagen will: von nuscht kommt nuscht und aus nuscht wird nuscht! Kapiert?«

Damit hatte Krüger das Kommando übernommen. Er redete seine Umgebung in sämtlich verfügbare Ecken — im Mittelpunkt stand allein er. »Immer einer nach dem anderen!« ordnete er an.

Zunächst war Softer an der Reihe — die beiden anderen, Arm und Forstmann, wurden ersucht, ›frische Luft‹ zu schnappen. Dann grinste Krüger seinen Softer an — und der grinste zurück.

»Du willst also diesen Glasschuppen vereinnahmen, in dem Arm seine Reparaturwerkstatt betreibt?«

»Um dort diese sogenannte Forschergruppe unterzubringen. Damit die Räume, die für unseren Puff vorgesehen sind, nicht zweckentfremdet werden. Aber ich weiß ziemlich genau, worauf der Armleuchter praktisch hinauswill — er will dafür kassieren! Wenn der Schwierigkeiten macht, so doch nur, um die Preise hochzutreiben. Aber soll er doch — von mir aus! Ich bin schließlich nicht kleinlich.«

Der Hauptwachtmeister nickte sachverständig. »Na klar — das ist der springende Punkt! Was könntest du ihm denn bieten?«

»Nun — etwa diverse Kisten mit Getränken; sagen wir: fünf, nach Wahl. Dazu vielleicht noch ein Faß Münchner Bier — Spatenbräu. Ferner Sonderverpflegung — für etwa drei Wochen. Auch bin ich nicht abgeneigt, ihn an den Puffeinnahmen zu beteiligen; mit fünf Prozent. Das sollte doch wohl genügen — was?«

»Möglicherweise«, sagte der Hauptwachtmeister nachdenklich. »Wobei du aber hoffentlich nicht übersehen hast, daß unser Freund Arm hier sozusagen am längeren Hebel sitzt — und das scheint er zu wissen! Denn seine Fahrzeuge sind prima in Ordnung — und das weiß der Hauptmann. Der wird sich, falls es hart auf hart kommen sollte, für Arm entscheiden.«

»Muß es denn dazu kommen?« fragte der Gartenzwerg. »Doch bestimmt nicht, wenn du bereit bist, hier mitzumischen. Und das bist du — wie ich dich kenne.«

»Du kennst mich«, bestätigte Krüger entgegenkommend. »Und ich kenne dich! Und deshalb denke ich, daß deine Schnapskisten und die Sonderfressage für Arm lediglich eine Art Vorangebot sind — wie?«

»Nun ja — wenn du meinst?«

»Meine ich! Denn auch diese Sache muß Hand und Fuß, also auch Kopf und Arsch haben. Wenn Arm sein Glashaus hergeben muß, dann solltest du ihm, als Ersatz dafür, ein großes Zelt liefern. Außerdem muß dann dieses Glashaus vorher renoviert und in drei Räume unterteilt werden. Aber das wirst du schon machen.«

»Mensch«, meinte Softer, »du weißt, wie man Kühe melken muß. Und die fühlen sich noch wohl dabei! Ich jedenfalls mache alles mit, was du für richtig hältst — das muß ich doch nicht erst lang und breit versichern?«

Nunmehr war Wachtmeister Arm fällig, was sich jedoch gar nicht leicht erledigen ließ. Denn Arm wußte, wie Krüger vermutet hatte, ziemlich genau um seine hier einigermaßen gesicherte Position — so schaltete er denn prompt auf Großspurigkeit, sprach von Einsatzbereitschaft und Kriegserfahrung, verwies endlich auf den Segen des Hauptmanns, dessen er sicher sei.

»Lassen wir doch diesen Seich«, empfahl Hauptwachtmeister Krüger geschäftig. »Bleiben wir am Ball.« Er übermittelte Softers Angebot. »Das ist doch gar nicht wenig!«

»An sich ja nicht«, stimmte Arm fast staunend zu. Um dann jedoch, wie aufbrausend, hinzuzufügen: »Aber dieser heimtückische Hamsterer kann sich ja diese angebliche Großzügigkeit bequem leisten — bei seinen Beziehungen, bei seinen Lagerbeständen! Der verdient sich hier noch dämlich — wenn das so weitergeht. Und wo bleiben dann wir? Ich meine: wo bleibt da die Gleichberechtigung?«

»Was verstehst du darunter, Arm? Worauf willst du hinaus?«

»Ich frage mich: was ist denn schon so ein Puff — im Zeitalter des technischen Fortschritts? Was ist wichtiger: daß sich irgendein Weib hinlegt oder daß meine Fahrzeuge fahrbereit sind? Was ich hier leiste, ist schließlich kein warmer Wind — bei mir rollt immer alles, was Räder hat. Das muß sich doch auszahlen — oder?«

»Verstehe, Arm — du denkst: die Gelegenheit ist günstig! Du willst also absahnen! Aber warum nicht — von mir aus. Falls das direkt oder indirekt der Batterie zugute kommt. Also wie?«

»Nun — etwa durch ein Transportunternehmen!« erklärte Arm, äußerst vertraulich. »Durch eine Art Autoverleih — auch dieses zwecks Hebung der Freizeitgestaltung! Was letzten Endes, wie dieser Puff, der Kampfmoral unserer Truppe förderlich sein wird.«

Krüger lauschte. Dann meinte er: »Warum sollte ich was dagegen haben — falls es sich lohnt.« Was eindeutig hieß: für mich lohnt. Für meine Batterie!

»Die Sache«, erklärte Arm, mit steigender Vertraulichkeit, »ist nämlich die: wir besitzen, seit Dünkirchen und Calais, diverse Fremdfahrzeuge: einen Bentley, einen Panhard, einen US-Ford. Alle von mir — beziehungsweise von Tino Hiller, unter meiner Anleitung — prima instand gebracht — aber eben nicht offiziell registriert. Somit jederzeit verfügbar!«

»Du willst also, wenn ich dich richtig verstehe, hier so was wie einen Mietwagenverleih aufziehen — und die Angehörigen meiner — unserer — Batterie sollen dieses Unternehmen finanzieren?«

»Na klar, Mann!« versicherte der Armleuchter nun begeistert. »Ich stelle erstklassige Fahrzeuge zur Verfügung, berechne Grundleihgebühr und Kilometergelder, liefere jede gewünschte Menge von Benzin. Unsere Leute sollen Frankreich kennenlernen, speziell Paris. Dabei zehn Prozent Anteile für dich!«

»Nicht für mich, Arm«, korrigierte ihn der Hauptwachtmeister fast scharf. »Für die von mir verwaltete Batteriekasse! Ich persönlich bin nicht käuflich, kapiert? Also praktisch nicht zu bezahlen.« Er lachte über seinen Scherz, jedoch nur kurz. »Und nicht zehn Prozent«, forderte dann Krüger, »sondern fünfundzwanzig.«

»Abgemacht!« bestätigte Arm schwungvoll. »Wir sind uns also einig?«

»Das sind wir!« stimmte der Hauptwachtmeister mit großer Selbstverständlichkeit zu. Er kraulte sich die breit entblößte Brust. »Es handelt sich also dabei, wenn ich richtig verstanden habe, um eine Art gemeinnütziges Unternehmen?«

»Du verstehst mich immer richtig!« sagte Arm erfreut. »Wir haben schließlich hier ein vorbildliches Gefühl für Volksgemeinschaft entwickelt — meinst du nicht auch?«

»Das meine ich auch.«

»Und wenn das jemand bezweifelt?«

»Dann trete ich dem in den Arsch — und zwar mit Wonne!«

Doch weit und breit war niemand, der das bezweifelte.

»Was ist denn diesmal im Rohr?« fragte Oberleutnant Minder ungeniert vertraulich den Gefreiten Bergen.

Minders Geschäftsführergesicht versuchte in verständnisvoller Kumpanei zu blinzeln. Wie fast immer gab er sich menschlich — zumindest, wenn er möglicherweise nicht unwichtigen Untergebenen gegenüberstand. Wozu er Bergen, als Nachrichtenstaffelführer, zählte.

»Warum«, wollte er, geradezu herzlich, wissen, »kommt diesmal der Batteriechef persönlich zur Befehlsausgabe? So was erledigt doch sonst der Hauptwachtmeister im Alleingang. Und warum ist angeordnet worden, daß keiner fehlen darf?«

»Das weiß ich nicht«, behauptete der Gefreite Bergen höflich und erwartungsvoll. »Ich soll hier lediglich ein Feldfernsprechgerät reparieren.«

Er war, in seiner Eigenschaft als Nachrichtenfachmann, ersucht worden, sich in der Offiziersunterkunft bei der Feuerstellung einzufinden. Und das hatte sich mehr wie eine freundliche Aufforderung angehört, kaum wie ein Befehl. Offenbar sollte er, der Neuling, kurz mal ›berochen‹ werden.

Und hier, in einem villenartigen Haus beim Sportplatz, fand er den ermunternd lächelnden Oberleutnant Minder vor. Dazu einen Leutnant, der Helmreich hieß. Der war ein geduckt dastehendes, doch sprungbereit wirkendes Männlein; er wurde auch, seiner wachsamen Einsatzbereitschaft wegen, »Heins Hofhund« genannt. Dieser Helmreich besaß eine starke, froschhaft quäkende Stimme. Doch glücklicherweise benutzte er die nur selten; er schien zu wissen, daß er hier, in dieser Feuerstellung, nicht viel zu sagen hatte.

»Sie wissen also von gar nichts — was?« Der Oberleutnant Minder lachte den Gefreiten Bergen amüsiert an. »Sie hören wohl keine Telefongespräche mit — wie?«

»Das, Herr Oberleutnant, ist grundsätzlich verboten.«

Minder lachte nun schon stärker. Dabei blinzelte er seinem Offizierskameraden zu. »Hören Sie sich das an, Helmreich — einer, der nicht nur weiß, was verboten ist, sondern sich angeblich sogar daran hält. Und er glaubt, wir lassen uns das einreden — so wenig kennt der uns!«

Der Leutnant Helmreich sah Bergen nicht an — er sah zumeist niemand direkt an, während er sprach, außer Hauptmann Hein, und der hatte ihm das nachdrücklich befehlen müssen. Jetzt sagte Helmreich wie im klärenden Selbstgespräch: »Es wird sich doch wohl niemals ganz vermeiden lassen — daß man gelegentlich, etwa bei Bedienung der Vermittlung, das eine oder andere Gespräch mithört.«

»Falls das geschehen sollte, Herr Leutnant, ist es verboten, darüber zu sprechen — auch mit Vorgesetzten.«

»Selbstverständlich«, bestätigte Helmreich, auf seine staunenswert großen, roten Hände blickend. »Wobei vielleicht darauf hinzuweisen wäre, daß es sich bei uns, Gefreiter Bergen, um direkte, unmittelbare Vorgesetzte handelt.«

»Selbst dann sind Mitteilungen über zufällig mitgehörte Gespräche verboten.«

»So einer sind Sie also!« rief Oberleutnant Minder, als sei er höchst erheitert. »Einer, der sich absichert! Diesen Typ kenne ich.« Er kannte, ließ er durchblicken, alle Typen — und er verstand sie, er wurde mit ihnen fertig, auf seine Art! »Schon mal was von Zusammenarbeit gehört?« fragte er fast herzlich den Gefreiten.

»Was habe ich, bitte, darunter zu verstehen — in diesem speziellen Fall?«

»Ihr Vorgänger wußte das. Sie hätten sich von ihm darüber aufklären lassen sollen — aber dafür war wohl keine Gelegenheit mehr, was? Nun, ich meine: Sie sollten nicht zögern und uns informieren — möglichst schnell, also immer rechtzeitig, sobald Sie irgend etwas erfahren, das uns interessieren könnte.«

»Das natürlich nur zwecks Hebung der Einsatzbereitschaft«, erlaubte sich Leutnant Helmreich zu bemerken. »Schließlich sollten wir möglichst frühzeitig wissen, was möglicherweise auf uns zukommen könnte.«

»So ungefähr!« bestätigte Oberleutnant Minder. »Das heißt: Sie halten uns also immer auf dem laufenden!«

»Jawohl – wenn Sie befehlen...«

»Quatsch, Mann! Kommen Sie mir doch nicht damit! Das war natürlich kein Befehl – lediglich eine Anregung. Ein praktischer Hinweis darauf, was unter erfreulicher Zusammenarbeit zu verstehen ist. Aber Sie müssen nicht – wenn Sie nicht wollen.«

Hierauf zu antworten, blieb dem Gefreiten Bergen vorerst erspart. Denn nunmehr erschien Wachtmeister Runge. Ohne erst angeklopft zu haben, betrat ›Heins bestes Stück‹ den einstmals gepflegten, nun reichlich strapaziert wirkenden Raum: von Stiefeln zerwetzte Teppiche, mitgenommene Polstermöbel, Flecke von vergossenen Flüssigkeiten; zwei Scheiben zerborsten, einst vollständig herausgeschlagen.

Wachtmeister Runge – breit, gewichtig, mit unentwegt starker Kommandostimme, stets einsatzbereit – meldete: »Feuerstellung zum Befehlsempfang angetreten! Batteriechef im Anmarsch!«

Die beiden Offiziere, Minder ebenso wie Helmreich, verwandelten sich mit großer Schnelligkeit in überaus bewegliche Wesen: Sie griffen nach den bereitliegenden Feldmützen, setzten sie auf, schnallten die Koppel um, glätteten Brust- und Bauchfalten und warfen einen letzten Blick auf ihre Stiefel, die erwartungsgemäß blitzblank waren.

Dann eilten sie hinaus – Runge hinterher. Bergen, der für sie nicht mehr zu existieren schien, überlegte, das jedoch nur kurz, ob er sich nun mit dem angeblich reparaturbedürftigen Feldfernsprecher beschäftigen sollte – zog aber doch vor, sich ein mögliches Schauspiel nicht entgehen zu lassen. Er begab sich ins Freie.

Die Soldaten der Feuerstellung waren – wie üblich – in unmittelbarer Nähe des Kommandogeräts angetreten. Alle, die Bereitschaftsdienst hatten. Lediglich vier Flugmelder – für jede Himmelsrichtung einer – hielten sich, den Himmel beobachtend, in einiger Entfernung davon auf. Jedoch: in Hörweite!

Hauptmann Hein näherte sich, von Hauptwachtmeister Krüger begleitet, seiner Kampftruppe. Was praktisch hieß: er ließ sich von Unteroffizier Kaminski in seinem Chefwagen, einem Mercedes-Kübel, vorfahren. Der legte diese Strecke von etwa 300 Metern in gemächlichem, fast feierlichem Tempo zurück. Hielt dann am Rande des Sportfeldes.

Hauptmann Hein sprang, mit kühner Flanke, aus seinem Wagen. Der Hauptwachtmeister sprang ihm unverzüglich nach, wobei er kurz stolperte, doch nicht zu Fall kam. Die Spätsommersonne beleuchtete diese Szene mit greller Deutlichkeit.

Wachtmeister Runge meldete die angetretenen Soldaten, die wie erstarrt dastanden, dem Leutnant Helmreich. Der quakte Oberleutnant Minder an. Dieser machte Meldung an Hauptmann Hein.

Der schien, fast verächtlich, abzuwinken. »Lassen Sie rühren!« befahl er seinem Oberleutnant. Und der schrie prompt den Soldaten zu: »Rührt euch!« Worauf diese automatisch den linken Fuß vorsetzten — jedoch stumm und straff dastanden. Sie boten ein höchst diszipliniertes Bild — Hein nahm es mit großer Selbstverständlichkeit zur Kenntnis.

»Hauptwachtmeister«, sagte er, »verlesen Sie den Regimentsbefehl.«

Das geschah. Krüger erledigte das wie unbeteiligt sachlich, doch lautstark. Er verkündete: »Regimentsbefehl 153/40 vom 18. dieses Monats.« Betreffend: Grundsätzlich neue Erkenntnisse, daraus resultierend vorbeugende Maßnahmen, erst noch zu entwickelnde und dann zu erprobende Abwehr- und Absicherungsmethoden. Diese »im Hinblick auf mögliche Wirksamkeit feindlicher beziehungsweise feindfreundlicher Aktionen von Spionen, Saboteuren und mit ihnen sympathisierenden Elementen.«

Das bedeutete — wie sich nach weiterer Verlesung des Regimentsbefehls mühsam herausstellte — praktisch etwa dies: »Heimtückisch operierende Sabotagetrupps« waren dem »versöhnungsbereiten Sieger«, also der Frankreich besetzenden großdeutschen Wehrmacht gegenüber zum ersten Mal in Erscheinung getreten. Zwar zunächst noch sehr vereinzelt, doch bereits mit teilweise nicht unbeträchtlicher Wirkung. Was zwingend zu der Forderung führte: Wehret den Anfängen!

Weitere Einzelheiten hierzu: Schüsse, im Schutze der Dunkelheit, auf marschierende deutsche Truppen — in einem Fall. Anschlag auf das Stellwerk einer Eisenbahnstation — vermutet. Ausführende, gleichfalls vermutet: versprengte britische Soldaten; oder auch aufgeputschte, unbelehrbare Franzosen. Möglich auch: erste, eingeschleuste Saboteure.

»Die ersten Verluste, die sich ergeben haben«, verlas der Hauptwachtmeister den Schlußsatz dieses Regimentsbefehls, »sind zwar, dank der Wachsamkeit unserer Soldaten, keinesfalls hoch, machen aber dennoch vorbeugende Maßnahmen unvermeidlich. Was von uns bedauert wird, was wir aber als uns aufgezwungen ansehen müssen. Wir haben Armeen im offenen Kampf besiegt, deren Staaten uns den Krieg erklärt hatten. Wir sind hier, um Frieden und Freiheit zu verteidigen und um die Ordnung aufrechtzuerhalten. In diesem Bestreben lassen wir uns von niemand und durch nichts behindern. Ich erwarte von meinen Soldaten, daß jedermann seine Pflicht tut. Gezeichnet: Rheinemann-Bergen, Oberst und Regimentskommandeur.«

»Das«, murmelte Oberleutnant Minder ahnungsvoll, »hat uns hier gerade noch gefehlt.«

Helmreich schwieg beharrlich und starrte, wie auf mögliche Wunder hoffend, seinen Batteriechef an.

»Sollen sie nur kommen!« knurrte kämpferisch Wachtmeister Runge. »Wir reißen ihnen den Arsch auf. Doch zuvor sollten wir den Wasserturm umlegen — der beeinträchtigt hier unser Schießfeld!«

»Erste Gegenmaßnahmen!« sagte Hauptmann Hein, auf Krüger blickend.

Und der verkündete: »Wachtposten sind zu verdoppeln. Kontrollen werden verstärkt durchgeführt. Beim Verlassen des Batteriebereichs sind Waffen mitzuführen. Einzelunternehmungen sind ab sofort verboten — die Soldaten haben sich zumindest paarweise zusammenzuschließen. Verdächtig erscheinende Vorgänge sind sofort zu melden. Gespräche mit batteriefremden Elementen sind zu meiden. Abmeldungen und Zurückmeldungen haben beim Torposten der Protzenstellung zu erfolgen — von diesem schriftlich registriert. Soweit erste Maßnahmen für äußere Sicherheit.«

Hauptmann Hein nickte dazu und sagte dann mit überlegener Lässigkeit zu seiner Truppe:»Das sind Äußerlichkeiten — entscheidend ist die Kampfbereitschaft unserer Battereie. Dafür ist vorgesorgt. Denn bei uns ist jede Geschützbedienung nicht nur im Nahkampf ausgebildet, sondern auch in Stoßtruppunternehmungen geschult. Nur eben, daß jetzt diese Kenntnisse und Fähigkeiten aufgefrischt und intensiviert werden müssen. Ist das klar?«

»Jawohl, Herr Hauptmann!« versicherte Oberleutnant Minder, sozusagen im Namen der angetretenen Soldaten.

»Unsere Operationsbasis muß erhöht aktionsbereit gemacht und wirksam gesichert werden! Was uns irgendwie bei der Erfüllung unserer Aufgaben einengen, behindern oder stören könnte, muß unverzüglich entfernt werden. Ist auch das klar?«

Die Blicke der angetretenen Soldaten waren auf den so angesprochenen Oberleutnant Minder gerichtet — und der erkannte auf der Stelle, worauf der Hauptmann hinauswollte. Denn schließlich waren sie dennoch so was wie alte Kriegskameraden; nach den Schlachten in Polen und Frankreich aufeinander eingespielt. Das Eiserne Kreuz, wenn auch nur das zweiter Klasse, war nicht zufällig an Minder verliehen worden.

»Es handelt sich also«, vermutete der Oberleutnant entgegenkommend, »um die vorbeugende Entfernung aller in unserem unmittelbaren Bereich befindlichen Zivilisten — zumindest jener, die nach Lage ihrer Wohnungen jederzeit in unsere Feuerstellung Einblick nehmen könnten.«

»Gut beobachtet!« stimmte der Hauptmann zu. »Ein ausgezeichneter Vorschlag. Realisieren Sie ihn!«

Minder erkannte, daß ihn Hein schon wieder einmal ›überfahren‹ hatte — ein Vorgang, an den er sich immer noch nicht gewöhnen konnte, was er sich jedoch nicht anmerken ließ. »Das bedeutet also:

die Evakuierung aller der Feuerstellung unmittelbar anliegenden Häuser. Wird gemacht! Jedoch — wohin mit diesen Leuten?«

»In den Bereich der deutschen Ortskommandantur!« entschied Hauptmann Hein souverän. »Mit einem schönen Gruß von mir! Richten Sie diesem Herrn aus: Sicherheit geht vor Bequemlichkeit! Darauf soll der sich endlich einstellen.«

»Wo gehobelt wird, fallen Späne!« erklärte Hauptwachtmeister Krüger den um ihn herumsitzenden Kameraden. »Und kein Schlachtfest ohne Abfälle! Wir können hier jede Menge französische Zivilisten abschieben, wenn wir wollen — aus taktischen Erwägungen.«

»Was hat denn das mit Taktik zu tun?« fragte Unteroffizier Hiller, Toni; naiv und immer truppenfremd wirkend. »Im Regimentsbefehl ist doch eine Ausquartierung von Zivilisten aus den Häusern am Rande der Feuerstellung gar nicht vorgesehen!«

»Aber indirekt angeregt!« Forstmann, der Schreibstubenunteroffizier, korrigierte seinen zivilistischen Kameraden. »Hier handelt es sich um Auslegungsmöglichkeiten.«

»Und nicht etwa um eine Art Retourkutsche — dem Ortskommandanten gegenüber?«

»Auslegungsmöglichkeiten richten sich nach den jeweiligen Gegebenheiten — und die sind überall anders. Sie liegen im Ermessen des jeweiligen Einheitsführers.«

»Der kann also tun oder lassen, was er will?«

»In seinem Bereich«, sagte Forstmann.

»Und die französische Zivlibevölkerung«, wollte Tino Hiller beharrlich weiter wissen, »die gehört also mit zu diesem sogenannten Ermessensbereich?«

»Jetzt nicht — da ja keine mehr da ist.«

»Was soll eigentlich dieser herbeigequälte Quatsch?« mischte sich nun Krüger robust ein. »Man muß das so sehen: Wann Schafe geschoren werden, liegt im Ermessen des Schafscherers — die Schafe selbst wissen nicht, wann ihre Zeit gekommen ist.«

»Aber sie blöken!«

»Wenn Sie hier so weitermachen, Hiller«, rief ihm Krüger warnend zu, »dann blöken Sie auch bald! Eine Schafsnase haben Sie ja bereits.«

Hauptwachtmeister Krüger musterte gutgelaunt die ihn umgebenden Kameraden. Sie hatten sich, auf seine Aufforderung hin, zu ›einem geselligen Umtrunk‹ im Erdgeschoß des Schlosses versammelt — in der sogenannten Kantine. Für ›geistige Getränke‹ war von Softer mehr als ausreichend gesorgt worden.

Befehlsgemäß eingefunden hatten sich — außer Krüger: Wachtmeister Arm, der Schirrmeister, neuerdings auch Fuhrunternehmer;

Wachtmeister Moll, der Rechnungsführer und Privatbankier; sowie die Unteroffiziere Forstmann, Softer und Kaminski — letzterer ein Bulle von Mensch, fast immer schweigsam und lauernd dahockend, bewährter Fahrer des Batteriechefs.

»Bei uns«, erklärte Hauptwachtmeister Krüger, »muß man zwischen einem Arsch und einem Arsch mit Ohren unterscheiden können. In Zweifelsfällen wende man sich an mich!«

Dabei blickte er, nicht ohne Wohlwollen, auf die restlichen Teilnehmer dieses Kameradschaftsabends: auf den Unteroffizier Tino Hiller, diesen hoffnungslosen Zivlisten, der aber für Fahrzeugreparaturen, auch kompliziertester Art, leider unentbehrlich war; auf den Sanitätsobergefreiten Neumann, eine ›gemütliche Sittensau‹, jedoch von unbezweifelbarer Ergebenheit — zumindest Krüger gegenüber, was genügte. Schließlich ruhten dann die forschenden Augen des Hauptwachtmeisters auf dem Neuling in dieser Gruppe — dem noch nicht völlig einwandfrei bestimmbaren Gefreiten Bergen.

Diesen Bergen visierte nun Krüger an. »Irgend etwas unklar, Kamerad?«

»Kaum«, versicherte der entgegenkommend.

»Na fein, Kamerad Bergen! Also — dann lassen Sie mich mal wissen, was Ihnen dabei wirklich klargeworden ist!«

»Soweit ich das übersehen kann«, versuchte der Gefreite zu erklären, »scheint etwa folgendes geschehen zu sein: Der Schloßverwalter mußte seine Wohnung räumen, wogegen der Ortskommandant, selbstverständlich vergeblich, zu protestieren versuchte. Hierauf bemühte der sich, uns eine sogenannte Forschergruppe unterzuschieben. Das vermutlich im engsten Einvernehmen mit dem Abteilungsstab, mit dessen Adjutanten, und mit dem Ergebnis, daß nunmehr prompt eine Anzahl von Zivilisten aus der unmittelbaren Umgebung der Feuerstellung der Ortskommandantur untergejubelt wurde — so an die dreißig Leute, schätze ich.«

»Dreiunddreißig — genau!« Der Hauptwachtmeister blinzelte erwartungsvoll. »Eine schöne runde Zahl — irritiert Sie die etwa?«

»Das wird doch nicht etwa erwartet?« erkundigte sich der Gefreite behutsam.

»Sie sind ein Schlitzohr, Bergen — das erweist sich wieder einmal mehr! Aber warum denn nicht — gerade das gefällt mir an Ihnen; denn so was kann ich in meiner Sammlung ganz gut gebrauchen!« Der Hauptwachtmeister schien stimmungsfördernde Gemütlichkeit verbreiten zu wollen. Wobei er Softer zunickte. Der zauberte hierauf Dutzende von Flaschen hervor. Hatte doch Krüger die verpflichtende Parole ausgegeben: ich muß wissen, woran wir ›mit dem‹ — also mit Bergen — sind; mithin Stimmung, nur dann taut der auf!

Der Hauptwachtmeister ließ den Gefreiten nicht aus den Augen. »Sie müssen wissen, mein Lieber, daß wir hier eine verdammt verschworene Gemeinschaft sind — wir gehen, wenn es sein muß, selbst durch die dickste Scheiße! Aber wir haben auch eine Menge Spaß miteinander. Und wir pflegen die Gemütlichkeit. Haben Sie was dagegen?«

»Gemütlich bin ich auch — wenn es irgendwie geht.«

»Na also, Bergen! Dann passen Sie ja ganz gut zu uns! Womit ich sagen will: Sie können sich uns also anschließen, wenn Sie wollen. Was eine Auszeichnung ist! Sie sind zwar noch kein Unteroffizier, aber als Nachrichtenstaffelführer befinden Sie sich in der Funktion eines solchen. Da wir denkbar großzügig sind, was Sie ja schon bemerkt haben werden, nehmen wir Sie gerne in unserem Kreis auf. Aber Sie können sich auch ausschließen — wenn Sie das unbedingt wollen.«

»Unbedingt will ich das nicht, Herr Hauptwachtmeister.«

»Das heißt also: Sie legen Wert darauf, sich uns anzuschließen?«

»Nun ja — wenn Sie meinen...«

»Mit allen dazu gehörenden Konsequenzen?«

»Ich weiß zwar nicht, was im einzelnen darunter zu verstehen ist, aber...«

»Aber Sie machen mit!« stellte der Hauptwachtmeister fest. »Das ist ein Wort! Ihr habt es gehört, Kameraden!«

Krüger trank aus einer fast vollen Flasche — sie enthielt Steinhäger. Er trank daumenbreit davon — und sein Daumen war bemerkenswert breit. Hierauf reichte er die Flasche Bergen hinüber. »Dann wollen wir jetzt mal sehen, mein Lieber, ob Sie wirklich für uns tauglich sind — oder nur ein Hosenscheißer!«

Auch Bergen trank. Ohne zu zögern. Gleichfalls daumenbreit.

Die Flasche machte nun die Runde — beim letzten Teilnehmer dieses Kameradschaftsabends war sie nahezu leer. Und niemand hatte sich dabei verschluckt, nicht einmal Toni Hiller. Auch Forstmann, dem immer, wenn hart gesoffen wurde, sehr bald zum Kotzen übel war, goß das betäubende Getränk mit heroischer Überwindung in sich hinein.

»Und jetzt, mein lieber Bergen, kommen wir zu einer Mutprobe, die bei uns für neuerwählte Kameraden üblich geworden ist!« rief Krüger anfeuernd aus, wobei er sich geschäftig die Hände rieb. »Sind Sie dazu bereit?«

»Darf man fragen, worum es sich dabei handelt?«

»Das, mein Bester, werden Sie gleich sehen!« Krügers Schweinsaugen lauerten verdächtig fröhlich. »Eine Mutprobe, wie gesagt — die bleibt keinem erspart, der zu uns gehören will. Denn sie ermöglicht uns, zu erkennen, ob einer das Herz in den Hosen hat — oder eben am rechten Fleck! Und jetzt passen Sie mal auf!«

Worauf der Hauptwachtmeister, aber fast gleichzeitig auch die Wachtmeister Arm und Moll, je eine Pistole 08 hervorzogen. Sie knallten diese blaukalt glitzernden Instrumente auf den klobigen Tisch — und schoben sie dann Bergen entgegen. Hinzu kamen alsbald drei weitere Schießeisen — diese vom Kaliber 7,65 und 6,35; Fabrikat Walther und Mauser — sie gehörten Softer, Kaminski und Forstmann.

Der Gefreite Bergen registrierte diesen Vorgang mit starrem Staunen. Wobei er jedoch erkannte: Unteroffizier Hiller und der Sanitätsobergefreite Neumann spielten nicht mit — die wurden offenbar noch nicht als würdig dafür empfunden. Die sechs Schießeisenlieferanten jedenfalls schienen, wie übergangslos, in feierlichem Ernst versunken zu sein — es war, als nähmen sie an einer ihnen eminent wichtigen Ritualhandlung teil.

»Sechs Pistolen!« sagte erklärend der Hauptwachtmeister. »Und alle sechs sind bereits gespannt und entsichert. Ihre Magazine sind leer. Eine Pistole jedoch ist scharf geladen, und in ihrem Lauf steckt ein Geschoß. Sie brauchen also nur zu wählen — und dann das gewählte Schießeisen gegen Ihre Stirne zu halten und abzudrücken. Das, Kamerad Bergen, ist unser ganz spezielles Gesellschaftsspiel. Das preußische Roulette! Und nun — greifen Sie zu!«

»Warum«, wollte der Gefreite, um Zeit zu gewinnen, wissen, »wird so was preußisches Roulette genannt?«

»Weil es sich dabei um eine Art Gegenstück zum sogenannten russischen Roulette handelt«, klärte ihn der Hauptwachtmeister weiter auf — doch nun schon drängend. »Aber beim russischen Roulette wird lediglich ein Trommelrevolver verwendet, in welchem von sechs Kammern eine geladen ist. Wir aber liefern gleich sechs Pistolen. Sechs Waffen statt einer! Und nun brauchen Sie sich nur noch eins von diesen Schießeisen auszuwählen, Bergen! Oder aber auch nicht. Nicht, wenn Sie bei uns nicht mitmachen wollen. Oder: falls Sie etwa feige sind. Oder: wenn Sie nicht den rechten Sinn für unsere Besonderheiten zu entwickeln vermögen. Denn Sie müssen wissen: bei uns ist immer alles freiwillig — alles oder nichts!«

Der Gefreite Bergen starrte auf die vor ihm liegenden Pistolen — dann blickte er kurz auf und sah acht Augenpaare auf sich gerichtet: prüfend, lauernd, belustigt, fordernd, besorgt, warnend, mißtrauisch, verächtlich. Schnell, wie nach spontanem Entschluß, griff er dann nach einer 08 — es war, wie er wußte, die des Hauptwachtmeisters.

Diese Pistole hob Bergen auf. Er setzte sie an die Stirn — mitten zwischen die Augen. Zögerte noch eine knappe Sekunde — drückte dann ab.

Ein hartes, kurzes, metallisches Knacken erfolgte — weiter nichts.

»Das wär's!« rief der Hauptwachtmeister höchst zufrieden aus, allgemeiner Zustimmung sicher. »Fortan gehören Sie zu uns, Kamerad Bergen!«

Zwischenbericht II

Versicherungen
von Herrn Karl Schmidt,
ehemaliger deutscher Ortskommandant der französischen Stadt D. — einst Hauptmann des Heeres in der großdeutschen Wehrmacht, nunmehr Ministerialbeamter eines süddeutschen Bundeslandes.
Spezialgebiet: deutsch-französischer Jugendaustausch.

«. . . ist inzwischen wohl klar erkannt worden, daß mit derartigen, aus dem Hinterhalt gezielten Verdächtigungen, Verleumdungen und Beschuldigungen nicht nur der deutsche Soldat von damals getroffen werden sollte — der wahrlich nichts mit diesem Hitler gemein gehabt hat —, sondern auch der deutsche Soldat von heute! Und damit zugleich der selbstlose Verteidigungswille unserer freiheitsbewußten westlichen Welt!

. . . habe ich damals in der französischen Stadt D. mein Amt als Ortskommandant zwar nicht freiwillig, doch durchaus hoffnungsvoll angetreten. Das wahrlich nicht zuletzt mit der mir zwingend erscheinenden Verpflichtung, die Lasten der Besetzung zu mindern und die Opfer des Krieges zu verringern. Was mir dann auch weitgehend gelang. Diesbezügliche Anerkennungsschreiben, in die Einsicht genommen werden kann, liegen vor.

. . . muß ich zunächst, und zwar in dankbarer Anerkennung, das verständnisvolle Verhalten von großen Teilen der französischen Bevölkerung würdigen. Nicht nur der Zivilisten, auch der Behörden — denn wir bemühten uns stets, vertrauensvoll zusammenzuarbeiten. Wobei ich mich, nicht ohne Rührung, daran erinnere, wie der Bürgermeister der Stadt D., anläßlich eines französischen Nationalfeiertages, zu mir sagte: ›Wir dürfen uns glücklich schätzen, einen so verständnisvollen Mann wie Sie unter uns zu wissen!‹

Und der Kommandeur jenes Flakregimentes, zu dem auch die Batterie des verdienstvollen Hauptmann Hein gehörte, ein Oberst Rheinemann-Bergen, versicherte mir schriftlich: ›. . .erfreut mich ungemein Ihr stets verständnisvolles Eingehen auf die Belange der von uns zu betreuenden französischen Bevölkerung!‹ Siehe hektografierte Anlage!

Ich darf auch verbindlich erklären, daß mich mit Hauptmann Hein eine ganz besondere, unbezweifelbar auf Gegenseitigkeit beruhende Wertschätzung verbunden hat. Zumindest habe ich sein ungewöhnliches Organisationstalent, seine energievolle Entschiedenheit, seine reiche taktische Begabung sehr wohl zu schätzen gewußt. Und nicht zuletzt deshalb ist mir denn auch dessen geradezu unglaubliches, ja, man kann wohl sagen: fürchterliches Ende persönlich sehr nahe gegangen.

Jedenfalls werde ich nie vergessen, wie eines Tages mein Kamerad Hein zu mir sagte: ›Mein Lieber — es mag ja so aussehen, als ob wir in verschiedene Richtungen blickten, fest steht jedoch, daß wir im gleichen Boot sitzen!‹

... bin ich überdies sogar sicher, daß er — also Hauptmann Hein — über einen ganz besonderen, gewiß sehr eigenwilligen Humor verfügt hat, was viele abstreiten. Etwa wenn er zu mir sagte: ›Hier bin ich der Krieg!‹ Was doch gewiß nicht ohne höhere Ironie war, zumal ich dabei ein vielsagendes Augenzwinkern bei ihm mit einiger Sicherheit bemerkt zu haben glaube.«

Auszug
aus einem dreißig Jahre später gehaltenen Monolog
einer Madame M. —
mit Vornamen: Marie-Antoinette; in Bordeaux, im Sommer vorigen Jahres.
Damals zu den Bewohnerinnen der Schloßverwalterwohnung gehörend.

»... habe ich schon immer möglichst geregelte Verhältnisse angestrebt! Nun bin ich verheiratet, mit einem Weinbauern. Eine äußerst glückliche Ehe, müssen Sie wissen — zwei Kinder; ein Knabe, ein Mädchen. Unser Sohn wird erben, unsere Tochter ist mit einem Gutsbesitzer aus der Umgebung verlobt. Höchst erfreulich das alles, nicht wahr? Geradezu ein Idyll! Wollen Sie das zerstören?

Das wollen Sie nicht? Nun gut — was aber wollen Sie dann? Die sogenannte volle Wahrheit wissen? Lieber Mann — was ist das wohl? Aber gut — von mir aus sollen Sie bedient werden. Vorausgesetzt, daß Sie meinen vollen Namen nicht nennen und auch auf nähere Ortsangaben verzichten. Habe ich Ihr Wort? Ich habe es? Gut.

Damals jedenfalls lernte ich einen gewissen Softer kennen, einen deutschen Unteroffizier — jetzt ist er Weingroßhändler, und als solcher unterhält er zu meinem derzeitigen Mann und auch zu unserem zukünftigen Schwiegersohn geschäftliche Beziehungen. Herr Softer besitzt eine Menge Verdienste um die deutsch-französische Aussöhnung — er ist sogar in irgendeinem diesbezüglichen wichtigen Komitee. Im Vorstand. So einer ist das — jawohl!

Ein überaus gemütlicher und auch stets hilfsbereiter Mensch! Unsere damalige erste Begegnung fand, rein zufällig, in D. statt. Er übernachtete in dem gleichen Hotel wie ich. Von da ab datierte unsere Freundschaft.

Der gute Softer sorgte damals auch für eine sichere Unterkunft für mich, als die Verhältnisse im besetzten Land immer verwirrender wurden. In einem alten, verfallenden Schloß machte er ein paar Zimmer frei — und der bis dahin dort stationierte Schloßverwalter war froh, diese Bruchbude endlich verlassen zu können. Hier wohnte ich dann einige Wochen lang, wobei ich mich mit Gelegenheitsarbeiten beschäftigte.

Und damit es mir dort nicht gar zu einsam war, quartierte der gute Softer auch noch zwei weitere weibliche Personen in dieser Wohnung ein. Dabei hat es sich um junge Damen aus besseren Häusern gehandelt; sehr gut erzogen und von heiterem Wesen. Die eine war wohl die Tochter eines höheren Beamten aus Nancy, die andere stammte aus dem Elsaß, Vater Stabsoffizier, glaube ich. Sie hießen Margot und Susanne.

Sehen Sie mich nicht so mißtrauisch an! Ich vermag mir ziemlich genau vorzustellen, was Sie denken. Man hat Ihnen wohl eingeredet, daß wir drei... nun sagen wir mal: in gewisser Hinsicht ... unter den gegebenen Umständen ... nicht gerade wählerisch ... Aber da fehlen mir ganz einfach die Worte! Weil ich empört bin! Denn ich kenne dieses heimtückische, hinterhältige, schlüpfrige Gerede zur Genüge — nichts wie Neid!

Aber die Wahrheit, die Sie ja unbedingt wissen wollen, ist ganz einfach diese gewesen: wir lebten zumeist ganz abgeschlossen für uns! Daß uns der gute Softer gelegentlich mal einen Besuch abstattete, da ist doch nichts dabei? Und wenn der den einen oder anderen seiner Kameraden mitbrachte — warum sollte er das nicht? Es kam dabei auch manchmal zu fröhlichen Stunden — soweit diese in jener traurigen Zeit überhaupt möglich waren.

Aber das war auch alles. Harmlose Vergnügungen unter jungen Menschen, die der Zufall des Krieges zusammengewürfelt hatte. Mehr war wirklich nicht drin!«

Ausschnitte
aus einem in der ›Preußischen Zeitung‹ erschienenen Artikel des damaligen Kriegsberichters Konrad W.
mit Kommentar
des heutigen Chefredakteurs Konrad W.

Artikel, damals:

»Und da war Hein. Der Hauptmann. Der Held von Mlawa und Warschau, von der Maginotlinie und Dünkirchen — sechs Panzer, fünf Flugzeuge, zahlreiche Straßensperren, die Freilegung eines Übergangs über die Saône, Beschuß von diversen Infanteriestellungen und die Ausschaltung von mindestens drei Eisenbetonbunkern: alles das sein Verdienst. Eine stolze Bilanz!

Doch der Mann, dem allein dies alles zu verdanken ist, zeichnet sich durch äußerste Bescheidenheit aus. ›Die Gelegenheit‹, sagte er etwa, ›war günstig – und ich ergriff sie!‹ Oder, auf sein Eisernes Kreuz I. Klasse angesprochen – dem, wie man hört, das Ritterkreuz folgen soll –, wehrte er bescheiden ab. ›Ich trage es für meine Soldaten!‹

Hauptmann Hein ist zwar nur mittelgroß; er wirkt jedoch gereckt durch seine straffe, sportliche Schlankheit, dazu windhundhaft zäh und kruppstahlhart. Und seine quellklaren Blauaugen scheinen stets genau dorthin zu blicken, wo der Feind zu vermuten ist. ›Bereit sein ist alles!‹ sagte er schlicht.«

Kommentar heute:

»Um das – diesen Artikel – ganz verstehen und richtig deuten zu können, muß man die damalige Zeit selber miterlebt haben. Nur dann wird man zu erkennen und zu beurteilen vermögen, was das wirklich bedeutet hatte: bewußt und gezielt inneren Widerstand leisten zu müssen! Bewußt der Werte des deutschen Soldaten, der ganz ohne Schuld war – doch gezielt gegen Hitler und dessen Weltanschauung, die wir frühzeitig zu durchschauen und zu verachten gelernt hatten.

Wer kann das noch ermessen, was es damals bedeutet hatte, dennoch so zu schreiben, wie ich es wagte? – Mit fast jeder Zeile begaben wir uns damals in Gefahr. Denn Wort für Wort von uns wurde belauert.

Nazistische Zeitungsgewaltige drohten uns tagtäglich mit Untersuchungen, Disziplinarverfahren und Prozessen. So manch ein Kamerad von uns kam vor das Volksgericht, wo jedem der Galgen drohte...

Aber selbst das vermochte uns nicht zu erschrecken – wenn wir auch wußten, daß allerhöchste Vorsicht geboten war. So flüchteten wir uns dann nicht selten, sofern uns diese Fähigkeit, wie etwa mir, gegeben war, in eine ganz bestimmte Art von Ironie. Mein damaliger Artikel ist voll davon. Man muß ihn nur richtig zu lesen verstehen.«

Artikel damals:

»›Ihre Männer‹, sagte ich zu Hauptmann Hein, nach einer äußerst exakt durchgeführten Alarmübung, ›gehen für Sie durchs Feuer!‹

›So muß es auch sein‹, sagte der mit großer Selbstverständlichkeit.«

Kommentar heute:

»Man achte hierbei auf diverse Feinheiten! Da wird etwa mit den Worten ›Held und ›heldisch‹ jongliert, auch die damalige Standardbemerkung vom ›durchs Feuer gehen‹ taucht auf. Doch jeder auch nur halbwegs Eingeweihte wußte in jenen Tagen, was das praktisch zu bedeuten hatte; nämlich: da gefällt sich einer in billigen, primitiven Gemeinplätzen!

Und nicht nur das — er verkündet dann auch noch, zu allem Überfluß: ›So muß es sein!‹ Ein von mir bewußt provozierter Ausspruch äußerster Sturheit. Wie haben wir gelacht, als ich diese wirksamen Seitenhiebe den wenigen Freundkameraden vorlas, denen ich damals noch vertrauen konnte!«

Artikel damals:

»Der Großvater Hein: erfolgreicher Zugführer, im Offiziersrang, bei den Boxeraufständen in China. ›The Germans to the front!‹ wurde hilfesuchend ausgerufen. Und ein Hein war dabei! Dessen Sohn dann: verläßlicher Seelsorger vor Verdun. So mancher starb, getröstet, in seinen Armen. Und nun dieser einzigartige Enkel!

Sein Regimentskommandeur, der verdienstvolle Oberst Rheinemann-Bergen, sagte zu mir in später kameradschaftlicher Stunde: ›So einen wie den bekommen wir so leicht nicht wieder!‹

Und sein General hatte von ihm erklärt: ›Wenn einer selbst das Unmögliche schafft — dann er!‹«

Kommentar heute:

»Diese Ausführungen bedürfen wohl kaum noch weiterer Worte. Sie sprechen für sich. Unsere damalige Ironie traf genau! Und sie war verständlich.

Es ist wohl unnötig, noch hinzuzufügen, daß wir stets bemüht waren, den deutschen Soldaten an sich vorbehaltlos in Schutz zu nehmen. Denn der war sauber, verläßlich und treu. Von bestem abendländischem Wesen! Doch was wir — auf unsere Weise — beharrlich bekämpft und unerschrocken angeprangert haben, das sind nazistische Auswüchse, das sind die faschistischen, unhumanen Elemente gewesen.

Daß auch dieser Hein, möglicherweise, einmal dazu gehören könnte, das vermochte ich damals zwar nicht deutlich zu durchschauen — aber ich habe das instinktiv geahnt. Wie das ja auch in meinem damaligen Artikel ziemlich deutlich zum Ausdruck kam — für jene, wie gesagt, die richtig zu lesen vermögen.«

Erinnerungen
einer Madame Daumier,
einst wie heute in der Stadt D. ansässig.

»Gerne, Monsieur, erinnere ich mich nicht an das, was damals geschehen ist. Aber, da Sie so beharrlich darauf bestehen, über längst vergangene Dinge informiert zu werden, will ich Ihnen diesen Gefallen tun. Auch wenn ich fast sicher bin, daß dies gar kein Gefallen sein kann – denn schließlich, Monsieur, sind auch Sie ein Deutscher! Wobei ich aber gerne glauben will, daß etliche von ihnen inzwischen tatsächlich einiges zugelernt haben.

Nicht wahr – man soll schöne Hoffnungen, wie diese, niemals ganz aufgeben?

Um zum hier wohl Wesentlichen zu kommen: Wir bewohnten damals ein kleines Haus am Rande des Sportplatzes der Stadt D. Ich und meine drei Kinder – acht, fünf und drei Jahre alt; alles Mädchen. Deren Vater, also mein Mann, galt als verschollen – heute weiß ich, daß es ihm gelungen war, sich nach England hinüberzuretten. Aber wir sahen ihn dennoch nie mehr wieder – denn er fiel, bei der Befreiung Frankreichs; nur wenige Kilometer vor unserer Stadt D.

Das habe ich damals nicht ahnen können. Ich wußte in jenen Tagen nur so viel: wir mußten versuchen, irgendwie durch diesen Krieg zu kommen! Und wochenlang, unmittelbar nach jenem für die Deutschen siegreichen Feldzug über Frankreich, ernährte ich die Kinder und mich mühsam – von letzten Vorräten, von den Früchten unseres Gartens, aber auch durch gelegentliche Diebstähle. Auch kam es vor, daß die Kinder von deutschen Soldaten beschenkt wurden – mit Brot, Butter und Süßigkeiten –, wofür wir natürlich dankbar waren.

Doch diese Soldaten drangen eines Tages in unser kleines Haus – etwa vier bis fünf Mann, dazu ein Unteroffizier, außerdem ein Wachtmeister; er hieß Runge. Und der sagte durchaus höflich: ›Hier, Madame, muß alles geräumt werden! Und zwar leider sofort!‹

Ich weiß noch, daß ich zu weinen begann – was sollte ich denn sonst tun? Und die Kinder weinten auch. Sie drängten sich eng an mich. Und dieser Soldat, der Wachtmeister Runge, sagte: ›Tut mir leid – aber dagegen ist nichts zu machen. In einer knappen halben Stunde müssen Sie von hier verschwunden sein!‹

›Aber warum, warum?‹

›Weil das so befohlen worden ist!‹ Das erklärte dieser Deutsche eher freundlich, in fast herzlichem Ton. ›Sie dürfen aber mitnehmen, was Sie tragen können! Also seien Sie vernünftig, machen Sie keine Schwierigkeiten!«

Ich war wie verrückt – kaum anders kann ich meinen damaligen Zustand bezeichnen. Ich erblickte dann den obersten dieser Deutschen, einen Hauptmann, der wohl Hein hieß. Ich stürzte auf ihn zu, fiel vor ihm auf die Knie, schrie vermutlich: ›Bitte, helfen Sie mir!‹

Aber der sagte lediglich: ›Das, Madame, ist der Krieg!‹

Und das sagte er, da bin ich fast sicher, mit großem Bedauern. Er konnte nichts dagegen machen! Und sein Wachtmeister Runge erklärte: ›Befehl von ganz oben!‹

Heute weiß ich, da vielfach aufgeklärt: das war dieser Hitler! Nur allein dieser Hitler ist an allem schuld gewesen! Der trieb selbst noch seine anständigsten Soldaten zu rücksichtslosen Taten. Meine drei kleinen Kinder und ich waren dabei nichts als erste unschuldige Opfer – dazu gemacht von Menschen, die nichts dafür konnten. Eben weil es diesen Hitler gab!«

3

Das Verhängnis nimmt Anlauf —
und das nicht zum ersten Mal

»Hier sind wir richtig!« rief eine kraftvolle weibliche Stimme aus. »Genau so habe ich mir das vorgestellt!«

Diese starke Stimme ertönte aus einem graugrün bepinselten Personenkraftwagen — Marke Opel Olympia. Der war mitten in die Protzenstellung hineingefahren worden, auf das Schloß zu. Die linke vordere Tür dieses Autos wurde aufgestoßen, und heraus stieg eine ältere Frau — mit raumgreifenden, sportlich wirkenden Gebärden.

»He — Sie!« rief ein aus einem Gebüsch auftauchender Wachtposten, der eilig herbeitrollte. »Hier ist militärisches Gelände — Zutritt ist Unbefugten verboten.«

»Wir sind befugt!« entschied energisch die Dame.

»Kann ja sein«, meinte grinsend der Posten. »Aber nicht unbedingt in meinen Augen, werte Dame.«

»Reden Sie nur hier nicht so kariert herum, junger Mann!« Die werte Dame, in ein bequemes, strapazierfähiges Leinenkostüm gehüllt, mit strengem Gesicht und scharfem Mittelscheitel, blickte tadelnd. »Wir sind angemeldet!«

»Nicht bei mir!« erklärte der Posten, der sich über diesen Aufzug amüsierte. Er betrachtete Frau und Fahrzeug — beide wirkten stark verstaubt. Der Posten lümmelte sich gegen den nächsten Baum und wartete ab.

Rechts aus dem Opel Olympia stieg eine weitere Gestalt, bereits nahe dem Greisenalter: weißhaarig, gebückt, rotgesichtig; mit gleichfalls rötlichen Kaninchenaugen. Dieser kleine alte Mann schüttelte seinen Kopf wie ein Pferd, das unwillig aufdringliche Fliegen wegscheucht.

Dann zerrte dieser koboldhafte Weißhaarige seinen Sitz nach vorne und streckte eine Hand aus. Er half damit einem weiteren weiblichen Wesen beim Verlassen des Blechkastens. Zum Vorschein kam dabei zunächst eine wirre braune Haarflut, die ein blasses, neugierig schnupperndes Windhundgesicht nur mühsam freigab — sodann wurden runde Schultern sichtbar, hierauf deutlich erkennbare Brüste in effektvoll enger Bluse, schließlich sich geschickt drehende Hüften.

Und dieses junge, recht unternehmungslustig wirkende Mädchen hüpfte ins Freie, tänzelte ein wenig auf der Stelle und meinte hierauf munter: »Ich muß mal dringend — mir die Hände waschen!«

»Ja«, sagte der alte Herr im schwarzen Anzug, mit einer sanften, belustigt klingenden Stimme, »das war eine lange und ziemlich strapaziöse Fahrt.«

»Wenn Sie unbedingt mal dringend müssen, Fräulein«, meinte der unentwegt vergnügte Wachtposten, »dann aber nicht hier auf unseren gepflegten Parkwegen. Denn so was ist ausdrücklich verboten – und zwar schriftlich! Aber wenn Sie sich mit mir in die Büsche schlagen wollen – ich zeige Ihnen gerne, wo Sie am besten können!«

»Unterlassen Sie gefälligst derartige Ferkeltöne in meiner Gegenwart!« rief die zuerst ausgestiegene Dame mit erheblicher Schärfe. »Und Ihnen, Fräulein Erdmann, würde ich dringend empfehlen, in der Wahl Ihrer Formulierungen sorgfältiger zu sein – zumindest in Anwesenheit von derartig aufdringlichen, schlecht erzogenen, flegelhaften Zeitgenossen.«

»Sollten Sie etwa mich damit meinen?« fragte der Posten ungläubig. »Sie – das kann doch nicht Ihr Ernst sein?«

Der weißhaarige Mann mit den gutmütigen, müden Kaninchenaugen schien das, was um ihn vorging, überhaupt nicht zu beachten. Er blickte wie gebannt zur Grabkirche hin; bewegte sich einige Schritte, als ziehe sie ihn magisch an, auf sie zu; blieb dann regungslos stehen. Schließlich sagte er: »Sie ist schön! Hinreißend schön. Aber ich habe sie mir viel größer vorgestellt.«

»Auch ich«, sagte das Mädchen Elisabeth Erdmann lächelnd, »habe mir so manches Schöne in meinem Leben immer größer vorgestellt!«

»Was ist denn hier los?« rief die ältere Dame mit unverminderter Energie, forschend in die Runde blickend.

Sie sah um sich – zumeist halbwegs durch Gebüsch getarnt – Fahrzeuge aller Größenordnungen: LKWs, PKWs, Zugmaschinen mit Raupenrädern. Dazu Kisten, Kasten und Kartons; auch leere Stühle, ausgebreitete Decken, verstreute Kochgeschirre; dazu vereinzelt Essenkübel und Benzinkanister. Menschen jedoch sah sie nicht. Denn diesen Posten, das machte sie deutlich, zählte sie nicht dazu. »Pennt denn hier alles – am hellen Tag?«

»Hier pennt niemand«, erklärte der Posten. »Hier wird lediglich die Mittagsruhe gepflegt – weil wir nämlich manchmal auch in der Nacht beschäftigt sind. Wollen Sie wissen – wie?«

Diese Protzenstellung pennte tatsächlich – und die Feuerstellung auch. Denn Hauptmann Hein hatte sich, zwecks schöpferischer Pause, niedergelegt und wissen lassen, er wünsche vor drei Stunden nicht gestört zu werden. Worauf der Hauptwachtmeister, wie erwartet, prompt verlautbaren ließ: er gedenke äußerst wichtige Akten zu bearbeiten. Was das zu bedeuten hatte, wußte in diesem Bereich jeder – und das sprach sich schnell herum. So ergriffen sie denn die günstige Gelegenheit und schlummerten gewissermaßen im trauten Verein – auf Vorrat.

»Wo ist der hierfür zuständige Kommandant?« verlangte die energische Dame zu wissen, wobei sie eine ihrer knochigen Hände weit auf den Posten zu ausstreckte. »Den wünsche ich zu sprechen – holen Sie ihn her!«

»Hier«, klärte sie der Posten auf, der langsam unruhig wurde, »gibt es keinen Kommandanten.« Dieses streitbare Weibsbild irritierte ihn – wie schutzsuchend stellte er sich hinter dem ungleich gefälliger wirkenden Fräulein Erdmann auf. »Wir sind eine im Einsatz befindliche Batterie – wir haben einen Chef.«

»Dann holen Sie den! Und öden Sie uns gefälligst nicht noch länger an! Witzbolde Ihrer Sorte bringen mich nicht einmal mehr zum Gähnen.« Sie musterte den Wachtposten verächtlich, erklärte dann aber: »Wir sind hier, müssen Sie wissen, dienstlich eingewiesen!«

Dabei deutete sie auf den schmalbrüstigen, weißhaarigen Herrn, der im Anblick der Grabkirche völlig versunken zu sein schien. »Das ist Herr Professor Magnus – und ich bin seine Assistentin, Dr. Werner-Weilheim. Eine Sekretärin begleitet uns.«

»Dann sind Sie also die angekündigten Leichenbeschnüffler!« stellte der Posten fest, nun sichtlich erleichtert. »Warum haben Sie das nicht gleich gesagt? Auf Sie sind wir hier geradezu scharf!«

Er entfernte sich nunmehr eilig. Die Dr. Werner-Weilheim sah ihm, kurz aufschnaufend, nach. »Das hier«, stellte sie dann fest, »scheint ja ein ziemlicher Saustall zu sein! Aber den werden wir schon noch ausmisten! Denn schließlich ist das ja nicht die erste Zumutung dieser Art – und fertig geworden sind wir bisher mit jeder.«

Der Professor nickte mechanisch. Er war Forscher, Wissenschaftler, Historiker und für niedere Komplikationen nicht zuständig – die erledigte seine Assistentin. Die räumte jede Sorte Schutt weg; nicht nur, damit er ungestört arbeiten konnte, sondern weil ihr das ein Bedürfnis war. Wie sie das tat, entzückte ihn zwar nicht immer – aber er wußte es stets zu würdigen. Er versuchte, sich allein auf die Grabkirche zu konzentrieren. Während die Erdmann den nächsten größeren Gebüschen entgegentänzelte.

Nun jedoch erschien der Unteroffizier Softer – geschäftig wieselte er herbei. »Willkommen!« rief er bereits in einiger Entfernung. Softer streckte sogar seine großen Hände wie zu einer Umarmung aus. »Herzlich willkommen, Herr Professor! Seien Sie gegrüßt, Frau Doktor! Zwar haben wir Sie heute erwartet – aber nicht so früh.«

»Nun – wir sind da!« Frau Dr. Wagner-Weilheim nickte Softer kurz zu. Ihre Stimme knarrte wie berstendes Holz. Scharf, schnell zupackend und helleuchtend wirkte ihr Blick. »Ich hoffe, daß hier alles für unsere Unterkunft vorbereitet ist.«

»Selbstverständlich, Frau Doktor!« Wobei sich aber Softer, mit schnell steigender Anerkennung, dazu verführen ließ, zunächst das Fräulein Erdmann zu betrachten, das aus den Büschen kam und einen heiter befreiten Eindruck machte.

Softer beleckte seine breiten Lippen — mit Weibern kannte er sich aus, wie er meinte, das war für ihn klar bewiesen. Und er urteilte: die war Klasse! Bestes Material — vom Typ Turnierstute, vielseitig verwendbar — reiten, traben, springen! »Und wen haben wir denn da?«

»Unsere Schreibkraft«, erklärte die Frau Doktor abweisend. »Führen Sie uns jetzt, bitte, zu unserer Unterkunft — in die Wohnung des Schloßverwalters, wie vorgesehen.«

»Die wird anderweitig beansprucht!« erklärte Softer eilig. »Und da dürfen Sie von Glück sagen, daß Ihnen dieser Müllkasten erspart bleibt. Wir können Ihnen viel mehr anbieten: den sogenannten Pavillon, der ist genau für Ihre Bedürfnisse eingerichtet worden.« Er wies auf das plumpe Glashausgebilde, das seitwärts zwischen dichten Tannenhecken stand. »Dort werden Sie sich garantiert wohl fühlen! Darf ich bitten, mir zu folgen?«

Die Frau Doktor war, verdächtig schweigend, bereit, die ihnen offerierten Räumlichkeiten genau anzusehen — gemeinsam mit Softer. Den Professor und die Erdmann ließen sie zurück. Der Gelehrte schritt weiter auf die Grabkirche zu, und das Fräulein schlug sich abermals in die Büsche. Die Doktorin aber besichtigte: vier Räume, die durch dünne Holzplatten voneinander abgeteilt waren — dazu eine im Freien befindliche Toilette; sie zog die Wasserspülung, die aber nicht aufrauschte.

»Unmöglich!« rief dann die Frau Doktor aus. Sie entblößte ihr pferdeartiges Gebiß. »So was kann man uns nicht zumuten! Schließlich repräsentieren wir hier den großdeutschen Geist — falls Sie sich darunter was vorstellen können.«

»Kann ich — wenn Sie unbedingt darauf bestehen. Aber sagt man nicht, daß der Geist seine Winde wehen läßt, wo immer er will — oder so ähnlich? Warum nicht also auch hier?«

»Sie sind ein Esel!« rief sie. »Mit Ihnen vergeude ich hier nur unsere kostbare Zeit. Verschwinden Sie also — aber im Galopp — und schicken Sie mir einen Ihrer Vorgesetzten. Aber einen, der hier maßgeblich ist!«

Softer verschwand nicht unbesorgt. Er alarmierte Hauptwachtmeister Krüger — riß den also aus seinem wohlverdienten Mittagsschlaf, was nicht ohne Folgen bleiben konnte. Zumal das mit den Worten geschah: »Da hat man uns aber eine ganz dicke Laus in den Pelz gesetzt! Ein entsetzliches Weib, sage ich dir — die hat Roßhaare auf den Zähnen! Mit der verglichen ist meine Großmutter ein Lamm gewesen — dabei hat die mich schikaniert, daß ich Arschsausen bekam!«

»Mal sehen«, sagte Krüger gähnend. »Wir werden auf die scharfe dienstliche Tour reiten, dann rutscht alles garantiert nach hinten ab!«

»Aber die nicht! Ich kann dich nur warnen! Die versuchte mit mir kräftig Schlitten zu fahren — hat mach sogar als Esel bezeichnet.«

»Das hört sich ja vielversprechend an«, meinte der Hauptwachtmeister, sichtlich ermuntert. »Die Dame spuckt wie ein Lama — was? Dabei soll man mit Lamas eine ganze Menge anfangen können — wenn man sie richtig behandelt. Ein kurzer, kräftiger Schlag auf das Maul, habe ich gehört, und sie fressen dir aus der Hand.«

Krüger begab sich sogleich zur Forschergruppe. Stellte sich kurz vor. Erklärte dann übergangslos, dabei breitbeinig dastehend: »Um das zunächst wohl Wichtigste klarzustellen — Sie sind mir, also unserer Dienststelle, nicht direkt zugeteilt worden; was heißt: Sie haben unmittelbar mit unserer Batterie nichts zu tun. Wir sind lediglich um eine Art Amtshilfe gebeten worden — und das soll denn auch gerne geschehen. Im Rahmen unserer Möglichkeiten.«

»Ach, Mann!« sagte Frau Dr. Werner-Weilheim völlig unbeeindruckt. »Reden Sie doch nicht so geschwollen herum! So was zieht bei mir nicht. Wir sind hier von unserer Reichsleitung — im Einvernehmen mit Ihrem Reichsmarschall — eingesetzt worden. Wir erwarten und verlangen dabei jede erdenkliche Unterstützung — wozu in erster Linie eine ausreichende Unterkunft gehört.«

»Die Wohnung des Schloßverwalters«, mischte sich nun der Professor höflich ein, »ist für uns vorgesehen worden — laut Schreiben unserer Dienststelle, und bestätigt von dem für Sie maßgeblichen Abteilungsstab.«

»Irgendeine Reichsleitung«, meinte der Hauptwachtmeister, »ist für uns nicht maßgeblich, und die Anordnungen eines Abteilungsstabes von vorgestern können heute schon überholt sein. Denn wir sind eine Batterie im Einsatz — wir befinden uns mitten im Krieg!«

»Wirklich?« fragte der Professor höflich. »Haben Sie tatsächlich diesen Eindruck?«

»Daß dem so ist«, verkündete Krüger, »wird selbst Ihnen hier bald klarwerden! Doch um Ihnen diese Erfahrung zu erleichtern, werde ich mir erlauben, Ihnen eine Kiste Rotwein schicken zu lassen. Bevorzugen Sie Burgunder oder Bordeaux?«

»Bordeaux — für mich!« Der Professor reagierte spontan, doch auch sachverständig. »Möglichst Lagen des Jahrgangs 33 — aber auch 35 ist willkommen. 1933 jedoch muß, allen sonstigen Erscheinungen zum Trotz, als ein äußerst fruchtbarer, vielfach erfreulicher Jahrgang bezeichnet werden — im Hinblick auf den Wein, wie gesagt.«

»Auf diesem Gebiet scheinen Sie sich auszukennen, Herr Professor!« sagte der Hauptwachtmeister. »Ihr Wunsch wird prompt erledigt. Wir sind sehr entgegenkommend, wenn man auch uns entgegenkommt. Ich sage immer: wenn sich auch Hunde gleicher Rasse mal anbellen — beißen werden sie sich nur selten.«

Der Professor musterte den unerschütterlich dastehenden Hauptwachtmeister fast freudig. »Was Sie da alles ankündigen, hört sich ja außerordentlich vielversprechend an — ich schätze, wir werden einiges Vergnügen miteinander haben, wenn Sie nur wollen!«

»Kann schon sein«, meinte Krüger. »Ich mache so was — falls gewünscht oder notwendig — gerne.«

»Ich jedenfalls bestehe auf den uns gegebenen Zusicherungen!« verkündete die Werner-Weilheim energievoll. Sie rückte ihren Rock zurecht — ihr Hintern war quadratisch prall. Krüger betrachtete ihn nicht ohne Würdigung.

Er behauptete: »Wir tun hier alles für Sie — was wir nur irgendwie können. So habe ich einen Verbindungsmann abkommandiert, einen Gefreiten namens Bergen. Der wird sich, extra für Sie, garantiert am Riemen reißen. Darauf können Sie sich verlassen!«

Und zum Gefreiten Bergen sagte der Hauptwachtmeister, nur wenige Minuten später: »Da müssen Sie unverzüglich einsteigen — dabei können Sie sich bewähren.«

»In welcher Hinsicht, bitte?«

»Sie müssen nur wissen, daß Reitpferde vom Schwanz her gesattelt werden — auch Stuten! Und lassen Sie sich nicht dadurch beirren, daß Sie hier angebliche Geistesleuchten vor sich haben — auch zu denen gehört ein Arsch.«

»Habe ich mich auf den zu konzentrieren, Herr Hauptwachtmeister?«

»Es genügt, wenn Sie daran denken, daß er existiert. Ansonsten haben Sie für möglichst normale Reaktionen zu sorgen. Diese Forschergruppe kann sich, von mir aus, in jeden erdenklichen historischen Mist einwühlen; sie darf aber unsere Kreise nicht stören. Ist das deutlich genug?«

»Jawohl, Herr Hauptwachtmeister«, sagte der Gefreite Bergen; es klang durchaus diensteifrig, was aber ein Irrtum war.

Doch das war hier nur einer unter zahlreichen anderen.

»Starren Sie mich nicht an!« sagte Hauptmann Hein mit seidensanfter Stimme zu seinem derzeitigen Betreuer, dem Soldaten Schubert. »Ich liebe es nicht, angestarrt zu werden.«

»Jawohl, Herr Hauptmann!« Schubert war an der Tür des Bankettsaales stehengeblieben, hatte diese jedoch hinter sich geschlossen. Mit verwirrter Ergebenheit blickte er auf Hein — auf Wohlwollen hoffend, was ihm auch alsbald zuteil wurde. Wobei ihn das erschaudernde Gefühl beherrschte, schnell wechselnden Heiß- und Kaltwasserduschen schutzlos ausgesetzt zu sein.

»Ich wünsche nicht, Schubert, daß Sie an der Tür stehen bleiben — wie ein Lakai! Ich verabscheue Domestiken! Es verlang mich, in Ihnen etwas wesentlich anderes zu erblicken — vielleicht eine neuere, bewußt zeitgemäße Spielart des ritterlichen Pagen. Doch Sie zögern, sich mir vertrauensvoll zu nähern?«

»Ich wollte jede aufdringliche Störung vermeiden, Herr Hauptmann — und weitere Befehle abwarten.«

Hein schüttelte seinen kantigen Schädel, wobei seine gletscherkalt wirkenden Augen Schubert prüfend musterten. »Sie stören mich nicht — ganz abgesehen davon, daß ich Sie hergebeten habe. Achten Sie darauf. Ich sagte nicht: befohlen! Ich bevorzugte die Formulierung: hergebeten. Haben Sie darauf geachtet?«

»Ich werde es fortan tun«, versprach Johannes Schubert.

»Auch das erwarte ich von Ihnen! Denn für mich sollen Sie kein bedingungsloser Befehlsempfänger sein, vielmehr im höchsten Maße vertrauenswürdig. Wollen Sie das sein?«

»Ich will es versuchen, Herr Hauptmann.«

»Das genügt nicht, Schubert — Sie müssen entschlossen dazu sein!«

»Ich — bin es!«

»Gut so, Schubert. Damit kommen wir ein wenig weiter. Denn was sind schon Befehle? Befehle geben kann ich hier weit mehr als hundert Soldaten. Wobei es sich um Befehle handelt, die bedingungslos zu befolgen sind. Ganz gleich, wie sie lauten. Wenn ich etwa zu Ihnen sagen würde: springen Sie aus dem Fenster! Was würden Sie dann tun?«

»Das weiß ich nicht...«

»Nun gut, Schubert — das wissen Sie nicht, noch nicht.« Hauptmann Hein lächelte vor sich hin. »Aber fast alle meine Soldaten, da bin ich sicher, würden springen — wenn ich ihnen einen diesbezüglichen Befehl erteilte. Und warum würden die das tun? Weil sie mir bedingungslos ergeben sind — also mir vorbehaltlos vertrauen. Sie würden annehmen, ich hätte Sprungtücher aufstellen lassen. Fangnetze oder so etwas Ähnliches. Vermögen Sie sich so was denn nicht vorzustellen?«

»Ich bemühe mich, Herr Hauptmann...«

»Verstehe! Verstehe durchaus! Das alles ist für Sie Neuland. Sie sind ein erklärter Idealist — doch Sie vermögen noch nicht zu erkennen, was das wirklich bedeutet. Sie haben Vertrauen zu mir, doch was sich daraus endgültig ergeben muß, begreifen Sie noch nicht. Was wohl nur eine Frage der Zeit ist — doch dürfen Sie dabei mit meiner Geduld rechnen. Rauchen Sie?«

»Nein.«

»Gut, sehr gut — auch das spricht für Sie. Achten Sie stets darauf, daß niemand in meiner Abwesenheit in diesen meinen Räumen raucht — wenn ich anwesend bin, sorge ich selbst dafür.«

Der Hauptmann saß an seinem Lieblingsplatz — an der oberen Schmalseite des langen Tisches. Wieder standen, links und rechts von ihm, Silberleuchter mit brennenden Kerzen. Hein liebte offenbar das Halbdunkel.

Er hatte sich in einen tiefschwarzen, feierlich glänzenden Morgenmantel gehüllt — er bestand aus japanischer Seide und war, wie man erzählte, das Geschenk einer Verehrerin; handgefertigt für den ›Helden der Nation‹. Diesen Mantel hatte Hein mit der ihm eigenen überlegenen Lässigkeit um sich gelegt — seine dekorativ behaarte Brust kam dabei zum Vorschein; darauf ein an einer zierlichen Kette hängendes Kreuz. Dieses offenbar vergoldet.

»Nichts in dieser Welt«, sagte Hauptmann Hein, »ist so wichtig wie Vertrauen. Das große, völlig uneingeschränkte Vertrauen ist das entscheidende Fundament menschlicher, männlicher Begegnung. Warum zögern Sie, sich dazu zu bekennen? Kommen Sie her — zu mir! Oder wollen Sie sich weigern — verweigern?«

Schubert trat näher; er fühlte sich gleichermaßen lebhaft angezogen wie heftig abgestoßen, vermochte aber nicht zu sagen, warum. Es war, als verliere er den Halt, er drohte zu stürzen, jedoch vorwärts — auf den Hauptmann zu. Sein schönes, zartes, sanft umlocktes Gesicht leuchtete wie im Fieber.

Wobei er, taumelnd, registrierte: vor Hein stand ein Sektglas — das war leer. Daneben lag eine seidenweiße Serviette — diese bedeckte einen etwa handgroßen, rätselhaften Gegenstand. Er schien kantig und länglich zu sein. Schubert befahl sich, Abstand zu nehmen — ganz instinktiv.

Hein registrierte dieses Bemühen mit gleichbleibendem Lächeln. »Wissen Sie wenigstens«, fragte er dann, »wie man Champagner einschenkt?«

»Das glaube ich zu wissen, Herr Hauptmann.« Schubert bemühte sich verzweifelt, allen Anforderungen gerecht zu werden. Sein Gesicht glänzte jetzt schweißbedeckt; seine Achselhöhlen waren klebrig feucht; ihm war, als wäre er in eine Sauna geraten. Heftig atmend sagte er: »Man nimmt die Flasche aus der Kühlflüssigkeit, die etwa sieben Grad haben muß.«

»Sagen wir: bei mir nicht über zehn! Aber auch nicht unter fünf. Doch was weiter?«

»Diese entnommene Flasche wird zunächst mit einer weißen Serviette fast bis zum Hals umhüllt, dann erst geöffnet. Was heißt: der aus Draht bestehende Verschluß wird gelöst, indem man ihn nach links dreht, wie eine Schraube. Sodann ist der Pfropfen mit Daumen und Zeigefinger der rechten Hand zu lockern — wobei jedes Knallen vermieden werden muß. Auch ist es angebracht, dabei die Flasche leicht schräg zu halten — damit nichts ausläuft.«

Der Hauptmann nickte anerkennend. »Stimmt! Das entspricht, soweit ich unterrichtet bin, den traditionellen Handhabungen in besten

Restaurants – etwa dem Maxim. Wer hat Ihnen das beigebracht oder beibringen lassen? Der Hauptwachtmeister?«

»Jawohl, Herr Hauptmann.«

Hauptwachtmeister Krüger hatte Schubert vorsorglich an Softer verwiesen, und dieser hatte Schubert zu Bergen geschickt. Worauf dieser Bergen drei Flaschen Champagner, als ›Übungsmaterial‹, angefordert hatte, um zwei zu erhalten. Die entscheidenden Auskünfte über das Ausschenken von Champagner lieferte dann, von Wassermann inspiriert, der Oberkellner des ›Hotel de France‹ in der Stadt D. – und dieser war in Paris geschult worden.

»Und wie, Schubert, werden dabei die Hände gebraucht?«

»Wer Champagner einschenkt, darf lediglich die rechte Hand benutzen – die Linke hat er dabei, etwa in Hüfthöhe, hinter sich zu halten.«

»Bestens!« Hein reckte sich, wobei sich seine Brust noch mehr entblößte und das Kreuz golden aufleuchtete. »Doch nun zur Praxis, Schubert – schenken Sie also ein. Aber lesen Sie vorher das Etikett. Prägen Sie sich genau ein, was darauf steht – das ist die Marke, die ich bevorzuge. Sie ist hier allein für mich reserviert! Verantwortlich dafür: Softer.«

Schubert ergriff die bereitgestellte, bereits geöffnete, schon zur Hälfte geleerte Flasche; er betrachtete das Etikett, griff dann zur Serviette. Sorgsam, den Atem anhaltend, schenkte er ein. Es gelang ihm dabei, das bedrohliche Überschäumen des Champagners zu vermeiden. Kein Oberkellner konnte behutsamer vorgehen.

»Nicht ungeschickt! Sie haben eine sichere Hand, Schubert. Und Sie scheinen bemüht, Ihre Hände zu pflegen – das gefällt mir. Stellen Sie nun die Flasche auf den Tisch. Legen Sie sodann Ihre Hände daneben – so etwa, noch mehr zu mir hin, bis dicht an das Glas.«

Johannes Schubert preßte seine schweißnassen Handflächen gegen das kühle, glatte Holz der Tischplatte, um zu vermeiden, daß sichtbar wurde, wie sehr diese Hände zitterten. Hein beugte sich wie prüfend vor, mit ernstem, straffem Gesicht. Er bewegte seine Hände in flachem Bogen vor sich hin und ließ sie dann sanft und sicher – gleich Möwen, die zur Landung ansetzen – zu Schuberts Händen hinabgleiten.

Der zuckte zusammen. Das Champagnerglas des Hauptmanns wurde umgestoßen – und es zerschellte! Sein Inhalt floß über den Tisch, auf Hein zu. Der sprang auf – stand da – atmete hörbar. Starrte Schubert an.

»Verzeihung, Herr Hauptmann«, stammelte der.

»Sie!« rief Hein und sah leichenblaß aus. »Sollten Sie es etwa gewagt haben, mich zu berühren?«

»Wohl nichts wie eine Art Reflexbewegung – vermutlich!«

»Ich verbitte es mir, von irgend jemand berührt zu werden!« Heins

Stimme klang nun rauh und gepreßt; unmittelbar danach aber auch bereits wieder stark — wobei seine Augen raubtierhaft funkelten. »Tun Sie so was nie wieder!«

Wobei Hein seinen Schädel, wie in tiefer Nachdenklichkeit, sinken ließ — er starrte auf den vergossenen, vom Tisch tropfenden Champagner. Seine Hände griffen nacheinander, umfaßten sich, verkrampften sich ineinander — bis die Haut über den Knöcheln weiß wurde.

Und er sprach vor sich hin:

»Ich berühre, was ich berühren will. Aber mich berührt man nicht, wenn ich das nicht will! Ich hasse Hände, die sich auf mich zubewegen, die nach mir greifen wollen! Ich habe das schon immer gehaßt — schmierige, schweißige Pfoten, mit rissiger Oberhaut, schwieliger Innenfläche, den dreckigen Fingern und schwarzen Rändern unter den Nägeln...

Noch immer sehe ich vor mir eine Hand, die eines Knaben — die sich mir entgegenstreckte. Nicht zur Begrüßung, nicht um mir zuzuwinken — um anklagend auf mich zu weisen! Das geschah in Polen — in irgendeinem Dorf, das wir durchfuhren. Es war eine ekelerregend verdreckte Kinderhand — erdig verkrustet, bräunlich verklebt, wie in Jauche getaucht. Und darüber ein verkniffenes, verkrampftes, haßerfülltes Gesicht, dessen Mund sich verzerrte, öffnete, Spucke ausstieß; auf mich zu!

Ich riß das Steuer meines Kraftfahrers herum. Der Wagen schoß mitten in dieses wild geifernde Gesicht hinein, riß es seitwärts, begrub es unter sich. Aber diese Kloakenhand ragte hervor, schien sich hochzurecken — mir entgegen! Klatschte dann dumpf auf die Blechwand meines Fahrzeuges. Mehrmals. Wie trommelnd — in schnell ersterbendem Haß.«

Hauptmann Hein verstummte, ohne seine Körperhaltung auch nur im geringsten verändert zu haben. Auch Schubert wagte nicht, sich zu bewegen. Bang lauernde Sekunden vergingen.

Dann richtete sich der Hauptmann wieder auf. Wie verwundert blickte er um sich. Er versuchte aufzulachen — was ihm nur mühsam gelang. Hein schüttelte den Kopf und sagte: »Seitdem trage ich in der Öffentlichkeit Handschuhe, grundsätzlich — um sicherlich überflüssige, aber vielleicht auch unvermeidliche, direkte Berührungen möglichst erträglich zu machen.«

Er setzte sich wieder in seinen hochlehnigen, dickgepolsterten, mit Schweinsleder überzogenen Wappenstuhl, den er zurückgestoßen hatte, um nicht mit dem herabtropfenden Champagner in Berührung zu kommen. Dabei sagte er, Schubert musternd: »Sie sind vorhin aufgeregt, wenn nicht gar erregt gewesen — warum?«

»Das weiß ich nicht, Herr Hauptmann.«

»Aber Sie sind es gewesen! Bin ich es etwa, der Sie erregt?« Hein betrachtete, durch das Kerzenlicht hindurch, den hilflos dastehenden Schubert. »Ich empfehle Ihnen dringend, sich in Selbstbeherrschung zu üben! Auch in den extremsten Situationen. Das muß ich von Ihnen verlangen! Ich habe einen ausgeprägten Sinn für harmonische Schönheit — in Besonderheit bei Händen, und ich verabscheue es, sie haltlos zittern zu sehen.«

Hauptmann Hein streckte seine beiden Arme weit aus — und siehe: seine Fingerspitzen bewegten sich nicht. Und dann griff er mit blitzschneller Bewegung seiner rechten Hand — während die linke in ihrer Haltung nicht verändert wurde — nach der Serviette, die vor ihm auf dem Tisch lag. Zog sie zurück. Zum Vorschein kam eine Pistole.

Diese Pistole ergriff Hauptmann Hein — er hob sie in Augenhöhe; sein Daumen entsicherte sie. »Vermögen Sie zu erkennen, worauf ich ziele?«

Schubert verneinte diese Frage — wobei er den zwingenden Eindruck hatte: der Lauf dieser Pistole wir direkt auf ihn gerichtet. Mitten auf seine Stirn. Vielleicht aber auch nur auf sein rechtes Ohr. Er stand erstarrt.

»Unmittelbar hinter Ihnen«, sagte der Hauptmann, »hängt ein Gemälde. Darstellend den Tod und sein Opfer. Irgend so ein allegorischer Mist — von irgendeinem Pinselquäler, vermutlich aus dem 18. Jahrhundert, mit allen Einzelheiten sklavisch hingemalt. Es gefällt mir nicht!«

Hein schoß zweimal. Die Kugeln — so kam es Schubert vor — flogen mit scharfem Zischen millimeterdicht an seinem Kopf vorbei. Die aufbellenden Detonationen der Abschüsse hatte er kaum vernommen.

»Und nun sehen Sie sich um!«

Schubert drehte sich, leicht taumelnd. Und er sah: einen sorgfältig, fast pedantisch gemalten Tod, einen Knochenmann in einem weiten schwarzen Mantel, mit erbarmungslos entfleischtem Antlitz. Und dessen Augen waren jetzt zwei wie unendlich vertiefte, wesenlose Höhlen — die Einschußstellen der Geschosse.

»Das«, sagte der Hauptmann, mit erleichtertem Lächeln, »war sozusagen symbolisch gemeint. Vermögen Sie zu verstehen, was ich damit sagen will, Schubert? Geben Sie sich Mühe — rate ich Ihnen —, das zu verstehen! Zumal Sie sicher sein dürfen, daß ich Ihnen auch dabei gerne behilflich bin.«

»Danke, Herr Hauptmann — ich gebe mir Mühe.«

»Sie transpirieren«, stellte Hein fest. »Schweiß überzieht Ihr Gesicht und verklebt, vermutlich, auch Ihre Handflächen. Ich mag das nicht! Begeben Sie sich, bitte, in meinen Waschraum. Sie dürfen dort meine Seife benützen — danach nehmen Sie sie mit — als Geschenk. Besorgen Sie sich die gleiche Sorte — auf meine Kosten. Auch mein Geruchssinn ist sehr ausgeprägt. Stellen Sie sich darauf ein!«

»Kann ich Ihnen irgendwie behilflich sein?« fragte ausgesucht höflich Unteroffizier Hiller, Tino mit Vornamen. Höflichkeit war ihm Bedürfnis — doch die Gelegenheit dazu ergab sich hier nur selten. »Haben Sie irgendwelche Schwierigkeiten?«

»Die habe ich eigentlich immer«, sagte der Gefreite Bergen mit aufmerksamem Mißtrauen. »Und langsam drohe ich mich sogar daran zu gewöhnen.«

»Das«, meinte Hiller, »könnte durchaus empfehlenswert sein. Denn Sie gehören hier zu einer erklärten Eliteeinheit. Und bei der sind, nach einem Ausspruch unseres Hauptwachtmeisters — den er von seinem Führer übernommen hat — Schwierigkeiten nur dazu da, um überwunden zu werden.«

»Jedoch — wer macht die?«

»Halten Sie mal eine Umfrage darüber unter unseren Kameraden ab — vielleicht wissen Sie dann mehr. Falls Sie das überhaupt wissen wollen.«

Tino Hiller beugte sich sachverständig über den Motor des Funkwagens, an dem Bergen herumzubasteln versuchte — und das bereits seit einer Stunde; während der Mittagspause. Der Motor streikte! Und auch für diesen Motor war er verantwortlich gemacht worden. Was wohl zum System gehörte — irgend jemand war immer für irgend etwas verantwortlich.

Unteroffizier Hiller überprüfte mit sicheren, selbstverständlichen Griffen einige Verbindungskabel. Dann lachte er auf. »Das Übliche — wie ich vermutet habe. Der Verteilerkopf ist außer Funktion gesetzt worden.«

»Wie denn?«

»Die Verbindungskabel sind durchgeschnitten worden — offenbar mit einem Taschenmesser.«

Der Gefreite Bergen sah den Unteroffizier Hiller ungläubig an. »Und so was soll hier üblich sein?«

Tino nickte gelassen. Die dunklen Augen in seinem freundlichen Gesicht blickten unendlich geduldig und dennoch belustigt — eine Regung, die er hier nur selten zu zeigen wagte. »So was, mein Lieber, gehört bei uns mit zu den fast alltäglichen Trottelspielen. Zu der Serie: kleine, bewährte Späße für noch zu erprobende Neulinge! Also Versuche mit vermeintlichen Eseln, wie weit man diese aufs Glatteis führen kann.«

»Verstehe«, sagte der Gefreite Bergen nachdenklich. »Das heißt, ich beginne zu verstehen. Denn jetzt kann ich mir zumindest folgendes vorstellen: wenn ich mit diesem angeblichen Motorschaden den Schirrmeister belästigen sollte, würde der vermutlich ein ausgedehntes Gelächter anstimmen — über einen technischen Vollidioten, der nicht einmal in der Lage ist, eine primitive Panne zu beseitigen. Ist dies so beabsichtigt gewesen?«

»So ungefähr, Kollege Bergen.«

»Und das zur Belustigung von möglichst vielen? Ein sicher erhofftes Kameradengelächter? Ein willkommenes Gesprächsthema für Bierabende?«

»Versuchen Sie erst gar nicht, sich darüber aufzuregen – das sind hier lediglich die feineren Späße. Es gibt da noch ganz andere – was Ihnen aber, vermutlich, nicht entgangen ist.«

Bergen betrachtete den Unteroffizier Hiller mit steigendem Interesse. Der bot alles andere als einen stattlichen Anblick – sein Uniformrock umhüllte ihn wie ein Sack, der Hosenboden hing herunter; seine Stiefel waren sichtlich zu groß, auch wirkten sie herausfordernd ungepflegt. »Mit Ihnen scheint man hier, vermute ich, etliche Scherze in ähnlicher Preislage veranstaltet zu haben?«

»In mehr als ausreichender Menge!« sagte Tino Hiller. Und fast heiter fügte er hinzu: »Allerdings nicht in Verbindung mit Motoren – davon verstehe ich nämlich einiges.«

»Das ist hier allgemein bekannt. Nichts, was Sie nicht reparieren können – heißt es. Alles, was Räder hat, haben Sie einsatzbereit gemacht. Während Arm, der Schirrmeister, in erster Linie organisiert – etwa Ersatzteile, Benzin, auch komplette Fahrzeuge. Und das sogar von Nachbareinheiten – wie ich gehört habe.«

»Vergessen Sie so was möglichst schnell«, empfahl Hiller ernsthaft. »Kommen Sie zumindest niemals auf die Idee, derartige Behauptungen laut in Gegenwart von möglichen Zeugen auszusprechen. Denn Sie müssen wissen: unser Arm ist ein anerkannt leuchtendes Organisationsgenie – und seine diesbezügliche Tüchtigkeit wird sogar von Hauptmann Hein für kriegswichtig gehalten.«

»Aber ohne Ihre speziellen Fähigkeiten wäre diese Batterie glatt aufgeschmissen!«

»Kann sein«, meinte Hiller, nicht unzufrieden. Er setzte sich auf den Rasen und ließ sich dann nach rückwärts fallen – behaglich streckte er sich aus. Sagte: »Ich werde hier für unentbehrlich gehalten – und das hat seine Vorteile.«

»Dennoch werden Sie nicht immer für voll genommen?«

»Stimmt. Zum Beispiel nicht bei Saufereien und sonstigen internen Vergnügungen im trauten Kameradenkreis. Aber warum sollte ich ausgerechnet darauf Wert legen?«

»Worauf«, wollte nun Bergen wissen, der sich neben Hiller auf den Rasen sinken ließ, »legen Sie dann Wert – wenn ich fragen darf?«

»Man läßt mich einigermaßen in Ruhe«, erklärte Tino Hiller. »Und das ist nicht wenig. Denn wir befinden uns ja hier mitten unter äußerst selbstbewußt gewordenen Siegern, die sich täglich vollaufen lassen. Denn schließlich, nicht wahr, haben sie Polen in wenigen Wochen in die Pfanne gehauen! Und bald danach dann noch das ganze große Frankreich dazu — gleichfalls in wenigen Wochen. So haben wir es denn hier mit von sich vollkommen überzeugten, also völlig enthemmten Führerpersönlichkeiten zu tun — vermögen Sie das nicht zu erkennen?«

»Sollte ich das?«

»Ich rate es Ihnen.«

»Ich weiß nur so viel«, stellte der Gefreite Bergen fest, »daß so gut wie alles, was hier geschieht, reichlich fragwürdig ist. Was praktisch heißt: so gut wie nichts davon scheint mir auch nur halbwegs normal zu sein.«

»Unsinn, Kollege Bergen! Hier ist vielmehr alles, einfach alles absolut normal — zumindest völlig zeitgemäß! Denn hier, in dieser Batterie, hat sich geradezu eine Auslese bester großdeutscher Tüchtigkeit und Tatkraft zusammengefunden: begabte Organisatoren, verläßliche Techniker, bewährte Fachleute des Krieges und seiner enormen Möglichkeiten — und diese noch zu allem Überfluß unter der Anführung eines erklärten Helden! Der von einem geradezu phantastischen Praktiker des Militarismus abgeschirmt wird. Und dagegen wollen Sie anstinken?«

»Will ich das?«

»Mann — Sie sind wie verrückt danach!« stellte Tino Hiller lakonisch fest. »Es juckt Ihnen in allen Fingerspitzen, Bergen, hier möglichst kräftig mitzumischen. Wissen Sie, wie Sie mir dabei vorkommen? Wie ein Fuchs, der sich aus dem Hinterhalt anschleicht, um irgendwelche Hühner zu rupfen. Mann Gottes — ich habe Sie beobachtet!«

»Etwa auch bei jenem idiotischen Pistolenspiel, das hier preußisches Roulette genannt wird?«

»Dabei besonders«, bestätigte Hiller, fast nachsichtig. »Dabei sind Sie mir erstmals aufgefallen — aber eben nicht nur mir, auch Hauptwachtmeister Krüger. Und das, mein Freund, ist alles andere als ungefährlich.«

»Krüger bin ich bereits aufgefallen«, meinte Bergen, »als der mich zum ersten Mal erblickte — bei einer Leiche, die angeblich aus einem Turmfenster gefallen war.«

»Unterschätzen Sie unseren Krüger nicht, werter Kollege!« warnte Tino Hiller freundschaftlich. »Sie wären nicht der erste, der in Versuchung gerät, sich auf so was einzulassen — aber ich kenne niemand, dem das gut bekommen wäre. Denn unser Krüger kann sich, wenn er will, äußerst geduldig geben, sogar verständnisvoll, wenn es sich für ihn lohnt. Der ist weit klüger, oder eben raffinierter, als gemeinhin vermutet wird.«

»Und damit auch gefährlicher, als es zunächst den Anschein hat — wollten Sie das sagen?«

»Sie verkennen ihn, fürchte ich — wie fast alle anderen hier auch.«

Geduldig erklärte das Unteroffizier Hiller. »Denn dieser Krüger ist irgendwie zeitlos – dem geht es gar nicht so sehr um Führer, Volk und Vaterland, wie man vermuten könnte, sondern allein um seine Batterie! Diese seine Batterie, das ist seine eigentliche Welt – die betreut er seit mehr als drei Jahren, die hält er für sein ureigenes Werk, deren Ansehen verteidigt er. Mit seinen Methoden – und dabei mit einer Überzeugung, die geradezu unerschütterlich ist. Eisern.«

»Und dieser Einfall mit den Pistolen – der gehört dazu?«

»Durchschaut!« Tino Hiller lachte auf – er war bereits einige Male Zeuge dieses Spiels gewesen. »Denn Krüger hat offenbar erkannt, daß bedingungslose, so gut wie sklavisch ergebene Mitarbeit die beste Garantie für denkbar verläßliche Gefolgschaftstreue ist. Denn wer sich extremen oder eben halbirren Forderungen ausliefert, der muß naturgemäß für fast alle erdenklichen Taten, beziehungsweise Untaten, brauchbar sein. Sie jedenfalls, Kollege Bergen, haben diese angebliche Feuerprobe überstanden – und zwar sozusagen glänzend. Sie haben nicht gezögert! Warum eigentlich nicht?«

»Weil ich das alles für einen großen Bluff gehalten habe! Und nichts anderes ist diese Kantinenoper doch wohl auch gewesen – oder?«

»Da bin ich nicht ganz sicher«, meinte Hiller, »abgesehen davon, daß ich mich – auch in diesem Punkt – als nicht völlig zuständig zu fühlen habe. Vermutlich ist Ihnen aufgefallen, daß ich beim preußischen Roulette nicht mitspielen durfte.«

»Weil Sie nicht, oder eben noch nicht, zum inneren, internen, gewissermaßen nachweisbar verläßlichen Kameradenkreis gehören – nehme ich an.«

»Genau erkannt!« bestätigte Unteroffizier Hiller. »Ich besitze keine Pistole – so was ist im Bereich von Krüger eine Art Privileg, eine Auszeichnung. Er verleiht Pistolen, wie andere Orden, zumeist aus Beutebeständen. Was aber dann mit diesen Pistolen zu geschehen hat, bestimmt allein er! Und eben deshalb, Kollege Bergen, halte ich es für durchaus möglich, daß eine dieser sechs Pistolen tatsächlich scharf geladen gewesen ist.«

»Und wenn auf diese Weise irgendein Schädel in Brei verwandelt worden wäre – etwa der meine? Was dann?«

»Dann wäre das vermutlich als eine Art Unfall deklariert worden – ein Unfall mit tödlichen Folgen. Etwa beim Reinigen einer Pistole. Und dafür könnten gleich sechs Zeugen aufgeboten werden. Entmutigt Sie das nicht?«

»Ich weiß nicht, ob Ihnen dabei eine Kleinigkeit aufgefallen ist«, erklärte der Gefreite Bergen, dennoch zuversichtlich. »Ich habe – nach kurzer Überlegung – die Pistole des Hauptwachtmeisters ergriffen. Denn ich sagte mir: wenn einer dabei kein Risiko eingehen wird – dann Krüger!«

»Ach, Mensch, Sie versuchen hier logisch zu denken! Und das inmitten von erklärten Herrenmenschen, die sich einen gigantischen Siegesrausch angesoffen haben, aus dem sie so leicht nicht wieder erwachen werden — weil sie das gar nicht wollen!«

»Wen betrachten Sie denn hier als Herrenmenschen — etwa Softer und Arm?«

»Auch die halten sich dafür. Aber Hauptmann Hein ist bestimmt einer. Und selbst der, vermute ich, vermeidet es, sich mit einem Krüger anzulegen.«

»Ich bin keinesfalls lebensmüde — falls Sie das befürchten. Jedenfalls danke ich Ihnen für diese Warnung, Herr Unteroffizier.«

»Wie kommen Sie denn auf so was!« rief Tino Hiller. »Ich habe Sie vor nichts und niemand gewarnt! Ich habe Sie in keiner Weise aufgeklärt, Ihnen keinerlei Ratschläge gegeben — weder über Pistolen noch über Pannen. Ich habe Sie lediglich gefragt, ob Sie Schach spielen können — ich suche dringend einen Partner.«

»Ich werde Schach spielen lernen«, versicherte Bergen.

»Tun Sie das! Aber zögern Sie es nicht hinaus — wer will denn wissen, wieviel Zeit uns hier noch bleibt?«

»Ich komme zu Ihnen«, versicherte Oberleutnant Seifert-Blanker mit großer Verbindlichkeit, »um mich zu entschuldigen.«

»Aber ich bitte Sie!« entgegnete Hauptmann Schmidt, Ortskommandant der Stadt D., ebenso herzlich wie dankbar. Er war kurz davor, seinen Besucher zu umarmen. »Ich tue hier doch nur meine Pflicht — so wenig leicht mir das manchmal auch gemacht werden mag.«

Sie trafen sich im Hotel de France — der Adjutant der um die Stadt D. eingesetzten Flakabteilung und der Ortskommandant. Dessen Dienststelle befand sich im Haus der Mairie; im Bürgermeisteramt hatten er und seine Leute das untere Stockwerk bezogen. Doch das Restaurant des danebenliegenden Hotels de France war der Treffpunkt mit bevorzugt zu behandelnden Besuchern.

»Es muß manchmal außerordentlich schwer sein, mit allen Anforderungen, Wünschen und wohl auch Zumutungen, die man an Sie heranträgt, fertig zu werden«, das versicherte, bereitwillig entgegenkommend, der Abteilungsadjutant. »Zumal Sie es hier auch mit einem Hauptmann Hein zu tun haben.«

»Welch ein Mann!« versicherte der Hauptmann Karl Schmidt, ohne zu zögern. »Ein großer, ein bedeutender, ein einflußreicher Mann! Nicht wahr?«

»So scheint es!« sagte Seifert-Blanker. Er begutachtete dabei, sachverständig, die servierte Zwischenmahlzeit: gekochte Schnecken, gegrillte Scampis, hauchdünn geschnittener Lachs — dazu Rosé aus dem Anjou. »Doch man sollte sich nicht täuschen lassen!«

»Im Hinblick auf Hauptmann Hein?« fragte der Ortskommandant fast begierig. »Ist der denn nicht bereits so etwas wie eine erklärte Respektsperson? Soll er nicht in den nächsten Tagen das Ritterkreuz erhalten?«

»Davon wird gesprochen, aber es ist noch nicht endgültig entschieden«, versicherte nun der Abteilungsadjutant wie in herzlicher Vertraulichkeit — wobei er sich vorbeugte, um sorgfältig weitere Schnekken auszuwählen. »Äußerlichkeiten, verehrter Herr Hauptmann, wie etwa Auszeichnungen, müssen sicherlich sein — sie sind jedoch nicht in jeder Situation bestimmend, meine ich.«

»Sie meinen also«, deutete Hauptmann Schmidt aufhorchend an, »daß es hier, im Augenblick zumindest, auf wesentlich andere Dinge ankommt?«

Der Adjutant nickte kauend — er war mittelgroß, schlank, mit schnell reagierenden Augen. Und seine Stimme klang werbend: »Nicht wahr, es genügt doch wohl nicht, einen großen, ja glänzenden Sieg errungen zu haben — man muß den auch sichern, absichern, also sinnvoll ausbauen.«

»Wie wahr!« rief der Ortskommandant mit heftiger Zustimmung aus. »Sie sagen es! Und was Sie da sagen, entspricht meinem ganz besonderen Anliegen.« Schmidts Stimme bebte ein wenig. »Und eben deshalb habe ich mein schweres, aber auch schönes Amt in hoffnungsvoller Bereitschaft übernommen.«

»Was von uns — mir und dem Abteilungskommandeur, aber auch von anderen Truppenführern in der Umgebung — nicht nur erkannt worden ist, sondern auch gewürdigt wird. Nicht zuletzt um Ihnen dies zu versichern, bin ich hier.«

»Wie mich das freut!« Hauptmann Schmidt füllte mit hastigen Händen das Glas seines Gastes, bis es überlief, was der jedoch nicht zu bemerken schien.

»Mein Prinzip, Herr Oberleutnant, lautet: Befriedung! Das in doppelter Bedeutung: einmal im Sinne von Befriedigung der Bedürfnisse der in meinem Bereich stationierten Einheiten — sodann aber auch: Befriedung der Zivilbevölkerung. Mithin: Erweckung von Vertrauen — auch das nach zwei Seiten hin. Was in hoffentlich nicht allzu ferner Zukunft zu einer gewissen Harmonisierung führen muß. Also, auf die Dauer: zu beiderseitigem Vorteil!«

»Das kann ich nur unterstreichen«, bestätigte Oberleutnant Seifert-Blanker anfeuernd. »Auch unser Oberst und Regimentskommandeur hat sich erst neulich recht anerkennend darüber geäußert — also über Ihre spezielle, verdienstvolle Tätigkeit.«

Schmidt blickte gerührt vor sich hin, mit wasserhellen Grauaugen — er faltete wie dankbar seine Hände. »Ich habe mich immer wieder bemüht, um vertrauensvolle Zusammenarbeit zu werben — mit erfreulichem Erfolg. Das sogar bei der hiesigen Zivilbevölkerung.«

»Wozu man Ihnen nur gratulieren kann, Herr Hauptmann.«

»Danke, danke! Es war jedoch nicht leicht — galt es doch, dicke, hohe Wände aus Vorurteilen zu überwinden! Doch das habe ich geschafft — in vielversprechenden Anfängen wenigstens. So arbeite ich bereits sehr eng mit dem örtlichen Bürgermeister zusammen; ich halte vor Schulklassen Vorträge; ich habe, im hiesigen Krankenhaus, eine deutsche Abteilung eingerichtet; und dann sogar durchgesetzt, daß in allen Hotels, Restaurants und Gaststätten dieser Stadt Deutsche ebenso wie Franzosen völlig gleichrangig behandelt werden. Auch nehme ich regelmäßig am sonntäglichen Gottesdienst teil.«

»Außerordentlich bemerkenswert!« rief der Abteilungsadjutant aus, dabei sein Glas leerend. »Und Sie sollen wissen, daß wir Ihre Arbeit nicht nur zu würdigen wissen, sondern diese auch nachdrücklich unterstützen werden — mithin also bereit sind, an der Beseitigung jedweder eventueller Hindernisse mitzuwirken.«

»Das auch, bitte, im Hinblick auf Herrn Hauptmann Hein und seine recht eigenwilligen Maßnahmen, die, wie ich leider gestehen muß, hier zu erheblichen Beunruhigungen geführt haben und daher mein Werk. . .«

»Darüber, Herr Hauptmann, haben Sie mir bereits am Telefon eindeutige Angaben gemacht, die dann, unter anderem, mit zu dieser Unterredung geführt haben. Aber nun lassen Sie mich, bitte, ganz offen sein: wir sind uns stets der Verpflichtung dem großen Ganzen gegenüber bewußt — denn eine Truppe darf keinen vereinzelten Personenkult bestreiten, sondern muß allein danach trachten, als Teil einer ungestört geballten Kraft in Erscheinung zu treten.«

»Heißt das — Sie sind bereit, mir in diesem denkbar heiklen Punkt wirksam, also direkt behilflich zu sein?« fragte Schmidt aufhorchend. »Mir tatkräftige Unterstützung zu gewähren?«

Der Oberleutnant nickte bedächtig und erklärte dann: »Sagen wir das so: wir sind ganz entschieden dafür, daß alles seine gute Ordnung hat. Wir werden also nicht zögern, wirksam einzugreifen — sobald brauchbare Unterlagen existieren, also uns vorgelegt werden.«

»Unterlagen?«

»Ja, natürlich, Herr Hauptmann. Denn Telefongespräche allein genügen da nicht. Unterredungen wie diese leider auch nicht. Denn zunächst einmal sind alle möglichen Differenzen, die zwischen Ihnen und Hauptmann Hein existieren, allein Ihre und seine Angelegenheit. Wir jedoch, also der Abteilungsstab, können uns erst dann sozusagen offiziell damit beschäftigen, wenn uns eine ausführliche schriftliche Meldung erreicht oder gar ein einwandfreier Tatbericht erstellt wird.«

»Von mir?«

»Oder eben von Hauptmann Hein — was aber doch wohl kaum zu erwarten ist, nicht wahr?«

»Mühsam, das alles«, gestand Schmidt, bereits mit leichter Resignation, »wirklich sehr mühsam. Äußerst umständlich. So was will gut überlegt sein.«

»Tun Sie das! Aber nehmen Sie sich nicht allzu viel Zeit dazu; das empfehle ich Ihnen dringend. Denn in einigen Tagen bereits könnte es dafür zu spät sein — ein guter Braten muß möglichst heiß serviert werden.«

»Jede Art körperlicher Ertüchtigung fördert die Einsatzbereitschaft!« Das sagte Hauptmann Hein nicht nur, danach ließ er auch handeln. Das, was er ›Sport‹ nannte, wurde von ihm besonders bevorzugt — für die Dienstgestaltung ebenso wie für die Freizeitbeschäftigungen.

So hatte der Batteriechef für die Protzenstellung allmorgendlichen, viertelstündigen ›Frühsport‹ befohlen — einschließlich der Sonn- und Feiertage. Doch alle Einzelheiten hierfür überließ er, einsichtig und wie selbstverständlich, seinem Hauptwachtmeister. Und dieser, der sich für sportlich bereits völlig ertüchtigt hielt, pflegte für die praktische Durchführung jeweils einen seiner Unteroffiziere einzuteilen — zumeist Forstmann oder Hiller — und diesen höchste Lautstärke zu empfehlen. Deren frühes Gebrüll drang mühelos zum Schloßturm hinauf und suggerierte sogar in der weiteren Umgebung große Geschäftigkeit.

Doch für die sportliche Ertüchtigung der Feuerstellung seiner Kampftruppe pflegte Hauptmann Hein persönlich zu sorgen. Und auch hierbei liebte er den Überraschungseffekt — er erschien zu den verschiedenartigsten Zeiten, um dann kühl schockierend zu verkünden: »Und nun ein wenig Sport!«

Auch dabei betätigte er seine Stoppuhr. Und in kaum viel mehr als einer Minute — an diesem Tag waren es dreiundsiebzig Sekunden — verwandelten sich seine Gefechtstrupps in Sportgruppen. Diese vergleichsweise erfreulich kurze Zeitspanne war dem ›System Runge‹ zu verdanken — einem der nicht wenigen wirkungsvollen Einfälle des von Hein hochgeschätzten Wachtmeisters.

Denn von Runge war folgendes veranlaßt worden: die Soldaten hatten tagsüber Sportanzüge anstelle von Unterwäsche zu tragen. So brauchten denn nur die Uniformen abgestreift und die Fußbekleidung gewechselt zu werden. Ein geradezu ›blitzartiger‹ Vorgang, der bei Besichtigungen durch höhere Vorgesetzte stets die gewünschte Wirkung zeitigte: anerkennendes Staunen!

»Alles an die Geräte!« rief Wachtmeister Runge schwungvoll. Auch hierbei durfte er das Kommando führen — denn die beiden Batterieoffiziere, Minder und Helmreich, wurden wieder einmal mehr nicht benötigt. »Erste allgemeine Trainingsrunde! Zeit dafür: zehn Minuten! Anfangen mit mittlerer Leistungsstufe.«

Alles war glänzend organisiert. Mitten in der Feuerstellung – zwischen dem Kommandogerät und den Geschützen – waren, wenn auch nur provisorisch, so doch durchaus fachgerecht, in ›freiwilliger Freizeitarbeit‹, installiert worden: eine Weitsprunganlage, ein Hochsprunggerät, ein Barren, ein Pferd, ein Reck. Diese wurden, von den fünf planvoll gebildeten Sportgruppen, wechselweise benutzt.

»Schwerpunkt heute – Hochsprung!« verkündete Hauptmann Hein – was zu erwarten gewesen war. Denn in letzter Zeit war der Hochsprung zum Schwerpunkt der sportlichen Betätigung erklärt worden. Und das wahrlich nicht von ungefähr.

»Sprunghöhe einsfünfunddreißig!« ordnete Wachtmeister Runge an. Hauptmann Hein nickte zustimmend. Denn dies war jene für die Erlangung des Reichssportabzeichens vorgeschriebene, also hier zu fordernde Höhe, für diese Batterie, die in jeder Hinsicht vorbildlich zu sein hatte.

Der Hauptmann selbst stellte sich, als erster, vor der Hochsprunganlage auf – in voller Uniform, in Stiefeln; lediglich Mütze und Koppel hatte er abgelegt. Er federte in den Kniegelenken, nahm Anlauf, schnellte sich ab – und übersprang die Latte.

»Das nachmachen, Leute!« rief Wachtmeister Runge anfeuernd. »Alle – durch die Bank!«

Und spätestens jetzt erkannten die Soldaten in der Feuerstellung, was ihnen auch diesmal wieder blühen würde: eine sich möglicherweise stundenlang ausdehnende Leistungsprüfung – zwecks Feststellung von Versagern. Und wehe dem, der hier mit schlaffen Knien, flatternden Armen oder krummem Kreuz herumhüpfte! Hein pflegte nur absolut erstklassige Darbietungen anzuerkennen – und Runge bemühte sich, dafür zu sorgen.

»Einzelergebnisse registrieren«, ordnete Hein an.

Runge hatte bereits die jeweils auf den neuesten Stand zu bringende Leistungsliste bei der Hand. Und während die Männer sich über den Barren rollten, am Reck hochzogen, über das Pferd hüpften und bemüht waren, geschäftige Bewegung vorzutäuschen, herrschte beim Hochsprunggerät angespannte Konzentration.

»Reißt euch am Riemen, Kerle!« rief Runge. »Immer einer schön flott hinter dem anderen. Und dabei den faulen Arsch kräftig hochgestemmt!«

Wem es nicht gelang, die geforderten einsfünfunddreißig zu überspringen, den sonderte der Wachtmeister aus, indem er ihm zurief: »Links raus – du schäbige Flasche!« Oder: »Du lahme Ente!« Auch: »Du fetter Breitarsch!«

Inzwischen waren auch die zwei für die Feuerstellung zuständigen Offiziere in Aktion getreten – sie in Trainingsanzügen: Minder marineblau, Helmreich rostrot. Hein beachtete sie nicht und Runge natürlich auch nicht.

Der Oberleutnant spielte mit dem Leutnant eine Art Handball. Sie in aller Batterieöffentlichkeit an sportlichen Wettbewerben teilnehmen zu lassen, das wäre — wie Hein wußte — einer Schädigung des Ansehens des Offizierskorps gleichgekommen. Also war es ratsam, sie wieder einmal zu übersehen.

»Vierunddreißig«, meldete schließlich der Wachtmeister Runge, nachdem sich alle fünf Gruppen als Hochspringer versuchte hatten. Und das hieß: vierunddreißig Versager! »Mithin zwei mehr als vorgestern.« Also: ein eklatanter Leistungsschwund.

»Ausgangssperre«, sagte der Hauptmann. »Und zwar total!« Er blickte um sich, als wäre er persönlich beleidigt worden. »Zumindest so lange, bis die Anzahl der Versager unter dreißig liegt.«

Hein musterte den von Runge zusammengetriebenen, in seinen Augen äußerst kläglichen Haufen der vergeblich bemühten Hochspringer — und er musterte ihn lange und mit vielsagender Wortlosigkeit. Denn er sah: überflüssige Fettpartien in der Bauchgegend, weichkäsehaft schwammige Gesichter, flachbreite Wabbelärsche.

»Scheußlich«, sagte der Hauptmann. »Einfach scheußlich!« Um dann, in der gleichen abwesend-verächtlichen Tonlage, hinzuzufügen: »Und jetzt — Fliegeralarm.«

»Fliegeralarm!« rief Wachtmeister Runge anfeuernd.

Und abermals verwandelte sich, in Sekundenschnelle, das Bild: die Soldaten stürzten zielstrebig auseinander, auf die Geschütze und Geräte zu; wobei sie nach ihren befehlsgemäß am Einsatzort bereitliegenden Stahlhelmen griffen. Zusätzlich stiegen sie in ihre Stiefel — mehr an Bekleidung war in einem solchen Alarmfall nicht notwendig.

»Eine Schikane nach der anderen!« flüsterte Oberleutnant Minder grollend seinem Offizierskameraden zu, dem Leutnant Helmreich. Auch sie hatten sich ihre bereitgestellten Stahlhelme aufgesetzt. »Nicht einmal uns verschont er mit seinen Einfällen.«

»Aber ich bitte Sie!« rief der kleine Leutnant besorgt aus. Durch den aufgesetzten, tief ins Schafsgesicht gerutschten Stahlhelm wirkte er wie eine verzerrt fotografierte Schildkröte. »Schließlich sind wir die anerkannt beste Batterie im Armeebereich! Und wenn der Chef, wie vorgeschlagen, mit dem Ritterkreuz ausgezeichnet werden sollte, dann ist für Sie, Herr Kamerad, das EK I fällig — und für mich, endlich, das EK II.«

»Wäre ja gut und schön«, meinte Oberleutnant Minder skeptisch. »Aber soweit ich informiert bin, ist für unser Regiment lediglich ein Ritterkreuz vorgesehen — und darauf soll bereits der Regimentskommandeur persönlich Wert legen. Durchaus fraglich also, ob unser Chef dagegen ankommen kann.«

»Ich würde es ihm gönnen«, sagte Leutnant Helmreich mit wirksam verlogener Solidarität. »Dadurch würde sich das Ansehen unserer Batterie automatisch erhöhen.«

»Ach was — so oder so! Bei diesem Hein sind wir, auf die Dauer, nichts wie verkauft! Entweder, oder — im Endeffekt die gleiche Scheiße. Wenn er das Ritterkreuz nicht bekommt — dann ist hier der Teufel erst richtig los! Bekommt er sein Ritterkreuz aber — dann dreht er womöglich völlig durch! Was also auch immer geschieht, Kamerad — bei dem sind wir geliefert!«

»Batterie feuerbereit, Herr Hauptmann!« meldete Wachtmeister Runge.

Der Hauptmann blickte, wie in tiefer Nachdenklichkeit, vor sich hin. Eine völlige, lähmende Stille herrschte um ihn — es war, als wagte man in seiner Gegenwart kaum zu atmen. Was Hein offenbar sehr wohl tat.

Er blickte über den Sportplatz hinweg, über die Straße — die Rue Napoléon — zum Park hin, der das angebliche Sterbeschloß der Herzöge nahezu erdrückend eng umgab, auch die Grabkirche und den Glaspavillon. Und was auch der Hauptmann erblickte, wollte ihm wie eine zwangsläufige, unerschütterliche Einheit erscheinen — allein beherrscht durch seine Person.

»Jedoch was dann«, fragte er bohrend, »wenn zur gleichen Zeit — während unsere Batterie feindliche Flugzeuge bekämpft — diese unsere Feuerstellung von eingeschleusten Saboteuren oder ähnlichem Gesindel angegriffen wird? Was dann?«

Dabei blickte er, wenn auch nicht sonderlich erwartungsvoll, zu seinen beiden Offizieren hinüber. Die schwiegen. Hierauf sah Hauptmann Hein ermunternd seinen Wachtmeister Runge an.

Und der sagte prompt: »Falls hochfliegende Objekte zu bekämpfen sind, übernehmen die leichten Geschütze den Erdkampf, unterstützt von Nachrichtenleuten, Flugmeldern und Wachtposten. Bei Tieffliegerangriffen jedoch operieren gegen an- oder gar eindrängende Saboteure die Bedienungen der schweren Geschütze und die des Kommandogerätes.«

Der Hauptmann nickte Runge zu — das war seine Schule! Dieser Wachtmeister wußte noch, was ein kämpferischer Mensch war — er und Hein wußten das, uneingeschränk. Darauf konnte man bauen!

»Das«, sagte der Chef, »wollen wir jetzt üben!«

Womit die nächsten Stunden ausgefüllt waren. Die Soldaten verfielen in ameisenhafte Tätigkeit.

»Telefon für Herrn Hauptmann!« rief eine helle Stimme vom Rande des Sportfeldes her — sie gehörte Bergen. »Ein als wichtig bezeichnetes Gespräch.«

»Wer?« fragte Hein.

»Der deutsche Stadtkommandant.«

»Sagen Sie dem«, verkündete der Hauptmann, mit einer scharf klingenden Stimme, die in allen Teilen der Feuerstellung deutlich zu vernehmen war, »er kann mich am Arsch lecken! Und zwar kreuzweise! Sagen Sie ihm das wörtlich!«

»Das scheint ja hier ein regelrechter Saustall zu sein!« verkündigte Frau Dr. Werner-Weilheim. Ihr Busen bebte. »Haarsträubende, völlig unwürdige Zustände!«

»Einen derartigen Vorwurf, gnädige Frau«, rief der sich heftig bedrängt fühlende Unteroffizier Forstmann aus, »muß ich ganz energisch zurückweisen — zumindest für meine Person.«

Die Assistentin des Professors Magnus war bis zur Schreibstube der 3. Batterie vorgedrungen — mit hochrotem Gesicht, ungeordneten Haaren und breitflächigen Schweißstellen unter den Armen. »Wie man uns hier behandelt, ist eine Zumutung!«

Forstmann wehrte sich mannhaft und erklärte: »Mich können Sie nicht damit meinen — zumal ich, beziehungsweise meine Dienststelle, für Sie nicht zuständig ist.«

»Ich bin ja von allerhand Kerlen eine ganze Menge gewöhnt!« rief Frau Dr. Werner-Weilheim mit unbremsbarer Empörung aus. »Aber inzwischen bin ich auch ziemlich stark im Nehmen geworden. Denn schließlich habe ich mir immer wieder gesagt: wir leben nun mal in einer großen Zeit — da muß man eben Opfer bringen!«

»Tun Sie das, Frau Doktor — ich kann es Ihnen nur empfehlen.«

»Mit Ihren Empfehlungen könnten Sie sich . . .! Ich will damit gesagt haben: Opfer — ja! Aber nur sinnvolle! Glotzen Sie mich nicht so erbarmungswürdig dämlich an — Sie haben kein Recht dazu. Vielmehr sollten gerade Sie in der Lage sein, mich und meine Beweggründe voll zu verstehen.«

»Warum gerade ich?«

»Weil Sie, Volksgenosse Forstmann, wenn ich richtig informiert bin — HJ-Führer gewesen sind! Und hoffentlich stolz darauf!«

»Das«, bestätigte prompt Forstmann, wobei er sich hoch aufrichtete, »kann man wohl sagen!«

»Na also! Und wenn das so ist, dann sind Sie mein Mann!«

»Ihr was — bitte?«

»Wenn ich ›mein Mann‹ sagte, dann meine ich das symbolisch«, erklärte sie, Forstmann näher auf die Haut rückend — wobei er nicht ausweichen konnte; er stand schwer atmend mit dem Rücken gegen einen Aktenschrank gelehnt. »Ich appelliere an Ihre großdeutsche Gesinnung!«

»Und wie, bitte, stellen Sie sich das praktisch vor?«

»Ganz einfach«, versicherte sie. »Sie wissen, daß wir hier, sozusagen direkt im Auftrag der Partei, kulturell höchst wichtige Aufgaben zu erfüllen haben. Um aber die erledigen zu können, müssen wir auf ausreichenden Unterkunftsverhältnissen bestehen – also auf der Wohnung des Schloßverwalters! Denn zumindest, das werden Sie uns zugestehen, haben wir doch wohl Anspruch auf eine gut funktionierende Toilette – oder etwa nicht?«

»Die gönne ich Ihnen – durchaus!«

»Dann müssen Sie auch was dafür tun! Als Parteigenosse sind Sie dazu verpflichtet. Oder sollten ausgerechnet Sie in den Verdacht geraten wollen, die Gründung eines Bordells zu unterstützen?«

»Da sei Gott vor – beziehungsweise unser Führer!« versicherte Forstmann fast feierlich. »Aber von wem haben Sie das alles? Doch nicht etwa von diesem Gefreiten Bergen?«

»Dieser uns zugeteilte Gefreite Bergen erfreut sich keineswegs meiner uneingeschränkten Wertschätzung. Denn auch der redet lediglich herum – also steckt auch in ihm ein Waschweib, wie in den meisten Männern. Dennoch will ich annehmen, daß es hier auch Ausnahmen gibt – wie etwa Sie! Oder irre ich mich?«

»Ich bemühe mich!«

»Das will ich stark hoffen, Parteigenosse Forstmann – ich verlasse mich auf Sie! Enttäuschen Sie mich nicht!«

»Meine lieben, sehr verehrten Damen«, verkündete der Unteroffizier Softer geschäftig. »Nun ist es endlich soweit! Jetzt dürfen Sie mal zeigen, daß Sie der Einsatzfreudigkeit unserer Batterie – die eine der allerbesten Großdeutschlands ist – in so gut wie nichts nachstehen!«

Vor Softer saßen, dicht nebeneinander auf einem weinroten Brokatsofa, die drei von ihm engagierten Damen. Ihn vertrauensvoll anblickend. Geschäft war Geschäft.

In der Mitte: Marie-Antoinette – blendend proportioniert, ohne jedes überflüssiges Fleisch, von wohltuender Selbstverständlichkeit; sie saß da wie in einem Eisenbahnraum erster Klasse, lässig, darauf wartend, wann der nächste Zug abging. Rechts von ihr: Margot – unendlich geduldig, doch stets einsatzbereit, mit wirksam verschleiertem Blick und der Verlockung naiver Kindlichkeit. Dann links davon: Susanne – von verschwenderischer Fülle, mit Renoirhüften, aber dem mißtrauisch prüfenden Blick Pariser Hausverwalterinnen.

Hinter Softer stand Neumann, der Sanitätsobergefreite – hier so etwas wie ein Hausverwalter. »Einsatzgruppe voll startbereit!« versicherte er. »Gesundheitszustand der Damen bestens – erst vor einer knappen Stunde überprüft; von mir persönlich. Handarbeit!«

»Dieser Neumann ist eine alte Sau«, stellte Marie-Antoinette gelassen fest. »Aber warum soll er nicht – falls sich das auszahlt.«

»Selbst eine alte Sau!« rief der Sanitätsobergefreite gemütlich –

durch nichts und niemand zu beleidigen, was er stets gerne demonstrierte. »Wo ich doch nichts wie meine Pflicht und Schuldigkeit getan habe – wozu auch Abstriche und so was gehören. Schließlich weiß ich, was ein Wassermann-Test ist.«

»Ersparen wir uns das!« rief Softer grinsend aus. »Hier handelt es sich in erster Linie um ganz handfeste Leistungen, die dann auch entsprechend honoriert werden. Auch dabei muß, bei aller Großzügigkeit, alles seine Richtigkeit haben!«

»Also steht uns auch das zu«, erkundigte sich Marie-Antoinette höflich interessiert, »was gemeinhin Trinkgeld genannt wird?«

»Manchmal«, erklärte Margot leicht verschämt, »gelingen mir Sonderleistungen – was einiges mit Sympathie zu tun hat. Sollte ich dabei leer ausgehen? Hoffentlich nicht!«

»Vertrag, meine ich, ist schließlich Vertrag«, stellte Susanne sachlich fest. »Und die gebotenen Preise dafür entsprechen soliden Durchschnittsleistungen. Das sind Abmachungen, an die man sich halten kann. Ich jedenfalls bin bereit, mich daran zu halten – nicht zufällig habe ich deutsch-elsässisches Blut in den Adern. Das verpflichtet – zumindest mich!«

»Ich sehe schon, meine Damen, daß wir glänzend miteinander auskommen werden«, versicherte Unteroffizier Softer. Dabei schob er Neumann in den Hintergrund, was der sich ohne Murren gefallen ließ. »Und eben deshalb, meine Damen, dürfen Sie versichert sein, daß Ihnen alle erdenkliche Großzügigkeit zuteil werden wird – schließlich haben Sie es hier mit Siegern zu tun! Und wie ich Sie kenne, werden Sie alles tun, deren hohe Gefühle entsprechend zu würdigen.«

»Ich freue mich darauf«, versicherte Margot sanft.

»Ich nehme stark an«, erklärte Susanne, »unser Einsatz wird sich in jeder Hinsicht lohnen.«

»Womit wir wieder beim Trinkgeld sind«, stellte Marie-Antoinette beharrlich fest. »Was also ist damit?«

Worauf Softer beruhigend erklärte: »Normalerweise bringt jeder Besucher einen Bon mit – der wird von mir ausgestellt, vom Obergefreiten Neumann abgezeichnet und von Wachtmeister Moll innerhalb von vierundzwanzig Stunden honoriert. Standardleistung dafür: dreißig Bereitschaftsminuten – innerhalb deren eine voll abgeschlossene Rammelei! Doch darüber hinausgehende sonstige materielle oder finanzielle Gunstbeweise der jeweiligen Partner werden von mir als Privatangelegenheit unserer Damen betrachtet.«

Marie-Antoinette warf Softer spontan eine Kußhand zu. Margot lächelte zufrieden vor sich hin. und Susanne nickte energisch zustimmend.

»Jeder Preis durch entsprechenden Fleiß!« rief Softer anfeuernd aus. »Wobei ich in Besonderheit heute abend um überzeugende Einsatzbereitschaft bitte — zumal dabei ausnahmsweise alles auf meine Kosten geht. Es handelt sich um eine Art Sympathiewerbung — um den wirksamen Abbau eventueller Vorurteile. Werft also die Kerle aufs Kreuz, Mädchen — haut sie um!«

»Werden auch Offiziere kommen — etwa dieser Hauptmann?«

»Möglich«, meinte Softer grinsend, »ist schließlich alles bei uns. Aber wir wollen ja nicht gleich das Schlimmste annehmen — hier soll es sich um ein möglichst ungetrübtes Vergnügen handeln! Dennoch, meine Damen: seien Sie stets darauf gefaßt, daß es nichts gibt, was es bei uns nicht geben könnte!«

Der Hauptmann betrat die Schreibstube seiner Batterie. Er betrachtete — gereckt dastehend — die dort Anwesenden: den pudelartig ergebenen Forstmann und eine walkürenhafte Dame, die Werner-Weilheim. Aufmerksam prüfend kniff Hein bei deren Anblick die Augen zusammen.

»Keine besonderen Vorkommnisse, Herr Hauptmann!« meldete Forstmann lautstark und straff — wobei sich seine Stimme fast überschlug. »Zur Zeit stattfindend: Unterredung mit Frau Dr. Werner-Weilheim von der Forschungsgruppe. Betreffend: anfallende Verwaltungs- und Organisationsfragen.«

Der Hauptmann hob ein wenig die rechte, mit mausgrauem Wildleder bekleidete Hand — eine karge Geste, die eindeutig besagte: halten Sie die Schnauze, Mann! Hierauf wendete sich Hein der Werner-Weilheim zu und musterte sie lässig — wortlos nach wie vor.

»Spreche ich mit Herrn Hauptmann Hein?« wollte sie wissen.

Der nickte kurz und deutete dann eine Verbeugung an. Wobei sein Gesicht völlig regungslos blieb, doch seine Augen auffunkelten — als wären in ihnen Schneekristalle, auf die Sonnenlicht fiel. Und nach wie vor schien er es für überflüssig zu halten, irgendein Wort zu verlieren.

»Herr Hauptmann«, erklärte Frau Dr. Werner-Weilheim steif, »ich sehe mich gezwungen, die Andeutungen dieses Unteroffiziers zu korrigieren. Denn bei unserer Unterredung hat es sich nicht nur um allgemeine Verwaltungsangelegenheiten gehandelt, sondern um grundsätzliche Fragen, wozu auch jene der Moral gehören. Wir, unsere Forschergruppe, haben hier eine Spezialaufgabe zu erfüllen — wozu auch möglichst normale Wohnverhältnisse gehören. Wovon ich auch, wie ich sehr hoffe, diesen Unteroffizier habe überzeugen können.«

»Im Grundprinzip durchaus«, stimmte Forstmann zu, »aber natürlich nur im Rahmen unserer speziellen Möglichkeiten — habe ich erklärt. Wobei es allerdings den Anschein hat, daß die Toilettenverhältnisse im Glashaus, dem sogenannten Pavillon, als nahezu katastrophal bezeichnet werden können.

Er verstummte unter den scharfen Blicken seines Hauptmanns, der sich langsam, ohne den Unteroffizier aus den Augen zu lassen, seine mausgrauen Wildlederhandschuhe auszog. Worauf er diese, mit locker herabhängendem Arm, gegen seine Reithosen schlug. Sodann blickte er, wie mit zunehmendem Interesse — aber immer noch ohne ein Wort gesprochen zu haben — die Werner-Weilheim an.

»Herr Hauptmann«, sagte sie, dabei gepreßt atmend und bestrebt, seinem Blick nicht auszuweichen, »auf die Toilettenverhältnisse allein kommt es hier nicht an! Wir sind nicht sonderlich verwöhnt, wir erwarten keinerlei unangebrachte Bevorzugung, wir ordnen uns vielmehr den zeitbedingten Gegebenheiten bereitwillig unter. Jedoch — bewußt benachteiligen lassen wir uns nicht! Wir lassen uns nicht — um nun, gezwungenermaßen, ganz deutlich zu werden — von irgendwelchen Huren verdrängen!«

Hauptmann Hein begann nun andeutungsweise zu lächeln. Und gedehnt sagte er: »Gnädige Frau! Es ist mir eine Ehre, Ihre Bekanntschaft zu machen. Ich bitte um die Erlaubnis, Sie zum Abendessen einladen zu dürfen — Sie und Ihre Mitarbeiter. Um acht Uhr — wenn es Ihnen recht ist.«

»Da wird sich doch nicht etwa noch in allerletzter Minute irgendeiner querlegen wollen?« verlangte Softer besorgt zu wissen. »Aber falls das einer versuchen sollte, dann trete ich dem in den Arsch — und wenn der zu einem Offizier gehören sollte!«

»Nur keinen überflüssigen Wind unter diversen Hemden!« sagte Hauptwachtmeister Krüger. »Alles läuft doch bestens! Und wenn auch scheinbar auf krummen Wegen — an das von uns vorbestimmte Ziel kommt unsere Herde allemal.«

»Deine Nerven möchte ich haben!« rief Softer aus, anerkennend und anfeuernd zugleich. »Aber du wirst deinen Schießbudenverein schon auf Vordermann bringen! Doch dieser Forstmann, Mensch — der ist vielleicht ein kapitaler Hammel!«

»Auch dem werden wir die Hammelbeine schon langziehen!« meinte Krüger gemütlich. »Wir könnten ihn auch schlachten — aber dafür ist der noch nicht fett genug. Also — mästen wir ihn!«

»Aber noch ungleich gefährlicher, Krüger, scheint mir dieser Bergen zu sein! Hat der doch ganz offensichtlich diese verrückte Sau, die Werner-Weilheim, aufgehetzt — gegen mich! Gegen mein spezielles Projekt! Dieser Schweinehund pinkelt heimtückisch gegen meinen Puff an. Und nicht unwirksam! Einfach nicht auszudenken, wenn diese Klamauktype irgendwann einmal Schützenhilfe erhalten sollte — etwa durch den Oberleutnant Minder...«

»Dieser Minder«, erklärte der Hauptwachtmeister souverän, »wird sich hüten, mich anzubellen; der frißt mir aus der Hand, wenn ich das verlange — denn ich weiß zu viel von ihm. Und dieser Forstmann ist doch nichts wie ein Arschloch — vergolden wir das! Was aber diesen Bergen anbelangt — so habe ich von Anfang an gespürt, daß der reif für diverse Sonderbehandlungen ist. Und die soll er haben.«

»Ich danke dir!« versicherte Softer. »Denn ich würde mir vor Wut in den Hintern beißen, wenn es gelingen sollte, mein Lebenswerk zu zerstören. Das ertrage ich nicht! Dagegen wehre ich mich mit Hand und Fuß — und mit sonstigen Organen, falls irgendwie notwendig.«

Krüger — im hintersten Verpflegungsraum sitzend — lachte schallend auf. »Komm mir doch nicht mit so was, Kumpel — wir sind hier ganz unter uns. Dein Puff ist dir so gut wie sicher! Zur Zeit speist der Hauptmann — was nichts wie ein glattes Ablenkungsmanöver ist — mit diesen amtlichen Leichenausgräbern. Und was Forstmann anbelangt — der will im Grunde nichts wie pimpern! Wenn der Schwierigkeiten macht, so doch nur, um schneller nach Darmstadt zu gelangen. Und dafür solltest du sorgen.«

Dazu war denn auch Softer bereit. Er hatte sogar schon entsprechend vorgesorgt. Er bat das halbe Dutzend maßgeblicher Kameraden des inneren Kreises zu sich und empfing sie zwischen geöffneten Flaschen. Er schenkte großzügig ein und setzte dann zu einer Erklärung an.

»Liebe Kameraden«, sagte er ermunternd, »heute ist für uns ein großer Tag — beziehungsweise beginnt nunmehr eine große Nacht. Und an die wird so mancher, da bin ich sicher, selbst noch nach Jahren freudig zurückdenken!«

»Was aber erst«, meldete sich Wachtmeister Arm, »durch mein großzügiges Entgegenkommen ermöglicht worden ist! Denn ohne die Zurverfügungsstellung meines Glashauses würde jetzt dieses Monstrum, die Werner-Weilheim, im vorgesehenen Puff pennen — was man sich mal illustriert vorstellen muß!«

»Davor bewahre uns der liebe Gott — oder eben der geliebte Führer — oder unser verehrter Hauptmann Hein!« Softer scherzte freudig — die festliche Einweihung des Hauses schien gesichert. »Jedenfalls hast du dich, lieber Kamerad Arm, um unsere Batterie verdient gemacht. Und deshalb gebührt dir auch die offizielle Eröffnungsnummer dieses Unternehmens. Das beste Pferd im Stall — Marie-Antoinette — steht, beziehungsweise liegt, dir zur Verfügung.«

»Verbindlichen Dank«, erklärte der Schirrmeister sichtlich geschmeichelt — wobei er sich verbeugte und zugleich bescheiden abwehrend die Hände hob: hatten doch einige applaudiert! »Aber schließlich weiß ich, was sich gehört — ich möchte unserem verehrten Hauptwachtmeister den Vortritt lassen.«

»Arm, mein Lieber«, sagte Krüger kameradschaftlich-verbindlich, »das ist ja geradezu groß gedacht, aber unnötig! Ich bin hierbei schließlich, wenn auch nur indirekt, so etwas wie ein Hausherr — du aber bist sozusagen rangältester Ehrengast.«

»Wenn das so gesehen wird«, erklärte Arm, der Wachtmeister, sich erhebend, »dann nehme ich das Angebot, dieses Institut zu eröffnen, dankbar an.«

»Als weitere Teilnehmer der Eröffnungsrunde«, verkündete Softer mit Ausruferstimme, »sind vorgesehen: Unteroffizier Kaminski — als Kraftfahrer des Chefs hierbei sozusagen dessen Stellvertreter. Für ihn ist die Dame Margot reserviert.«

»Wird geritzt!« stimmte Kaminski zu, wortkarg wie immer.

»Sodann: unser Kamerad Forstmann! Er reitet für Deutschland — auf Susanne.«

»Danke«, sagte Forstmann. »Aber ich lege — aus weltanschaulichen Gründen — keinerlei Wert darauf.«

»Nicht doch, nicht doch!« rief Softer, »du willst hier doch nicht etwa den Spielverderber mimen?«

»Das sieht ja fast so aus, als ob der versucht, sich unserer kameradschaftlichen Gemeinschaft zu entziehen?« meinte vorwurfsvoll der Rechnungsführer, Wachtmeister Moll. »Und das sogar, wo ihn die ganze Chose keinen Pfennig kostet! Das ist ja geradezu verschmähte Gastfreundschaft — also alles andere als germanisch!«

»Es ist einfach idiotisch!« meinte Arm robust verächtlich. »Es sei denn, er kann nicht — was ich für möglich halte.«

»Eine derartige Verdächtigung verbiete ich mir!«

»Dann beweise das Gegenteil — die Gelegenheit ist günstig.«

»Hier«, rief Forstmann, »geht es schlicht um meine Prinzipien!«

»Was aber darunter zu verstehen ist«, schaltete sich Hauptwachtmeister Krüger gelassen ein, »bestimme in meinem Bereich noch ich! Oder bezweifeln Sie das etwa, Forstmann? Das müßte ich dann als mangelnde Bereitschaft zur Zusammenarbeit auslegen. Sogar als Diffamierung unseres Kameradenkreises. Wollen Sie es unbedingt darauf ankommen lassen? Mann — wir beide sitzen doch abwechselnd auf dem gleichen Schreibtischstuhl, so was muß doch irgendwie abfärben. Oder?«

»Nun ja — ja!« stammelte Forstmann. »Wenn unbedingt darauf bestanden wird . . .«

»Freiwillig — oder gar nicht! Und dann niemals mehr.«

»Dann melde ich mich sozusagen als Freiwilliger.«

»Also nichts wie vor, hinauf und hinein!« Softer klatschte Beifall — und die Anwesenden grinsten. »Start frei, Kameraden!«

»Meine Damen! Mein Herr!« Hauptmann Hein sagte das so mechanisch, als habe er es auswendig gelernt. Er sah niemand dabei an. Sein ernstes Gesicht strahlte erzengelhaft im Kerzenlicht. »Ich danke

Ihnen für Ihr Erscheinen und freue mich über Ihre Bereitschaft, dieses Abendessen mit mir zu teilen. Möge es Ihnen wohl bekommen – die Vorspeise, bitte.«

Hein saß – wie üblich – an der oberen schmalen Seite des langen Tisches im Bankettsaal. Zwei siebenarmige Leuchter standen rechts und links vor ihm – und jeweils einer war vor jedem Gast aufgestellt. Der Hauptmann hatte seine Galauniform angezogen – Nachtblau, feuerrote Kragenspiegel, blütenweiße Wäsche. Er lächelte permanent.

Rechts von ihm hatte – wenn auch in einer Entfernung von nahezu drei Metern – Frau Dr. Werner-Weilheim Platz nehmen dürfen, in einem dunkelbraunen Seidenkleid mit weißlicher Halskrause; schwer atmend immer noch. Der Hauptmann hatte ihr zur Begrüßung die Hand geküßt, in vollendeter Form, was sie freudig erröten und auf längere Zeit verstummen ließ. Links, ihr gegenüber, saß Elisabeth Erdmann, mit fast heraushängendem Busen, sich ungeniert dehnend im mohnroten Hochsommerkleid. Rabenschwarz dagegen war Professor Magnus gewandet, der an der unteren Schmalseite des Tisches hockte – er wirkte, als sei er kurz davor, einzuschlafen.

»Meine Damen! Mein Herr!« sagte plötzlich Hauptmann Hein noch einmal mit sanfter, fast singender Stimme. »Sie sehen mich gezwungen, repräsentieren zu müssen. Mein Herz ist nicht recht dabei. Während der Schlachten des Polenfeldzuges habe ich mit meinen Soldaten schlichtes Schwarzbrot geteilt; das entsprach meiner Art weit mehr. Aber ich zögere nicht, mich den Forderungen der Stunde zu beugen. Schließlich haben wir hier einzigartige Siege errungen, was nun einmal verpflichtet...« Er verstummte so unvermittelt, wie er begonnen hatte.

Kaviar gehörte mit zur Vorspeise – ebenso wie Hummer, Langusten und Weinbergschnecken. Sie wurden auf ovalen, dickbauchigen Silberplatten serviert. Der Soldat Schubert bediente ausschließlich seinen Hauptmann – in den Pausen dazwischen stand er hinter dessen Lehnstuhl. Die drei Gäste bediente der auf Anregung von Schubert dafür eingeteilte Gefreite Bergen, mit leiser, gelegentlich wie lauernder Aufmerksamkeit. Die Organisation Softer hatte den Speisenaufzug prall gefüllt mit etlichen von Frankreichs erlesenen Spezialitäten – der ausgeliehene Chefkoch vom Hotel de France hatte sie in vielstündiger Anstrengung angerichtet.

Nach der Vorspeise wurde der Zwischengang serviert: Fischklöße vom Hecht, in Rahmsauce, mit Champignons und Morcheln. Sodann, als kulinarischer Höhepunkt, der Hauptgang: Ente mit Orangen; beziehungsweise, je nach Wahl, Hahn in Burgunder; oder aber Tauben in Cognac. Sie wählten sorgfältig und speisten fast andächtig. Zumindest schweigend von Hein betrachtet.

Und während die langhaarige, glatthäutige, vollfleischige Elisabeth

Erdmann Heins speziellen Bedienten, den schönen Schubert, mit steigendem Interesse musterte, während die Werner-Weilheim, unentwegt glühend, ihren spätestens nach dem Handkuß als verehrungswürdig empfundenen Hauptmann kaum noch aus dem Blickfeld ihrer Kuhaugen ließ — währenddessen schien der Professor Magnus langsam aus seinem Halbschlaf zu erwachen. Er sagte: »Ein wahrhaft königliches Souper, Herr Hauptmann — und damit diesem Ort durchaus angemessen.«

»Diesem Ort?« fragte der Hauptmann leicht verwundert. »Wie meinen Sie das, bitte?«

»Hier — in der Grabkirche — ruhen einige Jahrhunderte französischer Geschichte.«

»Ausgerechnet hier?« fragte Hein interessiert weiter. »In diesen verwahrlosten Steinkästen? Vermuten Sie das lediglich oder sind Sie sicher?«

»Absolut sicher — eben deshalb sind wir ja hier! Hier fand sich, um zu sterben und begraben zu werden jahrhundertelang eine Elite des glorreichen Frankreich ein.«

»Elite«, meinte Hein, »sind wir auch — oder nicht?«

»Diese aber hat Geschichte gemacht.«

»Eine Geschichte, unter die wir einen Schlußstrich gezogen haben!« erklärte Hein. »Und zwar endgültig!«

»Sehr richtig! Bravo!« stimmte die Werner-Weilheim spontan zu. »Sie haben klar erkannt, Herr Hauptmann, worum es sich hierbei tatsächlich handelt — um einen einzigartigen historischen Vorgang. Um ein weltgeschichtliches Ereignis, das uns endlich die seit Jahrhunderten verdiente Vorrangstellung in Europa verschafft hat.«

»Sehr verehrte, gnädige Frau — wir verstehen uns.« Der Hauptmann versicherte das feierlich, wobei er sein Glas hob, Frau Dr. Werner-Weilheim entgegen. »Auf fruchtbare Zusammenarbeit!«

Elisabeth Erdmann gähnte ungeniert; sie dehnte sich, so daß ihr Busen herauszurutschen drohte — wobei sie den hinter Hauptmann Hein stehenden Schubert wie eine verlockende Nachspeise zu betrachten schien. Sie hob ihre Hand und winkte ihn zu sich — doch der beharrte steif auf seinem Platz und war bestrebt, sie zu übersehen.

An seiner Stelle erschien der aufmerksame Bergen und schenkte ihr Champagner ein — wobei er sich tief vorbeugte. Elisabeth zwinkerte ihm zu, hielt es aber für ratsam, nichts zu sagen; denn der Hauptmann hatte sich nun nicht nur aufgerichtet, er hatte sich hochgereckt. Er schien, wie gebannt, einmal wieder in weite Fernen zu blicken — und die Werner-Weilheim starrte ihn an, als genieße sie ein hinreißendes Erlebnis.

Und Hein wollte wissen: »Jahrhunderte von Frankreichs Glorie, oder auch Gloire — hier? In diesen Mauern? Tatsächlich?«

»In diesen Mauern!« versicherte Professor Magnus, während sein

Silberhaar im Kerzenlicht aufleuchtete. »Auf engstem Raum! Außerordentliche menschliche Tragödien, Triumph und Tod, Sieg und Sterben, der Ruhm und die Vergänglichkeit — nichts fehlt! Ja, sie haben sich in diesen Räumen eingefunden, um zu sterben, sobald erkannt worden war, daß sie unvermeidlich ihrer letzten Stunde entgegengingen. Verhinderte Könige darunter, machtbewußte Herzöge, vielbewunderte Kirchenfürsten — und sieggewohnte Feldherren!«

»Feldherren auch?« fragte der Hauptmann. »Heroische Persönlichkeiten?«

Magnus, der Leiter dieser Forschergruppe, nickte bedächtig. Er galt als erkannte Kapazität der französischen Geschichte des 17. und 18. Jahrhunderts — zugleich aber galt er, im jetzigen Deutschland des 20. Jahrhunderts, als verdächtig liberaler Wissenschaftler. Denn ihm war es nicht gegeben, den unaufhaltsamen Aufstieg großgermanischer Weltwerte im ganzen Ausmaß rechtzeitig zu erkennen. Und eben deshalb war er nicht in Paris, Orleans oder Fontainebleu eingesetzt, sondern hier nach D. abgeschoben worden. Worunter jedoch — wie gerade jetzt — sein ausgeprägtes, doch stets nur heimliches Vergnügen an historischen Eulenspiegeleien nicht zu leiden brauchte.

»Zumindest«, versicherte der Professor, angesichts der ihm nun von Bergen gereichten Käseplatte kennerisch schnuppernd, »hat es in diesem Bereich ein einzigartiges Genie des Krieges gegeben — Charles Louis, Herzog von Orleans.«

»Karl und Ludwig also!« Der Hauptmann sagte das sehr verhalten. Und dann bekannte er, mit leiser Eindringlichkeit: »Das sind auch meine Vornamen!«

»Welch ein schöner Zufall!« rief die Werner-Weilheim, prompt entzückt.

»Es muß nicht nur ein bloßer Zufall sein«, meinte Magnus versonnen.

»Da stimme ich Ihnen zu!« bestätigte Frau Werner-Weilheim bereitwillig.

Der Hauptmann schenkte dieser Dame erneut einen anhaltenden, dankbaren, würdigenden Blick — worauf die Frau Doktor, geradezu hold, abermals errötete. Schubert beeilte sich, das leere Glas von Hein wieder vollzuschenken — während sich Bergen, und diesmal noch tiefer, über Elisabeth Erdmann beugte.

Professor Magnus zerteilte bedächtig seinen Käse — er hatte, aus dem Angebot von sechzehn Sorten, einen zerlaufenden Camembert ausgewählt, dazu eine Ecke Brie und zwei Scheiben Roquefort. Wobei er lächelte — er schien ausschließlich auf seinen Käse konzentriert zu sein.

Er dozierte dabei: »Dieser Charles Louis, Herzog von Orleans, ist — im hundertjährigen Krieg gegen England — eine der strahlendsten Erscheinungen dieses Kontinents gewesen. Er habe, so hieß es, weder

Gott noch Teufel gefürchtet — todesmutig stürzte er sich jeder noch so großen Übermacht entgegen! Bis zu seinem Ende.«

»Starb er — den Heldentod?« wollte Hein verhalten wissen.

»Ein Sarg mit seinen Initialen steht in der Grabkirche«, erklärte der Professor, seinen Käse genießend. »Aber der soll leer sein. Doch in den Sagen seines Volkes heißt es, dieser Herzog werde irgendwann einmal wiederkommen. Um das große westliche Reich zu gründen.«

»Ich«, bekannte Hauptmann Hein, »verstehe das — ja, das begreife ich. Es ist der ewige Mythos vom unsterblichen Helden.«

»Ihr ausgeprägter Sinn für das eigentlich Wesentliche«, versicherte die Werner-Weilheim mit hochtemperierter Herzlichkeit, »ist unverkennbar — darauf kommt es, in einer Zeit wie dieser, in allererster Linie an.«

Der Hauptmann erhob sich hierauf, umschritt den Tisch, bewegte sich auf die Frau Doktor zu,blieb vor ihr stehen, sie anerkennend betrachtend. Ergriff dann ihre Hand, küßte sie abermals. Sagte danach: »Solange es noch solche deutsche Frauen gibt, haben alle Entbehrungen einen Sinn! Gnädige Frau — ich danke Ihnen!«

»Ich Herr Hauptmann Hein, habe zu danken!« versicherte die Werner-Weilheim. »Ja, Sie wissen eben noch, in welchem Ausmaß Geschichte zu verpflichten vermag!«

»Genau das — und nur das — wird hier, in meinem Bereich, praktiziert. Tagtäglich! Nichts anderes sonst, dafür sorge ich! Ich könnte sonst diese Luft nicht atmen!«

»Ich bin Susanne«, sagte das fleischige Wesen einladend, »Wie wollen Sie es denn haben?«

»Was — bitte?« fragte Forstmann höflich.

»Nun — das, wozu Sie hergekommen sind!«

Unteroffizier Forstmann hatte sich im hinteren Zimmer der Schloßverwalterwohnung, von Neumann geschäftig geleitet, eingefunden. Er erblickte ein breites Bett und, unmittelbar davorstehend, dieses prallweibliche Wesen, das sich ihm als Susanne vorstellte.

Er versuchte, sie nicht anzusehen. Seine Augen schweiften ab und registrierten, schnell hintereinander: ein Waschtisch, darauf eine Porzellanschüssel, voll mit Wasser gefüllt. Unmittelbar daneben, sorgfältig über eine Stuhllehne gebreitet, zwei frisch gewaschene Handtücher. Dazu Seife — ebenfalls zwei Stück; eins hellblau, eins rosarot. Also, stellte er fest, alles bestens organisiert.

»Aber es muß ja nicht sein«, meinte Forstmann, ein wenig mühsam.

»Gefalle ich Ihnen denn nicht?« fragte Susanne erstaunt. »Das will ich doch nicht hoffen!«

»Das ist es nicht«, versicherte der Unteroffizier, was sehr ehrlich klang. Er blickte dabei auf einen Hocker neben dem Bett, auf dem weibliche Kleidungsstücke lagen: Kleid, Unterrock, Büstenhalter. Mithin mußte diese Susanne, mutmaßte Forstmann, wohl nur noch mit einem Höschen bekleidet sein. Er überzeugte sich davon mit schnellem Blick — es war tatsächlich so. Und er sagte: »Sie sind — sehr schön!«

»Warum kommen Sie dann nicht zu mir?« Susanne sagte das geschäftig. »Sie gefallen mir auch!«

»Tatsächlich?« fragte der Unteroffizier nicht unerfreut — doch ohne sich zu bewegen. »Aber ich möchte Sie nicht unnötig belästigen — aus Prinzip nicht!«

»Was ist das, bitte, für ein Prinzip?«

Forstmann bewegte rudernd seine Hände. Er hatte Mühe, sich zu beherrschen — zumal er registrieren mußte: diese Person legte sich vor ihm hin, mitten auf das breite Bett, ihn anlächelnd; wobei sie jedoch die Beine artig geschlossen hielt. Und fast heftig stieß er hervor: »Ich bin, müssen Sie wissen, ein Mensch mit Überzeugungen — ein überzeugt deutscher Mensch!«

»Dafür«, versicherte Susanne bereitwillig, »habe ich schon Verständnis, komm nur her!«

»Nein!« rief Forstmann, heftig abwehrend, aus. »So einfach ist das nicht — nicht für mich! Doch das wird dein Schaden nicht sein, du sollst dabei auf deine Kosten kommen — auch ein Sonderhonorar wird gerne bewilligt. Du mußt nachher nur sagen: er hat es getan!«

»Aber warum willst du es nicht tun?« Susanne lächelte ihm entgegen. »Weil dein Herz nicht dabei ist? Warum eigentlich nicht? Im Grunde bin ich doch genauso wie du — ich fühle, wie du fühlst. Du wirst es schon spüren.«

Forstmann bewegte sich, wie magisch hingezogen, auf sie zu. Beugte sich über sie, wobei er verkündete: »Bei mir muß immer alles denkbar korrekt sein — verstehst du: eben deutsch!«

»Wem sagst du das!« rief Susanne aus, ihn zu sich hinabziehend, ihn mit Armen und Beinen umklammernd. »Auch ich, mußt du wissen, denke — als gebürtige Elsaß-Lotringerin — an unsere Gemeinsamkeiten.«

»Daher also dein gutes Deutsch! So was erleichtert natürlich vieles! Und du meinst das ehrlich?«

»Überzeuge dich davon!«

Forstmann beugte sich, nun bereits kniend, tiefer über sie. Schwer atmend sagte er dabei: »Du denkst also deutsch — und tust so was! Schämst du dich denn nicht?«

»Warum sollte ich das — wenn ich es doch mit dir tue!«

»Aber auch mit anderen!«

»Die sind jedoch — wie du und ich — deutsche Menschen!« Susanne lächelte ihn an und zog ihn auf sich. »Wir leben in einer großen Zeit — aber warum soll das nicht auch eine gute Zeit sein — für Menschen wie dich und mich! Es kommt doch dabei wohl nur darauf an, daß jeder, auf seine Weise und an seinem Ort, wirklich einsatzbereit ist!«

»Wie gut, wie gut!« rief Forstmann, sich in ihr bewegend. »Wir — verstehen uns!«

»Jetzt«, ächzte Susanne, »könnte ich Heil Hitler schreien!«

»Tu das!« stöhnte er, sich entströmend. »Tu das!«

Und das tat sie dann auch.

Was ihn zutiefst beglückte. Völlig entkräftet fiel Forstmann über ihrem Leib zusammen, blieb einige Zeit darauf liegen. Murmelte dann, den Mund zwischen ihren Brüsten: »Du — du hast mich überzeugt!«

»Der Sinn der Geschichte«, sagte Hauptmann Hein im Bankettsaal, während dort die Nachspeisen serviert wurden, »ist es doch wohl, sich sinnvoll in unsere Gegenwart einzufügen.«

»Was ja dann auch geschieht — besonders hier«, erklärte Professor Magnus ungeniert. Dabei ließ er sich Ananasscheiben in Kirschwasser servieren — und begehrte danach, einen Cognac zu trinken; sodann Kaffee, diesen jedoch auf italienisch-römische Art: schwer, dick, betörend duftend. »Denn hier, in diesem D. — davon bin ich überzeugt — begegnen sich die Geister! Doch warum? Um sich zu scheiden? Um sich zu vereinigen?«

Die Frau Doktor Werner-Weilheim lächelte Hein zu. Sie meinte neutralisierend: »Auch wenn sich hier unerhörte Dinge ereignet haben sollten — was aber wohl erst noch exakt bewiesen werden muß —, so frage ich mich: sind sie denn wirklich bedeutsam gewesen? Etwa im Hinblick auf alles das, was in diesen Tagen mit uns geschieht?«

»Wie wahr!« bestätigte Hein. »Denn wir befinden uns in dem wohl größten Spannungsfeld der bisherigen Weltgeschichte.«

Er bedeutete Schubert, sein Glas zu füllen. Das geschah, während die Erdmann mit süchtig suchenden Blicken ihre Umgebung abzutasten schien — einmal Schubert, dann aber auch Bergen, diesen jedoch weitaus flüchtiger. Über den Professor, den Hauptmann, die Werner-Weilheim blickte sie hinweg. Sie sah dann, mit leicht verengten Augen, zu jenem Gemälde hin, das an der Rückwand dieses Bankettsaales hing — auf dem der dort gemalte Tod zwei Schußlöcher aufwies; mitten in den Augenhöhlen.

»Lassen Sie sich nicht ablenken«, empfahl der sie bedienende Gefreite Bergen flüsternd. »Hier geht es um frisches Blut — nicht um alte Ölfarben.«

Sie sah ihn mit großen Augen an. »Was wissen Sie denn schon, was mich wirklich interessiert?« antwortete sie ihm, gleichfalls flüsternd – mit undeutbarem Lächeln.

Währenddessen hatte sich die Frau Doktor, alle Aufmerksamkeit auf sich ziehend, erhoben – vermutlich durch den dreißig Jahre alten Cognac beflügelt, von dem sie sich bereits zum dritten Mal hatte nachschenken lassen. Sie schwenkte ihr Glas Hauptmann Hein entgegen und erklärte beglückt: »Das es so was wie Sie noch gibt!«

»Es gibt mich«, sagte der. Worauf er sich erhob, ein wenig starr, doch mit beherrschten Bewegungen, und sich verneigte. Vor der Werner-Weilheim.

Und diese rief fast feierlich aus: »Ein Glücksfall!«

»Auch für mich!« versicherte prompt Professor Magnus, sich ebenfalls erhebend. »Denn Sie, Herr Hauptmann, haben den eigentlichen Sinn der Geschichte erkannt, die in der Tat nur Wert und Bestand hat, wenn sie in die Gegenwart hineinzeugt.«

»Was hier geschieht«, sagte Hein, »in unserem Deutschland, das muß und wird der Höhepunkt und die Vollendung einer vieltausendjährigen Geschichte sein!«

»Wie in einem Brennglas«, rief Professor Magnus, »vereinigen sich hier die strahlendsten Manifestationen unseres Abendlandes. Kurz gefaßt etwa: Hermann der Cherusker – Karl der Große – Goethe – natürlich Hitler; aber auch der Herzog von Orleans mit den Vornamen Charles und Louis!«

»Trinken wir darauf!« sagte der Hauptmann Karl Ludwig Hein, den Bruchteil einer Sekunde lang leicht schwankend. Doch mit fester Hand bewegte er sein Glas – der Frau Doktor Werner-Weilheim, dem Professor Magnus entgegen. »Wir sind geboren«, rief er aus, »um uns zu bewähren.!«

Magnus ließ sich auf seinen Stuhl fallen – wobei er, katerhaft befriedigt, vor sich hinlächelte. Und fast glücklich sagte er: »Welche Möglichkeiten, Herrschaften, bieten sich da an! Machen wir das denkbar Beste daraus – mein Gott, das könnte sich lohnen!«

»Nun – hat die Dame sich richtig breit gelegt?« wollte Hauptwachtmeister Krüger hoffnungsfreudig wissen. »Haben wir, Softer und ich, zuviel versprochen, als wir sagten: hier kommt jeder auf seine Kosten?«

Krüger hatte sich inzwischen mit seinem internen Kameradenkreis im sogenannten ›Salon‹ der Schloßverwalterwohnung breitgemacht. Softer hatte dabei für bestes Münchner Faßbier gesorgt. Die Stimmung war daher unvermeidlich gut. Krügers Frage galt Arm – denn der hatte als erster bei den Damen seine Nummer abgebucht. »Gut bedient worden?«

»Prima Karosserie!« versicherte der Kraftfahrzeugsachverständige, sich zwischen den Kameraden niederlassend, dabei nach einem vollgefüllten Bierglas greifend. »Aber auch der Motor bestens in Ordnung! Absolut leistungsfähig! Hätte die ganze Nacht so weiterfahren können, ohne auf die Bremse treten zu müssen. Ich kann also diese Dame nur empfehlen. Kurz und gut: allerbeste Qualitätsarbeit!«

Als zweiter der Abgefertigten erschien Unteroffizier Kaminski, der Kraftfahrer des Chefs. Er reckte sich wortlos, nickte lediglich vor sich hin und griff dann nach der ihm von Softer entgegengehaltenen Cognacflasche – er stärkte sich daumenbreit daraus, um dann kräftig mit Bier nachzuspülen. Doch erst nach intensivem Befragen, wie es denn bei Margot, gewesen wäre, erklärte er lapidar: »Das hat hingehauen!«

Um dann, nach weiterem Drängen, nicht minder lapidar, hinzuzufügen: »Und zwar hundertprozentig!«

Womit, für Kaminski, alles gesagt war.

Doch dann erschien Forstmann. Er wurde von seinen Unteroffizierskameraden freudig angebrüllt. Sie hoben ihre Gläser, ihm entgegen, um auf sein Wohl zu trinken. Und das schien Forstmann dringend nötig zu haben –, denn er fiel, leicht bleich und wie völlig entkräftet, auf den nächsten Stuhl.

»Hat unsere gute Susanne dich fertiggemacht?« frage Softer.

»Mann!« stöhnte Unteroffizier Forstmann. »Das war vielleicht eine Wucht! Nicht in meinen kühnsten Träumen habe ich mir so was vorstellen können. Und auf dem Höhepunkt rief sie aus: Heil Hitler!«

»Kameraden – daß es so was gibt!« bemerkte Softer.

Und Forstmann meinte überzeugt: »Das sind die Zeichen einer neuen Zeit!«

Zwischenbericht III

Bekenntnisse der Frau Dr. Werner-Weilheim, nunmehr in einem bundesdeutschen Kultusministerium tätig. Spezialgebiet: Denkmalpflege.

»Da muß ich doch sehr bitten! Ich habe diesen Hauptmann Hein nicht ›angehimmelt‹, wie gelegentlich behauptet wurde. Und schon gar nicht bin ich ihm irgendwie ›hörig‹ gewesen – zumal es niemals zu irgendwelchen Vertraulichkeiten oder gar Intimitäten zwischen uns gekommen ist.

Sollte dennoch der Anschein erweckt worden sein, daß ich mich zu Hauptmann Hein hingezogen gefühlt hätte – so jedoch nicht zu ihm als Mann! Ich versuchte vielmehr, ihn in weiten historischen Zusammenhängen zu sehen. Denn mir erschien er, in allererster Linie, als ein wertvoller Zeuge der Zeitgeschichte – bis hin zu den späteren, tragischen Vorgängen um seine Person.

Daß daran, wenn auch mehr indirekt, mein damaliger unmittelbarer Vorgesetzter, Professor Magnus, beteiligt gewesen sein soll, will ich nicht direkt behaupten; ich halte es jedoch auch nicht für völlig ausgeschlossen.

Die Konstruktion, die sich später als verhängnisvoll erweisen sollte, von vorgeblich belegbaren historischen Vorgängen um den Herzog Charles Louis von Orleans empfand ich von Anfang an als überaus heikel, ohne daß es mir sofort gelang, sie voll zu durchschauen. Denn schließlich handelte es sich dabei um ein Spezialgebiet, auf dem Professor Magnus als international anerkannte Autorität galt. Daß er diesen seinen wohlerworbenen Ruf jemals mißbrauchen könnte, das war nicht vorauszusehen.

Dennoch fand ich reichlich Gelegenheit, diesen Hauptmann Hein zu studieren. Und ich kann, zunächst einmal, dies versichern: er war ein Kavalier der alten, guten Schule – zurückhaltend, formvollendet, zumindest stets mir gegenüber. Doch darüber hinaus wie von einer fast hoheitsvollen Einsamkeit umwittert. Daher vielleicht auch sein geradezu antik anmutender Untergang – wie von bösartigen, hinterhältigen, geifernden Zwerggestalten haßerfüllt verfolgt!

Daß so was heutzutage literatenhaft leichtfertig von gewissen Leuten, die Freud und Konsorten im Sinne haben, völlig mißverstanden werden kann, verwundert mich nicht. Zumal wir jetzt in einer erbarmungswürdig traditionsarmen Zeitspanne leben, von der man sagen kann: kein Denkmal, das nicht seine Schänder findet! Und das geradezu selbstmordsüchtig!«

Anstelle von weiteren neueren Auskünften
Auszüge aus alten Feldpostbriefen – hier von solchen des damaligen Wachtmeisters Runge.

Brief eins:

»... sagte zu mir mein Hauptmann Hein: »Selbstbewußtsein – das zunächst! Dieses basiert auf Taten. Die unmittelbare Folge davon: unbeirrbare Forderungen stellen können. Das Endresultat: die in Erscheinung tretende Führerpersönlichkeit!‹«

»... sagte zu mir Hauptmann Hein weiter: ›Überdies fordere ich bedingungsloses Vertrauen. Verdienstvolle Soldaten wie Sie wissen das. Denn das ist, zwischen uns, mit allerbesten Resultaten erprobt worden.‹«

»... wird und muß so was überzeugende Folgen zeitigen! Als mein Hauptmann das EK I bekam, war mir das EK II sicher. Jetzt ist er für das Ritterkreuz vorgesehen...«

Brief zwei:

»... leben wir hier, nach anerkannt großen Taten, stets in Erwartung von noch größeren! ›Bereit sein ist alles!‹ sagte mein Hauptmann Hein zu mir. Was aber praktisch zunächst nichts als eine Unmenge Kleinarbeit bedeutete, wovor aber Führerpersönlichkeiten nicht zurückschrecken.

Denn die zahlreichen Rindviecher, mit denen wir es unvermeidlich zu tun haben, vermögen natürlich nicht zu erkennen, daß sie dafür vorgesehen sind, an der Gestaltung von einem gewichtigen Kapitel Weltgeschichte teilnehmen zu dürfen — sagte mein Hauptmann Hein. Das stimmt — wie alles, was er sagt.

Denn das habe auch ich erkannt: diese Rindviecher wollen nichts wie sich den Wanst füllen und zwischendurch pennen. Wenn sie angetrieben werden, bocken sie, um möglichst ungestört ihre immer dicker werdenden Hintern unter der französischen Sonne wärmen zu können. Wie vom Sieg besoffen sind diese armen Schweine — unentwegt halbzivilistische, auf Kriegszeit eingesetzte Offiziere, leider, nicht ausgeschlossen...«

Brief drei:

»... geht es um die Erhaltung errungener großer Werte, weshalb wir nicht kleinlich sein dürfen. Wobei wir uns aber immer wieder, etwa durch die französische Zivilbevölkerung, herausgefordert fühlen müssen. Die wissen unsere Großmut nicht zu schätzen. Die grinsen uns an, die flüstern hinter unserem Rücken. Jede Sorte heimtükkische Sabotage ist denen zuzutrauen...«

»... habe ich einem, der uns schmähte, in die vorlaute Fresse geschlagen. Was der Oberleutnant Minder beanstandete — jedoch mit Vorsicht. Bis wir dann einen Franzosen in dessen Wohnung stellten und dort ein Gewehr und kistenweise Munition fanden. Ich schoß ihn, in Notwehr, über den Haufen — bevor der noch auf mich anlegen konnte. Dann wurde sein Haus dem Erdboden gleichgemacht. Schließlich können wir uns nicht alles gefallen lassen!

Das mußte dann selbst Oberleutnant Minder zugeben — von mir und Kamerad Krüger intensiv aufgeklärt. Von diesem Leutnant Helmreich, dieser zwar bemühten, doch hoffnungslosen Heurigenflasche, erst gar nicht zu reden! Der sucht immer nur nach einem Arsch, in den er hineinkrauchen kann. Was mein Hauptmann nur mit Verachtung registriert. Der hat keinen Sinn für Kreaturen. Ich auch nicht. Auch deshalb verstehen wir uns so gut...«'

Erste Ansichten
eines gewissen Tino Hiller, damals Unteroffizier unter Wachtmeister Arm, nunmehr Chefkonstrukteur in einer süddeutschen Automobilfabrik.

»Hat es das alles wirklich gegeben? Und weiter frage ich mich: gehören tatsächlich quälende Alpträume untrennbar zu unserer Alltagswirklichkeit?

Heute will es mir scheinen, als sei alles, was damals geschah oder geschehen sein könnte, wie hinter roten Nebeln in eine sehr ferne, unwirkliche Vergangenheit gerückt.

Vielleicht ist es aber auch nur so, daß ich mich an nichts davon mehr erinnern will. Man kann es wohl als Verdrängungskomplex bezeichnen — doch wer wußte damals schon, wer Freud war?

Ich soll möglichst objektiv sein? Mein Lieber — wie stellen Sie sich das vor! Etwa so? Erstens: Wachtmeister Arm — objektiv betrachtet — ein guter Organisator, ganzer Kerl, rührend sentimentaler Bursche — je nachdem! Ein Unterführer von etlichen Qualitäten, mit Herz auf rechtem Fleck und Schnauze in richtiger Richtung! Also: ein Prachtexemplar!

Aber nun lassen Sie mich mal subjektiv sein! In diesem Fall würde ich etwa sagen: ein rücksichtsloser Besorger, stets auf den eigenen Vorteil bedacht, ein Sauhund, der sich vor Rührung — wenn er über sich selbst gerührt war — in die Hosen machen konnte. Ein Menschenschinder noch dazu — denn seine ›Affenspiele‹ mit der ihm ausgelieferten Mannschaft waren scheußlichste Schikane. Ein Mistvieh also!

Doch was soll's? Ist dieser Krüger eine hinterhältige Wurzelsau gewesen? Oder hat es sich bei dem vor allem um einen Wahrer der Belange ›seiner‹ 3. Batterie gehandelt?

Und dann Softer? Hat der nichts wie dicke, dunkle Geschäfte gemacht — oder hat der sich um die Versorgung und Freizeitgestaltung unserer Soldaten erhebliche Verdienste erworben?

Weiter dann dieser Forstmann: ist der lediglich ein bornierter großdeutscher Scharlatan gewesen — oder vielleicht sogar ein beklagenswert verirrter Idealist?

Mein Lieber — wie können Sie mir zumuten, daß ich so was selbst jetzt noch völlig einwandfrei zu beurteilen vermag?

Und kommen Sie mir jetzt bitte nicht auch noch mit diesem Bergen! Was soll ich denn von dem halten? War der ein selten gerissenes Aas oder ein ungemein dummer Hund? Ein vom Weltschmerz gepackter Sonderling — oder ein verhinderter Menschheitsbeglücker? Der war einfach nicht zu durchschauen — wenn man's objektiv betrachten will.

Doch zur Subjektivität verführt, gerate ich in Versuchung, hierzu folgendes zu behaupten: Bergen wußte offenbar — von Anfang an —

ziemlich genau, was er wollte! Es — oder irgend etwas — kotzte ihn an! Und er versuchte, zurückzukotzen. Woran er beinahe erstickt wäre. Aber eben nur — beinahe!

Sollte es das sein, was Sie von mir bestätigt haben wollen? Nun — sonderlich viel ist das ja nicht. Was gedenken Sie damit anzufangen? Zumal in einer Zeit, in der bei uns die Vergangenheit immer noch weniger bewältigt als vielmehr heftig verdrängt worden ist.

Dennoch: es lebe Deutschland! Auch wenn das ein Deutschland ist, in dem hoch aufgetürmte Leichenhaufen immer noch zu allen Himmeln stinken — wie in alle Ewigkeit hinein! Doch wer unter uns will das schon wahrhaben?«

4

Auch jener Tage Qual war groß —
wahrhaben jedoch wollte das kaum jemand

»Ich habe inzwischen nachgedacht«, behauptete Frau Doktor Werner-Weilheim.

»Das freut mich!« versicherte Unteroffizier Forstmann vorsichtig. »So was kann niemals schaden — vorausgesetzt man denkt richtig nach.«

Forstmann war in das Glashaus gebeten worden und dort in den sogenannten Arbeitsraum. An dessen Wänden hingen erste Skizzen der Forschergruppe — planähnliche Zeichnungen, zumeist die Grabkirche betreffend: Querschnitt — Seitenansicht Nord, Seitenansicht Süd, Vorderansicht, Rückansicht. Angefertigt von Professor Magnus. Mitten darin, in purpurroten, hermelinweißen und metallgoldenen Farben: die Zeichnung eines Mantels. Wolkenhaft blau umrandet.

»Was ist denn das?« wollte Forstmann staunend wissen.

Die Werner-Weilheim war gerne bereit, den Unteroffizier aufzuklären — sie erschien an diesem schönen Morgen geradezu sanft. »Das, lieber Herr Forstmann, macht einen recht stattlichen Eindruck, nicht wahr? Man könnte annehmen, daß es sich dabei um das Krönungsornat eines Königs handelt! Es ist jedoch lediglich der Morgenmantel der Herzöge von Orleans gewesen — eines gewissen Charles Louis. Ich selbst habe diese Zeichnung angefertigt — nach Angaben von Professor Magnus.«

»Ganz groß!« gab Forstmann bereitwillig zu. »Das ist geradezu Klasse! Einfach imponierend!« Wobei er jedoch seine Unruhe nicht ganz zu verbergen vermochte. »Haben Sie mich herkommen lassen, um mir das zu zeigen? Oder gedenken Sie mir zu eröffnen, worüber Sie inzwischen nachgedacht haben? Worüber denn, bitte?«

»Über Ihren Hauptmann!«

Forstmann ließ sich nun, unaufgefordert, auf der ihm am nächsten stehenden Kiste nieder. Er betrachtete von dort aus die Werner-Weilheim, als habe er eine Art heilige Kuh vor sich — er wußte nicht, wie sie am wirksamsten zu behandeln war. Er wußte lediglich: der stets maßgebliche Krüger hatte, und das noch in der vergangenen Nacht, die Parole ausgegeben: diese Forscher sind wie rohe Eier zu behandeln.

»Na fein«, stellte er also behutsam fest. »Sie denken über meinen Hauptmann nach. Und was ist dabei, wenn ich fragen darf, herausgekommen?«

»Nur das denkbar Beste, versteht sich!« Die Werner-Weilheim ließ sich, reichlich eng, neben Forstmann nieder — der spürte deren Fleischmassen, registrierte Schulter- und Schenkelwärme, wich jedoch nicht aus, konnte das gar nicht; er wäre sonst von der Kiste gefallen. Und er hörte sie sagen: »Herr Hein ist ein überaus nobler Mann — mit großen Gedanken und von großartigem Wesen!«

»Das ist er.«

Die Frau Doktor nickte energisch — so daß die Kiste, auf der sie saßen, zu wackeln drohte. Was beide veranlaßte, noch näher zusammenzurücken. Forstmann transpirierte bereits.

»Dieser Hauptmann ist viel zu edel«, erklärte sie, »um sich mit ebenso schäbigen wie scheußlichen Kleinigkeiten, also mit üblen Randerscheinungen seines Bereiches, zu beschäftigen! Das müssen wir ihm abnehmen!«

»So — müssen wir das?«

»Wenn nicht wir, Parteigenosse Forstmann — wer dann wohl sonst!« Sie transpirierten nun bereits gemeinsam. »Hier handelt es sich um höhere Verpflichtungen — wollen oder können wir uns denen entziehen?«

»Gewiß nicht, Frau Doktor! Doch wie meinen Sie das — im Detail?«

»Der Hauptmann kann ganz einfach nicht alles erledigen, was ihm aufgedrängt wird. Um zu uneingeschränkter Wirkung zu gelangen, muß er Helfer und Helfershelfer haben — und sich auf diese, auch ohne direkte Einflußnahme, voll und ganz verlassen können! Eben das, lieber Parteigenosse Forstmann, will mir als unsere spezielle und beiden gemeinsame Aufgabe erscheinen! Meinen Sie das nicht auch?«

»In welcher Hinsicht, bitte?«

»Nun, mein Lieber — etwa in Hinsicht auf diesen peinlichen Puff, den hier irgendwelche Leute voreilig installiert haben! Ich habe den zwingenden Eindruck, daß Hauptmann Hein nur deshalb kein Wort über diese heikle Angelegenheit verliert, weil es ganz einfach unter seiner Würde wäre, dazu irgendwie, auch nur mit einem Wort, Stellung zu nehmen.«

»Erlauben Sie, bitte«, sagte Forstmann reserviert, »daß ich Sie diesbezüglich aufkläre, Frau Doktor. Dieses Projekt ist Herrn Hauptmann Hein rechtzeitig zur Genehmigung vorgelegt worden — und er hat keinerlei Bedenken dagegen geäußert.«

»Weil er seine reinen Hände nicht beschmutzen wollte! Er entzog sich, und das vermutlich verächtlich, jedem diesbezüglichen Urteil. Das überließ er vielmehr hoffnungsvoll deutschen Menschen, die noch nicht völlig versaut und verseucht sind — mithin Menschen wie uns!«

»Unser Hauptmann«, erklärte Forstmann, »überläßt niemals irgend jemandem irgend etwas in seinem Bereich, wenn er das nicht will. Der pflegt immer, und zwar rechtzeitig, zu bekunden, was wir zu wollen haben — oder er läßt es uns durch Krüger sagen.«

»Parteigenosse Forstmann«, erklärte nun die Werner-Weilheim mit erhobener Stimme. »Das, was Sie da vorbringen, hört sich ja fast so an, als ob Sie inzwischen in Versuchung geraten seien, diese unsittliche Einrichtung zu unterstützen! Diesen Puff!«

»Das ja nun nicht gerade«, versicherte der bedrängte Unteroffizier. »Aber ich habe auch nichts dagegen — prinzipiell nicht. Womit ich meine: auch so ein Freizeitunternehmen, gnädige Frau, kann im Endeffekt durchaus seine nützliche Funktion haben.«

»Pfui!« rief die Werner-Weilheim erregt aus. »So was hätte ich niemals von Ihnen erwartet! Von jedem anderen hier — doch von Ihnen nicht! Und ausgerechnet Sie wollen ein Hitlerjugendführer gewesen sein?«

Sie erhob sich schroff. Wodurch das Gleichgewicht auf der bisher gemeinsam besessenen Kiste erheblich gestört wurde — Forstmann plumpste zu Boden. Entgeistert starrte er zu ihr hoch — sah über sich breitflächige Schenkel und balkonartige Brüste.

Die Frau Doktor blickte verächtlich auf ihn hinunter. »Sollten etwa sogar Sie, Parteigenosse Forstmann, zu jenen hemmungslosen Leuten gehören, die sich dazu hinreißen lassen, unser nationales deutsches Ansehen zu beflecken — in einem französischen Freudenhaus!«

Forstmann starrte immer noch zu dem Fleischgebirge empor, das sich über ihm auftürmte. Er war tomatenrot angelaufen, denn er fühlte sich provoziert. »Auch dort kann Deutschland sein«, rief er heftig aus, »unter gewissen Umständen!«

»Also auch Sie — ein schäbiger Kerl unter schäbigen Kerlen ... schämen Sie sich nicht?«

»Warum sollte ich das?« fragte Forstmann, sich mühsam hochstemmend.

»Also auch Sie geben den niedrigsten Triebregungen nach! Dann besitzen Sie auch nicht das geringste Verständnis für die Höhenflüge Ihres Hauptmanns, für seine großen Gedanken und seine stete Tatbereitschaft! Selbst Sie, ein Angehöriger unserer Partei, schämen sich nicht, diesen einzigartigen Mann im Stich zu lassen!«

»Regen Sie sich nicht weiter auf! Denn die Schloßverwalterräume bekommen Sie doch nicht! Die sind in sicherer Hand.«

»Als ob es mir allein darum ginge! Bei mir handelt es sich vielmehr um das große deutsche Ganze — also um jene Welt, in der Elitemenschen wie Hauptmann Hein ihren besonders wichtigen Platz haben! Diese unsere Welt muß absolut sauber sein — dafür werde ich sorgen.«

»Hätten Sie wohl die Güte«, forderte Hauptwachtmeister Krüger den Gefreiten Bergen auf, »sich zu mir zu bemühen? Oder würden Sie eine schriftliche Einladung vorziehen?«

»Komme sofort, Herr Hauptwachtmeister.«

Bergen bastelte im Park an seinem Funkgerät – nur um die Zeit totzuschlagen. Krüger lümmelte sich aus einem der mittleren Fenster des Schlosses, nach lohnendem Zeitvertreib Ausschau haltend. Dabei war sein Blick auf den Gefreiten gefallen, der hier als Nachrichtenstaffelführer eingesetzt war – und es hatte sich um einen ausgedehnten Blick gehandelt.

»Lassen Sie mich ruhig warten!« rief der Hauptwachtmeister mit breitem Lächeln. »Ich bin schließlich nur Ihr Vorgesetzter!«

Bergen beeilte sich, vor Krüger zu erscheinen und sich vor ihm aufzubauen – der Hauptwachtmeister hielt sich im sogenannten ›mittleren Saal‹ des Schloßgebäudes auf, in einem Raum, völlig ohne Möbel, in dem die Mannschaften der Protzenstellung untergebracht waren. Schlafsäcke lagen dort herum, auch aufblasbare Gummimatratzen – dahinter, daneben, davor staute sich das Gepäck der Leute. Und mitten darin stand Krüger.

»Na wie schön!« rief er Bergen zu. »Wie erfreulich, daß Sie mir hier Gesellschaft leisten wollen. Denn kein Rindvieh ist gerne alleine – wie Sie wohl wissen. Herdentrieb nennt man so was. Und vermutlich wissen Sie auch, daß es selbst zwischen Rindviechern erhebliche Unterschiede gibt – so etwa Ochsen, Kühe und Kälber.«

»Und Kampfstiere – ich weiß.«

»Halten Sie mich etwa für einen solchen?« Krüger blinzelte aufmerksam. »Aber dabei kommen Sie sich doch nicht etwa, hoffe ich, wie ein Torero vor? Oder?«

»Verzeihung, Herr Hauptwachtmeister«, sagte Bergen, »aber ich habe doch wohl schon, etwa bei der Vernehmung durch den Kriegsrichter, den Nachweis erbracht, daß ich nicht leichtfertig bin – nicht lebensmüde.«

»Das war gestern, oder vorgestern, oder vorige Woche!« Krüger lehnte sich gegen die Wand. Er ließ sich Zeit; denn Störungen, irgendwelcher Art, waren nicht zu befürchten – der Hauptmann hielt seinen Nachmittagsschlaf; in der Feuerstellung veranstaltete Runge sportliche Übungen, und in der Protzenstellung fand ›Gerätereinigen‹ statt.

Bergen stand angespannt da. Er wußte nicht, worauf sein Hauptwachtmeister hinauswollte. Doch er wußte, daß dies ausgeklügelte Taktik war. Denn dieser Krüger war ein Spezialist in Überraschungseffekten.

»Sie amüsieren sich hier – was? Bei jeder sich bietenden Gelegenheit – wie?«

»Bei welcher, bitte?«

»Nun — etwa im Hotel de France. Wo Sie große Reden schwingen. Gemeinsam mit diesem Wassermann. Und das noch dazu in Gegenwart von irgendeinem jener Arschlöcher, die zur Ortskommandantur gehören — wie ich vernommen habe. Sie kommen mir vor wie eine Kuh auf einem Drahtseil! Und diese Nummer scheint Ihnen zu gefallen! Aber wie lange wohl noch? Denn was, muß ich jetzt fragen, haben Sie sich dabei gedacht?«

»Nichts, Herr Hauptwachtmeister!« versicherte der Gefreite eifrig. »Man redet manches so dahin — wenn man eine Menge getrunken hat. Ohne sich sonderlich was zu denken. Da ist doch nichts dabei — oder?«

»Mein lieber Bergen«, sagte nun Krüger mit großer Verbindlichkeit, »wo befindet sich denn Ihr Gepäck?«

Der wies auf einen Rucksack, neben dem eine Aktentasche lag. »Mit dem allgemein üblichen Inhalt — Wäsche, Munition, zweite Uniform; Eßbesteck, Eßgeräte, ein zweites Paar Schuhe und eine Flasche Schnaps. Dazu dann noch einige Bücher, Briefe und etwas Schreibmaterial.«

»Na fein!« meinte Hauptwachtmeister Krüger. Sein flächiges Metzgergesicht schwitzte Wohlwollen aus. »Mithin also alles in bester Ordnung — auf den ersten Blick. Aber auf den zweiten Blick, Kamerad, könnte es doch sein, daß ich etliche Unvollkommenheiten entdecke — sagen wir das mal so. Etwa: uringelbe Flecken in der Unterwäsche; Dreck unter den Fußsohlen der Schuhe; Speisereste auf dem Eßbesteck . . . oder halten Sie so was für ausgeschlossen?«

Der Gefreite verschluckte, gerade noch rechtzeitig, was er sagen wollte — nämlich: wer sucht, der findet! Statt dessen meinte er bemüht: »Sie brauchen mir doch nur zu sagen, was Sie von mir erwarten, Herr Hauptwachtmeister!«

»Sie wollen mir wohl jetzt wieder einmal klarmachen, daß Sie Köpfchen haben — Sie vielfach karierter Himmelhund!« Krüger blickte dabei fast anerkennend. »Sie glauben, mich durchschaut zu haben — was? Wollen mich von hinten unterlaufen — wie? Diesen möglicherweise peinlichen Vorgang einer Gewissenserforschung abkürzen?«

»Das letztere, Herr Hauptwachtmeister, hört sich nicht schlecht an. Das wäre doch wohl, im Endeffekt, äußerst praktisch — nicht wahr?«

»Aber zu einfach, Sie krummes Schlitzohr! Viel zu bequem für Sie! Also auch für mich. Oder trauen Sie mir zu, daß ich hier irgendwelche halbe Sachen mache? Bei mir muß jeder Arsch genau in die Hose passen, die ich für ihn ausgesucht habe!«

Und dann sagte Krüger übergangslos: »In Ihrem Gepäck, Bergen, befinden sich Briefe. Vermutlich von irgendwelchen Weibern. Geben Sie die her!«

Der Gefreite Bergen zögerte — um den Bruchteil einer Sekunde zu lang. Dann meinte er, fast wie im Selbstgespräch: »Ist das nicht meine Privatsache? Handelt es sich hierbei nicht um das, was man Intimsphäre nennt?«

»Hören Sie mit diesem Seich auf!« forderte Krüger lauernd und streckte die Hand aus. »Nichts wie her mit den Briefen!«

Der Hauptwachtmeister erhielt sie. Schien sie dann auf der flachen Hand zu wiegen. Sagte dabei: »Ich könnte nun das, was darin steht, lesen – doch warum diese Umstände: ich kenne jede erdenkliche Sorte von geschriebenem Mist. Ich könnte aber auch, wenn ich wollte, diesen Haufen als gebündelte Sauerei bezeichnen – und sodann zerreißen. Oder von Ihnen zerreißen lassen. Oder auch sagen, daß Sie diesen Mist zerrissen haben – was ja Ihr gutes Recht wäre. Kapiert?«

»Vollkommen, Herr Hauptwachtmeister.«

»Nichts anderes wie das habe ich auch von Ihnen erwartet«, stellte Krüger befriedigt fest. Worauf er die Briefe dem Gefreiten zuwarf. Als veranstaltete er ein Ballspiel. Doch dann wollte er wissen: »Machen Sie sich eigentlich Aufzeichnungen, Bergen – womit ich meine: führen Sie eine Art Tagebuch?«

»Warum sollte ich das – da ich doch nicht dämlich bin!«

»Tauchen Sie hier nur nicht so schnell wieder auf, Bergen!« riet der Hauptwachtmeister dem Gefreiten. »Denn Sie haben nicht die geringste Veranlassung, gleich wieder munter zu werden. Oder sollten Sie Wert darauf legen, sich an den Affenspielen von Wachtmeister Arm zu beteiligen? Sie wissen nicht, was das ist? Dem ist leicht abzuhelfen. Arms Affenspiele pflegen einmal wöchentlich stattzufinden – bei Bedarf aber auch öfter. Und beim nächstenmal werden Sie daran teilnehmen – nur so. Damit Sie eine Ahnung von den diversen Möglichkeiten bekommen, über die wir hier verfügen.«

Der Gefreite Bergen bemühte sich, möglichst erleichtert und treuherzig zu blicken. Er wußte nicht, um was es sich bei diesen angekündigten ›Affenspielen‹ handelte; er besaß jedoch bereits Erfahrung genug, sich einiges darunter vorstellen zu können: ein in das Kriegsgebiet verlagerter ›Kasernenhofzauber‹.

Er sagte, behutsam vertraulich: »Darf ich noch einmal, bitte, fragen, was hier von mir – allgemein oder speziell – erwartet wird? Bei meiner Vernehmung durch den Kriegsrichter...«

»Kommen Sie mir doch nicht schon wieder mit diesem alten Käse, Sie räudiger Jungfuchs! Einen denkbar feuchten Dreck haben Sie damit bewiesen! Sie konnten gar nicht anders! Denn ich hätte Ihnen sonst das Fell über Ihre Schlitzohren gezogen!«

»Das können Sie immer noch, wenn Sie wollen – und ich weiß das!« erklärte der Gefreite Bergen. »Aber ich bin ja, bekanntlich, zu jeder gewünschten Zusammenarbeit bereit.«

»Schleimen Sie sich gefälligst vorsichtiger aus! Denn ich arbeite nicht mit Ihnen zusammen – Sie arbeiten unter mir und für mich!

Oder warum, meinen Sie wohl, habe ich Sie dieser sogenannten Forschergruppe zugeteilt? Etwa, damit Sie dort dieses Herrenmensch, die Werner-Weilheim, auf unseren Forstmann loslassen? Ausgerechnet auf den! Was haben Sie sich davon versprochen?«

»Verzeihung, Herr Hauptwachtmeister — aber das hat sich wohl ganz zufällig ergeben...«

»Und wenn ich Ihnen, ebenfalls ganz zufällig, dafür den Arsch aufreiße?«

»Darf ich darauf aufmerksam machen, Herr Hauptwachtmeister, daß ich keinen festumrissenen Auftrag hatte...«

»Den brauchten Sie auch gar nicht! Sie hatten nichts weiter und nichts anderes zu tun, als dafür zu sorgen, daß hier niemand mit nacktem Arsch durch die Gegend springt — schon gar nicht in Richtung auf mich! Was praktisch heißt: Ruhe und Ordnung! Keine Sondertouren.«

Der Hauptwachtmeister griff nach dem Rucksack des Gefreiten Bergen. Er zerrte daraus Unterwäsche hervor, beroch sie und warf sie dann, wie angewidert, zu Boden. Er begutachtete die Schuhe, die eine Schmutzschicht an den Absätzen aufwiesen, und ließ sie fallen. Er tastete, mit beiden Händen, die zweite Uniform des Gefreiten ab — erklärte den Kragen als speckig, die Ränder der Ärmel als schäbig, die Hose als Ziehharmonika. Er warf das alles Bergen zu — und er zielte mitten ins Gesicht. Doch Bergen vermochte immer gerade noch auszuweichen.

»Bescheidenes Vorspiel!« verkündete Krüger fast freundlich. »Können Sie sich denken — weshalb?«

»Ja — vermutlich!«

»Sie vermuten das lediglich? Sie wissen also immer noch nicht, woher hier die maßgeblichen Winde wehen?«

»Ich nehme an«, mutmaßte Bergen, »daß es hier zunächst darauf ankommt, jene Damen von weiteren Attacken abzuhalten. Aber wie am besten?«

»Das, Bergen, ist Ihr Bier!«

»Ich werde versuchen, damit fertig zu werden.«

»Sie werden es! Und wenn nicht, Bergen, dann werde ich dafür sorgen, daß Sie alle Engel im Himmel singen hören!«

»Champagner — wie üblich!« sagte Hauptmann Hein zum Soldaten Schubert. »Und versuchen Sie diesmal, jede überflüssige Schaumbildung zu vermeiden — also das Glas so voll wie nur irgend möglich.«

Das versuchte Schubert — indem er das einzuschenkende Glas schräg hielt. Er umfaßte es fast zärtlich. Sein blasses Knabengesicht blickte angestrengt.

»Falsch«, sagte Hauptmann Hein sanft, sich zurücklehnend. »Aber dennoch auch richtig! Falsch deshalb, weil der Einschenkende das Glas nicht berühren darf. Richtig jedoch — in diesem speziellen Fall —, weil auf diese Weise eine schöne Geste der Vertraulichkeit erzeugt wird. Worauf ich Wert lege — wenn wir ganz unter uns sind.«

»Jawohl, Herr Hauptmann!« sagte Schubert.

Er sah seinen Hauptmann im flackernden Kerzenlicht. Diesmal hatte der sich in einen schneeweißen Bademantel gehüllt. Die Fenster der Ostwand im Bankettsaal waren mit samtschweren Vorhängen verdeckt — obgleich die Abenddämmerung noch nicht heraufgezogen war. Die Kerzen flackerten. Die Luft im Raum war betäubend schwer — Parfüm schien verschwenderisch zerstäubt worden zu sein.

Hein fragte, aus weiten Fernen zurückkehrend: »Haben Sie meine Anregungen — die Körperpflege betreffend — befolgt?«

»Jawohl, Herr Hauptmann.«

»Wann haben Sie — zum letztenmal — Ihre Unterwäsche gewechselt?«

»Heute morgen — wie jetzt jeden Morgen; befehlsgemäß.«

»Sehr gut. Aber wenn Sie bei mir persönlich zum Spätdienst eingesetzt sind, Johannes, dann wechseln Sie bitte Ihre Unterwäsche stets zusätzlich — und zwar unmittelbar bevor Sie sich hier melden. Wann haben Sie sich zuletzt gewaschen?«

»Unmittelbar bevor...«

»Die Hände?«

»Die Hände, das Gesicht, den Hals und den Oberkörper!«

»Mit der von mir zur Verfügung gestellten Seife?«

»Jawohl, Herr Hauptmann!«

»Vielleicht werde ich, etwas später, wünschen, mich davon zu überzeugen.«

Hein nickte Johannes Schubert zu — was aufmunternde Anerkennung zu bedeuten schien. Der Hauptmann hob dabei eine seiner Hände und beschrieb, mit sanft harmonischer Bewegung, einen Halbkreis. »Sie dürfen sich zu mir setzen, mein Lieber. Nehmen Sie sich einen Stuhl — den stellen Sie links seitwärts von mir hin — in einer Entfernung von etwa einem Meter. Doch zunächst, bitte, füllen Sie erneut mein Glas.«

Der Soldat Schubert kam dieser Aufforderung — diesem Befehl — unverzüglich nach; danach setzte er sich, wobei er die Hände knabenhaft vor sich auf den Tisch legte — als wisse er, daß Hein sie sehen wollte, um sich von ihrer Sauberkeit zu überzeugen. Was dann auch geschah.

»Sie geben sich offenbar Mühe, mein lieber Schubert — und ich weiß das zu würdigen. Wenn ich Ihnen nichts zu trinken anbiete, so hat das natürlich, wie Sie sich wohl denken können, seinen besonderen Grund. Denn ich wünsche nicht, daß Sie, unter Einwirkung von

Alkohol, die Kontrolle über sich verlieren. Ich wünsche vielmehr, Sie erst noch etwas näher kennenzulernen!«

Der Hauptmann betrachtete seinen Betreuer mit großen, geweiteten Augen — etliche Sekunden lang. Dann schlug er sich seine linke Hand auf die Stirn und ließ diese dann, heftig gegen sein Gesicht gepreßt, abwärts gleiten — bis zum weit offen stehenden Mund. Hein lehnte sich wie völlig entkräftet zurück, streckte die Beine aus und lag fast in seinem Stuhl. Seine Augen waren jetzt geschlossen.

Doch dann fragte er betont lässig: »Haben Sie Freunde in unserer Batterie?«

»Nur Kameraden!«

»Irgend jemand darunter, der Ihnen näher steht als andere?«

»Keiner, Herr Hauptmann.«

»Und was ist mit diesem Gefreiten — Bergen heißt der, glaube ich —, der hier neulich, beim Empfang für die Forschergruppe, als Ordonnanz eingeteilt war? Kein ungeschickter Mann übrigens — wenn auch wohl nicht völlig vorbehaltlos dienstbereit. Sie schienen mit ihm in gewisser, mir noch nicht völlig erkennbarer Weise zu sympathisieren — oder irre ich mich da?«

»Der Gefreite Bergen, Herr Hauptmann, ist ein recht sympathischer Kamerad — durchaus! Ich gehöre zu seiner Nachrichtenstaffel. Und zufällig liegt seine Schlafstelle neben der meinen. Ich unterhalte mich gerne mit ihm.«

»Worüber, Schubert?«

»Ganz allgemein!«

»Nicht etwa auch über mich? Über das, was ich Ihnen hier anvertraue?«

»Darüber niemals, Herr Hauptmann!« rief der Soldat Schubert fast leidenschaftlich aus. »Unter keinen Umständen würde ich irgendeinen Vertrauensbruch begehen!«

»Das will ich auch nicht hoffen, mein Lieber.« Der Hauptmann schien noch tiefer in seinem Stuhl zu versinken. »Dabei könnte die ganze Welt wissen, was hier geschieht, zwischen uns, in allen Einzelheiten. Jedoch, so muß man sich wohl fragen: würde diese Welt das auch wirklich verstehen? Wer weiß denn, wer vermag es auch nur zu erahnen, was das sein kann: menschliche Harmonie? Diese in klassischer Ursprünglichkeit: Griechenland, Hölderlin, Kleist — vor allem aber: Wagner!«

Hein stieß sich hoch; er stand gereckt da, griff nach seinem Glas, trank es leer, dabei den Kopf in den Nacken werfend. »Wir leben«, rief er, »in den allerersten Anfängen eines neuen Zeitalters der bewußten Wiederbesinnung auf wahrhafte Werte, der Bildung einer neuen Elite, eines höheren Menschheitsbewußtseins! Es gilt, sich dessen würdig zu erweisen — und das ohne jeden, ohne auch nur den geringsten Vorbehalt!«

Schubert starrte Hein mit lodernder Bewunderung an. Er war überwältigt von solch weltbewegenden Gedanken und von dem Übermaß an Vertrauen, das ihm hier entgegenströmte. Seine kühnsten Jugendträume schienen sich verschwenderisch zu erfüllen — es war ihm, als wäre er Achill begegnet oder Siegfried. Er faltete dankbar die Hände und neigte den Kopf — als biete er dem Schicksal den bloßen Nacken dar.

»Bleiben Sie so!« rief der Hauptmann. »Bleiben Sie genau so!«

Schubert schien zu erstarren. Nichts an ihm bewegte sich.

Es war, als hätte er aufgehört zu atmen. Allein seine gefalteten Hände verkrampften sich.

Hein beugte sich über ihn — über seinen Nacken. Legte beide Hände auf die Schultern von Schubert — schien sich schwer darauf zu stützen. Sein Atem war heiß.

Fast war es dann, als stoße er sich von Schubert ab — weit rückwärts, in den Raum hinein. Als pralle er gegen die Wand ... Von hier aus starrte er ins Kerzenlicht.

»Gut«, sagte er tonlos vor sich hin. »Ein guter Geruch — kaum wahrnehmbar, dennoch klar, schwebend, wie von frühen Frühlingsblüten. Geruch der Jugend, die unsterblich ist — selbst noch im Tode! Kein Gestank der alten, dicken Männer, die Verwesung ausatmen; sie haben Münder wie Kloaken — und ihre Hände, die sie uns ungehemmt entgegenstrecken, sind von widerlichem Schweiß bedeckt ... Auch mein Vater war so.«

Hein schob sich, mit dem Rücken gegen die Wand, in das Halbdunkel des Hintergrundes. Das Kerzenlicht erreichte ihn nur noch schwach: ein zerflackender Schatten. Doch seine Stimme klang hell.

»Und dann erst dieser Geruch, der Weibern anhaftet! Der ihren Geschlechtsmerkmalen zu entströmen scheint — betäubend, abstoßend! Dieser penetrante Geruch wie von abgestandener Milch, dieser Gestank der Geilheit, den Achselhöhlen entsickernd, den Brustwarzen und den lüsternen Lenden ... Von dem mich auch meine Mutter, durch den Vater systematisch besudelt, nicht zu verschonen vermochte — auch wenn sie gewiß eine edle Frau gewesen ist, die zu verehren mir trotz allem selbstverständlich erscheint!«

Hein schien sich nun von der hinteren Wand abzustoßen — er katapultierte sich in die Helligkeit hinein. Sein Schatten löste sich auf, als wäre er nie gewesen. Hein kam vor Schubert zum Stehen, der jetzt zu ihm aufblickte — überaus verwirrt, aber willig. Der Hauptmann legte seine Hände auf die seines Betreuers.

»Aber dann dieser Geruch, den das Blut erzeugt — das hervorsprudelnde, sich verströmende, schließlich versickernde Blut! Hervorgerufen durch Schußwunden, von Metallsplittern — aufgerissene Körperteile, durchbohrte Leiber, zertrümmerte Schädel — die dunkle Symphonie heroischen Opfers. Blut gehört zum Krieg — es hat den betäubenden und zugleich erlösenden Geruch des Krieges! Haben Sie das jemals eingeatmet? Sie haben das nicht! Nicht bewußt. Ihnen mangelt es an Erfahrung. Aber sich verströmendes Soldatenblut, von Todesangst durch die Adern gepumpt, doch schon gereinigt, erhöht, verklärt durch heldenhafte Überwindung — wer diesen Duft jemals geatmet hat, der weiß um die tiefsten Möglichkeiten dieser Welt. Sie sind von großartiger Erbarmungslosigkeit! Doch wer sich davon haltlos überwältigen läßt, der ist verloren! Man muß diesen letzten Forderungen des Daseins mit offenen Augen entgegensehen können. Bereit sein, mit ihnen zu leben. Das kann ich — und das werden auch Sie lernen — weil wir miteinander harmonisieren.«

Der Soldat Schubert nickte automatisch vor sich hin. Er wollte sich nicht anmerken lassen, daß er sich im Augenblick völlig verloren vorkam, unendlich verwirrt, fast ausgelöscht. Und deshalb behauptete er: »Ich verstehe das alles! Vollkommen!«

»Diese Versicherung«, sagte Hauptmann Hein, »erfüllt mich mit Freude! Sie läßt mich hoffen! Hoffen, daß Sie, wie ich sehr wünsche, meine Welt zu begreifen vermögen — in nicht allzu ferner Zukunft.«

Hein stand steif da. Er sagte: »Leuchten Sie mir!« Worauf er sich in Bewegung setzte.

Schubert ergriff einen der Kerzenleuchter, hob ihn in Haupthöhe und folgte dem Hauptmann. Der schritt, mit rhythmisch straffen Bewegungen, vom Bankettsaal durch seinen Schlafraum, dem Turmzimmer entgegen — zuletzt durch einen schlauchartigen, etwas mehr als mannshohen, etwa drei Meter langen und zwei Meter breiten Gang hindurch, der langsam anstieg, dann in drei Treppenstufen endete.

Im Turmzimmer angekommen, bewegte sich Hein, wie vorwärtsgetrieben, auf eines der vier Turmfenster hin zu — es war das nördliche. Er stieß es auf. Seidenweiche Nachtluft strömte herein.

Der Hauptmann Hein, in seinen weißen Bademantel gehüllt, stellte sich nun auf den niedrigen, knapp fünfzig Zentimeter hohen, Fenstersims. Wobei er sein Gewicht, mit großer Sicherkeit, ausbalancierte. Er breitete seine Arme aus — wie segnend oder wie zu einer großen Umarmung.

»Es ist Nacht«, sagte er. »Und ich stehe hier wie auf einer Klippe — unter mir ein Abgrund! Vermögen Sie das zu erkennen, Schubert?«

»Ich kann es mir vorstellen.«

»Ich blicke jedoch nicht abwärts — sondern weit hinaus, wie über ein unendliches Meer hinweg. Hinweg über dieses Land, über Paris — dorthin, wo unser Deutschland liegt, das ich leuchten zu sehen glaube. Bis hierhin! Und mir ist dann, Schubert, Johannes, als erblicke ich die Vision vom Reich! Inmitten ferner Feuer, die auflodern zu höchsten Himmeln und deren Gluten, selbst hier noch, mein

Herz erwärmen... Ach, mein lieber Junge – was steht Ihnen noch alles an herrlichen Erkenntnissen bevor!«

»Wollen Sie mich etwa persönlich heimsuchen?« fragte Elisabeth Erdmann munter. »Oder behaupten Sie, dienstlich hier zu sein?«

»Was wäre Ihnen denn lieber?« fragte der Gefreite Bergen. »Sie brauchen nur zu wünschen – ich bin, in jeder Hinsicht, durchaus entgegenkommend.«

Die Erdmann lachte auf. Offenbar war sie leicht zu belustigen. Er betrachtete sie hoffnungsvoll und registrierte: eine irritierend hohe Stirn, aber wohltuend naiv blickende sanftbraune Rehaugen – eine zierliche Nase, leicht geschwungen, darunter ein etwas zu groß wirkender Mund. Das alles umrahmt von seidigen, bis auf die Schultern herabfließenden schwarzgelockten Haaren.

»Sie sehen verdammt gut aus«, stellte Bergen anerkennend fest. »Wie ein schwarzer Schwan in einem Gänsestall.«

»So was ist Geschmacksache«, meinte Elisabeth, bereitwillig tändelnd. »Vermutlich ist dabei entscheidend, ob entsprechende Vergleichsmöglichkeiten vorliegen.«

»Jedenfalls – als Sie hier ankamen, da wirkten Sie mehr wie eine graue Ente – vom Reisestaub bepudert. Dennoch habe ich prompt registriert: wenn überhaupt Ente, dann zumindest eine äußerst flotte!«

»Hören Sie mal, Sie Vogelkenner«, verlangte nun die Erdmann amüsiert zu wissen, »worauf wollen Sie hinaus? Auf eine Lektion in Zoologie? Nicht mit mir!«

»Auch nicht, wenn ich Sie in die Gattung der Katzen einreihe? Raubkatzen oder so was? Prächtige Tiere!«

Elisabeth Erdmann arbeitete im Glashaus – am breiten Tisch bei der Fensterwand. Offenbar übertrug sie hier Notizen, Aufzeichnungen und Anmerkungen mit der Schreibmaschine – sie schien eine Liste über die bisherigen Ergebnisse der Forschergruppe Magnus zusammenzustellen. Doch von dieser Tätigkeit ließ sie sich offenbar gerne ablenken.

»Herr Bergen«, sagte sie nun mit sanfter Ironie, »warum reden Sie so angestrengt herum? Entweder Sie sind meinetwegen hier – oder eben dienstlich! Falls Sie meinetwegen hier sind, dann ist der Zeitpunkt dafür schlecht gewählt – denn im Augenblick bin ich hier im Dienst. Und für dienstliche Belange in meinem Bereich ist Frau Dr. Werner-Weilheim zuständig. Die aber befindet sich zur Zeit mit dem Professor in der Grabkirche.«

»Und dort soll sie, von mir aus, noch möglichst lange bleiben!« Der Gefreite Bergen setzte sich nun auf den Tisch, an dem Elisabeth arbeitete – ohne ihr dadurch sonderlich näher gekommen zu sein;

es war ein sehr großer Tisch. »Nehmen wir mal an, ich wäre tatsächlich an Ihnen persönlich interessiert – würde Sie das sehr irritieren?«

»Überhaupt nicht«, versicherte Elisabeth Erdmann ungeniert. »Sind Sie darauf aus, mit mir zu schlafen?«

»Warum denn nicht«, hörte sich Bergen prompt sagen – er hatte keine Zeit, über diese Frage, wie auch über seine Antwort, erstaunt zu sein; er reagierte darauf ganz instinktiv. »Falls Sie selbst nicht abgeneigt sein sollten – von mir aus: jederzeit!«

»Sie wollen damit wohl Geld sparen?«

»Was will ich, bitte?« fragte Bergen, nun leicht verwirrt.

»Nun – soweit ich orientiert bin, haben sie doch hier so was wie ein Bordell eingerichtet, wo Ihnen mehrere weibliche Wesen jederzeit zur Verfügung stehen; recht attraktive noch dazu, wie ich gesehen habe. Aber die verlangen Honorar – wollen Sie das vielleicht einsparen, bei mir?«

»Aber da muß ich doch sehr bitten, Fräulein Erdmann«, sagte Bergen, um Gelassenheit bemüht. »So was wie Sie ist doch so gut wie unbezahlbar!«

»Sie meinen wohl damit: für mich braucht man praktisch nicht zu bezahlen? Weihrauch genügt? Schaumschlägerei reicht aus? Schöne Worte – und ich lege mich gleich hin!« Elisabeth Erdmann lachte abermals auf, fast kindlich heiter, doch mit koboldartigen Untertönen. »Wofür halten Sie mich? Was erwarten Sie wirklich von mir?«

»Sie gefallen mir, Elisabeth!«

»Geschenkt! Sie sind nicht der erste, der so was behauptet – doch was könnte, diesmal, dabei herausspringen? In aller Deutlichkeit, bitte?«

»Nun – sagen wir: eine für beide Seiten erfolgreiche Zusammenarbeit! Ist das wenig?«

»Das, Herr Bergen, hört sich schon etwas konkreter an. Sie wollen also mit mir zusammenarbeiten – aber um was dadurch zu erreichen?«

»Einiges«, sagte Bergen offen, »etwa im Hinblick auf diese Werner-Weilheim.«

»Was wollen Sie denn von der?«

»Ihr möglichst zuvorkommen! Denn die macht nichts wie Schwierigkeiten! Und die scheint sie sogar mit Wonne zu machen! Aber so was kann, unter Umständen, gefährlich werden! Nicht zuletzt für mich – denn ich bin für sie, ganz direkt, verantwortlich gemacht worden!«

Elisabeth Erdmann strahlte Bergen belustigt an. »Mein Lieber – Sie erwarten doch nicht, daß ich ausgerechnet gegen eine Werner-Weilheim konspiriere – nur wegen irgendeiner fragwürdigen Anwandlung von Sympathie? Der gegenüber kann ich mir so was nicht leisten – das ist schon ganz anderen denkbar schlecht bekommen!

Denn unsere Frau Doktor, müssen Sie wissen, ist bereits in unserem Institut in Berlin eine so gut wie unerschütterliche Institution gewesen! Und das wohl nicht zuletzt deshalb, weil angeblich der Reichsleiter Rosenberg mehrmals mit ihr geschlafen haben soll. Was ich mir zwar kaum vorstellen kann, dem aber gönne. Sozusagen von Herzen!«

»Elisabeth«, versprach Bergen nun fast feierlich, »daß Sie ein derartiges Engagement erhebliche Überwindung kostet, verstehe ich – aber es soll Ihr Schaden nicht sein!«

»Was wollen Sie mir denn anbieten?«

»Mich! – zum Beispiel!«

»Auch das, zunächst, geschenkt!« rief die Erdmann heiter. »Was aber nicht heißt, daß ich nicht gelegentlich einmal darauf zurückkommen könnte! Was aber noch?«

»Was immer Sie wollen! Etwa kartonweise Stapel Unterwäsche – in jeder gewünschten Farbe und stets von reiner Seide. Sodann Parfüms – beste französische Markenartigel, ein Flakon von jeder der zur Zeit weltmarktbeherrschenden Sorte, also zumindest sechs. Softer hat bereits Anweisung, für jede Lieferung zu sorgen! Ist das nichts?«

»So also schätzen Sie mich ein!« Elisabeth dehnte sich gekonnt.

Bergen registrierte es kennerisch. Er rückte weiter auf sie zu. »Verstehen Sie mich nicht falsch, Verehrteste – es macht mir ehrlich Frede, Ihnen Freude zu machen. Zumal dann, wenn sich das für uns beide lohnt!«

»Und was ist mit diesem Hauptmann Hein?« wollte Elisabeth plötzlich wissen. »Ist der kurzsichtig?«

»Weshalb denn? Etwa weil er Sie bei seinem protzigen Galasouper nicht gebührend bewundert hat?«

»Ach, Unsinn! Sie verkennen meine Beweggründe! Dieser Hein ist vermutlich, zumindest Frauen gegenüber, kalt wie ein Fisch. Aber soll er doch – von mir aus! Im Augenblick interessiert mich lediglich, ob dieser Hauptmann das besitzt, was man ein fotografisches Gedächtnis nennt.«

»Das besitzt er in gewisser Beziehung durchaus«, sagte Bergen erstaunt. »Er verfügt über das Talent aller geborenen oder eben scharf angelernten Taktiker, sich jede erdenkliche Kleinigkeit merken zu können. So jongliert er mit Namen und Daten, die er irgendwann einmal zur Kenntnis genommen hat – noch nach Monaten kann er genaue Kilometerzahlen angeben, Schußentfernungen und Munitionsverbrauch exakt hersagen . . . Das gehört mit zu seinem sogenannten Genie.«

»Aber das, speziell, meine ich nicht. Vielmehr interessiert mich folgendes: Kann sich dieser Hein merken, wie die Vorhänge oder die

Teppiche in seinen Räumen aussehen — wie seine Tischplatte gemustert ist — welche Gemälde um ihn herum hängen?«

»Worauf wollen Sie hinaus?« fragte Bergen mit steigender Verwunderung. »Aber gut, gut — das werden Sie mir schon beibringen, nehme ich an! Was jedenfalls seine vermeintliche Vorliebe für Gemälde anbelangt, so entspricht diese seinem ureigenen Wesen: er schießt darauf! Und wenn es ein Rembrandt wäre!«

»In diesem Fall«, erklärte Elisabeth Erdmann, vor sich hinlächelnd, »handelt es sich um einen Fragonard — der hängt an der Hinterwand in diesem Bankettsaal.«

»Und für dieses Bild interessieren Sie sich?«

»Sagen wir: ich möchte es nicht, etwa als Schießobjekt, zweckentfremdet sehen. Dafür ist es viel zu wertvoll — es wäre schade.«

»Sie wollen dieses Bild — wenn ich Sie richtig verstehe — vereinnahmen? Für sich? Wenn Sie also scharf sind, dann auf diesen Fragonard! Doch warum nicht? Ihnen gönne ich eine ganze Menge! Und sollte etwa dieser Ölschinken unmittelbar mit den Empfehlungen des Reichsmarschalls zusammenhängen, wodurch Ihrem Verein hier Sonderrechte eingeräumt worden sind?«

»Regen Sie sich möglichst schnell wieder ab, mein Lieber«, sagte Elisabeth Erdmann überlegen. »Ich will gar nichts! Ich versuche lediglich zu ergründen, wie hoch hier zur Zeit die Preise sind. Denn hier scheint ein höchst schwungvoller Handel mit weiblichen Wirksamkeiten zu blühen.«

»Kann sein«, meinte Bergen, der sehr nachdenklich geworden war. »Mal sehen, was sich damit so alles anstellen läßt. Vielleicht gelingt es mir sogar, Ihnen Liebhaberpreise anzubieten. Das scheint sich tatsächlich zu lohnen — vermute ich.«

»Fliegeralarm!« brüllte Wachtmeister Runge. Und zwar im gleichen Augenblick, als der Mercedes-Kübel seines Chefs den Schloßpark verließ, die Rue Napoléon überquerte und auf die Feuerstellung zurollte — vorne, neben dem Kraftfahrer, leicht an die Windschutzscheibe gelehnt, stand Hauptmann Hein.

»Fliegeralarm!« brüllte Wachtmeister Runge unentwegt weiter. »Fliegeralarm! «

Dabei blickte er in hoffnungsvoller Zuversicht seinem Hauptmann entgegen — der war pünktlich auf die Sekunde. Chefkraftfahrer Kaminski hatte den Motor gedrosselt — seine Karre schraubte sich im Tempo dreißig vorwärts. Noch stand der Zeiger der Uhr auf dem Armaturenbrett nicht voll auf Viertel nach zwei — und das war die für Runge angekündigte Zeit.

Und nun brauchte der Wachtmeister der Feuerstellung nicht mehr weiter »Fliegeralarm« zu rufen — das taten bereits andere für ihn:

so die Flugmelder, die Geräteführer oder wer gerade Lust hatte, hier kräftig aus sich herauszubrüllen; in diesem Fall durfte das jeder der Batterieangehörigen, in jeder beliebigen Lautstärke. Die so freigegebene Lärmerzeugung war staunenswert groß. Sie dröhnte über die Stadt D. hin wie ein Gewitter.

Runge erwartete seinen Hauptmann beim Kommandogerät, wie das angeordnet worden war. Denn allein hier, sozusagen im Mittelpunkt der geballten Feuerkraft, hatte die entscheidende Bereitschaftsmeldung zu erfolgen. Diese jedoch wurde nicht, wie sonst üblich, durch den Wachtmeister Runge erstattet; es war Oberleutnant Minder, der sich, nachdem er Leutnant Helmreich abgedrängt hatte, eilig in den Vordergrund schob.

»Batterie feuerbereit!« meldete er.

Nicht die geringste Reaktion hierauf war bei Hauptmann Hein zu erkennen — bei Wachtmeister Runge auch nicht. Der Chef nickte lediglich seinem Oberleutnant zu, der überraschenderweise verdächtig frühzeitig in voller Uniform dastand.

»Alle Handfeuerwaffen klar?« fragte sodann Hauptmann Hein. Diese Frage war ausschließlich an Wachtmeister Runge gerichtet, was diesen sichtlich beglückte. Sein kantiges Gesicht bekam wieder Leben. Beziehungsweise: es zeigten sich Anzeichen vorbehaltlos ergebener Einsatzbereitschaft.

»Alle Handfeuerwaffen klar!« meldete Runge schwungvoll. »Scharfe Munition ausgegeben — fünfzehn Schuß pro Karabiner; zwei Magazine pro Maschinenpistole.«

Mit Karabinern waren die Soldaten ausgerüstet, mit Maschinenpistolen die Unteroffiziere — Runge selbst, seiner Sonderstellung bewußt, hatte sich persönlich gleich vier vollgefüllte Magazine zugeteilt.

Die Offiziere verfügten über Dienstpistolen — deren Munitionierung war ihnen nach Belieben freigestellt. Daß Minder außerdem ein Gewehr mit Zielfernrohr besaß, eine Beutewaffe aus dem Polenfeldzug — jedoch ein französisches Fabrikat — das er bei jeder sich bietenden Gelegenheit mit sich herumschleppte — so auch jetzt —, das war ein Vergnügen, das ihm sein Hauptmann zu gönnen schien.

»Handgranaten?« fragte Hein den Wachtmeister Runge.

»Sind ausgegeben und vorher scharf gemacht worden — drei Stück pro Mann! In Reserve weitere fünf — ebenfalls pro Mann. Diese gelagert in den Munitionsbunkern.«

»Bestens!« sagte Hauptmann Hein. Dann aber verkündete er, wesentlich lautstärker, als richte er sich nun an alle Angehörigen seiner bewährten Kampftruppe: »Heute: infanteristische Ausbildung. Abwehr von Überraschungsangriffen! Dabei Nahkampf. Übungen mit scharfer Munition.«

Damit war — wie fast alle Soldaten der Feuerstellung ziemlich klar erkannten — ein total beschissener Nachmittag angekündigt worden. Mit Dreck und Schweiß, Muskelkater und Platzwunden. Heins Leute blickten dumpf geradeaus.

»Vorher jedoch«, ordnete der Hauptmann an, »ein kleines Konditionstraining — Munitionstransport!«

Die Soldaten blickten noch dumpfer — falls das überhaupt möglich war. Was nun auf sie zukam, pflegte von den zuständigen Unteroffizieren »Babyspiele« genannt zu werden — wobei es sich um eine der zahlreichen Spezialitäten dieser 3. Batterie handelte.

Denn: nach dem hier üblich gewordenen Sprachgebrauch bestand so ein ›Baby‹ aus einem 8,8-Zentimeter-Geschoß — das weit über zehn Kilo schwer war, von der Länge eines normalen Männerarms. Und mit diesen ›Babies‹ fanden vielfach erprobte Verfolgungs- und Hindernisrennen statt: durch die Deckungslöcher, über die Schutzwälle, um die Geschützstände herum.

Eine Art Höhepunkt dabei: »Wechselt das Baby!« Was in verschiedenen Formationen geschehen konnte: etwa »in Kette«, also nebeneinander; dann im »Frontalaustausch«, von einander gegenüberstehenden Reihen; es gab auch »Wechselsprünge«, über zwei oder drei Soldaten hinweg. Geschehen konnte dabei nicht sonderlich viel, denn die Geschosse waren nicht »scharf« — außer vielleicht, daß der eine oder andere dabei schlappmachte, daß diesem oder jenem dabei der Arm verrenkt wurde.

Der Hauptmann überließ alsbald diese routinemäßigen Nachmittagsfreuden seiner Flakkämpfer großzügig dem Oberleutnant Minder. Den unterstützte der Leutnant Helmreich: fast hektisch bestrebt, sich möglichst weit hörbar zu bewähren. Hein gönnte ihm das — vorübergehend.

Zumal sich der Hauptmann mit seinem Wachtmeister Runge, den vertraulich beiseite ziehend, intensiver zu beschäftigen gedachte. Ein wenig abseits wandelten sie dahin, unbeeindruckt umbrodelt von den schnellen, sich fast überschlagenden Offiziersbefehlen. Minder ebenso wie Helmreich gaben ihr Bestes! Und mehrere aufstrebende Unteroffiziere dazu.

»Ich muß wohl nicht erst versichern, mein lieber Runge«, erklärte Hein, »daß ich Ihnen voll vertraue.«

Das mußte der Hauptmann nicht. Und sein Runge brauchte das nicht erst zu bestätigen.

»Ich hatte diese Alarmübung«, sagte der Hauptmann, »auf vierzehn Uhr fünfzehn festgesetzt — und ich habe Sie, mein lieber Runge, diesbezüglich im voraus unterrichtet. Aber woher wohl haben unsere Herren Offiziere, die feldmarschmäßig bereitstanden, davon gewußt?«

»Von mir nicht, Herr Hauptmann!«

»Ich bin überzeugt«, sagte Hauptmann Hein geradezu herzlich,

»Sie haben das gewiß nicht weitergegeben! Wer aber wohl sonst?«

»Unsere Nachrichtenzentrale, Herr Hauptmann, vermute ich, scheint zur Zeit nicht ganz dicht zu sein.«

»Das, mein Bester, fürchte ich auch! Und dagegen müssen wir was tun! Doch nicht nur dagegen! Denn ich habe den Eindruck: die vorbehaltlose Einsatzbereitschaft unserer Kampftruppe ist in Gefahr! Unsere Leute vermögen den Feind nicht mehr zu wittern. . . Denken Sie mal darüber nach, wie man das möglichst wirksam ändern könnte – ich hoffe da stark auf Sie!«

Dazu war der Hauptmann auch berechtigt. Runge blickte angestrengt vor sich hin. Sein Gesicht rötete sich wie von der Morgensonne beleuchtet. »Mir wird da schon was einfallen.«

»Volle Deckung!« rief nun Hauptmann Hein seinen Babytransporteuren zu. »Angenommener Angriff von Westen! Granatwerferfeuer auf Kommandogerät. Geschütz Anton und Berta unter Maschinengewehrbeschuß! Reaktion hierauf: Plan drei.«

Befehlsgemäß gingen die Soldaten der Feuerstellung zunächst unverzüglich in volle Deckung. Wobei sie, fast zugleich, ihre ›Babies‹ verstauten – die wurden von Mann zu Mann im Eiltempo weitergereicht, bis sie in den Munitionsbunkern verschwunden waren. Sodann robbten die Geschützbedienungen drei und vier, also Cäsar und Dora, plangemäß den theoretisch bedrängten Kameraden zu Hilfe – quer durch die Gegend.

»Nicht sonderlich überzeugend«, stellte Hauptmann Hein sachverständig fest. »Müde!«

Und Wachtmeister Runge ergänzte: »Diese Kerle strecken ihre feisten Ärsche in die Höhe und haben keinen Mumm mehr in den Knochen!«

»Geben Sie mir Ihre Maschinenpistole«, forderte Hein. Er streckte seine Hand aus und erhielt sie.

Diese Maschinenpistole entsicherte der Hauptmann; er stemmte sie gegen seine Hüfte und drückte, mit eiskalter Selbstverständlichkeit, auf den Abzug. Worauf sich diese Feuerwaffe zuckend leerte – ihre Geschosse fuhren in die Erde und wirbelten schnelle, pilzartige Staubgebilde auf. Dicht vor den Soldaten.

»Robbt, ihr faulen Säue!« rief Runge den Herumkriechenden zu. »Robbt wie verrückt, Kameraden! Es sei denn, ihr besteht darauf, daß ihr ein zweites Loch in euere faulen Ärsche bekommen wollt.«

Nun sausten sie wie aufgescheuchte Wildschweine durch die Gegend. Sie keuchten und schwitzten. Einer machte sich dabei in die Hosen. Er stank.

Der herbeigeeilte Oberleutnant Minder stand da wie eine Salzsäule. Leutnant Helmreich zog sich, naserümpfend, zurück. Wachtmeister Runge aber zerplatzte fast vor Vergnügen. Während Hauptmann Hein, befriedigt und versonnen, den leichten Rauch betrachtete, der aus dem Lauf der von ihm betätigten Maschinenpistole kroch.

»Das«, sagte er dann, »war kein schlechter Anfang.«

»Ein Anfang?« erlaubte sich Oberleutnant Minder nahezu entgeistert zu bemerken. »Ein Anfang, bitte, wovon?«

Hein blickte in seine Richtung, doch durch ihn hindurch. »Wir erproben hier neue Methoden! Darauf bedacht, die Erhaltung der Schlagkraft der Truppe zu sichern, beziehungsweise zu erhöhen! In dieser Hinsicht war das ein erster Versuch. Den weiter auszubauen, scheint mir ein zwingendes Anliegen zu sein. Wünscht etwa irgend jemand irgendeinen anderen Vorschlag vorzubringen?«

Doch niemand tat das.

Die kleine Eskalation

Hauptmann Hein und Hauptwachtmeister Krüger.
Ort: Bankettsaal im Schloßgebäude.
Zeit: 17 Uhr.

HEIN: *Mütze und Koppel ablegend, mit den schroffen Bewegungen empörter und mühsam gebändigter Ungeduld:* Als ich heute am frühen Nachmittag, zwecks einer Alarmübung, die Feuerstellung aufsuchte, waren dort die beiden Offiziere bereits anwesend — und zwar feldmarschmäßig! Wie war das möglich?

KRÜGER, *ebenso um Vorsicht wie um Sachlichkeit bemüht:* Nun — ich nehme an, die Herren werden vorher benachrichtig worden sein.

HEIN: Sehr richtig, Krüger! Und das vermute ich nicht nur, ich halte es vielmehr für erwiesen! Jedoch — durch wen benachrichtigt? Nicht durch mich! Auch nicht durch Sie, da bin ich sicher. Ich jedenfalls habe lediglich mit Runge telefoniert und ihm die vorgesehene Alarmübung durchgesagt, einschließlich Zeitpunkt ihres Beginns. Und unser Runge ist doch verläßlich! Oder etwa nicht?

KRÜGER: Absolut verläßlich!

HEIN: Aber wer sonst hat hier heimtückisch versucht, meine Pläne zu durchkreuzen? So was hat es bisher in unserem, also auch in Ihrem Bereich, Krüger, noch niemals gegeben! Stellen Sie also fest, was hier los ist — und dann stellen Sie das ab! Ein für alle Mal!

Hauptwachtmeister Krüger und der Gefreite Bergen.
Ort: Schreibstube, im Erdgeschoß des Schlosses.
Zeit: 17 Uhr 15 — am gleichen Tag.

KRÜGER, *wie üblich in seinem Sessel, diesmal jedoch nicht gemütlich zurückgelehnt, sondern wie zum Sprunge vorgebeugt*: Sind Sie denn ganz von allen guten Geistern verlassen, Sie grenzenlos saudummes Trampeltier?

BERGEN: Warum sollte ich das sein, Herr Hauptwachtmeister?

KRÜGER: Offenbar scheinen Sie noch weit dämlicher zu sein, als das zunächst zu vermuten war. Sie wären sonst nicht auf die hirnverbrannte Idee gekommen, in die direkten Kreise von Hauptmann Hein hineinzupinkeln. — Aber mir, Bergen, entgeht so was nicht. Denn hinterhältigen Schleimscheißereien bin ich schon immer — und immer rechtzeitig — auf die Spur gekommen. Merken Sie sich das!

BERGEN: Das merke ich mir, Herr Hauptwachtmeister.

KRÜGER: Sie haben heute, gegen Mittag, ein Telefongespräch mitgehört — zwischen Hauptmann Hein und Wachtmeister Runge. Ich weiß, ich weiß, Mensch — ganz zufällig! Sie brauchen gar nicht so zu glotzen, Sie heimtückische Wildsau — ich kenne diese Tour! Doch dann haben Sie, Sie hinterfotziger Zuhälter, mit Oberleutnant Minder über dieses Gespräch gequasselt. Warum? Um sich bei ihm anzuwanzen?

BERGEN: Herr Oberleutnant Minder ersuchte mich darum, ihn möglichst umfassend und rechtzeitig zu informieren, besonders über Alarmübungen — aus Einsatzgründen. Im Interesse unserer Batterie!

KRÜGER: Ach, quatschen Sie doch nicht so blöd herum, Menschenskind! Sie gedachten eine angeblich günstige Gelegenheit zu ergreifen, um Minder in den Hintern zu kriechen. Ausgerechnet dem! Was versprechen Sie sich eigentlich davon? Jedenfalls haben, ab sofort, solche Afterunternehmen zu unterbleiben! Fortan also keine Auskünfte an Unbefugte mehr! Kein Hinweis über interne Vorgänge! Nicht einmal die Andeutung eines Alarmsignals durch verabredete Klingelzeichen! Oder ich nehme Sie auseinander.

BERGEN: Verstanden, Herr Hauptwachtmeister.

KRÜGER: Was ich auch stark hoffe, Sie armseliger Kleinhirnakrobat! Und damit Sie das nicht gleich wieder vergessen, werde ich Wachtmeister Arm veranlassen, in erster Linie Ihnen zu Ehren, Bergen, gleich morgen eines seiner bewährten Affenspiele zu veranstalten. Freuen Sie sich darauf? Nein? Ich schon!

Gefreiter Bergen und der Soldat Schubert.

Ort: Mannschaftsunterkunft, im mittleren Stockwerk des Schloßgebäudes.

Zeit: Gegen 18.00 Uhr.

Der Gefreite Bergen betritt den fast leeren Raum, denn um diese Zeit halten sich die meisten Kameraden in der Kantine oder im

Freien auf. Bergen sieht sich prüfend um; dann geht er auf seinen Strohsack zu, setzt sich auf ihn, läßt sich dort rückwärts fallen. Er schnauft erleichtert.

Neben ihm liegt der Soldat Schubert.

SCHUBERT, *spürbar kameradschaftswillig*: Schweren Tag gehabt?

BERGEN, *nach längerem Schweigen, gegen die Decke blickend, wo die einstigen Stuck-Girlanden rettungslos zerbröckelten*: Was heißt hier: schwer? Mir ist einfach zum Kotzen! Aber so schäbig und mißbraucht ich mir hier auch vorkomme, mein Kleiner – dich beneide ich trotzdem nicht.

SCHUBERT: Mußt du auch nicht! Der Dienst hier ist alles andere als einfach für mich – viel komplizierter, als die anderen annehmen. Aber das verstehst du, nicht wahr? Du kannst dir gewiß vorstellen, wie mir zumute ist. Nicht etwa, daß ich irgendwie unglücklich bin, das nicht, eher ist das Gegenteil der Fall. Doch es ist manches sehr kompliziert. Und du bist hier – für mich – der einzige, mit dem ich wie mit einem Freund reden kann; sogar darüber.

BERGEN, *aufhorchend, dann energisch:* Stop, mein Kleiner! Auf diese schöne Tour darfst du mir nicht kommen. Dein soldatisches Seelenleben geht mich einen Dreck an. Ich weiß nur so viel: Es gefällt mir ganz und gar nicht, daß du Heins Stiefelputzer mimen mußt – denn dafür bist du mir zu schade.

SCHUBERT, *mit einigem Eifer*: Du kennst ihn nicht! Du verkennst ihn – wie mancher andere auch! Nun ja, gewiß, es ist nicht immer ganz einfach, seinen Gedankengängen zu folgen, weil er eben andere Maßstäbe als übliche, ungleich größere, setzt – zu setzen versucht. Man muß ihn bewundern, wenn man ihn näher kennt.

BERGEN: Das einzige, was ein Mann bewundern sollte, sind weibliche Wesen, sobald er dazu Gelegenheit hat. Wie wär's mit heute abend – Hotel de France? Wir könnten die kleine Erdmann mitnehmen – die ist ziemlich munter.

SCHUBERT, *sehr höflich und herzlich*: Ich danke dir für deine Einladung – ich wäre gerne mitgekommen. Aber der Hauptmann hat mich noch nicht wissen lassen, ob er mich heute abend benötigt oder nicht. Außerdem muß ich mich vorbereiten – er hat mir einen Band Hölderlin mitgegeben, über den wollen wir uns bei nächster Gelegenheit unterhalten. Das sind so unsere Gespräche, Bert. Du siehst also – er ist hochkultiviert. Ich bin noch niemals jemandem seinesgleichen begegnet!

BERGEN, *dreht sich auf die Seite zu Schubert hin und betrachtet ihn:* Du scheinst ja mächtig beeindruckt zu sein. Du bist offenbar leicht besoffen vor Begeisterung! Mann, du scheinst hier eine Art Batterieführerkult zu entwickeln. Ach, Junge, Junge – das gefällt mir ganz und gar nicht! Ich fürchte, dagegen muß man was tun — als eine Art Freundschaftsdienst. Aber, was am besten?

Oberleutnant Minder und Hauptwachtmeister Krüger.
Ort: Die Rue Napoléon — jene Straße, welche die Protzenstellung von der Feuerstellung trennt.
Zeit: Gegen 18.00 Uhr — wie beim vorangegangenen Gespräch.

MINDER, *forsch vorprellend*: Das muß ich mir aber ganz energisch verbitten, Hauptwachtmeister! Ich bin einfach empört.

KRÜGER, *in Abwehrstellung*: So was kann vorkommen, Herr Oberleutnant. Doch worum handelt es sich in diesem Fall?

MINDER: Hier werden — offenbar recht zielstrebig — die Belange der einen gegen die Sonderrechte der anderen ausgespielt.

KRÜGER: Nicht durch mich, Herr Oberleutnant.

MINDER: Aber Sie tun nichts dagegen! Sie unterbinden derartige Schweinereien nicht! Was praktisch bedeutet: Sie fördern so was!

KRÜGER, *in höflichem Ton*: Gebrauchten Herr Oberleutnant das Wort Schweinereien — im Zusammenhang mit mir?

MINDER, *hastig*: Ich wollte damit lediglich sagen, Hauptwachtmeister, daß mich diverse neuartige Methoden in unserem Bereich äußerst befremden! Etwa diese: bisher bestand hier ein zwar schweigendes, doch ziemlich festes, gut funktionierendes Abkommen zwischen Feuer- und Protzenstellung — wonach wir Offiziere so rechtzeitig wie nur möglich von jeder Alarmübung verständigt wurden. Das aber haben Sie unterbunden!

KRÜGER: Nicht ich — Befehl vom Chef! Ich würde den Herrn Oberleutnant bitten, sich bei diesbezüglichen Beanstandungen an Herrn Hauptmann zu wenden.

MINDER, *drängend*: Hauptwachtmeister — wo stehen Sie? Wir beide sind doch bisher immer recht gut miteinander ausgekommen! Wollen Sie sich nun gegen mich stellen? Das sollten Sie sich gut überlegen! Denn ich könnte hier der kommende Batteriechef sein.

KRÜGER: Vorläufig jedoch, Herr Oberleutnant, ist das Hauptmann Hein, und der wird das vermutlich auch noch einige Zeit bleiben. Und was mich persönlich angeht, Herr Oberleutnant — ich bin für meine 3. Batterie da, nicht für deren wechselnde und auswechselbare Angehörige. Außerdem aber — ich gönne jedem seine Sorte Kunst! Vorausgesetzt jedoch: so was beruht auf Gegenseitigkeit.

MINDER, *mit erheblicher Lautstärke*: Was soll denn das schon wieder heißen?

KRÜGER: Herr Oberleutnant — mich interessiert allein meine Batterie. Und wenn etwa Sie, unmittelbar nach dem Polenfeldzug, für Bilder in einer Warschauer Vorortvilla besonderes Interesse empfunden haben — darunter eins von Renoir —, so geht mich das zunächst nichts an. Nicht direkt. Zumindest so lange nicht, wie man mich hier meine Pflicht erfüllen läßt — und zwar so, wie ich sie verstehe. Ich jedenfalls, Herr Oberleutnant, bin kein Bild, das man aus dem Rahmen schneiden kann.

MINDER, *zurückweichend, tonlos*: Wollen Sie mir drohen?

KRÜGER, *ruhig*: Ich spreche keine Drohung aus, ich treffe lediglich eine Feststellung. Und zwar eine, die ich beweisen kann — falls das jemals notwendig werden sollte. Aber daß jemand versuchen könnte, es darauf ankommen zu lassen — das kann ich mir schwer vorstellen.

Frau Dr. Werner-Weilheim und Leutnant Helmreich.
Ort: Offiziersunterkunft, eine Villa am Rande der Feuerstellung.
Zeit: Gleichfalls gegen 18.00 Uhr.

FRAU WERNER-WEILHEIM, *energisch eintretend*: Heil Hitler, Herr Leutnant! Freut mich, Sie kennenzulernen. Sie dürfen übrigens überzeugt davon sein, daß ich befugt bin, mich hier aufzuhalten.

Sie ist es. Sie ist befugt, die Feuerstellung zu betreten — sie wie auch die übrigen Mitglieder der Forschergruppe Magnus. Denn: unmittelbar unter dem zweckentfremdeten Sportplatz muß sich — laut Chroniken, Messungen und wissenschaftlichen Kombinationen — ein großes Gräberfeld befinden. Reit- und Troßknechte der Herzöge von Orleans, deren Wachsoldaten und Bediente, einschließlich Hof- und Stallmeister, werden dort unten vermutet.

Die Werner-Weilheim stellte sich vor. Sie wird von Leutnant Helmreich herzlich begrüßt. Der bietet an: Kaffee, Wein oder Cognac — was höflich, aber bestimmt, abgelehnt wird. Abgelehnt wird auch das Angebot, in einem der strapazierten, schäbig gewordenen Sessel Platz zu nehmen. So stehen sie einander gegenüber — beide erwartungsvoll.

WERNER-WEILHEIM: Ich beabsichtige nicht, Herr Leutnant, Ihre gewiß wertvolle Zeit über Gebühr in Anspruch zu nehmen. Doch ich habe, mit Freude, vernommen — von dem uns zugeteilten Gefreiten —, daß Sie ein bewußt deutschvölkischer, ostmärkischer Mensch sein sollen. Und darüber hinaus ein stets verantwortungsbewußter Offizier. Erlauben Sie mir daher, Ihnen eine Frage zu stellen: Sind Sie für oder gegen die Einrichtung eines Soldatenpuffs?

HELMREICH, *ausweichend; doch um die wohl von ihm erwartete charmante Liebenswürdigkeit bemüht*: Ich persönlich — das darf ich versichern — würde etwas Derartiges niemals in Anspruch nehmen.

WERNER-WEILHEIM, *nach kurzem, abschätzendem Blick*: Das, Herr Leutnant, ist hier nicht der springende Punkt! Ein Mann in Ihrer Position könnte schließlich — wenn er unbedingt wollte — auch anderweitig schnelle Befriedigung finden. Worauf es hier allein ankommt, ist dies: bejahen Sie die Installierung eines Bordells im Rahmen Ihrer Batterie? Ja oder nein?

HELMREICH: Nein. Natürlich nicht! Wenn ich auch zugeben muß, daß gewisse Umstände...

WERNER-WEILHEIM: Also grundsätzlich sind Sie dagegen! Das möchte ich zunächst einmal feststellen. Dann: Ihnen dafür danken!

HELMREICH, *mehr als nur leicht verwirrt*: Aber ich bitte Sie, Frau Doktor!

WERNER-WEILHEIM: So unterstützen Sie also — wie ich nicht anders erwartet habe — unsere Aktion: Saubere Wehrmacht! Sie dürfen überzeugt davon sein, Herr Leutnant, damit einer guten Sache zu dienen. Dieser Puff muß ausgeräumt werden! Wofür ich — nicht zuletzt dank Ihrer Mithilfe — gerne sorgen will. Heil Hitler!

Telefongespräche
während der Abendstunden des gleichen Tages
zwischen dem Abteilungsstab und der 3. Batterie.

I. Telefongespräch:
Vermittlung Abteilung an Vermittlung 3. Batterie. Anordnung mit folgendem Inhalt:

»Der Gefreite Bergen hat sich, im Verlaufe des nächsten Tages, beim Abteilungsstab einzufinden, zwecks Überprüfung seiner Personalpapiere. Meldung bei Wachtmeister Rothe.«

Diese Anordnung erreichte zunächst Forstmann, der sie prompt an Krüger weiterleitete. Der betrachtete sie mit steigendem Mißtrauen. Dann sagte er: »Hier stinkt was! Sie fordern diesen Bergen an — das ist ihr Recht. Aber dann teilen sie uns mit, weshalb — und das ist verdächtig, weil nicht üblich. Außerdem kenne ich Rothe ziemlich gut — der hat mit Personalpapieren so gut wie nichts zu tun.«

Woraus sich, nur wenige Minuten später, ergab:

2. Telefongespräch:

Krüger: »Das ist doch nicht auf deinem Mist gewachsen, Rothe! Was soll denn dort gespielt werden — und wie weit hast du da deine Pfoten drin?«

Rothe: »Wie kommst du auf so was — und wovon redest du überhaupt?«

Krüger: »Nun halt mal kurz die Luft an, Kumpel! Oder willst du etwa versuchen, mich zu verschaukeln? Du hast so was vor einem Jahr schon mal probiert — juckt es dich tatsächlich, das noch ein zweites Mal zu riskieren?«

Rothe: »Krüger, Menschenskind — ich bitte dich! Du kennst doch meine Situation! Ich denke doch gar nicht daran, mich ausgerechnet bei dir querzulegen — wo wir doch immer schon, bei jeder sich bietenden Gelegenheit, so gut zusammengearbeitet haben.«

Krüger: »Also ist es — wie ich mir schon gedacht habe — der Adjutant, der wieder einmal in unseren Bereich hineinzufummeln versucht.«

Rothe: »Bitte, Krüger — das habe ich nicht gesagt! Auch nicht bestätigt! Und auch sonst habe ich dir nichts geflüstert — verstehst du?«

Krüger: »Klar! Mach dir nur nicht gleich in die Hosen! Ich weiß von nichts, du weißt von nichts — wir haben niemals darüber gesprochen. Hast du eine Ahnung, was der Adjutant von meinem Bergen will?«

Rothe: »Nicht die geringste Ahnung — mein Wort darauf. Der Oberleutnant Seifert-Blanker hat nur zu mir gesagt: ›Fordern Sie den an — aber möglichst unauffällig; bestellen Sie ihn zu sich, und wenn er kommt, dann schicken Sie ihn zu mir!‹ Vermutlich soll er ausgenommen werden — aber wie und warum, weiß ich wirklich nicht!«

Krüger: »Versuche, das herauszubekommen — wo wir doch immer schon, bei jeder sich bietenden Gelegenheit, so gut zusammengearbeitet haben.«

»Willkommen, Herr Professor!« rief Hauptmann Hein einladend aus, mit weiter Geste und einer nahezu herzlich klingenden Stimme. »Ich freue mich, daß Sie mir Gesellschaft leisten wollen.«

»Ich bin sehr gerne gekommen, Herr Hauptmann.« Der Professor setzte sich, eine Papierrolle auf die hintere Schmalseite des Riesentisches legend, auf einen der hochlehnigen Stühle — an die acht Meter von Hein entfernt. »Und nicht zuletzt bin ich Ihres Champagners wegen hier — der ist großartig.«

»Ein Punkt, in dem wir uns verstehen — und, wie ich sehr hoffe, nicht der einzige.« Hein strengte sich an. »Darf ich fragen, ob Ihre Arbeit Fortschritte macht?«

»Den gegebenen Bedingungen entsprechend — ja, durchaus.«

Der Hauptmann nickte — dann dachte er nach, was wohl diese zögernde Äußerung genau zu bedeuten hatte. Entgegenkommend fragte er: »Doch nicht etwa irgendwelche Beanstandungen, Klagen, Beschwerden? Über irgendwelche von meinen Soldaten? Das würde ich sehr bedauern — und unverzüglich abstellen! Also, falls ich Ihnen irgendwie behilflich sein kann — bitte das nur zu sagen.«

»Verbindlichen Dank, Herr Hauptmann. Aber ich persönlich führe hier lediglich den mir befohlenen Forschungsauftrag durch — ich versuche das wenigstens. Für Organisationsfragen bin ich nicht zuständig — glücklicherweise nicht; die erledigt Frau Doktor Werner-Weilheim, und das gelegentlich mehr als gründlich. Man könnte dann meinen, sie sei der einzige Mann in unserer Gruppe.«

Der Hauptmann lachte. Dann bedeutete er dem seitwärts dastehenden, auf sein Zeichen wartenden Soldaten Schubert, die Champagnergläser zu füllen — und der schenkte, fast nun schon mit Oberkellnerwürde, ein. Um sich dann wieder auf seinen Platz in des Hauptmanns unmittelbarer Nähe zu begeben und hier unbeweglich stehenzubleiben. Magnus musterte ihn aufmerksam.

Hein hob sein Glas, dem Professor entgegen. Wobei er fast feierlich ausrief: »Auf die Historie und ihre Helden!«

Magnus erwiderte nichts, hob gleichfalls das Glas, blinzelte ins Kerzenlicht und trank genießerisch-versonnen. Das listige Lächeln, das dabei zum Vorschein kam, hielt an — war wie eine Maske.

»Und wie ist das mit dem Herzog?« wollte der Hauptmann plötzlich wissen. »Haben Sie inzwischen schon mehr über ihn, diesen Charles Louis von Orleans, herausgefunden?«

»Eine ganze Menge mehr!« versicherte Magnus.

»Erzählen Sie, bitte!«

»Gerne, sehr gerne sogar — wenn ich Sie damit nicht langweile.«

»Aber ich bitte Sie, Herr Professor! Mein Geschichtsinteresse ist sehr ausgeprägt! Zumal die Existenz dieses Herzogs beginnt, mich seltsam anzuziehen. Man kann ihn doch wohl, wenn mein Instinkt mich nicht trügt, zu den großen, den wegweisenden abendländischen Gestalten rechnen?«

»Das, Herr Hauptmann, kann man durchaus so sehen!«

»Also berichten Sie! Sie haben in mir einen aufgeschlossenen Zuhörer.«

»Darf ich Ihnen zunächst — sozusagen als kleine Aufmerksamkeit — diese Papierrolle überreichen? Sie enthält, von mir persönlich aufgezeichnet, eine Art Lebensbaum der Herzöge von Orleans — im Hinblick auf Charles Louis.«

Die Papierrolle übergab der Professor dem Soldaten Schubert — dieser reichte sie feierlich seinem Hauptmann. Der entrollte sie, beugte sich darüber und betrachtete sie angestrengt, ohne dabei vorerst zu einem Ergebnis zu kommen.

»Das«, bekannte er dann, »ist recht verwirrend. Als Ganzes! Aber es stimmt. Wenn ich dabei von Charles Louis ausgehe, ihn als Mittelpunkt nehme, mutet dieses irritierend vielverzweigte Gebilde schon sinnvoller an.«

»Sie sind da auf dem richtigen Weg, scheint mir.«

Professor Magnus lehnte sich zurück, ließ sich Zeit, betrachtete dabei seine Umgebung, schien sie abschätzend zu registrieren: auf engem Raum ein Sammelsurium von seltsam disharmonischen, rücksichtslos zueinander gezwungenen Elementen — Gegenstände wie Menschen.

Gegenstände: ein klobiger Eichentisch aus der Provence — Lederlehnstühle, produziert in Nancy — dicke, dichte Brokatvorhänge aus Lyon. Die an der westlichen Längswand hängenden Gemälde: bombastische Porträts in Samt und Seide, in Rüstungen aus Silberblech und mit Goldverzierungen, feist-zufriedene Gesichter, hoheitsvoll blickend — wie aus der Schule von Rubens. An der Wand hinter ihm: angedunkelt, faltenwerfend, zerspringend — und zerschossen —, aber dennoch von schwebender Schönheit: eine allegorische Tändelei auf engem Raum; vermutlich von Fragonard.

Und nicht zuletzt dieses Fragonard wegen war er hier eingesetzt — der Reichsmarschall hatte davon gehört, daß sich in Schloß D. ein Bild von klassischem Rang befinden sollte. Und das schien er für sich zu wollen. Der Professor jedoch tat, als habe er dieses Objekt noch nicht gefunden — um hier seine Mission nicht vorzeitig beenden zu müssen. Denn bei Hein begann es ihm zu gefallen.

Diese Dinge hier regten seine Phantasie an — ob nun Bilder oder Särge. Darüber hinaus war er umgeben von Menschen, die ihm hochinteressant erscheinen wollten. Gern sah er zu im großen Zirkus dieser Welt — und immer wieder war er versucht, nach Möglichkeit mitzuspielen.

Menschen also: ein wohl sehr zeitgemäßer Held, dieser Hauptmann, wie von Arno Breker modelliert; muskulös, kleinstirnig, mit Nußknackerkinn — umstrahlt von der faszinierenden Naivität ewiger Kinder und vermutlich auch mit deren spielerischer Grausamkeit. Dahinter, gleich einem blassen, geduldigen Schatten, dieser schmalgesichtige, dunkelgelockte, rehäugige Jüngling — wohl kaum etwas anderes als ein Opfertier mehr für die Altäre vermeintlicher Heroen. Und dann hier: er — erst knapp über fünfzig Jahre alt, doch bereits ein müder, gedemütigter alter Mann, ein verhinderter Faun, von Vorgesetzten verschiedener Spielarten vielfach geschunden, der sich in seine Wissenschaft verkroch. Der aber immer wieder hervorkam, wenn eine Art, oder Abart, von Vergnügen, von Lustgewinn ihn lockte.

»Ich höre, Herr Professor«, sagte Hein, ein wenig ungeduldig. »Sie wollten mir, wenn ich nicht irre, einige Einzelheiten mitteilen.«

»Nun ja — Details — diesen Herzog betreffend, den Charles Louis von Orleans! Der war also,weit über seine sonstigen vielseitigen Begabungen hinaus, in allererster Linie ein großer, ja ein genialer Soldat. Mit einem höchst wachen Sinn für militärische Zweckmäßigkeiten, für Neuerungen, kurz, für den Fortschritt der Kriegskunst.«

»Worauf es allein und immer wieder ankommt — zu allen Zeiten! Der Soldat als schöpferischer Denker! Als der alles entscheidende Tatmensch. Als der legitime Beherrscher jeder geschichtlichen Veränderung. Um seinem Gegner überlegen zu sein, muß man ihm voraus sein. In der Waffentechnik ebenso wie in den Ausbildungsmethoden; und nicht zuletzt im Geiste.«

Der Hauptmann hatte sich weit vorgebeugt, als er das ausrief – vielleicht um von Magnus möglichst deutlich verstanden zu werden. Doch dessen Gehör funktionierte ausgezeichnet – und sein Instinkt für sich anbietende Gedankenspiele nicht minder.

Er sagte: »Sogar Prinz Eugen hat Worte höchster Anerkennung für diesen Herzog gefunden. Er nannte ihn: ein Leuchten in Europas dunkelsten Stunden! Schiller bezeichnete ihn als einen Mann, der seinesgleichen sucht. Und Friedrich der Große soll, nach einer verlorenen Schlacht, ausgerufen haben: ›Mit einem Charles Louis in unseren Reihen hätten wir gesiegt!«

Hein veränderte seine Haltung nicht – weit vorgebeugt, wollte er wissen: »Und worin, bitte, bestanden seine besonderen militärischen und geschichtlichen Verdienste?«

»Nun«, erklärte Magnus fast hastig, »dieser Charles Louis sorgte einmal äußerst beharrlich für eine ausschließlich kriegsmäßige Ausbildung seiner Leute – er ließ diese, auch nachts, über blanke Klingen springen; er stellte einen regelrechten Trainingsplan für Eil- und Gewaltmärsche auf; er ließ den Kampf mit der Waffe an Strohpuppen üben. Ferner verdoppelte er den Bestand an Pferden – versuchte ihn sogar zu verdreifachen – wodurch die Truppe beweglicher und zugleich auch leistungsfähiger wurde; sein erklärtes Ziel war: drei Pferde für jeden Reiter – zwecks Erhöhung von Ausdauer und Schnelligkeit seiner Kavallerie. Auch brachte er seinen Soldaten bei, wie Schnee und Frost am wirksamsten zu überwinden waren – der Herzog darf als der eigentliche Erfinder von Winterfeldzügen gelten.«

»Fabelhaft – ganz fabelhaft!« rief Hauptmann Hein aus. Er winkte, sich aufrichtend, Schubert zu – er möge einschenken. Was geschah.

Worauf Hein zu wissen begehrte: »Haben Sie das Grab unseres Herzogs gefunden?«

Das bestätigte Magnus. »Es liegt unmittelbar vor dem Hauptaltar der Grabkirche. Der Sarg trägt eine Aufschrift in lateinischer Sprache.«

»Dort also ruht nun unser Herzog!«

»Offiziell – was auch von mehreren Dokumenten bestätigt wird. Jedoch nicht von allen. So habe auch ich meine Zweifel. Meine ersten Untersuchungen scheinen die bisher zwar kunstvoll verschleierte, doch immer wieder heimlich behauptete Mutmaßung zu bestätigen: dieser Sarg ist leer.«

»Er ist leer?«

»Ja – soweit ich das nach diesen Voruntersuchungen beurteilen kann. Was jedoch der Legende durchaus zu entsprechen scheint.«

»Welcher Legende?«

»Sie wissen doch: sie ist ähnlich jener über den deutschen Kaiser

Friedrich Barbarossa, der im Kyffhäuserberg sitzen soll, wo sein Bart durch den Tisch gewachsen ist. Auf seine Rückkehr wartend! Nicht sonderlich viel anders auch die vielfach verschleierten Vorgänge um diesen unseren Herzog — der soll sich, sagt man, mehrfach übereinstimmend, auf sein Schlachtroß geschwungen haben und dann gegen den Horizont, also wie himmelwärts, geritten sein. Danach hat ihn niemand mehr gesehen.«

»Werden Sie seinen Sarg öffnen?«

»Meine Vollmachten reichen — leider — nicht so weit, Herr Hauptmann. Ich bin lediglich von der für mich zuständig gewordenen Dienststelle, der Reichsleitung Rosenberg — als Leiter nur von einer unter zahlreichen anderen Gruppen — dahingehend beauftragt worden, kulturell oder historisch bedeutende Wertgegenstände zu registrieren, sie vor Verfall und Beschädigung zu bewahren und ihre Existenz, möglichst genau katalogisiert, weiterzumelden. Mehr kann ich nicht tun.«

»Werden Sie mir den Sarg des Herzogs zeigen, wenn ich Sie darum bitte?«

»Aber gerne!«

»Und werden Sie diesen Sarg auch öffnen — falls es mir gelingt, Sie davon zu überzeugen, daß dies geschehen muß?«

»Warum? Mißtrauen Sie den Historikern? Oder der Legende?«

»Nicht unbedingt! Aber ich muß mehr darüber wissen — die ganze Wahrheit!«

»Was, Herr Hauptmann, ist das? Fest steht zumindest dies: gestorben muß er inzwischen sein.«

»Aber wo? Aber wie? Unter welchen Umständen?«

»Warum nicht hier, in diesen Räumen?«

»Hier — wo ich jetzt sitze?«

»Kann sein — kannn auch nicht sein. Es muß nicht der gleiche Stuhl gewesen sein, auf dem Sie jetzt sitzen, in welchem er starb. Möglich, daß sein Tod in jenem Raum erfolgt ist, in dem Sie zu schlafen pflegen. Denkbar auch, daß er im Turmzimmer starb — in Richtung Paris starrend, wo ein König hockte, wie auf vergoldetem Nachtgeschirr, umschwärmt von geilen Weibern, servilen Höflingen und ihrem seichten Geschwätz. Möglicherweise! Was ist da nicht alles denkbar!«

»Das aber, Herr Professor, möchte ich ganz genau wissen — ich fühle mich dazu zutiefst verpflichtet. Vermögen Sie zu erkennen, wie ich mir vorkomme? Wie einer, der ein Erbe anzutreten hat! Ein Erbe, das einem Vermächtnis gleichkommt und dem er nicht ausweichen kann. Nicht ausweichen will.«

Hauptmann Hein legte, während er das erklärte, beide Hände auf die Tischplatte vor sich, schien sich dann hochzustoßen; wie getrieben setzte er sich in Bewegung, schritt an der Längsseite des Raumes entlang, machte kehrt, ging wieder zurück und schließlich hin und her.

Sagte dabei, wie vor sich hin: »Das will – das muß ich wissen! Sollte er tatsächlich hier gestorben sein? Und wo hier? Dort, wo das Bett steht, in dem ich liege? Und handelt es sich vielleicht dabei sogar um das gleiche Bett? Wenn er aber hier im Schloß gestorben ist – wo sind dann seine Gebeine geblieben? Wenn sie nicht in seinem Grab liegen – wo dann? Und warum liegen sie nicht dort? Was ist Legende, was Wahrheit? Das muß doch herauszufinden sein!«

»Ich will Ihnen gerne dabei behilflich sein«, versicherte der Professor, der einige Mühe hatte, seine faunische Freude an dieser Entwicklung des Gespräches zu verbergen, »und nachzuweisen versuchen, wonach es Sie so dringend verlangt.«

»Tun Sie das, bitte – und möglichst bald!«

»Ja, Herr Hauptmann, das scheint, in diesem Fall, durchaus sinnvoll zu sein. Äußerst hoffnungsvoll sogar – aus meiner Sicht betrachtet.«

Zwischenbericht IV

Aus den späteren Erzählungen
von Madame Susanne,
nunmehr Frau F. (F. gleichbedeutend mit Forstmann)
– damals eine der drei Bewohnerinnen der
Schloßverwalterwohnung in D.

»... gab es, bei mir, keine irgendwie gearteten Probleme. Vielmehr ist alles absolut selbstverständlich gewesen. Nicht zuletzt, weil ich im Elsaß aufgewachsen bin.

Aber wer weiß denn heute noch, was das damals zu bedeuten hatte? Unser schönes Land gehörte zum Reich Karls des Großen, dann lange Jahre zu Frankreich, dann zu Deutschland, dann wieder zu Frankreich... Bei uns zu Haus wurden zwei Sprachen zugleich gesprochen – was sich dann für mich später ausgezahlt hat. Ich meine: ich habe meine deutschen Sprachkenntnisse ganz gut gebrauchen können.

Und warum sollte ausgerechnet ich irgend etwas gegen diese deutschen Soldaten haben? Mein Vater ist schließlich auch deutscher Soldat gewesen. Einer meiner Brüder hingegen hielt sich bei der französischen Restarmee in England auf. Mein Gott, da muß man doch bereit sein, einiges für die Versöhnung unserer Völker zu tun...

... wurde ich von den Kriegswirren überrascht und in die Stadt D. verschlagen. Was ich zunächst beklagte. Doch bald sollte sich dieser Aufenthalt als ein Glücksfall für mich entpuppen. Traf ich doch dort auf den guten F. — meinen späteren lieben Ehemann.

... kann ich durchaus sagen, daß dies wohl Liebe auf den ersten Blick gewesen ist...«

Auszüge
aus Feldpostbriefen
geschrieben in jenen Tagen
von Angehörigen der 3. Batterie.

Hauptwachtmeister Krüger an die Familie Krüger, wozu ein Elternpaar mit sechs Geschwistern gehörte, fünf davon männlichen Geschlechts.

»... geht hier der Krieg praktisch unentwegt weiter. Beharrlich warten wir darauf, weitere feindliche Flugzeuge abschießen zu können. Meine Batterie ist stets einsatzbereit und auf einem hohen Leistungsstand. Darauf bin ich stolz. Zumal ich euch mitteilen kann, daß ich zum EK eingereicht worden bin, was mir unser Hauptmann förmlich aufdrängen mußte...«

Unteroffizier Softer an einen Freund:

»... kann ich dir, in jeder gewünschten Menge, noch dazu zu äußerst günstigen Preisen — bei Großbestellung großzügig Rabatt, bei Wagenladungen Transport frei Haus, jedoch stets nur gegen Barzahlung — für heute folgendes anbieten...«

Beigelegt eine zweiseitige Liste.

Wachtmeister Moll, Rechnungsführer, an eine damalige Braut:

»... bin ich dir selbstverständlich treu, was ich wohl nicht erst weiter zu betonen brauche... kannst du dir kaum vorstellen, wie abgesondert wir hier leben, geradezu spartanisch ... habe seit Wochen kein weibliches Wesen gesehen, zumal ja die Französinnen, wie bekannt, Parfüm hauptsächlich deshalb benutzen, um den Geruch ihrer permanent unsauberen Unterwäsche zu übertönen ... verspüre ich auch nicht das geringste Bedürfnis danach, wo ich doch dich habe...«

Sanitätsobergefreiter Neumann an einen Kameraden der Heimatfront:

»... stehen hier allein drei von dieser Sorte mir ganz persönlich zur Verfügung. Und das sozusagen Tag und Nacht. Manchmal würfele ich, mit welcher ich soll! Denn alle drei sind ganz prima in Schuß! Für jede Sondertour zu haben.

Vielleicht kommt bald noch eine vierte dazu, von wegen größerer Abwechslung, was auch mit ständiger Leistungssteigerung zu tun hat, worauf wir Wert legen. Von mir angeregt! Ach, lieber Freund, ich kann nur wünschen, du wärest hier, damit ich dir sie alle vorführen kann.

Alle auf einmal, wenn du willst! Ha, ha, ha! Ich sehe dich schon Attacke reiten! Mensch, dieser Krieg hat es in sich.«

Der Soldat Schubert an seine Mutter:
»Liebe Mutter! Es geht mir gut. Das Essen ist reichlich, der Dienst nicht weiter anstrengend, und die Kameraden sind gut zu mir. Das Wetter ist sehr schön. Wir wohnen in einem alten Schloß. Bitte mache dir keine Sorgen um mich und sei herzlichst gegrüßt — von deinem dich liebenden Sohn.«

Stellungnahme
des ehemaligen Leutnants der Reserve Helmreich,
nunmehr leitender Angestellter einer Stadtsparkasse in der Steiermark,
dortselbst auch Vorstandsmitglied des örtlichen Soldatenbundes.

»Ich bekenne, wie es nun mal meine Art ist, ganz offen und frei heraus: damals sind Fehler gemacht worden! Sehr erhebliche Fehler sogar! Wenn ich auch daran, direkt, keinerlei Anteil gehabt habe. Denn ich hielt es unter meiner Würde, mich vorzudrängen.

... bin ich niemals ein erklärter Nationalsozialist gewesen, wohl aber immer ein durch und durch deutscher Mensch. Was nicht zuletzt bedeutet: ich vermochte stets die Weltgefahr des Kommunismus zu erkennen.

In dieser Hinsicht fühlte ich mich versucht, selbst einen Hitler zu begrüßen — aber eben nur in dieser Hinsicht! Doch er — wie auch viele seiner Anhänger — haben es leider versäumt, die richtigen Konsequenzen aus den damaligen Gegebenheiten zu ziehen.

Denn jener Krieg hätte von Anfang an denkbar total sein müssen! Er erstickte jedoch durch das Hinauszögern notwendiger Maßnahmen und beklagenswerter Versäumnisse. Durch die Trägheit der Herzen.

›Achten Sie auf meine Worte‹, sagte ich damals zu meinem Kameraden, einem gewissen Oberleutnant Minder. Doch der achtete darauf nicht. Warner wie ich predigten bereits damals schon tauben Ohren.

Diese schnell sich ausbreitende, wuchernde Unlust wurde frühzeitig von mir erkannt. ›Wir ersaufen im Sieg!‹ sagte ich zu Minder, der offenbar gar nicht begriff, was ich damit gesagt hatte.

Ja, es fehlte weitgehend die klargesichtige, bewußte, kriegerische Vollkommenheit! Auch, im Endeffekt, bei einem Mann wie Hauptmann Hein. Dessen geradezu klägliches Ende bewies das schlagend! Er mag gewiß ein guter Soldat gewesen sein, ein ausgezeichneter Taktiker, auch wohl ein entschlossen kämpferischer Mensch. Er war jedoch, in meinen prüfenden Augen, nicht gerade weitdenkend. Nicht vorausschauend. Er blickte vielmehr zurück.

Unter derartigen Erkenntnissen litt ich damals sehr. Zahlreiche andere Unzulänglicheiten kamen hinzu. So etwa gab sich unser Regimentskommandeur, Oberst Rheinemann-Bergen, mit Vorliebe philosophisch — er schwatzte von Kant und Hegel —, und seine Umgebung, einschließlich des Kriegsrichters Born, plapperte das nach.

Dann der Abteilungskommandeur — ein wandelndes Weinfaß, beständig betrunken. Und sein Adjutant, ein gewisser Oberleutnant Seifert-Blanker, intrigierte hemmungslos. Er machte Schwierigkeiten, wo immer er konnte — aber nur, um sich dann als derjenige aufspielen zu können, dem es gelang, diese von ihm arrangierten Schwierigkeiten zu beseitigen.

›Ich habe gewarnt!‹ rief ich dem Kameraden Minder zu. Jedoch: das Verhängnis nahm unaufhaltsam seinen Lauf.«

5

Ein Held muß als solcher auch bestätigt sein — sonst ist mit ihm Geschichte nicht zu machen.

Da standen sie nun! Sie standen da »wie die Ölgötzen«, »wie hingerotzt«, »wie Alleebäume«, »wie an einer Schnur entlanggeschissen und festgetrocknet«: die 3. Batterie dieses Flakregiments. In lautstarker Gemeinschaftsarbeit überprüft, aufgebaut und ausgerichtet — von Hauptwachtmeister Krüger und Wachtmeister Runge.

Niemand durfte fehlen — Flugmelder und Wachtposten ausgenommen. Und es schien so, als wollte auch niemand fehlen. Sogar Softer, der sonst wie ein Hamster pausenlos seine Vorräte zu bewachen pflegte, war neugierig herbeigeeilt. Hatte es doch geheißen: ein großes Ereignis wäre zu erwarten — denn der General persönlich hatte sich angesagt!

Um den General ebenso würdig wie auch möglichst vollständig zu empfangen, hatten sich die Soldaten der Protzenstellung mit denen der Feuerstellung vereinigt, was nicht allzu häufig vorkam. Nun jedoch formierten sie sich in Dreierreihen, inmitten der Geschütze vor dem Kommandogerät. Und Hauptwachtmeister Krüger genoß es, seinen »ganzen großen Scheißhaufen« wieder einmal beisammen zu haben. Er ließ seine dröhnende Kasernenhofstimme so voll ertönen, daß ihn selbst Runge ein wenig beneidete.

»Ich«, sagte der Wachtmeister der Feuerstellung kameradschaftlich zum Hauptwachtmeister, »besitze eine Schnur von einhundert Meter Länge — zwecks genauester Ausrichtung.«

»Mein Augenmaß genügt«, winkte Krüger freundlich ab.

Das erklärte er vertraulich gedämpft — um mögliche Mißdeutungen unter den Mannschaften zu vermeiden. Denn: zumindest sie beide, Krüger ebenso wie Runge, waren allerbestes Unteroffizierskorps — sie hatten schon gewußt, was eine verschworene Gemeinschaft war, bevor hier noch Hitler Oberbefehlshaber werden konnte. Somit legten sie Wert darauf, sich nicht die geringste Blöße zu geben — weder Untergebenen noch Vorgesetzten gegenüber.

Als Hauptmann Hein erschien — er näherte sich diesmal zu Fuß, in einer Haltung, als schreite er einem Gottesdienst entgegen — meldete ihm Hauptwachtmeister Krüger seine 3. Batterie direkt; unter glatter Umgehung der beiden Offiziere. Denn die standen, wie nebensächlich, seitwärts — und salutierten! Hein übersah sie.

Der Hauptmann schien nichts und niemand zu sehen — nicht sehen zu wollen! Er sprach kein Wort; nicht einmal das sonst obligatorische, knappe »Danke« kam diesmal über seine Lippen. Er erhob lediglich seine rechte Hand — wobei erkennbar wurde, daß er eine völlig neue Sorte Wildlederhandschuhe trug: silbergrau, fast weiß. Sein Gesicht wirkte maskenhaft starr.

Und diese Maskenhaftigkeit schien anzudauern. Hein bewegte sich nicht. Stand da. Seiner Batterie gegenüber. Auch die stand wie erstarrt im milden Sonnenlicht. Wie ein dichter Zaun aus starren Männerleibern. Einer davon ließ einen kräftig knarrenden Wind wehen. Ein zweiter Soldat schien sich versucht zu fühlen, dem nachzueifern. Der Hauptwachtmeister zuckte zusammen. Doch der Hauptmann schien nichts davon gehört zu haben.

»Der Herr General!« rief nun diensteifrig Oberleutnant Minder, »nähert sich der Feuerstellung!«

»Und zwar mit großem Gefolge«, fügte der Leutnant Helmreich, nicht minder diensteifrig, hinzu.

»Meldung an den Herrn General«, verkündete nun Hauptmann Hein eher leise, »durch mich!«

Und Krüger, der fast alle Regungen seines Chefs richtig einzuschätzen vermochte, rief nun mit seiner kraftvollen Kommandostimme, die weit über die Stadt D. hinaus zu hallen schien: »Achtung! Stillgestanden! Zur Meldung des Herr Hauptmann an den Herrn General: die Augen — links!«

Die Augen der Soldaten bewegten sich danach ruckartig nach rechts — genau in jene Richtung, aus welcher der General kommen mußte. Denn es war, bei einer so vorzüglich ausgebildeten Truppe wie dieser gar nicht nötig, daß ein Kommando stimmte — entscheidend war, daß es richtig ausgeführt wurde. Und eben das hatte Krüger vorsorglich vielfach geübt.

Drei Fahrzeuge bewegten sich in geradezu zeremoniellem Feiertagstempo auf die Feuerstellung der 3. Batterie zu. Weithin sichtbare Farbflecke in ihnen: blütenreines Generalsweiß, flammendes Kommandeursrot — unmittelbar dahinter: blaugraue Uniformen und grüngraubraune Tarngewänder des Begleitpersonals. Ein Wimpel stand drahtgesteift gegen die Fahrtrichtung. Die Kolonne hielt, als wäre sie sanft von Gummiseilen aufgefangen worden.

Dem ersten Wagen entstieg: der Herr General — ernüchternd klein, auf den ersten Blick, fast besorgniserregend zierlich, noch dazu leicht tänzelnd; er sah um sich, fast, als suche er Hilfe. Reckte sich dann hoch; es schien, als stellte er sich auf die Zehenspitzen.

Dem zweiten Wagen entstieg Oberst Rheinemann-Bergen, er von imponierendem Wuchs, mindestens ein Meter fünfundachtzig groß, gekonnt väterlich blickend. Und hinter ihm, faßartig und beweglich — als rolle er munter vorwärts — zeigte sich der Abteilungskommandeur. Dieser jedoch ohne seinen Adjutanten, Oberleutnant Seifert-Blanker, was Eingeweihte als alarmierend erkennen mußten.

Danach entwieselten einem dritten Wagen etliche Leute mit Kameras und Fotoapparaten – die Männer irgendeiner Propagandakompanie. Sie umstellten windhundschnell die dritte Batterie.

Hauptmann Hein meldete dem General. Der dankte – überraschend schwungvoll. Hierauf begann ein heftiges Händeschütteln. Vom General ausgelöst. Nach diesem: Oberst Rheinemann-Bergen. Worauf denn auch der Abteilungskommandeur begehrte, daran teilzunehmen. Und die Leute der Propagandakompanie kurbelten und knipsten; einer von ihnen skizzierte mit munterem Schwung Heldenbilder für die Heimatfront.

Der General begehrte nun – Hauptmann Hein gefolgt – ›die Front‹ abzuschreiten. Und seinem stattlichen Gefolge rief er einladend zu: »Nehmen Sie bitte Anteil, meine Herren!« Und so schoben sie sich denn, dekorativ gebündelt, an den immer noch unbeweglich dastehenden Soldaten der Batterie entlang: General und Begleitoffiziere – Oberst und Begleitoffiziere – Major und Begleitoffiziere. Dazu Hein.

»Weißt du, was ich versuche?« flüsterte der Soldat Wassermann dem neben ihm stehenden Bergen zu. »Ich versuche mir den General im Hemd vorzustellen – so was erleichtert mich ungemein.«

»Nur vorübergehend – oder auf Dauer?«

Die Soldaten richteten – wie mehrfach geübt, von und mit Krüger, gemeinsam mit Runge – ihre Augen ausschließlich auf den Herrn General. Und das sogar mit einigem Interesse – denn nur höchst selten hatten sie Gelegenheit, eines dieser Gattung militärisch höherer Lebewesen zu erblicken.

Nicht wenige lechzten danach, hierbei den Adlerblick eines Feldherrn zu erspähen – doch vereinzelt hatten sie eher den Eindruck: ein bunt gefiederter Papagei wandle an ihnen vorüber! Und das noch dazu mit einiger Geschwindigkeit – als lege der General Wert darauf, sich möglichst schnell wieder ihren Blicken zu entziehen. Sie waren enttäuscht.

»Soldaten!« rief danach, sich in Positur stellend, der General – und zwar mit einer überraschend hellen, scharfen, durchdringenden Stimme. »Ihr habt die Ehre, einer Eliteeinheit anzugehören! Ihr habt nicht nur mitgeholfen, entscheidende Siege herbeizuführen, wie alle, ihr seid vielmehr direkt beteiligt daran! Denn diese Batterie weist ein Erfolgskonto auf, das als einzigartig bezeichnet werden kann. Das zu würdigen ist mir Bedürfnis!«

Der General schien nun tief Luft zu holen. Er rief aus: »Herr Hauptmann Hein! Bitte, kommen Sie zu mir! Und das stellvertretend auch für Ihre vorbildlichen Organisationshelfer, für all ihre prächtigen Leute!«

Hauptmann Hein schritt auf seinen General zu. Blieb vor ihm stehen – kreidebleich, stocksteif, mit wesenlosen Wasseraugen. Der General lächelte und streckte seinen rechten Arm aus, dem Regimentskommandeur entgegen — und der überreichte ihm ein tellergroßes Etui, dazu ein in Schweinsleder gebundenes aktenartiges Gebilde, in dem offenbar eine Urkunde lag.

Auch der Oberst lächelte nun — was seine ganz Größe bewies: hätte er doch selbst, wenn nicht Hein gewesen wäre, diesen Augenblick äußerster Ehrung erleben können! Die Verleihung eines Ritterkreuzes.

»Herr Hauptmann Hein«, sagte nun der General, wobei er dem Etui ein breites, schwarz-weiß-rotes Band entzerrte, an dem der metallene Orden baumelte. »Der Führer und Reichskanzler, der Oberbefehlshaber der Wehrmacht, Adolf Hitler, hat Ihnen, in Anerkennung Ihrer verdienstvollen Taten, diese unsere höchste Auszeichnung verliehen. Es ist mir eine Ehre, Sie mit dem Ritterkreuz des Eisernen Kreuzes auszeichnen zu dürfen.«

Der General streifte das Ordensband, an dem das Ritterkreuz hing, dem Hauptmann über den leicht geneigten Kopf, über die Mütze, abwärts zum Hals. Es schaukelte jetzt schief, wurde jedoch eilfertig zurechtgerückt und hierauf kurz mit der flachen Hand beklopft.

»So«, sagte der General, offizierskameradschaftlich scherzend, »da haben Sie also Ihr Halsband!« Was sich um so ironischer anhörte, als der General selbst noch keins hatte.

Anhaltendes Händeschütteln hierauf: erst der General, dann der Regimentskommandeur, sodann der Abteilungskommandeur, schließlich die Begleitoffiziere. Kernige, ermunternd klingende Worte dabei, wie etwa: »Ehrlich verdient!« »Wenn einer — dann Sie!« »Machen Sie nur so weiter!«

»Na — was habe ich Ihnen gesagt? »Wir alle sind verdammt stolz auf Sie!«

Hein stand gestrafft da, reichte mechanisch seine Hand herum, drückte aber stets kraftvoll zu. Vermochte indessen kein Wort hervorzubringen. Wurde gefilmt. Fotografiert. Gezeichnet.

»Nichts wie die gleiche öde Chose«, murmelte ein PK-Mann, der sich in der Nähe von Krüger und Runge aufhielt. »Könnt ihr hier nicht mal was anderes anbieten — etwa einen kleinen Feuerzauber? Darauf sind wir scharf.«

»Demnächst — vielleicht«, meinte Runge entgegenkommend. »Hat durchaus den Anschein, daß hier bald was Besonderes steigen wird.«

»Dann laß mich das wissen, Kamerad — aber möglichst rechtzeitig! Aber bitte nicht den üblichen Kleinkram. Es muß funken! Und scheppern! Und stinken! Vielleicht kommst du dann sogar in die Wochenschau.«

»Bitte — weiter«, forderte der General, leicht ungeduldig. Denn diese dumpf dastehende, deutlich riechbare Männermasse beunruhigte ihn. Denn er war ein Ästhet. Hinzu kam, daß er mit einigen

Generalskameraden in Paris verabredet war — zu einem Galasouper, im Maxim. »Erledigen wir auch noch den Rest.«

»Wachtmeister Runge«, rief der Regimentskommandeur eilig, »ich überreiche Ihnen das Eiserne Kreuz Erster Klasse — verliehen für wiederholte Tapferkeit vor dem Feind.«

Überreichung — Handdruck — ab.

»Hauptwachtmeister Krüger«, sagte nun der Abteilungskommandeur, nicht minder eilig. »für Sie das Eiserne Kreuz Zweiter Klasse! Für Bergung von Verwundeten unter feindlichem Beschuß.«

»Und wer«, fragte Unteroffizier Softer gemütlich breit, »leckt mich am Arsch?« Aber das hörten nicht viele.

Im Schnellverfahren wurden noch drei weitere Auszeichnungen — ebenfalls das EK II — verliehen: an zwei Unteroffiziere und einen Gefreiten der Feuerstellung. Sodann nickte der General, gekonnt leutselig, seinen Soldaten zu, bestieg seinen Wagen, von den begleitenden Offizieren gefolgt, und fuhr in erhöhtem Tempo davon. Knapp drei Minuten später war die 3. Batterie wieder ganz unter sich.

Minder, der Oberleutnant, bewegte sich auf Hein zu, der wie ein Standbild wirkte. »Gratuliere!« rief er aus und verbesserte sich dann: »Erlaube mir zu gratulieren!«

»Danke« sagte Hauptmann Hein karg. Ohne dabei auch nur einen Finger zu bewegen.

»Dürfen wir«, fragte Minder hastig, »Herrn Hauptmann in unsere Offiziersunterkunft bitten? Zu einem kleinen Umtrunk anläßlich der auch uns ehrenden Auszeichnung. . .«

»Danke — nein!« erklärte Hein. »Alles zu seiner Zeit! Zunächst einmal haben wir hier einen Dienstplan zu erfüllen. Und bei uns hat der Dienst immer Vorrang. Eine Auszeichnung, Herr Minder, ist nichts als eine Verpflichtung mehr!«

»Werden etwa heute keine Affenspiele veranstaltet?« wollte Wachtmeister Arm besorgt wissen.

»Wie kommst du auf diese Idee, Menschenskind?« beruhigte ihn Hauptwachtmeister Krüger. »Warum solltest du nicht deine Affen klettern lassen — wenn es dir Spaß macht?«

»Na — weil doch heute so eine Art Feiertag ist. Wegen dieser Auszeichnungen.«

»Da kannst du ganz beruhigt sein! Hast du denn nicht gehört, was unser Hauptmann Hein geflötet hat? Bei uns ist das so wie in der Landwirtschaft mit den prämierten Bullen — nach der Prämierung müssen die erst recht was leisten!«

»Ich jedenfalls«, meinte Arm, »bin schließlich nicht ausgezeichnet worden.«

»Reg dich nur nicht auf«, sagte Krüger betont gemütlich. »Wenn er nach mir ginge, Arm, könntest du mein EK haben — ich lege keinerlei Wert auf derartige Äußerlichkeiten. Aber ich trage das EK meiner — unserer — Batterie wegen. Die hat es verdient. Außerdem, und das ganz im Vertrauen, bist du bereits zum Kriegsverdienstkreuz eingereicht — mit Schwertern! Und das hat hier weit und breit noch niemand.«

»Ja — wenn das so ist!« Wachtmeister Arm schlug Krüger, neben dem er sich von der Feuerstellung zur Protzenstellung bewegte, kumpanenhaft auf den Rücken. »Dann werde ich also wieder einmal ganz groß in die Arena steigen! Meine Affenspiele finden also statt! Wer ist denn diesmal für eine Solodressur fällig?«

»Bergen«, erklärte der Hauptwachtmeister betont gelassen. »Der in erster Linie — dem muß dringend klargemacht werden, wie und von wo aus hier die Winde wehen.«

»Das bringe ich dem schon bei!« versprach Wachtmeister Arm unternehmungsfreudig. »Es hätte mir auch sehr leid getan, wenn meine spezielle Sonderveranstaltung ausgefallen wäre. Aber auf unseren Hauptmann ist eben auch in dieser Beziehung absolut Verlaß — der stramme Dienst geht weiter! Was uns aber nicht davon abhalten sollte, heute abend einen zu saufen — zur Feier deines Tages! Meinst du nicht auch?«

»Das«, stimmte der Hauptwachtmeister zu, »bin ich nun wohl dir und unseren Kameraden schuldig. Softer wird das organisieren.«

»Mit anschließendem gemeinsamem Puffbesuch?«

»Auch das«, versprach Krüger, »sollte sich machen lassen! Jedoch — immer schön eins nach dem anderen!«

Die Affenspiele pflegten jeweils in den Mittagsstunden gegen Ende einer jeden Woche stattzufinden. Sie waren eine Art Gemeinschaftsproduktion von Feuer- und Protzenstellung; von Hein stillschweigend genehmigt, von Krüger und Runge organisiert, von Arm durchgeführt.

Wachtmeister Arm, von seiner früheren Glanzzeit her als ›der Löwe der Sandberge‹ berühmt und berüchtigt, ein Kasernenhof- und Truppenübungsplatzschleifer von weithin anerkanntem Einfallsreichtum, war begierig darauf, seine spezielle Begabung auch hier nicht verkümmern zu lassen.

»Welcher Unteroffizier ist denn diesmal als mein Assistent vorgesehen?« wollte Arm wissen.

»Ich schlage Kaminski vor«, erklärte der Hauptwachtmeister nach längerem Überlegen.

Dieser Kaminski, Kraftfahrer des Chefs, ebenfalls noch nicht ausgezeichnet, hatte dringend eine ehrende Ermunterung verdient. Denn wer sich, unmittelbar neben Arm, an dessen Affenspielen beteiligen durfte, besaß ein Anrecht darauf, sich als anerkannter Fachmann zu fühlen, was einem internen Leistungsnachweis gleichkam.

»Also gut — Kaminski! Doch welche Leute dazu? Außer diesem Bergen?«

Die Mindestbeteiligung bei den Affenspielen betrug sechs Mann. Denn sonst lohnte sich der Aufwand nicht. Höchstbeteiligung: neun Mann. Denn diese Anzahl ließ sich, gerade noch individuell, betreuen. Angekündigt jedoch waren diesmal: sieben.

Da war also einmal dieser Bergen, geliefert vom Hauptwachtmeister; dazu vier Leute der Feuerstellung, Hochspringer mit verdächtig wechselhaften Ergebnissen, benannt von Runge; ferner zwei Mann, die Softer für vertrauensunwürdig hielt — sie hatten mehr Waren verbraucht, als in die von ihnen zu packenden Kisten hineinging.

»Dreizehn Uhr!« sagte Arm sachlich. »Feldmarschmäßig — aber mit leerem Rucksack. Ziegelsteine liegen bereit.«

Damit war dieser Vorgang, zumindest für den Hauptwachtmeister, geklärt. Als nächstes galt es, das Fest der Unteroffizierskameraden, das zweite in dieser Woche, zu organisieren.

Krüger ersuchte Softer, sich bei ihm zu melden — auf der Schreibstube. Der erschien — wenn auch mit einiger Verspätung. Wobei er sich betont gleichgültig gab, ohne dabei, verdächtigerweise, sein Gartenzwerggrinsen abzuschalten.

»Softer, mein Lieber«, sagte der Hauptwachtmeister, »komme mir jetzt nicht noch damit, daß auch du nicht ausgezeichnet worden bist. Denn das wirst du, ganz im Vertrauen, bald sein! Du bist nämlich zum Kriegsverdienstkreuz, mit Schwertern, eingereicht — und das hat hier weit und breit noch niemand.«

»Bin ich tatsächlich dazu eingereicht?« wollte Softer, heftig zuschnappend, wissen. Und nun grinste er wieder und beeilte sich zu versichern: »Wenn du das sagst, dann wird es auch stimmen! Das ändert natürlich vieles.«

»Wie wär's denn also mit einem Fest? Gleich heute abend? Unter Einschluß deines Freizeitbetriebes?«

»Wird gemacht!« versprach Softer. »Getränke jeder Art werden von mir bereit gestellt. Und mein Puff kann jederzeit offiziell, für den laufenden Einsatz, geschlossen werden — etwa ab spätem Abend. Danach nichts wie Sondereinsatz. Dessen Dauer nach Belieben. Speziell für dekorierte Kameraden. Recht so? Die frischgebackenen Ordensträger aus der Feuerstellung könnten vorher, kurz nach Dienstende, zum Schuß kommen. Zu Vorzugspreisen, versteht sich — damit wir danach ganz unter uns sind.«

Auf Softer und seine Organisation war Verlaß. Krüger konnte sich also getrost seinen speziellen Vergnügungen widmen — wozu, nicht zuletzt, Arms Affenspiele gehörten. Die ließ er sich kaum jemals entgehen; und diesmal gedachte er sie vorbehaltlos zu genießen.

Unteroffizier Softer bewegte sich, wie von Karl May inspiriert, kundschafterähnlich durch das hintere Ende des Parkes. Er schob sich an der Grabkirche entlang und spähte dann zu einer Steinbank in Mauernähe hin.

Dort saß ein kleiner, schmächtiger Mann in Eisenbahneruniform, den Rock weit aufgeknöpft, und das nicht nur der hohen Tagestemperatur wegen. Er hatte einen Arm um die Schultern eines Mädchens gelegt, das nicht sehr viel mehr als zehn Jahre alt zu sein schien, und es eng an sich gezogen.

Softer schüttelte bei diesem Anblick den Kopf; sein beharrliches Grinsen schien er völlig vergessen zu haben. Er räusperte sich, be vor er sagte: »Darf ich hier mal kurz stören?«

Der Eisenbahner schreckte hoch. Es war, als stoße er das Mädchen von sich. Es zog sich hastig das hochgerutschte Kleid über die Knie.

»Du bist es!« rief der Eisenbahner erleichtert, nachdem er Softer erkannt hatte. »Du hast mir ja fast einen Schrecken eingejagt — von hinten anzuschleichen! Und natürlich störst du hier nicht im geringsten — du nicht!«

»Wobei denn?« fragte Softer, nun wieder grinsender Gartenzwerg. »Versuchst du hier, deine französischen Sprachkenntnisse aufzufrischen?«

»Wir sind lediglich spazierengegangen — nicht wahr, Simone?« Das Mädchen nickte eifrig. »Na siehst du, Softer — wir wollten nur mal so in der Natur. . .«

»Spare dir den Rest, alte Sau«, meinte Softer freundlich. »Mir brauchst du doch nichts vorzumachen — du bist nun mal scharf auf ganz junge Stuten.«

»Erlaube mal!« rief der Eisenbahner hahnenhaft aufgebläht, die maulwurfartigen Schaufelhände schwingend. »Das hier — die kleine Simone — ist die Nichte des Maire, des Bürgermeisters. Er persönlich hat sie mir anvertraut. Sie soll mir die Umgebung zeigen!«

»Die Nichte des Bürgermeisters?« Softer blickte nicht unbesorgt auf dieses Pärchen. »Aber gut, Mann — das ist dein Risiko. Ich jedenfalls weiß von nichts; ich habe nichts gesehen, nichts gehört. Ich weiß nur so viel: du hast mir versprochen — vor drei Tagen, als du die kleine Tochter einer Witwe betreut hast — für Eisenbahntransporte zu sorgen. In Richtung Heimat. Waggonweise.«

»Das kannst du haben!« versicherte der Eisenbahner, vorsichtig seinen Rock zuknöpfend. »Du brauchst nur zu sagen — wann, wohin, in welcher Größenordnung. Das plane ich dann ein.«

»Na prima!« Unteroffizier Softer grinste zufrieden. »Das nenne ich Dienst am Kunden! Und dazu bin auch ich bereit — indem ich hier dieses Idyll unterbreche. Womit ich sagen will: mache deine Sauereien woanders — denn in dieser Gegend wird es bald von Affen nur so wimmeln — und deren Treiber, da bin ich sicher, werden kaum soviel Verständnis entwickeln können, wie das mir gegeben ist.«

»Danke für den Hinweis«, sagte der Eisenbahner, sich erhebend, während er seine rechte Hand Simone reichte, die sie vertrauensvoll ergriff. »Aber das eine, Softer, möchte ich noch feststellen: hier hat keine, wie du es nennst, Sauerei stattgefunden! Vielmehr nichts anderes als ein Vorgang vorbehaltloser Zuneigung: ich liebe Simone wie eine Tochter — und sie liebt mich wie einen Vater!«

»Na klar!« sagte Softer. »Die Kleine soll ihr Höschen anziehen, das liegt unter der Bank. Dann verschwindet! Räumt das Schußfeld. Und die erste Aufstellung über Eisenbahntransporte zu Sonderpreisen möglichst gleich morgen früh.«

Auch Wachtmeister Runge schätzte diese Darbietung, ›Arms Affenspiele‹. Heute — frisch dekoriert, also in allerbester Stimmung — ganz besonders. Er ließ sich, gemeinsam mit Krüger, auf einer Bank im Schloßpark nieder. Sie hatten sich in einer Aktentasche Flaschenbier mitgebracht. Von hier aus konnten sie das Affenspielgelände bequem überblicken.

Unteroffizier Kaminski begann mit dem ›Anfangs- und Ausgangsstadium‹. Er scheuchte das Siebenmannrudel zu einem Ziegelsteinhaufen hin. Wachtmeister Arm trottete hinterher. »Drei pro Person«, ordnete er lässig an. »Zunächst einmal.«

»Macht schon!« bellte Kaminski kurz. »Eins, zwei, drei!«

Und sie ›machten‹ — sie packten sich jeweils drei der großen, rechteckigen Ziegelsteine in ihren Rucksack. Einzelgewicht: etwa drei Kilogramm. Das taten diese sieben Soldaten ohne sonderliche Eile, doch keineswegs langsam. Arm betrachtete die ihm Ausgelieferten freudig, jedoch ohne sich damit aufzuhalten — er nickte Kaminski zu.

»Einmal pfeifen«, verkündete der fast schreiend, »heißt: hinlegen! Zweimal pfeifen: Sprung auf, marsch, marsch! Dreimal: volle Dekkung! Klatsche ich in die Hände: Stellungswechsel! Steht mein Daumen abwärts: runter! Steht er aufwärts: rauf! Das gilt für die nächste halbe Stunde.«

Damit hatte der Unteroffizier Kaminski eine der längsten, aber auch wohlvorbereitetsten Reden seines Lebens gehalten. Danach versank er wieder in völlige Schweigsamkeit. Klatschte nur noch in die Hände, stieß in seine Trillerpfeife, winkelte den rechten Daumen ab- und aufwärts. Blickte nußknackerhaft, mit grimmigem Grinsen.

Und seine sieben Opfer stürzten sich befehlsgemäß in den Dreck, wuchteten sich hoch, fielen wieder nieder, stießen sich vorwärts, dann seitwärts, krochen kreuz und quer über den von Fahrzeugen zerwühlten Boden — begannen schließlich zu taumeln, wie Kranke zu keuchen. Bekamen schweißnasse, verdreckte Gesichter und verklebte Augen.

»Die alte, bewährte Machart!« meinte Wachtmeister Runge, wobei er eine neue Flasche Bier öffnete. »Die Kerle pfeifen jetzt schon auf den letzten Löchern! Entweder sind das alles schäbige Schlappsäcke — oder sie simulieren.«

»Und ob sie simulieren!« stimmte Krüger kennerisch zu. »Die entwickeln, mit der Zeit, geradezu schauspielerische Fähigkeiten. Aber einen Arm können die nicht auf den Arm nehmen!« Er belachte seinen Witz und stieß mit Runge an. »Jemand, der uns auf diesem Spezialgebiet irgend etwas vormachen kann, der muß wohl erst noch geboren werden.«

»Jetzt«, verkündete Wachtmeister Arm im Park, »übernehme ich das Kommando!« Er wippte dabei in den Knien, reckte sich dann tatkräftig auf, nickte Kaminski zu und sagte: »Die hast du ganz gut angewärmt, diese Stinktiere!« Was ein hohes Lob war.

Nun stellte sich der Arm vor seinem ›Gesangverein‹ auf — so nannte er seine keuchenden sieben Soldaten — und verkündete einladend: »Belastung verdoppeln. Von drei Ziegelsteinen auf sechs. Sodann zur Baumbesteigung!«

Erst damit begannen die eigentlichen, von ihm erfundenen ›Affenspiele‹ — von Betroffenen auch als ›Armleuchters Affenspiele‹ bezeichnet. Voraussetzung dafür: ein halbwegs brauchbarer Baumbestand. Und in dieser Hinsicht war der Schloßpark geradezu ideal: Eichen, Edelkastanien, Blautannen — in verschwenderischer Fülle und von vielversprechender Größe; vermutlich jahrhundertealt.

»Also — auf die Bäume, ihr Affen!«

Seine inzwischen doppelt bepackten Soldaten krochen schleunigst aufwärts — am schnellsten jene, welche bereits die hierbei angewendeten Spielregeln kannten. Denen paßte sich Bergen geschickt und schnell reagierend an — er hielt sich dabei immer möglichst im Mittelpunkt des Rudels, um so wenig wie irgend möglich aufzufallen.

»Alle Affen in Ruhelage!« rief Arm.

Sie legten sich auf den Ast, den sie gerade erklommen hatten. Sie lagen mit Brust und Bauch darauf, klammerten sich mit Armen und Beinen fest. Einige verkrampften sich — vor allem die, welche sich den mit etwa achtzehn Kilo belasteten Rucksack zu lose umgeschnallt hatten; der drohte, herunterbaumelnd, sie um ihr mühsam bewahrtes Gleichgewicht zu bringen. Einige Gesichter preßten sich angstvoll gegen die Baumrinde — in schlotternder Erwartung der nächsten Armschen Maßnahme.

»Kamerad Kaminski«, sagte der, »Ihr Seitengewehr, wenn ich bitten darf.«

Kaminski zog sein Seitengewehr, auch ›Plempe‹ genannt — ein klobiges, breitflächiges Stahlmesser — aus der Scheide. Arm nahm es und ging damit auf einen der Soldaten zu, der sich einen niedrigen Baumplatz ausgesucht hatte. Und dem schlug er, kurz und kräftig, auf die Fußsohlen. »Höher hinauf! Oder ich steche dir ein zweites Loch in deinen Arsch!«

Das war ein Warnsignal. Prompt krochen einige keuchend höher. Arm ließ sich nun von Kaminski dessen Seitengewehr auf einen Karabiner pflanzen, was man auch Bajonett nannte. Auf diese Weise vergrößerte er seine Reichweite um einen ganzen Meter. Worauf sich nun fast alle in Sicherheit bringen mußten.

Arm bedachte sie freudig zumeist mit Tiernamen — nannte sie Wanzen, Läuse, Würmer, Heuschrecken, Ratten, auch Schweine; letzteres in den verschiedenartigsten Variationen: Wildschweine, Säue, Wildsäue, Mastschweine, Spanferkel. Feinheiten, wie sie der Hauptwachtmeister liebte, verschmähte er — angeblich hielt er so was für Zeitverschwendung. In Wirklichkeit fiel ihm nichts weiter dazu ein.

»Alle Affen hängen!« rief jetzt Arm.

Das war der Höhepunkt dieser Spiele: die Soldaten hatten allein mit den Händen ihren Ast zu umklammern — ihre Körper hingen dabei herunter, vom Ballast in den Rucksäcken abwärts gezogen. Minutenlang hingen sie dort. Mit bald fahlen, leichenblassen und grünlichen Gesichtern.

»Daß mir ja kein Schwanz schlappmacht! Reißt euch gefälligst am Riemen, ihr Schießbudenfiguren!« rief ihnen Arm warnend zu. »Kneift eure beschissenen Arschlöcher zusammen — denn wehe dem, der sich dabei in die Hosen macht. Bepissen könnt ihr euch von mir aus — so großzügig bin ich. Aber wer hier zu früh seinen Geist aufgibt, den spieße ich mit dem Bajonett auf — oder ich trete ihm in den Hintern, wenn er sich nicht vorher das Genick gebrochen hat!«

Sie fielen alsbald von den Bäumen, wie faule Früchte. Sie plumpsten abwärts, prallten dumpf auf. Blieben dann liegen — keuchend, röchelnd, wimmernd. Arm lachte zufrieden vor sich hin. »Wer zuletzt übrigbleibt«, verkündete er, »kann Schluß machen!«

Der letzte, der herabfiel, war der Gefreite Bergen. Und der diese Vorgänge genießerisch betrachtende Hauptwachtmeister registrierte dieses Ergebnis mit großer Aufmerksamkeit. »Da schau mal einer an«, sagte er nachdenklich vor sich hin, »zäh und ausdauernd ist der auch noch.«

»Das haben Anfänger so an sich«, meinte Wachtmeister Runge. »Aber das muß kein Dauerzustand sein.« Er erhob sich von seiner Zuschauerbank — der Höhepunkt war überschritten. Fast hastig leerte er seine Bierflasche — die dritte. »Ich muß noch in die Feuerstellung — Hein hat für den Nachmittag Sonderübungen angekündigt. Sozusagen mit Pauken und Trompeten. Zur Feier des Tages.«

Arm beschäftigte sich inzwischen mit einer seiner weiteren Spezialdarbietungen — allerdings ohne Bergen. Fällig war nun das, was er als ›Geländevermessungen‹ zu bezeichnen liebte – Körperlänge nach Körperlänge. Die Soldaten legten sich hin – streckten sich aus – machten einen Sprung vorwärts – wobei die Fußspitzen genau dort liegen mußten, wo vorher die Handspitzen gelegen hatten – keinen Zentimeter weniger. »Diesmal von Scheißhaus zu Scheißhaus!« Womit die Strecke von der Mannschaftslatrine bis zur Feldtoilette der Forschergruppe gemeint war. »Und dort hinein – mit der Nasenspitze!«

Wachtmeister Runge verabschiedete sich herzlich von Hauptwachtmeister Krüger. Und der sagte: »Aber am Abend bist du wieder bei uns – zum Ringelpietz mit Anfassen.«

»Klar!« versprach Runge. »Doch inzwischen will ich auch mal meine Puppen tanzen lassen – damit die nicht aus der Übung kommen!«

»Tu das«, empfahl Krüger sachverständig. »Nur nichts auslassen! Was man versäumt, ist nicht mehr nachzuholen – aber wir versäumen nichts!«

Worauf ein schriller Schrei ertönte – der übergangslos in heftiges Geschrei überging. Dieser Lärm kam aus Richtung der für die Forschergruppe aufgestellten Feldlatrine – die Frau Dr. Werner-Weilheim veranstaltete ihn.

»Das ist doch wohl der Höhepunkt!« rief sie aus. »Man kann ja hier nicht einmal in Ruhe. . .« Sie verstummte plötzlich und starrte auf den vor ihr auf dem Bauche liegenden Affenspieler. »Wie könnt ihr Untiere es wagen, sogar hier herumzuschnüffeln!«

»Maßarbeit – was?« meinte Arm, den Hauptwachtmeister Krüger angrinsend.

Der grinste anerkennend zurück: »Wie bestellt!«

»Was mich hier immer mehr beschäftigt – mich geradezu magisch anzieht – das ist dieser Puff!« Der Soldat Wassermann sagte das unternehmungsfreudig. »Ob wir nicht mal versuchen sollten, den lahmzulegen?«

»Gerne – von mir aus! Aber nicht mehr heute!« sagte der Gefreite Bergen müde. »Denn im Augenblick bin ich restlos bedient.«

»Heißt das: du bist erledigt?« fragte Wassermann besorgt. »Hat dieser Arm dich fertiggemacht?«

»Vorübergehend durchaus!«

Bergen beugte sich entkräftet über den Motor seines Funkwagens. Denn der sprang schon wieder einmal nicht an. Diese Panne mußte beseitigt werden – und Wassermann hatte sich bereit erklärt, ihm zu helfen.

»Diesen Fehler«, versicherte er, den Gefreiten angrinsend, »kann ich in wenigen Minuten beheben – wenn ich will! Aber warum sollte ich wollen? Schließlich habe ich diese Panne selbst verursacht, während der Affenspiele – um dir danach Gesellschaft zu leisten. Von mir aus können wir hier noch Stunden zubringen – den ganzen langen Nachmittag. Und uns dabei bequatschen!«

»Hat das irgendeinen Sinn?« fragte Bergen zweifelnd.

»Es kommt darauf an!« meinte Wassermann. »Es kommt darauf an, ob sich hier gewisse Schweinetreiber sicher genug fühlen, ob man denen das gönnt, ob man dagegen was machen kann... Nur so – zum Spaß!«

»Was denn – zum Beispiel?«

»Eine Menge Möglichkeiten bietet sich an – falls man Phantasie hat. Und die hast du – die habe ich auch! Etwa in dieser Preislage: so ein Puff ist auch eine medizinische Angelegenheit – also könnte man den Regimentsarzt darauf aufmerksam machen. Außerdem sind an diesem Puff drei Weiber beteiligt, französische Zivilpersonen – deren Überprüfung, zumindest in personeller Hinsicht, fällt unmittelbar in den Bereich der deutschen Ortskommandantur, was diesen Heinis klargemacht werden könnte.«

»Ach, Mensch – wozu soll so was gut sein«, meinte Bergen. »Diese Leute kommen höchstens bis zu Krüger, doch über den nicht hinaus. An Hein heran oder in den Puff hinein kommen die nie!«

»Und wie ist das mit dem Abteilungsadjutanten, diesem Oberleutnant Seifert-Blanker – ist der nicht wie wild darauf, unserem Hauptmann was anzuhängen? Ihn aufs Kreuz zu legen?«

»Der hat mich zu sich bestellt – scheint mir dringend den Puls fühlen zu wollen.«

»Na also – ist doch bestens!«

Wassermann lag entspannt auf dem einen Kotflügel des Funkwagens – Bergen lag auf dem anderen.

»Nichts ist dabei bestens!« Der Gefreite schüttelte den Kopf. »Kann ja sein, ist sogar sicher, daß der Adjutant versucht, diesen Hein zu Hackfleisch zu verarbeiten. Das gelingt ihm aber nur, wenn er Zeugen und Beweise liefern kann. Und das heißt: wer ihm dazu verhilft, ist ausgeliefert – und nicht nur Krüger und Konsorten.«

»Du willst also nicht?«

»Würdest du mitmachen, Wassermann – hundertprozentig?«

»Schon gut«, sagte der, »schon gut! Sicherlich hast du recht! Aber schade ist das doch – verdammt noch mal! Siehst du denn gar keine Möglichkeit? Oder hat dich dieser Arm mit seinen Affenspielen völlig aus der Fassung gebracht?«

»Bei dem«, sagte Bergen versonnen vor sich hin, »revanchiere ich mich schon noch – das bin ich dem schuldig!«

»Vorwärts!« rief Hauptmann Hein seinem Kraftfahrer zu. »Immer vorwärts!«

Sein Ritterkreuz, nun fest montiert, schmückte des Hauptmanns Hals und wirkte dort ungemein dekorativ. Es war, als wäre Hein nun erst vollständig bekleidet. Und wie immer hat er Großes vor – zumindest gedachte er nicht, auf seinen Lorbeeren auszuruhen.

»Tempo dreißig!« rief er Kaminski zu – dabei bereits zur Feuerstellung spähend.

Der Hauptmann stand in seinem offenen Kübelwagen, vorne rechts neben dem Fahrer, dabei leicht gegen die Windschutzscheibe gelehnt. Unteroffizier Kaminski lenkte das Fahrzeug geschickt über die zerfahrenen Wege. Kurz vor der Rue Napoléon meldete er: »Ausfahrt blockiert!«

Denn dort stand ein schwarzer, sargartiger Wagen unbestimmbarer Fabrikation, vermutlich ein überpinselter Horch. Und vor diesem stand – schwergewichtig, rotweingesichtig, mit Tränensackaugen und Säbelbeinen – der Hauptmann Karl Schmidt, Kommandant der Stadt D. Er versuchte eine Art Ehrenbezeigung.

»Geben Sie, bitte, den Weg frei!« verlangte Hauptmann Hein, unbeweglich aufgerichtet. »Oder legen Sie Wert darauf, daß ich Sie über den Haufen fahren lasse?«

»Aber ich bitte Sie!« rief der Stadtkommandant, mit leicht erhobenen Händen. »Ich habe keineswegs die Absicht, Sie zu blockieren; ich wollte Ihnen lediglich zu Ihrer Auszeichnung gratulieren.«

»Vielen Dank! Darf ich Sie nunmehr bitten, die Fahrbahn zu räumen?«

»Selbstverständlich!« Der Hauptmann Schmidt versuchte zu lächeln, was ihm sogar gelang. »Ich erlaube mir indessen, diese gewiß günstige Gelegenheit zu ergreifen, um Sie, meiner speziellen Situation in dieser Stadt wegen, um Verständnis zu bitten – es ist im Grunde auch Ihre Angelegenheit. Eine Art übereinstimmende Verpflichtung.«

»Nicht daß ich wüßte!« erklärte Hauptmann Hein. »Sie können mich aber schriftlich darüber unterrichten – falls Sie tatsächlich Wert darauf legen sollten. Im Augenblick jedoch habe ich Wichtigeres zu tun – es handelt sich dabei um die Einsatzbereitschaft meiner Truppe.«

»Und mir«, versicherte der Stadtkommandant gewichtig drängend, »geht es um die deutsch-französische Verständigung! Um die Beseitigung von möglicherweise gefährlichen Gegensätzen! Um die Bereinigung langjähriger, fast jahrhundertealter Mißverständnisse! Das sollte Ihr Interesse erregen, meine ich!«

»Mich hat hier allein meine Batterie zu interessieren, deren Funktion, deren Kampfkraft – nichts weiter sonst. Auf Wiedersehen, Herr Hauptmann.«

»Und diese andauernden Störungen?« sagte der Stadtkommandant beharrlich. »Störungen, die allein aus Ihrem Bereich kommen? Etwa die Ausquartierung von Bürgern am Rande des Sportplatzes, ohne ersichtlichen Grund? Dann das Scharfschießen im Schloßbereich auf Tiere – auf Tauben und Katzen! Dabei sogar auf den Hund des Bürgermeisters – der aber nicht getroffen wurde, glücklicherweise. Überdies: eine, wie mir mitgeteilt wurde, bereits angekündigte Sprengung des Wasserturms dieser Stadt, weil der angeblich Ihr Schußfeld beeinträchtigen soll! Herr Hauptmann, so muß ich nun wohl fragen – was bedeutet das alles?«

»Nichts weiter, als daß Sie keine Ahnung – nicht die geringste – vom Aufgabenbereich einer im Einsatz befindlichen Einheit haben.« Der eine Hauptmann blickte souverän über den anderen Hauptmann hinweg – ein quellklarer Held schüttelte sich, leicht angewidert. »Geben Sie den Weg frei!«

»Nicht, bevor Sie mich angehört haben!«

»Wozu wollen Sie mich zwingen? Nun gut – wenn Sie es unbedingt darauf anlegen, mir also keine andere Wahl zu lassen: dann nichts wie Vollgas, Kaminski!«

Der jedoch machte diskret darauf aufmerksam, daß sich nun – von der Feuerstellung her – Wachtmeister Runge näherte; meldungsbereit und wie stets entschlossen, sich in den Augen seines Hauptmanns zu bewähren. Runges EK I funkelte.

»Stört der hier etwa?« fragte der Wachtmeister – mit dem Daumen auf den Stadtkommandanten deutend.

Hein nickte lediglich. Sonst brauchte er nichts weiter zu tun; das erkannte er befriedigt. Denn Runge besorgte mühelos den Rest. Er sagte zunächst noch durchaus gemütlich zu Schmidt: »Räumen Sie bitte sofort die Fahrbahn – oder Ihr Wagen gerät in das Feuer von einem unserer Geschütze. Was ihm nicht gut bekommen würde. . .«

»Ich«, rief der deutsche Stadtkommandant, »bin in denkbar friedlicher Absicht gekommen! Und was geschieht? Man droht mir! Und das gleich derartig massiv!«

»Wer droht denn hier? Niemand!« erklärte Runge, sich durch Heins freundlich auf ihm ruhenden Blick bestärkt fühlend. »Hier wird lediglich die etwas rauhe Sprache von Frontsoldaten gesprochen.« Und dann meldete er dem Hauptmann Hein: »Feuerstellung gefechtsbereit, Herr Hauptmann. Die Leute warten bereits!«

»Also dann vorwärts«, rief Hein seinem Kraftfahrer zu.

Und prompt setzte sich der Chefwagen des Hauptmanns in Bewegung – auf das schwarz angepinselte Gefährt des Ortskommandanten zu. Meter um Meter näher kommend.

»Ausweichen!« rief Hauptmann Schmidt alarmiert. »Unbedingt ausweichen!« Fast keuchend fügte er hinzu: »Wir dürfen uns nicht provozieren lassen — durch nichts und niemanden! Rückwärtsgang einschalten!«

»Na also!« stellte Hauptmann Hein fest. »Warum nicht gleich so?«

»Das«, versicherte Wachtmeister Runge, auf den Chefwagen hinaufspringend, »macht Spaß! So was überrollen wir einfach, wenn es sein muß.«

Hein nickte. »Ich weiß, mein lieber Runge. Sie werden sogar mit heiklen Situationen spielend fertig. Das EK I ist Ihnen — auf meine Eingabe hin — wahrlich nicht umsonst verliehen worden!«

»Wofür ich dankbar bin«, versicherte der Wachtmeister. »Ich hoffe noch auf viele Gelegenheiten, das beweisen zu dürfen.«

»Sie«, sagte Hein, sich vorbeugend, vertraulich, »sollten Offizier werden — Sie haben das Zeug dazu! Ich werde mich dafür einsetzen.«

Runge verstummte ergriffen. Doch bald raffte er sich wieder auf, wurde sachlich. Meinte: »Es geht um die Kampfkraft unserer Batterie, nicht wahr? Die darf nicht nachlassen! Ganz im Gegenteil: sie muß unbedingt noch verstärkt werden!«

»Sie scheinen es erfaßt zu haben«, bestätigte Hein.

»Erhöhung der Kampfkraft also, durch Bekämpfung diverser Verweichlichkeitserscheinungen — ist es das? Scharfe Munition gegen erlahmende Widerstandskraft — so was in dieser Preislage?«

»Ziel erkannt!« Der Hauptmann nickte befriedigt vor sich hin.

»Ich muß da an unsere Erfahrungen in Polen denken — etwa an das Dorf unmittelbar hinter der Grenze, bei Mlava. Dort schossen wir uns damals in einem Anlauf hindurch — ohne jede Rücksicht auf irgendwelche Verluste. Und wir verloren dabei zwei oder drei Mann. Aber hätten wir das nicht gewagt, diese frühzeitige Beseitigung sämtlicher Hindernisse, hätten wir möglicherweise zwölf bis fünfzehn Mann verloren.«

»Ihr Erinnerungsvermögen, mein lieber Runge, ist ausgezeichnet — außerdem vermögen Sie die sich daraus ergebenden Folgerungen klar zu erkennen. Auch hierbei zeichnen sich bei Ihnen die Eigenschaften eines Offiziers ab. Doch wie, mein Bester, frage ich mich, wären wohl die Erfahrungen von damals, auf die derzeitigen Verhältnisse umgesetzt, am wirksamsten zur Geltung zu bringen?«

»Ich«, versprach der hochdekorierte Wachtmeister Runge, der nun auch noch Offiziersanwärter war, »denke unentwegt darüber nach. Wobei sich mögliche Resultate bereits abzuzeichnen scheinen. Scharfe Munition — und die hinein!«

»Schön, Runge — lassen Sie mich möglichst bald wissen, falls Sie bei diesen Bemühungen zu brauchbaren Erkenntnissen gelangt sein sollten. Und brauchbar, mein Lieber, heißt: praktisch verwertbar! Doch wem sage ich das.«

»Niemand hier?« ertönte eine betont starke Stimme, von der schroff aufgestoßenen Eingangstür zur Schloßverwalterwohnung her. »Hier schläft wohl noch alles! Selbst jetzt noch!«

Diese entschlossen klingende Stimme gehörte der Werner-Weilheim. Denn diese Dame gedachte die Räumlichkeiten zu inspizieren, die der von ihr betreuten Gruppe immer noch vorenthalten wurden — um so endlich beweiskräftiges Material zu erlangen. Also zögerte sie nicht, wenn auch nach innerem, jedoch nur kurzem Ringen, direkt in diese Lasterhöhle einzudringen.

»Ist niemand hier?« rief sie erneut — dabei den vorderen Raum betretend, das sogenannte Empfangszimmer, den Salon. »Oder verkriecht man sich vor mir?«

Was sie erblickte, ließ sie verächtlich aufschnaufen: ein Tisch, auf dem noch halbvolle Gläser standen, mit einer auf sie ekelerregend wirkenden eitergelben Flüssigkeit, wohl Eierlikör — dann ein abgeschabtes, heftig zerlagert wirkendes, fleckiges Sofa und schließlich, auf einem Stuhl, intime weibliche Wäschestücke; diese keinesfalls taufrisch.

Eins davon, ein hauchdünnes hosenartiges Gebilde, griff die Werner-Weilheim auf — mit zwei Fingern der gestreckten rechten Hand. Sie hielt es hoch, gegen das späte Sonnenlicht, das sich durch die verschmutzten Fensterscheiben quälte. Betrachtete es, als habe sie ein Forschungsobjekt von höchst zweifelhafter Qualität vor sich. Dann ließ sie es angewidert fallen.

»Drecksäue!« rief sie. »Aber das war ja nicht anders zu erwarten! Typisch französische Weiber! Und so was wird hier unseren deutschen Menschen zugemutet!«

Noch während sie das ausrief, öffnete sich eine Seitentür — von dort schaute der glattschmalzige Schweinskopf des Sanitätsgefreiten Neumann hervor; seine blaßblauen Augen blickten ungläubig. Wobei er registrierte, daß er forschend betrachtet wurde. Worauf er sich, mit einiger Eile, in dieses Wartezimmer, den Salon, hineinschob.

»Nanu!« rief dann Neumann. »Was suchen denn ausgerechnet Sie in diesen Räumen? Hier gehören Sie doch gar nicht hin? Sie befinden sich auf dem garantiert falschen Dampfer! Vermutlich haben Sie sich in der Tür geirrt. Aber Irren ist wohl menschlich — oder?«

»Wer sich hier wo und in was geirrt hat«, sagte die Werner-Weilheim, »das wird sich wohl sehr schnell herausstellen.«

»Sie«, meinte hierauf der Sanitätsgefreite grinsend, »werden sich da hoffentlich nicht völlig falsche Vorstellungen gemacht haben! Denn in diesen Räumlichkeiten ist lediglich der Verkehr von Männern vorgesehen.«

»Sie schäbiges, schmutziges, elendes Ferkel!« donnerte nun die Werner-Weilheim. »Was versuchen Sie Saukerl mir da anzudichten!

Ihre verdreckte Phantasie scheint grenzenlos zu sein. Was jedoch nur ein weiterer Beweis für die hier herrschende Verkommenheit ist. Ich jedenfalls wünsche, alle Räumlichkeiten in diesem Bereich zu besichtigen — und zwar sofort!«

»Nur über meine Leiche!« erklärte Neumann.

»Das können Sie haben — falls Sie sich mir noch weiter in den Weg zu stellen versuchen, Sie Schweinestallverwalter!«

»Warte!« rief Neumann nun empört, sich vor ihr aufbauend. »So dürfen Sie aber nicht mit mir reden! Ich könnte das womöglich als Beleidigung empfinden.«

»Ich rede mit Ihnen genau so, wie Sie es verdienen! Was stellen Sie hier vor? Haben Sie in diesem Puff eine bestimmte Funktion? Sind Sie zufällig hier oder gehen Sie in diesen Räumen einer dienstlichen Beschäftigung nach? Bezahlen Sie oder werden Sie bezahlt?«

»Das«, sagte Neumann heftig abwehrend, »geht doch wohl entschieden zu weit! Hier jedenfalls haben Typen wie Sie nichts zu suchen! Das ist ein privates Unternehmen.«

»Das ist ein Saustall! Und den werde ich ausmisten!« Die Werner-Weilheim schob den Sanitätsgefreiten energisch zur Seite. Der prallte gegen die Tür — stieß sie auf.

Und dort stand Marie-Antoinette. Im Morgenmantel. Bereits strapaziert wirkend — denn schließlich hatte sie die drei Ausgezeichneten unter den niederen Dienstgraden der Feuerstellung, zwei Unteroffiziere und einen Gefreiten, bedient. Dazu Softer. Und Arm. Sie lächelte dennoch.

»Wen haben wir denn da!« rief sie aus, auf die Werner-Weilheim deutend, verwundert und zugleich geschäftlich interessiert. »Ich kann nur hoffen, daß Sie, verehrte Dame, nicht etwa auch noch zu mir wollen? Für heute bin ich mehr als ausreichend bedient.«

Die Frau Doktor stand hoch aufgerichtet da. Sie musterte diese Marie-Antoinette mit strengem Blick. »Sie also sind eine von diesen Damen!«

»Und Sie möchten vermutlich auch gerne eine davon sein — was? Sie sehen ganz so aus — allen erdenklichen Anforderungen gewachsen — oder? Doch so was kann täuschen. Kondition allein genügt nicht, Praxis muß hinzukommen. Haben Sie die?«

Marie-Antoinette ließ sich auf das Sofa gleiten, wobei sich ihr Schlafrock öffnete.

Empört rief die Werner-Weilheim: »Das ist also wirklich ein regulärer Puff! Nun habe ich mich selbst davon überzeugen können!«

»Hier ist alles privat!« mischte sich, von der Tür her, Neumann ein. »Diese Räumlichkeiten sind sozusagen privat vermietet; sie gehören also nicht direkt zu irgendwelchen militärischen Bereichen.«

»Ach — halten Sie doch endlich Ihre schäbige Schweineschnauze!«

rief ihm die Frau Doktor zu. »Mit so einem Saukerl wie Sie rede ich nicht!«

»Verschwinde, Neumännchen!« empfahl Marie-Antoinette herzlich. »Kümmere dich um Margot — die hat einige sanitäre Schwierigkeiten. Sie scheint mir, was ja nie ganz ungefährlich ist, um etliche Grade zu einsatzbereit zu sein. Wie diese ganze Batterie!«

Der Sanitätsobergefreite verschwand. Und Marie-Antoinette sagte einladend zur Werner-Weilheim: »Wir Frauen, meine ich, sollten uns niemals unnötig aufregen. Denn wer ist das, frage ich mich, schon wert? Kein Kerl! Also setzen Sie sich zu mir — ich kläre Sie gerne auf — falls Sie ein dringendes Bedürfnis danach empfinden solten.«

Die Frau Doktor blieb wie erstarrt stehen. »Sie geben es also zu?«

»Was denn?« fragte Marie-Antoinette belustigt.

»Daß Sie es hier treiben?«

»Aber ich bitte Sie, Frau Doktor — schließlich bin ich eine Frau, die hier ihre Pflicht tut. Und das sind Sie doch auch?«

»Ich bin«, belehrte sie die Werner-Weilheim gewichtig, »eine deutsche Frau!«

»Na — und? Wollen Sie etwa behaupten, man macht es in Deutschland anders? Was ist so international wie unsere Funktion! Ob nun organisiert oder im freien Beruf.«

»Mir geht es hierbei um ethische Prinzipien!«

»Darunter kann ich mir leider nichts vorstellen — ist das schlimm?«

Ein Unteroffizier, mit dem EK II geschmückt, durchquerte, von den hinteren Räumlichkeiten kommend, das Zimmer. Kurz vor der Ausgangstür blieb er stehen, überprüfte den Schlitz seiner Hose und salutierte. Dann verkündete er: »War ganz prima!«

»Gerne geschehen«, meinte Marie-Antoinette freundlich. »Also — dann — bis zum nächstenmal!«

»Schämen Sie sich nicht?« fragte die Werner-Weilheim.

»Wie kommen Sie mir vor!« Marie-Antoinette lachte auf. »Schämen Sie sich etwa danach? Das täte mir leid für Sie!«

»Das«, stellte die Werner-Weilheim fest, um Selbstbeherrschung kämpfend, »ist weit schlimmer, als ich bisher angenommen habe! Hier scheint eine fast schon chaotische, eine zunehmende Hemmungslosigkeit zu herrschen. Deutsch jedenfalls ist das nicht!«

Worauf nunmehr, aus den hinteren Räumen kommend, Unteroffizier Forstmann erschien. Er wirkte gelöst, geradezu heiter. Freundlich nickte er der Dame Werner-Weilheim zu; er schien nicht im geringsten überrascht, sie in diesen Räumen zu erblicken. Vielmehr sagte er ermunternd: »Schauen Sie sich nur um! Denn auch hier wird was für die Erhaltung der Wehrkraft getan!«

Forstmann ging auf Marie-Antoinette zu, beugte sich zu ihr hinunter, küßte sie auf beide Wangen und sagte: »Ihr seid ganz große

Klasse — meine Susanne in Besonderheit! So was erhebt mich! Dafür kann ich nur dankbar sein.«

Der Frau Werner-Weilheim streckte er seine rechte Hand entgegen. Dabei rief er: »Heil Hitler, Frau Doktor!«

»Also auch der!« stellte die Besucherin erschüttert fest, nachdem sich Forstmann entfernt hatte. »Sogar der!«

»Er ist schließlich auch nur ein Mann, Frau Doktor.«

»Denken Sie denn niemals an höhere Werte?«

»Dabei?«

Die Werner-Weilheim wandte sich ab. Sah zum Fenster hinaus. Sagte dann: »Wie sehr bedaure ich ihn! Womit ich nicht Forstmann meine — sondern *ihn*! Von welch niederen Kreaturen ist er umgeben! Weit und breit offenbar niemand, der seinen hohen und edlen Gedanken zu folgen vermag. Vielleicht nur ich — ich werde für ihn tun, was immer in meinen Kräften steht. Er verdient das. Jetzt erst recht!«

Sie sprach von Hauptmann Hein.

Hauptmann Hein stand, gegen die obere Querwand des großen Bankettsaales gelehnt, in voller Uniform da. Er hatte lediglich die Mütze, das Koppel und die silbergrauen Handschuhe abgelegt. Seine Pistole lag griffbereit auf dem Tisch — auch diesmal von einer seidenweißen Serviette bedeckt.

Hein sagte zu Schubert, der vor ihm mitten im Raum stand: »Heute, so heißt es, ist ein großer Tag für mich gewesen!« Er griff sich an das Ritterkreuz. »Doch es hat sich dabei um einen Tag gehandelt, der mir nur selbstverständlich erscheinen will. Nicht etwa, daß ich auf ihn hingearbeitet habe — ich habe für ihn gelebt! Vermögen Sie den Unterschied zu erkennen, Schubert?«

»Ich versuche das, Herr Hauptmann.«

»Sie sind willig, Johannes, das gestehe ich Ihnen zu. Dennoch haben Sie hier noch eine ganze Menge zu lernen — das sehen Sie doch wohl ein?«

»Jawohl, Herr Hauptmann!«

»Nichts in meinem Bereich, Schubert, ist sinnlos! Wenn es das wäre, müßte ich mir die Existenzberechtigung absprechen! Denn warum, Johannes, besteige ich den Fenstersims im Turmzimmer — und blicke, von dort aus, freistehend, wie über Abgründe in weite Fernen? In eine für mich dennoch unmittelbare, eine greifbare Zukunft hinein? Warum?«

»Das, Herr Hauptmann, weiß ich nicht! Aber ich bin sicher: bald werde ich das wissen!«

»Das wünsche und hoffe ich!« Hein schob sich, immer noch mit dem Rücken an die Wand gelehnt, seitwärts in die dunklen Schatten des Raumes hinein. Dabei sagte er: »Ein Mann, Schubert, ein richtiger Mann, muß sich in jeder erdenklichen, in jeder noch so heikel erscheinenden Situation beherrschen können! In jenem Kasino etwa, in dem ich als junger Leutnant verkehren durfte, pflegte unser Kommandeur, nach durchzechter Nacht, einen Kreidestrich über den Teppich zu ziehen – auf diesem mußten wir dann, ohne jeden Fehltritt, entlanggehen. Mir war es gegeben, diesen Kreidestrich mit traumhafter Sicherheit zu beschreiten. Ich hatte mich, auch nach hohem Alkoholgenuß, voll unter Kontrolle. Und im Grunde nichts anderes ist auch hier geschehen. Ich habe mich in ein Turmfenster gestellt, etwa dreißig Meter über der Erde. Dabei nicht im geringsten schwankend! So also, in unerschütterlicher Selbstbeherrschung sehe ich unsere Welt – die Welt, für die wir leben.«

Schubert betrachtete bewundernd seinen Hauptmann: er war groß, stark und schön! Und vollkommen aufrichtig. Souverän beherrschend und vertrauensvoll zugleich! Dabei schien er jedoch irgendwie quälend betrübt, denn abermals versuchte Hein dem flackernden Licht auszuweichen, sich in eine Ecke fast zu verkriechen, wie hingepreßt dazustehen. Verehrung verdienend und zugleich Mitleid. Und Schubert war bereit, ihn zu lieben.

Hein sagte wie vor sich hin: »Da war ein Kindermädchen. Mir zugeteilt. Sie sollte mich betreuen. Für mich sorgen. Mir die Anfänge des Schreibens beibringen – mit mir rechnen, Lieder singen, sogar beten. Doch was tat sie? Sie befummelte mich! Griff mir zwischen die Beine. Ich stieß sie von mir. Schrie auf! Schrie sie an! Beschuldigte sie. Sie wurde hinausgeworfen. War erledigt. Wurde sogar vor ein Gericht gestellt. Wegen sittlichen Mißbrauchs Minderjähriger.«

Hein fuhr fort, sich weiter in eine der äußersten Ecken des Raumes pressend: »Dann war da eine Lehrerin. Dafür bestimmt, mich Sprachen zu lehren. Speziell Englisch. Doch sie liebte mich nicht – obgleich ich gut war. Sie pflegte mich wie ein ungezogenes Kind zu behandeln. Sie maßte sich an, einfach alles korrigieren zu müssen, was ich vorbrachte. Und das nicht selten mit verletzendem Hohn. Bis ich mich aus meiner Bank erhob, auf sie zuging, sie drohend musternd, und ihr zurief: ›Sie bringe ich um!‹ Dabei schritt ich weiter, langsam, entschlossen, unbeirrt, immer auf sie zu! Sie flüchtete aus der Klasse.«

»So was«, sagte Hein, »kann gedeutet werden als frühzeitiger Wille zur Macht. Als das drängende Bedürfnis, sich trotz allem durchzusetzen! Als das unhemmbare Verlangen, Unrecht nicht zu dulden, das Wertvolle zu fördern, den wahren Werten Bahn zu verschaffen! Merken Sie sich das gut.«

»Das merke ich mir.«

»Ich setzte mich also durch«, verkündete Hein weiter. »Und das auch jenem Geistlichen gegenüber, dem es gestattet war, in unserer Familie zu verkehren. Doch dieser Mensch redete und redete – zumeist von Gott. Sonst tat er nichts — außer fressen, saufen und schlafen. Fressen in meinem Elternhaus; saufen in Kneipen; schlafen mit Dienstmädchen und weiblichen Teilnehmern an seinem Religionsunterricht. Ich aber durchschaute und verachtete ihn. In einer Winternacht habe ich dann diesen geschwätzigen Schmarotzer heimgefahren — betrunken lag er auf meinem Handschlitten. Widerlich. Er stank. Kam mir vor wie ein Sack, gefüllt mit Exkrementen. Er winselte O Gott, mein Gott! Ich stieß ihn in den Schnee, beim Kriegerehrenmal, und ließ ihn dort liegen. Er kam mit ein paar Erfrierungen davon. Doch fortan wich er mir aus — wie ein feiger, ein geprügelter Hund.«

»Ich versuche, das alles zu verstehen«, sagte Schubert mühsam. »Ich bemühe mich.«

Worauf Hein fragte: »Besuchen Sie auch diesen Puff?«

»Nein, nein!«

»So was widert Sie an? Oder etwa nicht? Das widert Sie also an!«

»Ja, ja!«

»Das ist gut«, sagte Hauptmann Hein tief atmend. »Ich habe auch nichts anderes von Ihnen erwartet. Ihre Reaktion beweist mir, daß Sie um Ihre besonderen Werte wissen — solche zumindest instinktiv erahnen. Gut so! Sauberkeit, Johannes Schubert, unentwegtes Streben, Selbstbeherrschung und uneingeschränktes Vertrauen Gleichgesinnten gegenüber — vor allem aber: der Glaube daran, daß im Bereich von Ausnahmemenschen, wie uns, nichts sinnlos sein darf. Warum, mein lieber Schubert, leben wir sonst?«

Und dann sagte er mit seiner leisen, klaren, scharfen Kommandostimme: »Richten Sie sich auf! Stehen Sie still! Machen Sie kehrt! Und jetzt beugen Sie den Rumpf vorwärts. Versuchen Sie mit den ausgestreckten Fingerspitzen den Parkettboden zu berühren. Gut so! Versuchen Sie dabei, sich möglichst zu entspannen. Bleiben Sie in dieser Position — bis eine gegenteilige Anordnung von mir erfolgt.«

Und der Hauptmann betrachtete seinen Soldaten mit einem Lächeln, das wie erlöst wirkte. Auch wenn er dabei nichts anderes erblickte als einen ihm befehlsgemäß entgegengestreckten Hintern.

»Mein lieber Johannes Schubert«, sagte Hein, »es scheint Ihnen zu gelingen, mir näher und näher zu kommen. Ob Sie wohl zu ahnen vermögen, wie sehr ich das zu schätzen weiß?«

»Nun beweisen Sie mir mal, Sie heimtückisches Schlitzohr, wie weit Sie hier tatsächlich auf Draht sind.« Hauptwachtmeister Krüger hatte den Gefreiten Bergen zu sich befohlen — diesmal in Softers Warenlager. »Oder wollen Sie etwa behaupten, keine Ahnung davon zu haben, in welchem Ausmaß hier diese Dame Werner-Weilheim bereits herumstänkert?«

»Durchaus!« Bergen zeigte sich wohlinformiert. »Die Frau Doktor hat inzwischen sogar den Puff inspiziert; vermutlich um bestimmte Beweise zu sammeln. Danach hat sie sich Notizen gemacht — offenbar ist nun eine Art Meldung, eine Beschwerde an höherer Stelle, fällig.«

»Und darüber freuen Sie sich mächtig — was?« Der Hauptwachtmeister musterte den Gefreiten mit verdächtiger Freundlichkeit. »Das ist vermutlich genau die Entwicklung, die Sie hier erhofft haben — wie? Ach, Menschenskind, so dämlich oder so verwegen können Sie doch gar nicht sein.«

»Bin ich auch nicht, Herr Hauptwachtmeister!« versicherte Bergen. »Ich besitze weder viel Veranlagung zum Herdenschaf noch zum Selbstmörder — schon gar nicht in einer derartig vielversprechenden Umgebung!« Wobei er um sich blickte und die bis hoch zur Decke hinauf gelagerten Kisten, Kästen und Schachteln musterte.

»Sie sind, Bergen, beim Abteilungsstab gewesen — und dort bei Oberleutnant Seifert-Blanker. Was haben Sie dem geflüstert?«

»Nicht gerade das, was er hören wollte — vermute ich.«

»Heißt das: Sie haben diese günstige Gelegenheit nicht ergriffen? Sie haben uns — den Hauptmann und mich — nicht angesaut?«

»Ich hätte das versuchen können — aber völlig verblödet bin ich eben noch nicht. Warum sollte ich mich mißbrauchen lassen — wie eine Kuh, die gleichzeitig Milch geben und geschlachtet werden soll.«

»Irgendwie gefallen Sie mir«, sagte Krüger gedehnt. »Sie sind ein cleverer Junge, fast meine Kragenweite. Doch hoffentlich nicht zu clever.«

»Ich bin lediglich bemüht, mich anzupassen — und das ist doch hier genau die richtige Reaktion, nicht wahr?«

»Sie schalten ziemlich schnell und sicher. So haben Sie prompt erkannt, daß Sie nicht zufällig ausgerechnet hierher, in diesen Raum, bestellt worden sind. Ich habe mir was dabei gedacht — und Sie tun das auch! Sie könnten von hier mit meinem Segen abziehen und noch dazu mit einigen Kartons — letztere frei nach Wahl. Wobei ich sicher bin, daß Sie nicht annehmen, ich werde Ihnen irgendwas schenken.«

»Diese Dame«, referierte nun Bergen, »scheint ganz scharf entschlossen, hier alle möglichen Schwierigkeiten zu machen. Sie wird eine Meldung aufsetzen, die es in sich haben dürfte. Aber ich kann dafür sorgen, daß die Meldung nicht weiterbefördert wird, sondern bei uns landet.«

»Sie sind ein Clown«, meinte Krüger trocken. »Zumindest versuchen Sie, sich als solcher auszugeben. Und wenn Sie auf den Abteilungsadjutanten nicht gleich hereingefallen sind, so kann das vielleicht noch kommen. Aber Sie haben sich auch mit dem Fräulein Erdmann beschäftigt und die dazu gebracht, daß sie Ihnen, auf Verlangen, die Post der Forschergruppe ausliefert — angeblich zwecks Weitertransport. Und dabei gedenken Sie, ein uns möglicherweise belastendes Schreiben einfach abzuzweigen?«

»Das ist doch gar nicht wenig — oder?«

»Das ist einfach idiotisch — und Sie müßten es wissen! So was bedeutet doch lediglich einen Aufschub. Das ist keine ganze, gründliche, hundertprozentige Arbeit. Sie sollten, meine ich, erst gar nicht mit der kleinen Erdmann Zeit verschwenden, sondern sich ganz auf die Werner-Weilheim konzentrieren. Haben Sie das mal versucht?«

»Na klar! Aber völlig vergeblich. Denn ich bin nicht ihr Typ!«

»Hat die denn einen?« fragte der Hauptwachtmeister lauernd.

»Es scheint so«, sagte der Gefreite Bergen vorsichtig. »Eine der Damen, die derzeit in der Schloßverwalterwohnung stationiert sind, Marie-Antoinette, hat sich mit ihr unterhalten — und sie bekam dabei ziemlich einwandfrei heraus: auch die Frau Doktor möchte brennend gerne mal. Aber eben nicht mit mir.«

»Mit wem dann, Bergen?«

»Herr Hauptwachtmeister«, erklärte nun der Gefreite, die Lagervorräte um sich betrachtend, »diese Dame verfügt, wenn ich das richtig erkenne, über eine Art reine Hingebung — ihrem erklärten Heros gegenüber. Darüber hinaus aber scheint sie auch sogenanntem niederen Verlangen ausgeliefert zu sein, doch auch dieses ist offenbar ganz speziell. . .«

»Nun nennen Sie doch schon endlich — zum Teufel noch mal — den Namen!«

»Es ist Arm — Wachtmeister Arm.«

Krüger erhob sich, wie aufgescheucht, von den Cognac-Kartons, auf denen er gesessen hatte — sie enthielten einen alten, wertvollen, abgelagerten Salingnac. Der Hauptwachtmeister begab sich, rückwärts schreitend, zu einem Stapel Champagnerkisten hin, Veuve Cliquot 1933, die Spezialmarke des Hauptmanns. Dabei fixierte er Bergen scharf — während auf seinem breitflächigen Gesicht ein erstauntes Grinsen aufdämmerte.

»Mann«, meinte Krüger dann, »das ist ein starkes Stück! Ein verdammt starkes Stück!«

Bergen sagte nichts. Er hatte auch nichts mehr zu sagen. Von Tino Hiller wußte er, daß Krüger auf Arm ›sauer‹ war — sogar ›stocksauer‹. Denn Arm hatte offenbar versucht, die Einnahmen aus seinem Transportunternehmen nur unvollständig mit der Batteriekasse abzurechnen. Hinzu kam, daß es sich der Schirrmeister geleistet hatte, hinter dem Rücken des Hauptwachtmeisters mit Softer Sondergeschäfte zu machen — für den hatte er einen Lastkraftwagen für Transporte ›ins Reich‹ organisiert. Ferner waren interne Abkommen mit der Deutschen Reichsbahn zu vermuten. So was aber konnte in Krügers Bereich auf die Dauer kaum ohne Folgen bleiben.

Und Krüger sagte auch prompt: »Also Arm! Ihrer Ansicht nach!« Worauf er, zur Sicherheit, noch einmal wissen wollte: »Sie glauben tatsächlich, Bergen, daß die Werner-Weilheim ausgerechnet auf den anspringen wird?«

»Auf den fliegt sie!« versicherte der Gefreite. »Und das ist gar nicht einmal so abwegig, wie es vielleicht auf den ersten Blick erscheinen mag. Denn hier handelt es sich offenbar um die sinnliche Anziehungskraft des Naturburschen – gerade auf sogenannte Damen. Das ist vielfach erwiesen.«

Krüger wußte genau, was ihm hier zugespielt werden sollte. Er hatte Mühe, ein Gelächter zu unterdrücken. Doch er hütete sich davor, ein Subjekt wie diesen Bergen voreilig zu seinem Vertrauten zu machen. Er wußte: dieser hinterhältige Spaßvogel versuchte – nicht unwirksam –, hier eine Art Retourkutsche anlaufen zu lassen; verständlicherweise: als Quittung für die ›Affenspiele‹.

»Aber warum nicht!« verkündete der Hauptwachtmeister heiter. »Wenn tatsächlich der Typ eines Arm hier so dringend verlangt wird – dann muß der eben einspringen. Im Interesse unserer Gemeinschaft! Und das, Bergen, werden Sie ihm beibringen – mit meiner Hilfe. Doch dazu werden Sie sich noch einiges Überzeugende einfallen lassen müssen – wenn Sie nicht schnellstens baden gehen wollen! Geschenkt wird Ihnen hier nichts! Zumindest nicht von mir.«

»Runge, mein Lieber!« verlangte Oberleutnant Minder werbend zu wissen. »Was ist denn hier im Rohr?«

Wachtmeister Runge war in die Offiziersunterkunft nahe der Feuerstellung gebeten worden – gebeten, nicht befohlen. Zu einem Gespräch unter vier Augen. »Von Mann zu Mann!« Glückwunsch zunächst – für das EK I. »Wohlverdient!«

Hierauf die Versicherung: »Wir müssen uns wieder mal aussprechen! Wo wir doch – beide! – die Feuerstellung repräsentieren. Sie, mein Lieber, beim Kommandogerät – und das allerbestens! Ich bei den Geschützen – und das doch wohl auch recht erfolgreich! Also meine ich, daß wir fortan noch enger zusammenarbeiten sollten.«

»Gegen Hauptmann Hein?« fragte der Wachtmeister steif.

»Aber nicht doch! Ich bitte Sie, wie kommen Sie darauf?« Oberleutnant Minder wies einladend auf einen der zerfetzten, verklebten Ledersessel im Raum. »So was wäre doch völlig absurd!«

»Allerdings«, bestätigte Runge karg, ohne sich niederzulassen.

»Wir sollten jedoch«, meinte Minder, »stets vorwärts schauen – also eine vermutlich nicht allzu ferne Zukunft in Betracht ziehen. Unser Hauptmann Hein ist hoch dekoriert worden – was ich ihm von Herzen gönne. Was jedoch zugleich bedeuten könnte, daß er sehr bald größere Aufgaben zugewiesen bekommen wird; vermutlich wird er irgendwo Abteilungskommandeur werden. Und sein Nachfolger, hier, werde ich sein.«

»Möglicherweise«, sagte Wachtmeister Runge unbeirrt ablehnend. »Aber ich richte mich immer nach dem Hier und Heute — und da muß ich leider sagen: es stinkt! Und zwar heftig!«

»Wie, bitte, meinen Sie das, lieber Runge?«

Der Wachtmeister blickte verächtlich um sich — er war sich seines Wertes voll bewußt. Schließlich besaß er das EK I — und bald würde er, wie Hein versichert hatte, Offizier werden. Dieser Minder aber war, in seinen Augen, lediglich einer aus der Hotelbranche, ein zweckentfremdeter Halbsoldat. Das war ein jederzeit leicht wegräumbares Hindernis. »Hier stinkt es nach einem Weib!«

»Sie haben doch hoffentlich nichts gegen die Existenz irgendwelcher weiblicher Wesen?«

»Im allgemeinen nicht. Aber bei einer wichtigen dienstlichen Angelegenheit — wie etwa jetzt — durchaus!«

»Aber ich bitte Sie, mein lieber Runge!« Minder versuchte ein kameradschaftliches Augenblinzeln. »Es ist Ihnen ja wohl nicht entgangen, daß ich gelegentlich nicht abgeneigt bin, gewisse Damen zu empfangen — denn schließlich sind wir Männer! Nicht wahr?«

»Alles zu seiner Zeit«, stellte Wachtmeister Runge überlegen fest. »Ich jedenfalls weigere mich, in Gegenwart irgendeiner Nutte dienstliche Gespräche zu führen. Wenn Hauptmann Hein davon hören sollte, garantiere ich für nichts.«

»Mein lieber Runge — Sie sehen das nicht ganz richtig!« Der Oberleutnant schien jetzt besorgt — denn so ein Hinweis auf Hein war immer alarmierend. »Es handelt sich hierbei lediglich um das bereits seit etlichen Wochen übliche Mädchen — diese Friseuse. Ich wollte mir nur mal die Haare schneiden lassen— Sie verstehen?« Abermals Augenzwinkern. »Ich habe die Kleine in das Badezimmer verfrachtet, also isoliert.«

»Aber von dort aus kann sie mithören.«

»Sie beherrscht nur die französische Sprache.«

»Behauptet sie!«

»Dieses Mädchen, ich bitte Sie, ist ein äußerst harmloses Wesen — wirklich, Runge! Von mittlerer Preislage, aber dennoch recht tüchtig. Dabei naiv, ausgesprochen naiv! So was, meine ich, ist doch keine Gefahr!«

»Kann man das so genau wissen?« Runge stand breitbeinig mitten im Raum. »Für Spionage, Herr Oberleutnant, ist ja doch wohl kaum irgendwo die Gelegenheit günstiger als mitten in einer Feuerstellung. Und könnten sich nicht sogar Sabotagehandlungen anbahnen? Wir wissen doch — der Feind hört immer mit! Wäre es also nicht besser, wenn diese Dame von hier verschwände, bevor wir ein ernsthaftes Wort miteinander geredet haben?«

»Aber Runge, mein Lieber — für diese Kleine verbürge ich mich! Ganz abgesehen davon, daß ich mir ihr — nun ja, sagen wir besser wohl so: daß sie mit dem Schneiden meiner Haare noch nicht ganz fertig geworden ist... soll ich sie für halbe Leistungen voll bezahlen?«

»Das, Herr Oberleutnant, ist nicht mein Bier«, erklärte Runge. Dieser Minder, dachte er, war vielleicht eine trübe Tasse! Dem konnte man die Haut über die Ohren ziehen, den Arsch aufreißen, ihn in den fetten Bauch treten, was immer man wollte — sofern man ein Runge oder ein Krüger war; von einem Hein ganz zu schweigen. »Es tut mir leid«, sagte er, »entweder entfernt sich diese Person — oder ich muß gehen.«

»Schon gut«, rief der Oberleutnant zwar leicht peinlich berührt, aber doch anpassungswillig. Er versuchte zu scherzen: »Sie kosten mich fünfzig Mark.«

»Geben Sie Softer vierzig Mark! Dafür besorgt der Ihnen eine Nutte von gleicher Qualität. Wobei er dann noch etwa zwanzig Mark daran verdient. Weil der organisieren kann!«

Minder belachte diese Anspielungen mühsam. Dann begab er sich in den Nebenraum. Und knappe fünf Minuten später erklärte er, kameradschaftlich lächelnd. »Erledigt!«

»Fein«, stellte Wachtmeister Runge zufrieden fest. »Dann können wir ja jetzt zur Sache kommen. Sie fragten mich, was hier im Rohr ist. Aber warum fragen Sie so was überhaupt — da Sie doch Hauptmann Hein kennen? Der hat doch im Grunde nur eine einzige Sorge: wie erhalten wir unsere Kampfkraft?«

»Dabei ist doch die Einsatzbereitschaft unserer Batterie geradezu hundertprozentig. Oder etwa nicht?«

»Zweihunderprozentig«, erklärte der Wachtmeister. »Aber was hier nach Ansicht von Hauptmann Hein noch fehlt, das ist ganz eiserne Entschlossenheit.«

»Wozu denn, Runge?«

»Zu Taten!«

»Zu welchen Taten, bitte?«

»Sollte das wirklich so schwer zu erkennen sein?«

»Heißt das etwa, Runge, ich soll den Wasserturm umlegen?«

»Das, Herr Oberleutnant«, versicherte Wachtmeister Runge, »ist eine ganz ausgezeichnete Idee! Denn dieser Wasserturm stört hier tatsächlich, er beeinträchtigt unser Schußfeld — also pusten Sie ihn weg!«

»Ist es das, was Hauptmann Hein von mir erwartet?« Minder fragte das und wußte im gleichen Augenblick, daß er hierauf keine eindeutige Antwort erhalten würde. Also redete er eilig weiter: »So einen Wasserturm umzulegen — dazu muß eine überzeugende Berechtigung vorliegen.«

»Es genügt, sich darauf vorzubereiten.«

»Auf was denn bitte – genau?«

»Nun – auf den Augenblick, da so eine Berechtigung, wie Sie das nennen, tatsächlich vorliegen könnte.«

»Halten Sie so was wirklich für möglich?«

Wachtmeister Runge war kurz davor, seinen dicken Kopf zu schütteln. Denn er mußte erkennen: dieser Minder war noch weitaus begriffsstutziger, als das zu vermuten gewesen war. Mit dem hatte man es schwer.

»Mal angenommen«, erklärte Runge geduldig, »in irgendeiner Nacht bumst es hier! Irgendwelche Saboteure, oder so was Ähnliches, beschmeißen die Feuerstellung mit Handgranaten oder feuern mit Maschinengewehren mitten in unseren Laden hinein! Von wo aus dann wohl? Nun? So was könnte nur mit einiger Sicherheit von jenem Punkt aus geschehen, von dem aus die Feuerstellung am weitesten und wirksamsten einzusehen ist – also: Wasserturm! Das ist doch wohl klar, oder?«

»Sie meinen also...«

»Ich meine nichts, Herr Oberleutnant, ich gebe lediglich zu bedenken! Wobei ich mich frage, wie ich an Ihrer Stelle handeln würde, wenn...«

»Ich bin ein aufbauender Mensch! Und von mir erwartet der Hauptmann, daß ich den Wasserturm umlege? Ohne Rücksicht auf Verluste? Bei nächster bester Gelegenheit? Ausgerechnet diesen Wasserturm, der für diese Stadt D. mehr oder weniger lebensnotwendig ist?«

»Was denn, was denn! Sie denken tatsächlich dabei an diese Stadt D.? Und nicht an die Feuerkraft unserer Batterie? Herr Oberleutnant – ich darf da nur raten, Hauptmann Heins Ohren mit derartigen Ansichten zu verschonen. Sie wären sonst die längste Zeit hier tätig – und wie, bitte, wollten Sie dann sein Nachfolger werden?«

»Kleine interne Besichtigung – wenn Sie gestatten, Herr Professor.« Hauptmann Hein verkündete das im Kasinoton. »Ein später Besuch – wenn Sie so wollen! Darf ich mir erlauben, Sie zu stören?«

»Sie sind mir jederzeit herzlich willkommen!« versicherte Magnus, im Arbeitszimmer des Glashauses sitzend – umgeben von Zeichnungen, Plänen, Modellen. Alle die Grabkirche betreffend. »Ich freue mich immer, wenn ich Sie sehe! Auch wenn ich leider nicht dazu in der Lage bin, Ihnen auch nur annähernd Ähnliches anzubieten, wie diesen von Ihnen bevorzugten Champagner.«

»Ich habe mir erlaubt, das sozusagen vorausschauend zu berücksichtigen.«

Der Hauptmann Hein klatschte in die Hände. Die Tür hinter ihm öffnete sich, und Schubert schleppte ein Tablett herein, auf dem ein Kübel mit zwei Flaschen Champagner und zwei Gläser standen. Der Soldat balancierte es auf den Arbeitstisch des Professors.

»Na herrlich«, versicherte der mit funkelnden Augen. »Sie verstehen es, mich zu erfreuen – in verschiedenartigster Hinsicht.«

Schubert hatte einzuschenken und sich dann – auf Heins Weisung, ohne eine von Magnus eingeholte Erlaubnis – in Türnähe aufzuhalten. Um von dort aus stets rechtzeitig die Gläser nachfüllen zu können.

Karl Ludwig Hein erhob feierlich sein Glas, blickte durch den perlenden Champagner hindurch auf den Professor und rief dann kraftvoll aus: »Auf Ihre zweifellos höchst wertvolle Arbeit, auf Deutschland und seinen Führer und auf unseren Herzog – Charles Louis von Orleans!«

Magnus trank mit sichtlichem Genuß. Erklärte dann sanft: »Der, Herr Hauptmann, ist wohl nicht so sehr unser Herzog – es scheint vielmehr ganz der Ihre zu sein.«

»Soll das heißen«, fragte Hein, in besorgtem Ton, »daß Ihnen etwas an diesem Mann mißfällt? Distanzieren Sie sich von ihm? Sollten Sie irgend etwas Unerfreuliches herausgefunden haben?«

»Aber nein! Nichts dergleichen! Da dürfen Sie völlig beruhigt sein. Die Größe des Charles Louis als Soldat, als Feldherr, ist unbezweifelbar! Nur eben, daß ich, Herr Hauptmann, mich weniger mit den großen geschichtlichen Zusammenhängen, speziell mit Schlachten, beschäftige. Ich registriere Gegenstände, entziffere Inschriften, deute Dokumente aus...«

»Herr Professor«, versicherte der Hauptmann, mit fast schon herzlich klingenden Untertönen, »wir alle – und jeder auf seinem Platz – haben unsere spezielle Funktion zu erfüllen! Der Soldat im Kampf; der Gelehrte etwa bei der Bewahrung historischer Zeugnisse; die Arbeiter und Bauern durch Schaffung von Kriegsmaterial und Nahrung für die Truppe. Sogar der Henker gehört dazu.«

»Wie wahr!« sagte Magnus, wobei er seinem Gastgeber zunickte, der sich in einen hochlehnigen Lederstuhl gesetzt hatte. »Sie wissen um die wahren Zusammenhänge. Eben deshalb, Herr Hauptmann, meine ich: dieser Herzog gehört, als Feldherr, ungleich mehr in Ihre Welt als in die meine.«

»Doch er ist das Bindeglied zwischen uns – nicht wahr?«

»Wobei es mir jedoch, wie gesagt, lediglich vorbehalten ist, Tatsachenmaterial zu sammeln.«

»Welche Tatsachen? Haben sich neue Aspekte ergeben?«

Der Professor bat den Hauptmann zu sich – an seinen großen Arbeitstisch, wo er auf eine dort aufgerollte Zeichnung wies. Beide beugten sich darüber. »Erkennen Sie, was diese Skizze darstellt?«

Das erkannte Hein – mühelos. »Es ist der Plan einer Schlacht!«

Er deutete mit seinem rechten Zeigefinger auf Einzelheiten: »Ein fast ebenes Gelände. Durchschnitten von einem Fluß — dieser acht bis zehn Meter breit. Ein einziger Hügel im Nordosten — mit einer Mühle darauf. Neben dieser etliche Häuser. Ein kleines Dorf.«

»Exakt beobachtet«, sagte der Professor. »Sie haben kein einziges wichtiges Detail übersehen. Hierbei handelt es sich um eine Skizze, eine Nachkonstruktion der sogenannten ›Schlacht bei der roten Mühle‹ — auch als die ›Schlacht von Boursin‹ bezeichnet. Diese Mühle mit den danebenstehenden Häusern im Nordosten war vom Feind besetzt — südwestlich davon standen die Truppen des Herzogs. Wie hätten Sie, wenn ich fragen darf, an Stelle von Charles Louis angegriffen?«

»Direkt — nur direkt!«

»Bewundernswert!« rief Magnus ungeniert. »Die gleiche Reaktion wie die des Herzogs. Und warum hätten auch Sie diesen Entschluß gefaßt?«

»Jeder Verteidiger dieser Mühle«, erklärte der Hauptmann, »einer Mühle mit davorliegendem Fluß, würde seine Stellung aus Richtung Südwesten für unangreifbar halten. Also wird er sich auf eine Umgehung von Norden her vorbereiten. Doch das eben nur, wenn er mehr als ein sogenannter Fachmann ist, vielmehr ein strategisch geschulter Denker.«

»Glänzend!« rief der Professor aus. Er leerte sein Glas — es wurde ihm sofort wieder nachgefüllt. »Sie, Herr Hauptmann, denken tatsächlich wie Charles Louis. Sie würden, an seiner Stelle, genauso gehandelt haben.«

»Das«, erklärte Hauptmann Hein schlicht, »ist doch wohl selbstverständlich.«

Magnus faltete seine Hände. »Der Herzog griff also mit allen ihm zur Verfügung stehenden Truppen — am frühen Morgen des 15. Mai — direkt an. Ohne irgendwelche Reserven gebildet zu haben. Er setzte von Anfang an alles ein, was irgendwie verfügbar war — er setzte alles auf eine Karte!«

»Was denn sonst? Nur keine halben Sachen!«

»Gegen Mittag verfügte der Herzog nur noch über die Hälfte seiner Truppen — aber der Fluß war überquert. Der soll rot von Blut gewesen sein; doch die sich mehr und mehr häufenden Leichen, so heißt es, wirkten schließlich wie eine Brücke. Gegen Abend lebten nur einige hundert, kaum mehr als drei- bis vierhundert; das ist überliefert.

Der Herzog sammelte sie um sich zum entscheidenden Angriff — die untergehende Sonne stand links von ihm. Bei seinem letzten, anfeuernden Aufruf sollen die klassischen Worte gefallen sein: ›Krepieren müssen wir alle einmal — so oder so!‹ Dann stürzten sich seine Soldaten auf die Häuser und die Mühle, schossen sie in Brand und eroberten den Hügel – kurz vor Mitternacht. Der Feind aber floh – seine verstörten, aufgeriebenen, in Panik geratenen Reste stolperten über die eigenen Toten.«

»So ist es nun mal!« sagte Hein in feierlichem Ton. »Verwundete, Sterbende und Leichen, Blut und Tränen, Elend und Qual – der Preis des Sieges will bezahlt sein! Und so ist es immer wieder. Nur eben, daß wir das einzigartige Glück haben, genau zu wissen, warum wir kämpfen – auch, wenn wir dabei draufgehen sollten.«

»Schauen Sie her!« rief der Professor. Und er wies auf ein Gestell in der Ecke seines Arbeitszimmers. Es war menschengroß und mit einem grauen Leintuch verhangen. Darauf eilte jetzt der Professor zu, griff nach dem Tuch, riß es herunter. Zum Vorschein kam ein mantelartiges Gebilde – in beherrschenden Purpurfarben, mit dicker Silberstickerei verziert, von weißem Pelz umrandet.

»Der Mantel des Herzogs!« rief der Professor aus.

»Herrlich!« sagte Hein, wie gebannt darauf starrend. »Hoheitsvoll – ihm angemessen! Gewebte Würde!«

»Eine Rekonstruktion nach alten Entwürfen – ich habe sie zu Studienzwecken anfertigen lassen. Aus dem gleichen, damals verwendeten Material, in der gleichen Größe, mit genau den gleichen Farben und Formdetails. Es ist, wenn ich nicht irre, Herr Hauptmann, auch Ihre Größe?«

»Kann durchaus sein«, sagte Hein tonlos. Er bewegte sich, wie magisch angezogen, näher. Streckte seine Hände nach dem Mantel aus. Betastete ihn mit scheuer Zärtlichkeit. Schien sein entzücktes Gesicht in ihm verbergen zu wollen.

»Ich würde mich glücklich schätzen, Ihnen, Herr Hauptmann, dieses Gewand überreichen zu dürfen – anläßlich der Verleihung des Ritterkreuzes an Sie.«

»Danke«, sagte Hein, und es war, als umarme er freudig den Mantel des Herzogs. »Ein Geschenk wie dieses bewegt mein Herz!«

Zwischenbericht V

Aufklärungen
eines nunmehrigen Leiters der Abteilung ›Aktuelles‹ bei einer Fernsehanstalt in Westdeutschland, damals PK-Mann in Frankreich. Name: Friedrich Jenserichen

»Das waren schon verdammt komische Zeiten, das können Sie mir glauben. Kein reines Vergnügen, wahrhaftig nicht. Aber wir haben versucht, das Beste daraus zu machen. Und manchmal haben wir uns auch kräftig amüsiert und herzlich gelacht – wenn auch mehr heimlich.

Klar, daß wir keine Nazis waren! Wir durchschauten diese Brüder völlig — schon frühzeitig. Klar auch, daß wir niemals Propaganda betrieben — auch wenn wir einer sogenannten Propagandakompanie angehört haben. Aber das war doch nur ein Name, das hatte nicht viel zu bedeuten — nicht für uns.

Daß wir alles durchschauten, lag an unserem Metier. Da konnte uns keiner was vormachen! Mein Trupp — ich als eine Art Regisseur, dazu Kameramann, Tontechniker und Kraftfahrer — war gut aufeinander eingespielt. Wir drehten alles ab, was uns vor die Linse kam. Unser Material konnte sich sehen lassen; zahlreiche zeitgemäße Idioten zeigten sich begeistert, bis hin zum Propagandaministerium. So etwa insgesamt an die fünfzig Wochenschauberichte, innerhalb von fünf Jahren, haben wir produziert. Das ist, glaube ich, ein Rekord.

Doch nicht etwa, daß wir uns blödsinnig verwegen in irgendein Kampfgetümmel stürzten, hinter feuernden Panzern einherkrochen oder uns in Jagdmaschinen zwängten — das überließen wir gerne anderen. Und einige dieser Kollegen sind ja denn auch den Tod ›fürs Vaterland‹ gestorben. Doch wir fragten uns: Warum? Für welches Vaterland, bitte? Für das eines Hitler?

Wir erledigten Routineangelegenheiten — wie etwa die Verleihung des Ritterkreuzes an Hauptmann Hein — sozusagen mit der linken Hand. Ich würde mich auch kaum noch daran erinnern, wenn es dort nicht ein Nachspiel gegeben hätte. Und was für eins!

Denn diese 3. Batterie hatte es in sich. Vor allem fielen mir dort einige Unteroffiziere auf — in erster Linie ein Hauptwachtmeister Krüger; dann aber auch ein Wachtmeister, der Range oder Ronge geheißen hat. Dem verdankten wir einen Feuerzauber, bei dem sogar mir die Augen übergegangen sind, was viel heißen will.

Ob ich unmittelbar daran beteiligt, also dabeigewesen bin? Aber, mein Verehrtester! Was heißt denn: beweisbare Wirklichkeit? Oder: völlige Wahrhaftigkeit? So was kann — je nach Zeitläuften — völlig verschiedenartig sein. Wir lieferten, was damals gerade verlangt wurde — das war schließlich unser Job.

Filmen läßt sich einfach alles. Eine Leiche etwa — irgendein abkommandierter Mann in verkrümmter Stellung, in Staub gewälzt, mit Motorenöl bekleckert — was in Schwarzweiß wie klebriges Blut aussieht. Oder das Ausbrennen eines Panzers — ein ausgedientes Wrack und ein Kanister Benzin genügen völlig, um diesen Eindruck zu erwecken. Und irgendein Held: lediglich eine Frage des Arrangements, der Einstellung, der Belichtung — und selbst ein Rindvieh blickt hoheitsvoll.«

Bekundungen
des nunmehrigen Oberstleutnants der Bundeswehr Karster —

damals ein mit dem EK ausgezeichneter Unteroffizier der 3. Batterie, Feuerstellung, in D.

»Ich empfinde es als geradezu würdelos, wenn nicht gar als gezielten, hinterhältigen Angriff auf unsere Verteidigungsbereitschaft, wenn immer wieder versucht wird, unsere Bemühungen um ein dringend notwendiges Traditionsbewußtsein zu untergraben.

Dabei wird, mit verdächtiger Vorliebe, gegen das sogenannte Kasernenhofsystem argumentiert. Worunter irregeführte Laien und voreingenommene Zeitgenossen etwa folgendes zu verstehen scheinen: endloser Waffendrill und pausenlose Ertüchtigungsübungen – beharrlicher Geländeschliff und verbohrtes Formationsexerzieren! So was jedoch ist notwendig. Es ist nun einmal zweckmäßig – wenn es sinnvoll angewendet wird!

Der höhere oder eben tiefere Sinn derartiger Vorgänge war mir von Anfang klar verständlich. Er kam, damals in meiner 3. Batterie, absolut überzeugend zum Ausdruck. Galt es dabei doch – um einen heutigen Begriff zu gebrauchen –, die uns anvertrauten Soldaten ›fit‹ zu machen. Also: leistungsfähig! Das ist ein so gut wie zeitloses militärisches Anliegen.

Man muß dabeigewesen sein, um derartige Vorgänge voll und ganz würdigen zu können. So was ist völlig einwandfrei nur aus der jeweils gegebenen Situation heraus zu beurteilen. Genaueste Kenntnis aller Tatsachen, jedes einzelnen Details, der Stimmung der Truppe – et cetera, et cetera; nur dann kann es gelingen, zu einer angemessenen Würdigung zu kommen und dabei zu erkennen:

1. Das sogenannte ›Kasernenhofsystem‹ war – und ist – ein bewußt eingesetztes Erziehungsmittel sehr spezieller Art: bewährte Grundlagentechnik zur Waffenbeherrschung und zur Pflege der Disziplin! Voraussetzungen, ohne die kein noch so demokratisch gedachtes Staatswesen existieren kann, geschweige denn eine Armee.
2. Der sogenannte ›Kasernenhofjargon‹ stellte hierbei ein nur allzuoft beklagenswert verkanntes Hilfsmittel der psychologischen Kriegführung dar! Denn durch diese munteren Reden, also durch den Gebrauch von fröhlich ablenkenden Worten – darunter auch solche sehr männlich-robuster Prägung – wurde äußerst wirksam der triste graue Alltag aufgehellt.
3. Die sogenannten ›Schleifermethoden‹, gelegentlich als ›Schikanen‹ bezeichnet – darunter auch jene ›Affenspiele‹ –, waren im Grunde nichts anderes als ein konzentrierter Überprüfungsprozeß körperlicher Leistungsfähigkeit. Ein intensives Konditionstraining, das gerade heute – im Zeitalter der Dschungelkämpfe – eigentlich als selbstverständlich, weil taktisch unbedingt notwendig, erscheinen muß.

Damit ist wohl das Wesentlichste zu diesen Punkten gesagt. Doch um noch einmal auf die sogenannten ›Affenspiele‹ zurückzukommen, so wäre dazu lediglich noch zu bemerken:

Ich selbst bin — sogar mehrmals — bei diesen ›Affenspielen‹ dabeigewesen. Es hat sich dabei niemals um einen ›Eingriff in die menschliche Würde‹ oder gar um ›bewußte Zerstörung von Persönlichkeitswerten‹ gehandelt, oder was der infamen Vermutungen und gezielten Unterstellungen mehr sein mögen.

Vielmehr ist dabei alles denkbar heiter vor sich gegangen, humorvoll, unter kräftigen soldatischen Scherzen!«

Erklärungen
des damaligen Sanitätsobergefreiten Neumann über seine spezielle Funktion bei sanitärer Betreuung.

»Das, Herrschaften, ist gar kein Puff gewesen, kein Freudenhaus, kein Bordell! So was hat es in der ganzen Wehrmacht nicht gegeben. Nicht offiziell. Also auch nicht bei uns. Klar?

Na also! Da waren aber nun — ganz zufällig — in unserem Bereich drei weibliche Wesen gelandet. Keine Nutten oder so was. Bestimmt keine Profis. Aber auch keine Amateusen mehr. Sie machten das als eine Art Kriegsjob. Und sie machten es nicht schlecht.

Ich wurde, als vielfach ausgebildeter Sanitätsdienstgrad, mit der Betreuung dieses Unternehmens beauftragt. Nicht ohne mich dagegen zu wehren. Erhielt dann jedoch Befehl.

Der Betrieb war streng geregelt. Ich selbst hatte diesbezügliche Anweisungen ausgearbeitet und diese dann Krüger und Softer vorgelegt. Sie wurden anstandslos genehmigt. Einen Durchschlag davon erlaube ich mir hier vorzulegen.

Betriebsanweisung für interne Freizeitgestaltung.

1. *Ort*: Schloßverwalterwohnung.
2. *Zeit*: Täglich — außer sonntags — ab 15.00 Uhr bis zum Zapfenstreich.
3. *Dauer*: Halbstündlich bis ganzstündlich; dementsprechend Bezahlung. Eventuelle Verlängerungen sind bei rechtzeitiger Verständigung des Heimleiters möglich.
4. *Anmeldung*: Mindestens 24 Stunden vorher. Eventuelle Ausnahmen nach Vereinbarung. Die direkten Anmeldungen jedoch haben unmittelbar beim Heimleiter zu erfolgen. Sie können einzeln odet in Gruppen vorgenommen werden.
   Der Heimleiter setzt anhand der von ihm aufgestellten Betriebsliste Zeitpunkt und Objekt fest — wobei Sonderwünsche nach Möglichkeit zu berücksichtigen sind. Die sich so ergebende Betriebs-

liste ist in zweifacher Ausfertigung zu erstellen – ein Exemplar verbleibt im Heim, das zweite geht an den Rechnungsführer.

5. *Bezahlung*: Der festgesetzte Normaltarif ist RM 10,– pro halbe Stunde; RM 20,– pro Stunde. Eventuell gewünschte Sonderleistungen sind dabei nicht berücksichtigt. Sie sind mit den Dienstleistenden vorher zu vereinbaren und auch vorher zu honorieren. Mögliche Beanstandungen in diesem Punkt können nach abgeschlossener Leistung nicht berücksichtigt werden. Die jeweils anfallende Endsumme ist vom Heimleiter in beiden Betriebszetteln einzutragen. Barzahlung gegen Quittung ist erwünscht, jedoch nicht unbedingt notwendig. Der durch Inanspruchnahme der Damen fällig gewordene Betrag wird sonst beim nächsten Zahltag vom Rechnungsführer einbehalten und der Heimleitung überwiesen.
6. *Abfertigungsvorgang*: Der angemeldete, registrierte und mit einer schriftlichen Bestätigung versehene Teilnehmer hat sich fünfzehn, doch mindestens fünf Minuten vor der angegebenen Zeit beim Heimleiter zu melden.
   Er unterzieht sich dort einer internen Waschung; worauf ihm ein frisches Handtuch ausgehändigt wird, sowie Seife.
   Nach vollzogener Dienstleistung erfolgt eine weitere Waschung. Dabei können dem Heimleiter auch eventuelle Beanstandungen...

Und so weiter! Und so fort! Auf mehreren Seiten. Dazu kam dann noch die sogenannte ›innere Betriebsanweisung‹ für die dienstleistenden Damen und deren fachlich ausgebildeten Betreuer.

Also so gut wie nichts, das unberücksichtigt blieb. Wozu auch regelmäßige Spülungen gehörten, überwachende Abstriche, direkte Überprüfungen. Von mir persönlich durchgeführt. Was will man mehr?

Was aber die Sonderfälle, Spezialwünsche, Extraveranstaltungen betrifft, so mußte man da verdammt beweglich sein. Einfallsreich. Improvisationsbegabt. Eben das war ich – und bei dieser Batterie konnte ich das sein!«

6

Heldentod aus heiterem Himmel – hier nur eine Produktionsmöglichkeit unter zahlreichen anderen.

»Dein Typ wird verlangt«, sagte einladend Hauptwachtmeister Krüger. »Und zwar dringend!«

Wachtmeister Arm betrat mißtrauisch die Schreibstube. Er ließ sich, auf Weisung von Krüger, auf dessen gutgepolsterten Besucherstuhl nieder. Sah dann um sich – wobei er den Gefreiten Bergen erblickte, der in einer Ecke stand und lächelte.

»Nanu – was will denn diese schäbige Wurzelsau hier?« fragte Arm mit steigender Unruhe. Wobei er registrierte: der Hauptwachtmeister wirkte alarmierend friedlich, der Gefreite verdächtig freundlich, das kam ihm nicht ganz geheuer vor. »Arbeitet etwa diese Kanalratte neuerdings auf deiner Schreibstube?«

»Du muß nicht glauben, Arm, daß ich hier langsam verblöde!« Krüger blickte nahezu bedauernd. »Schließlich gehöre ich nicht zu den Leuten, die sich leichtfertig Läuse in den Pelz setzen. Wenn dieser Bergen hier ist, dann als eine Art Zeuge!«

»Aber doch nicht etwa gegen mich!« Wachtmeister Arm steigerte seine Stimme. »Und doch nicht etwa wegen meinem Fuhrunternehmen? Davon kann der gar nichts wissen – ich meine: Zahlen und so! Laß dir da nur nichts unter die Weste jubeln, Krüger! Du bekommst in wenigen Tagen – sagen wir: morgen oder übermorgen – genaueste Abrechnungen für deine Batteriekasse. Und dann wirst du nur so staunen!«

»Im Augenblick handelt es sich hier um ganz andere Dinge, Arm. Auch die scheinen mir zu stinken – doch nicht so, wie du vermutest. Mache dich auf einiges gefaßt!«

Sodann stellte Krüger eine volle, doch bereits geöffnete Flasche unmittelbar vor Arm hin. Dazu ein Wasserglas, das er füllte. »Allerbester Cognac, garantiert fünfzig Jahre alt. Ein Prunkstück aus Softers Sammlung.«

»Und warum so was für mich?«

»Weil du dich stärken mußt – für das, was jetzt kommt.«

Krüger hielt Arm das gefüllte Glas entgegen. Dann nickte er Bergen zu. Und der sagte: »Ich bin als Verbindungsmann zur Forschergruppe eingeteilt. Zwecks möglichst intensiver Betreuung. Der sich zwangsläufig ergebende Schwerpunkt dabei: Frau Dr. Werner-Weilheim. Denn deren Empörung über die Zweckentfremdung der Schloßverwalterwohnung könnte zu nicht unbedenklichen Komplikationen führen — was unbedingt verhindert werden muß, auch nach Ansicht von Herrn Hauptwachtmeister.«

»Na, und was habe ich damit zu tun?«

»Das wird dir sehr schnell klarwerden«, sagte Krüger, wobei er Arm fast mitleidig anblickte. »Doch zunächst empfehle ich dir, dein Glas zu leeren. Auf dein Wohl!«

Wachtmeister Arm goß den alten, herrlichen Cognac in sich hinein — ohne Genuß zu empfinden. »Zum Teufel«, sagte er dann, »was will man von mir?«

Der Gefreite Bergen, von Krüger durch Zublinzeln ermuntert, berichtete weiter: »Gemäß den Anordnungen von Herrn Hauptwachtmeister habe ich alles mögliche versucht, um Frau Dr. Werner-Weilheim von ihrem für unsere Batterie nicht ungefährlichen Vorhaben abzubringen. So habe ich — diesmal im Einvernehmen mit Herrn Unteroffizier Softer — diverse Vergünstigungen angeboten. Vergeblich. Dann habe ich versucht, den Herrn Professor zu mobilisieren - gleichfalls vergeblich. Ich bin sogar bereit gewesen, nicht zuletzt auf Anregung von Herrn Hauptwachtmeister, mich ganz persönlich einzusetzen...

»Daß ich nicht lache!« stieß Arm erleichtert und amüsiert hervor. »Mann, das wäre beinahe so, als ob ein Dackel eine Elefantenkuh bespringen wollte!«

Der Hauptwachtmeister nickte zustimmend. »Du hast den springenden Punkt, auf den es hier ankommt, erkannt!«

»Habe ich das?« fragte der Wachtmeister, schnell wieder unsicher geworden. Er füllte erneut sein Wasserglas mit Cognac. »Wieso, bitte, habe ich erkannt, wie hier richtig gesprungen werden muß?«

Erneut nickte der Hauptwachtmeister seinem Gefreiten zu. Und der behauptete: »Diese Dame Dr. Werner-Weilheim ist natürlich, in entscheidenden Augenblicken, auch nur eine Frau — und als solche ziemlich selbstbewußt. Nur etwas ganz Besonderes, etwas ganz und gar Ungewöhnliches — so wie sie es sieht — könnte ihren hohen Ansprüchen gerecht werden.«

»Praktisch«, setzte Krüger hinzu, »sieht die Sache so aus: diese Dame kann uns verdammt viel Schwierigkeiten bereiten — jedem einzelnen von uns! Sobald es ihr gelingen sollte, die derzeitige Funktion der Schloßverwalterwohnung zu torpedieren, wird das automatisch auch weitere einschneidende Veränderungen im Batteriebereich nach sich ziehen. Wovon Softer und sein Versandhaus ebenso betroffen werden könnte wie du mit deinem Transportunternehmen. Und eben deshalb, lieber Freund Arm, muß hier nun der denkbar beste Mann in Aktion treten. Kapiert?«

»Und das«, rief Arm abwehrend und ungläubig aus, »soll ich sein? Aber ich doch nicht!«

»Nur du!« versicherte Krüger wie mit großer Herzlichkeit. »Kein anderer sonst kommt dafür in Frage. Ist das nicht so, Bergen«?

»Das ist so!« bestätigte der entschlossen.

»Sie hinterhältiger Sauhund!« bellte Arm den Gefreiten an. »Versuchen Sie ja nicht, mich frontal anzupinkeln! Wenn Sie das riskieren, dann trete ich Ihnen in die Hoden, daß die ihnen aus den Ohren quellen!

»Bleibe auf dem Teppich«, empfahl Krüger. »Denn der wird sich hüten, einen von uns beiden anzuscheißen«, erklärte der Hauptwachtmeister. »Dieser Junge ist ja nicht von vorgestern — der kann sich vorstellen, was ihm dann blüht. Soweit also ist alles klar. Seine Argumente haben Hand und Fuß, beziehungsweise Kopf und Schwanz, oder etwa nicht, Bergen?«

»Ich kann nur sagen, was ich weiß!« versicherte der. »Ich berichte lediglich Tatsachen. Und ich bemühe mich, die sich dabei aufdrängenden Folgerungen daraus zu ziehen. . .«

»Ziehen Sie!« forderte Krüger. »Quatschen Sie nicht länger herum!«

»Also«, sagte Bergen, vor sich hinblinzelnd, »die Frau Doktor hat mich wiederholt um Auskünfte ersucht — über die 3. Batterie, über deren Persönlichkeiten. Die meisten davon waren, in ihren Augen, Schlappschwänze.«

»Etwa auch ich?« wollte Krüger impulsiv wissen.

»Sie sind nie direkt genannt worden«, versicherte Bergen mutwillig, »aber Sie wurden auch nicht als Ausnahme bezeichnet.« Der Gefreite wich den empörten Blicken seines Hauptwachtmeisters aus — er konzentrierte sich auf den Schirrmeister. »Schließlich fand ich heraus, daß die Frau Doktor lediglich zwei Menschen in unserem Bereich so gut wie uneingeschränkt gelten läßt, ja sogar bewundert. Das ist einmal Herr Hauptmann Hein — der von ihr bedingungslos verehrte Held. Und das ist, zum anderen, Herr Wachtmeister Arm — in ihren Augen der hier männlichste Mann!«

»Ich?« fragte Arm, nicht ungeschmeichelt. Wobei er instinktiv nach seinem Glas griff — es war bereits wieder leer. Er füllte es abermals und trank davon. Dann lehnte er sich zurück und meinte: »Nun — ja! Warum auch nicht? Ich habe da schließlich schon immer besondere Erfolge verbuchen können. Speziell in sogenannten höheren Kreisen. In Polen etwa war eine richtige Gräfin ganz scharf auf mich! Der habe ich es vielleicht besorgt! O Mann! Die wollte, daß dieser Krieg niemals enden soll! Und dann, in Trier, vor dem Frankreichfeldzug, eine Pastorentochter — die lief mir nach wie ein junger Hund. Ich habe da wohl so was Gewisses!«

»Das haben Sie!« sagte Bergen.

»Aber doch nicht dieses Monstrum von Weib!« rief Arm.

»Sie verkennen und unterschätzen wohl diese Dame!« versicherte eifrig der Gefreite. »Denn: das Äußere täuscht! Die Frau Doktor verschmäht jede äußere Aufmachung – zunächst noch. Auch die speziellen Umgangsformen der Frau Doktor sind im Grunde nichts wie Tarnung. Aber ich habe sie – zufällig – unter der Dusche gesehen! Herrschaften – die ist vielleicht gebaut! Eine Wucht. Einfach alles dran – und genau an den richtigen Stellen. Garantiert festes Fleisch!«

»Tatsächlich?« fragte Arm aufhorchend, während ihm Krüger zulächelte. »Und die ist scharf auf mich?«

»Die interessiert sich für Sie – und wie!« Bergen ging nun unbedenklich aufs Ganze. Zu verlieren hatte er schließlich nichts mehr – wenn das, was er sich hier leistete, schiefging, war er erledigt. Doch das anerkennende Blinzeln der hellwachen Hauptwachtmeisteraugen stärkte ihn.

»Es begann damit«, behauptete der Gefreite Bergen, »daß sich die Frau Doktor nach Herrn Wachtmeister Arm erkundigte – scheinbar nebensächlich, aber doch spürbar interessiert. Dann ertappte ich sie dabei, wie sie, am Fenster stehend, Herrn Wachtmeister Arm nachstarrte, minutenlang – während der im Schloßpark einige seiner Fahrzeuge inspizierte. Bald danach verlangte sie von mir ein Foto – ich besorgte es ihr: eine Gruppenaufnahme des Unteroffizierskorps. Sie zerschnitt es – bis nur noch der Herr Wachtmeister Arm übrigblieb. Sein Bild liegt nun – griffbereit – in einer Mappe unmittelbar neben ihrem Bett.«

»Na ja«, meinte der bullige Schirrmeister mit nahezu verklärtem Gesicht, während er ein weiteres Glas Cognac trank. »Wenn das so ist, dann sollte ich wohl nicht zögern – was? Also diese Dame etwas näher beriechen?«

»Niemand hindert dich daran«, sagte Krüger einladend. Um dann schnell hinzuzufügen: »Du könntest dabei auf deine Kosten kommen – reifere Damen mit Reichsleitererfahrungen können, vermute ich, durchaus vielversprechend sein, falls sie endlich in die richtigen Hände geraten. Außerdem bereitest du dir damit nicht nur ein Vergnügen, du tust auch ein gutes Werk – im Interesse unserer Batterie.«

»Die Gelegenheit«, versicherte Bergen bedenkenlos, »ist gleich heute abend äußerst günstig. Denn Professor Magnus hält sich beim Stadtkommandanten auf – und die Erdmann ist von mir in das Hotel de France bestellt. Somit befindet sich die Frau Doktor allein im Glashaus!«

»Also – dann nichts wie ran an den Feind!« rief Krüger.

»Aber bitte, wenn ich raten darf, nicht gleich die Flinte ins Korn werfen«, empfahl Bergen vorsorglich. »Denn die Frau Doktor wird sich zunächst garantiert mächtig zieren – das gehört sich so bei Damen! Sonst fühlen sie sich erniedrigt.«

»Dann will ich also mal«, verkündete Wachtmeister Arm und erhob sich, bereits leicht schwankend. Er griff nach der fast leeren Flasche, die vor ihm stand. Und der Hauptwachtmeister schob ihm eine weitere zu; Arm verstaute sie in seiner Hosentasche.

Wobei er erklärte: »An mir soll's nicht liegen! Aber wenn hier etwa irgendeiner versuchen sollte, mich zu verarschen, dann mache ich den – für alle Zeiten – zur Sau!«

»Schubert, mein Lieber!« rief Hauptmann Hein mit sanftklingender Stimme. »Kommen Sie zu mir, ich fühle mich nicht wohl.«

Hein lag auf seinem Bett, in dem quadratischen Raum zwischen Bankettsaal und Turmzimmer. Lediglich Unterwäsche bekleidete ihn – kurze Hosen, ein ärmelloses Hemd, beide blütenweiß. Schwarze Socken umhüllten die Füße. Hein wirkte erschöpft – seine Arme lagen schlaff neben dem Körper, seine Augen waren starr aufwärts gerichtet, zur zerfallenden Stuckdecke.

»Was, bitte, kann ich für Herrn Hauptmann tun?«

»Es genügt mir, daß Sie da sind, lieber Schubert.« Hein bewegte ein wenig seine Finger. »Legen Sie Ihre Hand auf die meine.«

Das tat Schubert.

»Aber doch nicht so!« rief der Hauptmann, mit plötzlich helltönender Stimme, ohne seine Körperlage auch nur im geringsten zu verändern. »Pressen Sie meine Hand nicht! Das erlaube ich Ihnen nicht – noch nicht! Bemühen Sie sich vielmehr um Leichtigkeit – um Gefühl – um Zärtlichkeit.«

»Ich versuche es.«

»Aber Sie können es nicht!« Heins Hand zuckte zurück. Und er registrierte befriedigt: sein Schubert war von dieser schroffen Geste auf quälende Weise betroffen. Bleich und hilflos stand er da. »Sie heißen mit Vornamen Johannes –?«

Schubert vermochte lediglich zu nicken.

»Meine Vornamen sind Karl und Ludwig. Aber meine Mutter nannte mich immer Charles.« Der Hauptmann lächelte vor sich hin. »Mein Mutter hatte eine Vorliebe für Frankreich. Aber sie kannte es nicht; was wohl der Grund für ihre Schwärmerei gewesen sein muß. Sie kannte zum Beispiel nicht die verheerenden Toilettenverhältnisse in diesem Land – sogar in seinen Schlössern. Ist Ihnen das auch aufgefallen, Johannes?«

»Nein«, sagte der ratlos.

»Ich habe, vor einigen Wochen, das Schloß von Versailles besichtigt – diese großspurige Prunkhöhle! Dabei sind mir – in den Nebengängen – grüngelbliche Verfärbungen auf den Marmorwänden aufgefallen. Können Sie sich denken, was das zu bedeuten hatte? Nein? Nun – die Kavaliere des Königs hatten dort ihre kleine Notdurft verrichtet; wo sollten sie auch hin? Was meinen Sie?«

»Sie hätten im Freien. . .«

»Die Gänge in Versailles sind lang! Und sich in die Fenster zu stellen, wagten sie nicht. Womöglich hätten sie, in ihrem angetrunkenen Zustand, nicht mehr das Gleichgewicht bewahren können und wären abgestürzt. . .«

Schubert schwieg – seine Stellungnahme hierzu schien auch nicht erwartet zu werden. Der Hauptmann hatte den Kopf leicht von seinen Seidenkissen erhoben – er sah zu den Fenstern des Turmzimmers hin, die weit geöffnet waren. Der leuchtende Nachthimmel war wie ein durchsichtiger Vorhang.

»Fenster!« sagte Karl Ludwig Hein. »Ich habe eine Vorliebe für Fenster! Fenster, die geöffnet sind. Hochliegende Fenster. Wie Tore zur Unendlichkeit . . . Sie zu durchschreiten – falls man den Mut dazu hat.«

Johannes Schubert betrachtete seinen Hauptmann mit Andacht.

»Auf der Kriegsschule«, sagte der, sich weiter aufrichtend, »hatten wir einen Kommandeur, der von uns bedenkenloses Vertrauen forderte – in jeder Situation. So wurden wir eines Tages durch das Stabsgebäude geschleust, einer nach dem anderen, von einem Zimmer zum nächsten, vom unteren Stockwerk zum obersten, zum zweiten Stock. Merken Sie sich das: bis zum zweiten Stock hinauf!«

»Jawohl, Herr Hauptmann.«

»Und in jedem dieser Zimmer, Johannes, saß ein Offizier und stellte irgendeine Frage: Personalangaben, Kenntnis der Dienstvorschriften, taktische Details. Alles das kurz, schnell, hart. Doch im letzten Zimmer des zweiten Stockwerks stand dann der Kommandeur persönlich. Und der sagte lediglich: ›Springen Sie zum Fenster hinaus!‹ Und nun frage ich: Was hätten Sie, an meiner Stelle, getan?«

»Ich weiß es nicht, Herr Hauptmann.«

»Dann mal anders gefragt, Schubert: Was hätten Sie getan, wenn ich dieser Kommandeur gewesen wäre? Hätten Sie dann den befohlenen Sprung gewagt?«

»Dann hätte ich ihn gewagt – denke ich.«

»Bravo, Johannes! Gut so!« Karl Ludwig Hein ließ seinen Kopf wieder auf das weiße Seidenkissen zurückfallen. »So und nicht anders muß es sein! Ich handelte damals genauso! Meine Entschlußkraft basierte auf Vertrauen. Denn ich sagte mir: entweder wird er seinen Befehl rechtzeitig zurückziehen – oder er hat mich abgesichert, etwa ein Netz spannen oder eine weiche Sprunggrube anlegen lassen! So sprang ich – ohne auch nur den Bruchteil einer Sekunde zu zögern – zum Fenster hinaus, etwa sechs Meter abwärts. Jedoch: in ein aufgespanntes Sprungtuch hinein. Vertrauen ist eben alles! Vertrauen, Schubert! Ist Ihnen das gegeben?«

»Ja – Herrn Hauptmann gegenüber durchaus. Vorbehaltlos.«

»Das«, sagte Hein, die Augen schließend, »ist wie ein großes Versprechen.« Und kaum verständlich fügte er hinzu: »Vielleicht werde ich, bei Gelegenheit, noch einmal darauf zurückkommen – und das kann bald sein. Haben Sie verstanden?«

»Jawohl, Herr Hauptmann!«

»Dann kommen Sie wieder zu mir – näher, noch näher! Strecken Sie Ihre rechte Hand aus. Halten Sie diese über mein Herz. So dicht wie möglich – doch ohne meine Brust direkt zu berühren!«

Auch das versuchte Schubert. Und er tat es, wie von ihm gefordert; bemüht leicht, betont gefühlvoll, angestrengt zärtlich. Des Hauptmanns Herz schlug regelmäßig – es war, als schlafe er, ohne jeden bedrückenden Traum.

Hein sagte weiter wie vor sich hin: »Dieser Krieg – der Krieg schlechthin – zwingt Menschen wie mich zu Maßnahmen, die denen, die mich nicht kennen, die nichts von mir wissen, die nicht das geringste von meinem wahren Wesen ahnen, als beharrlich harte Forderungen erscheinen mögen. Damit muß ich mich abfinden. Mir genügt, wenn mich einer – wenigstens einer – versteht, zu verstehen versucht. Und das könnten Sie für mich sein, Johannes!«

»Ich bemühe mich – ich versuche es – ich verstehe. . .«

»Halten Sie Ihre Hand weiter so wie schützend über mein Herz. Es muß sein, als ob Sie die Luft streicheln, die zitternd darüber liegt. Kein Zugriff, kein Versuch, irgendein Besitzrecht auszuüben! Nicht über mich.«

»Nein, gewiß nicht, Herr Hauptmann.«

»Als Kind«, sagte Karl Ludwig Hein, »drückte ich ein Kaninchen an mich – und erdrückte es. Später starb ein Mädchen fast in meinen Armen; es war, als wollte ich es in mich hineinpressen, und sie hatte ein schwaches Herz. Und es ist erst wenige Wochen her, da umarmte ich einen schwer verwundeten Kameraden – seine herausgeschossenen Gedärme klebten an meiner Uniform. Ich umschloß seinen Mund mit dieser meiner Hand – bis er erstickte. Das heißt: ich erstickte ihn! Denn ich konnte ihn nicht schreien hören, ihn nicht leiden sehen! So kann es kommen, daß man tötet, was man liebt! Begreifen Sie das?«

»Ja!«

»Dann ist es gut!« Der Hauptmann Karl Ludwig Hein erhob sich federnd von seinem Lager. Stand – in Unterwäsche und schwarzen Socken – gereckt da. Sagte: »Flaksoldat Schubert – ich befördere Sie hiermit zum Gefreiten!«

»Guten Appetit!« rief der Soldat Wassermann unternehmungslustig dem Gefreiten Bergen zu. »Hauptsache, es schmeckt dir, es geht dir gut und du hast danach einen gesunden Schlaf!«

»Den habe ich – und auf den lege ich auch Wert! Deshalb – verschwinde!«

Der Soldat Wassermann stand vor dem Tisch, an dem – im Restaurant des Hotel de France – Bert Bergen und Elisabeth Erdmann saßen; bereit, ein gedünstetes Huhn zu verspeisen. Wassermann beugte sich vor und beroch ungeniert die soeben aufgetragenen Speisen. Dann setzte er sich und sagte, auf einen Hühnerschenkel deutend: »Den hätte ich gerne!« Er griff danach und begann ihn zu benagen.

»Was ist denn das für einer?« fragte Elisabeth Erdmann amüsiert.

»Ich«, versicherte Wassermann kauend, »bin einer, der unentbehrlich ist.«

»Aber nicht hier!« meinte Bergen, leicht warnend. »Dein Typ ist hier nicht gefragt – zumindest im Augenblick nicht.«

»Das sagst du«, erklärte Wassermann munter. »Aber du bist hier nicht alleine! Was meint denn unsere liebe junge Dame dazu?«

»Ich«, erklärte die Erdmann, ihn anlächelnd, »bin weder sonderlich lieb noch ausgesprochen jung – ich bin auch keine Dame, falls Sie das beruhigt.«

»Ungemein!« versicherte Wassermann grinsend.

Das Restaurant war mäßig besetzt. An drei von acht Tischen saßen deutsche Soldaten, zumeist paarweise; doch nur Bergen war in Gesellschaft eines weiblichen Wesens. An zwei weiteren Tischen hielten sich ältere Franzosen auf, ziemlich wortkarg, leicht geduckt wirkend; sie schlürften bedächtig ihren Rotwein. Ein Kellner lauerte mit ausdruckslosem Gesicht.

»Du solltest dich lieber«, empfahl Bergen, seinen Teller einem weiteren Zugriff von Wassermann entziehend, »mit dem Schreiber des Ortskommandanten beschäftigen.«

»Zeitverschwendung!« versicherte Wassermann, wobei er ein Glas herbeizog und aus der Flasche füllte, die bei Bergen stand; sie enthielt einen herben, schweren, blutrot leuchtenden Fleurie. »Diesen Ortskommandanten können wir abschreiben, den hat Hein geschafft! Unser Monsieur Charles Schmidt betet nur noch – wenn er nicht gerade, wie jetzt, säuft und frißt, diesmal mit dem Professor.«

»Und was ist mit Magnus? Wie verhält der sich? Spitzt der den Ortskommandanten an?«

»Und wie, Mann?« Wassermann gelang es erneut, ein Stück Fleisch von Bergens Teller zu nehmen – diesmal einen Flügel. »Dieser Professor Magnus bearbeitet unseren Hauptmann Schmidt nach allen Regeln der Kunst – entlockt dem beharrlich feinste Spezialitäten, besten Champagner und ältesten Cognac. Sonstige Ambitionen scheint der nicht zu haben.«

»Hat der auch nicht!« bestätigte Elisabeth Erdmann lässig. »Den habe ich ziemlich gründlich kennengelernt. Der will doch nichts als sein Vergnügen — und das möglichst ohne viel Anstrengung.«

»Sprechen Sie aus persönlicher Erfahrung?« wollte Wassermann interessiert wissen.

Doch der Gefreite Bergen fragte, sich vorbeugend: »Der Ortskommandant betet nur noch, sagst du? Mehr ist bei dem nicht drin? Worum betet er eigentlich?«

»Um sein Selenheil vermutlich. Und dann um die Erhaltung seines Wasserturmes, nehme ich an.«

»Warum denn das?«

»Das habe ich ihm, über seinen Schreiber, gerade noch unterjubeln können. Und das gar nicht einmal so von ungefähr. Hab' ich doch erst heute nachmittag diese Paradewildsau Runge in der Feuerstellung erlebt — und der glotzte in Richtung Wasserturm und brüllte dann: Der muß weg, der stört hier, der behindert unser Schußfeld!«

»Hört sich durchaus glaubhaft an«, meinte der Gefreite Bergen bedächtig. Er schob seinen Teller Wassermann zu. »Bediene dich — wenn du magst.«

Wassermann mochte. Überaus sorgfältig suchte er sich das beste Stück Fleisch aus — daumendicke Hühnerbrust mit braungebackener Haut. Das tunkte er in Soße, hob es mit Hilfe von Weißbrot seinem Mund entgegen und schmatzte hingebungsvoll.

»Ist der immer so?« wollte Elisabeth Erdmann belustigt wissen.

»Gott sei Dank nicht immer!« sagte Bergen. »Nur dann, wenn er sich sauwohl fühlt. So was kommt hier nicht allzuoft vor — doch bei ihm öfter als bei anderen.«

»Weil ich eben«, versicherte Wassermann kauend, »ein unentbehrlicher Mensch bin — was mich aber immer wieder dazu verführt, herausfinden zu wollen, wie entbehrlich alle anderen sind.«

»Bergen auch?« fragte Elisabeth, sanft provozierend.

»Weiß ich noch nicht«, bekannte Wassermann, wobei er sorgfältig einen Knochen ableckte, sodann die Fingerspitzen seiner Hände. Wofür er sich Zeit ließ, um die Erdmann und Bergen abschätzend zu betrachten. »Ich habe immer noch nicht herausgefunden, ob nun dieser Bursche eine Art Käse mit Löchern ist — oder eben nur eine Anzahl Löcher darstellt, mit Käse herum.«

»Und wie, meinen Sie, Herr Wassermann, wäre so was am sichersten festzustellen? Sie schweigen? Also auch das wissen Sie nicht! Und du, Bert — schweigst auch? Und das ist alles?«

»Vorläufig schon«, meinte Bergen ablehnend. »Nur eben: was vorläufig ist, muß nicht endgültig sein.«

»Dann laß dir mal was einfallen!« ermunterte ihn Wassermann, erneut nach der Flasche mit dem Fleurie greifend. »Aber möglichst bald! Denn allzuviel Zeit, schätze ich, haben wir nicht mehr. Oder hoffst du — ausgerechnet du! — hier auf Wunder?«

»Da bin ich!« tönte Wachtmeister Arm und schwenkte seine Cognacflasche. »Nun freuen Sie sich aber — was?«

»Sie!« rief die Werner-Weilheim fast schrill und wich zurück. »Hier haben Sie nichts zu suchen!«

»Ich suche doch gar nicht!« versicherte Arm schwungvoll und näherte sich ihr. »Ich habe bereits gefunden!« Breitbeinig stellte er sich vor ihr auf. Er roch meterweit nach Alkohol.

Frau Doktor Werner-Weilheim saß im Arbeitszimmer des Glashauses — in nächtlicher Einsamkeit. Wenn auch voll bekleidet, so doch mit verrutschtem Rock und geöffneter Bluse — ihr war heiß. Sie versuchte, Listen und Zeichnungen zu vergleichen, bemühte sich, eine Art Bestandsaufnahme vorzunehmen — hatte aber erhebliche Mühe, sich zu konzentrieren. Sie legte die Hand, die auf ihrem Schenkel geruht hatte, vor sich auf den Tisch. Arm stellte seine volle Flasche daneben.

»Was bezwecken Sie damit?« fragte sie streng. »Was wollen Sie von mir?«

»Nur das, was Sie auch wollen.«

»Und was«, fragte sie heftig irritiert, »soll das sein — Ihrer Ansicht nach«?

»Tun Sie doch nicht so, Verehrteste!« Arm zog zwei Wassergläser aus den Hostentaschen, füllte sie geschwind mit Cognac; eins davon schob er ihr hin, das andere trank er leer — während sie ihn anstarrte, sekundenlang völlig ratlos. Er schüttelte sich wohlig, schwankte dabei und nickte ihr dann aufmunternd zu. »Sie sind schließlich eine Frau — und ich bin ein Mann!«

»Sie!« stieß Frau Werner-Weilheim hervor, während sie mit heftigen Bewegungen aufstand und dabei den Stuhl hinter sich zu Fall brachte. »Sie sind wohl nicht ganz normal!«

»Kommt darauf an, Verehrteste, was Sie genau darunter verstehen.« Arm hockte sich auf ihren Schreibtisch und grinste sie an. »Ich bin nämlich ein Spaßvogel — müssen Sie wissen. Das sieht man mir nicht an — was? Das ist aber so, Sie werden das schnell merken. Und von wegen normal! Das bin ich — aber eben auf meine Weise. Wozu gehört, daß ich gerne, falls gewünscht, auch Sondertouren reite. Wenn Sie also diesbezügliche Anliegen haben. . .«

»Sie Schwein!« rief die Frau Doktor, bis zur Wand zurückweichend. »Ein ausgemachtes Ferkel sind Sie!«

»Erhoffen Sie sich getrost einiges davon, Verehrteste.«

»Sie bornierter, geiler Sexualprotz!« schrie sie ihn an. »Womit wollen Sie mir imponieren? Ihre Sorte kenne ich!«

»Aber offenbar nicht ausreichend. Was mich eigentlich wundert — so wie Sie gebaut sind! Wenn ich Sie mir da so näher betrachte. . .«

»Wagen Sie es nicht, Ihre dreckigen Pfoten nach mir auszustrekken! Keinen Schritt weiter — oder ich schreie!«

»Von mir aus können Sie schreien, so viel Sie wollen – falls Ihnen das Spaß macht.« Arm genoß selbstbewußt die Situation, vom Alkohol animiert. »Doch sonst sollten Sie sich nichts davon versprechen. Wer kann Sie hier schon hören? Wir sind allein auf weiter Flur – nur wir beide.«

»Wollen Sie mich etwa«, stöhnte sie, »vergewaltigen?«

»Sind Sie scharf darauf?« Arm trank, sich ermunternd, diesmal direkt aus der Flasche. »Na ja – wenn Sie unbedingt darauf bestehen... das wäre auch mal was Neues! Doch sonst, Verehrteste, ist so was nicht unbedingt meine Kragenweite – ich bin da mehr für die gemeinsame, harmonische Tour. Für die menschliche Begegnung – wenn Sie so wollen.«

»Hinaus – Sie Dreckskerl!« stammelte die Frau Doktor erregt. »Für wen halten Sie mich? Was muten Sie mir zu!«

»Da unterschätzen Sie mich aber, Verehrteste!« Arm betrachtete die gegen die Holzwand Lehnende geradezu betrübt. »Ich bin, auch in dieser Hinsicht, nicht von schlechten Eltern, müssen Sie wissen. Ich habe bereits in den allerbesten Kreisen verkehrt. Darunter bei einer hochadeligen Dame. Ferner bei einer Pastorentochter. Und dann die Frau des Kommandeurs in unserer Heimatgarnison! Wünschen Sie diesbezügliche Dank- und Anerkennungsschreiben zu sehen? Aber besser wohl, ich liefere Ihnen praktische Beweise.«

Die Werner-Weilheim starrte ihn an – erzitternd vor aufflammender Begier, sich zugleich heftig dagegen wehrend. Sie starrte erst in sein Gesicht, das, sportlich-verwegen, zum Sieg entschlossen schien, dann auf seinen Brustkorb, der sich gorillahaft wölbte, schließlich auf seine prallsitzende Hose. »Ich verachte Sie!«

»Sagte der Fuchs zu den Trauben, die ihm zu hoch hingen!« Arm lächelte breit. »Doch keine Sorge, Verehrteste! Bei mir hängt alles richtig. Doch damit genug Ouvertüre – nun nichts wie Vorhang hoch!«

Er ließ sich vom Tisch gleiten, ergriff das mit Cognac gefüllte Glas und taumelte auf sie zu. Stellte sich dicht vor sie, doch ohne sie noch zu berühren. Erst Sekunden später streckte er die linke Hand aus, zu ihrer Kehle hin, umspannte sie leicht, glitt aufwärts zu ihrem Kinn, streichelte es – sie schien keiner Bewegung mehr fähig.

Arm setzte ihr das Glas, mit der rechten Hand, an die Lippen – die öffneten sich mechanisch. Der Kognak floß in sie hinein – die Werner-Weilheim trank mit hochrotem Gesicht und geschlossenen Augen. Sie verschluckte sich, spie Flüssigkeit aus, trank dann weiter.

»Sie widern mich an!« stieß sie heiser hervor, sich an ihn klammernd. Das leere Glas fiel zu Boden und zerbrach. »Ich verabscheue Sie!«

Sie strampelte mit den Beinen, als er sie anhob, an seine breite Brust preßte und mit sich zog – zum Tisch hin, auf dem die Pläne und Zeichnungen der Grabkirche lagen. Er warf sie darauf und sich über sie. Suchte ihren Mund, fand ihn, öffnete ihn. Gleichzeitig betastete er ihre Schenkel, die sie — wie mit letzter Kraft — zusammenpreßte. Was jedoch nicht allzu lange anhielt.

»Nein, nein!« rief sie aus — sich unter ihm windend, die Hände in seinen Rücken krallend, mit dem Unterleib sich gegen ihn aufbäumend. Was jedoch war, als wolle sie nur in eine günstige Lage kommen. »Nein, nein!«

»Aber ja, ja!« sagte er.

»Das«, stöhnte sie, »darf nicht sein!« Sie verfiel in seinen drängenden Rhythmus, beschleunigte ihn hektisch, umklammerte den Mann über sich mit Armen und Beinen. »Nicht das!« Ihre Hände verkrallten sich in seiner Uniform. »Das«, mit ersterbender Klage, von stoßartigen Seufzern abgelöst, »habe ich nicht gewollt!«

»Ach — scheiß darauf!« sagte Arm, sich verströmend.

Er wälzte sich von ihr herunter, blieb aber auf dem Tisch, dicht neben ihr, liegen. Seine Hände kamen nicht zur Ruhe. Sie preßte sich an ihn. Der Tisch drohte zusammenzubrechen, als sie sich über ihn rollte.

»Na also!« registrierte Arm erfreut. »Es hat dir gefallen.«

»Ja, ja!« bekannte Frau Doktor Werner-Weilheim mit entzücktem Flüstern.

»Siehst du«, sagte er, erneut nach ihr greifend. »Aber du hast auch alle Saiten auf der Geige . . . Soll ich weitermachen?«

»Bis in alle Ewigkeit!« stöhnte sie. Atmete tief. Sagte dann: »Wir haben uns gesucht und gefunden. Das wird Folgen haben!«

Professor Magnus verließ, leicht schwankend, das Hotel de France. Der Ortskommandant, Hauptmann Schmidt, begleitete ihn bis vor den Eingang. Hier verabschiedeten sie sich voneinander mit lautstarker Herzlichkeit.

»War mir eine besondere Freude!«

»Mir auch, mir auch!« versicherte Magnus. »Ich komme hier aus den Freuden kaum heraus.«

»Ja — das ist Frankreich!« Der Stadtkommandant schüttelte noch einmal die Hand des Professors. »Ich darf doch wohl hoffen, Sie besuchen mich bald wieder.«

»Und wenn ich Sie noch so enttäuschen müßte, Herr Hauptmann Schmidt — ja, das dürfen Sie hoffen.«

Magnus entfernte sich mit meckerndem Lachen. Er schlenderte, in Richtung auf das Schloß, die Rue Saint-Martin entlang. Dann blieb er stehen und blickte tief versonnen aufwärts — zur Grabkirche, die sich gegen den Nachthimmel abhob. Im Turm des Schlosses brannte noch Licht.

»Ja — das ist Frankreich!« ertönte plötzlich eine freundliche Stimme hinter ihm.

Magnus fuhr herum. »Bergen«, sagte er dann, kurz auflachend, »geht Ihre Betreuung nicht etwas weit?«

»Ich möchte nicht, daß Sie uns abhanden kommen«, sagte der Gefreite. »Sie könnten mich sonst um so manches Vergnügen bringen — und deshalb erhalten Sie Geleitschutz.«

»Wie Sie das auch immer zu nennen belieben, Bergen, ob betreuen oder überwachen — mich interessiert lediglich: in wessen Auftrag?«

»Derartige Fragen können Sie sich — bei mir — ersparen.« Bergen schritt gelassen neben dem Professor einher. »Man muß ja nicht immer gleich einen Auftrag haben, um bestimmte Dinge zu tun — nicht wahr?«

Magnus blieb kurz stehen, als wolle er sich verschnaufen; ihr Weg ging nun aufwärts: Sterbeschloß und Grabkirche lagen auf einem Hügel, an die hundert Meter über der Stadt. »Sie wollen mich doch nicht etwa warnen, Bergen?«

»Ganz im Gegenteil, Herr Professor, ich will Sie ermuntern!«

»Wozu?«

»Hier möglichst ganze Arbeit zu leisten.«

»In welcher Hinsicht?«

»Nun — ich denke: Sie haben ziemlich genau erkannt, was hier gespielt wird! Sie wissen, in welchem Ausmaß hier der Größenwahn wuchert, ein seuchenartiges Herrenmenschentum sich breitmacht — im Vollrausch des Sieges! Die Folgen werden fürchterliche sein. Sind es bereits. Bis hin zum Menschenopfer. Dagegen etwas zu unternehmen, sind Sie bereit, nicht wahr? Denn einige Ihrer Reaktionen deuten darauf hin. Und ich werde Ihnen dabei helfen — bei der Beschaffung von Beweismaterial.«

»Ach, Verehrtester, was verlangen Sie da von mir! Sie sind noch sehr jung, mein Lieber — nicht etwa beneidenswert jung, von meinem Standpunkt aus gesehen. Spätestens in dreißig Jahren werden Sie mich verstehen — und sich dann an mich vielleicht sogar als an einen mutigen Mann erinnern.«

»Nur weil Sie diese glattgelackte, spätgermanische Werwolftype im Turm zwar erkannt und sich über sie lustig gemacht haben — doch nichts weiter sonst? So was nennen Sie schon Mut?«

»Es ist hier und heute geradezu verwegen«, erklärte Professor Magnus. »Aber es macht auch Spaß.«

»Soll das heißen, daß Sie nichts gegen ihn — direkt — unternehmen wollen? Auch dann nicht, wenn ich eine Menge Material anschleppe? Und auch nicht, wenn Ihre Frau Doktor Werner-Weilheim Ihnen jede gewünschte Rückendeckung verschafft — wobei die Erdmann noch hinzukommen kann? Und wie, Herr Professor, ist es eigentlich mit der Funktion des Gewissens — so was soll doch, sagt man, noch nicht ganz ausgestorben sein?«

Der Professor blieb abermals stehen. Nun schnaufte er — wohl wegen der ansteigenden Straße und der Weine, die er getrunken hatte: Chablis zum Fisch, Burgunder zum Fleisch, Bordeaux zum Käse — dann Cognac zum Kaffee und schließlich Champagner Er streckte seine zitternde Hand vor und klammerte sich heftig bei Bergen fest.

Sagte: »Kommen Sie mir nicht auch noch mit diesen Weibern! Die Erdmann besitzt weder Verstand noch Moral — was ich ihr gönne. Und die Werner-Weilheim besitzt auf ihre Art beides — jedoch: wie lange noch? Ein günstiger Anlaß, und alles rutscht ihr sozusagen in die Hosen. Nicht zufällig hat die es mit ihrem Reichsleiter, unmittelbar hinter dem Rücken ihres Führers, getrieben — während einer Filmvorführung, anläßlich eines Reichsparteitages.«

»Das klingt aber doch geradezu menschlich!« rief Bergen. »So was sollte uns eher zuversichtlich stimmen — oder nicht?«

»Zuversichtlich?« Magnus atmete schwer. »Die Erkenntnis, daß sich Menschen wie die Tiere benehmen — bei halbwegs günstiger Gelegenheit —, das ist für Sie vielversprechend?«

»Eine Herausforderung — für all jene, die noch nicht völlig vergessen haben, was ein Gewissen sein kann. Sein könnte.«

»Mann Gottes, Bergen, was ist denn das, was Sie Gewissen nennen? Mein guter Junge — Sie sind wohl von vorgestern? Aber beruhigen Sie sich — irgendwie bin ich das auch. Ich habe als Jüngling den Weltkrieg vierzehn-achtzehn mitgemacht und sogar ein Buch darüber geschrieben — Remarque schrieb ein besseres, doch im Grunde besagte es ziemlich das Gleiche wie meins. Ich bin während der Weimarer Republik unentwegt für Versöhnung und Völkerverständigung eingetreten, für Menschenrechte, Demokratie und Brüderlichkeit, für den Weltfrieden . . . Ich sollte Universitätsrektor und amerikanischer Ehrendoktor werden — doch dann kam unser Führer!

Und seine Gefolgsleute griffen mich, schlugen mich zusammen — was sie Gewissenserforschung nannten. Und dann schoben sie mich, großzügig, in die hintersten Archive ab.«

»Und nun«, folgerte Bergen, »sind Sie gebrochen! Sie mögen nicht mehr. Sie leiden unter Magenkrämpfen, unter Atembeklemmungen. Sie lassen sich von einer Werner-Weilheim terrorisieren — und kriechen einem Hauptmann Hein doch letzlich in den Arsch. Weil der so was gerne hat!«

»Das nicht!« rief der Professor Magnus — er wirkte jetzt nahezu nüchtern. Er wich ein, zwei Schritte zurück — das Mondlicht bestrahlte ihn wie ein ferner Scheinwerfer; er war kreidebleich. »So was dürfen Sie mir nicht unterstellen! Hein hasse ich!«

»Aber Sie haben Ihren Spaß dabei!« sagte Bergen. »Und mehr als das wollen Sie auch gar nicht mehr. Weil Sie, ein gewiß schrecklich geprügelter Hund, nicht mehr glauben können, daß Sie noch wirksam ihre Zähne zeigen können. Aber das können Sie – ihn bloßstellen und abservieren! Mit meiner Hilfe! Denn mindestens zwei müssen dabei am Werk sein, wegen der übereinstimmenden Zeugenaussagen. Einer allein schafft das niemals!«

»Aber hören Sie – um so was zu schaffen, müßte man eine ganze, intakte Welt aufbieten! Selbst in Zeiten erklärter Hochkulturen konnten sich Massenmörder als Staatsmänner wirksam und ungefährdet breitmachen!« Der Professor stieg, schwer atmend, weiter aufwärts. »Wir aber leben mitten im Unrecht, wie von Netzen umstrickt und gefangen von den derzeit gültigen Gesetzen. Dazu noch in einer offiziell proklamierten heroischen Zeit – wie wollen Sie dagegen angehen?«

»Sie sind also im Grunde ein müder alter Mann, der hoffnungslos resigniert hat«, erklärte Bergen erbarmungslos. »Kaum, daß es noch zu ein wenig Zynismus reicht.«

»Und was sind Sie?« fragte Magnus nachsichtig. »Ein munterer, unerfahrener junger Mensch, im Grunde ein hoffnungsloser Idealist. Gerade, daß es zu ein bißchen Verstand reicht. Dennoch, mein Lieber, gehören wir beide zusammen. Sie können das nur noch nicht erkennen.«

»Ich verachte jede Art von ermüdeten, tatenunwilligen Schwächlingen!« stieß Bergen provozierend hervor. »Denn nur weil es hochgebildete, vielerfahrene, wissenschaftlich anerkannte oder geschulte Kreaturen Ihres Typs gibt, kann letzlich bei uns ein Hitler existieren und zur Macht gelangen. Und als Leute Ihres Schlages bereit waren, ihm unter einigen Bedenken, aber ohne zu zögern, die dreckigen Füße zu küssen, da trat er ihnen in die Fresse.«

»Wie herrlich überzeugt Sie von sich sind!« Magnus sagte das leise vor sich hin. Doch dann hob sich seine Stimme: »Aber warten wir erst einmal ab, wer auf seine Weise mehr erreicht – Sie oder ich! Vielleicht werden Sie da noch staunen, junger Mann!«

Die mittlere Eskalation

Hauptmann Hein und Wachtmeister Runge.
Ort: Weg am Rande der Feuerstellung.
Zeit: Früher Vormittag eines sonnigen Tages im Frühherbst.

HEIN: Runge, mein Lieber, ich bin äußerst unzufrieden! Die Leistungen unserer Batterie lassen nach, die Moral der Truppe hat einen Tiefstand erreicht. Haben Sie sich – wie von mir angeregt – Gedanken darüber gemacht, was zwecks Erhöhung der Einsatzbereitschaft unternommen werden könnte?

RUNGE: Jawohl, Herr Hauptmann! Schlage vor: ein übungsmäßig angelegter, jedoch völlig überraschender Nachtangriff auf die Feuerstellung! Dieser durchgeführt mit scharfer Munition. Vorbereitet und ausgeführt von mir persönlich.

HEIN, *seinen Wachtmeister anerkennend und ermunternd anblickend:* Prächtig Runge! Ganz in meinem Sinne. Das ist genau das, was ich mir erhofft habe. Die Schaffung einer echten Kriegssituation! Aber ich habe so was – und nun mal ganz offiziell, mein Lieber – weder angeregt noch gar befohlen.

RUNGE: Das, Herr Hauptmann, versteht sich von selbst!

HEIN: Ich habe mich in Ihnen nicht getäuscht, Runge: Sie sind der geborene Offiziersanwärter. Machen Sie nur so weiter! Und lassen Sie mich baldigst überzeugende Resultate sehen!

Wachtmeister Runge bei Oberleutnant Minder.
Ort: Offiziersunterkunft bei der Feuerstellung.
Zeit: 15 Minuten später.

RUNGE, *vertraulich*: Es ist jetzt bald soweit!

MINDER, *mit der bei ihm üblichen Vorsicht*: Was ist denn soweit – wenn ich fragen darf?

RUNGE: Ein Angriff auf die Feuerstellung ist zu erwarten – womöglich schon in der kommenden Nacht. Das scheint nun so gut wie sicher zu sein.

MINDER: Sagten Sie: Angriff? Durch wen wohl, bitte?

RUNGE: Nun – etwa durch Sabotageelemente oder sonst was in dieser Preislage. Darauf müssen wir nun gefaßt sein – und uns entsprechend vorbereiten. Vorausschauend sollten nunmehr Zielbereiche ausgemacht werden, in denen ein Feind am sichersten zu vermuten sein könnte. Also, zum Beispiel, der Wasserturm! Der könnte dann endlich umgelegt werden. Ohne weiteres.

MINDER: Im Einvernehmen mit Herrn Hauptmann Hein?

RUNGE: Fragen Sie den mal danach – falls Sie das für richtig halten. Doch dessen Antwort kenne ich bereits. Er wird sagen: entwickeln Sie Eigeninitiative.

MINDER, *mit Eifer*: Dazu bin ich ja auch bereit! Aber wie?

Leutnant Helmreich bei dem Gefreiten Bergen.
Ort: Protzenstellung, dort die Vermittlung im Keller des Schlosses.
Zeit: Eine Stunde danach.

HELMREICH: Nicht etwa, Bergen, daß ich versuchen will Sie irgendwie zu beeinflussen...

BERGEN: Versuchen Sie es ruhig, Herr Leutnant.

HELMREICH: Ich beabsichtige nicht, lieber Bergen, Sie zu unangebrachten Vertraulichkeiten zu verleiten. Ich wünsche lediglich, mich ein wenig intensiver mit Ihnen zu unterhalten. Denn ich muß gestehen – ich bin besorgt.

BERGEN: Das ist verständlich. Denn besorgt sollten wir hier alle sein. Aber in welchem speziellen Punkt sind Sie es diesmal, Herr Leutnant?

HELMREICH: Es scheint um den Wasserturm zu gehen. Der vermutete Anlaß dafür: mögliche Angriffe auf die Feuerstellung. Von Sabotageelementen – oder so was! Und das in Bälde. Wissen Sie Genaueres darüber? Haben Sie so was gehört? Mitgehört, meine ich? Etwa ein diesbezügliches Telefongespräch?

BERGEN, *vorsichtig*: Kann sein.

HELMREICH, *äußerst vertraulich*: Die Situation ist doch wohl diese: Legen wir den Wasserturm um, dann bereiten wir der Stadt D. – und damit dem dortigen Kommandanten – mit Sicherheit Schwierigkeiten. Legen wir ihn aber nicht um, könnten wir Schwierigkeiten mit Hauptmann Hein bekommen. Und das, meine ich, ist doch wohl eine höchst heikle, ja geradezu delikate Situation!

BERGEN: Das scheint mir auch so, Herr Leutnant. Aber selbst dabei gibt es ja noch Ausweichmöglichkeiten. Falls nämlich eine Situation entstehen sollte, in der unbedingt irgend etwas umgelegt werden muß – dann würde ich vermutlich zunächst einmal genau dort hinschießen, von wo aus ich beschossen werde. Und das muß ja nicht unbedingt der Wasserturm sein.

HELMREICH, *drängend*: Bergen, mein Lieber, wissen Sie Konkretes – oder fabulieren Sie nur so vor sich hin? Mann, hier kann es um Menschenleben gehen!

BERGEN: Das, Herr Leutnant, ist hier doch nichts Neues. Haben Sie sich damit noch immer nicht abgefunden? Leichen scheinen unvermeidlich – doch es müssen möglichst die richtigen sein!

Schubert, nunmehr Gefreiter, neben Bergen.

Ort: Die sogenannte Kantine, zeitweise als Speisesaal und Aufenthaltsraum für Mannschaften freigegeben, im Erdgeschoß des Schlosses.

Zeit: Mittagspause.

Es gibt Erbsen mit Rauchspeck – ein sogenannter ›schwerer Fraß‹, der gewöhnlich nur an Großkampftagen ausgegeben wird. Eine Fettschicht überlagert dick die Suppe; sie wird von den Soldaten fast völlig schweigend ausgelöffelt. Ein halber Liter Rotwein, pro Mann, steht ausschankbereit.

Bergen und Schubert sitzen – scheinbar zufällig – nebeneinander.

Bergen hat einen abgelegenen Platz gewählt und den Stuhl neben sich frei gelassen – bis Schubert kommt. Nun speisen sie Schulter an Schulter.

SCHUBERT, *nach längerem Schweigen, mit fast würgender Verlegenheit*: Ich kann dir gegenüber doch aufrichtig sein, nicht wahr?

BERGEN, *gedehnt*: Warum sollte ich dich daran hindern – wenn du es unbedingt willst.

SCHUBERT: Ich will es.

BERGEN: Dann tu es!

SCHUBERT, *verhalten*: Ist es sehr schlimm – wenn man liebt?

BERGEN: Nicht unbedingt – aber gelegentlich durchaus. Es kommt darauf an!

SCHUBERT: Es muß ja nicht unbedingt gleich Liebe sein – man kann es auch Verehrung nennen.

BERGEN: Hauptmann Hein gegenüber?

SCHUBERT: Ja. Das ist es! Findest du das fürchterlich?

BERGEN: Überhaupt nicht – falls so was auf vorbehaltloser Gegenseitigkeit beruhen sollte. Ich jedenfalls gönne jedem alles – und dir natürlich erst recht. Menschen, die man mag, möchte man gerne glücklich sehen.

SCHUBERT, *bekennend*: Unglücklich bin ich nicht – da kannst du ganz beruhigt sein. Ich bin nur manchmal sehr verwirrt – jedoch vor Glück! Aber alles entwickelt sich noch, wir stehen wohl erst am Anfang.

BERGEN: Hoffentlich! Was wohl heißt: ihr redet zunächst noch darüber. Aber eben das könnte dein Glück sein! Doch worüber redet ihr sonst noch? Etwa über Wassertürme, die man umlegen muß? Und bei welcher Gelegenheit?

SCHUBERT: Ich bitte dich – auf so was achte ich nicht!

BERGEN: Solltest du aber!

SCHUBERT: Nicht doch, Bert! Hier geht es doch um wesentliche, um große Dinge – um die menschliche Begegnung!

BERGEN: Na klar – um was denn wohl sonst? Nur eben, daß fast jeder darunter etwas anderes versteht. Laß uns wie die Menschen sein, sagte der Wolf zum Schaf, biß es ins Genick und schleppte es fort.

Der Gefreite Bergen bei Elisabeth Erdmann.
Ort: Arbeitszimmer der Forschergruppe im Glaspavillon.
Zeit: Früher Nachmittag.

ELISABETH, *hastig, doch mit geübten Handgriffen ihre Kleider ordnend*: Du bist nicht ganz bei der Sache gewesen. Was lenkt dich ab?

BERGEN: Du bist wie wild auf dieses Bild, diesen angeblichen Fragonard, der im Bankettsaal hängt, nicht wahr?

ELISABETH, *hoffnungsvoll*: Willst du mir den schenken?

BERGEN: Ich habe nichts zu verschenken – also verschenke ich auch nichts! Das solltest du langsam erkannt haben.

ELISABETH: Nun gut – du erwartest irgendeine Gegenleistung von mir. Aber du hast so gut wie alles bekommen, was ich zu geben habe.
Was also soll's denn noch sein?

BERGEN: Du kennst Schubert?

ELISABETH: Nur oberflächlich – ich bin ihm, wie du weißt, gelegentlich mal begegnet. Irgendwie gefällt er mir, wenn der auch nur ein Schafstyp mit Seele ist. Beabsichtigst du, mir den aufzuhalsen? Dieser Junge scheint mir ziemlich verkorkst zu sein! Glaubst du, daß sich mit dem irgendwas halbwegs Vernünftiges anfangen läßt?

BERGEN: Vielleicht doch – wenn dabei ein Fragonard herausspringt?

ELISABETH: Ist das ein konkretes Angebot?

BERGEN: Konkreter geht's nimmer!

ELISABETH: Doch unter welchen Bedingungen?

BERGEN: Dieser Schubert, liebe Elisabeth, ist mein Freund – er weiß das nicht genau, aber er scheint es zu ahnen und zu wünschen. Ohne vorerst zu erkennen, was das wirklich zu bedeuten haben könnte. Und dies, meine Liebe, ist mein besonderes Problem und deine Aufgabe!

ELISABETH: Was soll ich denn mit dem anfangen?

BERGEN: Zunächst nichts weiter als dies: beschäftige dich mit ihm. Versuche dich auf ihn einzustellen. So was hat der dringend nötig. Für günstige Gelegenheiten will ich gerne sorgen.

ELISABETH: Was erwartest du von mir? Bitte möglichst klar! Soll ich den schönen Jüngling – wie man in euren Kreisen so schön sagt – zu einem Mann machen?

BERGEN: Ob Mann oder Hampelmann – ich will im Augenblick lediglich wissen: kann er oder kann er nicht? Darauf bin ich langsam neugierig – und eben das lasse ich mir gerne etwas kosten.

Der Gefreite Bergen bei Hauptwachtmeister Krüger.
Ort: Schreibstube im Schloß.
Zeit: Später Nachmittag des gleichen Tages.
Krüger behockt gewichtig seinen Schreibtischsessel. Der Gefreite Bergen meldet sich und erhält die Erlaubnis, näher zu treten.

KRÜGER, *gemütlich breit:* Wissen Sie, wie Sie mir vorkommen – Sie vielfach gesprenkelter Affenarsch? Wie jemand, der sich unentwegt in die Hosen macht und dann anklagend ausruft: hier stinkt es! Wem wollen Sie damit imponieren?

BERGEN: Ich weiß ja nicht, was man Herrn Hauptwachtmeister alles über mich zugetragen hat. Aber wenn man mich nach meinen Eindrücken in letzter Zeit befragen sollte, dann muß ich leider eingestehen: Ich fürchte, hier könnte es um Menschenleben gehen!

KRÜGER: Um Menschenleben? Schließlich sind wir mitten im Krieg! Um Menschenleben geht es dabei doch immer. Also auch um das Ihre! Und außerdem, Sie herumlauernder Zulukaffer, Sie sollten sich gefälligst auch dies merken: mir wird nichts zugetragen — ich werde informiert! Verstanden?

BERGEN, *leicht resigniert*: Verstanden.

KRÜGER: Falls Sie also irgendwelche Informationen für mich haben sollten, dann schießen Sie los! Wenn Sie keine haben, dann belästigen Sie mich nicht länger mit Ihren hinterfotzigen Andeutungen. Wenn Sie aber in dem Besitz irgendeiner Information sein sollten und mir diese verschweigen, und ich kriege das heraus — dann knalle ich Ihnen auf Ihren Affenschädel, bis Sie Ihr Hirn ausscheißen! Also, Mann, was ist hier los? Jetzt will ich Fraktur hören!

BERGEN: Ich würde — wenn ich an Stelle von Herrn Hauptwachtmeister wäre — diesen Schubert sofort von seinem Posten bei Hauptmann Hein ablösen. Dann würde ich den Wachtmeister Runge in Urlaub schicken — möglichst noch heute! Und Arm dazu.

KRÜGER, *nach längerer Pause, mit krächzender Stimme, dennoch um gedämpfte Töne bemüht*: Sie wissen offenbar zuviel, Sie Scheißkerl — oder Ihre blühende Phantasie brütet zuviel aus. Beides kann gleich schlimm sein für Sie! Mann, wenn hier einer urlaubsreif ist — dann Sie!

»Wie starb er?« wollte der Hauptmann Hein wissen. Er meinte Charles Louis, den Herzog von Orleans. »Auf dem Schlachtfeld?«

»Nein«, sagte Professor Magnus in bedauerndem Ton. Dennoch ließ er etwas wie Hoffnung anklingen bei diesem zögernden »Nein«. »Der Herzog wurde auf dem Schlachtfeld lediglich schwer verwundet — und zwar dreimal. Zunächst am rechten Arm, was ihm aber nicht viel ausmachte, denn er war teilweise Linkshänder.«

»Das«, rief Hein freudig überrascht, »bin ich auf! So benutze ich etwa beim Ankleiden meist die linke Hand — auch beim Rasieren, sowie beim Umblättern der Seiten eines Buches — falls ich Zeit habe, eins zu lesen.«

»Wie sich das trifft!« rief der Professor. Hein und er, im Bankettsaal, waren bereits bei der dritten Champagnerflasche angelangt. »Der Herzog jedenfalls pflegte sein Schwert mit der Linken zu führen. Die Verletzung seines rechten Arms machte ihm nicht allzuviel aus. Hinzu kam aber dann eine tiefe Wunde im Unterleib – verursacht durch das Gewicht eines unter ihm zusammengeschossenen, sich in Todesqual über ihn wälzenden Pferdes. Dadurch wurde seine Geschlechtsfunktion fast völlig ausgeschaltet; aber darauf legte er wohl nicht weiter Wert.«

»Warum sollte er das auch!« meinte Hein. »Ein Mann, der sich ausschließlich dem heldischen Leben verschrieben hat, braucht keine Ausschweifungen oder Abschweifungen. Ihn beherrscht eine andere Art von Hingabe: das Streben nach höherer, nach soldatischer Vollkommenheit!«

»Das ist es wohl«, bemerkte Magnus, in sich zusammengesunken, auf das leere Champagnerglas vor sich starrend. »Das scheint mir eine recht einleuchtende Erklärung für diese Vorgänge zu sein. Denn auch die dritte Verwundung des Herzogs deutet in diese Richtung. Hierbei hat es sich um eine Kopfverletzung gehandelt, vermutlich durch ein Schlaginstrument. Ich werde mir erlauben, Ihnen den Helm des Herzogs zu zeigen; er ist, links oberhalb der Schläfe, nicht nur stark zerbeult, sondern auch an zwei kaum mehr als erbsengroßen Stellen durchlöchert. Jeder andere wäre daran gestorben – doch ein Charles Louis schien darauf nicht geachtet zu haben.«

»Er verschmähte es, darauf zu achten!«

»Gewiß – so kann man es auch sagen. Er kämpfte also – trotz seiner schweren Verwundung – weiter. Und siegte! Als sein Banner aufgepflanzt war, brach er zusammen. Stürzte sich dann, nur Minuten danach, abermals in das Getümmel der Schlacht. Bis er erneut zusammenbrach – betäubt nun durch quälende Schmerzen im Kopf. Man brachte ihn nach der Schlacht hierher – in das Sterbeschloß seiner Ahnen. Und hier saß er und dämmerte seinem Ende entgegen, das er nicht wahrhaben wollte. Tage und Wochen.«

»Wo – bitte möglichst genau – saß der Herzog hier?«

»Im Turmzimmer – das scheint festzustehen.«

»Und wo dort?«

»Genau in der Mitte desselben – das ist jedenfalls anzunehmen.«

»Folgen Sie mir bitte«, sagte Hauptmann Hein feierlich und stand auf.

Auch Magnus erhob sich – wobei er sein Glas vollschenkte und es eilig leertrank. Er mußte sich stärken. Dann schwankte er hinter dem Hauptmann her – zunächst durch das quadratische Schlafzimmer, dann durch den schmalen, hohen, weißgekalkten Gang, die wenigen Stufen hinauf in das Turmzimmer.

Hier hielt Hein vor einem hochlehnigen Stuhl, der mitten im Raum stand. Die vier hohen Fenster des Zimmers schienen weit hinauszustarren in die vier Himmelsrichtungen, in dieser warmen, sternklaren Nacht. Und der Hauptmann bekannte: »Von hier aus glaubt man die Welt zu übersehen! Es ist dann, als liege sie dem Betrachter zu Füßen. Charles Louis, der Herzog, muß ähnlich empfunden haben.«

»Alles spricht dafür!« Der Professor umwandelte den zentralen Stuhl, auf dem sich der Hauptmann niedergelassen hatte. »Ich habe das nie vorher gesehen«, sagte er, »aber mir das immer fast genau so vorgestellt.«

»Was mich nicht weiter wundert«, erklärte Hein, sich mit geschlossenen Augen zurücklehnend. »Denn für die absolute Größe muß ein verbindlicher, ein nachweisbarer Maßstab existieren!«

Magnus nickte und sagte: »Das Fenster gen Norden bedeutete praktisch die Öffnung zum totalen Sieg — denn von dort blickt man nach Paris hin, wo die damaligen Könige residierten. Doch unser Herzog — war ungleich verdienstvoller, war würdiger als diese lediglich durch Geburt zum Herrschen gelangten Leute! Im Osten lag — um hundert und mehr Meter tiefer — die Stadt D. Der Bereich der Untertanen! Und er liegt ja auch heute noch dort.«

»Auch ich sehe das so.«

»Im Westen dann: die Grabkirche! Die letzte Station der Ahnen. Mahnend. Verpflichtend. Der Herzog — hier in diesem Stuhl — muß sich dessen bewußt gewesen sein. Er glaubte überdies, wie nachzuweisen ist, an den höheren Sinn des Todes — also auch seines Todes. Und an den seiner Vorfahren. Und um neue Kraft zu schöpfen blickte er dann durch das vierte Fenster, südwärts.«

»Also dorthin, wo jetzt unsere Feuerstellung liegt?«

»Was er dort erblickte, waren Äcker und Wiesen, Weiden und Wälder, sanfte Hügel und ausgebreitete Täler — und in ihren erkannte der Herzog zweifellos die großen Schlachtfelder der Natur; denn in ihm war das Bewußtsein von der Unvermeidlichkeit ewigen Kampfes, den Gott — oder die Allmacht, der Weltgeist — jedem Lebewesen bestimmt hat. Er starb dann, wie er gelebt hatte: mit großer, tapferer Selbstbeherrschung.«

»Und von hier aus wurde er zu Grabe getragen?«

»Wohl nicht direkt — um ganz genau zu sein.« Magnus stützte sich auf die Lehne des Herzogsstuhles, in dem Hein saß. »Charles Louis, der tote Feldherr, ist hier vermutlich zunächst einmal abwärts befördert worden — in den Keller dieses Schlosses.«

»Es ist doch wohl anzunehmen«, sagte der Hauptmann, »daß alles, was dann geschah, denkbar würdig gewesen ist!«

»So kann man es nennen!« Der Professor stellte sich an das Westfenster und bat Hein zu sich. »Vor dem Eingang dieses Schlosses — fast genau dort, wo jetzt Ihr Fahrzeug steht, Herr Hauptmann — wurde, unmittelbar nach dem Tode des Herzogs, ein nach allen Seiten hin offenes Zelt aufgebaut, und zwar eines von der gleichen Form und in der gleichen Größe, wie es die Feldherren der damaligen Zeit in ihren Heerlagern benutzten. Dieses aber war aus schwerem, schwarzem Samt.«

»Und darunter wurde Charles Louis aufgebahrt?«

»Vielleicht sollten wir, zutreffender, sagen: dort wurde sein Sarg aufgestellt. Doch der war bereits geschlossen. Nur das Schwert des Herzogs lag darauf. Ob nun er selbst darin lag, das weiß ich nicht. Noch nicht. Aber ich bin bemüht, alle Geheimnisse, die den Tod des Herzogs umwittern, zu lösen – mit Ihrer Hilfe, hoffe ich.«

»Vorbehaltlos. Hundertprozentig! Doch weiter!«

»Die Überführung des Sarges in die Grabkirche scheint um Mitternacht an einem Sonnabend erfolgt zu sein – also an dem Wochentag, an dem er geboren worden war. Und das exakt zur Stunde seiner Geburt. Acht Würdenträger – darunter vier kampferprobte Kommandeure von Eliteregimentern, zumeist wohl Kavallerie – trugen den Sarg. Der damalige König von Frankreich schritt hinterher – allein. Mit Abstand dann gefolgt von den Großen seines Reiches. Und keine Frau durfte anwesend sein.«

»Keine Frau?«

»Das war vom Herzog selbst so angeordnet worden! Denn er hatte, in seinem Totenstuhl, das Bett verschmähend, seinen Fähnrichspagen zu sich gerufen und dem das gesamte Zeremoniell diktiert.

Was besagte: vom Schloß bis zur Grabkirche: lodernde Fackeln – von seinen überlebenden Soldaten, in Dreierreihen aufgestellt, zum Himmel emporgehalten. Dabei hatten Trommeln zu erdröhnen. In dumpfem, gleichmäßigem, zwingendem Rhythmus. Tamm – tatamm – tatatatamm! Tamm – tatamm – tatatatamm!«

Und nun riefen beide aus: »Tam – tatamm – tatatatamm!«

Sie verstummten. Denn plötzlich zerbarst die Stille der Nacht; der Himmel wurde zerrissen durch breite Blitze.

Denn im Süden – von der Feuerstellung her – waren nun schnell und heftig krachende Explosionen vernehmbar.

Wachtmeister Runge hatte sich zum Ausgangspunkt für seine Aktion – ›Stärkung der Kampfmoral‹ genannt – eines der geräumten, leerstehenden Häuser am Rande der Feuerstellung ausgesucht. Und zwar eines mit Balkon – was ihm taktisch besonders wichtig erschien.

Nach Einbruch der Dunkelheit hatte Runge hier – völlig unbemerkt – zwölf Handgranaten aus französischen Beutebeständen und dazu ein Maschinengewehr britischer Herkunft deponiert. Hinzu kam seine Maschinenpistole, samt drei vollen Magazinen.

Die Aktion war von ihm – im stillschweigenden Einverständnis mit Hauptmann Hein – auf Mitternacht festgesetzt worden; mit einer halben Stunde Spielraum, falls sich das als notwendig oder günstig erweisen sollte. Doch bereits um dreiundzwanzig Uhr war Runge auf seinem Posten.

Er hatte sich auf dem Balkon, sorgfältig in Nähe der Mauer, Handgranaten griffbereit zurechtgelegt.

Sodann hatte Runge die Balkontüren weit geöffnet – sie vorsorglich zu ölen hatte er bereits bei der vortägigen Besichtigung nicht außer acht gelassen. Hierauf blockierte er die Balkontür mit im Haus zurückgelassenen Büchern; sie waren, worunter er sich aber nichts vorzustellen vermochte, von einem gewissen Romain Rolland – dem beharrlichen Poeten deutsch-französischer Freundschaft.

Sodann baute Wachtmeister Runge – auf einem ebenfalls bereitgestellten Tisch – das britische Maschinengewehr auf. Äußerst sorgfältig, mit sicheren Handgriffen. Nahezu genießerisch schwenkte er das Schußfeld ab. Die Balkonumrandung erwies sich als erfreulich niedrig; die Feuerstellung lag unmittelbar vor und zugleich beschußbereit unter ihm.

Nachdem auch das überprüft war, griff Runge nach seiner geladenen Maschinenpistole; die legte er auf eine Truhe neben einer gleichfalls weit geöffneten Tür, welche zum Treppenflur hinausführte. Und diese Maschinenpistole rückte er sich, fast liebevoll, zurecht – legte weitere Magazine daneben: »Mundharmonikas für letztes Geleit« pflegte er diese Apparate zu benennen.

Im Korridor zündete er sich dann eine Zigarette an, sie mit der hohlen Hand überdeckend; ein alter Frontschweintrick: so war das Aufglühen nicht zu bemerken – nicht auf eine Entfernung über fünf Meter.

Er rauchte die Marke ›Caporal‹ – ein scharfes, bereits am Geruch erkennbares typisch französisches Erzeugnis. So war der Wachtmeister und Offiziersanwärter dabei, ein – wie er glaubte – kriegsschulwürdiges Exempel zu inszenieren.

Noch einmal schritt er sorgsam die drei entscheidenden Punkte der von ihm als Operationsbasis gewählten Räumlichkeiten ab, von denen aus er die einzelnen Phasen seiner Aktion abzuwickeln gedachte: mit scharfer Munition.

1. Der Balkon. Hier: der Gegner, Sabotagegruppe, bewirft die Feuerstellung mit Handgranaten. Ausgangspunkt: ein guter, geschickter, weitreichender Werfer ist dabei nicht auszumachen.

2. Der Raum unmittelbar bei der Balkontür. Von hier aus: Gegner, also Sabotagegruppe, belegt Feuerstellung mit Maschinengewehrfeuer. Das jedoch nur kurz. Da Mündungsfeuer, bei zufällig schneller Beobachtung, durchaus auszumachen. Mithin: Vorsicht dringend geboten!

3. Treppenflur und Erdgeschoß des Hauses; dann der Garten unmittelbar dahinter; schließlich die freie Landschaft danach. Dortselbst: Demonstration einer Feindverfolgung; diese jedoch als Ein-

mannunternehmen, durch Maschinenpistole wirksam abgeschirmt. Dabei vorgesehen: Gebrauch weiterer Handgranaten.

Dieser sein Plan — da durfte Runge sicher sein — war gut: er freute sich darauf. Versonnen starrte er in die ihm taghell erscheinende Nacht; lässig lehnte er sich gegen den Rahmen der Balkontür. Wobei er gurgelnde, stöhnende Schnarchtöne vernahm, aus den Bereitschaftszelten bei den Geschützen.

Dann blickte Runge zur Offiziersunterkunft hinüber — dort schimmerte gedämpftes Licht durch die Spalten der Verdunkelungsvorhänge. Vermutlich war dort wieder einmal eine überbezahlte Friseuse in Tätigkeit. Oder diese Herren waren ganz einfach besoffen.

Runge sah hierauf zum Turm des Schlosses hinüber, sah zu diesem hoch — der war hell erleuchtet! War wie ein Wahrzeichen und Warnzeichen zugleich. Hauptmann Hein, da war er sicher, würde zufrieden mit ihm sein.

Abermals blickte Runge auf seine Armbanduhr. Sie besaß Leuchtziffern und einen Sekundenzeiger, benutzbar auch als Stoppuhr. Es war nun zwanzig Minuten vor Mitternacht.

»Dann wollen wir mal«, sagte Runge, sich aufrichtend. Er konnte nicht mehr länger warten. »Also — mit Gott!«

Die ersten sechs Handgranaten, die Wachtmeister Runge warf — innerhalb von etwa dreißig Sekunden —, bedeuteten für ihn kaum viel mehr als ein lustiges Spielchen. Ein Spielchen freilich, das sich nur ein vielfach bewährter Fachmann wie er leisten konnte. Denn er vermochte weit zu werfen und fast auf den Punkt genau zu treffen.

So warf er zwei Handgranaten in die Nähe des Kommandogerätes — jedoch an die hintere Seite, die nicht so leicht zu beschädigen war. Zwei weitere Handgranaten placierte er zwischen Geschütz Anton und Berta, Cäsar und Dora — denen gezielt unmittelbar vor die Rohre, also nicht dorthin, wo die Munitionsstapel lagen. Und dazu einige Meter von den Bereitschaftszelten entfernt. Die restlichen zwei Handgranaten dieser ersten Serie krepierten in unmittelbarer Nähe der Gemeinschaftslatrine — sie zu zertrümmern machte Runge mächtig Spaß.

Hierauf lauschte er, wenn auch nur wenige Seekunden lang, auf das Gebrüll, das sich sofort erhob. Es drang aus den Zelten, kam von den seitlichen Unterkünften her, pflanzte sich bis zu den aufgeschreckten Flugmeldeposten fort. »Alarm!« schrien sie. »Alarm!« Runge genoß es. »Überfall auf die Feuerstellung!«

Dann ertönte, wohltuend schnell, die Stimme von Oberleutnant Minder. Und der rief: »Angriff auf die Feuerstellung! Geschütze feuerbereit! Panzersprenggranaten!«

Wachtmeister Runge nickte anerkennend vor sich hin. Dieser Minder, registrierte er, reagierte richtig. Er schien sich tatsächlich seine Gedanken gemacht zu haben. Denn offenbar traf er Anstalten, den Wasserturm umzulegen — womit er die Feuerkraft der Batterie, wie Runge spekuliert hatte, von ihm ablenken und auf ein anderes Ziel konzentrieren würde. Die Übung schien ein voller Erfolg zu werden.

Die nächste Serie seiner Handgranaten warf der Wachtmeister Runge abermals, mit schnell reagierender Meisterschaft: vier davon um die Feuerstellung herum, um damit die dort herumwieselnden Leute einzukreisen; zwei weitere fielen in Richtung Offiziersunterkunft. Um diese Offiziersflaschen endlich einmal in Schwung zu bringen!

Irgendwo schrie einer auf. Runge lächelte grimmig, während er sich hinter sein Maschinengewehr begab. Er schoß die erste Füllung ohne jede Ladehemmung leer — an die dreißig bis fünfzig Zentimeter über die Köpfe der ameisenhaft herumwimmelnden Leute hinweg. Die sausten geduckt dahin, warfen sich auf die Erde, schienen in sie hineinkriechen zu wollen.

Der Wachtmeister Runge genoß diesen Anblick so sehr, daß er sich dazu verleiten ließ, auch noch nach der nächsten Füllung zu greifen, um sein so prächtig funktionierendes Maschinengewehr erneut zu füttern. Bis es kotzte. Den Tod auskotzte — wenn er nur wollte.

Den er damit herausforderte — und der prompt auf ihn zukam.

Oberleutnant Minder — der auf diesen Feuerzauber vorbereitet war — reagierte schnell und sicher. Er hatte über die Andeutungen des Wachtmeisters Runge intensiv nachgedacht. Mit dem Erfolg, daß er nur noch in Hosen schlief, dabei sozusagen den Wasserturm stets vor Augen.

So brauchte denn Minder nur noch in die bereitstehenden Stiefel zu springen, nach Uniformrock und Stahlhelm zu greifen und dann ins Freie zu stürzen. Er landete mitten in einer wie von Wölfen aufgescheuchten, wild blökenden Hammelherde. Nichts anderes hatte er erwartet.

Er glaubte sicher zu sein, daß er wußte, was er zu wollen hatte. »Angriff auf die Feuerstellung!« rief er also. »Geschütze feuerbereit! Panzersprenggranaten.«

»Ein Mann verwundet!« wurde ihm zugerufen.

»Liegen lassen!« befahl Minder. Er glaubte zu erkennen: diese Handgranaten wurden nicht direkt in die Geschützstände hineingeworfen — sondern gekonnt um sie herum. Also war keine direkte Gefahr damit verbunden. Das bedeutete: freies Schußfeld.

Und er befahl: »Feindangriff. Vermutlich aus Richtung Wasserturm. Geschütze darauf einrichten. Wenn Ziel erkannt — Feuer frei!«

Leutnant Helmreich jedoch, noch im Nachthemd, doch bereits mit dem Stahlhelm auf dem Kopf, lief ebenfalls herbei. Auf Minder zu.

Rief dann, heftig atmend, hastig warnend. »Der Angriff, Kamerad, kommt von rechts! Also nicht vom Wasserturm her! Im zweiten Haus habe ich das Mündungsfeuer eines Maschinengewehrs aufblitzen sehen!«

Minder aber schrie ihm zu: »Verschwinden Sie hier aus der Schußlinie!«

Und den Richtkanonieren seiner schweren Geschütze befahl er: »Ziel Wasserturm! Feuer frei! Legt dieses Monstrum endlich um!«

Was dann auch geschah.

Doch inzwischen kroch der Leutnant Helmreich, dabei jede mögliche Deckung ausnutzend, mit wieselartiger Geschwindigkeit auf ein leichtes Flakgeschütz zu.

Dort fand er einen Geschützführer vor, der verzweifelt auf Befehle wartete. Er starrte Helmreich an, der eilig auf ihn zukroch. Dessen Hintern leuchtete im Mondlicht.

»Mann – warum schießen Sie denn nicht!« bellte Helmreich keuchend.

»Aber worauf denn, Herr Leutnant? Den Wasserturm erledigen bereits die schweren Geschütze! Spielend! Warum sollen wir denen hinterherfeuern?«

»Aber der Feind, Menschenskind, hält sich rechts auf – in dem weißen Haus mit dem großen Balkon!«

»Bestimmt?«

»Aber ja!« rief Helmreich. »Nehmen Sie diese Bude unter Feuer! Mit jeder Sorte Munition, die gerade greifbar ist!«

»Auf Ihre Verantwortung, Herr Leutnant?«

»Auf meinen Befehl, Sie Rindvieh! Rotzen Sie gefälligst alles heraus, was Ihre Zwillingsrohre hergeben – immer in diesen Schuppen hinein! Bis der in Flammen aufgeht! Bis der nur noch ein Trümmerhaufen ist.«

Und das geschah.

Als Hauptmann Hein, nur wenige Minuten später, in der nun wieder ruhigen, fast unberührt wirkenden Feuerstellung erschien, meldete ihm Oberleutnant Minder: »Angriff feindlicher Sabotageelemente zurückgeschlagen! Wasserturm dabei umgelegt.«

»Mußte das sein?« fragte Hein nahezu höflich. Es war eine leuchtende Vollmondnacht – sein Gesicht war deutlich zu erkennen. Es zeigte keinerlei Regung. »Aber Sie werden gewiß Ihre Gründe gehabt haben, den Wasserturm unter Feuer zu nehmen.«

»Das war unvermeidlich«, behauptete Minder. »Denn von dort aus sind höchstwahrscheinlich Handgranaten in die Feuerstellung geworfen worden — in größerer Anzahl.«

»Irgendwelche Verluste?«

»Zwei Verwundete«, berichtete Oberleutnant Minder sachlich. »Ein Gefreiter mit Rückenverletzung durch Granatsplitter. Leutnant Helmreich erhielt einen Streifschuß am Gesäß.«

»Was sonst noch?«

»Ein Toter — leider!« sagte nun Minder zögernd.

»Wer?«

»Wachtmeister Runge. Er wurde im rechten, mittleren Haus zusammengeschossen — von einem leichten Flakgeschütz. Punktfeuer«!

»Bringt ihn zu mir«, ordnete der Hauptmann Hein mit klirrender, dann gläsern erzitternder Stimme an.

Wachtmeister Runge wurde, auf einer abmontierten Tischplatte liegend, Hauptmann Hein entgegengetragen. Vier Soldaten schleppten ihn — stellten ihn ab. Vor ihren Chef hin, der beim Kommandogerät stand.

Runge, von einigen Taschenlampen angestrahlt, war in grellrote Farben getaucht — Blut überströmte sein Gesicht, klebte an seinen Händen, sickerte durch seine Uniform. Es war, als wäre er wie ein Sieb durchlöchert. Er schien dennoch zu lächeln — als triumphierte er.

Minder sagte gedämpft: »Vorauszusehen war das wirklich nicht, als Leutnant Helmreich das Haus unter Feuer nehmen ließ.«

Hauptmann Hein ließ sich auf die Knie fallen. Er beugte sich über seinen Wachtmeister, ergriff dessen Kopf und zog ihn an sich — an seine Brust. Sagte dabei: »Runge — mein lieber Runge! Auch du! Also auch du!« Um dann, aufstöhnend, hinzuzufügen: »Gott, mein Gott — was mutest du mir zu!«

Zwischenbericht VI
Mutmaßungen über Frau Dr. Werner-Weilheim,
aus verschiedenartigster Sicht.

1. Tino Hiller, ehemaliger Unteroffizier.
»Nun ja, was soll ich dazu sagen? Eines Tages — oder besser wohl: eines Nachts — war es dann soweit. Da hatten wir unser Liebespaar! Und was für eines.

Doch warum sollte ich darüber sonderlich verwundert sein? Mein Gott, was liebt sich denn nicht alles in dieser Welt! Warum nicht auch unser Armleuchter und die Frau Doktor?

Ich jedenfalls weiß nur so viel: die beiden waren bald unzertrennlich. Sie scheinen jede freie Stunde gemeinsam verbracht zu haben. Man konnte sie im Glaspavillon antreffen, in einem von Arm mit Decken ausgepolsterten Lastwagen oder gegen einen der Parkbäume gelehnt. Sie sollen sogar in der Kirche gesehen worden sein, zwischen zwei Gräbern liegend.

Ich habe es ihnen gegönnt.«

2. Elisabeth Erdmann, damals Sekretärin der Forschergruppe.

»Diese Werner-Weilheim ist ein ausgemachtes Miststück gewesen. Dieser Ausdruck stammt nicht von mir — den gebrauchte Herr Professor Magnus — allerdings mit dem Zusatz: prächtig. ›Ein prächtiges Miststück‹ nannte er sie.

Ich kann mir immer noch schwer vorstellen, daß ein Mann an dieser Werner-Weilheim Gefallen finden konnte. Die war überaus fleischig, hatte einen Hintern wie ein Bierpferd und roch nach Schweiß — aber so was soll ja, habe ich mir sagen lassen, unter Umständen sogar anziehend wirken. Auf gewisse Leute. Vielleicht auf Metzger, Pferdeknechte und eben Wachtmeister. Wie diesen Arm.

Außerdem muß man wissen, daß das damalige allgemeine Angebot keinesfalls der Nachfrage entsprach. Die drei Girls im Puff waren überlastet und wurden dazu noch von diesem Ausbeuter Softer zu allen möglichen Sonderleistungen animiert — Qualitätsarbeit war dabei kaum zu erwarten. Unten, in der Stadt D., soll es weitere drei bis fünf Exemplare dieser Gattung gegeben haben, ebenfalls wie im Akkord tätig. Aber auch der Andrang um mich war ziemlich groß. Wäre enorm gewesen, wenn ich das gewollt hätte.

Denn was war schon dieses knappe Dutzend gegenüber den einhundertundfünfzig gutgenährten Böcken der Flakbatterie? Wozu dann noch kamen: die Soldaten der Ortskommandantur; das Wachpersonal von zwei in der Umgebung befindlichen Kriegsgefangenenlagern und verschiedene Infanterieeinheiten in Nachbargemeinden, die regelmäßig bis nach D. ausschwärmten.

Doch zurück zu dieser Werner-Weilheim, dem Miststück. Eigentlich war ihr nur Krüger, der Hauptwachtmeister, einigermaßen gewachsen. Also hielt sie sich an den zweiten Mann dieser Batterie, an Arm. Den brachte sie um seine letzten Reste von Verstand. In erster Linie übrigens, da bin ich ziemlich sicher, um in die Schloßverwalterwohnung zu gelangen.«

3. Arm, Paul, nunmehr Tankstellenbesitzer in Gelsenkirchen.

»Also Mann — darüber kommt kein Wort über meine Lippen! Schließlich bin ich ein Kavalier. Ich genoß und schwieg! Wurde mächtig bewundert. Das auch von einer höchst kultivierten Dame — welche sogar von Hitler empfangen wurde. Daß sie angeblich ein Verhältnis mit einem Reichsleiter gehabt haben soll, kann nicht gut stimmen. Da muß ich ja geradezu lachen – nachdem ich dessen Bild gesehen habe! Ein aufgeschwemmter Fettarsch mit Schweinsaugen. Während ich ja doch ein Leistungssportler war.

Aber, um nun mal der Wahrheit die Ehre zu geben – gut, auf ein paar Andeutungen soll es mir nicht ankommen! Also im Grunde war alles ganz einfach. Ich kann nur sagen: alles haute hin! Hundertprozentig! Ein Blick, ein Händedruck, und alles war geritzt! Eben Schicksal.

Ob diese Dame scharf auf mich gewesen war? Kann man sagen! Aber das war ja auch verständlich – Sie hätten mich damals sehen sollen! Wie einer unserer Schlagersänger – nur wesentlich besser gekämmt; womit ich aber nicht Udo Jürgens meine. Als sich mir besagte Dame näherte, da dachte ich: ein Versuch kann ja nichts schaden! Und was soll ich Ihnen sagen – die wußte, wie die Glocken richtig zu läuten waren.

Aber das alles – Ehrenwort – ganz korrekt! Denn schließlich bin ich nicht der Typ, der sich bei jeder halbwegs günstigen Gelegenheit kreuz und quer durch die Gegend rammelt! Bei mir muß immer Liebe mit im Spiel sein – anders stellen sich keinerlei erhebenden Gefühle ein. Also war es Liebe! Und die dauerte an. Hatte auch ihre Folgen. Alles in allem, Mann – eine Wucht!«

Ansichten
des Herrn Magnus über den Heldentod –
einmal im Alter von zwanzig Jahren;
sodann dreißig Jahre später.
Aufzeichnungen aus seinem Nachlaß entnommen.

Mit zwanzig Jahren:
«. . . kommt es allein darauf an, diesem Leben einen höheren Sinn zu verleihen, der es wirklich lebenswert macht. Wozu in erster Linie die vorbehaltlose Bereitschaft zum Opfer gehört – etwa für das Vaterland, die Familie, die Heimat, den Kaiser und das Reich. Nicht zuletzt: für den Mitmenschen! Alles das gute, erhebende und schöne Gründe, für die es sich zu kämpfen und – wenn es denn sein muß – auch zu sterben lohnt. Des Menschen Vorzug, sich entscheiden zu können – auch dafür –, erlöst ihn davor, auf der Entwicklungsstufe von Tieren zu verharren.

Der Mensch – ein Dulder und Kämpfer!«

Dreißig Jahre danach, unmittelbar vor den hier geschilderten Ereignissen. Dieser wie auch der vorige Text wurden ›Tagebüchern‹ anvertraut:

»... kommt es wohl nur darauf an, mit diesem Leben einigermaßen fertig zu werden. Und so lange wie möglich zu überleben. Dazu gehört: der Verwendung als Opfertier beharrlich und einfallsreich auszuweichen! Die wichtigste Voraussetzung dafür: sich bewußt sperren, gegen die betäubenden Rauschgiftmittel der jeweils Mächtigen. Mögen sie nun mit Begriffen wie ›geliebte Heimat‹ und ›heiliges Vaterland‹, operieren, ›ewiges Volk‹ oder ›Volksgenosse‹, ›Kaiser‹ oder ›Führer‹ — für nichts davon lohnt es sich zu sterben.

Man muß versuchen, sinnvoll zu leben. Jedoch: für was? Für wen? Für ein Tier, das unsere Hilfe braucht? Für ein Kind? Das dann doch an seinen Mitmenschen zugrunde geht? Für eine Frau? Ein Buch? Einen Baum? Ich weiß es nicht.

Der Mensch — ein Kriechtier? Von der Geburt bis zum Grab? Kaum gezeugt, lebt er schon seinem Tod entgegen. Man wird geboren, leidet und stirbt...«

Behauptungen des ehemaligen Oberleutnants Minder, inzwischen Direktor in einem Hotelkonzern.

»Ich will nicht leugnen, daß damals Dinge vorgekommen sind, die uns Heutigen reichlich unglaubhaft erscheinen mögen. Allerdings nur aufgrund mangelnder Erfahrungen. Was in jenen Tagen wirklich geschehen ist, vermag nur derjenige glaubhaft zu erklären, der von sich sagen kann: ich bin dabeigewesen!

Und eben das kann ich von mir sagen.

Nicht zufällig bin ich der Nachfolger von Hauptmann Hein geworden, nachdem der, auf überaus beklagenswerte Weise, seinen Tod in D. gefunden hatte.

Die Kommandoübernahme fand praktisch bereits in jener Nacht statt, in welcher es zu diesem Feuerüberfall auf unsere Stellung gekommen war. Dabei gab es eklatante Fehlleistungen; doch es gelang mir, gerade noch rechtzeitig einzugreifen.

Und bei allen Vorbehalten dem damaligen Hauptmann Hein, meinem Vorgänger, gegenüber: ein erklärter Nazi ist er niemals gewesen! Er operierte mit damals gängigen Phrasen — aber das taten ja viele; das beweist nichts. Es kam ganz darauf an, was man sich dabei dachte. In seinem Koffer lag ein Buch von Nietzsche, doch niemand hat ihn darin lesen sehen. Im übrigen sagte er zwar gelegentlich ›Heil Hitler!‹, er hob dabei aber nicht die rechte Hand. Und wenn er sie doch hob, dann schwenkte er dabei seine Handschuhe — was auf eine Art überlegene Ironie schließen ließ.

Und so ähnlich, in diesem heiklen Punkt, war auch ich.«

7

Auch der Tod will seine Feste

»Jetzt haben wir hier die ganz dicke Scheiße!« erklärte Wachtmeister Arm. Wie willst du da herauskommen?«

»Das«, wies ihn Hauptwachtmeister Krüger ab, »geht dich einen Dreck an.«

»Erlaube mal! Wenn ich hier um Auskunft ersuche, dann nicht zuletzt auf Anregung von meiner Frau Doktor. Die ist außerordentlich besorgt – um Hauptmann Hein.«

»Der geht diese Dame erst recht einen Dreck an!«

Krüger wirkte völlig unbeirrbar – er musterte seine beiden frühen Besucher fast neugierig, den Wachtmeister Arm und den Unteroffizier Softer. Dabei lehnte er sich abwartend zurück. Minutenlang sagte er gar nichts.

Schließlich meldete sich Softer zu Wort und wollte vorsichtig wissen: »Soll das etwa heißen, daß du endlich genug von seinen Sondertouren hast? Daß du ihn also fallen läßt? Wie eine heiße Kartoffel? Das könnte ich verstehen.«

»Softer!« rief Wachtmeister Arm. »Ich will nicht hoffen, daß du mit deinen hinterhältigen Andeutungen etwa unseren Hauptmann Hein meinst. So was würde ich mir verbitten!«

»Du kannst mich am Arsch lecken«, meinte Softer. »Aber das biete ich dir auch nur aufgrund unserer alten Freundschaft an. Denn sonst bist du in meinen Augen nichts als ein Sexualidiot, der höchstens einen Tritt in die Hoden verdient.«

»Krüger!« rief nun Arm, äußerst aufgebracht. »So darf dieser alkoholisierte Gartenzwerg mit mir nicht reden! Das solltest du ihm klarmachen.«

»Laß den nur«, meinte der Hauptwachtmeister. »Denn der scheint sich zu dieser Situation seine speziellen Gedanken gemacht zu haben – und die möchte ich gerne hören. Also, Softer?«

»Nun«, sagte der Unteroffizier bedächtig, »mir persönlich ist es ja im Grunde scheißegal, wer hier was betreibt. Doch was zuviel ist, ist zuviel!«

»Sollte etwa auch das wieder gegen unseren Hauptmann Hein gehen?« schnappte Arm prompt zu. »Unser Hauptmann ist ein erklärter Ehrenmann, ein Offizier von einzigartigen Qualitäten; für den muß man ganz entschieden und mit Nachdruck eintreten! Und das sage nicht nur ich, das sagen auch noch ganz andere! Persönlichkeiten von hoher Bildung und großem Einfluß.«

Krüger schwieg unentwegt weiter, blickte aber Softer ermunternd an. Und der meinte: »Du kannst ja, von mir aus, die Werner-Weilheim stemmen, solange sie lustig ist. Und selbst wenn das ein Dauerzustand werden sollte — den gönne ich dir.«

»Erlaube mal«, brauste Arm auf, »du redest von einer Dame!«

Softer winkte großzügig ab. »Von mir aus! Wenn dich so was um deinen Verstand bringt — einen feuchten Furz darauf! Aber, Mann, wenn sich das womöglich als Geschäftsschädigung für uns alle auswirken sollte — dann geht das natürlich zu weit.«

»Noch ein Wort mehr in dieser Richtung«, rief Arm erregt, »und ich poliere dir deine vorlaute Schnauze!«

»Nimm dich zusammen!« rief der Hauptwachtmeister. »Die Situation, in der wir uns befinden, ist verdammt ernst. Persönliche Lustbarkeiten haben dabei nicht die geringste Rolle zu spielen! Denn hier kann es um Kopf und Kragen gehen — bei jedem von uns. Wenn wir nicht scharf aufpassen, dann haben wir ganz schöne Kuckuckseier in unserem Nest liegen! Also weiter, Softer.«

»Unser Hauptmann«, sagte der, mit äußerster Vorsicht, doch immer noch grinsend, »mag ja ein großer Held sein. . .«

»Er ist einer!« rief Arm.

»Halte gefälligst deine schöne, blöde Fresse!« meinte Softer gemütlich. »Aber wenn dich das beruhigt, so erkläre ich gerne: der hat das Heldentum geradezu gepachtet! Er wird weithin anerkannt! Was praktisch bedeutet: er hat da so seine Beziehungen. Aber die werden ihm auch nicht in alle Ewigkeit helfen. Nicht dann, wenn unnötig Blut fließt, einige Leute krepieren und ein Saustall entsteht, der in alle Himmelsrichtungen stinkt. Eben dagegen müssen wir uns wohl absichern.«

»Willst du etwa«, bellte Arm auf, »unseren Hauptmann im Stich lassen?«

»Wieso ist der ›unser‹ Hauptmann? Vielleicht ist er deiner — und wohl vor allen Dingen: der deiner Dulcinea! Mann — so was wie den können wir uns auf die Dauer nicht leisten. Dann schon lieber Minder — auch wenn der ein erklärtes Arschloch ist. Hauptsache jedoch: er spurt — bei dem gehen wir nicht baden, mit dem machen wir, was wir wollen.«

»Ich glaube, ich höre nicht recht!« Arm war entsetzt. Geradezu hilfesuchend blickte er Krüger an. »Und so was läßt du zu?«

»Er sagt die Wahrheit«, erklärte der Hauptwachtmeister. »Nur eben, daß dies nicht die ganze Wahrheit ist.«

»Ich«, verkündete Arm, »bin für dich, Krüger — über mich kannst du in jeder Hinsicht verfügen, wie du weißt. Und meine Dame, die Frau Doktor, ist — mit aller Entschiedenheit — für Hauptmann Hein! Damit sollte sich wohl, hoffe ich, einiges anfangen lassen.«

»Kann sein«, gab der Hauptwachtmeister zu. Er schien nachzudenken. »Ich wäge ab!«

»Wie man aus dieser randvollen Abortgrube möglichst unbeschadet herauskommen kann?« Softer fragte das zweifelnd. »Bist du immer noch bereit, all die dicken Haufen, die der macht, wegzuräumen? Irgendwann einmal, meine ich, muß damit Schluß sein! Oder?«

»Es geht hier allein um unsere, um meine Batterie!« sagte Hauptwachtmeister Krüger entschieden. »Und wenn ich selbst das noch auf mich nehme, so doch nur, um meinem Kameraden, dem Wachtmeister Runge, einen letzten Dienst zu erweisen. Schließlich kommen wir beide aus dem gleichen Stall — wir haben gemeinsam, jeder auf seine Weise, diese Batterie groß gemacht.«

Arm und Softer erkannten, daß dies bei Krüger der entscheidende Punkt war. Sie schwiegen. Gespannt und aufmerksam hockten sie da.

Erst nach geraumer Zeit meinte Softer: »Ist denn nicht bereits zuviel, viel zuviel passiert?«

»Was denn zum Beispiel?«

»Nun — Runge ist tot. Zwei oder drei Mann sind verwundet. Allgemein wird angenommen, daß Runge selbst seinen Tod provoziert hat — und das mindestens im Einvernehmen mit Hauptmann Hein.«

»Was«, warf Arm energisch ein, »aber auch nichts als eine heimtückische, hinterhältige Verleumdung sein kann. Das ist auch die Ansicht meiner Frau Doktor!«

»Warum ist die so sicher?« fragte Softer. »Und warum kaust du so bedenkenlos nach, was sie dir vorkaut? Runge in Ehren — aber dieser nächtliche Feuerzauber kann nicht allein auf seinem Mist gewachsen sein. Dafür steckte der viel zu tief in Heins Hintern drin! Womit ich natürlich sagen will: dafür war der ein viel zu guter Soldat! Der leistete sich keine Sondertouren, ohne sich vorher bei seinem Vorgesetzten ausreichend abgesichert zu haben.«

»Unserem Hauptmann ist nichts Derartiges zu beweisen!« rief Arm »Das ist doch so, Krüger?«

»Hört doch endlich mit diesem gottverdammten Irrsinn auf!« forderte der Hauptwachtmeister. »Ihr habt nicht einmal das dabei Wichtigste erkannt: wir sitzen hier alle in einem Boot — und wer aussteigt, ersäuft!«

»Bravo!« applaudierte Arm. »Das ist ein Wort!«

Und Softer wollte neugierig wissen: »Was hast du denn diesmal wieder ausgekocht, du Himmelhund?«

Krüger lächelte ihm zu. »Ich habe inzwischen alle vorliegenden Einzelheiten mit denkbarer Gründlichkeit untersucht — und dabei folgendes herausgefunden: Feindliche Sabotageelemente, vermutlich in Gruppenstärke, haben sich im Verlaufe des späten Abends systematisch in Nähe der Feuerstellung eingenistet. Sie haben sich Handgranaten zurechtgelegt und ein Maschinengewehr in Stellung gebracht.

Sie rauchten französische Zigaretten, und sie warteten auf den günstigen Zeitpunkt, bis gegen Mitternacht.«

»Davon«, meinte Softer, »bist du tatsächlich überzeugt?«

»Nein«, sagte Krüger überlegen. »Aber was macht das schon aus? Denn hier handelt es sich doch gar nicht um irgendeine Überzeugung – sondern um die Lieferung von möglichst handfestem Beweismaterial. Und das kann ich bieten. So behaupte ich folgendes: Diese in dem dann später beschossenen Einzelhaus versammelten Sabotageelemente des Feindes überfielen planmäßig unsere Feuerstellung. Sie warfen Handgranaten, schossen eine Ladung ihres Maschinengewehrs leer – und danach noch eine zweite. Doch inzwischen trat unser Kamerad Runge in Aktion.«

»Und das«, fragte Softer, ebenso amüsiert wie vorsichtig, »glaubst du tatsächlich beweisen zu können?«

»Aber was denn, Mensch, das ist doch sonnenklar!« mischte sich jetzt Arm ein. »Denn nun trat das taktische Gegenkonzept unseres Hauptmanns in Erscheinung. Abwehrplan eins: sofortiger Gegenangriff, mit der ganzen unmittelbar verfügbaren Feuerkraft. Und diesen Auftrag erledigte der gute Runge ebenso schnell wie gründlich. Doch dabei fiel er, leider, auf den Pinsel!«

»So ungefähr«, bestätigte Krüger ohne Zögern. »Unser Runge ergriff seine stets bereitliegende Maschinenpistole, und mit ihr stürzte er sich dem feindlichen Sabotagetrupp entgegen – sagen wir: todesmutig! Er stellte ihn. Er kämpfte mit ihm. Und dabei fiel er. Jedoch nicht im feindlichen Feuer – sondern als Opfer einer voreilig ausgelösten Beschießung durch eigene Leute.«

»Wenn es einen wirklich Schuldigen am Tode unseres lieben Kameraden Runge gibt«, sagte Arm, »dann ist es dieser Helmreich. Dieser Versager.«

»Es erhebt sich die Frage«, meinte Softer besorgt, »wer sonst noch, außer angeblich Runge, hat diese sogenannten, auf Sabotage versessenen Feinde gesehen? Das, so scheint mir, ist der wichtigste Punkt bei dieser Latrinensäuberung.«

»Nur keine Bange!« erklärte Hauptwachtmeister Krüger. »Ich pflege mir keine halben Sachen zu leisten. In diesem Fall existiert ein Kanonier, der sich zur fraglichen Zeit außerhalb der Feuerstellung befunden hat – das heißt: er hatte wegen irgendeinem Weibsbild den Batteriebereich verlassen. Und das gerade, als es dort schepperte. Und dieser Kerl, von mir intensiv danach befragt, ist in der Lage, auszusagen, er habe die Schatten fliehender Männer gesehen! Mehrerer Männer. Etwa ein halbes Dutzend!«

»Herrgott noch mal – das reicht!« rief Wachtmeister Arm erleichtert aus. »Das muß ich schleunigst meiner Frau Doktor berichten. Menschenskinder – wie wird die sich freuen! Denn damit ist ihr Hein – unser Hein – außer Obligo.

Doch Softer fragte, nachdem sich Arm entfernt hatte: »Bist du wirklich sicher, daß du auch diesmal gut über alle Runden kommen wirst? Daß du dich dabei voll und ganz auf mich verlassen kannst, brauche ich wohl kaum noch zu versichern. Aber ich frage mich: kannst du auch in dieser Situation, in jeder Hinsicht, mit unserem Superhelden im Turm rechnen? Und was wird Oberleutnant Minder in seinem Bericht schreiben?«

»Deine Frage ist falsch gestellt«, meinte Krüger schlicht. »Unser Held muß mit mir rechnen — nicht umgekehrt. Und was Minder betrifft, so werde ich dem schon beibringen, was hier geschrieben werden muß.«

»Nichts anderes, Krüger, habe ich von Ihnen erwartet«, sagte Hauptmann Hein, in der Hand den Bericht, den Krüger auf sein Geheiß gemeinsam mit Minder ausgearbeitet hatte. »Eine ganz ausgezeichnete Arbeit!«

»Herr Hauptmann stimmen also diesem Tatbericht in allen Punkten zu?«

»Ich werde den sogar unterschreiben!«

»Und ich habe freie Hand — falls weitere interne Maßnahmen erforderlich sein sollten? Etwa die Versetzung des einen oder anderen Soldaten.«

»Tun Sie alles, was getan werden muß — Sie können mit meiner vollen Zustimmung rechnen.«

Hauptmann Hein stand im großen Bankettsaal zwischen den mittleren Fenstern. Er war in voller Uniform und hatte sich seine Offiziersmütze leicht in die Stirn gezogen, was ihn geradezu verwegen erscheinen ließ — seine Hände steckten in silbergrauem Leder. Die Uniform saß straff und glatt auf seinem Körper, schien seine zweite, seine eigentliche Haut zu sein.

»Somit also, nach Ihren vorzüglichen Vorarbeiten, lieber Krüger«, erklärte der Hauptmann, »scheint jetzt nichts mehr einer schönen, würdigen Trauerfeier im Wege zu stehen. Und die hat unser Runge wohl wie kein zweiter verdient. Wir werden also für ihn eine Art Staatsbegräbnis veranstalten.«

»Wie bitte — ein Staatsbegräbnis?«

»Jedenfalls alle erdenklichen Ehrungen: Trauerzug, Aufbahrung, Totenwache, Salut und Grablegung! Ich persönlich werde das organisieren — mit Ihrer Hilfe.«

»Verzeihung, Herr Hauptmann — aber ich würde raten, nach all dem, was geschehen ist, jedes überflüssige Aufsehen möglichst zu vermeiden.«

»Krüger«, sagte Hein streng. »Sie haben Ihren Aufgabenbereich — und ich habe den meinen! Diese Dinge überlassen Sie bitte mir!

Schließlich war doch unser Runge ein auch von Ihnen hochgeschätzter Kamerad.«

»Es war der beste!« versicherte der Hauptwachtmeister prompt. »Aber da ich ihn gut gekannt habe, glaube ich kaum, daß der auf irgendwelchen Pomp Wert gelegt hätte. Ein äußerst schlichtes, doch würdiges Begräbnis wäre da sicher angemessen.«

»Kann sein«, sagte der Hauptmann in leicht unwilligem Ton. »Aber unter gewissen Umständen vermag ein Mensch zu einer Symbolgestalt zu werden. Die gilt es zu würdigen.«

»Aber ist denn nicht schon genug Staub aufgewirbelt worden?«

»Verschonen Sie mich, bitte, mit derartig vulgären Formulierungen, Krüger!« Hein stand steif ablehnend da. »Solche Äußerungen wirken deplaciert in einer Situation wie dieser!«

»Eine Situation, Herr Hauptmann, die nicht ganz einfach unter Kontrolle zu bringen ist. Ein demoliertes Haus, ein umgelegter Wasserturm, ein Toter und zwei Verwundete — so was muß möglichst glaubhaft erklärt und schnellstens abserviert werden.«

»Sie machen das!« befahl Hauptmann Hein mit steigendem Unwillen. »Sie erledigen Ihren Teil — ich sorge für diese Erledigung des meinen! Ihr Teil: erstens diese glaubhafte Begründung für das demolierte Haus — es ist beim Nahkampf zusammengeschossen worden; zweitens: der umgelegte Wasserturm — das notwendigerweise freigelegte Schußfeld; drittens: die beiden Verwundeten — sie werden vorbildlich betreut und erhalten das Verwundetenabzeichen in Bronze verliehen. Unseren toten Runge aber übernehme ich! Darauf bestehe ich! Versuchen Sie nicht, Krüger, sich da hineinzumischen!«

»Und was, wenn ich fragen, darf, beabsichtigen Herr Hauptmann dabei im einzelnen?«

»Nun, ich fange erst an, die Details auszuarbeiten.« Heins Blick schien zu fernen Horizonten zu schweifen. »Doch zunächst einmal denke ich an eine Aufbahrung in der Grabkirche — unmittelbar vor dem dortigen Altar.«

»Unmöglich!« stieß der Hauptwachtmeister hervor.

»Das Wort unmöglich«, rief Hein scharf, »existiert in meinem Vokabular nicht! Richten Sie sich bitte danach!«

»Verzeihung, Herr Hauptmann — ich wollte damit lediglich folgendes zu bedenken geben: bei dieser Grabkirche handelt es sich um ein katholisches Bauwerk — Runge aber ist evangelisch gewesen! Außerdem war er ein aufrechter nationaler und sozialistischer Mensch — und als solcher will er mir mitten zwischen diesem französischen Hochadel einfach deplaciert vorkommen.«

»Krüger«, sagte Hein, nur noch mit Mühe nachsichtig: »Sie können oder wollen meinen Gedankengängen nicht folgen — warum nicht?«

»Weil ich, Herr Hauptmann, ein Mann der Alltagspraxis bin.«

»Das weiß ich auch zu würdigen, Krüger! Aber nun versuchen Sie sich auch endlich einmal in meine Geisteshaltung hineinzuversetzen – wenigstens in diesem Fall! Hier, Krüger, geht es um höhere Werte: um das Heldentum und seine Würdigung. Und das ist zeitlos. Das müssen Sie begreifen – oder eben mir vorbehaltlos vertrauen, was an sich ja selbstverständlich sein sollte. Vermögen Sie das aber nicht zu tun – dann stellen Sie sich gegen mich! Wollen Sie das?«

»Das, Herr Hauptmann, will ich nicht!« sagte der Hauptwachtmeister, doch nicht ohne warnenden Unterton. »Mir geht es allein um meine – um unsere Batterie. Von der Schaden abzuwenden und stets deren Ansehen zu mehren – darauf kommt es mir an.«

»Und das, Krüger, unter Umständen auch gegen mich?«

»Niemals, Herr Hauptmann! Denn ich kann mir nicht vorstellen, daß Sie jemals irgend etwas tun würden, das unserer Batterie schaden könnte.«

Hauptmann Hein lehnte sich zurück und sagte gequält: »Ich wünsche mir und Ihnen nicht, Krüger, daß wir uns jemals ernsthaft mißverstehen. Wenn Sie aber versuchen sollten – was ich nicht glauben kann und will –, Ihre bisherige Gefolgschaftstreue mir gegenüber aufzugeben, so würden die sich daraus ergebenden Folgen einfach fürchterlich sein. Verstehen Sie, was ich damit sagen will?«

»Nicht ganz«, erklärte Krüger.

Der Hauptmann fixierte seinen Hauptwachtmeister scharf, ausdauernd, minutenlang. Dann sagte er: »Da Sie einer theoretischen Erörterung eines Ausnahmefalles zwischen uns nicht abgeneigt zu sein scheinen, will ich Ihnen gerne meine Ansichten hierzu mitteilen. Also – falls Sie jemals daran gedacht haben sollten, mir Schwierigkeiten zu machen...«

»Verzeihung, Herr Hauptmann – aber das habe ich niemals auch nur in Erwägung gezogen.«

»Eine Theorie – wie gesagt! Eine Art Kriegsspiel! Also gut, Krüger – Sie haben bisher noch nicht daran gedacht. Gut. Doch nehmen wir einmal an, es käme der Tag, an dem Sie daran denken.

Nehmen wir an, Sie würden versuchen, mich auszuschalten – dafür geeignete Methoden gibt es mehrere; und wie Sie kenne auch ich alle. Was jedoch würde dann praktisch geschehen? Würde ich aufgeben, mich zurückziehen, mich etwa gar verhaften lassen? Ich würde kämpfen wie ein Löwe! Und selbst wenn es Ihnen gelingen sollte – was ich Ihnen glatt zutraue –, mich zu erledigen: im Sturz risse ich Sie mit – und alle anderen dazu!

Sie wissen, Krüger, was letzte Konsequenz sein kann – genau die dürfen Sie von mir erwarten. Denn mit mir hört diese 3. Batterie – meine, Ihre Batterie – zu existieren auf.«

»Eine Art Staatsbegräbnis also«, sagte der Hauptwachtmeister nun ohne das geringste Zögern. »Da aber die Grabkirche selbst dafür wohl kaum in Frage kommen dürfte, empfehle ich eine Aufbahrung unter einem schwarzen Zelt an der Stirnseite derselben. Ein Zelt aus Leinen, das wie Samt aussieht — Softer kann das organisieren. Die dafür notwendig werdenden Beträge sind in unserer Batteriekasse vorhanden — einschließlich Trauerflor für alle Soldaten. Für das Grab selbst schlage ich eine besonders schöne Stelle im Schloßpark vor — etwa unter der vielhundertjährigen Edeltanne, mitten in dem bisherigen Blumenbeet, am Rande der Aussichtsterrasse.«

»Das«, stimmte der Hauptmann zu, »könnte ich akzeptieren.« Seine Stimme klang nun wieder kühl, als wäre inzwischen nichts Besonderes geschehen. »Doch auf eine feierliche Zeremonie dabei gedenke ich nicht zu verzichten — wobei ich Ihren Vorschlag akzeptiere: die Beschränkung auf einen kleineren, intern zu nennenden Kreis. Das jedoch mit überzeugender Würde.«

»Alles das wird, exakt nach den Angaben von Herr Hauptmann, organisiert«, sagte Krüger unverzüglich. »Ich könnte auch, falls gewünscht, dafür sorgen, daß sich eine Kriegsberichterstattergruppe einfindet — zwecks Aufnahmen für die Wochenschau.«

»Warum denn nicht«, stimmte Hein zu. »Den Leuten in der Heimat könnte es nicht schaden, wenn die sehen, wie bei uns einem Gefallenen die letzte Ehre erwiesen wird.«

»Kann ich, bitte, den Herrn Oberst sprechen?« erkundigte sich der Gefreite Bergen höflich. Er war beim Regimentsstab eingetroffen — angeblich um die direkte Fernsprechleitung dorthin zu überprüfen. »Es erscheint mir wichtig — und es ist außerdem privat.«

»Da kann ja jeder kommen«, meinte, routinegemäß abweisend, der zuständige Adjutant. Ein Nilpferd von Mensch. »Für wichtig halten hier alle einfach alles! Aber warum privat?«

»Ich«, erklärte der Gefreite höflich, »heiße Bergen. Ich bin mit Herrn Oberst Rheinemann-Bergen — wenn auch nur entfernt — verwandt.«

»Das«, meinte der Adjutant ungeniert rülpsend, wobei er sich den Bauch beklopfte, »ist natürlich was anderes — wenn es stimmt. Und falls diese Verwandschaft nicht *allzu* weit entfernt ist.«

Ihm wurde bestätigt: es stimmte! Von naher, wenn auch nicht nächster Verwandtschaft konnte durchaus gesprochen werden: der Herr Oberst war eine Art Onkel des Gefreiten. Der Adjutant raffte sich auf und wälzte sich davon.

Wenige Minuten danach stand der Gefreite vor dem tief in einen Sessel gelagerten Oberst — doch der wirkte selbst noch in dieser Stellung ungemein stattlich. Väterlich. Er bedeutete Bergen, sich neben ihn zu setzen. Das geschah.

»Was für ein Bergen?« fragte der Oberst müde.

»Bergen aus Hamburg«, erklärte ihm der Gefreite. »Mein Vater ist dort Amtsgerichtsrat.«

»Der gute alte Adolf also!« Der Oberst lachte ein wenig mühsam. »Daß der sich ausgerechnet mit diesem Vornamen herumschleppen muß, hat er in den vergangenen sieben Jahren bestimmt noch nicht überwunden — was?«

»Er kann schließlich nichts dafür — aber es ist ihm peinlich. Vielleicht leidet er sogar darunter.« Bergen betrachtete den Oberst neugierig. »Aber so was ist ja doch wohl sehr zeitgemäß — nicht wenige leiden heutzutage schließlich unter Zufälligkeiten, für die sie nichts können.«

Der Oberst richtete sich, aufmerksam geworden, hoch — worauf er noch stattlicher wirkte. Er musterte seinen Besucher und betätigte dann eine Tischklingel. Eine Ordonnanz erschien. Rheinemann-Bergen befahl Rotwein — Gewächs Rotschild, Château Lafitte. Er sprach kein Wort, während die Gläser gefüllt wurden. Dann hob er das seine — dem Gefreiten entgegen. Beide tranken.

»Wie also geht es deinem Vater?« fragte der Oberst dann.

»Zeitgemäß — wie gesagt!«

»Also lebt er noch«, stellte Rheinemann-Bergen trocken fest. »Das ist doch gar nicht wenig — bei einem Mann von diesem Kaliber. Oder sollte inzwischen auch er zu Kreuze — zum Hakenkreuze — gekrochen sein? Wie? Natürlich nicht! Und du bist sein Sohn?«

»In jeder Hinsicht — glaube ich.«

»Das ist schlimm — kann schlimm sein.« Der Oberst lächelte verständnisvoll. »Und du bist ausgerechnet in meinem Regiment gelandet?«

»Und noch dazu bei der 3. Batterie!«

»Bist du etwa deswegen hier?« fragte Rheinemann-Bergen nicht unbesorgt. »Immerhin gehörst du zum erfolgreichsten Haufen in meinem Bereich — vielleicht der ganzen Flak.«

»So kann man das auch nennen«, meinte der Gefreite behutsam. »Doch ich würde eine andere Bezeichnung für diesen Verein wählen — wenn man mich fragt.«

»Ich frage dich aber nicht!« rief der Oberst aus. »Und ich kann nur hoffen, du bist nicht zu mir gekommen, um mir Werturteile oder Stellungnahmen abzupressen — sondern eben nur, um mir einen verwandtschaftlichen Besuch abzustatten. Worüber ich mich freue! Denn dein Vater und ich haben uns, bei manchen Gegensätzen, immer gut verstanden — er als korrekter Beamter, ich als pflichtbewußter Offizier. Trinken wir darauf!«

Sie tranken darauf. Doch unmittelbar danach fragte der Gefreite: »Weißt du denn überhaupt, was wirklich in deinem Bereich vorgeht — und nun sage ich gerne, falls dich das irgendwie erleichtern sollte:

lieber, verehrter Onkel! Hast du denn auch nur eine Ahnung davon, was tatsächlich etwa bei dieser 3. Batterie geschieht?«

»Ich weiß«, erklärte der Oberst, sich wie erschöpft zurücklehnend. »Ich weiß — sofern ich so was wissen will.«

»Somit kennst du auch die nahezu mörderischen Vorgänge der letzten Nacht?«

»Darüber liegt mir ein ausführlicher Bericht vor — und der will mir außerordentlich überzeugend erscheinen. Bestens fundiert! Warum sollte ich ihn nicht vorbehaltlos akzeptieren?«

»In dieser 3. Batterie sterben Menschen! Ganz abgesehen davon, daß es dort auch Menschen gibt, die man nicht so leben läßt, wie das einem Minimum an Menschenwürde entsprechen würde!«

»Das, mein lieber Neffe«, sagte der Oberst, sein Glas leerend und in seinen Sessel versinkend, wobei seine körperliche Höhe hilflos zusammenzuschrumpfen schien, »ist deine Ansicht — es gibt aber auch andere, ganz andere Ansichten zu diesem Thema. Schließlich befinden wir uns mitten in einem Krieg — wenn das auch zur Zeit nicht so aussehen mag. Aber es ist Krieg! Und dazu gehören leider auch Tote. Gefallene.«

»Und so was wird, wie selbstverständlich, einfach hingenommen — wie die Tätigkeit eines Schlachthofes?«

»Nicht doch, lieber Neffe! Gefallene werden beklagt! Und registriert. Das sogar äußerst sorgfältig. Doch dagegen, wie sie zu Gefallenen gemacht worden sind, kann praktisch nichts unternommen werden. Nicht jetzt. Und voraussichtlich noch lange nicht. Doch wenn einmal die Stunde schlagen sollte. . .«

»Also bis dahin, lieber Onkel, dürfen die Mörder morden! Bis dahin ist ihnen ein Jagdrecht auf Mitmenschen verliehen worden! Sie dürfen sich freischießen — wann immer sie das für richtig halten. So werden Kriminelle, Kranke, Geistesgestörte als erklärte Staatserhalter hochgezüchtet!«

»Mein Gott«, sagte der Oberst, »daß du so penetrant jung bist, darum könnte ich dich beneiden! Außerdem bist du ganz und gar der Sohn deines Vaters — doch darum beneide ich dich nicht. Du hast noch eine ganze Menge zu lernen, will mir scheinen.«

»Von wem?« fragte der Gefreite Bergen provozierend.

»Von mir jedenfalls nicht! Denn ich habe dir, lieber Neffe, nichts als ein paar äußerst simple Erkenntnisse anzubieten. Darunter etwa dies: wo gehobelt wird, fallen Späne! Oder auch dies: der Tod ist wie ein Dünger, auf dem die Blumen des Heldentums blühen. Überzeugt dich das nicht?«

»Ich finde das ganz einfach zum Kotzen!«

»Wenn dich dein Vater so hören könnte, dann wäre der vermutlich stolz auf seinen Sohn!« Der Oberst versank wieder, fast als wolle er sich verkriechen, in seinem Sessel. »Das würde ich meinem

Vetter gönnen — aber zugleich müßte ich dich, mein lieber Neffe, bedauern. Denn dir fehlt, ganz offenbar, jeder nüchterne, realistische Sinn für unvermeidliche Gegebenheiten.«

»Dann«, stellte der Gefreite Bergen, sich erhebend, fest, »kann ich ja wohl gehen.«

»Du solltest aber nicht gehen«, meinte Oberst Rheinemann-Bergen, »ohne eine nicht unwesentliche Kleinigkeit — in deinen Augen — zur Kenntnis zu nehmen: Ich bin Soldat — nichts anderes sonst! Und ich bin bemüht, das auch zu bleiben. Und daher verachte ich jede Sorte von Menschenschindern — ich verabscheue sie zutiefst. Doch ich kann — zur Zeit — nichts gegen sie unternehmen.«

»Ich bedaure dich, Onkel.«

»Tu das«, sagte der Oberst müde und hob sein Glas. »Ich könnte sogar verstehen, wenn du glaubst, mich verachten zu müssen — aber ich rate dir dennoch nicht, allein deshalb deinen Vater voreilig zu bewundern. Denn in dieser Zeit, mein Junge, spielen die Dämonen Fußball mit uns. Was wir auch immer tun — zu tun versuchen —, wir sind ihnen rettungslos ausgeliefert.«

»Softer, mein Bester, verkündete Hauptwachtmeister Krüger kameradschaftlich, »wir sollten wohl wieder einmal einen kleinen Umtrunk veranstalten! Denn diverse Kameraden scheinen dringend einer Ermunterung zu bedürfen.«

»Wer denn und in welcher Hinsicht?« wollte der Unteroffizier aktionsfreudig wissen. »Wem gedenkst du diesmal die Wildschweinzähne zu ziehen?«

»Nun — zunächst einmal dir, Softer.«

»Du hast schon mal bessere Witze gemacht!« meinte der Unteroffizier. »Doch warum so was mir gegenüber? Du weißt doch, daß du auf mich immer zählen kannst — ich bin doch so was wie deine rechte Hand.«

»Du hast dich zu einem verdammt fetten Schwein entwickelt«, stellte Krüger gemütlich fest. »Zu einer ausgefressenen Kanalratte, die sich als Gartenzwerg tarnt. Du willst offenbar nur noch verdienen.«

»Aber warum denn nicht?« Unteroffizier Softer gab sich ungekränkt. »Viel Speck — viel Ehr! Ohne Fett — kein Preis! Ich tue, was ich kann! Ich liefere, was verlangt wird — und sogar, wenn es unbedingt sein muß, ein prima Begräbniszelt, mit Hoheitsadler — Silber auf schwarzem Grund. Kostet mich ein Vermögen! Aber was tue ich nicht alles für dich? Du brauchst doch nur mit dem kleinen Finger zu winken.«

»Neuerdings, Softer, muß ich damit zweimal winken — bis du endlich richtig spurst. Du frißt einfach zuviel — und davon wirst du müde. Du säufst alles Erreichbare in dich hinein, bis dir der Schnaps aus den Ohren herausquillt — darunter leidet dein Verstand! Überdies pimperst du neuerdings reichlich angestrengt herum — das kann auf die Dauer nicht gutgehen. Denn du beginnst das für uns allein Wichtige zu übersehen — nämlich dies: du kannst doch nur dann in Ruhe deine Schäfchen ins trockene bringen, wenn hier alles genau auf Vordermann marschiert.«

»Ist es denn nicht so?«

»Nein! Und daß du das nicht erkannt hast, Softer, beweist mir, daß du eine Transuse geworden bist!«

»Das«, sagte Softer, sichtlich betroffen, »mußt du mir näher erklären.«

»Unser Unteroffizierskorps droht seinen bisher so glänzenden Gemeinschaftsgeist einzubüßen und zu einem Sauhaufen zu werden. Du willst nur noch kassieren, aber möglichst wenig davon an die Batteriekasse abführen. Allein deinetwegen muß ich in Kauf nehmen, daß ein Eisenbahner, mit dem du laufend Geschäfte machst, sich in unserem Park geradezu sittengefährdend mit Kindern herumtreibt. Während Forstmann seine gesamte Freizeit mit seinem Flittchen verrammelt — gestern mußte ich den sogar während der Dienststunden im Puff suchen. Und Wachtmeister Moll entwickelt sich immer mehr zu einem Buchhalter für Geschlechtsleistungen. Doch am schlimmsten finde ich Arm!«

»Also stimmt es, daß der nur noch im Fahrwasser seiner Frau Doktor schwimmt?«

»Allein diese Frage, Softer, beweist, daß dein sonst so gesunder Menschenverstand erheblich getrübt ist. Denn dieser Arm schwimmt nicht nur im Fahrwasser dieser Dame, der ist bereits ganz tief in deren Hintern gekrochen. Und dort fühlt er sich wohl und beginnt bereits, genau wie sie herumzugrunzen. Großdeutsch!«

»Ein Umtrunk also!« Unteroffizier Softer bemühte sich, Krüger gegenüber zu bekunden, daß er stets auf Vordermann war. Alles andere wäre im Umkreis dieses Hauptwachtmeisters glatte Geschäftsgefährdung gewesen. Mit Krüger waren zweifelhafte Späße nicht zu machen. »Also ein Umtrunk, mit ganz scharfen Sachen! Wird organisiert!«

Dieser ›Umtrunk‹ fand noch am Abend des gleichen Tages statt. Unteroffizier Softer hatte dazu bereitgestellt, beziehungsweise bereitstellen lassen, was sich erfahrungsgemäß als erforderlich herausgestellt hatte: Schnapsflaschen, Biergläser, dazu vollgefüllte Wassereimer, zwecks Verabreichung von Erfrischungen, ferner Strohsäcke für Volltrunkene.

Wer zu diesem ›Umtrunk‹ erscheinen durfte, der mußte zunächst einen Feldbecher, randgefüllt mit ›Softers Spezialmischung‹, leeren: diese bestand zu einem Drittel aus Korn, zu einem weiteren Drittel aus Himbeergeist, zu einem dritten Drittel aus Kirschlikör — eine Mischung, die auch ›die Fahne hoch‹ genannt wurde. Es hieß von ihr, sie »haute selbst stärkste Männer um«.

So schwankten sie denn bereits, mehr oder minder leicht, als sie sich um Hauptwachtmeister Krüger gruppieren durften. Der ließ Biergläser mit Himbeergeist füllen. »Dies«, verkündete er, »ist das Lieblingsgetränk unseres verehrten Kameraden Runge gewesen — trinken wir es zu seinem Angedenken! Noch ruht er, in eine Zeltbahn gehüllt, im Keller des Schlosses, doch bereits morgen wird er bei der Grabkirche aufgebahrt werden; das Begräbnis für ihn wird übermorgen stattfinden. So wie sich das jeder von uns erhofft und wie es unser Hauptmann wünscht! Leeren wir unsere Gläser darauf!«

Das geschah. Krüger und Softer erledigten das mit einem Zug. Wachtmeister Arm versuchte, etwas langsamer, mit ihnen gleichzuziehen. Wachtmeister Moll schluckte mit geschlossenen Augen; sein Gesicht färbte sich dabei tomatenrot. Kaminski schien pures Leitungswasser in sich hineinzugießen. Unteroffizier Forstmann saugte wie ein Kalb am Kuheuter; gesättigt blickte er dann um sich. Tino Hiller ließ sich den Schnaps aus den Mundwinkeln laufen, über das Kinn, den Hals hinunter, in die Uniform hinein. Und der Sanitätsobergefreite Neumann, der ebenfalls geladen war, trank wie ein verdurstender Hund — heftig und ausdauernd.

»Kameraden«, sagte dann Hauptwachtmeister Krüger, sichtlich erfreut in bereits leicht strapaziert wirkende Gesichter blickend, »unser Kamerad Runge ist kein Kind von Traurigkeit gewesen! Wir alle wissen das. Und deshalb werden wir morgen oder übermorgen sein Begräbnis denkbar würdig begehen. Wir werden es intern feiern. Mit einem ganz großen Besäufnis. Dabei sollten auch diverse Spiele veranstaltet werden — unter anderem: Sittenkongreß!«

»Wer«, fragte Softer freudig, »ist denn diesmal dafür fällig?«

»Der Gefreite Bergen«, verkündete der Hauptwachtmeister. »Und unser Kamerad Neumann, gemeinsam mit Tino Hiller, wird ihn darauf vorbereiten.«

»Das mache ich«, versicherte der Sanitätsobergefreite, »wobei ich nur hoffen kann, daß Hiller voll mitzieht. Sittenkongreß also — mit allen erdenklichen Ländern?«

»Mindestens fünfzig«, bestätigte der Hauptwachtmeister. »Unser Kamerad Runge, ein erklärter Meister auf diesem Gebiet, hat so an die achtzig davon beherrscht. Nur unser Arm hat ihm dabei Konkurrenz machen können.«

»Wobei ich aber«, bestätigte Wachtmeister Arm, »gestehen muß, daß der gute Runge mir, in dieser Hinsicht, überlegen gewesen ist. Denn der konnte stets mindestens drei bis vier Sittenkongreßteilnehmer mehr nennen als ich. Sogar aus fernöstlichen Ländern!«

»Trinken wir also – auf das Wohl unseres einzigartigen Runge!« forderte Hauptwachtmeister Krüger.

Das geschah diesmal mit einem Getränk, das ›Kirchenfenster‹ genannt wurde: in den Farben Weiß-Rot-Gold; bestehend aus einer Mischung von Kirschwasser, Rotwein und Cognac. Lediglich Krüger, Softer und Arm vermochten diesen dreistöckigen Drink halbwegs unbeschadet zu überstehen; doch auch Kaminski und der Sanitätsobergefreite Neumann hockten danach noch einigermaßen aufrecht da. Während der Wachtmeister Moll bereits hektisch keuchte und Forstmann kreidebleich war; Tino Hiller aber stürzte ins Freie.

»Unser lieber Runge«, meinte dabei Softer, »der wußte noch, wie ein Schwanz richtig zu stehen hat!«

»Weiß ich auch«, versicherte Arm schwer.

»Glaube ich nicht«, meinte Krüger, »vermag ich mir kaum vorzustellen!«

»Das kannst du mir aber glauben!« rief heftig Wachtmeister Arm. »Dieser Dame besorge ich es vielleicht – da habe ich einen ganz prima Griff getan, das kann ich euch nur flüstern.«

»Vielleicht«, meinte Softer blinzelnd, »ist die besonders leicht zufriedenzustellen? Kann doch sein, daß die schon weg ist, wenn da nur einer hinlangt?«

»Da irrst du dich aber gewaltig!« verteidigte sich Arm schwerzüngig. Ihm wurde ein Wasserglas mit Steinhäger vollgeschenkt – er trank es gurgelnd leer. »Diese Dame, Kameraden, ist tatsächlich eine Wucht!«

»Das«, sagte nun Softer, dem Krüger ermunternd zugeblinzelt hatte, »kann schließlich jeder sagen.«

»Ich bin aber nicht jeder!« knurrte Arm. »Was ich sage, stimmt!«

»Und wie«, fragte Krüger mild, »willst du das, in diesem Fall, beweisen?«

»Auf diesem Gebiet bin ich ein Fachmann. Und wenn ich sage, die Frau Doktor Werner-Weilheim ist absolute Spitzenklasse, dann. . .«

»Nein, nein!« erklärte Softer mit trunkener Beharrlichkeit. »Uns genügt es nicht, wenn so was bloß behauptet wird – es muß praktisch nachgewiesen werden!«

Wachtmeister Arm lachte rauh auf. »Du willst wohl selbst mal rauf – wie? Das könnte dir so passen!«

»Das kommt natürlich überhaupt nicht in Frage!« schaltete sich Krüger ein – während Softer, auf seinen Wink, weiter einschenkte; diesmal hochprozentigen Wodka, aus restlichen Beutebeständen vom Polenfeldzug her. »Da muß ich unserem Kameraden Arm recht geben! Denn bei allem Wohlwollen, Softer – aber du scheinst mir, in diesem Punkt, nicht neutral genug! Da sollte wohl eher ein unparteiischer Beobachter hinhalten. Etwa, schlage ich vor, unser Kamerad Moll.«

Der schreckte hoch. »Was soll ich?«

»Der Werner-Weilheim den Puls fühlen«, klärte ihn Softer auf. »Du sollst dich bei der als neutraler Beobachter betätigen.«

»Wie stellt ihr euch das vor!« sagte Arm mit schwerem Auflachen. »Die macht so was doch nicht mit jedem!«

»Erlaube mal!« tönte der Wachtmeister Moll empört. »Ich bin nicht jeder!«

»Aber du bist auch nicht ich!« sagte Arm ablehnend.

»Warum machst du Schwierigkeiten?« fragte Softer. »Fürchtest du etwa die sogenannte nackte Wahrheit — um die es hier geht?«

»Er will sich drücken!« meinte Kaminski.

»Davon«, versicherte Arm, sich mühsam aufrecht haltend, »kann gar keine Rede sein! Ich bin, wie ihr ja wohl wißt, verdammt kameradschaftlich veranlagt. Aber nun mal ganz im Vertrauen, Leute — meine Frau Doktor ist nicht nur ganz schön scharf, sondern auch äußerst feinfühlig. Wie soll ich Moll an sie heranbringen?«

»So was«, meinte Krüger, »muß natürlich gründlich überlegt und gut vorbereitet sein.«

»›Unmöglich‹, sagt unser Hauptmann Hein immer, ist ein Wort, das es bei uns nicht geben darf.« Softer blinzelte Krüger zu. »Auch diese Chose müßte sich schaukeln lassen!«

»Nicht zuletzt«, bestätigte der Hauptwachtmeister, »um die Behauptungen unseres hochgeschätzten Kameraden Arm möglichst überzeugend zu stützen. Denn er verdient es einfach nicht, daß ihm irgend jemand mißtraut.«

»Wie wahr!« versicherte Wachtmeister Arm geradezu dankbar. »Hier geht es um meine Ehre!«

»Aber nachprüfen lassen«, bohrte Softer, »willst du nichts?«

»Wie denn, Mensch? Ohne daß ich dabei mein Gesicht verliere? Was meinst du, Krüger?«

»Nun«, meinte der bedächtig, »es gibt da ganz spezielle Methoden, etwa Unterschiebungen im Schutze völliger Dunkelheit. Ein früherer Chef von mir hat das ausprobiert — mit meiner Hilfe. Und da ich mir nicht vorstellen kann, daß unser Kamerad Arm kneifen will. . .«

»Ich — und kneifen? Niemals!« Arm stierte betrunken um sich. »Es ist nur so, daß ich diesem Moll nicht viel zutraue — der wird meiner Frau Doktor kaum gewachsen sein.«

»Das«, lallte Moll erregt, »ist eine glatte Herausforderung!«

»Die du annimmst — ja?«

»Allemal!« sagte Wachtmeister Moll, kurz bevor er unter der Tisch fiel. »Allemal!« stöhnte er von dort noch einmal hervor.

»Der«, stellte Krüger fest, »hat sich also entschieden! Und was ist mit dir, Kamerad Arm?«

»Soll er nur kommen!« schnaufte der Schirrmeister, zu allem entschlossen. »Der wird die Engel im Himmel singen hören! So was wie den bedient meine Frau Doktor mit der linken Hand.«

»Und das«, meinte Elisabeth Erdmann, sich von Bergen lösend, »war schon alles!«

»Verbindlichen Dank für dieses Kompliment!« erklärte der Gefreite, der auf dem Rücken liegen blieb. »Du scheinst eine recht eigenwillige Begabung zu besitzen, Männer zu ermuntern.«

»Aber, Bert – warum versuchst du nicht, mich zu verstehen!« Elisabeth blinzelte verträumt in das abgedunkelte Licht, das ihr Bett nur mühsam erreichte. »Du hast keinerlei Veranlassung, dich beleidigt zu fühlen. Mir genügt eben nicht, daß du nur ein Mann bist, nichts wie ein Mann – denn das, entschuldige bitte, ist für mich nicht alles.«

»Was erwartest du denn sonst noch?« Bert Bergen blickte zum Glasdach des Pavillons, dessen Konturen nur noch schwer zu erkennen waren – die Bäume, die ihn überragten, waren wie dichte, unbestimmbare Schatten. »Erwartest du etwa einen Schwan, eine Wolke oder einen Stier, wohinter dann womöglich Zeus steckt?«

»Was mich bedrückt, Bert, das ist die Leere – danach!« Elisabeth Erdmann sagte das verhalten. »Immer nur Augenblicke der Lust – aber keine anhaltende Verzauberung.«

»Verzauberung? Wo gibt es denn noch so was – ausgerechnet in dieser Zeit?«

»Du scheinst offenbar an gar nichts mehr zu glauben!«

»Sollte ich tatsächlich diesen Eindruck machen?« Bergen stellte diese Frage geradezu erfreut. »Das wäre vermutlich ein Fortschritt! Damit kann man hier, vermute ich, ganz schön weiterkommen.«

»Dieser Krieg«, sagte Elisabeth, wie vor sich hin, »hat fast alle Männer, die ich kenne, versaut. Sie versuchen schneller zu leben, heftiger, rücksichtsloser – und genau wie sie machen wir es auch, um möglichst nichts zu versäumen. Kaum noch jemand, der weiß, was Zärtlichkeit ist . . . Doch glücklicherweise sind nicht alle so.«

»Nicht alle?« fragte Bergen aufhorchend. »Falls ich richtig vermute, willst du genau auf jene Ausnahme hinaus, die ich dir gewissermaßen ans Herz gelegt habe. Also Schubert!«

»Und wenn das so wäre?«

Bergen richtete sich auf, setzte sich neben sie, blickte sie nicht ohne Verwunderung an. »Was ist denn das, Mädchen! Willst du nun etwa freiwillig genau das tun, wozu ich dich animiert habe? Ohne jede Gegenforderung?«

»Warum denn nicht«, sagte sie. »Du selbst hast mich auf Schubert aufmerksam gemacht – und ich habe ihn mir angesehen. Ich habe mich, dank deiner Hilfe, mit ihm unterhalten können. Und dabei herausgefunden: von dem ist alles das zu erwarten, was Frauen wirklich lieben: bedenkenlose Hingabe, wirkliche Zärtlichkeit ... Du kannst ihn zu mir schicken — ich bitte dich jetzt sogar darum.«

»Ich bin doch nicht blöd!« meinte Bergen auflachend. »Was aber nicht heißt, daß ich dir den nicht gönne! Das aber nur zu den vorgesehenen Bedingungen.«

»Die sind mir völlig gleichgültig, Bert.«

»Mir aber nicht! Darf ich dich daran erinnern, daß ich dir ein ziemlich konkretes Angebot gemacht habe? Von dir mit einigem Nachdruck inspiriert?«

»Ich verzichte nun darauf!«

»Ich aber nicht!« Bergen legte vertraulich den Arm um sie. »Ich liefere dir — bei der nächsten günstigen Gelegenheit — unseren Schubert gerne. Doch ich bestehe dabei darauf, dafür eine Art Anerkennungshonorar zu zahlen. Und zwar das, was wir vereinbart haben.«

»Den Fragonard?«

»Genau! Ich habe bereits eine Art Ersatzbild dafür besorgt. Von gleicher Größe und mit ähnlicher Bemalung. Das brauchen wir nur noch auszutauschen. Bei nächster sich bietender Gelegenheit. Oder solltest du keinen Wert mehr darauf legen?«

»Nicht mehr unbedingt!« bekannte sie. Um dann, sein Mißtrauen witternd, hinzuzufügen: »Bitte, versuche mich zu verstehen, Bert — ich habe das Gefühl, daß mir Johannes Schubert sehr viel bedeuten könnte. Und eben deshalb möchte ich das, was möglicherweise daraus entstehen sollte, nicht durch irgendwelche Geschäfte im voraus entwerten.«

»Ich höre da wohl nicht richtig, Elisabeth? Wie kommst du mir vor? Mir brauchst du doch nichts vorzumachen! Ich kenne dich — und zwar ziemlich gut. Und du solltest mich eigentlich inzwischen auch kennengelernt haben. Völlig unnötig also, mir hier Edelmut und große Liebe vorzumimen. Sei mal ganz offen — warum bist du nicht mehr so scharf auf diesen Fragonard? Glaubst du, das lohnt sich nun nicht mehr? Und weshalb nicht?«

»Nun gut«, sagte sie, als habe sie erkannt, daß ihr nun nichts mehr anderes übrigblieb, als einigermaßen aufrichtig zu sein. »Der Grund ist Magnus. Der tut nämlich so, als habe er noch gar nicht herausgefunden, wo sich hier der Fragonard befindet, auf den ihn vermutlich der Reichsmarschall angesetzt hat. Doch er weiß es genau — er hat bereits Aufzeichnungen darüber gemacht.«

»Soll er doch! Was sind schon Aufzeichnungen über einen Fragonard? Haben muß man ihn!«

»Aber warum zögert er?«

»Das, liebe Elisabeth, dürfte nicht allzu schwer zu erklären sein — Magnus zögert seinen Auftrag künstlich hinaus. Dem gefällt es hier. Der will hier noch möglichst lange bleiben. Wobei ihn andere

Dinge mehr interessieren als dieser Fragonard. Den kannst du haben – und Johannes Schubert dazu!«

»Aber du willst bestimmen, wann, wo und wie? Was versprichst du dir davon? Eine Art von Vergnügen? Aber bitte nicht auf meine Kosten – ich kann dich da nur warnen!«

»So oder so, Mädchen – wenn wir es richtig anfangen, wird es weder dein noch mein Schaden sein.«

»Gott zum Gruße, verehrter Herr Professor!« rief Krüger.

»Schönen guten Abend, mein lieber Herr Hauptwachtmeister,« erwiderte Magnus, ohne sich zu regen.

Der Professor saß auf seinem Lieblingsplatz: einer Bank aus Stein, die unterhalb des Turmes stand, ein wenig nordnordwestlich davon, nahe der niedrigen Mauer, hinter der das Gelände schroff abfiel, zur Stadt D. hin. Die lag ihm sozusagen zu Füßen – vom milden Mondlicht bestrahlt. In der Ferne war Paris zu denken – und dort der Louvre, den zu betreuen Magnus noch nicht vergönnt gewesen war. Er mußte sich mit dieser Grabkirche begnügen.

»Nun, Herr Professor«, fragte Krüger höflich, sich neben ihm auf die Steinbank niederlassend, »was brüten Sie denn jetzt schon wieder aus?«

»Was trauen Sie mir denn zu?«

»Eine ganze Menge – leider.« Krüger beugte sich vertraulich zu Magnus hinüber. »Dabei sollte man annehmen, daß Sie hier mit Ihren konservierten Leichen bereits alle Hände voll zu tun haben. Dennoch scheinen Sie in Versuchung zu geraten, sich noch um ganz andere Dinge zu kümmern.«

»Und das gefällt Ihnen nicht?«

»Ganz und gar nicht!« erklärte Krüger offen. »Nicht etwa, weil ich Ihnen nichts gönnte – Sie haben ja erkannt, daß ich überaus großzügig bin, etwa auch in puncto Weinlieferungen. Darüber hinaus aber, Herr Professor, geht es mir nur um das Prinzip!«

»Und was, bitte, verstehen Sie darunter?«

»Ich will Ihnen das gerne näher erklären. Also – da ist einmal Ihr Laden, dieses Sargmuseum! Und dort können Sie, von mir aus, alles tun, wozu Sie Lust haben – Sie können Ihre Leichen in Seide hüllen oder mit ihnen Fußball spielen, sie verschachern oder zu Seife verarbeiten! Das ist Ihre Sache. Aber zugleich, Herr Professor, existiert auch mein Laden – diese Protzenstellung, die dazugehörigen Soldaten, mithin die ganze 3. Batterie! Und diesen meinen Laden schaukele allein ich – wie immer ich das will. Verstehen Sie?«

»Das noch nicht ganz, Herr Hauptwachtmeister.« Professor Magnus erklärte das leise und höflich, ohne seinen Gesprächspartner dabei anzublicken. »Zumal ich mir nicht bewußt bin, in Ihre Bereiche irgendwie eingegriffen zu haben.«

»Lieber Herr Professor«, sagte Krüger, »ich bin ein Mensch mit einem breiten Rücken. Mir kann man so ziemlich alles zumuten. Doch in einem Punkt bin ich wirklich empfindlich: dann nämlich, wenn ich merke, daß man versucht, mich für einen uniformierten Dorftrottel zu halten.«

»Das, Herr Krüger«, versicherte Magnus fast beschwörend und zugleich beunruhigt, »würde ich niemals tun! Ich bitte Sie, mir das zu glauben. Denn vermutlich ist es so, daß ich – ein berufsmäßiger Zivilist – nur ihre speziellen Spielregeln nicht kenne. Aber ich bin sicher, daß Sie mich diesbezüglich aufklären werden, nicht wahr?«

»Falls so was wirklich noch notwendig sein sollte, Herr Professor – warum nicht?« Der Hauptwachtmeister zeigte sich versöhnlich. »Also – ich darf wohl annehmen, daß Sie sich darüber Gedanken gemacht haben, was ein Befehlsbereich ist: in jedem trägt derjenige, der dafür zuständig ist, eine besondere Verantwortung. So etwa ich, unter anderem, für die Verpflegung meiner Leute. Sie hingegen für die Sargdeckel der Grabkirche plus deren Beschriftung; ich dann, weiter, für meine diversen Grashüpfer, Sie aber für Ihre Handlanger...«

»Beginne zu verstehen!« meinte Magnus. »Sie versuchen, mich für das verantwortlich zu machen, was sich meine Damen leisten.«

»Dafür, Herr Professor, mache ich Sie nicht verantwortlich – Sie sind es! Doch damit meine ich nicht gewisse horizontale Beschäftigungen – die gönne ich jedem, sofern es dabei bleibt. Aber wenn damit eine indirekte oder gar direkte Einmischung in meinen Bereich verbunden sein sollte, dann macht mich das sauer! Stocksauer!«

»Sie meinen damit vermutlich unsere Frau Doktor? Lieber Herr Krüger, diese Dame ist eine Nummer für sich!«

»Mag sein – aber Sie sind für dieses Weibsbild verantwortlich!«

»Offiziell schon – gewiß! Doch hierbei überschneiden sich, sozusagen, die Grenzen! Nun ja, ich könnte dieser Dame vorschreiben, was sie für meine Dienststelle zu arbeiten hat. Jedoch – was sie denkt, mit wem sie schläft, wen sie beeinflußt und in welcher Hinsicht, oder von wem sie sich beeinflussen läßt, das entzieht sich hinwiederum meiner Einflußnahme.«

»Und genau hier liegt der Hase im Pfeffer – oder das Schwein in der Jauche. Denn das, was uns hier geboten wird, sind zivilistische Zustände – diese aber mitten in militärischen Zonen! Und eben das, Herr Professor, geht ganz entschieden zu weit! Wissen Sie, was wir in solchen Fällen zu praktizieren pflegen? Wir sorgen für äußerste Vollbeschäftigung – womit wir jede Abschweifung vermeiden.«

»Mein lieber Herr Krüger! Offenbar besitzen Sie die schöne Gabe, alles, was auf Sie zukommt, möglichst zu vereinfachen – doch unser

Gebiet ist unendlich kompliziert! Und es reicht weit über diese Grabkirche hinaus, nicht nur bis zum Schloß hin, sondern bis hin zur Feuerstellung, wo weitere Gräber zu vermuten sind.«

»Was denn, was denn — wollen Sie sich etwa hier noch mehr ausbreiten?«

»Ich will das gar nicht, Herr Krüger, ich sehe mich dazu gezwungen!« Der Professor sagte das versonnen, in entschuldigendem Ton. »Zum Beispiel im Hinblick auf das Schloß, in dem Sie hausen — welches nicht zufällig als Sterbeschloß bezeichnet wird. Wer dort angelangt war, sah seinem Tod entgegen.«

»Das war einmal! Heute leben wir darin!«

»Nun ja — Sie leben! Aber wo denn, bitte, genau? Dort, wo Hauptmann Hein Quartier bezogen hat, fanden sich einst Herzöge ein — schwer verwundet, an irgendeiner tödlichen Krankheit leidend, an Altersschwäche dahinsiechend ... Niemand kam dort mehr heraus — es sei denn als Leiche!«

»Von mir aus!« sagte Krüger unbeeindruckt. »Ich wohne zwei Stockwerke tiefer.«

»Ich weiß, ich weiß — vermutlich genau in jenem Raum, in dem einst die letzten Begleiter der Sterbenden hausten: die Krankenpfleger, die Schweißabtrockner und Bettlakenreiniger, die Beseitiger von erbrochenem Blut, von Eiter, Urin, in Schüsseln aufgefangenem Kot ... Und dann die Mörder! Jene also, Ärzte, Kammerdiener und Sekretäre darunter, welche die Qualen der potentiellen Toten zu verkürzen hatten — wodurch sie den jeweiligen Herrschern eine Menge Geld und Ärger ersparten. Denn sie sorgten, als bewußte staatserhaltende Elemente, für eine rechtzeitige Klärung der jeweiligen Nachfolge — und machten sich so verdient. In mehrfacher Hinsicht.«

»Ist das etwa der Seich«, fragte nun Krüger, Magnus ahnungsvoll musternd, »den Sie auch Hauptmann Hein einzuflüstern versuchen?«

»Hierbei, Herr Krüger, handelt es sich nicht um das, was Sie als Seich zu bezeichnen belieben, sondern vielmehr um belegbare historische Vorgänge. Und dazu gehört noch eine ganze Menge mehr — über die ich Sie gerne aufkläre. Da ist, zum Beispiel, der Keller, in dem Ihr Verpflegungsoffizier leicht verderbliche Waren zu stapeln pflegt — Butter, Wurst und Brot — dort wurden einst Leichen gelagert. Und in jenem Raum, der jetzt als Kantine dient, fanden Einbalsamierungen statt — möglicherweise auf dem gleichen Tisch, an dem Sie und Ihre Kameraden nun speisen. Dort wurden Gedärme entfernt und entleert, das Hirn herausgenommen; Lunge, Leber, Nieren und Herz durch eine heiß-trockene, sandartige Füllung ersetzt; eine in Kesseln angerichtete klebrige, alsbald erstarrende Masse in die Blutbahnen gepumpt. Sie sollten sich den dortigen Fußboden ein wenig genauer ansehen — er trägt noch Spuren davon.«

»Na — und wenn schon! Was soll's!« Hauptwachtmeister Krüger

war bemüht, sich unbeeindruckt zu geben. »Wem wollen Sie denn damit imponieren? Dieser Krieg war kaum einen Tag alt, da habe ich in einem polnischen Wäldchen Tote gefunden, die verdammt übel aussahen — aber schon ganz besonders übel, das kann ich Ihnen flüstern. Und nur einen Tag später taumelte mir ein Kamerad entgegen, ohne Kopf; eine Blutfontäne sprudelte aus seinem Hals; dennoch bewegte er sich, wenn auch nur wenige Schritte, vorwärts.«

»Verstehe«, sagte Professor Magnus, den ergrauten Kopf senkend, mit klagender Stimme. »Sie meinen, daß meine historischen Erfahrungen nicht an das heranreichen, was in dieser Zeit geschieht.«

»Jedenfalls«, forderte Krüger, der sein Selbstbewußtsein voll wiedergefunden hatte, »sollten Sie damit aufhören, in unseren Bereich hereinzufummeln — oder hereinfummeln zu lassen. Was auch für Ihr ziemlich fragwürdiges Verhältnis zu Hauptmann Hein gilt — ich bin über das Geschichtsgeschwätz, das Sie in dessen Gegenwart veranstalten, ziemlich eingehend informiert worden. Es gefällt mir nicht.«

»Vermutlich«, sagte Professor Magnus, »überschätzen Sie mich — womit Sie möglicherweise zugleich Hauptmann Hein unterschätzen.«

»Das eine wie das andere, Herr Professor, ist mir ziemlich egal. Hauptsache, Sie rudern nicht mehr in unseren Tümpeln herum. Es sei denn, Sie sind scharf darauf, mich herauszufordern — worauf ich gezwungen wäre, dafür zu sorgen, daß Ihnen und Ihren beiden Damen einiger Dreck um die Ohren spritzt, so leid es mir tut.«

»Nicht nötig«, sagte Magnus, wobei er sich aufrichtete, wie in die Ferne horchend. Und leise fügte er hinzu: »Nicht mehr nötig.«

Denn er sah: einen Lichtschein, flächig und flackernd, der sich schnell vorwärts bewegte, vom Schloß her auf sie zu, an ihnen vorüber — erzeugt von den Kerzen eines fünfarmigen Leuchters. Den trug Schubert. Und hinter ihm, in den Mantel des Herzogs gehüllt, schritt Hein — der Grabkirche entgegen. Die sternklare Nacht hing über ihnen wie ein Zelt.

»Was hat denn das zu bedeuten?« fragte der Hauptwachtmeister Krüger sichtlich irritiert. »Sollten etwa Sie unseren Hauptmann dazu inspiriert haben, Herr Professor Magnus?«

»Mein lieber Herr Krüger«, sagte der, »ich bin kein Zauberer! Auch meine Phantasie hat ihre Grenzen.«

»Was geschieht hier?« fragte Krüger beunruhigt.

»Er — der Hauptmann — versucht, sich zu erkennen. Und was er auch immer darunter verstehen mag — es scheint mir nicht ratsam zu sein, ihn dabei zu stören.«

»Wobei — genau? Ich habe Sie was gefragt, Herr Professor Magnus.«

Der schwieg. Die Nacht verbarg, daß er wie beglückt lächelte.

Doch man hörte ihn schnaufen, als habe sich seine Herztätigkeit schlagartig erhöht.

»Falls Sie«, versicherte Krüger bedrohlich leise, »dafür verantwortlich sind — dann lasse ich alle meine Hunde los! Dann feuere ich Sie aus Ihrem Glashaus hinaus — ich benötige es für unsere Fahrzeuge. Ich verdränge Sie aus Ihrer Grabkirche — die wird als Abstellraum gebraucht. Die militärischen Belange haben immer Vorrang. Ist das deutlich genug?«

»Völlig, Herr Hauptwachtmeister! Aber warten wir doch ab, wie sich das alles entwickelt! Es könnte durchaus so weit kommen, daß Sie auf meine Mitarbeit, auf ein Zeugnis, eine Zeugenaussage von mir, großen Wert legen. Nicht wahr?«

»Ich habe hier das Große Los gezogen!« verkündete der Soldat Wassermann, eifrig seine Sachen packend. »Ich kann von hier verschwinden, ohne sonderlich viel Haare gelassen zu haben.«

»Du gehst in Urlaub?« fragte der Gefreite Bergen.

»Ich bin endlich versetzt worden!« rief Wassermann triumphierend aus. »Seit Monaten habe ich darauf gewartet — mein System hat endlich funktioniert!«

»Sogar bei Krüger?«

»Wenn einer den richtigen Riecher hat — dann der! Und wenn der einen richtig eingeschätzt hat — dann mich!«

Bert Bergen betrachtete Wassermann ohne Verwunderung. Der packte, mit freudiger Hast, seine Sachen zusammen — in der Mannschaftsunterkunft des Schlosses D. Er warf schmutzige Wäsche in den Abfalleimer neben der Tür, ein Paar Stiefel und etliche Briefe dazu; die stampfte er mit dem Fuß abwärts. Das Vergnügen, das er dabei empfand, war unverkennbar.

»Wenn ich dich also richtig verstehe«, meinte Bergen, »dann machst du hier Schluß.«

»Und das mit Wonne!«

»Und um welchen Preis?«

»Bist du mir deshalb böse? Gönnst du mir das etwa nicht? Ach, wie ich dich kenne, würdest du am liebsten selbst mitkommen.«

»Wohin, Wassermann?«

»Nun — ich konnte wählen! Entweder zu einer anderen Fronteinheit oder zurück in die Heimat, in die Umgebung von Berlin, wo ich Zugmaschinenfahrer ausbilden soll. Mensch, was gab es da zu zögern!«

»Und warum diese Großzügigkeit? Ausgerechnet dir gegenüber?«

»Weil ich ein erstklassiger Spezialist bin — meint der Hauptwachtmeister, entgegenkommend, wie er ist. Und so ein Spezialist, mein Lieber, muß auch seinen Fähigkeiten entsprechend eingesetzt werden — sofern er nicht zwischendurch, ebenso leichtfertig wie lebensgefährlich, auf dumme Gedanken kommt.«

»Auf welche denn — zum Beispiel?«

Wassermann hatte seinen Rucksack gepackt, dazu einen Koffer. Zu seinem Handgepäck gehörte Sonderverpflegung: Fleischbüchsen, auch zwei Flaschen — Cognac und Himbeergeist. Und seine Feldflasche war mit Calvados, garantiert zwölfjährig, gefüllt. »Damit komme ich tagelang aus!«

»Und Arm läßt dich sausen?«

»Der hat doch gar keine andere Wahl! Wo der doch bereit ist, sich für seine Werner-Weilheim in alle erdenklichen Unkosten zu stürzen. Und damit zugleich für seinen Hauptmann, also für ihren Heros, wie die den Hein nennt. Worauf Krüger zielstrebig spekuliert.«

»Aber weshalb denn, Mensch?«

»Weil ich absolut richtig und rechtzeitig getönt habe — sogar dem Schreiber des Ortskommandanten gegenüber. Und zwar dies: Runge war scharf auf den Wasserturm! War ganz verrückt darauf, den umzulegen! Was praktisch nicht ohne seines Hauptmanns Zustimmung möglich war. Und eben weil ich das erkannt habe, darf ich hier absausen!«

»Nur einfach so?« Bert Bergen blickte skeptisch. »Ohne weiteres? Kann ich mir kaum vorstellen — nicht bei Krüger!«

»Der hat sich natürlich abgesichert — nach allen Regeln seiner Kunst. Ich mußte eine eidesstattliche Erklärung abgeben und unterschreiben, wonach ich niemals und zu niemandem was vom Umlegen des Wasserturms gesagt habe.«

»Und wenn das dennoch behauptet wird?«

»Dann stimmt es eben nicht! Das liegt schriftlich vor — vorbeugend. Krüger weiß, wie so was gemacht wird! Bis man mich in Berlin erreicht, ist der ganze Vorgang hier kaum viel mehr als ein feuchter Furz!«

»Und mich, Wassermann, läßt du hier als eine Art Strandgut zurück?«

Der schulterte den Rucksack und griff nach seinem Koffer. Lächelte dabei wie erlöst. Sagte: »Ich lasse dich doch hier gar nicht zurück — ich überlasse dich vielmehr, und nun völlig ungebremst, deinem ureigenen Element. Du bist doch wild darauf, damit fertig zu werden. Im Alleingang! Ohne Rücksicht auf Verluste — zu denen ich nicht gehören will. Du bist ganz versessen darauf, deinen Mist zu machen. Und das gönne ich dir!«

»Ohne wissen zu wollen, Wassermann, was sich letzten Endes daraus ergeben könnte?«

»Das, mein lieber Bergen, ist mir, ehrlich gesagt, so wichtig nun auch wieder nicht. Dieses Leben ist ohnehin nichts wie große Scheiße. Am besten, man steigt rechtzeitig aus. Wenn man nicht versessen darauf ist, zu krepieren oder krepieren zu lassen. Also, lieber Freund: adieu!«

»Mich friert«, sagte Hauptmann Hein, steif in seinem Sessel sitzend. »Es ist mir, als umgebe mich ewiges Eis.« Er sagte das zu Schubert, seinem Vertrauten.

Der stand völlig ratlos, doch hilfsbereit, mitten im großen Bankettsaal; von dort aus betrachtete er seinen Hauptmann hingebend und besorgt. Hein war lediglich mit einem weißen, weit wallenden Nachthemd bekleidet, das über seiner Brust geöffnet war. Sein Gesicht leuchtete leichenblaß.

»Ich habe Schmerzen«, verkündete der Hauptmann und streckte seine Hände aus. »Ich fühle mich matt. Mein Blut ist kalt — aber es flackert! Der Kopf dröhnt. Über meine Augen legen sich dichte und immer dichter werdende Schleier — ich kann dich kaum noch erkennen, Johannes. Komm näher!«

Schubert bewegte sich auf Hein zu. Ergriff spontan dessen Hände. Sie wurden ihm diesmal willenlos überlassen. Klebriger Schweiß bedeckte sie.

»Bitte, was kann ich für Herrn Hauptmann tun?« fragte Schubert.

»Ich habe Fieber«, erklärte Hein, und es war, als zittere er. »Öffne, bitte, eine weitere Flasche von meinem Champagner und stelle eines der großen Gläser bereit.«

»Soll ich Ihren Bademantel holen?«

»Nein, Johannes — der ist zu dünn! Der wärmt nicht. Der kann den Schweiß nicht aufsaugen, der meinen Körper überströmt. Fieberwellen. Ich bin mehrfach verwundet worden. Einige Male davon in denkbar scheußlicher Weise. Es hat Ärzte gegeben, die zu der Meinung neigten, ich wäre kein Mann mehr. Wie lächerlich! Denn ich lebe bewußter als alle anderen! Reiche mir den Mantel des Herzogs herüber. Hülle mich in ihn ein.«

Johannes Schubert zerrte den schweren, den rot-weiß-goldenen Mantel von dem Gestell, auf dem er hing. Legte ihn Hein, der unbeweglich dasaß, über die Schultern, drapierte ihn um den Körper, umhüllte, mit zärtlicher Besorgnis, Unterleib und die Oberschenkel seines Helden.

»Stelle dich hinter mich, Johannes. Lege deine Hände auf meine Brust — lasse sie dort ganz still liegen! Aber atme mich dabei nicht an! Und nicht wahr — keine besitzergreifende Geste! Versuche vielmehr jene federleichte, meinem Herzen so wohltuende sanfte Berührung. Bleibe so!«

Johannes Schubert, hinter Heins Sessel stehend, die Arme um ihn, die Hände auf seine Brust gelegt, schien zu erstarren. Sekundenlang.

Fast war es, als vergingen Stunden. Stunden voll stummer, vibrierender Intimität. Es war, als atmeten sie einander ein.

Dann aber sagte Hein: »Das tut mir unendlich gut. Ich fühle mich jetzt besser. Bringe mir, Johannes, den Spiegel, der an der Wand meines Schlafzimmers hängt. Ich empfinde das Verlangen, mich zu betrachten.«

Johannes Schubert öffnete eilig eine der zahlreichen, hier stets auf dicken Eisbrocken gelagerten Champagnerflaschen, stellte sie vor Hein hin, dazu ein großes Kristallglas, welches er vollschenkte. Dann transportierte er den Wandspiegel vom Schlafzimmer in den Bankettsaal und stellte ihn dort auf.

Hauptmann Hein blickte in diesen Spiegel, erst zögernd, dann mit steigendem Interesse. Er dehnte sich – sein Spiegelbild nahm zu an wohlgefälliger Größe. Hierauf erhob er sich, mit vorsichtigen Bewegungen, stellte sich in Positur, kam sich vor wie ein zum historischen Gemälde gewordener Mensch. Der Mantel des Herzogs, in den er sich gehüllt hatte, funkelte.

»Bin ich das?« fragte Hein.

»Sie sind es«, sagte Johannes Schubert.

Der Hauptmann nickte seinem Spiegelbild zu. Er sah sich in die Augen. Und sagte, sich vor sich selbst verneigend: »Größe – nicht denkbar ohne Opfer! Bewährung ist Hingabe! Erfüllung bedeutet, zu allem bereit sein! Siehst du das ein, Johannes?«

»Das sehe ich ein«, behauptete Schubert.

»Lehne den Spiegel gegen die Wand, doch so, daß er mein Bild voll aufnimmt. Und dann tritt neben mich.« Das tat Johannes. Und Karl Ludwig Hein legte den Arm um seinen Schubert, zog ihn an sich. Spiegelte sich mit ihm gemeinsam wider. »Was siehst du?«

»Uns!«

»Du siehst uns, Johannes – also mich und dich! Aber du siehst nicht den Tod, der uns stets über die Schulter blickt. Den Tod, der mich verfolgt, solange ich lebe. Es war nicht nur das Sterben meines Hundes, Johannes – Hunde haben ja ohnehin nicht allzulange zu leben. Doch in diesen meinen Armen starb auch ein Freund meiner Jugendzeit, den ich geliebt habe – ich zog ihn, unter Lebensgefahr, aus dem Geröll eines Sturzbaches hervor; er spuckte Blut und Wasser zugleich und erstickte daran. Dann wurde ein mir lieber Kamerad in den ersten Tagen dieses Krieges zerfetzt – unmittelbar neben mir. Sein explodierendes Hirn besprühte mein Gesicht; sein Blut, sein Herzblut, überströmte meine Hände. Diese Hände, Johannes! Die jetzt in den deinen liegen. Sie waren damals von rotem Blut überzogen – bis zu den Ellenbogen hin!«

»Sie haben das alles – dennoch – überlebt! Und das, meine ich, muß einen Sinn haben! Wenn nicht alles, dem wir ausgeliefert sind, sich als sinnlos erweisen soll. Aber das, nicht wahr, darf nicht sein! Es hat keinen Platz in unserer Welt!«

»Ich will das Grab des Herzogs sehen, Johannes!« Hauptmann Hein raffte sich auf. Wobei er schwankte — jedoch nur kurz. Er raffte den königlichen Mantel um sich. Befahl dann: »Leuchte mir!«

»Schubert erhob den Leuchter, der ihm am nächsten stand. Schritt vor dem entschlossen vordrängenden Hein die gewundenen Treppen hinunter. Durch die große Eingangstür des Schlosses hindurch. Über den von Fahrzeugen strapazierten Rasen hinweg, auf die Grabkirche zu. Dabei sahen sie, am Rande, Schatten — es waren Magnus und Krüger. Doch Hein beachtete sie nicht. »Weiter!« rief er.

Schubert stieß die beiden Torflügel der Grabkirche weit auf. Hein schritt feierlich hindurch — schritt auf den Sarg zu, der unmittelbar vor dem Hauptaltar stand. Hier verweilte er. Das Licht der Kerzen erhellte nur spärlich den großen, gewölbeartigen Raum Schatten umwucherten sie.

Hein sagte: »Halte den Leuchter hoch, so hoch wie irgend möglich, Johannes — damit das Licht keinen Schatten wirft. Schatten, die mir möglicherweise die Sicht nehmen könnten!« Seine Stimme klang mühsam, sein Gesicht glänzte schweißnaß, er atmete schwer. »Wo ich bin, muß alles klar sein, übersichtlich, hell!«

Der Hauptmann schwankte dabei ein wenig, reckte sich jedoch schnell wieder auf, stand straff da, unbeweglich, sekundenlang: er befahl sich Haltung. Erst dann beugte er sich über den Sarg — ein längliches, kastenartiges Metallgebilde — schlicht und dennoch sehr eindrucksvoll. Versehen mit Zahlen und Zeichen, die wie magisch zu leuchten schienen. Denn Magnus hatte ihre Konturen mit Kreide nachgezeichnet, um sie, zwecks Registrierung wirksam fotografieren zu können: dabei deutlich erkennbar der Name des Charles Louis, sodann dessen Geburtsdatum und auch das seines Sterbetages. Knapp dreißig Jahre lagen dazwischen.

»Er«, bekannte Hein ergriffen, ist einer der Größten gewesen!«

»Er ist in die Geschichte eingegangen«, bestätigte Schubert, wie eingelernt und verläßlich rekapitulierend. »Als der Held der Schlacht bei der roten Mühle.«

Aber dann pochte Hauptmann Hein, mit dem Knöchel des Zeigefingers seiner rechten Hand, auf den Deckel des Sarges. Es war, als klopfte er die Anfangstakte von Beethovens Schicksalssymphonie. Einmal. Und noch einmal. Zum drittenmal.

»Es klingt hohl!« stellte er fest.

Johannes blickte ratlos. Hein jedoch richtete sich ruckartig hoch. »Dieser Herzog«, versicherte er triumphierend, »hat sich allem Irdischen entzogen! Er gehört zu den Unnahbaren. Unantastbaren, Unerreichbaren!«

»Eine Legende«, meinte Johannes behutsam.

»Ein Phänomen!« korrigierte ihn der Hauptmann wie im Selbstgespräch, wobei seine Stimme zu ersterben schien. »Unbegreiflich — wie vieles in dieser Welt unbegreiflich ist. Nichts jedoch ist so unbegreiflich wie der Mensch! Der kämpferische Mensch!«

Und nun verbeugte sich der Hauptmann vor dem Sarg des Herzogs. Er beugte sich tief — wobei er zu schwanken begann, als werde er jäh in einen Strudel hineingerissen. Er taumelte und fiel, mit weit ausgebreiteten Armen, auf den Sarg. Blieb dort liegen, unendlich erschöpft.

Sein offener Mund berührte das kalte, in langen Jahrzehnten zersetzte und verschmutzte Metall. Und der Hauptmann murmelte, kaum vernehmbar: »Gott, mein Gott — was mutest du uns zu!«

Eben das sollen die letzten Worte des sterbenden Herzogs gewesen sein — nach den Angaben von Professor Magnus.

Johannes Schubert aber erschauderte.

Zwischenbericht VII

Erklärungen
des Oberst Rheinemann-Bergen, nunmehr General a.D.
Verfasser einer vielbeachteten kriegswissenschaftlichen Studie, vorzufinden in allen Truppenbüchereien der Bundeswehr — mit dem Titel: »Flakartillerie im Erdkampf«.

«... gebe ich diese Erklärungen gerne. Zumal sich inzwischen bei uns wesentliche Erkenntnisse durchgesetzt haben ... von einem besonders verdienstvollen Bundespräsidenten bestätigt ... Womit ich nicht Herrn H. meine, obwohl selbst dem guter Wille in dieser Hinsicht, neuerdings, wie zu erwarten, nicht ganz abzusprechen ist. Ich nehme vielmehr Bezug auf Herrn L., der bekannt hatte, daß der damalige deutsche Soldat ausschließlich für sein Vaterland ...

... hat es also in unseren Reihen, in denen der Frontkämpfer, so gut wie keine Nazis oder doch nur wenige nazistisch verseuchte Elemente gegeben ... von uns mit Verachtung gestraft ...

Wobei wohl nicht erst darauf hingewiesen werden muß, daß Ausnahmen und Außenseiter in jeder Armee der Welt ... wie neuerdings sogar bei den Amerikanern ... wofür ja doch auch nicht gleich alle übrigen amerikanischen Soldaten verantwortlich gemacht werden dürfen ... verdienen diese vielmehr unser mitfühlendes Verständnis ... von Greueltaten gewisser Sowjetarmisten nicht zu reden ... Und dann diese Mörder an der Mauer ...

... ist also festzustellen, daß sich damals, in unseren Reihen, zahlreiche erklärte Gegner jenes Hitler befunden haben, zu denen auch ich mich rechnen darf. So nannte ich diesen Menschen, im vertrauten Kameradenkreis, schon frühzeitig fast nur: ›Böhmischer Gefreiter!‹ Später bezeichnete ich ihn einfach als ›den Irren dort oben!‹ Zeugenaussagen in dieser Hinsicht liegen vor.

... mußten wir natürlich mit äußerster Vorsicht vorgehen. Selbstverständlich auch allernächsten Verwandten gegenüber ... wie etwa diesem Bergen ...

... sagte zu ihm: ›Ich bin ein Soldat, Bert — nichts anderes, aber auch nichts Geringeres! Und wir Soldaten müssen unter allen Umständen alles Soldatenmögliche tun, um unser Vaterland zu verteidigen ...‹

... er verstand mich damals leider nicht ... was möglicherweise eine Art jugendlicher idealistischer Verblendung gewesen ist ... Mangel an Realismus ... Sie verstehen ...«

Erläuterungen
des Professor Magnus,
betreffend: die Grabkirche in D. –
entnommen seinen damaligen Tagebuchaufzeichnungen –
von seiner Witwe zur Verfügung gestellt.

Aufzeichnung Nr. 17:
»Auftrag klar. Durchführung erscheint möglich. Eventuelle Schwierigkeiten werden sich beseitigen lassen.

Dafür sorgt beharrlich unsere Frau W – W. Mit den ihr eigenen Methoden. Neuartig dabei: schläft sogar mit einem Wachtmeister; aber wohl nur, um ihn umzupolen – wohl nicht zuletzt im Interesse unserer Forschungsaufgaben. Nun, sie hat sich ja vorher kaum jemals verschlossen, wenn es für sie um angeblich ›höhere Werte‹ ging. Selbst ein Reichsleiter war vor ihr nicht ganz sicher – man kann wohl sagen: nichts und niemand, vor dem sie zurückschreckte, wenn es, für sie, darauf ankam!

Diese Frau weiß, was totaler Einsatz ist.«

Aufzeichnung Nr. 23:
»Und dann dieser Hauptmann Hein, der Held. Ein Mann wie aus einem Märchenbuch – aber für Militärs.

Genau wie der Herzog Charles Louis. Der hieß eigentlich Philippe Eugène und erst mit fünftem Vornamen Louis – aber zur Freude des Hauptmanns habe ich dessen Vornamen übernommen und ins Französische übersetzt. Mit erstaunlichem Erfolg.

Spinne dieses Garn bereitwillig weiter. Mit steigendem Vergnügen. Zu Hauptmann Heins Freude, zu meiner Erheiterung. Wälze Chroniken, Romane und Sagen. Informiere mich nach Möglichkeit über Hein. Braue eine Gestalt zusammen, die haargenau auf ihn paßt. Beste Maßarbeit. Verblüffende Reaktionen ... Mann kann sagen: Volltreffer.«

Aufzeichnung Nr. 31:
»Fertige — speziell für diesen Hauptmann — einen ›Gräberplan der Kirche‹ an. Allein auf Heins steigendes Interesse hin ausgerichtet. Mit wirkungsvoll erdachten Details.

Danach war die Grabkirche in Kreuzform angelegt. Die Zahl der darin bestatteten Toten wurde von mir auf 140 geschätzt, die sich wie folgt zusammensetzten:

8 Tote — direkt unter dem Altar, hinter diesem durch eine Marmortreppe zu erreichen: die regierenden Herzöge —

12 Tote — im Seitenflügel links: deren Gemahlinnen —

12 Tote — im Seitenflügel rechts: die bedeutenden Staatsmänner derer von Orleans —

36 Tote — rechts und links vorne im Mittelteil: ihre Ehefrauen sowie ihre Helfer und Helfershelfer, darunter Kirchenfürsten, Diplomaten, Stadtvögte, Geldverwalter —

71 Tote — ferner — rechts und links im hinteren Mittelteil dieser Grabkirche verteilt, neben- und übereinander: weitere verdienstvolle Adlige, Geistliche und Soldaten, unter ihnen auch ein Hofdichter. Nur einer — inmitten von mehr als hundert! Was Poeten warnen sollte, sich zu überschätzen. Eine Warnung jedoch, die völlig vergeblich sein dürfte.

Macht insgesamt 139 Gräber.

Nummer 140 war dann, unmittelbar vor dem Altar, der Sarg unseres Helden, des angeblichen Charles Louis. Möglicherweise nichts weiter als ein zufällig während irgendwelcher Kriegshandlungen mitten im Raum stehengelassenes Gefäß des Todes. Vermutlich ohne Inhalt.«

Aufzeichnung Nr. 35:
Wenn ich irgend jemanden in dieser 3. Batterie leichtfertig unterschätzt habe, dann diesen Hauptwachtmeister Krüger. Dem ist so gut wie nichts vorzumachen. Sein Selbstbewußtsein ist frappierend.

Dieser Krüger machte mir an einem Spätsommerabend seinen Standpunkt klar, bis mir die Luft auszugehen drohte. Und ich erkannte: den darf man sich nicht zum Feind machen!

Während er noch auf mich einredete, wandelte Hauptmann Hein an uns vorüber — im Herzogsmantel, mit seinem Leibburschen. Wir gingen ihnen nach.

Und wir standen im dunklen Hintergrund der Grabkirche, als Hein, wie von einem Anfall gepackt, über den angeblichen Sarg des Herzogs fiel und liegen blieb. Aufgeregt packte ich Krügers Arm. Doch der sagte lediglich: ›Das ist ein Anblick — was? Sieht ja fast so aus, als bespränge er den Sarg ...‹ Na ja – von mir aus. Wenn's ihm Spaß macht ...«

Weitere Details
über interne Vorgänge,
geliefert von Elisabeth Erdmann,
nun, in vierter Ehe, Gattin eines angesehenen Import-Export-Kaufmannes in Raume Köln.

»Wissen Sie – so ein Krieg bedeutet natürlich auch in der Liebe einen Ausnahmezustand! Wovon ich ein Lied singen könnte, wenn ich unbedingt wollte. Und so manche andere auch! Nur, daß die eben nicht singen wollen. Und ich auch nicht. Jetzt bestimmt nicht mehr.

Die Gelegenheiten, die sich uns aufdrängten, zahlreich zu nennen, wäre untertrieben – sie waren zahllos. Falls man in die richtige Umgebung geriet. Krankenschwestern etwa oder Nachrichtenmädchen, auch Stabshelferinnen et cetera – die hatten, wenn sie wollten, alle Hände voll zu tun.

Aber nicht allein ›die günstige Gelegenheit‹ war dabei ausschlaggebend – hinzu kam dann noch etwas sehr Wesentliches, das ich als eminent frauliche Reaktion bezeichnen möchte. Denn diese armen Kerle, die ja doch nichts wie vergessen wollten, taten uns unendlich leid!

Denn nur allzuoft verwandelte sich so eine ›erste Nacht‹ in eine allerletzte. Allein drei meiner Jugendfreunde, die sich mit mir als verlobt betrachteten, fielen ›vor dem Feind‹, wie es hieß. Zwei kamen in Rußland um, einer versank im Atlantik, in einem U-Boot. Aber ich denke, sie starben doch nicht ganz ungetröstet.

Ich war, als ich damals nach D. kam, keineswegs ein Neuling. Auch dort war das Angebot enorm groß. Ich brauchte nur zu wählen. Jedoch: ich sehnte mich nach dem Besonderen, dem Einmaligen, dem großen Erlebnis ...

Und das – ich bekenne es offen – war dieser Johannes Schubert. Der war rein, klar, still – selbstlos und voller Hingabebereitschaft. Zu ihm allein fühlte ich mich hingezogen. Ihn liebte ich.

Was aber dann geschah, war entsetzlich. Es ereignete sich ohne meine Schuld ...«

Zwischenfrage: »Und dieser Fragonard, der im Bankettsaal hing?«

Elisabeth Erdmann: »Der hat nicht das geringste damit zu tun!«

Weitere Zwischenfrage: »Was wissen Sie von Schuberts Tod?«

Elisabeth Erdmann: »Nichts! Nichts Bestimmtes. Es war furchtbar, es ist mir sehr nahegegangen, aber ich bin nicht daran beteiligt gewesen – ich nicht! Da müssen Sie andere fragen.«

»Wen denn – zum Beispiel?«

»Bergen etwa –, falls der noch lebt. Und falls der bereit sein sollte, irgendeine Aussage zu diesem Fall zu machen. Denn dieser Fall ist sein Fall gewesen.«

Auskünfte
des ehemaligen Oberleutnants Seifert-Blanker, damals Adjutant der 1. Abteilung eines Flakregimentes, nun Generalvertreter einer internationalen amerikanischen Automobilfirma für Westdeutschland.

»Ach, Verehrtester, kommen Sie mir doch nicht mit diesen alten Hüten! Der Versuch, ausgerechnet mich als erklärten Gegner des damaligen Hauptmanns Hein fixieren zu wollen, ist einfach lächerlich.

Ich habe mit ihm vielmehr vorbildlich zusammengearbeitet. Ich fühlte mich immer nur den Belangen unserer Truppe gegenüber verpflichtet. Wozu auch Hauptmann Hein gehörte.

Es ist daher Unsinn, zu behaupten, er und ich wären eine Art Gegenspieler gewesen. Und das angeblich nur, weil er zum Chef jener 3. Batterie ernannt worden war, für die zunächst ich vorgesehen gewesen sein soll. Auch wurde behauptet, daß sein Ritterkreuz eigentlich mir gebührt hätte. Was stimmen mag, was mich aber niemals daran hinderte, ihm diese Auszeichnung zu gönnen.

Ich habe daher auch nicht, wie vermutet wurde, diesen Gefreiten Bergen als störendes Element in die 3. Batterie eingeschleust ...

Hein, dieser Hauptmann, besaß als äußerst erfolgreicher Truppenführer durchaus meine Sympathie! Was mich jedoch nicht blind machte! So vermochte ich frühzeitig, also rechtzeitig, dessen spezielle Fehler zu erkennen und war bemüht, militärische Konsequenzen daraus zu ziehen ... Militärische Konsequenzen! Achten Sie auf dieses Wort! Und versuchen Sie sich vorzustellen: im militärischen Bereich darf es keine privat-menschlichen Anwandlungen geben! Gab es bei mir auch nicht!«

8.

Über den Wert von Menschenleben sowie über die Funktion von Angebot und Nachfrage.

»Begräbnisfeier für Wachtmeister Runge«, meldete Hauptwachtmeister Krüger, »vorbereitet – wie angeordnet!«

»In allen befohlenen Einzelheiten?« wollte Hauptmann Hein wissen. Seine hohe Stirn schien zu leuchten. Er trug seinen Stahlhelm zunächst noch unter dem linken Arm.

»Alles genau nach Plan.«

»Haben sich die Leute von der Propagandakompanie eingefunden?«

»Jawohl, Herr Hauptmann. Ein Filmtrupp, zwei Fotografen, ein Zeichner. Ihnen ist, wie angeordnet, klargemacht worden, daß es sich hierbei um eine interne Feierlichkeit im engsten Kameradenkreis handelt. Sie haben versprochen, das zu respektieren – also sich nicht störend vorzudrängen.«

»Gut so«, sagte Hein. Dann rief er: »Schubert!«

Schubert erschien, vom Schlafzimmer des Hauptmanns her, mit einem Strauß roter Rosen – dieser war, zwecks Erhaltung der Frische, bis zum letzten Augenblick im Waschbecken von Hein aufbewahrt worden. Die Blumen leuchteten – es waren dreiundzwanzig Stück, für jedes Lebensjahr des Wachtmeisters eine.

»Dann wollen wir!« verkündete der Hauptmann nach kurzem Blick auf seine Armbanduhr. Sorgfältig stülpte er sich schon jetzt den Stahlhelm über. Sagte: »Elf Uhr und dreißig Minuten – die Feierlichkeiten beginnen!«

11.30 Uhr: Der Hauptmann und Batteriechef, gefolgt von seinem Hauptwachtmeister und seinem Betreuer, verließ seine Unterkunft, schritt die Treppen des Schlosses hinunter, trat ins Freie. Blieb kurz stehen, sah wie prüfend um sich. Schritt dann weiter, auf sein Fahrzeug zu – das stand einen Meter von der letzten Treppenstufe entfernt. Motorhaube, Seitenwände und Kofferraum waren in schwarzes Tuch gehüllt. Unteroffizier Kaminski hockte starr hinter seinem Lenkrad.

11.35 Uhr: Hauptmann Hein bestieg sein Fahrzeug – blieb hier, vorne rechts, hoch aufgerichtet stehen. Krügers Platz war unmittelbar dahinter, links davon der von Schubert. Hein schlug kurz mit der rechten flachen Hand gegen die Windschutzscheibe. Der Wagen setzte sich in Bewegung – wie befohlen: im Schrittempo. Auf die Grabkirche zu. Entfernung: fünfundsiebzig Meter.

11.38 Uhr: Oberleutnant Minder kommandierte, wie gleichfalls genau festgelegt: »Stillgestanden! Das Gewehr — über! Präsentiert das — Gewehr! Augen — rechts!« Dann eilte er, mit gezogenem Degen, auf seinen Batteriechef zu, senkte diesen Degen und meldete: »Ehrengeleit — angetreten!«

Der Hauptmann dankte, indem er kurz seinen Stahlhelm berührte. Dann sprang er federnd aus dem Fahrzeug. Er begann das Ehrengeleit abzuschreiten: drei Unteroffiziere, vierundzwanzig Mann — also Zugstärke! Alles war angetreten, was irgendwie in Feuer- und Protzenstellung entbehrlich war, ohne die jederzeit vorrangige Einsatzbereitschaft der Batterie zu gefährden. Hein schritt die Front ab — gemessen, gravitätisch, stocksteif, wie durch Glasfenster hindurchblikkend.

11.45 Uhr: Hauptmann Hein, von Oberleutnant Minder begleitet, beendete das Abschreiten der Front. Ruckartig blieb er stehen, machte eine Kehrtwendung, verharrte abermals sekundenlang und setzte sich dann wieder in Bewegung, auf das schwarze Zelt zu, unter dem der Gefallene aufgebahrt war — in einem gleichfalls tiefschwarz angepinselten Eichensarg. Das alles, plus Trauerflore für sämtliche Teilnehmer, war bestellt von Krüger und bezahlt aus der Batteriekasse.

Hier standen, sozusagen als Ehrenwache, vier Kameraden des Toten: vorne die Wachtmeister Arm und Moll, hinter diesen zwei Unteroffiziere der Feuerstellung. Hein stellte sich vor ihnen auf, ohne sie anzublicken. Blickte auch den Sarg nicht an. Legte abermals die rechte Hand an den Stahlhelm. Blieb so — nahezu minutenlang — stehen.

Wodurch die Leute der Propagandakompanie zu exzellenten Bildern kamen.

11.50 Uhr: Hauptmann Hein verbeugte sich in Richtung Sarg, richtete sich dann wieder auf und rief:

»Kamerad Runge — wir werden dich nie vergessen!«

Dieser im Plan genau festgelegte Ausruf des Hauptmann Hein war das vereinbarte Signal für den Leichentransport vom Aufbahrungsort bis zur angelegten Grube. Die vier Kameraden zogen die bereitgelegten Gurte an, hoben den Sarg, hielten ihn in Hüfthöhe. Standen marschbereit da.

»Kamerad Runge«, sagte Hauptmann Hein, »wir geben dir das letzte Geleit!«

11.55 Uhr: Der Sarg wurde nun feierlichen Schrittes — Krüger hatte diesen Vorgang am Vortage mindestens ein halbes dutzendmal eingeübt — der Grube entgegengetragen. Der Weg dorthin, knappe vierzig Meter, war in einer Breite von drei Metern mit Tannenzweigen bestreut. Dafür hatten, unter der Regie von Softer, dessen drei Freizeitgestaltungsdamen gesorgt.

Hauptmann Hein bestieg erneut seinen Kraftwagen — Krüger und Schubert mit ihm. Das Ehrengeleit trottete hinterher. Die Propagandaleute waren begeistert. Einer ihrer Fotografen glitt in die Grube, um von dort aus zu wirkungsvollen Aufnahmen zu gelangen. Die trauernden Hinterbliebenen schienen keinerlei Notiz von ihm und seinen kurbelnden Kameraden zu nehmen.

Unten, in der Stadt D., ertönte, wie bestellt, eine Kirchenglocke.

12.00 Uhr: »Jetzt!« sagte Hauptmann Hein.

Die Träger stellten den Sarg ab. Das Ehrengeleit formierte sich erneut. Oberleutnant Minder kommandierte angestrengt hellstimmig: »Hoch, legt an – Feuer!«

Eine Salve aus siebenundzwanzig Gewehren krachte himmelwärts. Dann bellte promt, von der Feuerstellung her, wie ein Echo eine weitere Salve über Frankreichs Fluren.

Und das dreimal!

Denn: die in der Feuerstellung verbliebenen Soldaten hatten, laut Plan, Gelegenheit erhalten, auch aus der Ferne an dieser Feier teilnehmen zu dürfen. Dort standen sie, zwischen den Geschützen, gleichfalls in Zugstärke – auf die Sekunde bereit. Heins Einfall, Krügers Organisation! Beide genossen es.

»Lieber, guter Kamerad Runge!« rief sodann der Hauptmann aus. »Du bist einen Weg gegangen, den vielleicht wir alle einmal gehen müssen! So bist du uns zu einem Vorbild geworden. Und wo du auch immer gestorben sein magst – dort war dein Vaterland. Leb wohl – und ruhe fortan in Frieden!«

Worauf der Sarg mit dem Wachtmeister von seinen Kameraden in das Loch hinabgelassen wurde und dort dumpf aufpolterte. Schnell schaufelten Mannschaften Erde darüber. Sie türmten einen Hügel auf und glätteten ihn. Darauf legte Schubert, auf Heins Geheiß, die dreiundzwanzig Rosen. Und erneut salutierte der Hauptmann.

Das war alles.

»Die Leute von der Propagandakompanie«, meldete Krüger seinem Chef, »sind befehlsgemäß abgespeist worden. Brathühner und Bier.«

»Gut«, sagte Hein, sich sorgfältig die hellseidigen Haare kämmend – denn die waren, durch das Tragen des Stahlhelms, ein wenig außer Fasson geraten.

»Diese Propagandaleute haben den Wunsch geäußert, den Abwehrkampf unserer Batterie gegen feindliche Sabotageelemente zu rekonstruieren.«

»Am hellen Tag? Der Kampf fand in dunkler Nacht statt!«

»Sie werden mit Filtern und sonstigen Tricks arbeiten – haben sie gesagt. Es wird dann so aussehen, als wäre es Nacht. Drei Benzinkanister, zwecks Erzeugung von Feuerschein und Rauchwolken, habe ich ihnen zur Verfügung stellen lassen.«

»Sehr schön«, sagte Hauptmann Hein abwesend. Er war an eines der Turmfenster getreten und blickte abwärts — auf Runges Grab, das im Osten lag — oberhalb der Stadt D. »Sonst noch was?«

»Die Anwesenheit von Herrn Hauptmann bei dieser Rekonstruktion in der Feuerstellung . . .«

»Ist doch wohl nicht notwendig, Krüger?«

»Nicht unbedingt notwendig, Herr Hauptmann, aber zweckmäßig. Sonst nämlich könnte geschehen, daß Oberleutnant Minder später — in der Wochenschau — vor der Öffentlichkeit in Erscheinung treten würde. Und Leutnant Helmreich dazu.«

»Meinen Wagen!« befahl Hauptmann Hein, schnell entschlossen.

»Der steht bereit!«

Hein nickte Krüger zu, setzte sich die Feldmütze auf, verließ seine Räumlichkeiten und wurde, vom Hauptwachtmeister begleitet, zur Feuerstellung gefahren. Hier herrschte bereits Alarmzustand — der Propagandaleute wegen.

Minder versuchte zu melden. Hein winkte schroff ab. Und an seiner Stelle rief der Hauptwachtmeister: »Weitermachen, Leute! Keine Unterbrechung! Aber nun mit Volldampf!«

Der Propagandafeldwebel, der den Einsatz des Kameradetrupps leitete, meinte erfreut: »Gut, daß Herr Hauptmann gekommen sind — das gibt der Sache mehr Profil! Bitte sich an irgendein Geschütz zu stellen — den Rest erledigen wir!«

Hein schien das nicht gehört zu haben — denn er wußte: wo er auch hier immer stand, irgendein Geschütz befand sich stets im Hintergrund. Er blinzelte lediglich Krüger zu. Und der, mit sicherem Instinkt, sagte prompt: »Herr Leutnant Helmreich zu Herrn Hauptmann!«

Der wieselte herbei, baute sich vor seinem Hauptmann auf. Versuchte, eine möglichst exakte Ehrenbezeigung zu machen — doch das gelang ihm nicht, nicht überzeugend. Das Zivilistische in ihm schien unausrottbar.

»Was haben ausgerechnet Sie hier zu suchen?« fragte Hein scharf.

»Verzeihung, Herr Hauptmann . . . aber diese Rekonstruktion . . . wobei ich, wie bei den tatsächlichen Geschehnissen . . .«

»Genügt denn Runge nicht?« fragte Hein leise und kalt. »Wen wollen Sie hier denn noch umlegen?«

»Verzeihung, Herr Hauptmann . . .«

»Verschwinden Sie!« forderte der. »Sofort!«

Und Leutnant Helmreich verchwand — sofort. Er eilte, leicht gebückt, auf die Offiziersunterkunft zu. Tauchte dort unter. Minder grinste breit. Und etliche in der Nähe stehende Soldaten grinsten ebenfalls.

Hauptwachtmeister Krüger aber verkündete: »Freies Schußfeld — für die Kamera!« Und dem Wochenschaufeldwebel rief er kameradschaftlich zu:» Mach es schnell — und möglichst gründlich!«

»Das mache ich!« versicherte der dankbar und kommandierte seine Leute herum. »Schwerpunkt: der Herr Hauptmann! Und nun nichts wie ran! Das muß hinhauen!«

Großaufnahme von Hein! Und noch eine. Dann wieder eine. Nunmehr Halbtotale: Hein – wie stets mit forschem Heldenblick – im Vordergrund; unmittelbar dahinter: eine Geschützbedienung, heranspringend, das Rohr drehend, wie zum Äußersten entschlossen, dennoch lachend! Hierauf Totale: die Feuerstellung, in voller, ameisenartiger Bewegung.

Sodann verschiedene Details: ein Richtkanonier, angespannt vorgebeugt – eine Hand, die den Abzug zurückreißt – aufflammendes Feuer in der Hausruine. Und dann dicker Rauch – sich ausbreitend, das Bild beherrschend. Es war ganz deutlich: hier ging es ums Ganze!

»Gut so?« fragte Krüger, dicht neben dem Hauptmann stehend, um auch ins Bild zu gelangen. »Haut das hin?«

»Ja, ja, Kamerad – alles gut und schön«, sagte der Wochenschaufeldwebel. »Dennoch fehlt hier der letzte Pepp!«

»Was verstehst du darunter?«

»Es scheppert noch nicht genug, Kamerad.«

Und da sagte Hein mit plötzlicher Entschiedenheit: »Panzersprenggranaten!«

»Wie bitte?« fragte Oberleutnant Minder. »Habe ich richtig gehört? Sagten Herr Hauptmann: Panzersprenggranaten?«

»Das sagte ich«, bestätigte Hein lässig. »Drei für Geschütz Anton – drei für Geschütz Cäsar. Ich denke, das wird genügen.«

»Na prächtig, ganz prächtig!« rief der PK-Feldwebel. »Das ist genau das Richtige – damit läßt sich was anfangen!«

»Geschütz Cäsar, Herr Minder«, befahl Hauptmann Hein, »wird von Ihnen kommandiert. Ihr Ziel ist – wie auch in jener Nacht – der Wasserturm!«

»Aber der ist doch bereits so gut wie eine Ruine!«

»Dann sollten Sie nicht zögern, auch noch die letzten Reste davon vom Horizont zu fegen! Ich persönlich übernehme das Geschütz Anton.«

»Aber ...«

»Halten Sie hier den Betrieb nicht auf, Minder!« ordnete Hein an, keinerlei Widerspruch duldend. »Schließlich haben unsere Kameraden von der PK ein Recht darauf, die deutsche Öffentlichkeit möglichst umfassend aufzuklären.«

»Danke, Herr Hauptmann!« rief der Wochenschaufeldwebel begeistert. »Sie verstehen uns – und dafür werden wir uns gern revanchieren.« Er dirigierte seinen Kameramann an das bereits zertrümmerte Haus – etliche Meter seitwärts davon, in ein Deckungsloch.

»Nicht so eilig!« flüsterte ihm Krüger zu. »Wie ich unseren Hauptmann kenne, wird der ganze Arbeit leisten! Der wird dir genau den

Feuerzauber bieten, den du dir in deinen kühnsten Träumen vorgestellt hast!«

»Mann«, sagte PK-Feldwebel aufgeregt, »wenn das so ist, dann mache ich den zum Helden der Nation! Wobei es immer auf das gelieferte Material ankommt.«

Hein hatte sich inzwischen zum Geschütz Anton begeben. »Drei Panzersprenggranaten – in schneller Folge!«

»Jawohl, Herr Hauptmann!« rief der Geschützführer mit absoluter Selbstverständlichkeit. »Welches Ziel?«

»Die Offiziersunterkunft«, sagte Hein.

Der Geschützführer registrierte diesen Feuerbefehl, ohne auch nur im geringsten zu zögern. »Entfernung dreihundert. Ziel erkannt?«

»Ziel aufgefaßt«, sagte der Richtkanonier. Erlaubte sich aber zu fragen: »Was soll ich anvisieren? Die Eingangstür? Das untere Stockwerk? Das obere Stockwerk?«

»Putzen Sie zunächst das Dach weg!« befahl der Hauptmann Hein. »Feuer frei!«

»Feuer!« rief der Geschützführer.

Das Dach des Hauses, in dem sich die Unterkunft für die Offiziere befand, wurde aufgerissen – eine zwei Meter breit klaffende Wunde inmitten von Ziegeln und Balken. Der nächste Schuß fegte die rechte Seite davon himmelwärts – der dritte die linke. Holz begann zu qualmen, Flammen züngelten hervor, eine Seitenwand fiel krachend ein.

Und aus diesem Haus kroch, auf allen vieren, von geborstenem Deckenputz übersprüht, eine Gestalt in Offiziersuniform hervor – Leutnant Helmreich. Von niemand ernsthaft beachtet.

Denn Hauptmann Hein rief, weittönend, über die Feuerstellung hinweg: »Jetzt Sie, Minder!«

Und der rasierte, mit Hilfe des gleichermaßen gut ausgebildeten Geschützführers von Cäsar, auch die letzten Reste des Wasserturms aus. Bis alles, was jemals das Schußfeld der Batterie gestört hatte, beseitigt war.

»Einmalig – ganz einmalig!« stöhnte der PK-Feldwebel beglückt. »Habt ihr auch alles im Kasten, Leute?«

Sie hatten es im Kasten. Allerbestes Material!

Die große Eskalation

Oberleutnant Minder bei Hauptwachtmeister Krüger.
Ort: Schreibstube der 3. Batterie, im Erdgeschoß des Schlosses.
Zeit: Der Tag nach dem Begräbnis, am frühen Nachmittag.

Oberleutnant Minder betritt im Schloßgebäude, unteres Stockwerk, den Raum, in dem der Hauptwachtmeister in Akten herumblättert.

MINDER, *drängend*: Mann – was ist hier eigentlich los!

KRÜGER: Was, bitte, soll denn Ihrer Ansicht nach hier los sein?

MINDER: Sehen Sie denn nicht, daß hier alles drunter und drüber zu gehen droht?

KRÜGER: Nicht bei mir, nicht in meiner Protzenstellung! Und doch hoffentlich auch nicht bei Ihnen in der Feuerstellung? Ist dort was?

Der Oberleutnant nähert sich dem Hauptwachtmeister, beugt sich vor, stützt sich auf dessen Schreibtisch, blickt Krüger vertraulich an, worauf der sich erwartungsvoll in seinem Sessel zurücklehnt.

MINDER: Für diesen Vormittag waren zweistündige Einsatzübungen angesetzt – aber der Herr Hauptmann erschien nicht. Für den Nachmittag verzeichnete der Dienstplan einen großen Waffenappell – doch der Herr Hauptmann erschien abermals nicht! Warum nicht?

KRÜGER: Das ist doch wohl seine Sache – oder?

MINDER: Krüger – was ist mit dem los?

KRÜGER: Das, Herr Oberleutnant, ist nicht meine Sache.

MINDER: Ist der Herr Hauptmann krank?

KRÜGER: Ich bin kein Arzt, Herr Oberleutnant.

MINDER: Mann Gottes, sind Sie denn durch gar nichts aus Ihrer verdammten Ruhe zu bringen? Was muß denn noch alles geschehen, Menschenskind, bis auch Ihnen endlich einmal das fette Fressen hochkommt? Dieses Alarmspiel mit Todesfolge – na schön, kann mal vorkommen. Aber dann dieses pompöse Begräbnis – nichts wie eine penetrante, überflüssige Herausforderung! Und schließlich diese völlig sinnlose Knallerei am hellichten Tag – mitten in ein Haus hinein, wobei ein Offizier in eine lebensgefährliche Situation gebracht wurde!

KRÜGER: Darf ich das kurz richtigstellen, Herr Oberleutnant? Es hat sich dabei schließlich um eine Art Demonstration für eine dokumentarische Aufzeichnung gehandelt. Außerdem ist nicht mitten in ein Haus, in die Offiziersunterkunft, hineingeschossen worden – allein deren Dach wurde abgedeckt. Und von der Gefährdung eines Offiziers, der sich gerade im unteren Stockwerk aufhielt, kann daher doch wohl kaum gesprochen werden.

MINDER: Da bin ich aber ganz anderer Meinung!

KRÜGER: Sollten Sie die etwa schriftlich festgelegt haben? Oder haben Sie veranlaßt, beziehungsweise angeregt, daß sich Leutnant Helmreich eine schriftliche Meldung geleistet hat? Wenn das tatsächlich, was ich aber nicht glauben kann, Herr Oberleutnant, der Fall sein sollte, so erlaube ich mir, Sie auf den hier allein verbindlichen Dienstweg aufmerksam zu machen. Entsprechende Meldungen müßten zuerst der Batterie – also mir, für Herrn Hauptmann Hein – vorgelegt werden. Sollte das beabsichtigt sein?

MINDER: Krüger – für wen arbeiten Sie hier eigentlich?

KRÜGER: Ich arbeite hier weder gegen Sie noch für Sie, noch für sonst jemand — sondern allein für meine, für unsere Batterie!

Bert Bergen bei Elisabeth Erdmann.
Ort: Arbeitsraum im Glaspavillon.
Zeit: Gleichfalls später Nachmittag.

Der Gefreite Bergen betritt den Raum, wobei er Elisabeth mit einer armdicken Rolle aus brüchiger Leinwand zuwinkt. Und die knallt er dann mitten auf den Arbeitstisch. Er schiebt alles, was dort liegt, beiseite und rollt dann die Leinwand auf. Zum Vorschein kommt: der Fragonard. Die Erdmann betrachtet ihn hingerissen.

ELISABETH: Wie hast du das geschafft?

BERGEN: Höchst einfach! Ich habe — während des feierlichen Begräbnisses — diesen Ölschinken durch einen anderen ausgetauscht. Zu dieser Zeit befand sich niemand sonst im Schloß — außer mir; ich hatte dort Dienst, an der Fernsprechvermittlung.

ELISABETH: Es ist also jetzt soweit.

Die Erdmann betrachtet zärtlich und versonnen diesen Fragonard, der so an die hunderttausend Mark wert ist. Ihre Augen leuchten. Bergen registriert das erfreut.

BERGEN: Du wirst also ein Festessen arrangieren. Was du dazu benötigen solltest, wird geliefert, von mir; einschließlich vorzüglicher Weine, etwa Chablis zum Fisch, Burgunder, Château Confran, zum Fleisch; danach Champagner — aus den Beständen des Hauptmanns.

ELISABETH: Aber hier, in diesem Glaspavillon, geht das heute nacht nicht! Auf den hat bereits die Werner-Weilheim ihre Ansprüche angemeldet — die nachts möglichst ungestört sein will — mit Arm.

BERGEN: Das weiß ich! Und dabei brauchen wir sie auch nicht zu stören. Zumal dein Professor in das Hotel de France bestellt ist. Während ich für dich die Schloßverwalterwohnung freigemacht habe — dort kannst du dich stundenlang ungehindert aufhalten. Denn Softer, Kaminski und Forstmann machen mit den drei sonst dort ansässigen Damen einen Ausflug nach Paris.

ELISABETH: Und Johannes Schubert?

BERGEN: Der wird kommen — wenn mich nicht alles täuscht. Er hat, scheint mir, gar keine andere Wahl mehr. Dieser gute Junge benötigt dringend jemanden, der ihn wieder ins Gleichgewicht bringt. Deine Stunde ist gekommen!

Johannes Schubert bei Karl Ludwig Hein.
Ort: Turmzimmer des Schlosses.
Zeit: Abenddämmerung.

Hauptmann Hein lehnt am nördlichen Fenster seines Turms, in Richtung Paris blickend — und unbezweifelbar darüber hinaus. Sein Ziel ist Deutschland.

Er hat ein schlankes, stahlblau und braunholzig schimmerndes Gewehr — von kleinerem Kaliber — gegen seine Brust gedrückt, als wäre diese Waffe ein Kind, das er behüten müsse. Wobei er abwärts starrt, auf Runges Grab.

Der Gefreite Schubert steht hinter ihm. Unbeweglich, wie fast immer; hilflos und unentwegt bemüht, zu begreifen, was hier wirklich geschieht. Er beginnt zu zittern.

Der Hauptmann legt das Gewehr an, schnell und sicher. Dann schießt er. Worauf er, wie erleichtert, lächelt. Und sich abermals zurücklehnt.

HEIN: Da war ein Vogel — auf Runges Grab.
SCHUBERT: Vielleicht — wollte er dort singen?
HEIN: Dort sang er auch. Aber zugleich ließ er Kot fallen. Und das geht nicht!

Schubert schweigt bestürzt. Er zieht sich zurück — ein, zwei Schritte nur; doch es ist, als wollte er sich in Sicherheit bringen. Aber dann steht er wieder da — wie ausgeliefert; ohne zu wissen, an wen oder an was. Sein Gesicht ist bleich.

Er sieht, daß der Hauptmann abermals sein Gewehr hochreißt, es nach kurzer Anvisierung leer schießt. Des Hauptmanns Hände streicheln dann seine Waffe, als wäre es eine Frau.

HEIN: Diesmal war es ein Hund!
SCHUBERT: Ein Hund?
HEIN: Irgendein Köter, vermutlich dreckig und stinkig — er näherte sich dem Grab.
SCHUBERT: Aber ...
HEIN: Um dort zu pinkeln! Wozu denn sonst! Diese Köter kennen nichts anderes! Sie beriechen gegenseitig ihre After — es ist widerwärtig.
SCHUBERT: Aber so ein Tier — einfach abzuschießen? Nur weil es tut, was es tun muß — weil es gar nicht anders kann! Das verstehe ich nicht! Ich begreife es einfach nicht!

Hauptmann Hein läßt sein Gewehr sinken. Dann schreitet er auf Schubert zu, schließt den in seine Arme, zieht ihn eng an sich.

HEIN: Wie unendlich viel du noch zu lernen hast, Johannes! Aber ich werde Geduld mit dir haben. Rege dich nicht! Versuche nicht, deine Arme um mich zu legen. Steh ganz still da. Laß durch nichts — nicht durch irgendeine primitive Reflexbewegung — erkennen, was du möglicherweise für mich empfindest. Lerne dich zu beherrschen! Bleibe regungslos! Laß dich treiben — wie in einem unendlichen Strom!

Und dann, ganz plötzlich reißt sich Hein los. Wobei er zugleich Schubert von sich stößt, so daß der taumelt — gegen die Turmwand zwischen zwei Fenstern. Dort prallt er auf und gleitet dann abwärts.

Hein aber springt auf einen der niedrigen Simse seiner vier Turmfenster und breitet die Arme aus. Seine Augen scheinen zu glühen. Und er sagt:

»Ich bin nicht auszulöschen! Ich suche jeden erdenklichen Abgrund — und vor keinem schwindelt mir! Was kann, in dieser meiner Welt, sinnvoller sein? Erkennst du das, Johannes?«

Der Gefreite Schubert rafft sich, zutiefst erschrocken, auf und entflieht.

Wachtmeister Arm und Frau Doktor Werner-Weilheim — bald danach Wachtmeister Moll.
Ort: Glaspavillon.
Zeit: Früher Abend des gleichen Tages.

Wachtmeister Arm, eine Cognacflasche schwenkend — sie enthält einen sanften Otard —, nähert sich besitzergreifend seiner Dame. Und die schaut ihm erwartungsvoll entgegen.

W-W: Hast du es schon wieder eilig?
ARM: Bei dir habe ich das immer! Was dir doch wohl recht ist — oder?
W-W: Es macht mir Freude!

Arm umarmt sie, zieht sie an sich, betastet ihre Schultern, ihren Rücken, ihren Hintern. Registriert erfreut, daß sie schwer zu atmen beginnt.

W-W: Du bist aber heute besonders stürmisch, Paulchen! Willst du nicht erst noch was essen oder trinken?
ARM: Ach was! Ich will nichts wie dich! Mach dich bereit — und das Licht aus. Ich komme gleich nach — muß nur mal schnell für Knaben . . .

Frau Dr. Werner-Weilheim zieht sich zurück, löscht in ihrem

Zimmer das Licht, entkleidet sich schnell und legt sich auf das Bett.

Arm öffnet indessen die Tür für den bereitstehenden Moll, der freudig gelauscht hat.

ARM: Aber keine überflüssigen Worte, Mensch – nur: du du! Oder: ja – ja! Keine sonstige Äußerung. Ich kann dich da nur warnen!

MOLL: Das mache ich schon – ich bin doch kein Anfänger.

Einige Minuten vergehen. Arm blinzelt in die strahlende Nacht und lauscht. Dann vernimmt er einen Lustschrei – doch ein weiterer Schrei erfolgt sofort danach, der voller Empörung ist. Das Licht wird wieder eingeschaltet.

W-W: Sie Schwein, Sie Miststück! Hinaus mit Ihnen!

Wachtmeister Moll flüchtet – durch die Tür, an Arm vorbei, jedoch nicht, ohne ihm anerkennend bekundet zu haben: Die hat das Glockenspiel erfunden!« Arm steht äußerst selbstzufrieden da.

Die W-W stürzt sich auf ihn. Krallt sich an ihm fest. Versucht ihn zu ohrfeigen.

ARM: Reg dich wieder ab – du hast die Probe bestanden!

W-W: Was wagst du mir anzubieten! Einer deutschen Frau! Das wirst du bereuen, du Saukerl! In alle Ewigkeit!

Bergen und Schubert.
Ort: Die Mannschaftsunterkunft im Schloß.
Zeit: Gleichfalls in den ersten Abendstunden.

Der Gefreite Bergen liegt auf seinem Strohsack. Bewegungslos. Die Decke anstarrend. Voll bekleidet. Von Zeit zu Zeit blickt er auf seine Armbanduhr.

Der Gefreite Schubert kommt herein – wie ein scheues Reh, das sich verängstigt der Futterstelle nähert. Er bleibt vor Bergen stehen und läßt sich dann neben ihn fallen. Stöhnt.

SCHUBERT: Bitte, Bert, versuche mir zu helfen.

BERGEN: Du scheinst ziemlich erschöpft zu sein – wann hast du zuletzt etwas gegessen?

SCHUBERT: Am Morgen – oder gegen Mittag. Ich weiß das nicht mehr so genau. Ist das so wichtig?

BERGEN: Der Mensch braucht regelmäßig Speise und Trank. Und zumindest dafür habe ich gesorgt – du bist eingeladen. Von Elisabeth. Sie erwartet dich. Seit geraumer Zeit schon.

SCHUBERT: Ich muß aber möglicherweise zu meinem Hauptmann.

BERGEN: Später vielleicht. Zunächst mußt du der Einladung, die ich dir besorgt habe, Folge leisten und Elisabeth aufsuchen. Um dich dort zu stärken. Wer weiß, für was! Doch das findet sich dann schon.

SCHUBERT: Warum tust du das alles für mich?

BERGEN: Nun, sagen wir mal — weil ich dein Freund bin! Doch darunter solltest du dir, bitte, nichts Umwerfendes vorstellen. Umwerfend, mein Lieber, sind vielmehr ganz andere Dinge.

SCHUBERT, *tief nachdenklich*: Er hat auf Tiere geschossen — erst auf einen Vogel, dann auf einen Hund.

BERGEN: Auf Menschen hat der auch geschossen — und getroffen hat er sie gleichfalls. Das gehört zum Metier.

SCHUBERT: Es war fürchterlich — ich finde kein anderes Wort für diesen Vorgang. Ich liebe Tiere.

BERGEN: Liebe auch Menschen! Beginne dabei mit einem Mädchen, das kann ich dir nur empfehlen. Es gibt nichts Besseres, um — wenigstens für Minuten — auf andere Gedanken zu kommen. Also verschwinde, Freund — das Fräulein Erdmann wartet.

Arm, gemeinsam mit Moll, bei Krüger.
Ort: Kantinenraum im Untergeschoß des Schlosses.
Zeit: Abend.

Krüger sitzt zunächst allein da. Er hat die Kantine von Mannschaften räumen lassen, ihnen Stadturlaub bis Mitternacht bewilligt und dem Bedienungspersonal dazu. Völlige Stille scheint ihn zu umgeben — und die scheint er zu genießen.

Er trinkt ein Münchner Bier, raucht eine holländische Zigarre und lauscht erwartungsvoll in die Nacht. Seine Stiefel hat er ausgezogen und die in feldgraue Socken gehüllten Füße auf den Tisch vor sich gelegt — auf die weiße Leinendecke, die über ihn gebreitet ist.

Er wirkt ungemein friedfertig, lächelt vor sich hin und scheint lässig auf etwas zu lauern. Lange Minuten vergehen so — aus ihnen werden Viertelstunden, ohne daß Krüger die geringste Unruhe zeigt.

Endlich stürmt Arm herein, unmittelbar von Moll gefolgt. Beide Wachtmeister sind ungemein erregt. Nur mühsam gelingt es ihnen, sich vor dem Hauptwachtmeister aufzubauen, der sie lässig betrachtet.

ARM: Eine Katastrophe, Krüger! Und dieses Arschloch Moll ist schuld daran!

MOLL: Ach was — ich habe getan, was ich konnte!

ARM: Diese Flasche hat völlig versagt! Ging nicht gleich aufs Ganze, wie sie das von mir gewohnt ist . . . Das mußte ja schiefgehen!

MOLL: Ich versuchte es auf die vornehme Tour — ich bin schließlich ein Kavalier, kein Ziegenbock! Und diesen feineren Unterschied hat sie gemerkt.

ARM: Und ihn dann hinausgefeuert. Ihn beschimpft und hinterher sogar versucht, mich zu ohrfeigen! Sie wird Rache nehmen, fürchterliche Rache! In alle Ewigkeit, hat sie gesagt!

KRÜGER: Na fein! Dann ist ja alles bestens verlaufen.

ARM, *ungläubig starrend*: Aber wieso denn — erlaube mal! Die ist völlig außer sich! Das kann nicht nur mir, das kann uns allen schlecht bekommen!

MOLL: Sie war ja ganz gut — was Temperament anbelangt —, aber Sonderklasse, wie angekündigt, war die nicht.

ARM, *erregt*: Halt dein dreckiges Maul, du elendiger Stümper — du hast mir diese Dame versaut! Und das vergesse ich dir nie!

KRÜGER, *besänftigend*: Herrschaften — nun versucht doch mal nachzudenken: diese Sache ist schiefgegangen, aus der Pimperperspektive betrachtet — aber eben deshalb geradezu goldrichtig — von unserer Praxis aus gesehen!

ARM: Ich kann dich da nur warnen — du kennst meine Frau Doktor nicht.

KRÜGER: Die kennt mich nicht! Das heißt: sie weiß nicht, wie ein echtes Unteroffizierskorps funktioniert — eine verschworene Gemeinschaft wie die unsere, Kameraden! Jedenfalls ist dieses Monstrum jetzt ausgeschaltet — und zwar endgültig! Euer Verdienst! Trinken wir darauf.

Bergen und Magnus.
Ort: Hotel de France in der Stadt D. Restaurant.
Zeit: Nach dem Souper am späten Abend.

MAGNUS: Warum belauern Sie mich — immer wieder?

BERGEN: Um endlich herauszubekommen, was Sie wirklich denken.

MAGNUS: Habe ich Ihnen das nicht bereits gesagt? Was wollen Sie denn noch von mir hören?

BERGEN: Sie haben mir eine Menge gesagt, Herr Professor. Doch ich vermute, daß Sie mir noch weit mehr verschwiegen haben — um mich nicht allzu neugierig zu machen. Aber ich bin nun mal verdammt neugierig.

Professor Magnus riecht an seinem Cognac, den er sich, zusammen mit einem Filterkaffee, zum Nachtisch hat servieren lassen. Er blinzelt vor sich hin. Seine eisgrauen Haare fallen ihm in die Stirn.

MAGNUS: Ihre beharrlichen Provokationen machen mich nur böse und traurig. Lassen Sie mich in meiner Welt – ich gönne Ihnen die Ihre. Ich weiß nur, was Geschichte ist – habe sie studieren müssen. Das genügt mir!

BERGEN: Ich kann mir vorstellen, zu welchem Ergebnis Sie dabei gekommen sind. Alles Scheiße, wie? Nichts in dieser Welt, das nicht irgendwie stinkt.

MAGNUS: So jung und schon so skeptisch? Sie fühlen sich ausgeliefert, nicht wahr – an Mächte, die wie Staubsauger der Ewigkeit sind. Ganz richtig! Jedoch – von wem haben Sie so was gelernt?

BERGEN: Von Menschen wie Ihnen, Herr Professor. Ich habe Sie an einem Ihrer Särge in der Grabkirche arbeiten sehen – mit Hingabe und zugleich voll wütender Verachtung. Rochen Sie die Verwesung, die letztlich ja doch alle Jahrhunderte beherrscht? Immer wieder versuchen irgendwelche Privilegierte sie zu überlisten – durch dicke Gemäuer, eiserne Särge, klotzige Schrifttafeln. Vergebens!

MAGNUS: Stimmt! Nichts weiter wert das alles als ein Gelächter.

Es war Mitternacht.

Hauptmann Hein stand im Türrahmen des Turmzimmers und überblickte durch die vier Fenster die ganze Welt. Und er erkannte: Alle Länder und alle Landschaften, ganz gleich wo sie sich befanden und wie schön sie auch sein mochten, waren im Grunde nichts als Schlachtfelder. Sie besaßen nur die einzige Bestimmung: Schauplätze zu sein für Saat und Ernte, Leben und Tod – Asche auf Asche zu schichten, gleich einer Ansammlung von Dünger. Nur das Sterben der einen ermöglichte das Leben der anderen.

Hein ließ sich, wie entkräftet, gegen den Türrahmen fallen. Tränen traten in seine Augen – doch sie konnten seinen Blick nicht völlig trüben. Aufstöhnend blickte er zu den Sternen empor.

Er hatte sich den Mantel des Herzogs über die Schultern geworfen und vor seiner breiten, heftig atmenden Brust zusammengezerrt. Ihn fror. Doch sein Gesicht glühte, von Schweiß überdeckt, glänzte im Licht des vollen Mondes. Sein Kopf schmerzte – er preßte beide Hände gegen die Schläfen, massierte sie mit kreisenden Bewegungen. Aufkeuchend schlug er sich dann gegen die Stirn – in hartem Rhythmus, als müsse er zurückstoßen, was ihn bedrängte.

Plötzlich erstarrte er. Horchte in die Nacht hinein. »Ist dort jemand?« fragte er. Bist du das, Johannes?«

»Ich bin Bergen«, sagte der Gefreite aus der Dunkelheit des Bankettsaales, sich langsam nähernd.

»Ich habe Sie nicht herbefohlen«, sagte der Hauptmann abweisend, wobei er sich mühsam aufrichtete. »Ich erwarte Schubert – niemanden sonst.«

»Der«, sagte Bergen, »ist anderweitig beschäftigt.«

»Versuchen Sie nicht, mir irgend etwas einzureden!« wehrte Hein ab — er wirkte ermüdet. »Ich lege nicht den geringsten Wert darauf, irgendwelche Scheußlichkeiten zu erfahren.«

»Herr Hauptmann! Wäre es nicht möglich, daß Vorgänge, die von Ihnen als scheußlich bezeichnet werden, im Grunde nichts als menschliche Selbstverständlichkeiten sind? Es kommt wohl allein auf den Blickpunkt an.«

»Daran zu glauben, lehne ich entschieden ab.«

»Was sein darf oder nicht sein darf, Herr Hauptmann, das haben so viele zu bestimmen versucht. Aber den lieben Gott zu spielen, ist auf die Dauer noch niemandem überzeugend gelungen.«

Hein preßte sich gegen den Türrahmen — es war, als wolle er ausweichen. »Ich habe Sie nicht gerufen!«

»Vielleicht, habe ich mir gedacht, brauchen Sie mich — da Schubert verhindert ist. Wollen Herr Hauptmann wissen — wodurch? Durch wen?«

Karl Ludwig Hein schnellte, mit jäher Wendung seines fiebrigen Körpers, in das Turmzimmer hinein, prallte an die schmale Wand zwischen zwei Fenstern und beschmutzte sich Stirn und Schultern an der kalkigen Fläche. Jammerte auf — wie ein Kind, das sich gestoßen hat.

Sagte dann, dumpf vor sich hin: »Ich bin es gewohnt, allein zu sein.«

»Daran, fürchte ich, müssen wir uns alle irgendwann einmal gewöhnen, ob wir das wollen oder nicht. Wir haben keine andere Wahl!«

»Einsamkeit«, sagte Hein weiter, wie in sich hinein, »das ist der Preis! Die letzte, unvermeidliche Rechnung, die uns das Leben präsentiert. Wir werden geboren — und sind, vom ersten Atemzug an, ausgesetzt. Jeder unserer Tage ist ein Abschied: von einer großen Hoffnung, von einem Freund, von der Schönheit eines Augenblickes! Und niemand, der uns beklagt!«

»Kann es nicht sein, daß uns deshalb niemand beklagt, weil auch wir niemanden beklagen? Nicht einmal einen Runge!«

»Der«, sagte der Hauptmann, »hat ein Opfer gebracht! Eines von jenen Opfern, die immer wieder gebracht werden müssen, wenn wir uns dazu entschlossen haben, zu uns selbst zu finden. Und dann zu erkennen: Leben verursacht Tod — aber Tod zeugt auch Leben! Das ist der unvermeidliche Kreislauf der Schöpfung — über Leichen erblühen die schönsten Blumen. Runges Tod entsprang überdies einer bedeutsamen militärischen Notwendigkeit! Es war der denkbar vollkommenste aller soldatischen Tode.«

»Ich weiß, wie es dazu gekommen ist«, erklärte Bergen. »Ich habe — nicht ganz zufällig — einige Ihrer Telefongespräche mit Wachtmeister Runge mitgehört. Danach haben Sie ihn dazu inspiriert, diesen Feuerzauber in der Feuerstellung zu veranstalten — wobei er dann umgekommen ist.«

»Aber nein, Bergen! Da irren Sie sich — ich habe Runge nicht dazu veranlaßt! Das ist keinesfalls notwendig gewesen! Ich habe ihn nur nicht von seinem Unternehmen abgehalten!«

»Ist das nicht im Endeffekt das gleiche?«

»Aber nein, nein! Sie vermögen offenbar nicht in soldatischen Kategorien zu denken — doch das trage ich Ihnen nicht nach. Eines aber müssen Sie mir glauben: für das Leben meines Runge würde ich meinen rechten Arm hergeben!«

»Und was, Herr Hauptmann, ist Ihnen ein Schubert wert?«

Hein starrte jetzt, an einen Fensterrahmen geklammert, abwärts. Zur Protzenstellung hin. Und leise sagte er: »Für einen Freund — mein Leben! Falls er das verdient.«

»Das scheint der jedoch — glücklicherweise — nicht zu verdienen.«

Der Hauptmann richtete sich auf und zog sich den beschmutzten Herzogsmantel enger um die Schultern — mit hastigen Bewegungen.

»Wo ist denn mein Schubert?«

»Im Batteriepuff, Herr Hauptmann.«

»Nein«, sagte Hein, mühsam, doch erleichtert auflachend. »Nein, Bergen — das glaube ich Ihnen nicht. Damit dürfen Sie mir nicht kommen! So was gehört ganz einfach nicht zu meiner — und damit auch nicht zu der Welt meines Schubert. Gewiß, auch der kann fehlen und fallen. Wie jeder Mensch in einer schwachen Stunde. Jedoch: nicht gleich so tief! Da bin ich absolut sicher!«

»Es handelt sich dabei, Herr Hauptmann, gar nicht um den Verkehr mit einer dieser Puffdamen«, berichtete Bergen, um Sachlichkeit bemüht. »Denn die befinden sich zur Zeit in Paris, wohin sie eine Art Betriebsausflug unternommen haben, der wohl erst in den frühen Morgenstunden enden wird.«

»Was jedoch geschieht — inzwischen — dort? Denn das ist es doch, was Sie mir so beharrlich suggerieren wollen?«

»Die Erdmann gibt ein Essen — für Schubert!«

»Haben Sie dieses Weibsbild dazu animiert?«

»Selbst wenn es so wäre, Herr Hauptmann — entscheidend ist: sie tut es! Und noch entscheidender: Schubert geht darauf ein! Er entzieht sich ihr nicht — weil er das nicht kann! Nicht will.«

»Das — glaube ich nicht! Das kann ich nicht glauben!«

»Soll ich Sie hinführen, Herr Hauptmann?«

»Das, Bergen, ist unnötig!« behauptete Hauptmann Hein, seine Unruhe angestrengt zu verbergen trachtend. »Ihre Aufforderung beweist mir, wie wenig Sie mich und Schubert kennen. Mutmaßungen, Verdächtigungen oder Nachprüfungen dieser Art sind da nicht angebracht. Allein unser Wort gilt!«

»Dann fragen Sie ihn — ich schleppe Ihren Johannes Schubert gerne herbei.«

»Er wird mir nichts verschweigen, da bin ich sicher! Er sagt mir alles. Mich belügt er nicht!«

»Aber Sie wollen es nicht wissen, Herr Hauptmann!«

»Das«, erklärte Hein schwer, »ist eine Bemerkung, Bergen, die ich überhört haben will! Ich bin nicht der Mann, der Wahrheiten ausweicht!«

»Dann werde ich also Schubert herbringen — damit Sie ihn befragen können. Ich beeile mich, das zu tun — es wird kaum länger als zehn Minuten dauern, höchstens eine Viertelstunde.«

Johannes Schubert meldete sich, von Bergen herbeigeführt, nach einer Viertelstunde. Hauptmann Hein schien inzwischen seine Stellung und Haltung nicht im geringsten verändert zu haben. Standbildhaft stand er da.

»Da sind Sie ja endlich, Schubert!« rief er Johannes unbewegt zu. »Ich habe Sie vermißt!«

»Das, Herr Hauptmann«, versicherte Schubert, »konnte ich nicht wissen — mich hat kein diesbezüglicher Befehl erreicht.«

»Nun jedoch, Johannes, sind Sie wieder hier! Das ist die Hauptsache!«

»Aber doch wohl nicht ganz unwesentlich«, mischte sich Bergen beharrlich ein, »wo er in der Zwischenzeit gewesen ist.«

»Ist das wesentlich, Johannes?« fragte Hauptmann Hein. »Hat das irgendeine Bedeutung gehabt — verglichen mit dem, was zwischen uns existent ist?«

»Ob das, was inzwischen geschehen ist, bedeutend gewesen ist«, meinte Bergen, »möchte auch ich bezweifeln. Jedoch — es ist geschehen! Und zwar mit Elisabeth Erdmann. Oder willst du das leugnen, Johannes?«

»Sie müssen ihm nicht antworten!« rief Hein warnend. »Sie haben nur mir Rede und Antwort zu stehen — falls ich das für richtig oder für notwendig halte.«

Schubert, zwischen beiden stehend, legte seine Hände ineinander, als wolle er beten. Und mühsam, mit belegter, fast krächzender Stimme sagte er: »Ich weiß nicht, was man von mir erwartet — ich bin mir keiner Schuld bewußt.«

»Das genügt!« versicherte Hein wie abschließend.

»Gut«, sagte Bergen. »Doch ich frage mich: was bedeutet das schon, wenn sich jemand keiner Schuld bewußt ist? Vielleicht nichts wie dies: er kann nicht erkennen, daß er — in den für ihn maßgeblichen Augen — tatsächlich schuldig geworden ist. Denn du hast doch mit ihr geschlafen, mit dieser Elisabeth Erdmann — oder etwa nicht, Schubert?«

»Das«, stöhnte Hein auf, »hat der nicht!«

»Und wenn doch, Herr Hauptmann, was dann?«

»Dann ist er verloren. Aber ich kann, ich will das nicht glauben! Bestätige mir, Johannes, daß ich berechtigt bin, an unbefleckbare Sauberkeit zu glauben!«

Und Schubert erklärte, den Kopf senkend: »Ich kann nur sagen: ich liebe sie.«

»Er hat mit ihr geschlafen«, sagte Bergen robust.

Johannes Schubert blickte seinen Hauptmann, um Verständnis flehend, an. Blickte in ein erstarrtes Gesicht. Und er sagte: »Ist das denn wirklich so schlimm?«

»Sie haben es tatsächlich getan — Johannes?«

»Es war alles so selbstverständlich ...«

»Wenn Sie das getan haben, Schubert«, rief Hauptmann Hein, tief getroffen, aus, »dann sind Sie für mich erledigt! Endgültig!«

»Ich habe mir nicht denken können, Herr Hauptmann, daß ich damit ...«

»Um so schlimmer!« Hein brüllte auf wie in heftigen Schmerzen. »Sie vermögen nicht zu denken — nicht so wie ich! Es ist Ihnen nicht gegeben, höhere Gefühle zu empfinden. Sie, also auch Sie, sind im Grunde nichts als ein unbeherrschtes, triebhaftes Wesen — ein Geschöpf niederen Ranges. Zu verachten!«

»Er wollte doch nichts weiter tun«, meinte Bergen, scheinbar besänftigend, »als was hier alle tun. Wer nicht?«

»Halten Sie Ihr Maul!« rief der Hauptmann dem Gefreiten zu. »Entfernen Sie sich unverzüglich — und Sie, Schubert, mit ihm! Sie gehören nicht in diese, meine Welt. Also haben Sie daraus zu verschwinden!«

Und die rechte Hand weit ausstreckend, auf Johannes Schubert zu, dabei jedoch das Gesicht abwendend, als ertrage er dessen Anblick nicht, sagte Hein wie erstickend: »Ich will Sie nie mehr wiedersehen!«

Wenige Sekunden danach war Hauptmann Hein allein im Raum. Einsam stand er im flackernden Kerzenlicht. Der Herzogsmantel umhüllte ihn. Die Dunkelheit hinter ihm saugte seinen Schatten auf.

Er war unendlich erschöpft, und es war ihm, als könne er sich nur noch mit letzter Kraft auf den Beinen halten. Doch er rang um Haltung, Selbstbeherrschung, Zuversicht. Sein Gesicht begann sich wieder zu bewegen, zeigte nun ein gefrorenes Lächeln.

Dann griff Hein nach dem Leuchter, der vor ihm auf dem Tisch stand, hob ihn mit der Rechten — während er sich mit der linken

Hand den Mantel des Herzogs zurechtzog. Dann setzte er sich in Bewegung.

Erst langsam, gemessen, bald jedoch schneller und immer schneller durchquerte er den Bankettsaal, stürzte dann abwärts, über die Schloßtreppen, auf die Freiterrasse, in den Park — auf die Grabkirche zu. Der Herzogsmantel öffnete sich dabei weit und wehte, fahnengleich, hinter ihm her.

Bei der Grabkirche angekommen, stieß Karl Ludwig Hein mit dem rechten Fuß das Tor auf. Dumpf knallten die Flügel gegen dicke Mauern, als werde eine schwere Glocke angeschlagen. Das Kirchenschiff schien zu dröhnen.

Doch unbeirrbar schritt Karl Ludwig weiter, den Leuchter hoch erhoben — auf den Altar zu.

Genauer: auf den Sarg zu, der vor diesem Altar stand, dieses klobige, rechtwinkelige Gebilde aus massivem Metall. Darauf stellte Hein seinen Leuchter — und erblickte rechts neben dem Sarg, auf einer der Altarstufen hockend, ein menschliches Wesen.

Hein erkannte Professor Magnus. Und er sagte zu ihm, maßlos verwundert, doch auch tief erfreut: »Sie — hier! Zu dieser Stunde!«

»Ich habe auf Sie gewartet«, sagte Magnus, ohne seine Haltung zu verändern. »Das tue ich bereits seit einigen Nächten — genauer: seit jener Nacht, in der Sie zum erstenmal hier erschienen sind. Denn ich sagte mir: Sie werden wiederkommen!«

»Ich bin gekommen. Ich konnte nicht anders. In einer Stunde wie dieser mußte ich hier sein.« Und leise fügte er hinzu: »Wo sollte ich denn sonst hin?«

»Was ist dies für eine Stunde?«

»Es ist die Stunde der Wahrheit!« erklärte Hein, sich links vom Sarge ebenfalls auf einer Altarstufe niederlassend. »Vergleichbar etwa mit der Situation eines Menschen, der sich bei schweren Blitzschlägen in seine Erde krallt — von der er weiß: die wird mich bewahren — oder aufnehmen! Ihr vertraue ich mich an! Und nun sind auch Sie hier — am Sarge unseres Herzogs!«

»Es ist sein Sarg«, sagte Magnus, »nicht aber sein Grab!«

»Wissen Sie das endlich mit absoluter Sicherheit — oder vermuten Sie das lediglich, wie bisher?«

»Sein Sarg ist leer — und ich weiß jetzt auch: warum.«

»Das wissen Sie? Sie haben endlich herausgefunden, was tatsächlich geschehen ist? Was also? Wurde er mit seinen toten Kameraden auf dem Schlachtfeld begraben? Oder entführten entmenschte Feinde seinen Leichnam — um ihn zu vernichten.«

»Nichts davon!« Professor Magnus blickte mit blanken Augen zum Kerzenlicht. »Er verfaulte sozusagen.«

»Was tat er?« fragte Karl Ludwig Hein ungläubig.

»Er verfaulte — bei lebendigem Leibe!«

»Ist er vergiftet worden?«

»Im Anfangsstadium bedeckten ihn Geschwüre in Gegend des Unterleibes. Seine Lymphdrüsen schwollen an. Entzündete Mandeln, Haarausfall, triefende Augen gehörten zum nächsten Stadium. Dann wurde seine Haut von eiternden Geschwüren überwuchert. Sein Rükkenmark erweichte, sein Gehirn verkümmerte — er kroch nur noch durch seine letzten Tage.«

»Was war denn mit ihm geschehen?« rief Hein gequält. »Welche Krankheit hatte ihn befallen?«

»Sie zerstörte ihn völlig«, erklärte Magnus. »Zunächst versagten seine Beine — er konnte nicht mehr gehen, geschweige denn reiten. Er mußte von zwei Dienern auf sein Nachtgeschirr gehoben werden. Dann erlahmten seine Hände, seine Arme — er mußte, wie ein kleines Kind, gefüttert werden. Er war kahl und zahnlos, seine Zunge quoll auf — er konnte nicht mehr richtig sprechen.«

»Mein Gott«, stöhnte Hein vor sich hin, »was hat das für einen Sinn gehabt? Warum geschah das alles — und wer war daran schuld?«

»Sein zerstörtes Hirn versagte mehr und mehr. Er roch nach Schweiß und Eiter, Urin und Kot.«

»Warum das, mein Gott, warum?«

»Er litt an der Syphilis, die damals unheilbar war und als ›Franzosenkrankheit‹ bezeichnet wurde. Diese Geschlechtskrankheit hatte sich Charles Louis bei seinen Feldzügen zugezogen, von irgendwelchen Kriegshuren, die ihm über den Weg gelaufen waren. Und ihm liefen nur wenige über den Weg, die nicht von ihm gebraucht wurden.«

»Nein!« schrie Karl Ludwig Hein auf. »Nein — das nicht!«

»Seine Verwesung bei lebendigem Leibe war bereits so weit fortgeschritten, daß seinen Ärzten nur noch eine Wahl blieb: seinen Leichnam zu verbrennen! Und deshalb, Herr Hauptmann, ist dieser Sarg leer.«

Hein erhob sich von den Treppenstufen des Altars und stürzte — ohne noch einen Blick auf den Sarg des Herzogs zu werfen — in die Dunkelheit. Schien hineinzutauchen wie in ein unendliches Meer. Und es war, als gäbe es für ihn keine Wiederkehr!

Zwischenbericht VIII

Bekundungen
der Frau Dr. Werner-Weilheim,
speziell zum Thema: Die Frau und der Krieg.

»Wir von der Magnusgruppe hatten in jenen Tagen alle Hände voll mit unseren Forschungsaufgaben zu tun — was mich aber nicht davon abhielt, auch noch truppenbetreuend tätig zu sein. Das, selbstverständlich, ohne jede Rücksicht auf Dienstgrade oder Dienststellungen. Eine gewisse demokratische Grundgesinnung zeichnete sich dabei damals schon deutlich ab.

So betreute ich einen Gefreiten namens Bergen, der uns zugeteilt war, wie auch einige Unteroffiziersdienstgrade, mit denen wir in nähere Berührung kamen. Doch das eine wurde mir nicht gedankt; und das andere führte sogar zu peinlichen Verdächtigungen. Doch was soll's?

So etwas muß man eben mit in Kauf nehmen.

Dennoch ist damals in D. vieles — sogar das meiste — überaus harmonisch gewesen. Der dortige Ortskommandant, ein Hauptmann Schmidt, war geradezu rührend bemüht. Und Leutnant Helmreich von der 3. Batterie, ein überaus netter Mensch, sagte mir seine volle Unterstützung zu. Auch Oberleutnant Minder war stets bemüht, im Sinne seines Hauptmanns Hein zu wirken, welcher ein ganz und gar ungewöhnlicher Mensch gewesen ist. Ein Held. Ein Ehrenmann. Ein Kavalier und ein Philosoph.

Noch heute schaudert es mich, wenn ich an sein tragisches Ende denke.«

Angaben des ehemaligen Unteroffiziers Siegfried Softer auf Fragen nach seiner damaligen Tätigkeit.

Was wollen Sie noch wissen? Denn alle erdenklichen Einzelheiten über das von mir organisierte Freizeitunternehmen — von diversen Leuten auch ›Puff‹ genannt — sind Ihnen doch wohl bereits bekannt. Bleibt offenbar nur noch übrig, zu erklären, was es mit meinen angeblichen Warenlagern auf sich gehabt hat.

Also: meine Bemühungen galten ausschließlich dem Wohlbefinden unserer Soldaten! Stellen wir uns doch mal, ganz ehrlich, die Frage: was macht müde Landser wirklich munter? Einmal das gute Fressen — dann das Saufen — schließlich aber: das sogenannte Ewig-Weibliche!

Das hieß in der Praxis: zur Verfügung zu stellen waren Liköre, Parfüm, hauchzarte Unterwäsche, Strümpfe ebenso wie Büstenhalter; weiter Lederhandschuhe, Blusen, Spitzen ... Das alles war bei mir auf Lager. Und das bei äußerst lukrativen Preisen.

Das Geheimnis meiner damaligen Erfolge war eine planvoll angesetzte Besorgertätigkeit. Bereits während der Kampfhandlungen im Polenfeldzug gelang es mir, verschiedene Geschäfte in brennenden und zerstörten Ortschaften vor sinnloser Ausplünderung zu bewahren. Das gleiche dann auch, doch nunmehr bereits bewußt und zielstrebig organisiert, zwischen den Schlachten in Frankreich — unserer

Heerstraße entlang. Später kamen dann noch geschickte, rechtzeitige Ankäufe hinzu, ganz legal getätigt mit französischen Geschäftsleuten – praktisch damit, weit vorausschauend, die EWG vorwegnehmend.

So konnte es denn kommen, daß ich alsbald unseren Soldaten, zwecks Verschickung an die Lieben daheim, mehrere Auswahlsendungen zu äußerst günstigen Preisen anzubieten vermochte.

So Kollektion eins: für die lieben Mütter und die verehrten Großmütter gedacht. Inhalt: drei Sorten Edellikör, und zwar Cointreau, Chartreuse, nach Wahl gelb oder grün, ferner Pepermint, weiß oder grün; sodann bretonische Spitzen oder chinesische Seide, ausreichend für ein Kleid; schließlich Nugat aus dem Rhônetal oder Mandelgebäck aus der Provence. Kostenpunkt: Reichsmark fünfzig.

Sodann Kollektion zwei: speziell für Bräute und zukünftige Bräute gedacht, aber auch für Schwestern und selbstverständlich für Ehefrauen. Inhalt: Unterwäsche, in allen Farben, auf Wunsch auch in Schwarz; dazu diverse Duftwässer; auch zwei Lippenstifte; ferner Wimperntusche mit dazugehörigem Pinsel; dann Nagellack – und so weiter und so fort. Ein ausgesprochener Schlager!

Kostete ebenfalls pro Stück Reichsmark fünfzig.

Hinzu kamen dann noch Sonderkollektionen, etwa für Väter, Schwäger und Freunde – mit Schwerpunkt Champagner oder Rotwein. Dann aber auch Modellkleider und Sonderanfertigungen von Damenschuhen nach individuellen Sonderwünschen: Handtaschen aus Krokodil ... Schlüpfer aus Pelz, Kaninchen bis Nerz ... Flaschen aus Büffelleder ... Schallplatten von Benny Goodman ... Präservative in allen erdenklichen Arten ... einfach alles, was das Herz so begehrte! Und nichts davon über Reichsmark einhundert!

Für diese Transporte in Richtung Heimat standen mir zwei Lastwagen – der Spedition Arm – zur Verfügung. Ferner: ein Eisenbahnwaggon; dieser von einem mir verpflichteten Bahnbeamten regelmäßig reserviert ...«

Weitere Erklärungen der Elisabeth Erdmann

»Ich bin damals sehr jung gewesen. Aber damit will ich nichts entschuldigen; ich versuche lediglich, einiges zu erklären. So etwa meine Gefühle, oder was man eben so nennt. Ich weiß, daß mich die Werner-Weilheim wiederholt als hemmungsloses ›Flittchen‹ bezeichnet hat – ausgerechnet diese Dame.

Aber soll sie doch – von mir aus! Wenn es ihr Spaß macht – falls die überhaupt jemals Spaß an irgend etwas gehabt hat. Denn bei der ist wohl immer großdeutscher Krieg gewesen – auch wenn sie lang lag. Daß ihr Krüger, mit Hilfe von Arm, diesen Moll untergeschoben hat, steht für mich fest. Was haben wir gelacht! Zumal wir ja sonst damals nicht allzuviel zu lachen hatten.

Dafür sorgte allein schon dieser Professor Magnus und zwar beharrlich. Seine Lieblingsbeschäftigung: intrigieren! Der spielte einen gegen den anderen aus – so etwa mich gegen die Werner-Weilheim, diese gegen Krüger, den gegen Bergen, dann beide gegen Hein. Das war seine Art von Vergnügen.

Und die Höhe war: er nahm mir den Fragonard ab! Wobei er mir hinterhältig dafür dankte, dieses Bild ›in Sicherheit‹ gebracht zu haben. Er werde es, versicherte er mir, in Verwahrung nehmen und dann abliefern. Doch abgeliefert hat er es nicht! Na ja, unkomisch war das ja nicht.«

Skizzenhafte Aufzeichnungen,
für ein Gutachten des Oberst a.D. Alfons Piepenbrink gedacht, Verfasser mehrerer Flakregimentsgeschichten.

Das Flakkorps, zu dem jene 3. Batterie gehörte, war – ebenso wie auch einige Einheiten in den Korps I bis IX – eine Truppe von hoher Qualifikation. Zumindest in den Feldzügen von Polen und Frankreich; aber auch noch bis zum Rußlandfeldzug hin, etwa bis Winter 41. Danach unvermeidlicher Qualitätsverlust, durch Teilung, Ausweitung und Neuzugänge.

Die Regimenter innerhalb des Korps waren unterschiedlich; wohl nicht zuletzt wegen der ungleichmäßig ausgebildeten, nicht sorgfältig genug ausgesuchten Kommandeure. Es mangelte ihnen, nicht selten, an absolut kämpferischer Entschlossenheit, zumal sie auch über keinerlei ausreichende Fronterfahrung verfügten.

Denn diese Flakeinheiten entstanden erst nach 1933, aus Artillerieverbänden der ehemaligen Reichswehr. Und darin waren Offiziere in größerer Zahl vorzufinden, die aus halbmilitärischen Organisationen kamen, wie etwa der Schutzpolizei. Schließlich schwankten die Verhältniszahlen zwischen aktiven Offizieren und jenen der Reserve bei den einzelnen Einheiten erheblich, zeigten jedoch in zunehmendem Maße ein Überwiegen der letzteren. Wozu auch Oberst Rheinemann-Bergen gehörte.

Daher waren besondere, auffällig herausragende Einzelleistungen dieser Truppe – ob nun im Erdkampf, wie Panzerabschüsse, Bunkerbeseitigung, Freilegung von Sichträumen, oder eben bei Abschüssen von Feindflugzeugen – fast ausschließlich auf das Konto der aktiven, voll ausgebildeten, stets einsatzbereiten Offiziere zu buchen, wie etwa Hein.

Letzterer – auf der Erde wie in der Luft gleichermaßen erfolgreich – wurde denn auch bald nicht nur zu einem Symbol echten Heldentums, sondern auch zu einem erklärten, unnachsichtig verfolgten Feindziel. So setzten dann die damaligen Gegner frühzeitig Sabotagetrupps der Résistance speziell auf ihn an und ließen keine Möglichkeit außer acht, um dieses Sinnbild deutschen Soldatentums zu beseitigen.

Denn anders ist das, was damals in D. geschah, wohl kaum zu erklären.

Sandner,
damals Angehöriger einer Propagandakompanie,
nun Chefkameramann beim Westdeutschen Fernsehen.

Was ist los? Was soll gewesen sein? Gestellte Bilder und so was? Feuer, durch Benzinkanister erzeugt? Am hellen Tag angeschossene Häuser? Und die dann auf nächtliche Dunkelheit getrimmt? Na — und?

Herr, Sie sind doch wohl nicht von vorgestern? Haben Sie immer noch nicht erkannt, wie so was gemacht wird? Denn so eine Kamera ist doch keine Bibel, auf die man schwört. Das ist ein Instrument, welches genau das registriert, was gerade gewünscht wird.

Ein Kameramann kurbelt, was immer ihm befohlen wird. Was ihm vor die Linse zu kommen hat, bestimmt der Regisseur. Später am Schneidetisch kann dann eine Leiche ohne weiteres mit allem möglichen zusammengekoppelt, das heißt zusammengeschnitten werden. Und so weiter . . .«

Zwischenfrage: »Sie haben Hauptmann Hein kennengelernt?«

Antwort: Ich habe auch den vor meine Linse bekommen! Ein Objekt wie andere auch.«

Zwischenfrage: »Hauptmann Hein hat also keinen irgendwie ungewöhnlichen Eindruck auf Sie gemacht?«

Antwort: »Warum sollte er das! Ich bitte Sie! Die meisten dieser Arschlöcher waren sich doch irgendwie ähnlich, jedenfalls was die Grundmerkmale betrifft. Na ja. Soviel über sogenannte Helden.«

9

Das preußische Roulette – letzte Phase.

Der nächste Morgen verhieß einen kristallklaren Tag. Der Himmel über Frankreich erstrahlte in geradezu preußischem Blau. Die Vögel flogen hoch, und ihr Gesang war laut.

Die erste Wasserspülung im Schloß rauschte frühzeitig auf. Es war die im oberen Stockwerk, das von Hauptmann Hein bewohnt wurde. Der Hauptwachtmeister Krüger registrierte sie hellwach. Denn er hielt es vorausschauend für ratsam, an diesem Tag besonders einsatzbereit zu sein. Persönlich scheuchte er diesmal seine Soldaten zum Frühsport auf, um sich die Wartezeit zu vertreiben.

Nachdem er sich dann rasiert und das Zähneputzen durch einen Peppermint, weiß, ersetzt hatte, begab er sich in das obere Stockwerk. Dort traf er, ohne darüber erstaunt zu sein, Hauptmann Hein in voller Uniform an. Der stand hellwach, offenbar völlig nüchtern, mitten in seinem Turmzimmer. Es war, als leuchte er im Frühlingslicht.

»Endlich!« rief der Hauptmann seinem Hauptwachtmeister zu.

»Hoffentlich nicht zu spät?« meinte Krüger entgegenkommend.

»Es ist viel – viel zu viel – bisher versäumt worden«, erklärte Hein entschieden. »Das droht sich nun zu rächen – wie alle Versäumnisse.«

»Wir werden das schon hinbiegen«, versprach der Hauptwachtmeister. »Herr Hauptmann brauchen nur zu sagen, was hingebogen werden soll – und wie am besten. Möglichst auch noch warum.«

Hauptmann Hein hob warnend eine Hand. Seine Stimme klang klar und so hell, als wäre sie niemals durch Alkohol rauh oder heiser gewesen. Der Batteriechef erklärte: »Ich bin, wie Sie wissen, stets äußerst großzügig gewesen. Doch diese Großzügigkeit ist ausgenutzt worden – schamlos!«

»Aber nicht von mir, Herr Hauptmann!«

»Wäre dem so, Krüger, dann stünden Sie jetzt nicht hier! Ich mache Ihnen persönlich keinen direkten Vorwurf. Doch ich muß, leider, feststellen, daß in dem Bereich, für den Sie mir gegenüber verantwortlich sind, Dinge geschehen konnten, die ganz einfach wider meine Natur sind!«

»Zufälligkeiten, Herr Hauptmann, Bagatellen – doch wohl kaum mehr?«

»Machen Sie mir nichts vor, Hauptwachtmeister – versuchen Sie das niemals! Ich kenne Ihre Schliche – ich nehme sie auch in Kauf. Ganz bewußt! Keine große Konzentration ohne gelegentliche Konzessionen! Ein Vorgang, Krüger, der auf Gegenseitigkeit beruhen muß. Zumindest zwischen uns!«

»Aber so was muß ja nicht unbedingt — nicht unter heiklen Umständen — stets und ständig die allerletzte Lösung sein, Herr Hauptmann.«

»Was soll das heißen?« fragte Hein, sich leicht vorbeugend. »Sollten Sie etwa eine Drohung riskieren?«

»So würde ich das nicht nennen!« beeilte sich der Hauptwachtmeister zu versichern. »Doch immerhin, ich gebe zu bedenken — nach Lage der Dinge . . .«

»Wie liegen die Dinge denn?« Hauptmann Hein lachte auf — mit unbeweglichem Gesicht und frostiger Stimme, während sich seine Hände zu Fäusten ballten. »Sie haben hier einen Puff gründen lassen — und kassieren dabei mit; nicht für sich selbst, für Ihre Batteriekasse, ich weiß. Arm betreibt ein Transportunternehmen — an dem Sie auch beteiligt sind, und auch das wieder, um für die Batterie zu kassieren. Und das Versandgeschäft von Softer blüht — wovon auch Sie, beziehungsweise Ihre Batteriekasse, erhebliche Vorteile haben! Ja, glauben Sie denn, Mann, ich durchschaue Sie nicht?«

»Was da auch immer geschieht, Herr Hauptmann, und wie man das auch nennen will — es geschieht doch letzten Endes immer nur im Interesse unserer Einheit. Unserer 3. Batterie!«

»Deren Chef ich bin!«

»Gewiß!«

»Deren Chef immer noch ich bin — und ich werde das zumindest noch so lange bleiben, daß es bequem dafür ausreicht, Ihnen und Ihren Kameraden, wenn ich will, das Handwerk zu legen. Ich kann jedem einzelnen das Rückgrat brechen! Oder trauen Sie mir das nicht zu?«

Der Hauptwachtmeister straffte sich. »Was erwarten – Herr Hauptmann von mir — in diesem Fall?«

»Dieser Johannes Schubert, Hauptwachtmeister, hat mich schwer — ich möchte sogar sagen: auf das schwerste — enttäuscht! Getäuscht — auch das kann man sagen. Er hat mein Vertrauen mißbraucht, mich hintergangen, unsere Ideale verraten.«

»Verstehe«, sagte nun Krüger tonlos. »Denn das heißt doch wohl: der hat seine Existenzberechtigung verloren.«

Der Hauptmann Hein schien das zu überhören. »Das jedenfalls ist mein Standpunkt — und nun sind Sie am Zug! Wie ich Sie kenne, wird Ihnen bestimmt eine Lösung, eine wirkungsvolle und möglichst endgültige Abwehrmaßnahme einfallen.«

»Eine Radikallösung also.«

»Eine überzeugende Leistung würde mich vieles andere vergessen lassen. Haben Sie schon eine Vorstellung davon?«

»Nun — am wirksamsten wohl: wir befördern den Gefreiten Schubert erst einmal zum Unteroffizier.«

»Zum Unteroffizier? Krüger, mein Bester — was haben Sie sich denn dabei gedacht?«

»Als Unteroffizier gerät dieser Schubert in meinen unmittelbaren Bereich — und in unseren engsten Kameradenkreis. So können wir ganz direkt, auf unsere Weise, auf ihn Einfluß nehmen — also veranstalten, was notwendig ist.«

»Nicht schlecht, Krüger, nicht schlecht.«

»Ganz abgesehen davon, Herr Hauptmann, daß so eine Beförderung manch einem den Wind aus den Segeln nehmen wird — falls irgend etwas passiert, das außerhalb der Batterie zu Mißdeutungen verführen könnte.«

»Ausgezeichnet!« rief Hein nun mit kameradschaftlich-verschwörerischem Blick. »Sie sind ein höchst einfallsreicher Praktiker, wenn Sie wollen. Und nun wollen Sie wieder — was? Ich habe mich in Ihnen also nicht getäuscht.«

»Also eine radikale Lösung! Und nichts anderes sonst kommt in Frage?«

Hauptmann Hein preßte sich, als schmerzten ihn seine Augen, die Hände gegen das Gesicht. Sagte dann tonlos: »Krüger — wir befinden uns mitten im Krieg. Wir beide wissen das — und sind stets bereit, alle gebotenen Konsequenzen daraus zu ziehen. Wobei es im Grunde immer nur zwei Möglichkeiten gibt — entweder: jemand ist vorbehaltlos für mich, also für uns — oder aber: er stellt sich gegen mich, gegen uns! Im ersteren Falle ist er in Ordnung und willkommen — im zweiten ist er nicht in Ordnung, und die Sache muß also bereinigt werden.«

»Durch mich.«

»Sagen wir, wohl treffender: mit Ihren Methoden! Und die billige ich — ausdrücklich. Ist das deutlich genug?«

»Dann habe ich wohl keine andere Wahl mehr.«

»Mein lieber Krüger — das Unvermeidliche muß getan werden! Denkbar gründlich. Das sind wir uns schuldig!«

»Wird gemacht!« bestätigte Krüger.

»Gut«, stellte Hein erleichtert fest. »Und dann noch etwas, mein Bester, was Sie vermutlich erfreuen wird. Schicken Sie diesen schäbigen Scharlatan Magnus und seinen Haufen zum Teufel!«

»Den kann ich abservieren und dessen Damen dazu — gleich bis hinunter zur Ortskommandantur?«

»Das können Sie, wenn es Ihnen Spaß macht.«

»Das macht mir Spaß«, versicherte der Hauptwachtmeister. »Und das wird auch die spezielle Einsatzbereitschaft diverser Kameraden erhöhen — im Hinblick auf das, was bei diesem Schubert unvermeidlich geworden ist.«

»Ich sehe«, sagte Hauptmann Hein, »wir verstehen uns. Wie das ja auch nicht anders zu erwarten war.«

Softer suchte Krüger auf, der wie in tiefe Gedanken versunken in seinem Schreibtischsessel saß. Der Hauptwachtmeister hatte inzwischen gefrühstückt – sechs mit Sahne verrührte Eier, auf Schinkenspeck, kleinfingerdick, behutsam gebacken.

»Ich bringe dir die neuesten Abrechnungen, Kamerad«, verkündete Unteroffizier Softer. »Die demnach erzielten Gewinne sind erfreulich hoch. Weiter so – und deine Batteriekasse verwandelt sich in eine Bank. Jedenfalls könnten wir uns nun, wenn wir wollten, getrost in Pension begeben.«

»Ohne Rücksicht auf Hauptmann Hein?«

Softer konnte da nur lachen. »Wer ist das schon? Was haben wir denn von dem zu erwarten? Als ich hier erst richtig anfing, habe ich bereits das Zehnfache von dessen Monatsgehalt verdient. Inzwischen ist es fast das Hundertfache geworden. Was kann der dagegen anbieten?«

»Eine ganze Menge, fürchte ich, nicht zuletzt für dich! Hein könnte dich, wenn er wollte, versetzen lassen, zum Beispiel gleich zu einer Strafeinheit – oder dich zunächst einmal vor ein Kriegsgericht stellen. Etwa wegen wiederholter Veruntreuung von Heeresgut, wegen fortlaufender Unterschlagungen, wegen mehrfacher erfolgreicher Versuche, Kriegsgewinne einzuheimsen.«

»Erlaube mal!« empörte sich Unteroffizier Softer, nun ganz Giftzwerg. »Was willst du damit andeuten?«

»Ich deute nichts an«, erklärte Krüger warnend, »ich mache auf Tatsachen aufmerksam. Dieser Hein kann uns immer noch, wenn er unbedingt will, aufs Kreuz legen – daß es nur so kracht!«

»Aber doch nicht nach allem, was inzwischen geschehen ist!« erklärte Softer mit Überzeugung. »Der hat schließlich unseren Runge auf dem Gewissen. Überdies hat er den Wasserturm umlegen und zwei Häuser dem Erdboden gleichmachen lassen. Mindestens zwei Verwundete kommen außerdem auf sein Konto. Ganz abgesehen davon, daß er auch Tiere umgelegt hat – darunter den Hund des hiesigen Bürgermeisters, der unter dem direkten Schutz des Ortskommandanten steht.«

»Ach, Mann – ich höre immer Hund! So was steht in keiner Dienstvorschrift.«

»Dieser Hund aber wurde von der Nichte des Maire spazierengeführt – ein Eisenbahner begleitete sie. Genau jener Eisenbahner, der für meine Spezialtransporte sorgt – was uns verpflichtet, Kamerad Krüger!«

»Der soll kommen!« sagte der Hauptwachtmeister entschlossen.

»Was willst du von dem?«

»Ihm — und auch dir — eine Lektion verpassen!«

»Krüger, lieber, verehrter Kamerad, dieser Mann ist für mich wichtig — für unsere Geschäfte. Also auch für deine Batteriekasse. Wenn wir den falsch behandeln, könnte uns das einiges kosten. Willst du es darauf ankommen lassen?«

»Menschenskind, Softer — was hast du dir inzwischen für eine elende Krämerseele angemästet! Du kannst ja kaum noch über deine Flaschenregale hinausblicken. Aber du bist hier nicht der Nabel dieser Welt — eher schon deren Arsch. Der auch sein muß. Aber komme mir nicht mit Kosten! Ich rechne in größeren Zusammenhängen. Und auf die kommt es immer an! Also her mit deinem Eisenbahner!«

Der Reichseisenbahner wurde vorgeführt — ein kleines Kerlchen, leicht triefäugig, doch großnäsig, mit überraschend starker Stimme. Er schien sich seiner Sache sicher — denn Softer nickte ihm ermunternd zu.

»Ein Hund«, sagte der Reichseisenbahnmensch geradezu anklägerisch, »ist getötet worden!«

»Ein Hund?« fragte der Hauptwachtmeister. »Im Polenfeldzug haben wir zwei überfahren — sie mit unseren Raupenketten plattgewalzt. Zwei weitere Hunde wurden im Frankreichfeldzug von uns abgeknallt — einer mit einer Pistole, weil er uns nachlief, als wir ihn absolut nicht brauchen konnten; nach einem anderen, der störte, haben wir eine Handgranate geschmissen; er wurde ganz schön zerfetzt.«

»Dieses Tier aber, Herr Hauptwachtmeister, eine Art Leonberger, leuchtend gelb, ist von seinem Besitzer, dem hiesigen Maire, sehr geliebt worden.«

»Schweinehund!« äußerte Krüger.

»Was — bitte?« wollte der Eisenbahner verwirrt wissen. »Sagten Sie: Schweinehund? Und wer ...«

»Sie!«

»Ich? Aber, ich bitte Sie — warum denn?«

»Weil Sie hier abzulenken versuchen. Von sich! Von Ihren penetranten Gelüsten.« Krüger sagte das, als spreche er über das Wetter. »Statt dessen versuchen Sie elendes Stinktier, ausgerechnet unseren Hauptmann anzusauen — unter dem durchsichtigen Vorwand, sich für irgendeinen Hund einzusetzen. Und zwar in der Hoffnung, daß wir dann Ihre Sauereien — mit Kindern — übersehen.«

»Nicht doch, bitte!« rief der Reichseisenbahner erschreckt aus. »Hier liegt offenbar eine betrübliche Verkennung meiner wirklichen Motive vor. Denn man muß wissen: ich bin ein väterlich veranlagter

Mensch – ich liebe Kinder. Deshalb kann mir doch wohl kein Vorwurf gemacht werden! Zumal ich auch, in diesem Zusammenhang, einiges für die deutsch-französische Verständigung getan habe. Zusätzlich dann noch allerhand für die Truppenbetreuung. Der Herr Unteroffizier Softer kann das bestätigen, nicht wahr.«

Der nickte. »Kann ich!«

»Wird er aber nicht!« entschied der Hauptwachtmeister.

»Herr Krüger«, rief der Eisenbahnmensch besorgt werdend aus, »ich werde verkannt! Ich habe dieses Kind lediglich umarmt – nur ganz zart.«

»Ach was, Sie sind genau dabei beobachtet worden – ich kann Zeugen aufbringen – mehrere, ausreichende Zeugen, wenn Sie unbedingt Wert darauf legen sollten.«

»Aber der Herr Unteroffizier . . .«

»Dämlich ist der auch noch!« sagte Krüger. »Kläre diese heftig stinkende Sittensau endlich auf, Softer!«

»Nun denn«, sagte der Unteroffizier ein wenig mühsam zu seinem Transporthelfer, »die Sache ist ganz einfach so: kein Hund – kein Kind! Kapiert?«

»Noch nicht ganz«, versicherte der Eisenbahner kläglich. »Darf ich um nähere Aufklärung bitten?«

»Es ist nichts gewesen!« suggerierte ihm Softer. »Weder das eine – noch das andere! Nur dann, verstehst du, kann unsere Truppenbetreuungsorganisation ungetrübt weitergehen.«

»Oder aber«, ergänzte der Hauptwachtmeister, »ich mache Sie unverzüglich zur Sau. Das heißt: ich lasse Sie auf der Stelle verhaften – als überführten Sittlichkeitsverbrecher. Verstanden?«

»Habe kapiert«, versicherte nun der Besucher. »Der Hund des Bürgermeisters ist also ganz zufällig in Schießübungen hineingeraten, wobei er leider tödlich verletzt wurde. Mit Herrn Hauptmann Hein hat dieser Vorgang nicht das geringste zu tun. Ist das soweit richtig?«

»Richtig!« bestätigte Krüger verächtlich. »Und nun verschwinden Sie hier – auf der Stelle. Sie Sau!«

»Dieser sogenannte ›Sittenkongreß‹ ist ganz einfach idiotisch!« erklärte der Gefreite Bergen seinem Freund, dem Unteroffizier Tino Hiller. »So was kann sich doch nur jemand ausdenken, der nicht alle Tassen im Schrank hat!«

»Es ist eben ein Spiel«, sagte Tino, »und in diesen Kreisen ein allgemein übliches. Ein sogenannter Männerspaß!«

»Und dabei machen Sie mit? Ausgerechnet Sie?«

»Ich mache nicht mit!« stellte Tino fest. »Ich stinke aber auch nicht dagegen an! Denn was sollte das für einen Sinn haben? Der Mehrheit – gefällt es.«

»Dazu gehören Sie doch wohl nicht?«

»Ich gehöre zur Minderheit – wie Sie ja auch. Und wir werden überstimmt! Also haben wir klein beizugeben.«

»Ohne auch nur den Versuch zu machen, uns dagegen zu wehren?«

»Wie denn, Freund Bergen? Die herrschende Regel ist: was wirklich gilt, ist unteres Mittelmaß. Man muß sich auf den schäbigsten Durchschnitt einstellen.«

Sie übten – wie von Hauptwachtmeister Krüger für den nächsten Kameradschaftsabend angeregt – jene Worterfindungen, die den eigentlichen Witz dieses Spiels ausmachten. Es wurde angenommen, daß zu diesem ›Sittenkongreß‹ Delegierte aus aller Herren Länder zusammenkamen – mindestens dreißig davon in der Manier des Spieles nennen zu können, war ›Ehrensache‹. Kenner dieser Materie konnten bis zu fünfzig aufzählen. Und der erklärte ›Meister‹ dieses Spiels, Wachtmeister Arm, der jedoch dicht gefolgt war von Softer, verfügte über sechzig Namen.

»Also, Bert – wie heißt der Delegierte der Schweiz?«

»Herr Vögliwenndimögli«, sagte Bergen widerwillig.

»Und der von Schweden?«

»Graf Tripperström«.

»Spanien?«

»Lasmiranda denn Sevilla.«

»Na also, Bert – ich bin sicher, du wirst selbst das schaffen. Aber nicht wahr: dreißig Namen sind Grundbedingung! Für jede zu dieser Zahl fehlende Nominierung muß ein Schnaps getrunken werden. Und unsere lieben Kameraden lauern nur darauf, dich unter den Tisch fallen zu sehen – gerade heute abend, wo es garantiert hoch hergehen wird. Deinem Freund Schubert zuliebe!«

»Was hat denn ausgerechnet dieses brave Mondkalb unter diesen Wildschweinen zu suchen?«

»Der«, klärte ihn Tino auf, »soll zum Unteroffizier befördert werden. Und sozusagen ihm zu Ehren wird die Festlichkeit stattfinden. Dabei ist der ›Sittenkongreß‹ – neben Wirtinnenversen und Sanitätsgefreiter-Neumann-Liedern – nur ein Punkt des geplanten Programms.«

»Wie diese Kerle mich anwidern!« rief Bergen aus.

»Das«, meinte Hiller besänftigend, »ist noch das geringere Übel! Aber wehe, wenn sie dich ansauen! Falls du ihnen Gelegenheit geben solltest, sich herausgefordert zu fühlen, dann werden sie dich bedenkenlos fertigmachen. Willst du es darauf ankommen lassen?«

Sie lagen nebeneinander im Park, zwischen Gräsern und Blumen – sie hatten eine Stelle gefunden, die noch nicht völlig von den Ketten der Zugmaschinen zerfahren war. Sie blickten himmelwärts, über die scharfen Konturen einer blaugrünen Edeltanne hinweg, zum Horizont hin. Nur wenige Wolken standen am Himmel. Alles ringsum wirkte geradezu herausfordernd friedlich.

»Tino«, sagte der Gefreite Bergen, »woher kommt das alles? Handelt es sich dabei um die unvermeidlichen Folgen des Herrenmenschenwesens eines Hitler? Oder ist es ganz einfach nur der Krieg, der dies alles wie zwangsläufig entfesselt? Diese völlige Entfesselung ungehemmter Gelüste: Fressen, Saufen, Zeugungssucht?«

»Ich empfehle dir, nicht allzuviel darüber nachzudenken«, meinte Tino Hiller. »Davon wird man nur schwermütig. Aber eben das, mein lieber Freund, scheint mir nicht eben die beste Voraussetzung zu sein, um hier zu überleben.«

»Da haben wir nun unter uns einen Helden — und was für einen! Mit erheblichen Webfehlern — aber vielleicht gehören die dazu! Aber dann haben wir auch noch einen erstklassigen Praktiker des Militarismus, diesen Krüger — der betrachtet diese Batterie als seine Lebensaufgabe, als sein persönliches Eigentum. Und dann diese ergebene, dumpfe Herde seiner Unterführer, die nur aus notorischen Antreibern zu bestehen scheint. Welch eine fürchterliche Mischung! Und wie soll man darauf reagieren?«

»Einfach hinnehmen — und dann daraus zu machen versuchen, was gerade noch möglich ist. Jeder auf seine Weise. Ich kenne keine andere Chance für uns.« Tino Hiller dehnte sich. »Also weiter im schweinischen Text! Wie heißt der Delegierte von Bulgarien?«

»Gehdumaroff! Ach, Menschenskind — das ist mir ganz einfach zu blöd! Ich mache da nicht mit!«

»Du wirst dich anpassen müssen, Bert, oder sie machen dich passend. Und wenn ihnen das nicht gelingen sollte, dann werden sie dich ausstoßen; sie werden dich knacken wie eine Laus. Dagegen anzustinken, kann hier niemand riskieren. Auch du nicht! Oder?«

»Wo ist der Herr Hauptmann?« wollte Oberleutnant Minder wissen.

Er stellte diese Frage, über Feldfernsprecher, an Hauptwachtmeister Krüger. Und der entgegnete knapp: »Herr Hauptmann Hein ist zur Zeit beschäftigt.«

»Aber ich muß ihn dringend sprechen — des Dienstplanes wegen!«

»An unserem Dienstplan ist doch wohl nichts irgendwie unklar, Herr Oberleutnant?« fragte Krüger in höflich-neugierigem Ton.

»Noch«, sagte Oberleutnant Minder vertraulich, »ist über die Nachfolge von Wachtmeister Runge nicht entschieden. Und solange zu diesem Punkt kein endgültiger Befehl vorliegt, kann ich in der Feuerstellung nicht richtig weitermachen!«

»Aber warum denn nicht?« fragte der Hauptwachtmeister verwundert. »Denn alles geht doch so weiter wie bisher – also ausschließlich im Sinne von Hauptmann Hein?«

»Aber was, Krüger, ist wirklich in seinem Sinn?«

»Falls Sie das nicht selbst herausfinden können, Herr Oberleutnant, wird Ihnen das bestimmt der Herr Hauptmann sagen.«

»Kann ich ihn also sprechen?«

»Bedaure – nein«, beschied ihn Krüger. »Der Herr Hauptmann ist zur Zeit äußerst intensiv beschäftigt – er hat angeordnet, jetzt alle Störungen zu vermeiden.«

Hein, der Held, saß währenddessen in seinem Turm; er trank Champagner – den er sich selbst einschenken mußte. Zwischendurch spielte er Schallplatten: Wagner – Walkürenritt, dann Siegfrieds Rheinfahrt und den Trauermarsch aus der Götterdämmerung.

Danach kam die Leander, mit »Davon geht die Welt nicht unter!« – zweimal. Schließlich: »Ich weiß, es wird einmal ein Wunder geschehn!« – dreimal.

Hierauf folgten Melodien aus »Die lustige Witwe«, in endloser Wiederholung. Das war eine Operette, die bekanntermaßen von Adolf Hitler dem Führer, geschätzt wurde – mithin auch von Hein.

»Herr Hauptmann«, erlaubte sich Oberleutnant Minder zu bemerken, nachdem er tollkühn bis zum Turmzimmer vorgedrungen war, »es handelt sich um die Nachfolge von Wachtmeister Runge!«

»Für den«, sagte der Hauptmann, Lehárschen Walzerklängen lauschend, »gibt es keinen legitimen Nachfolger – er kann durch niemand ersetzt werden.«

»Nicht vollgültig – das gewiß nicht!« bestätigte Minder mit Eifer. »Dennoch scheinen sich im Augenblick zwei Leute in der Feuerstellung als Notlösungen anzubieten: Wachtmeister Kreuzer von Geschütz Berta oder Unteroffizier Wyschinski vom Kommandogerät.«

»Der eine«, erklärte der Hauptmann, »stinkt aus dem Munde. Also dürfte er krank sein. Dem andern gelingt es nicht mal, die Höhe von einsfünfunddreißig zu überspringen. Und er ist auch sonst nicht leistungsfähig genug.«

»Ich dachte lediglich, Herr Hauptmann ...«

»Geschenkt!« rief Hein. Er erhob sich und schritt durch sein Turmzimmer. Schien dabei zu taumeln, um sich dann aber gleich wieder straff aufzurichten. Hell und scharf verkündete er: »Ich bin ich! Diese Batterie ist meine Batterie! Ich bin allen Kameraden ein Kamerad – aber auch jedem Feind ein Feind! Hier kann es nur eine Entscheidung geben: für mich – oder gegen mich! Haben Sie gewählt, Minder?«

»Aber ja – ja!« versicherte der. »Ich fühle mich natürlich, Herrn Hauptmann gegenüber zu äußerster Loyalität verpflichtet.«

»Gut so«, sagte Hein.

»Und was befehlen Herr Hauptmann?«

»Stellungswechsel vorbereiten.«

»Wie — bitte?« fragte Minder.

»Hören Sie schlecht? Ich sagte: Stellungswechsel.«

Der Oberleutnant starrte seinen Batteriechef ungläubig an — denn Stellungswechsel hieß: Abbrechen aller Zelte, Einsammeln sämtlicher Sachen, völlige Räumung der Unterkünfte — dazu: das Verpakken der gelagerten Munition; Geschütze und Geräte waren transportfertig zu machen; dennoch aber hatte die Truppe, feldmarschmäßig bekleidet, zu eventuellem Einsatz bereitzustehen. Eine gigantische Schikane, dachte Minder, ein neuer Höhepunkt! Heinscher Willkür!

»Aber ...«

Der Chef schnitt seinem Oberleutnant scharf das Wort ab. »Tun Sie bitte, was ich befehle — so schnell und so gründlich wie möglich. Ohne: aber! ›Aber‹ ist eine Vokabel für Versager. Verstanden?«

»Also Sittenkongreß«, sagte Hauptwachtmeister Krüger, sich lässig in seinen Schreibtischsessel zurücklehnend. Er betrachtete den vor ihm stehenden Gefreiten Bergen. »Nun wollen wir doch mal sehen, was Sie inzwischen so alles zugelernt haben. Nennen Sie mir den Namen des Delegierten von China.«

Den kannte Bergen: Oweimeiei. Oder war das der von Korea? Auf Nuancen kam es dabei wohl kaum an, und neu erfundene Namen wurden in diesem Kameradenkreis als Bereicherung begrüßt und mit Sonderflaschen honoriert. So hatte sich etwa Tino Hiller, stark bayerisch getönt, einen fernöstlichen Delegierten namens Gokahoaramsaki ausgedacht. Bergen vermochte keinerlei Gefallen daran zu finden.

»So weit«, sagte der Gefreite wohlüberlegt, »bin ich bei meinen Vorbereitungen noch nicht gekommen. Bisher beherrsche ich lediglich die Namen so ziemlich aller europäischen Delegierten — also etwa dreißig.«

»Das ist aber schlimm«, sagte der Hauptwachtmeister in bedauerndem Ton. »Denn das scheint Ihre Interessenlosigkeit an unseren internsten Vergnügungen zu beweisen. Die kommen Ihnen wohl reichlich albern vor — wie?«

»Ich nehme an«, behauptete Bergen, »daß Sie auch derartige Spiele ganz gezielt veranstalten zwecks Bildung, beziehungsweise Stärkung einer sogenannten verschworenen Gemeinschaft — wie?«

»Zu der Sie sich aber nicht hingezogen fühlen — was? Vielmehr versuchen Sie, sich abzusondern — und das immer wieder! Wir sind Ihnen wohl nicht fein genug?«

»Aber nein, Herr Hauptwachtmeister«, erklärte der Gefreite Bergen bemüht höflich. »Ich bin ja durchaus bereit, auch an derartigen Lustbarkeiten teilzunehmen. Und ich bin bemüht, das erwartete Verständnis für diese sehr speziellen Späße zu entwickeln. Aber alles braucht seine Zeit.«

»Manchmal, Bergen, habe ich, wie eben jetzt, das unschöne Gefühl: Sie sind der geborene Miesmacher und Nörgler, ein notorischer Querulant. Im übrigen gehören Sie zweifellos zu denen, die denken können — also werden Sie auch immer bestrebt sein, sich über eine möglichst fette Beute herzumachen. Aber was oder wen gedenken Sie sich diesmal einzuverleiben?«

Auf eine Antwort hierauf mußte der Hauptwachtmeister warten — er tat das mit berechnender Geduld, wobei er Bergen, wie ein Riesenkater, der eine Maus belauert, nicht aus den Augen ließ. Auch dann nicht, als das Telefon klingelte, worauf Krüger den Hörer abnahm.

Es meldete sich Oberleutnant Seifert-Blanker, der Abteilungsadjutant. Worauf folgendes Gespräch stattfand:

Abteilungsadjutant: »Ich habe hier, Krüger, einen Antrag Ihrer Einheit vorliegen, von Ihrem Batteriechef unterzeichnet — betreffend: die Beförderung eines Gefreiten Schubert zum Unteroffizier. Dieser Antrag — beziehungsweise Vorschlag — wird als äußerst dringend bezeichnet. Das ist ungewöhnlich.«

Hauptwachtmeister: »Jedoch nicht bei Herrn Hauptmann Hein — wenn ich Herrn Oberleutnant, sicherlich überflüssigerweise, darauf aufmerksam machen darf. Es handelt sich hierbei um eine Beförderung wegen besonderer Verdienste. Herr Hauptmann Hein wünscht, daß sie unverzüglich erfolgt.«

Abteilungsadjutant: »Das, Krüger, entspricht aber nicht dem normalen Ablauf.«

Hauptwachtmeister: »Für Herrn Hauptmann Hein ist allein seine eigene Art, diesen Krieg zu führen, normal. Falls in diesem speziellen Fall irgendwelche Schwierigkeiten auftauchen sollten, hat mir Herr Hauptmann befohlen, unverzüglich ein direktes Telefongespräch zwischen ihm und dem Abteilungskommandeur herzustellen. Wünschen Sie das?«

Abteilungsadjutant: »Also gut — gut! Wenn diese Beförderung so überaus dringend gewünscht wird, geht die Sache in Ordnung.«

Hauptwachtmeister: »Na — fein! Sonst noch etwas?«

Abteilungsadjutant: »Allerdings, Krüger. Eine Kleinigkeit — hoffentlich nicht mehr. Stimmt es, daß Hauptmann Hein Stellungswechsel befohlen hat?«

Hauptwachtmeister: »Darf ich fragen, Herr Oberleutnant, woher Sie das wissen? Sollte sich hier irgend jemand — unter Umgehung unseres Batteriechefs — direkt an die Abteilungskommandantur gewandt haben? Vielleicht Oberleutnant Minder?«

Abteilungsadjutant: »Das spielt doch keine Rolle! Entscheidend ist, ob so ein Befehl gegeben wurde oder nicht. Und von uns aus ist kein Stellungswechsel befohlen worden! Ein solcher ist auch — auf absehbare Zeit — nicht beabsichtigt. Das wäre eine Befehlsgebung, die notgedrungen große, überflüssige Unruhe schaffen müßte. Falls ich dem Herrn Abteilungskommandeur davon berichten sollte . . .«

Hauptwachtmeister: »Ich darf Herrn Oberleutnant empfehlen, das nicht zu tun. Hierbei handelt es sich lediglich um eine interne Übung. Spezielles Training unserer Truppe. Verantwortlich dafür ist allein der dafür zuständige Truppenführer.«

Abteilungsadjutant: »Nun gut. Dann ist das also in Ordnung. Wobei ich mich an Ihre Auskünfte halte — verbindlich, auf Ihre Verantwortung. Ende!«

»So sind sie!« rief Krüger, den Hörer auf den Feldfernsprecher feuernd. »So sind sie alle! Und ausgerechnet Sie, Bergen, wollen anders sein? Was versprechen Sie sich, auf die Dauer, davon? Hier existieren Spielregeln, um die niemand, der zu uns gehört — ob er will oder nicht — herumkommt; die muß man einhalten. Alles andere läßt sich arrangieren.«

»Ich bin ja auch bereit«, sagte der Gefreite, »mich diesen Spielregeln anzupassen. Ich bin auch keineswegs um mich selber besorgt.«

»Sondern um diesen Schubert — nicht wahr? Warum eigentlich? Sollten auch Sie eine Schwäche für diesen Knaben entwickelt haben — wie das ja auch, was zwischen uns kein Geheimnis ist, von anderer Seite aus geschehen ist? Oder wollen Sie nur nicht, daß der hier Unteroffizier wird?«

»Warum sollte ich dagegen sein?«

»Nun — weil dann Schubert in unserer Batterie als Nachrichtenstaffelführer eingesetzt würde. An Ihrer Stelle! Zwar sind Sie für diesen Posten vorgesehen, aber die gegebenen Umstände lassen das nicht zu. Und nun sind Sie wohl mächtig sauer — was?«

Der Gefreite Bergen staunte. Er versuchte, die weit vorausschauenden Maßnahmen seines Hauptwachtmeisters zu durchschauen — doch er vermochte es nicht. So schwieg er denn ratlos.

»Sie kommen mir vor«, meinte Krüger heiter, »wie ein Mensch, der eine hilfreiche Ablenkung dringend nötig hat. Und die sollen Sie haben.«

»Darf ich fragen, welche?«

»Sie brauchen da gar nicht erst zu fragen, Bergen — ich sage Ihnen schon, was ich Ihnen sagen will. Sie werden sich sogleich als Fachmann betätigen und als solcher die Fernsprechleitungen zum Abteilungsstab überprüfen — Meter um Meter. Sodann die zum Regimentsstab. Hierauf die zur Ortskommandantur. Damit dürfen Sie wohl, für die nächsten Stunden, hinreichend beschäftigt sein.«

»Heißt das: Sie wollen mich ausschalten?«

»Ich will Sie bewahren, Bergen — nehmen wir an: vor irgendeiner Dummheit; wenn ich auch noch nicht genau weiß, wie die aussehen könnte. Aber so etwas spüre ich. Dabei dürfen Sie sogar annehmen, daß ich eine gewisse Schwäche für Sie habe — was aber, wenn Sie das nicht in der rechten Weise zu würdigen verstehen, bestimmt kein Dauerzustand sein wird.«

»Was haben Sie mit Schubert vor?«

Der Hauptwachtmeister sah ungemein friedfertig aus. Und seine Stimme erklang sanft und dunkel wie ein Nachruf. »Nicht wenige Bäume glauben, in sämtliche Himmel wachsen zu können — doch irgendwann einmal wird gefällt. Fragt sich immer nur: wann?«

»Was ist mir dir?« fragte Elisabeth Erdmann, ebenso besorgt wie verwirrt. Sie stellte diese Frage an Johannes Schubert, den nunmehrigen Unteroffizier, der neben ihr lag. Noch in voller Uniform. »Stört dich das Tageslicht?«

»Ich weiß es nicht«, sagte Johannes tonlos. »Ich weiß nichts. Ich fühle mich wie ausgeliefert.«

»Du auch?« fragte Elisabeth leicht erschreckt.

»Ausgeliefert an alles, an jeden, jederzeit«, sagte Schubert düster. »Mir ist, als werde ich verfolgt — als hätte man mich umstellt — eingekreist. Ein Ring ist um mich gelegt worden, der sich mehr und mehr zusammenzieht. Ich kann kaum noch atmen.«

Sie lagen in einem der abgeteilten Räume des Glashauses auf Elisabeths Bett. Rötlich überstrahlte sie eine herbstliche, bereits ersterbende Sonne. Sie versuchten, sich aneinander zu klammern. Doch seine Hände waren steif. Und die ihren erschlafften.

»Du liebst mich nicht!« sagte sie gequält.

»Ich liebe dich!«

»Aber warum tust du dann nichts?«

»Es ist alles so unendlich schwer!« stammelte Johannes. »Ich will — ich will — doch ich kann es nicht, ich fühle mich völlig überfordert, Elisabeth — was soll ich nur machen?«

»Du bist ein armer Teufel«, stellte die Erdmann fast sachlich fest. »Und das seid ihr, im Grunde, alle! Was soll man nur mit euch anfangen? Soll man euch bedauern — oder verachten? Mein Gott — ich weiß es nicht!«

»Gott zum Gruße!« rief einer der beiden Feldgendarmen — Konz oder Kator — bereits aus erheblicher Entfernung. Wobei er den Arm wie zum deutschen Gruß hob, damit aber nur freundlich winkte.

Hauptwachtmeister Krüger stand beim Reparaturzelt im Park, wo er gemeinsam mit seinem Schirrmeister, Wachtmeister Arm, ein in der vergangenen Nacht frisch von einer Nachbareinheit erbeutetes Fahrzeug besichtigte. Er beeilte sich nun, die Beschäftigung abzubrechen. »Decke diesen Kasten ab«, empfahl er dem Schirrmeister.

»Meinst du, die kommen deswegen?« fragte Arm, wobei er mit abgespreiztem Daumen auf das Fahrzeug — einen BMW-Geländewagen — deutete. »Die spuren doch sonst nicht so schnell?«

»Mal sehen«, sagte Krüger nur. Worauf er sich in Bewegung setzte, den Feldgendarmen Konz und Kator entgegen, die immer noch wie Zwillingsbrüder wirkten. »Ihr habt euch ja schon lange nicht mehr bei uns blicken lassen, Kameraden — mindestens eine Woche nicht. Sollten etwa eure Vorräte so lange ausgereicht haben?«

»Mit den besseren Sachen, wie du sie uns geliefert hast«, versicherte Kator — oder Konz —, »sind wir immer sehr sparsam.«

»Aber eine gewisse Ergänzung«, meinte Krüger, »kann ja wohl nichts schaden — was?«

Sie begrüßten sich mit vertraulichem Handschlag, grinsten sich an und nickten sich zu. Sie verstanden sich sozusagen auf Anhieb.

»Nun«, fragte dann Krüger, »was soll's denn diesmal sein?«

»Eigentlich«, meinte der eine der Feldgendarmen, der mit den etwas helleren Augen, »sind wir ganz zufällig hier vorbeigekommen — nur um zu sagen, daß wir morgen kommen. Am frühen Nachmittag, gegen 14.00 Uhr, wenn's recht ist?«

»Und warum?«

»Um eine Kleinigkeit nachzuprüfen«, sagte der andere der beiden Feldgendarmen. »Da liegt nämlich so etwas wie eine Anzeige vor, eine Meldung meinetwegen — also irgend so eine Beschwerde, die in meinen Augen kaum mehr als Lokuspapier ist, der wir aber nachgehen müssen. Von wegen Sittlichkeit und so!«

»Verstehe«, sagte Hauptwachtmeister Krüger, scheinbar völlig gelassen. »Vermutlich wird behauptet, wir unterhalten hier eine Art Puff — was aber eine glatte Verleumdung ist.«

»Daß dem so ist«, meinte der eine der Feldgendarmen zweideutig, »das habe ich mir schon gedacht.«

Und der andere fügte hinzu: »Aber selbst wenn hier tatsächlich so ein Etablissement existieren sollte, so ist dazu zu sagen: das ist zwar nicht ausdrücklich erlaubt, aber auch nicht nachdrücklich verboten. Also geht es uns nichts an.«

»Na bestens!« meinte Krüger. »Dann braucht ihr also morgen nur noch zu kommen, um ein paar Kisten mit prima Inhalt aufzuladen.«

»Wir danken dir, Kamerad!« Konz oder Kator drückte des Hauptwachtmeisters Hand, und beide grinsten herzlich. »Aber da ist noch eine Kleinigkeit — und das, mein Lieber, ist hierbei sozusagen der stinkende Punkt. Denn, wie gesagt, eine Anzeige gegen die Errichtung eines Freudenhauses ist Mist — hier jedoch geht es um feinere Unterschiede.«

»Wie sehen denn die, in diesem Zusammenhang, aus?«

»Nun, mein Lieber, diese uns aufgedrängte Anzeige richtet sich nicht gegen irgendein Unternehmen, sondern gegen eine Einzelperson, gegen ein Weibsbild französischer Herkunft, namens Marie-Antoinette. Diese soll — und zwar einer deutschen Frau gegenüber — den blanken Hintern gelüftet haben, mit der dabei üblichen Aufforderung. Das jedoch müssen wir, leider, nachprüfen.«

»Das hat eine gewisse Werner-Weilheim angerichtet — was? Diese Kuh hat das gerade nötig! Was die sich hier so leistet — aber nun wohl nicht mehr lange —, das stinkt langsam zum Himmel. Und ausgerechnet da wollt ihr eure Nasen hineinhängen?«

Nun lachten beide auf, Kator ebenso wie Konz — sie blinzelten sich an. Und einer von ihnen meinte: »Von wollen, Kumpel, kann gar keine Rede sein — wir müssen! Aber wie gesagt: erst morgen, am frühen Nachmittag.«

»Jetzt machen wir hier endgültig reinen Tisch!« versicherte Hauptwachtmeister Krüger seinem Kameraden Arm, der ihn zweifelnd anblickte. »Und dazu wird genau deine Kragenweite benötigt. Du wirst also kurz mal in die Arena steigen müssen — das bist du mir schuldig.«

»Waren die Bullen von der Feldgendarmerie meinetwegen da?« wollte der Schirrmeister besorgt wissen. »Sind die mir auf die Schliche gekommen?«

»Na klar«, versicherte Krüger ungeniert. »Ist ja auch kein Wunder — so ungeschickt, wie du dich aufführst! Doch keine Bange — auch diesmal habe ich dich noch herauspauken können.«

»Na, Gott sei Dank!« sagte Wachtmeister Arm erleichtert. »Schließlich habe ich bereits mehr als genug auf dem Hals! Diese Werner-Weilheim hat eine Stinkwut auf mich — die schäumt geradezu. Die will mich erledigen, zur Sau will die mich machen! Auch so kann eine Liebe enden.«

»Die servieren wir ab«, verkündete Krüger überlegen, »und diesen ganzen Begräbnisverein dazu — im Einverständnis mit Hauptmann Hein. Wir berufen uns einfach darauf, daß wir im Kriegsoperationsgebiet liegen, und verlangen deswegen, daß diese Stinktiere unverzüglich von hier verschwinden. Und damit — Sense!«

»Und du meinst«, fragte Arm hoffnungsvoll, »das läßt sich wirklich machen — einfach abschieben? Mensch — das wäre eine prima Lösung!«

Krüger nickte zuversichtlich. »Die Dame kann geifern, soviel sie will — Hauptsache: wir spucken zurück! Und zwar rechtzeitig. Laß mich das nur machen; jedenfalls kommst du auf diese Weise garantiert aus deiner Scheiße heraus. Was ich aber nicht nur deiner blöden Augen wegen tue — wie du dir wohl denken kannst.«

»Umsonst ist bei dir nicht einmal der Tod — was?«

»Da du gerade von Preisen redest, Arm — ein preußisches Roulette ist wieder einmal fällig. Diesmal zu Ehren unseres neuesten Unteroffiziers, dieses Schubert.«

Arm vergaß, vorübergehend, seine persönlichen Bedrängnisse. Empört rief er aus: »Ausgerechnet so ein albernes Milchgesicht, dieses Spanferkel, dieser unterentwickelte Arschgeiger – so was wird bei uns befördert! Das ist ja nicht mehr normal! Das schreit geradezu nach scharfer Munition.«

»Stimmt«, sagte Krüger hart, »stimmt haargenau! Solche Elemente gehören ausgerottet. Diesmal also scharfe Munition beim preußischen Roulette – und dafür wirst du sorgen!«

»Ich?« fragte Wachtmeister Arm ungläubig. »Aber das«, stotterte er dann hastig, »hast du bisher noch niemals von mir verlangt!«

»Einmal muß das eben sein.«

»Aber warum ausgerechnet ich?«

»Warum du nicht?«

»Das ist ein Scherz – was? Du willst nur mal sehen, wie ich darauf reagiere? Oder?«

»Kein Herumgequatsche! Du machst es.«

»Könnte ich da nicht«, gab Arm zu bedenken, »gewisse Ablösungen anbieten – etwa mein Transportunternehmen? Wenigstens doch Teile davon? Stattliche Teile – wenn's sein muß. Fünfzig von hundert für dich? Für deine Batteriekasse? Na?«

»Darüber«, sagte Krüger, »ließe sich reden. Fünfzig von hundert für meine Batteriekasse – das könnte ich akzeptieren. Aber ohne jede Ausklammerung, also nicht nur laufende Einnahmen, auch Anteile am Fahrzeugbestand, Materiallager und Benzinvorrat. Deine Loyalität dabei vorausgesetzt.«

»Gemacht, Mensch, gemacht! Aber was ist das – Loyalität? Deiner Ansicht nach?«

»Wir müssen jetzt aufs Ganze gehen – Hein läßt uns keine andere Wahl. Wir misten also diesen Saustall möglichst endgültig aus, um dann endlich wieder freies Schußfeld zu haben. Das preußische Roulette gehört dazu. Dabei können wir uns auf jeden einzelnen unserer teilnehmenden Kameraden hundertprozentig verlassen – mit zwei Ausnahmen. Weißt du, welche ich meine?«

Arm nickte. »Da ist einmal dieser heimtückische Grasaffe Bergen – der gehört ganz einfach nicht an unseren Trog. Und dann diese Salontype Tino Hiller – tut mir leid, das sagen zu müssen. Von Kraftfahrzeugen versteht der allerhand, das muß man ihm zugestehen; aber in unseren Kameradenkreisen ist der ein rotkarierter Affenarsch!«

»Diesen Bergen«, sagte nun Krüger, »habe ich inzwischen anderweitig schwer beschäftigt – der wird uns also nicht stören. Und was den Hiller anbelangt, so darf der diesmal direkt an unserem preußischen Roulette teilnehmen — und zwar mit deiner Pistole, die du zuvor scharf geladen hast. Was sagst du nun?«

»Mann Gottes«, rief Wachtmeister Arm unendlich erleichtert aus, »das könnte klappen! Denn der ist tatsächlich noch so ahnungslos und macht mit. Nur um kein Spielverderber zu sein!«

»Also — bringe ihm das bei. Möglichst geschickt! Er muß mitmachen — wenn er nicht als typisches Arschloch dastehen will.«

»Verehrte Herrschaften!« verkündete Unteroffizier Softer der vor ihm im Glaspavillon versammelten Forschergruppe. »Es ist nun so weit! Endstation! Alles aussteigen!«

»Sie kommen sich vermutlich sehr witzig vor, Herr Softer?« sagte Professor Magnus unverdrossen. »Und Sie genießen das sichtlich.«

»Stimmt genau!« versicherte Softer, breitbeinig dastehend. »Es ist mir sozusagen ein Herzensbedürfnis, diese Fuhre Mist abfahren zu dürfen — habe partout darum gebeten.«

»Und was«, fragte Magnus, immer noch höflich, »verstehen Sie darunter — genaugenommen?«

»Genau dies, Herrschaften: Sie befinden sich hier — als Zivlisten — mitten im militärischen Operationsgebiet, welches aus kriegsbedingten Gründen unverzüglich zu räumen ist. Also: nichts wie raus aus dem Glashaus!«

»Und wohin — bitte?«

»Wohin immer Sie wollen! Unten in der Stadt gibt es Quartiere genug. Sie brauchen sich dort nur an den Ortskommandanten zu wenden — der wird schon für Sie sorgen.«

»Absurd«, sagte Professor Magnus, sich zurückhaltend, »aber nicht ohne Methode.«

Elisabeth Erdmann, die regungslos im Hintergrund stand, meinte: »Darf ich dazu auch mal was sagen?«

»Nein!« rief Softer. »Versuchen Sie ja nicht, sich auch hier noch einzumischen — Sie Mannschaftskaninchen! So was wie Sie gehört in ein Hotel — hier stören Sie nur den geregelten Betrieb.«

»Erlauben Sie mal, Herr Softer!« erklärte scharf Frau Dr. Werner-Weilheim. »Ich allein bin hier mit der Organisation unserer Gruppe beauftragt — und ich halte weder Sie noch sonst jemand, auch nicht Herrn Krüger, in dieser Hinsicht für maßgeblich. Sondern vielmehr allein den Herrn Hauptmann! Und den wünsche ich jetzt zu sprechen.«

»Das geht nicht — der ist beschäftigt!«

»Ich verlange ihn dennoch zu sprechen — unverzüglich!«

»Wie kommen Sie mir denn vor!« Softer, ganz Gartenzwerg, lachte vor sich hin, bremste dann seine Heiterkeit plötzlich und sagte sanft: »Frau Doktor — unser Herr Hauptmann ist ein Held!«

»Ich weiß«, rief sie, und ihr Busen bebte, »ich weiß – und er ist außerdem ein Ehrenmann, ein Kavalier der alten Schule und ein schöpferischer Mensch!«

»Wie wahr!« rief Softer. »Sie haben ihn erkannt! Aber Sie ahnen offenbar gar nicht, was das bedeutet – im Hinblick auf Ihre Person. Unseren Hauptmann, verehrte Dame, haben Sie schwer enttäuscht – denn der hat bisher in Ihnen eine makellose deutsche Frau gesehen. Doch was kam da zum Vorschein? Ein weibliches Wesen der üblichen Machart – eine Dame mit ziemlich lebhaftem Verkehr – sagen wir ruhig: Geschlechtsverkehr! Das ist leicht nachweisbar. Aber so was darf man unserem Hauptmann nicht bieten – so was verursacht ihm Brechreiz!«

»Schweine seid ihr!« rief die Werner-Weilheim, mit lodernder Empörung. »Hauptmann Hein so was zu hintertragen, ihn gegen mich aufzuhetzen, meine Ehre in den Dreck zu ziehen, meine Frauenwürde mit Füßen zu treten! Aber das wird noch ein Nachspiel haben!«

»Versuchen Sie ja nicht«, meinte Softer, wobei er sich jedoch sicherheitshalber ein wenig zurückzog, »mir an die Gurgel zu fahren! Da kann ich Sie nur warnen – mich legt so leicht keiner aufs Kreuz!«

»Sie!« schrie jetzt die Werner-Weilheim, »Sie werden das noch schwer bereuen! Sie bringe ich vor ein Kriegsgericht – Sie und Konsorten; einschließlich Arm. Und diesen Krüger dazu!«

»Ach, Mädchen, das haben schon ganz andere versucht!« meinte Softer. »Zunächst jedenfalls haben Sie hier Ihre Unterkünfte sofort zu räumen. Großzügig wie wir sind, geben wir Ihnen dafür eine halbe Stunde Zeit – nun, sagen wir: fünfundvierzig Minuten. Doch danach fliegen Sie. Im hohen Bogen! Mein Wort darauf.«

»Wir begrüßen heute in unserer Mitte«, verkündete der Hauptwachtmeister mit schneller Geschäftigkeit, »einen neuen Kameraden. Unseren Unteroffizier Schubert! Und ich kann nur hoffen, daß er weiß, was es bedeutet, zu uns zu gehören. Weiß er das?«

»Ich werde mir Mühe geben«, versicherte Johannes Schubert, bestrebt, seine Ratlosigkeit zu verbergen.

»Er weiß es also noch nicht!« sagte Krüger. »Aber wir werden ihm das schon beibringen – und zwar möglichst schnell und gründlich. Zunächst jedoch: ein Willkommenstrunk, liebe Kameraden – zwei Finger breit.«

Angesetzt war, bereits in den frühen Abendstunden, eine der zahlreichen Spezialitäten des Unteroffizierskorps dieser Batterie – diesmal ging es um die sogenannte ›Flaschenpostsauferei‹. Sie bestand darin, daß sich zunächst jeder der Teilnehmer ein Getränk nach Wahl aussuchen durfte – Softer lieferte es. Es mußte jedoch mindestens vierzig Prozent Alkohol besitzen; darüberhinaus waren keine Grenzen gesetzt.

Hauptwachtmeister Krüger trank dänischen Korn; Wachtmeister Arm französischen Cognac; Wachtmeister Moll hatte um britischen Gin gebeten. Vor den Unteroffizieren Softer und Forstmann stand Steinhäger, jedoch in Glasflaschen – der Kontrolle wegen. Unteroffizier Kaminski hatte sich für Danziger Goldwasser entschieden. Chartreuse hatte Tino Hiller gewählt, und zwar Chartreuse grün; während der unvermeidliche Sanitätsobergefreite Neumann Chartreuse gelb bevorzugte – »erinnert mich so schön an Eiter!« Dem Neuling Schubert war Schwarzwälder Himbeergeist – 55 Prozent – zugeteilt worden.

»Hoch, legt an – und ab die Post!« kommandierte Krüger.

Sie tranken nahezu andächtig. Wer als erster seine Flasche geleert hatte, wurde zum Flaschenpostkönig des Abends ernannt. Und als solcher hatte er einen Wunsch frei: er konnte dann ein gemeinsam gesungenes Saulied begehren, auch schweinische Solodarbietungen anregen oder eben den an solchen Abenden stets beliebten ›Sittenkongreß‹ einberufen.

Doch so weit war es noch nicht. Zunächst waren muntere Reden fällig, etwa in der Machart: Kamerad, wir grüßen dich! Sein ein Kamerad unter Kameraden! Erkenne die Verpflichtung zu unserer Gemeinschaft! Schließe dich niemals aus – ob nun von dir die Verteidigung des Vaterlandes verlangt wird oder das Herablassen der Hosen.

Diesmal jedoch schien Krüger keinerlei Zeit durch rednerische Abschweifungen verlieren zu wollen. Mehrmals blickte er, immer kurz, auf seine Armbanduhr, um dann plötzlich zu verkünden: »Und nun mal nichts wie ran an die dicken Sachen! Preußisches Roulette – zu Ehren von unserem neuen Kameraden Schubert!«

Und im gleichen Atemzug knallte er auf den Tisch seine 08, deren Griff auffallend helles Holz besaß; Schubert, von Bergen weitgehend aufgeklärt, achtete genau darauf. Hierauf folgte die 08 des Wachtmeisters Moll, die wie fabrikneu wirkte. Dann drei Pistolen, Fabrikat Walther und Mauser: sie gehörten Softer, Forstmann und Kaminski. Die Feuerwaffen wurden von Softer, freudig grinsend, Schubert entgegengeschoben.

»Macht fünf«, stellte Krüger fest. »Fehlt mithin eine.«

»Rücken Sie Ihr Schießeisen heraus, Hiller!« rief Arm.

Tino Hiller zog die 08 des Wachtmeisters Arm aus seiner Hosentasche und legte sie zu den übrigen Waffen. Ließ seine Hand darauf liegen – als zögerte er, sie wegzunehmen. Tat das schließlich doch, unter allgemeinem fröhlichen Gelächter.

»Also dann – Feuer frei!« rief der Hauptwachtmeister. »Greifen

Sie zu, Kamerad Schubert — falls Ihre Hosen nicht jetzt schon gestrichen voll sind!«

Und der von Bert Bergen vorbereitete Johannes Schubert streckte seine Hand nach der Pistole mit dem hellen Holz am Griff aus — nach der des Hauptwachtmeisters. Die zog er hastig an sich und schien sie, wie abwägend, zu betrachten. Dann hob er sie an die Stirn — zwischen die Augen.

»Stop!« rief Krüger, energisch bremsend. »Das gilt nicht! Unser neuer Kamerad hat offenbar versucht, sich vorher zu orientieren! So was kommt hier nicht in Frage! Bitte also, die Waffen erneut zu mischen! Besorgen Sie das, Neumann — sozusagen als Neutraler.«

Das besorgte Neumann gründlich. Er scharrte die Feuerwaffen über die Tischfläche, umeinander, nebeneinander, türmte sie zu einem Haufen auf, löste den wieder auf — er war bemüht, die Schießeisen zu vermengen wie Karten eines Spiels.

Krüger hatte dabei seine Augen nahezu geschlossen — es war, als träume er vor sich hin. Arm jedoch konnte seine Erregung kaum verbergen — er rutschte auf seinem Stuhl hin und her, mit weit aufgerissenen Augen. Schubert aber starrte, wie gebannt, auf Neumanns Hände, auf die von ihm herumgeschobenen Pistolen — speziell auf die drei 08, die hellholzige, die neuwertige, die ölverschmierte, die Krüger, Moll und Arm gehörten.

Wobei er angestrengt an alles dachte, was ihm Bergen geraten hatte: versuche stets, auf Nummer Sicher zu gehen! Vorgesetzte pflegen Untergebenen Befehle zu erteilen, also war auch anzunehmen, daß sie befohlen hatten, wer möglicherweise scharf zu laden hatte — falls das überhaupt in Frage kam. Jedoch, konnte man wirklich wissen, was hier möglich war und was nicht?

So griff denn Johannes Schubert nach der zweiten 08 — nach der mit dem ölverschmierten Griff, die Wachtmeister Arm gehörte und von Tino Hiller ins Spiel gebracht worden war. Diese Pistole setzte Schubert an seine Stirn, dabei allein Krüger beobachtend.

Der hatte sich erwartungsvoll zurückgelehnt. Schubert wollte es sogar erscheinen, als blinzele ihn der Hauptwachtmeister ermunternd an »Nur zu!« sagte er. Und die Kameraden im Kreis betrachteten ihn lauernd.

Ich muß mich meinen Kameraden anpassen, sagte sich Schubert. Sie müssen erkennen, daß ich ihnen bedingungslos vertraue. Weil ich zu ihnen gehöre — gehören will! Habe ich denn eine andere Wahl?

Und so setzte er die 08, die Arm an Hiller geliefert hatte, an und drückte ab. Ein harter, heller, schneller Knall ertönte; Feuer und Rauch. Ein Blutstrom. Er fiel zerstört auf den Tisch — mitten zwischen die Flaschen. Kaum vernehmbar stieß er mit letzter Kraft hervor, lallend, ersterbend: ». . . warum . . . geliebt . . . sonst nichts . . . warum dann . . .«

Lag dann bewegungslos.

»Der ist hin«, erklärte der Sanitätsobergefreite Neumann sachverständig. »Da ist nichts mehr zu machen.«

»Das«, rief Hauptwachtmeister Krüger aufschnellend, mit plötzlich raubtierartigen Bewegungen, dabei nahezu anklägerisch aufschreiend, »ist einfach scheußlich!« Er musterte, bedrohlich blickend, seine Getreuen, die bis zu den Wänden zurückgewisen waren. »Äußerst scheußlich! Ich bin entsetzt! Wie konnte es dazu kommen? Wer hat das getan? Wer ist dafür verantwortlich?«

Niemand meldete sich. Die Wachtmeister und Unteroffiziere starrten ihren Hauptwachtmeister an — nicht den Toten. In ihren Augen lag Angst — aber auch Hoffnung. Hoffnung auf Krüger.

Und der fragte nun: »Wessen Waffe war geladen?«

»Meine jedenfalls nicht!« versicherte Wachtmeister Arm prompt. »Denn ich habe meine Pistole an Unteroffizier Hiller weitergegeben, damit der auch mal mitspielen kann. Eine ungeladene Pistole, versteht sich.«

Krüger blickte, als sei er maßlos überrascht, Hiller an. Und die übrigen Kameraden taten das gleiche.

»Nun — Hiller?« fragte der Hauptwachtmeister. »Was haben Sie dazu zu sagen?«

»Gewiß, ja — das stimmt«, sagte Tino Hiller zutiefst erschreckt. »Ich habe diese Waffe von Herrn Wachtmeister Arm übernommen — habe sie dann genau so weitergegeben, wie ich sie bekommen habe. Das kann ich beschwören!«

»Und ich kann beschwören«, behauptete Arm lautstark, »daß sich kein Geschoß im Lauf der Pistole befunden hat, die ich Hiller übergeben habe — ich habe vorher extra noch einmal nachgeschaut.«

»Dann, Hiller, sind Sie erledigt!« rief Hauptwachtmeister Krüger, den rechten Arm ausstreckend. Er schritt auf den Unteroffizier zu, bis sein Zeigefinger dessen Brust, in Gegend des Herzens, berührte. »Wenn das so ist, dann heißt es für Sie: Kriegsgericht! Und dann kann es leicht heißen: aus der Traum!«

Tino Hiller schüttelte, bleich geworden, den Kopf. Er vermochte kein Wort hervorzubringen.

Der Hauptwachtmeister zog seine Hand zurück und verkündete dann: »Immerhin, Hiller, steht eines fest: Sie gehören zu unserem Unteroffizierskorps — also zu meiner Batterie! Und um die haben Sie sich durchaus verdient gemacht — so was verpflichtet. Kein Kamerad läßt einen Kameraden im Stich, wenn es den mal erwischt hat. Habe ich recht?«

Die Kameraden nickten bereitwillig — ausnahmslos. Einige murmelten sogar deutliche Zustimmung. Und der sonst so wortkarge Kaminski tönte laut: »Klar!«

»Also«, sagte Krüger, nach anerkennendem Kopfnicken, »dann wollen wir mal wieder Nägel mit Köpfen machen! Denn mit Beschwörungen und Beteuerungen kommen wir da nicht weiter, das schafft nur unnötig böses Blut, wirbelt eine Menge Staub auf, lähmt womöglich sogar noch unsere Kampfkraft — also lassen wir uns erst gar nicht darauf ein! Wir halten uns an Tatsachen.«

»An welche?« fragte Arm begierig.

»Tatsache ist zunächst: der Tod von Schubert! Vom Sanitäter fachlich bestätigt, von niemandem zu bezweifeln. Lebendig kann den keiner mehr machen! Dafür aber einen anderen Kameraden, der sich bewährt hat, über die Klinge springen zu lassen, ist Unsinn. Uns bleibt nichts anderes übrig, als eindeutig festzustellen: Es hat sich um einen Unfall gehandelt. Beim Reinigen einer Schußwaffe. Dieser arme, dumme Hund hat in den Lauf hineingesehen — so was kommt erfahrungsgemäß immer vor. Und dabei krachte es.«

»Registrieren wir das!« sagte Softer hochbefriedigt.

Und die Kameraden — außer Hiller — nickten Krüger zu; sie fühlten sich unendlich erleichtert. Auf ihren Hauptwachtmeister konnten sie sich verlassen. »Jawohl«, riefen sie, »so war es!«

»Dieser Kameradschaftsabend«, ordnete nun Krüger an, »wird im Freizeitheim fortgesetzt — dort aber äußerst gedämpft, wenn ich bitten darf, da wir doch sozusagen in Trauer sind. Neumann bleibt vorläufig bei unserem lieben Toten, um hier gründlich aufzuräumen und eventuelle Neugierige abzuwimmeln.«

»Wird gemacht!« versprach der Sanitätsobergefreite.

»Hiller aber«, ordnete Krüger weiter an, »bleibt zunächst bei mir — zwecks weiterer, näherer Instruktionen. Ihr jedoch, Kameraden — nichts wie ab durch die Mitte! Im Puff sehen wir uns dann wieder.«

Bert Bergen erschien in der Protzenstellung erst kurz vor Mitternacht. Er blieb in der Tür des Kasinoraumes stehen und betrachtete von dort aus den länglichen, in eine Zeltplane gehüllten Gegenstand, der auf dem Tisch lag. Von Neumann bewacht.

»Es stimmt also«, sagte Bergen leise.

»Verschwinde!« rief ihm Neumann zu. »Das hier ist Sperrgebiet! Zutritt strengstens verboten! Befehl vom Hauptwachtmeister.«

Bergen schien das nicht zu hören. Er ging langsam näher. Stellte sich vor dem Tisch auf. Sagte: »Also habt ihr ihn tatsächlich erledigt — ihr Mörderbande!«

»So was, Kumpel, solltest du nicht einmal im Traum sagen«, erklärte Neumann, mit durchaus kameradschaftlichen Untertönen. »Das könnte dir verdammt schlecht bekommen.«

»Wollt ihr etwa auch mich noch abknallen — wie diesen armen, guten vertrauensvollen Burschen? Und das nur, weil den irgend jemand nicht mehr sehen will! Und dessen Wunsch ist euch Befehl! Mörder und Henker! Das ist aus euch geworden!«

»Menschenskind, Bergen — was redest du da für einen verdammt gefährlichen Blödsinn zusammen. So was will ich nicht gehört haben!« Neumann wirkte jetzt besorgt. »Es war ein Unfall — weiter nichts.«

»Beim Reinigen einer Schußwaffe — wie?«

»Stimmt genau! Woher weißt du das?«

»Langsam durchschaue ich eure Methoden! Alles bestens organisiert — wie? Mit völlig übereinstimmenden Zeugen — und so weiter . . .«

»Nicht nur bestens, sondern sogar allerbestens organisiert«, versicherte Neumann besänftigend. »Es ist genau so, wie du sagst, Kamerad Bergen: ein Unfall beim Waffenreinigen. Kronzeuge dafür: kein anderer als Tino Hiller — ferner dann auch noch ich.«

»Hiller?« hörte sich Bergen ungläubig fragen, »ausgerechnet der?«

»Da staunst du — was? Krüger hat alle Einzelheiten bereits schriftlich fixiert! So, nun weißt du es! Und jetzt ziehe hier Leine.«

»Ich will Schubert sehen«, forderte der Gefreite nach längerem Schweigen.

»Das geht nicht!« rief Neumann, sich vor Bergen stellend. »Das kann ich nicht erlauben — dafür benötige ich die Zustimmung des Hauptwachtmeisters! Und wenn der hört, daß du hier eingedrungen bist . . .«

»Geh mir aus dem Weg«, sagte Bergen leise.

»Ach, Mensch, warum willst du mir denn unbedingt Schwierigkeiten machen!« rief Neumann wie beschwörend aus: »Zu sehen ist ja doch nicht mehr viel — dieses arme Schwein ist kaum noch zu erkennen. Den Anblick kannst du dir ersparen. Weißt du, ich sage immer: man soll seine Toten begraben, aber sie nicht erst lange anschauen! Man soll daran denken, wie sie gewesen sind, als man sie gerne gesehen hat.«

Bergen schob Neumann energisch zur Seite. Dann beugte er sich über den Toten und hob die über ihn gelegte Zeltplane auf. Sah nun dorthin, wo des Johannes Schubert Gesicht gewesen war — dieses helle, knabenhafte Gesicht von fast klassischer Schönheit. Das lag nun verstümmelt vor ihm, von dick verkrustetem Blut überdeckt, mit weit aufgerissener Stirn.

Bergen ließ die Zeltplane fallen. Er wendete sich ab und ging hinaus. Er weinte — bemüht, seine Tränen niemandem zu zeigen.

Im großen Bankettsaal brannten die Kerzen — alle, die erreichbar gewesen waren. Sie standen in zahlreichen gläsernen, silbernen und goldenen Leuchtern; sie standen auf dem Tisch, längs der Seitenwand, auf dem Fußboden, auf den Stühlen, auf der Anrichte. Sie flackerten unruhig — denn alle vier Fenster des Turmzimmers waren weit geöffnet.

Inmitten dieser zuckenden Kerzengirlanden stand Hein — im weißen, langen Nachthemd; der Mantel des Herzogs lag zertreten zu seinen Füßen. Er füllte sein Glas erneut und warf dann die geleerte Flasche angewidert von sich — an die Wand, wo sie zerschellte. Er goß den Champagner in sich hinein und ließ dann auch das Glas zu Boden fallen. Trat darauf. Sein starres, bleiches Gesicht war schweißüberströmt.

Dann schwankte er — wobei er abermals den Mantel des Herzogs, der unter ihm lag, mit Füßen trat. Dabei drohte er das Gleichgewicht zu verlieren — er stolperte dem Tisch entgegen, umklammerte dessen Platte, richtete sich aber schnell wieder auf. Er atmete mühsam; sein Mund war weit offen; wie mit großer Anstrengung starrte er in die ihn umflimmernden Lichterketten, versuchte über sie hinwegzublicken, in die drohende Dunkelheit bei der Tür — wo er das Aufleuchten von zwei Augen zu erblicken vermeinte.

»Sind Sie das, Bergen?« fragte Hein.

»Ja«, sagte der.

Der Hauptmann nickte. »Sie sind mir willkommen. Ich begrüße es, einem Menschen zu begegnen, von dem ich Aufrichtigkeit erwarten darf.« Hein schien dann in sich zusammenzusinken — wobei er jedoch unter den Tisch griff, in einen Kübel voll Eisbrocken hinein, in dem Champagnerflaschen standen. Eine davon hob er hoch — er schwenkte sie wie ein Wurfgeschoß. Schlug ihr dann an der Tischkante den Hals ab. Nahm eins der zahlreichen leeren Gläser, die vor ihm aufgereiht dastanden, füllte es, trank es leer, zerschmetterte es.

Und er sagte dumpf vor sich hin: »Ich frage mich, Bergen: was mutet man mir alles zu! Was, frage ich, zwingen diese Menschen mich zu tun? Wann werden diese endlosen, quälenden Forderungen aufhören? Ich erstrebe Größe — doch Niedrigkeiten drohen mich zu ersticken. Ich biete vorbehaltlos Treue an — doch ich werde schmählich verraten. Ich liebe — aber meine Gefühle werden mit Füßen getreten. Mein Gott — was ist das für eine Welt!«

Und weiter sagte er, sich vorgebeugt an den Tisch klammernd: »Es ist — dennoch, Bergen, dennoch! — eine Welt der großen Bewährung! Der unendlichen Hingabe! Das habe ich erkannt — aber ich leide darunter! Ich leide darunter wie ein Tier. Denn ich muß mich fragen: warum erkennen das andere nicht? Ich war bemüht — strebend bemüht —, das allen Menschen, die mir nahestanden, klarzumachen. Ich habe sie gebeten, sie angefleht, auf Knien lag ich vor ihnen — ähnlich wie weiland der Engel vor dem Herrn, bevor der Sodom und Gomorra untergehen ließ. Und warum ließ der Herr es untergehen?«

Hein fiel lang auf den Tisch, wobei er Gläser und Flaschen umstieß. Champagnerschaum quoll auf, verbreitete sich, floß über die Tischplatte, tropfte dann zu Boden. Wie Blut. Erst in heftigem, raschem Rhythmus, dann wie ersterbend; schließlich beherrschte Stille den Raum.

Hein, durchnäßt von Champagner und Schweiß, reckte sich wieder hoch. Stand aufrecht. Breitete die Arme aus — ließ sie wieder sinken. Starrte minutenlang ins Lere. Bergen schien er nicht mehr zu sehen.

Dann sagte er schwer, wie unter Schmerzen: »So muß wohl alles seinen Lauf nehmen! Ich habe den höheren Sinn, den eigentlichen Sinn des menschlichen Daseins erkannt und versuchte ihn zu erfüllen. Jene, die sich sträuben, die nicht um ihre eigentliche Bestimmung wissen, die nicht zu sehen vermögen, wozu sie ausersehen sind, müssen dazu gezwungen werden! Wir haben sie zur Größe zu zwingen, zur Treue, zur Liebe! Und wenn sie dabei draufgehen!«

Hein nickte, nachdem er das gesagt hatte, und lächelte. »Das ist es wohl«, sagte er. Es klang fast heiter und zugleich schmerzerfüllt.

Dann bäumte er sich auf und griff mit verzerrtem Gesicht nach dem Tisch im Bankettsaal, der mehrere Zentner wog. Den stemmte er hoch, bis in Stirnhöhe, keuchend, hochrot im Gesicht, mit zitternden Armen. Dann kippte er den Tisch zur Seite, so daß der auf die Stühle knallte, sie zertrümmerte, die Kerzen auslöschte; ihr Wachs spritzte gegen die Wandbespannung, die schnell Feuer fing. Worauf Hein grell auflachte.

Er durchschritt den Gang, sprang die Treppenstufen aufwärts, umkurvte den mitten im Turmzimmer stehenden Sessel. Ging auf das nördliche Fenster zu.

Hier sprang er auf die Brüstung — landete dort breitbeinig, sich ausbalancierend, um Gleichgewicht bemüht. Dabei stützte er sich kurz am Fensterrahmen ab — doch dann stand er frei, mit großer Sicherheit da und blickte in weite Ferne.

»Über alle erdenklichen Abgründe hinweg!« sagte Karl Ludwig Hein. Und er breitete die Arme aus.

Der Gefreite Bergen aber bewegte sich, wie magisch angezogen, auf den Hauptmann zu. Stand schließlich unmittelbar hinter ihm. Und dann trat er ihn — kurz, aber heftig — in den Hintern. In den Hauptmannsarsch.

Hein schrie auf und versuchte sich noch am oberen Fensterkreuz festzuhalten, dessen morsches Holz zerbrach.

Haltlos stürzte er in die Tiefe. Fiel dann mit dumpfem Geräusch auf die Steinplatten unterhalb des Turms. Und blieb regungslos liegen. Nicht viel anders wie vor wenigen Tagen nur ein Soldat, der Schulz hieß. Der Vorgänger des Johannes Schubert.

»Das«, sagte der Gefreite Bergen, bevor er sich entfernte, »war unvermeidlich. Ich konnte einfach nicht anders!«

Er schritt durch den Gang, der vom Turmzimmer in den Schlafraum führte, ging auf den Bankettsaal zu. Dessen Wände, mit Seidentapeten bespannt, standen in Flammen.

Und diese Flammen leckten gierig über den Tisch, empor zu den Ahnengemälden, über die Teppiche auf dem Fußboden. Sie züngelten zu den dicken, wurmstichigen, in etlichen Jahrhunderten ausgetrockneten Deckenbalken hinauf.

Bert Bergen lief schnell durch das Feuer hindurch, geschickt und ungefährdet. Er eilte die Treppen hinab und erreichte, ohne jemandem zu begegnen, seinen Schlafraum. Dort legte er sich auf seinen Strohsack.

»Feuer!« hörte er alsbald alarmierte Soldaten ausrufen. Er schwieg und lächelte.

»Das Schloß brennt!« rief irgendeiner, ihn aufrüttelnd. »Es brennt aus!«

»Was«, sagte der Gefreite Bergen, sich auf seinem Strohsack seitwärts wälzend, »geht das mich an?«

Auszug
aus einer Stellungnahme des
ehemaligen Kriegsgerichtsrates Born.

»... ist das alles genauestens untersucht worden! Irgendwelche voreiligen Verdächtigungen muß ich mir, und zwar mit Nachdruck, verbitten!

... kann ich also nur das behaupten, was ich, denkbar gründlich und völlig unbeirrbar, allein der Gerechtigkeit verpflichtet, herausgefunden und auch aktenkundig gemacht habe ... wozu ich auch jetzt noch stehe. Es ergab sich also:

Schulz, ein Soldat: stürzte beim Putzen eines Fensters aus demselben.

Runge, Wachtmeister: fiel im Kampf, bei dem Versuch, eingedrungene Saboteure auszuschalten.

Schubert, wegen besonderer Verdienste auf Vorschlag seines Hauptmanns gerade zum Unteroffizier beförderter Soldat: verletzte sich tödlich beim Reinigen einer Dienstpistole.

Schließlich dann Hauptmann Hein: ein Opfer der Umstände. In dem von ihm bewohnten, baufälligen Obergeschoß des alten Schlosses brach Feuer aus, das ihn offenbar im Schlaf überraschte. Er muß versucht haben, aus einem Turmfenster um Hilfe zu rufen. Doch der

Rahmen, an dem er sich festhielt, zerbrach, und Hein fiel in die Tiefe. Er brach sich das Genick und starb.

Das sind die Tatsachen.«

Ausschnitt
aus der Rede des Oberst Rheinemann-Bergen
anläßlich des Todes von Hauptmann Hein

»... tragen wir einen Kameraden zu Grabe, der wahrlich seinesgleichen sucht! Er war – nehmt alles nur in allem – ein Held! Und als solcher wird er eingehen in die Ewigkeit. Versuchen wir, uns dessen immer bewußt zu sein.

Unser Kamerad Hein hat Maßstäbe gesetzt, die uns fortan Verpflichtung sein werden. Bis zu seinem letzten Atemzug opferte er sich auf. In der Hoffnung auf eine bessere deutsche, auf eine schönere menschliche Zukunft. Unbeirrt und unerschütterlich.

So verneigen wir uns denn hier, an seinem Grabe, vor seiner Größe, seiner Tapferkeit, seiner einzigartigen Entschlußkraft, seinem soldatischen Geist, seinem eisernen Willen. Sein ganzes Leben war ständige Bereitschaft, Opfer zu bringen.

Opfer für sein Vaterland, sein Deutschland, für diese Welt! Wer so starb wie er, Kameraden, der kann nicht umsonst gestorben sein!

Denn sonst hätte die Weltgeschichte ihren Sinn verloren.
Das aber darf nicht sein, und das wird auch nicht sein, Kameraden! Nicht, solange es noch bewußt deutsche Menschen gibt! Und die, meine Freunde, sind niemals auszurotten. Was aber, so frage ich mich und euch, kann hoffnungsvoller sein?«